La novia del hereje o la inquisición de Lima

VICENTE FIDEL LÓPEZ

La novia del hereje o la inquisición de Lima

DOBLE J

EL ARTE DE LA ESCRITURA

Edita: Editorial Doble J, S.L.
C/ Montevideo 14
41013 Sevilla
www.culturamoderna.com
editorialdoblej@editorialdoblej.com
ISBN: 978-84-96875-12-8

Índice

Tomo primero 1

Carta-prólogo 5

I Lima en el año de 1578. 17

II Trágico fin de la historia del rey don Sebastián y de
su caballo blanco 31

III ¡Ha salido!... *God Damn!!!* 47

IV Peligros que en aquel siglo corrían los que salían
al mar con oro y perlas 55

V El amor no está tan lejos del terror y del odio como
algunos se lo figuran 63

VI El lobo viejo. 73

VII Desde los tiempos de Homero y de Virgilio es
costumbre entre los poetas servirse de las estrellas y
de las tormentas para enredar los pleitos de amor. 83

VIII Ir por lana y salir trasquilado. 95

IX «¡Os lo juro por el Cielo! amor e guerras de
mar non se pueden hermanar sin traer hábito
de duelo.». 111

X Este desenlace, como muchos otros, solo sirvió
para complicar más los sucesos de la vida 123

XI Entra el diablo a intervenir en el asunto. 129

XII El padre, el novio y la criada. 143

XIII ¡Italiam!... ¡Italiam!... 153

XIV Dos teólogos y un burro. 165

XV El león y el zorro 177

XVI Lado positivo de los negocios humanos 187

XVII La justicia del hombre y la justicia del cielo 195

XVIII De la casa a la cárcel. 213

Tomo segundo. 227

XIX Una conversión 229

XX Los recuerdos 237

XXI Lima a ojo de rata 249

XXII La casa del señor fiscal de puertas adentro 261

XXIII Método de aquel tiempo para alegar
de bien probado. 273

XXIV Cada uno con su secreto. 281

XXV La opinión pública al través de una botica 297

XXVI ¿Es amigo o enemigo? 311

XXVII El bando 327

XXVIII Drake y Henderson 341

XXIX Henderson y Oxenhan 353

XXX La partida. 365

XXXI Las ruinas de Pachacamac. 373

XXXII Gato por liebre 385

XXXIII La novena y la timbirimba 397
XXXIV El viaje y el rabioso 419
XXXV Grandes medidas. 433
XXXVI La crisis 445
XXXVII El terremoto de 1579 455
XXXVIII En el mar 463
Conclusión. 473
Apéndice 485

La novia del hereje o La inquisición de Lima
Tomo primero

Prefacio

Cada obra tiene su momento en la vida del que la ejecutó, y su lugar preciso en la fecha que la vio nacer; así es que al hacer una segunda edición de la *Novia del Hereje* hemos creído que mejor era conservarle su total identidad con el texto publicado en el *Plata Científico y Literario*. Reimprimimos por consiguiente la carta dirigida al Director de aquella Revista, conque el autor, a manera de prólogo, hizo preceder la publicación de su obra; y al reproducir el texto nos limitaremos a darle la corrección de que tuvo que carecer forzosamente al primer tirado, que se extrajo de las páginas del periódico referido.

CARTA-PRÓLOGO

Sr. Dr. D. MIGUEL NAVARRO VIOLA.
Montevideo, 7 de Setiembre de 1854.
Mi querido amigo y compañero.

Al deseo que vd. me ha mostrado de que haga preceder de un prólogo crítico la *Novia del Hereje*, voy a contestarle con estos renglones que tal vez juzgue vd. buenos para suplir esa falta notada en la obra.

Las tareas áridas y serias a que tengo que consagrar las horas activas de mis días, no me dan tiempo para contraerme a revisar esos manuscritos que fueron el fruto espontáneo de aspiraciones literarias que ya tengo abandonadas. En nuestros países, como vd. sabe, no se puede vivir de la literatura sino al través del diarismo: forma por la que nunca he tenido vocación, ya sea por falta de aptitudes para enredarme en la lucha de pasiones y de amor propio, a que él provoca, ya por huir de la necesidad en que habría caído de escribir sobre cosas aprendidas el día antes, o ignoradas del todo, como si siempre las hubiese sabido a fondo, supliendo el estudio sincero con la petulancia y el charlatanismo.

Esos manuscritos que envío a vd. son, pues, viejos; hace algunos años que fueron impresos en Chile como folletín de un Diario. Le juro a vd. que si quisiera ahora ponerlos en estado de ser publicados con satisfacción mía, creería necesario borrarlos desde el principio y hacerlos de nuevo. Lo único que puedo decirle a vd. de esa obra, es que ha sido escrita con alegría de ánimo y conciencia: y si se la mando a vd. en esa forma, que, con algún tiempo a mi alcance, hubiera podido perfeccionar, es porque le había prometido a vd. contribuir a su empresa y no podía cumplirle de otro modo mi oferta. En un tiempo en que se explotan tanto los malos lados de la prensa, séame permitido asegurar a vd. que si la *Novia del Hereje* le parece digna de amenizar su Revista, la imprima en el concepto de que yo no creo que pueda tener más mérito que el empeño con que he procurado dar verdad histórica y local a la narración, modestia y buen sentido al estilo, y una decencia estrictamente moral a las situaciones. Así es que lo único de que estoy seguro, es: de que siendo ese un trabajo esencialmente americano en su fondo, y desprovisto en su estilo de toda clase de pretensiones, se escapa por ese lado a las ridículas parodias de las pasiones, de las tendencias, y de los estilos exóticos, que tanto contribuyen a quitarnos el conocimiento y la conciencia de las sociedades de que formamos parte.

La obra va llena de cosas que no habría dejado en ella si me hubiera puesto a retocarla. Pero le repito a vd. que ese habría sido un trabajo para el que no tengo tiempo. Pudiera notarse en ella tal vez una que otra malicia del estilo o de la situación, que podría parecer impropia de una pluma grave; pero, como estoy cierto que a pesar de ello, esos rasgos son de una decencia intachable, e incapaces de ofender el pudor de la virgen más inocente, he preferido dejarlos sin tomarme otra precaución que la de declararle a vd. que la obra va tal cual fue concebida y ejecutada al calor de las risueñas impresiones de un espíritu, que joven entonces, creía navegar con la brisa del ingenio un lago adornado de hermosas y amenas perspectivas. Los años y la experiencia se han encargado de hacer desaparecer la brisa y el agua; y he creído que habría sido un contrasentido querer corregir el canto espontáneo de la ilusión desde el árido banco del desengaño. Reflexiono también, que nada hay tan justo como el considerar prescrita a los cuarenta años la responsabilidad de lo que fue escrito a los veinte y cinco; y esto aquieta mis escrúpulos.

La *Novia del Hereje* está ejecutada en perfecto acuerdo con las tradiciones americanas referentes al tiempo de la escena, que traté de estudiar bien antes de emplearlas como materia de mi trabajo. No por esto crea vd. que me olvido de que la Historia de la literatura no cuenta sino un solo Walter Scott; y yo sé bien ahora que no soy yo quien estoy destinado a repetir a Cooper en la República Argentina. Cuando uno es joven le son permitidos los ensueños; cuando uno deja de serlo, es feliz si puede recordarlos sin sonrojarse. Hacer revivir costumbres pasadas, galvanizar por decirlo así, sociedades muertas, es una empresa de alto coturno, para la que uno puede atribuirse fuerzas en las ilusiones de su primera edad; pero que se debe renunciar en la segunda, a no haber lanzado como ensayo un *Waverley*. La *Novia del Hereje* es pues el fruto de una ilusión renunciada.

Si fuere leída con gusto, me alegraré por lo que eso pueda influir en el buen éxito de la distinguida empresa en que vd. se ha puesto: no sería extraño eso, porque muchas veces sucede que es leída con gusto una obra desprovista de todo mérito literario; y destinada a ser olvidada dos días después.

Yo le doy a vd. mi manuscrito sin otra mira, pues si hubiera pensado publicarlo en el Río de la Plata por mi propia satisfacción, lo hubiera hecho reimprimir antes de ahora en las infinitas ocasiones que he tenido de sacarlo del olvido en que le acompañan algunas otras tentativas de su mismo género, de que vd. y otros amigos tienen algún conocimiento.

Entusiasta desde mis primeros años por la lectura de todo aquello que tenía relación con la historia del Río de la Plata, se puede decir que por mucho tiempo mi placer favorito ha sido el estudio de cuanto documento relativo a ella he podido haber a la mano; y como las peripecias de regla en nuestra vida me arrojaran a pasar mi juventud en otras Repúblicas de América, he podido aplicar la misma pasión a los mismos objetos y en mayor escala.

Parecíame entonces que una serie de novelas destinadas a resucitar el recuerdo de los viejos tiempos, con buen sentido, con erudición, con paciencia y consagración seria al trabajo, era una empresa digna de tentar al más puro patriotismo; porque creía que los pueblos en donde falte el conocimiento claro y la conciencia de sus tradiciones nacionales, son como los hombres desprovistos de hogar y de familia, que consumen su vida en oscuras y tristes aventuras sin que nadie quede ligado a ellos por el respeto, por el amor, o por la gratitud. Las generaciones se suceden unas a otras abandonadas a las convulsiones y los delirios del individualismo. Esta es quizás la causa de que Walter Scott y Cooper sean únicos en el mundo moderno: es un hecho al menos, que los pueblos para quienes escribieron son los únicos en donde se respetan las tradiciones nacionales como una creencia inviolable.

Iniciar a nuestros pueblos en las antiguas tradiciones, hacer revivir el espíritu de la familia, echar una mirada al pasado desde las fragosidades de la revolución para concebir la línea de generación que han llevado los sucesos, y orientarnos en cuanto al fin de nuestra marcha, eran objetos que de cierto tentaban las cándidas ambiciones de mi juventud.

Pero era más fácil concebir esos objetos que ejecutar la obra que debía producir el resultado. Se habría necesitado para ello grande ingenio y la consagración de un largo tiempo; y yo por mi parte tuve el buen sentido de reconocer muy pronto que me faltaba lo primero, y que mi primer deber era arrancarme a las amenidades del espíritu para vivir de mi trabajo personal.

La *Novia del Hereje* (si yo hubiera podido realizar en ella mis ideas) habría tenido por objeto poner en acción los elementos morales que constituían la sociedad americana en el tiempo de la colonización. Había escogido a Lima por teatro, porque aquella ciudad era la más perfecta expresión de todos esos elementos reunidos: era por decirlo así el centro de vida que el gobierno español había dado a todos los vastos territorios que se extienden desde Panamá hasta el Estrecho de Magallanes, y que están limitados por los dos Océanos. Allí palpitaban los trozos del imperio de los Incas, y el pie de los triunfadores se hundía todavía sobre sus carnes.

Una gran revolución, perdida ya en nuestros recuerdos, vino a realizarse después; fue esta una revolución inmensa, de cuya vasta importancia solo puede juzgar quien compare las *Leyes de Indias* con las guerras del famoso don Pedro de Zeballos por arrojar a los Portugueses de la Colonia del Sacramento.

Esta nueva peripecia había echado en mi mente los gérmenes de una nueva Novela, en la que la escena y el interés se habría trasportado al Río de la Plata, siguiendo al espíritu vital que también había empezado a emigrar de la fastuosa Lima.

¿Pero qué tienen que ver, se me dirá, las *Leyes de Indias* con las novelas y con don Pedro de Zeballos?... Mucho más de lo que es presumible a primera vista, respondo yo.

Por el código mencionado la Aduana exterior de las Provincias del Río de la Plata estaba en el Tucumán, porque aquella era la vía por donde ellos se surtían de mercaderías europeas. Cada año partían de Cádiz dos flotas convoyando una infinidad de buques de comercio en donde la Casa de Contratación de Sevilla mandaba el surtido de los géneros que se necesitaban en América. Toda otra vía estaba prohibida.

Una de estas flotas iba a la costa de México y la otra a la costa de la Nueva Granada, dependencias en el principio, del Virreinato del Perú, al que pertenecía también todo el Río de la Plata. De esta última flota fluían todos los géneros que venían a surtir a las provincias que hoy son Argentinas.

Pero cuando la casa de Braganza se puso a la cabeza de la insurrección del Portugal, apoyada directamente por la Inglaterra, la Francia, y la Holanda, que, sin una alianza formal como las que hoy se hacen, estaban en una especie de guerra normal contra la España, el comercio marítimo de estas naciones encontró una preciosa ocasión para burlar las prohibiciones que la legislación aduanera de los españoles había establecido al comercio con la América.

Todo el territorio brasilero colonizado por portugueses, siguió el empuje de separación dado por la madre patria; y los bosques de la América repitieron el eco del grito de guerra lanzado en las orillas del Tajo. Dirigidos los portugueses por un instinto mercantil lleno de penetración atravesaron el territorio, desierto entonces, que hoy forma la República Oriental del Uruguay, y levantaron a diez leguas de la costa española las murallas de la colonia del Sacramento. Una vez parapetados allí, pudieron contar con que habían dado el golpe de muerte al comercio de las dos flotas en que tanto se habían afanado los Felipes de las Leyes de Indias.

Los ingleses, los franceses, los holandeses, cuyas fábricas cuya industria y cuya civilización se habían alzado a una altura prodigiosa con los mismos elementos arrojados de España por el despotismo y la intolerancia, empezaron a echar centenares de cargamentos en las costas del Brasil desde donde eran trasportados hasta la Colonia. Muchas veces las expediciones originarias mismas venían hasta allí, a descargar y tomar sus retornos.

Una vez puestos en esa situación, el contrabando local se encargaba de hacerlos pasar hasta la otra orilla, desde donde subían hasta Lima misma con una mejora asombrosa en el precio sobre las expediciones del monopolio.

Así empezó a engrandecerse y a tomar vuelo la población y riquezas de Buenos Aires.

La población de Buenos Aires vino a ser, por medio de este cambio radical de las cosas, el centro, el nudo del comercio interior, con el exterior. La codicia de los comerciantes encontró medio de bautizar como españoles los géneros extranjeros para hacerlos atravesar todo el territorio, desparramando el bienestar y las riquezas por toda la vía. En pago de esas expediciones venía también el producto de las minas y de la agricultura interior que servía a dar retornos.

Por más que la España dio leyes, no pudo contener el torrente. Las provincias del Río de la Plata habían cambiado de frente: lejos de venirles de Lima el soplo de vida, eran ellas quienes lo habían empezado a dar. Tuvo la España la fortuna de encargar entonces el Gobierno del Río de la Plata, que empezaba a hacerse muy delicado a causa de estas ocurrencias, al célebre don Pedro de Zeballos, oficial de mucho crédito en las guerras de Italia, y que a mucho valor personal reunía la voluntad y el golpe de vista que hace a los grandes hombres.

En dos días comprendió él que el único remedio que aquel mal tenía era legitimar francamente los hechos consumados: es decir, abrir el Río de la Plata al comercio europeo; pero destruyendo antes la Colonia del Sacramento, para arrancar a los portugueses el privilegio que esas murallas les daban de hacer ese comercio por su cuenta. Realizada la obra vendría ese tráfico a hacerse por intermedio de los españoles; y el Gobierno del Rey tendría como hacer positivas sus restricciones. Revolución inmensa que basta por sí sola para asignar a qué altura estaban las ideas políticas de Zeballos.

La Colonia fue arrancada dos veces por él a la corona de Portugal; y restablecida la España en la dominación exclusiva de las dos orillas del Río, fue creado Virreinato de Buenos Aires todo el territorio que ha sido después República Argentina. Desde entonces, el comercio exterior* se hizo libremente por el Río de la Plata produciendo en su tránsito las riquezas de las ciudades de Salta, Córdoba, Tucumán y otras, que eran entonces centro de una civilización y de una prosperidad sumamente notables. La ciudad de Buenos Aires, que había estado muy lejos de fijar al principio la atención de la madre patria, debió a ese tráfico, solo su acrecimiento y su importancia: hasta que la guerra de la independencia, y la guerra civil después, le fueron quitando a pedazos los antiguos mercados del interior: que tantísimas ventajas le produjeron y que tanto le prometían siempre para el porvenir.

Esta revolución consumada por un hombre como Zeballos, que supo llenar la imaginación de los pueblos, por medio de guerras tan nacionales como aquellas, habría sido de cierto un vastísimo campo para la novela histórica. En ella habría podido hacerse servicios eminentes a la nacionalidad argentina reponiendo el espíritu de los pueblos, aturdidos por los excesos y las calamidades de las guerras incesantes, a la vía sana de su nacionalidad, y de su único desarrollo posible.

El plan que en mis ilusiones juveniles me había trazado no pecaba de cierto por estrecho ni por tímido; porque cuando uno

---

* Cuando hablamos de comercio exterior hablamos del comercio con España hecho directamente, pues es sabido que estaba prohibido el comercio libre con las demás naciones.

sale de la niñez se presume con fuerzas para todo, y no cuenta con los deberes serios de la vida que han de venir cada mañana a golpear sobre sus almohadas. Yo, pues, pretendía entonces consignar en la *Novia del Hereje* la lucha que la raza española sostenía en el tiempo de la conquista, contra las novedades que agitaban al mundo cristiano y preparaban los nuevos rasgos de la civilización actual: quería localizar esa lucha en el centro de la vida americana para despertar el sentido y el colorido de las primeras tradiciones nacionales, y con esa mira tomé por basa histórica de mi cuento las hazañas y las exploraciones del famoso pirata inglés Francisco Drake, tan célebre bajo el reinado de Isabel.

D. Pedro de Zeballos, y las primeras guerras contra los Portugueses, me inspiraron el plan de otra novela en la que traté de desenvolver el profundo cambio que este grande hombre realizó en el comercio y la política colonial, de que antes he hablado.

Es sabido que el virreinato de Buenos Aires incluía las cuatro intendencias del Alto Perú, hoy Bolivia, en donde había una raza oprimida que descendía directamente de los pueblos Inca: raza industriosa y civilizada bajo cuyo trabajo había florecido antes el país. La opresión que sobre ella impuso la raza española, la redujo a la miseria y al servilismo; y fue tan dura, que produjo al cabo la insurrección formidable que lleva el nombre de Tupac-Amaru, con lo que acabó para siempre el espíritu indio en nuestro continente. Al frente de los indígenas, los españoles puros y los criollos, animados por el espíritu de raza, habían permanecido unidos; pero cuando el peligro común desapareció, empezaron a sentirse los gérmenes de la hostilidad entre los dos gajos.

La Inglaterra que había crecido enormemente en pocos siglos no cesaba de lamentar el resultado de las victorias de Zeballos, y codiciaba el Río de la Plata como un canal para abrirse por el contrabando los mercados del Interior. Estas miras de su política, combinándose con otras circunstancias, produjeron al fin las grandes tentativas de Berresford y Witelock, contra las que hizo un papel tan novelesco el célebre Liniers, que por sus hábitos y su genio, era a la par que un hombre histórico distin-

guidísimo, un verdadero héroe de novela. Querer decir todo lo que un trabajo de esta clase hubiera podido revelar en cuanto a la marcha del país, y en cuanto a la revolución de Mayo, es inútil; pues no hay quien no sepa como se avivaron y se trabaron los odios entre europeos y patricios; entre los cabildos y las autoridades militares, después del segundo triunfo de Liniers, ni quien ignore la marcha rapidísima de los sucesos hasta el Veinticinco de Mayo de 1810. Sobre este fondo yo había trazado y aun empezado a ejecutar un romance con el título de *El Conde de Buenos Aires*.

Hecha la revolución se me ofrecían tres grandes fases. 1ª. El estado interior del país con respecto a los españoles, que tratado por medio del gran complot conocido por Revolución de Álzaga, habría revelado el espíritu y las condiciones morales de la sociedad revolucionaria con las primeras erupciones de sus pasiones políticas; escogí por título de este trabajo el de *Martín I*, y permanece en bosquejo.

2ª. La guerra exterior y de propaganda llevada por el general San Martín a Chile, y señalada con los famosos triunfos de Chacabuco y Maipu, me hicieron concebir un trabajo que vd. ha tenido en sus manos con el título del *Capitán Vargas*, que es el que he dejado más adelantado entre todos.

3ª. La insurrección de las masas campesinas contra los gobiernos centrales, al mando de Artigas y de Ramírez que empezó a reducir a ilusión todos los proyectos de organizaciones políticas que se habían imaginado; que con el título de *Guelfos y Gibelinos*, tengo también bosquejado apenas.

Usted ve que mi plan era vasto, y por lo mismo difícil de realizar. Ahínco y contracción no me hubieran faltado, me parece, si hubiera tenido tiempo y quietud de ánimo: dudo si de que los resortes de mi inteligencia hubieran sido bastante finos, bastante elásticos para prestarse a la ejecución un tanto apropiada de trabajo tan variado y tan perspicaz.

Por desgracia, no hay medio entre nosotros de sostener una literatura de este género: empeñarse en llevarla hasta esas alturas sería condenarse al martirio de Sísifo.

A mi modo de ver, una novela puede ser estrictamente histórica sin tener que cercenar o modificar en un ápice la verdad de los hechos conocidos. Así como de la vida de los hombres no queda más recuerdo que el de los hechos capitales con que se distinguieron, de la vida de los pueblos no queda otros tampoco que los que dejan las grandes peripecias de su historia. Su vida ordinaria, y por decirlo así familiar, desaparece, porque ella es como el rostro humano que se destruye con la muerte. Pero como la verdad es que al lado de la vida histórica ha existido la vida familiar, así como todo hombre que ha dejado recuerdos ha tenido un rostro, el novelista hábil puede reproducir con su imaginación la parte perdida creando libremente la vida familiar y sujetándose estrictamente a la vida histórica en las combinaciones que haga de una y otra para reproducir la verdad completa.

Pero, mi amigo, permítame V. que me contenga. Empecé esta carta en un rato de desahogo creyendo que no le escribiría a V. sino unos renglones, y me sorprendo de repente en el tren de un prólogo crítico como el que no quería emprender.

Por lo que hace a los trabajos más serios que V. me ha pedido para su Revista, créame V. que habría deseado complacerle ofreciéndole algunos manuscritos de que yo mismo hago tan poco caso que nunca he tentado publicarlos; pero se opone a mi deseo un fuerte inconveniente. Todo lo que podría dar a V. rola, como V. sabe, sobre cosas argentinas; y aunque son trabajos viejos, pues hace tiempo que he dejado de mano las tareas estériles de la literatura, parecerían escritos con intenciones actuales, y estoy hastiado de las luchas mezquinas de la pasión. Déjeme V., pues, olvidarlos.

Queda de V. como siempre afectísimo amigo y compañero.

V. F. LÓPEZ

I Lima en el año de 1578

I

No bien las carabelas de Colón habían echado en América el inquieto cargamento de bravos aventureros con que habían zarpado de las costas de Andalucía, cuando ya resonó por el mundo la fama de las grandezas y de la opulencia del Imperio de los Incas.

Decíase que montes de plata y ríos de oro cruzaban toda la tierra. Las perlas y los brillantes, las esmeraldas y los rubíes esmaltaban todos los templos. El resplandor de los preciosos metales que adornaban los palacios del Inca y de sus grandes, llegaba hasta las playas del mar de las Antillas, y conturbaba con sus vislumbres la fantasía anhelante de aquellos intrépidos avaros que las pisaban por la primera vez.

Dotados del orgullo que convenía a la nación más grande de la época, no había hazañas que tuvieran por ajenas de su temple, ni trabajos que no emprendieran para saciar la fiebre de las riquezas que enardecía su sangre. Hijos mimados de la fuerza, hermanos de leche del arcabuz y del mosquete, los tenientes de Gonzalo de Córdoba, adiestrados en el asalto y el saqueo de las ciudades de la Italia, ardían por demoler con la cruz de hierro de sus espadas los templos de plata y los ídolos de oro del opulento Imperio que se sentaba allá en las tierras interiores.

El ardor del fanatismo y la codicia eran como el eje de las pasiones indomables y enérgicas que animaban a estos bravos desalmados y guerreros.

II

La América había pasado siglos enteros en el seno del Océano, como la querida inocente y engalanada, que en el suave silencio de los bosques abandona sus encantos a un amante celoso y prepotente.

Pero la hora del rapto había sonado. La España y Colón habían triunfado del poderoso guardián; y domando la braveza de sus enojos, le habían arrancado el secreto de sus encantos solitarios. ¡Victoria inmensa cuyo glorioso recuerdo jamás agotarán los siglos!

¿Quién podría mostrarme una fábula opulenta inventada por la fantasía del más ardiente de los poetas, que rivalice en colores y prodigios con el descubrimiento y la conquista del Perú? Ni el *séptimo cielo* de Mahoma, ni el *Paraíso terrenal* de Milton, hablaron a la imaginación de mayores profusiones ni de prestigios más deslumbrantes que los que irradiaba el Templo del Sol y la corte de los Athahualpas en los días de la conquista.

El monarca que se sentaba bajo el centro mismo de la luz apoyando su cetro en lo empinado de los Andes,* parecía concretar en el mundo moderno las magnificencias tradicionales de los antiguos soberanos de Nínive y de Babilonia. Hijo de las razas de Semiramis y de Darío, se rodeaba del lujo de majestad de los viejos imperios de la Asia, para adorar como ellos al sol -origen de la luz y padre de los resplandores de la tierra.

El territorio que gobernaba era inmenso, y las riquezas que él derramaba a sus pies, inagotables. Los pueblos que le obedecían eran infinitos, variados, mansos, industriosos, inteligentes; pero aunque ricos y civilizados, estaban desheredados de aquel rayo

---

* Es sabido que la Corte de los Incas residía en Quito, ciudad situada en el centro de las cordilleras, y bajo la línea misma del Ecuador.

de porvenir y de vida eterna con que habían sido bendecidos desde el Gólgota los que habían creído en la palabra de Jesús.

Fugitivos quizá de las huestes de Alejandro, o ruinas de algún otro trastorno de los que causan estas manos de hierro en el destino de las razas, habían venido a la tierra de su asilo condenados a ser devorados por los Pizarros y los Corteses, herederos de la obra comenzada por aquel grande demoledor del Mundo Antiguo.

III

Pocos años bastaron a la España para ver colmada la gloria de sus anhelos. El Nuevo Mundo le había entregado sus entrañas preñadas de riqueza. Tesoros fabulosos, nunca vistos hasta entonces, atravesaban los mares en mil galeones para nutrir la prepotencia con que ceñía al mundo entre sus secos brazos aquel fanático esqueleto del Imperio de los Césares, resucitado en España por Carlos V y Felipe II.

El despotismo regio y la perseverancia con que los discípulos de Torquemada perseguían toda chispa de libertad en las ciencias y en las ideas, acabaron por postrar envilecido a los pies del poder el espíritu de vigorosa aristocracia con que la nobleza española había aparecido en la madrugada de la historia moderna. Las clases medias tan dichosamente preparadas para la industria y la política por sus fueros comunales, habían sido barridas del suelo con su ilustración y con sus fábricas. Una hermosa y adelantada agricultura cubría el suelo que había sido de los árabes; pero en aquella vegetación risueña, los frailes creyeron respirar el olor de la infidelidad y de la herejía, tomaron a escándalo los matices libres que el pensamiento del cristiano puede tomar al frente del progreso y de la civilización, y le sostituyeron el desierto, haciendo que la mejor parte de españoles huyese a millones de la patria por el crimen de no pensar como sus opresores querían que se pensase.

De todos los gérmenes de grandeza con que la España había salido al mundo, no pudieron sobrevivir a esta política funesta sino sus instintos religiosos y su bravura militar. Pero el espíritu de las tinieblas y la opresión habían hecho que el sentimiento religioso se convirtiera degradado en un fanatismo ciego y turbulento sin elevación y sin caridad; y su bravura militar, despojada de los principios morales que hacen del hombre una criatura de amor y de orden, no sirvió en el soldado español de aquellos tiempos sino para despertar los instintos de la destrucción y las pasiones del desorden, que engendran y fomentan las guerras de conquista. Vencer, saquear y oprimir, era el lema de sus banderas. A medida que la España se empobrecía, las poblaciones afluyeron a los campos de batalla y a los conventos, buscando el pan o la actividad a trueque de la esclavitud y de la guerra civil de que abnegaban. Durante este retroceso de los elementos vitales de la sociedad, fue que sobrevino el suceso extraordinario del descubrimiento y conquista del Nuevo Mundo. Las masas de desvalidos que habían suplantado a los ricos comuneros de la España, y el enjambre de ávidos cortesanos en que se había convertido la arrogante aristocracia, volvieron todos los ardores de su alma meridional al dominio y la explotación de las tierras de oro.

Un ejército de frailes fanáticos y crueles tomó en sus manos la cruz cristiana, y como si fuera un estandarte de sangre la hizo el símbolo de la guerra y de la conquista.

IV

La dominación del Perú había puesto en las manos de los Reyes de España el poder de dar la fortuna, y de engrandecer con sus gracias a los súbditos de su corona. Un empleo en Indias era una patente de riquezas. El suelo patrio estaba plagado de pretendientes a quienes devoraba la sed de adquirirla: y a cada señal de la mano regia millares de nuevos aventureros se lanzaban, como halcones, con sus espadas a descubrir y conquistar nuevos centros de opulencia.

Impertérritos y tenaces como los antiguos romanos de quienes descendían, los soldados españoles dieron cima en pocos años a la empresa de Colón.

Los primeros desafueros del triunfo fueron seguidos de turbulencias anárquicas y feroces en las que se cortaron las cabezas unos a otros sus caudillos.

Pero serenados al fin estos desórdenes resultantes de la avaricia y la ambición por la intervención administrativa del despotismo real, las cosas tomaron su curso estable y ordinario.

La voluntad regia vino a ser el resorte central de toda aquella máquina; y a cada uno de los movimientos con que la impelía desbordaban los tesoros que ella arrojaba a los pies del Monarca.

Era así como el Rey de España, bajo cuya mirada temblaban todas las naciones del globo, no tenía mucho que cuidarse por los millones de escudos con que sostenía su prepotencia irresistible. La América le daba con que oprimir a la Alemania y a la Francia, palpitantes debajo de sus pies: conque postrar a la Italia; conque arrojar al turco tras las fronteras de su barbarie; conque asolar las costas del pirata berberisco, y hacer de la rica Holanda el arsenal de sus flotas y de sus legiones.

Al mencionar solo de la España se pintaban la envidia y el terror en el rostro de los otros potentados: pocos le hacían frente, y por muy feliz se tenía el que la excusaba; pues tal era la grandeza de la Monarquía española bajo sus dos primeros Reyes de la Casa de Austria.

V

Había sin embargo un pueblo que si bien no podía presentar escuadras a las escuadras españolas, ni ejércitos a los ejércitos, echaba encima de los galeones en que sus tesoros cruzaban el Atlántico bandadas de rapaces y astutos gavilanes. Los diestros pajarracos que se desprendían de las costas nebulosas de Inglaterra habían mostrado desde el principio una astucia prodigiosa para clavar sus uñas en los ricos bajeles de la España. Era en vano que Felipe II se empeñara en espantar de las costas de sus dominios a los corsarios insolentes de Inglaterra. Ellos cortaban a todas horas algún pedazo de su real manto, para ir a mostrarlo altivos en su nido, como un presagio del día futuro en que los pueblos ofendidos por tan tiránica supremacía debían pisar sus girones como alfombra de sus pies.

Tal era la situación de las cosas allá en los años de mil quinientos setenta y tantos, que es la época en que tuvo lugar la conseja que voy a referir.

Las empresas de los corsarios ingleses se habían limitado en su principio a rapiñas hechas en el mar de los galeones que navegaban; pero, como su audacia no había llegado hasta atacar los establecimientos coloniales, se había gozado siempre en ellos de una inalterable tranquilidad. Los que vivían en las costas del Pacífico parecían sobre todo a cubierto de toda perturbación; porque la navegación del Mar del Sud y el pasaje del Cabo de Hornos eran empresas que hasta entonces no había acometido sino uno que otro de los más célebres navegantes a costa de padecimientos y peligros infinitos.

Empero, algunas veces los malditos herejes de Inglaterra habían puesto en duda el felicísimo reposo que gozaban estos países después de las degollaciones en que sucumbieron los primeros caudillos de la conquista.

El más famoso de todos los establecimientos coloniales que la España tenía en la América del Sud era la Ciudad de Lima: las riquezas territoriales de que estaba rodeada, su hermosísimo clima, y la fama con que se había inaugurado en la historia de la Conquista por los nombres de los Pizarros y los Almagros, la hicieron en muy poco tiempo la más rica prenda del cetro español. La mayor parte de las familias que ocupaban en Lima las primeras líneas de la sociedad estaban cercanamente emparentadas con la primera nobleza española, y habían venido a América premiadas por las hazañas con que sus jefes se habían distinguido en los campos de Italia o de la Flandes. El tono aristocrático dominaba en aquella nueva ciudad, poblada de opulentos empleados de las Rentas Reales y de pródigos mineros a quienes obedecían como esclavos millares de negros y de indios que hacían parte de su caudal.

Lima era a causa de todo esto un emporio de riquezas y de movimiento; y era quizás, después de Madrid, la única rival de los prestigios y del lujo de México entre las ciudades españolas.

Poco hábiles los soldados españoles en las artes de la construcción y de la decoración, porque para ellos había dicho Virgilio como para los Romanos:

«Hic tibi erunt artes, pacis imponere morem
Parcere subjectis, et debellare superbos»

levantaban por todas las calles de Lima nuevos edificios de una perspectiva singular y grotesca.

Había una obra, que entre todas las que se ejecutaban en aquel tiempo, era la que traía más alborotadas a las gentes de Lima; a saber la construcción de un espléndido puente de solidísimos materiales que echaban sobre el correntoso Rimac. Un arco colosal señalaba las entradas de su rampa extensa, y cuatro enormes pilares sostenían su centro. El lugar que habían escogido para la obra no podía ser mejor dotado de bellísimas perspectivas: los Andes y el mar dominaban con su adusta sublimidad, las formas principales de aquel cuadro matizado con las gracias risueñas de los fértiles valles y de los caprichosos picos de la montaña; el bullicio con que las corrientes agitadas del río embestían los pedrones que tapizan su cauce, levantaba allí una de esas grandes e inexplicables armonías que son como el himno salvaje con que la naturaleza canta sus vastas soledades.

Todas estas circunstancias hacían que aquel sitio formara por entonces el paseo predilecto de la elegante sociedad de Lima.

Los galanes currutacos recién llegados de España se distinguían por el paso de corte, garboso y solemne con que andaban. Acostumbrados a lucirse en los paseos y fiestas monacales de Madrid, hacían recibir en América sus maneras como leyes del buen tono; y como todos ellos eran, por lo regular, empleados en las rentas, raro habría sido que les faltase con que gozar en Lima de una vida cómoda y lujosa.

Uno de estos caballeros, vestido como era de uso en aquel siglo, con pluma sobre el sombrero, capa corta, jubón y calzas, todo de ricos tejidos de las Indias Orientales, venía acercándose a los grupos reunidos a las orillas del Rimac, y luciendo con su buen porte, una rica espada de cristiano y una lozana edad. Era mozo que apenas pasaba de treinta años. A poco andar se encontró con un su amigo: reuniéronse cariñosamente, y comenzaron a pasearse. El amigo, que se llamaba Gómez le dijo:

—No pensaba encontrarte hoy de paseo; creía que mañana se haría a la vela el buque, y te suponía muy ocupado en prepararte para el viaje.

—Sí; lo estaba en efecto; y aún no he concluido. Pero veía la tarde tan hermosa que no pude resignarme a perderla. Suponía que habría mucha gente... ¿Has visto por ahí a doña María?

—¡Hombre! sí: por aquel otro lado anda con la madre; pero te aconsejo que no te les acerques pues parecen que van rezando un rosario, tan serias y adustas llevan las caras; ¡y como la vieja es un pozo de devoción...! Dicen que te casas muy pronto con la muchacha. Ella es linda pero tiene un defecto que hará feliz al que la pierda.

—¡Mientes! —le respondió indignado el otro—; no sé que placer te procura el calumniar así a esa pobre niña.

—No te enojes, ¡hombre!... te lo digo porque siendo criolla y siendo limeña sería un milagro que no fuese artera y coqueta. ¿No la ves? parece una palomita llena de miedo y de inocencia, y sin embargo yo te juro que es viva y ardiente como buena americana. Te confieso, Romea, que no sé lo que vas a hacer de ese mueble cuando vuelvas a la Corte. La madre está empeñada en hacerla devota; pero el diablo me lleve siempre que la hija tenga mucha vocación para monja.

—Mira, Gómez; dejémonos de bromas. No continúes hablándome de esa manera si quieres conservar mi amistad. Te repito que no me gusta que nadie se meta así en mis cosas.

-¿Cuántas veces has hablado con Mariquita?

-Una.

-¿Y cómo sabes que te quiere?

-Como lo sabe un hidalgo de mi clase. Su padre me la da por esposa, y te juro que yo sé como recibirla. Si fuera cierto lo que tú dices de su natural, no te aflijas que ya sabré yo poner en orden las costumbres y las inclinaciones de la mujer que llegue a ser mía por la solemne bendición de nuestra Santa Madre Iglesia. ¡O me voy, o hablamos de otra cosa!

-¡Sea! ¿Qué noticias hay de la costa?

-Ningunas: parece que la corte fue engañada. No se verifica el aviso que nos dio; no sé si lo recuerdas, hace algunos meses que se nos dijo de Panamá que aquel famoso aventurero inglés llamado Francisco,* el feroz hereje que atacó ahora seis años las villas de Nombre de Dios y de Venta-Cruz, situadas al otro lado del Istmo, preparaba una nueva expedición sobre estas costas. Nuestro salvador lo habrá hecho perecer, sin duda; librándonos de tan horrible calamidad.

-Dios lo quiera ¿te acuerdas del sermón que con ese motivo predicó nuestro padre Andrés? célebre en su género, ¿no es cierto?

-¡Qué bruto es el tal fraile! era un montón de absurdos.

-Sí, pero lo cierto es que produjo el efecto que se esperaba; no hay mujer ni zambo que no esté persuadido de que los buques de Francisco van tripulados de monstruos idénticos al diablo que está a los pies de San Miguel en la Capilla de los desamparados. ¡Me parece que lo oyera todavía! con qué elocuencia y terrorismo el buen fraile nos pintaba los cuernos, la cola y la piel azufrada de los demonios que tripulaban los navíos del hereje!

-¡Bien me acuerdo! Mil veces estuvo tentado de sacar del error a la madre de Mariquita.

-Estoy cierto que madre e hija creen a puño cerrado las barbaridades del predicador. Pero tú que empiezas a ser marido convendrás conmigo en que es bueno que así lo crean para bien de la moral pública. Habrías hecho mal en decirles la menor

---

* Francisco Drake, célebre marino del tiempo de Isabel de Inglaterra.

cosa que las hubiese hecho dudar, pues desde que el lobo de tu futuro suegro no lo hacía, razones tendrá para ello.

-No hay duda.

-¿Has hablado alguna vez con la muchacha?

-Si no supiera yo que tú has sido su pretendiente por algún tiempo, me admiraría tu tesón por hablarme de ella.

-Pues sabe que te lo preguntaba porque sé, que apenas entras tú a la cuadra la echan para dentro.

-Así al menos lo hacían cada vez que tú hacías tu visita.

-Y lo mismo hacen contigo.

-Nada de extraño tendría, pues así lo exige el recato y la buena educación de una niña.

-Y mucho más siendo hija de un padre que es un tipo de nuestros buenos viejos de Madrid... tu futuro suegro es hombre raro de veras; y yo no viviría una hora con él: siempre serio y adusto, parece que nada mereciera sus simpatías. No recuerdo haberle visto una mirada afable para su mujer o para su hija. No te enojes; pero sabe que me han contado que te concedió la mano de su hija saliendo de misa, y que te dijo: «Señor Romea: he consultado con mi santo patrón si debo acceder al deseo que me ha mostrado Vd. de casarse con mi hija, y creo que él y Dios serán propicios a ese enlace.» Agregan que lleno tú de alegría le quisiste decir que tu amor por la muchacha era inmenso; y que él te tapó la boca con una furibunda peluca por haberle hablado de amor en la puerta de la Iglesia.

-Preciso es que se componga de tontos tu sociedad habitual para que pasen el tiempo en semejantes miserias.

-Pues dicen más; y es que escondiendo tú la ira que te causara la insolencia del viejo, diste un grande ejemplo de humildad a trueque de ser su interpósito heredero; que le tomaste la mano, y agachándote hasta el suelo le diste en ella un respetuoso beso... Yo que te conozco puedo calcular toda la borrasca que contenías en tu alma... Pero al fin ¿a qué hemos venido a América? yo por mi parte, (y lo mismo eres tú) he venido a hacer fortuna para gozarla a mi modo cuando vuelva a España: vivir como ese avaro de don Felipe sería...

D. Antonio Romea se paró seriamente enfadado y dijo:

-¿Por qué lado vas tú, Gómez?...

-Por el que vayas tú, le contestó Gómez riendo.

-¿Tengo yo la culpa de que hayan salido desairadas tus pretensiones en la casa de don Felipe Pérez y Gonzalvo, para que me hagas así el blanco de tu maledicencia?... Sobre todo, habla como Satanás de cuanto quieras; pero no hables mal en mi presencia de mi jefe, porque eso dañaría mi fortuna y me vería obligado a delatarte. ¡Don Felipe es un hombre irreprochable!

-¿Y quién dice que no lo sea? ¿Crees tú que si no lo tuvieran por tal le habrían encargado de llevar caudales tan cuantiosos? Cuando un hombre llega a tener una inmensa fortuna como la que él tiene, nadie se acuerda de como la adquirió, ni nadie sabe como la aumenta... ¡A otra cosa!, me dicen que el San Juan de Onton (alias el «Cagafuego») ¡lleva a bordo como diez millones de escudos!, ¿tú debes saberlo?

-Muy poco menos.

-¡Cáspita! ¿y las pipas de ese néctar admiten calador?... si lo admitiesen no sería el viaje una ruina para tu suegro ni para ti. Yo supongo que el viejo, tratándose de su yerno, no sería al lado de las bolsas tan mastín como es para los extraños... ¡Se ha de ver apurado para cuidar a bordo de la hija, y de los caudales del Rey!

-¡Mira, Gómez, que tú te has hecho ya muy notable por la liviandad de tus palabras y de tu conducta!

-¡Hijo! por más que hago no puedo conservar la máscara que tú llevas tan bien.

-El día que menos lo esperes has de tener algún disgusto serio y grave: no será extraño que hayan ido quejas a España; te tienen por libertino. En la casa de doña María no te pueden ver, y me reprochan de cultivar tu relación; ¡ten cuidado!

Al mismo tiempo en que Romea pronunciaba estas palabras, pasó raspando su brazo un bulto; que a juzgar por ciertas exterioridades, no podía menos de ser un ente humano. El modo con que iba cubierto, más bien diré su traje, era lo más extraordinario que se podía ver: del rostro que lo llevaba no se veía más facción ni sobresalían otras formas, que la cabeza, la esfera posterior del cuerpo y los pies. Era, pues, un bulto metido en un saco angosto, y envuelto de tal modo que apenas se podía ver en su cara un ojo negro que brillaba con la energía y la viveza del basilisco. Sus pasos eran cortos y ligeros; sus movimientos maliciosos iban dando a entender que comprendía cuanto veía, y que conocía a cuantas personas encontraba. Era, en fin, una «tapada» de las muchas que ya entonces cruzaban las calles y paseos de Lima.

Aunque no se sabe a punto fijo el origen de esta costumbre singular, hay cronistas antiguos (el arcediano Barco de Centenera, entre ellos) que dicen: que habiendo sido obligados los indígenas del Perú a abandonar la idolatría, tuvieron que salir de los claustros sus vestales; que resistiendo ellas al principio andar descubiertas, y dejarse ver del mundo, adoptaron un claustro personal que las hiciera tan invisibles detrás de él como las altas murallas de sus conventos.

Quizá nace de tan santo origen el profundo e inviolable respeto con que se ha tratado hasta nuestros días a una tapada.

Sin embargo, la costumbre, aunque hija de tan santo origen, se había corrompido; el hábito de las vestales, tenía infinidad de aficionadas; pero no las tenían tanto sus virtudes. Desde aquellos tiempos ya tenía en alarma esta costumbre a muchos virtuosos prelados; y, sobre todo, a muchos padres de familia.

Se trataba, pues, muy seriamente de reunir aquel gran Concilio Americano, al que el espíritu santo descendió para declarar abominable el eclipse total de las mujeres. La «saya y manto», empero, se insurreccionó contra la Iglesia; y puesto que siguió con más ardor que nunca, es lícito presumir que sus suaves influjos lograron persuadir de su excelencia a los venerables prelados, que le habían hecho tanto asco antes de comprenderla.

Como íbamos diciendo, una de estas tapadas pasó raspando con Gómez y con don Romea; y como llevaba aire tan suelto y espiritual, don Gómez, le dijo:

-¡Adiós, perla!

-¡Sí! -le contestó ella-: será porque voy dentro la concha; pues en lo demás, no soy de las que se pescan, ¡caballero! Don

Gómez, aconséjele V. a su amigo que no salga al mar con perlas; porque los herejes son muy hábiles para pescarlas, y las buscan con frenesí.

-¡Vaya! -dijo Romea-, poco miedo les tendrías tú, ¡alma mía! al sacarte la costra que llevas no te harían mucho mal ¿no es cierto? ¡te volverían a tu padre (el sol) y nada más!

-¡Como no fuera al sol de España me daría la enhorabuena!

-¿Hacia donde vas, estrella tan nublada?

-¿Le han dado a V. empleo en la Inquisición? ¡pluguiera a Dios! para que pudiera saber por medio del tormento lo que piensa doña María de su casamiento con V. ¡le ama a V. que es horror!

Al decir esto, soltó una espiritual y maliciosa carcajada; y como los dos amigos la habían ido siguiendo mientras la hablaban, ella apresuró el paso, se enredó entre los grupos de gentes que ocupaban las basas del futuro puente, y logró perderse entre la multitud.

Gómez miró con ironía a Romea; pero comprendiendo que el malicioso dicho de la tapada lo tenía preocupado y de mal humor, guardó silencio caminando a su lado.

Empezaba ya a hacerse de noche. La ciudad de Lima, sobre todo la plaza, comenzaba a presentar aquella escena animadísima que se repite todas las noches hasta el presente. La gente que venía del puente podía ver las filas de teas ardiendo que fileteaba los portales; y allí, el alegre y bullicioso hablar de las negras y negros, el chirriar de la grasa hirviendo que preparaban para las frituras, la afluencia de los compradores, y la diversidad de las castas, pues mezcladas andaban el altivo castellano con el cargado y francote catalán; el tosco gallego con el insolente y afeminado zambo, el ardiente negro con el indio humillado. Lima empezaba ya a ser entonces la famosa Babel americana.

Los dos amigos que conocemos, se retiraban callados por en medio de esta escena de alboroto. Lo que iba a hacer el uno, nada nos importa por ahora para que nos tomemos el trabajo de seguirlo; el otro, don Antonio, se fue a recoger; pues muy de madrugada debía salir a embarcarse en el San Juan de Onton, navío cargado del oro que mandaban al Rey por vía de Panamá.

El encargado de este caudal era don Felipe, padre de doña María, quien llevaba también consigo a su familia. Don Antonio le acompañaba como empleado en rentas, colocado a su lado por el Virrey para que le sirviera de oficial. Le dejaremos, pues, dormir, o cavilar, hasta mañana, para seguirlo en las aventuras que pasaron por él desde que se embarcó con la familia del adusto y respetable viejo de quien iba a ser yerno.

II Trágico fin de la historia del rey don Sebastián y de su caballo blanco

La noche en que hemos dejado a nuestros dos conocidos fue seguida de uno de aquellos días tan comunes en Lima que tienen un no sé qué de suave y melancólico con que hablan al alma el lenguaje interno del sentimiento. El cielo tenía por delante un telón trasparente de nubes tupidas y delgadas que no permitía al ojo del hombre penetrar hasta el centro del espacio, ni agitarse en medio de su vasta sublimidad.

Una luz modesta y amortiguada comenzaba a blanquear todos los objetos, y hacía salir del seno de la oscuridad el panorama natural que rodea a la ciudad, cuando don Antonio Romea, abriendo las rojas colgaduras de damasco que cerraban su muelle lecho, saltó de él y comenzó a vestirse a toda prisa. Gritó a su criado; le ordenó cargar las mulas con su equipaje, ensillar sus caballos, y tenerlo todo pronto para el momento de marchar a juntarse con la familia de don Felipe Pérez y Gonzalvo.

En toda la noche no había podido pegar sus ojos el joven español. Ya fueran las agitadas emociones, las cavilosas dudas, los fantásticos proyectos que suscita un viaje; ya, la ansiedad que producía en su corazón la circunstancia de ir doña María en el mismo buque que él, donde, por consiguiente, no podía menos de tener ocasiones frecuentes de hablarla; ya, otras mil ideas risueñas, o alarmantes, de las que, aun hoy que se halla tan adelantado el arte de la navegación, asaltan sin poderío remediar al hombre que se entrega al mar en medio de un tejido de maderos, el hecho es, que el señor Romea no había podido pegar sus ojos, como se dice. Un mundo fantástico había venido a cada instante a llamar sobre sus párpados, obligándolos a una vigilia continuada.

Entre las muchísimas cosas que atravesaban su imaginación, había una que sin poderlo él evitar, se mezclaba con todas las otras: al menos, todas las otras venían a terminar con ponérsela por delante; y si nuestros lectores no se han olvidado de la tapada del puente, les será fácil adivinar que esta maliciosa criatura era la que con sus preñados dichos tenía en tan completa alarma el ánimo de aquel novio. Él se decía: «¿Cómo supo esa bruja que doña María no me quiere, cuando ni yo mismo lo puedo sospechar? ¿tendría acaso esa niña relaciones con esa laya de gente? ¿tendrá confidencias? ¡Oh! ¡imposible! la austeridad y vigilancia de sus padres no le dejarían lugar para ello, aun cuando fuese tan liviana que no concibiera toda la impropiedad y la indecencia de semejantes amistades. No hay más sino que esa bruja me ha querido alarmar: ha querido, por malignidad, hacerme una herida de donde destilara sangre ¡perversa!» Concluía en esto de ponerse su capa y espada de viaje. Abrió su puerta; dio sus órdenes al criado, y se puso sobre los lomos de un rocín manso y tranquilo, en cuyos ojos amortiguados se conocía que había olvidado aun el andar de galope, sostituyéndolo con el tino necesario, para no descuidarse jamás con el equilibrio de las piernas de su amo. Ni más ni menos que el que lleva un cántaro de agua sobre su cabeza, marchaba aquel caballo con aquel tan poco caballero.

El novio, don Antonio Romea, se puso pues en camino de esta suerte, dirigiéndose a la casa de don Felipe Pérez y Gonzalvo, su futuro suegro.

En la anchísima puerta de esta casa se hallaban ya dos literas de viaje, enormes y preciosas. Claro es que cuando digo preciosas hablo con referencia al tiempo en que se usaban; porque las modas pasadas son como las viejas, cuya belleza es incomprensible para quien no las conoció en el auge de su juventud. Las literas de que hablamos eran de las que entonces se llamaban en Lima «Balancines». Eran estos unos muebles que puestos a las puertas de una casa constituían un rótulo de nobleza y de lujo. Nadie podría hoy concebir cuantos esfuerzos de arte habían contribuido a su construcción. Su aspecto era, tomado en globo, un busto de nuestros dos buenos reyes *ab initio* don Carlos V y don Felipe el segundo: parecía pues todo el carruaje un perfil frentudo, sumido en el medio, seco y chupado en los carrillos, que terminaba por una barba atrevida y puntiaguda en dirección a la frente.

La inquisición no dejaba de tener derecho, si se quiere, para reclamar como propia alguna de las faccioncillas de los tales balancines. Algo tenían al menos del hábito dominico con su parte superior pintada de negro, y de hermoso blanco con dorados la inferior. Cuatro agujerillos a guisa de ventanas, guarnecidos de fuertes cristales permitían espiar de adentro como desde un confesonario, el mundo de los vivos: bajo cuyas faces eran una encarnación (como diría un romántico de buena fe) del espíritu de virtudes monacales que dominaban en aquella época feliz de paz y benévola quietud.

Los balancines de los ricos estaban forrados por dentro de riquísimo brocado de seda estampado con labores finísimas y brillantes representando las batallas del Cid contra los moros; los autos de fe del Santo Torquemada; las degollaciones de herejes del duque de Alba, y mil otras grandes tradiciones de la raza española. Pero la escena que más preferencia tenía era el Arcángel San Miguel pesando en su balanza el mérito de las ánimas, y haciendo derrumbar entre las llamas del infierno a las que no eran bastante livianas para subir al cielo: repito que por dentro y por fuera eran los dichosos balancines una expresión de la Sociedad; y como quien dice una literatura. ¡Eran de verse por defuera las pinturas y los bordados, las alegorías y los emblemas, los escudos y las guarniciones! Pero como me sería imposible acabar de describirlos, si hubiera de ocuparme menudamente de todos sus curiosos accidentes, concluiré (eso es lo mejor dirá el lector) por decir que todo el techo estaba fileteado de finas campanillas de plata y oro, lo mismo que lo estaban los arreos de las mulas que los tiraban. Era así como al moverse una de estas andantes orquestas, conturbaba el aire el bullicioso tintineo, que era para los oídos del fastuoso dueño la dulce sinfonía del orgullo.

Dos literas, pues, como estas, eran las que se hallaban a la puerta de la espaciosa casa de don Felipe Pérez y Gonzalvo, Superintendente de los «situados»* del Perú. Un par de vigorosas mulas estaba atado a cada una; y una docena de peones se ocupaban en acomodar en otras mulas las cargas del equipaje, para empezar a andar, cuando se mostró sobre su jaca el garboso don Romea.

Había junto a las literas dos interesantísimas mujeres, que mostraban en su aire grande satisfacción y grande alegría. Veíase bien claro que aquellas dos niñas se hallaban en una de esas situaciones de excepción que a la vez que animan el genio, aflojan la tirantez de los vínculos que suelen atar a los miembros inferiores de una familia: el alboroto y la agitación del acomodo habían producido aquel descuido tan natural en tales circunstancias, y los padres de la casa no habían pensando en vedar la puerta de calle a la señorita doña María, hija única de don Felipe, ni a una preciosa y astuta zamba que era la compañera de años y de emociones de la niña. Ellas se habían aprovechado de esta rara ocasión para tomar la puerta por suya, y hacer brincar sus fantasías con sus miradas sobre todo lo que las rodeaba.

Ambas eran espirituales y picantes. Eran limeñas; y en cuanto a gracia y talento, todo está dicho con esto.

Doña María era una joven de diez y siete años. Con verdad puede decirse que su rostro no presentaba ninguno de aquellos rasgos fuertes y pronunciados de la belleza, que le dan el sello de la altivez. Pero no era menos cierto que del conjunto de su figura traspiraba un ambiente de candor, y de astucia tan inde-

---

* «Situado» se llamaba en el tiempo colonial a la masa de caudales que cada virreinato enviaba a las dos Flotas que cada año conducían a España los retornos americanos.

finiblemente mezclados, un aire de voluptuosidad suave y de viva inteligencia, que hacían de la niña una tierna criatura llena de promesas de amor y de abnegación. Tenía lo que llamamos en América «un lindo cuerpo»: de su cintura suelta y delgada se desprendían las formas más redondas y más airosas que se pueden imaginar. Su pecho saliente y abovedado sostenía un cuello torneado y esbelto, coronado por la bella cabeza, que, inclinada un tanto al lado izquierdo, completaba el aire extraordinario de gracia modesta que dominaba en su figura encantadora.

Aristóteles ha dicho que las bellezas del rostro humano consisten en las combinaciones de la línea curva. Que esto sea o no cierto, el hecho es que las facciones de doña María eran casi todas ovaladas y bellas.

Su tez no era blanca: era más bien de un color sombreado pálido. Sus ojos eran negros, grandes y vivos: el brillo de su mirada se hallaba realzado por dos de esas melancólicas y misteriosas sombras que llamamos ojeras, y que tan profunda y tan ardiente ternura dan al ojo de la mujer bella. Tenía una nariz muy fina graciosamente ondulada desde su arranque. La boca era pequeña. Sus labios un poco gruesos y notables; pero como eran cortos y del tinte de la rosa, servían al mayor esplendor de la fisonomía.

Si toda esta figura se coloca sobre dos pies pequeños y recogidos de una rectitud perfecta, habrá concebido el lector una idea aproximada de la figura de mujer que llevaba en el mundo doña María.

Hemos dicho, que viva, sagaz y alegre como esta, era una joven zamba que estaba en la puerta parada con ella. Esta joven criada seguía todos los movimientos de su señorita: le hacía caricias, le daba besos con un cariño delicioso, le tomaba las manos, y la hacía reír con mil dichos graciosos y picantes que brotaban de su ingeniosa imaginación. Su tez era oscura, pero unida y abrillantada; cobriza, pero finísima y delicada: dos ojos preciosos y penetrantes daban una animación particular a su semblante: todas las demás facciones eran agudas y afiladas como su carácter; y como tenía habitualmente sobre su semblante una sonrisa astuta y maligna, no podía mirársele a la cara sin notársele al momento las dos filas estrechas y perfectamente iguales, que formaban sus blancos y lindísimos dientes; accidente que daba a esa sonrisa una gracia incomparable. Acababa esta interesante criatura de bajar con un ligero salto del umbral a la vereda, cuando mirando a lo largo de la calle exclamó:

-¡Guay! señorita, allá viene el novio de su merced.

-¿Quién?... -dijo doña María sorprendida.

-Don Antonio, señorita; mírelo su merced, viene sobre el caballo dando cabezadas a los dos lados, como las balanzas de la pulpería.

-¡Entrémonos! -dijo la niña agitada.

-¡No, señorita! veamos lo que nos dice: háblelo su merced de las tapadas que andan por el puente. ¡No! ¡mejor es que yo le saque la conversación!

-¡No! ¡no!... puede sospechar algo de la pobre Mercedes. Mira que los españoles son desconfiados y sagaces; y si tatita o mamita llegaran a saber algo meterían a Mercedes de cocinera en un convento de monjas.

-¡Rico chuspe* comerían las madres!... -dijo la zamba con donaire.

-¡Entrémonos!

-¡No, señorita! -le respondía la gentil muchacha con una voz insinuante y cariñosa-: esperemos a su novio para ver como nos saluda y qué nos dice.

Estaban ambas en esta lucha, cuando don Antonio se acercaba. Obedeciendo a un impulso natural en su caso se apuraba para llegar; pero no podía vencer cierta turbación que de más en más le ganaba quitándole toda seguridad de sí mismo.

Doña María había tomado su aire de costumbre, encogido y un tanto mojigato. Vacilaba entre disparar para adentro, y quedarse en la puerta arrostrando los cumplimientos y requiebros de su futuro; y la zamba traviesa gozaba infinito con la situación desabrida de ambos novios.

---

* Sopa hervida y muy condimentada que forma en el Perú un plato sabroso, suculento, y en extremo popular.

Las circunstancias del encuentro eran ya tan urgentes que doña María tuvo apenas tiempo para decir a su criada:

-¡Por Dios! ¡no le hables de la tapada!

Y sin poder resistir más, se dio vuelta y corrió para adentro. Sonaron en esto las llaves y pasadores de una puerta y apareció, serio y taciturno, don Felipe seguido de su devota costilla.

-¡María! -dijo esta con imperio.

-¡Señora! -contestó la niña con una voz insinuante e hipocritona.

-¿Qué hacías en la puerta de calle, niña?...

-La esperaba a V., mamita.

-¿Y Juana?

-Ahí esta.

-¡Que se entre al instante!

Don Antonio llegaba al mismo tiempo, y al ver a toda la familia en el patio, se desmontó y se reunió a ella cuando don Felipe empezaba a rezar en coro una oración, pidiendo a Dios su ayuda para el viaje. Concluida la plegaria se santiguaron todos, y subieron a los balancines, remontándose a su jaca nuestro novio.

Iba en el primer balancín don Felipe con su hija; y en el segundo iba su mujer con Juana sentada a sus pies.

Como el camino que tenían que hacer era tan corto, no es extraño que nada les sucediese en él digno de referirse: nos contentaremos, pues, con decir que después de haber andado los dos balancines bamboleando sobre las piedras que lo cubren, y de haber hecho sonar a cada barquinazo sus numerosas campanillas, llegaron al Callao, donde ya eran esperados por el capitán del San Juan que ardía por hacerse a la vela en el momento. Pocas horas después estaban ya todos a bordo: levantadas las anclas desplegáronse las velas, y el San Juan comenzó a ver correr sobre su izquierda las islas de San Lorenzo, mientras que su proa cortaba las aguas del Pacífico con dirección al noroeste.

Doña Mencía Manrique (que así se llamaba la digna mujer de don Felipe Pérez) se mareó al momento, por lo que no pudo practicar aquellas largas y repetidas oraciones con que tanto ocupaba las horas de toda su familia.

Don Antonio no había logrado en los primeros días ver realizadas sus halagüeñas esperanzas de conversación y acomodamiento con su futura esposa; porque don Felipe lo había tenido siempre sobre los libros de cuentas, trabajando con aquella constancia imperturbable y nimia prolijidad, de uno de aquellos viejos españoles, que, cuando llegaban a sentarse con algún poder sobre una alma joven, la trataban como una piedra de molino trata a los granos de trigo.

Era así como doña María y su interesante zamba gozaban en el mar de una libertad que hasta entonces no habían conocido; y como no había que temer la puerta de la calle, ni la ventana, ni los galanteadores, ni las guiñadas, ni las esquelas, ni los recados, esa libertad les era tácitamente permitida por sus mismos guardadores.

Tres días hacía que andaban así las cosas, y ya empezaba a anunciarse la noche del cuarto día, cuando ocurrieron los sucesos que vamos a referir.

Aunque no había oscurecido aún, sin embargo, la luna se mostraba en el oriente perfectamente clara, y con aquel color plateado y puro que la luz del día desfalleciente imprime sobre su disco. Doña Mencía estaba en cama muy afectada siempre de su cabeza. Don Felipe y don Antonio trabajaban como de costumbre en sus arreglos de partidas y de cuentas. Doña María y su zamba comenzaban a aburrirse ya, y a sentir aquel monótono desfallecimiento, aquel tranquilo desgano que un viaje de mar infunde siempre. Para ellas, habían perdido toda su novedad las ballenas y las gaviotas; y el triángulo espumoso de la proa no fijaba, como al principio, los lindos ojos de aquel par de bellas.

Resignadas al fastidio, contemplaban la inmensa bóveda del cielo, y seguían los pliegues con que el viento se insinuaba en las altas velas del navío: porque este era el único cuadro sobre que podían fijar su vista.

Había junto a la entrada de la cámara un banco. Doña María, vestida de blanco, estaba sentada en él, Juana echada a sus pies, reclinaba la cabeza en las muelles rodillas de su amita.

Apareció en estos momentos, con paso liviano y cauteloso, como escapado de la cámara, el caballero don Antonio, novio presunto de doña María. Bastaba mirarle su semblante para conocer que su corazón latía más aprisa que de costumbre; algo de conturbado y de trémulo tenía en todos sus miembros, y no bien fijó sus ojos en la niña, que seguía reclinada sobre un codo con un abandono encantador, cuando se puso encendido como un niño que empieza a sentir los primeros sonrojos que ocasiona la sociedad de las mujeres.

Era indisputable que don Antonio estaba enamorado, que la mudez misma a que había sujetado su pasión le había dado intensidad.

Reventando de desesperación al ver que los días pasaban unos tras otro sin que él se hubiese hecho comprender de su bella; indignado de su falta de valor para sobreponerse a su propia timidez, se había creído un héroe por un momento y había resuelto subir a declararse a doña María; pero no bien había puesto el pie en el primer escalón cuando un temblor involuntario se había apoderado de sus miembros confundiendo todas sus ideas, y le había quitado el uso fácil de la palabra. Vaciló en su marcha, se dirigió a la borda del buque, y como si se hubiese repuesto con un esfuerzo de voluntad, vino tímido como un perdiguero a sentarse al lado de su ídolo.

Esta se enderezó y compuso los vestidos con toda la maestrísima astucia que una niña de diez y seis años sabe desplegar en las luchas de un amor que no ha avasallado todavía.

Juana se levantó entonces con una finísima sonrisa y como no había tenido tiempo de lanzar su epigrama favorito, fue a recostarse en la borda fingiendo una prudencia preñada de ironía.

D. María tomó ventaja de la indecisión que dominaba a don Antonio:

-Usted querrá estar solo, le dijo levantándose con gentileza.

Pero don Antonio, que con este ademán se vio amenazado de un golpe mortal para las caras ilusiones con que había subido, le tomó desesperado la mano (en los tiempos antiguos se enamoraba por las manos como en los tiempos modernos) y le dijo balbuciente:

-¡Solo! ¡no, señorita! ¡la soledad me mataría! he venido para hablar con usted: ¡no me deje usted solo por Dios!

Las pasiones verdaderas tienen siempre su prestigio momentáneo que las hace irresistibles; y doña María se sintió vencida en su misma indiferencia por aquel arranque del sentimiento sincero de su prometido, retiró su mano con pudor y se volvió a sentar afectada y confundida ella también.

Si don Antonio hubiese sido uno de aquellos galanes avezados en el arte del querer, este era el momento supremo para decidir la suerte a su favor; el alma de la mujer a quien amaba estaba como muchas veces suele estar el alma de las demás mujeres, en el estado de la cera pronta a recibir la impresión que el artista quiera darle.

Pero don Antonio no era artista, y su amor inexperimentado no podía luchar contra la indiferencia innata con que el corazón de doña María reflejaba su persona. Había vuelto a caer en la parálisis del sentimiento puro, y no sabía por donde empezar.

-¡Qué hermosa es aquella estrella! -fue lo único que se le ocurrió decir después de un rato de silencio, señalando al planeta Venus que brillaba sobre el horizonte.

Volviéndose Juana hacia él le dijo desde la borda.

-Pero si usted se descuida, señor, ¡va pronto a entrarse!

Y bastaron estas palabras dichas con mucha malicia para que doña María se viese acometida de una risa convulsiva que persistió a pesar de sus esfuerzos por contenerla, y que no era sino una reacción natural de la sorpresa y de la emoción nueva que por un momento la había dominado.

-Qué cruel es usted, Mariquita, en reírse así de mí, le dijo don Antonio con humildad.

-¡Ay, señor! ¡no crea usted, por Dios, que me río de usted! -le dijo la niña con una seriedad forzada-, ni yo misma sé de lo que me río.

-¡Se ríe usted, porque no me ama! Pero si usted supiera lo que yo siento por usted; si usted supiera que la vida me sería aborrecible si no tuviera la esperanza de que usted me ame cuando conozca todo el ardor de la pasión que me hace su esclavo, estaría usted no risueña sino trémula y perdida como yo estoy.

Doña María se quedó callada por unos instantes inclinando su bellísima cabeza sobre el tumente seno; y don Antonio la devoraba tímidamente con sus miradas. Pero ella que veía a Juana por las espaldas sacudirse de risa también, le dijo con la misma inclinación al reír mal sofocada.

-¡Déjeme usted reír, por Dios! no sé que hacer si no me río.

-Bien, señorita: ríase usted; pero cuando usted acabe tenga usted la caridad de contestarme una palabra. ¡No me la niegue usted! ¡sea usted buena conmigo que tanto sufro por usted! ¿Ha pensado usted en que estamos destinados a unir nuestros destinos para siempre por medio del amor?

-Señor Romea: mi padre me lo ha dicho; pero le he visto a usted tan pocas veces: tengo tan poca confianza con usted, que debo confesarle que hasta ahora no he querido cavilar en lo que usted me indica. Y la niña se reía a más reír al ir diciendo estas palabras.

-Pero si usted me amase se sentiría usted atraída hacia mí.

-¡Ah! ¡eso no! -dijo doña María con viveza; y reponiéndose al momento agregó-: pero no lo extrañe usted; me habla de cosas que son desconocidas; y volvía a reírse.

-Tengo que retirarme, Mariquita; dijo entonces don Antonio con tristeza, porque su taíta de usted me espera; y me voy con el desconsuelo de saber ya de cierto que le soy a usted indiferente. Al decir estas palabras don Antonio se levantó despechado, y bajando la escalera de la cámara dijo con los rasgos convulsivos de la cólera sobre su rostro: -¡Coqueta!- y con el mirar torbo de sus ojos parecía decir «¡día vendrá en que cambiarás tu risa por el miedo!»

Cuando doña María vio a don Antonio retirarse se sintió aliviada y oprimida al mismo tiempo. Tenía un secreto pesar de haber ofendido, tal vez, a un hombre que le había significado tanto amor, tanta bondad y tanta resignación.

Pero Juana vino en aquel mismo momento y deshecha en carcajadas de risa dejó caer su negra cabeza entre las delicadas faldas de la niña.

Esta sin embargo ya no podía reírse con la misma espontaneidad; algo de serio había pasado por su alma que la ponía pensativa; y no pudo menos que decir a Juana con cierto tono indefinible de súplica: -No rías así, ¡por Dios! ¡este hombre me ha dejado afectada!

-¡Guay, señorita! -le dijo la zamba con admiración- ¿cómo es eso?

-Sí, Juana, te lo confieso; este hombre me ha dejado llena de lástima o de miedo, ¡no sé lo que es!

-¿Y don Manuelito, señorita; qué diría si la oyese a usted hablar así?

-¡No lo sé! pero en lo que me acaba de pasar hay algo de grave que ha cambiado mi modo de ver las cosas, y me está pareciendo juego de niños el cariño de don Manuel.

-Tate... pues, niña, ya veo que el viaje va a darnos que contar.

-Hace tiempo que lo he dicho: el Padre Andrés me ha estado amonestando en las confesiones que ponga mis ojos en don Antonio: que Dios y mis padres me lo destinan para señor de mi alma y de mi vida; y tú sabes las durezas de que ha sido víctima mi primo Manuel. Este hombre, Juana, dice que me ama. Dios, mi confesor, mis padres, me mandan ser suya; y sin embargo tú ves la humildad con que me ha hablado. ¡Te juro que no sé lo que me pasa! Yo siento que el cariño con que miraba a Manuel no me da fuerzas bastantes para resistir a don Antonio; y además, acabo de comprender que no le tengo repugnancia, dijo doña María con resolución.

-Pues, señorita: ¡eso y empezarlo a amar es todo una misma cosa! -dijo Juana despechada.

Las dos bellas se quedaron absorbidas en un profundo silencio después de estas palabras.

Juana fue quien al fin lo rompió, diciendo como para tener pretexto de conversar.

-¿Sabe, señorita, que sería chasco que nos encontrásemos con los herejes?... Si, como dicen, son hijos del diablo y tienen su propia figura, no se les ha de ocultar que este barco lleva muchísima plata. ¿Y si vienen, quién nos defiende?... ¡Madre mía del Carmen!... Si trajésemos un padre, ya sería otra cosa; porque él los conjuraría. Pero aquí venimos desamparadas; y por lo que he visto este capitán y esta gente no han de estar muy bien con Dios.

-¡No digas eso, Juana!

-¿Cómo no lo he de decir?... A mí me parece que nuestro capitán y sus marineros son tan herejes y judíos como los mismos herejes. ¿No oyó su merced las maldiciones que echaba ese bruto el otro día, cuando el marinero que estaba sobre aquel palo no podía recoger pronto la vela? Yo no había oído jamás una boca más mala; si lo hubiera oído el amo o la señora no nos hubieran dejado subir más a tomar el aire.

-Esta gente siempre es torpe, Juana; y si así son los cristianos ¿cómo serán los herejes? ¡yo me moriría si tuviese que verlos! ¿De qué andarán vestidos, eh? Que cosa tan horrible serán; y dicen que no hablan; que son como los animales, que solo entre ellos se entienden, y que se comen a la gente.

-¿Y sus buques, señorita, serán como este?

-¡No, mujer! ¡cómo han de ser! ¿cómo te figuras que los buques de cristianos hayan de ser como los de los herejes?

-¿Y quién es el Rey de los herejes, niña?

-¡Quién sabe! el otro día le oí decir a tatita que era una mujer muy enemiga de nuestro rey: una judía que anda como los hombres montada a caballo, y en la guerra; que mata a muchos de sus súbditos y que ha degollado a una reina preciosa y buenísima, porque era cristiana. Pero no sé como se llama.

-Se llama Isabel (dijo alguno por detrás de ellas con una voz tosca y un acento conocidamente portugués) y es fiera como el diablo.

Las dos muchachas miraron hacia atrás sobresaltadas, y se encontraron con un marinero que manejaba el timón, y que al decir las palabras que quedan escritas, tenía clavados sus ojos en las velas como si esto fuera lo único que lo preocupara.

-¿Y usted la conoce? -le preguntó Juana con desembarazo.

-¡No! pero la conoce un hermano mío, marinero como yo, que estuvo prisionero mucho tiempo en Inglaterra.

-¿Y usted ha visto herejes? -le preguntó María.

-¡De cerca, no! porque las veces que los hemos encontrado en el golfo de Vizcaya les hemos menudeado tanta bala que han perdido el coraje de acercársenos. Pero, aunque no los haya visto, puedo jurar por Cristo que todo lo que ustedes estaban diciendo es fábula. ¡Los herejes son hombres como yo, señoritas! los hay hermosos como un roble, y sus mujeres son lindas como las estrellas. No por ser hijas del diablo (lo cual es cierto) dejan ellas de ser madres de bravos marinos y galanes caballeros. Esas cosas que allá en tierra cuentan los frailes son pamplinas buenas para ellos y para embaucar la gente que no sabe lo que es mar. ¡Si dijéramos los Moros! ¡eso ya sería otra cosa! ¡estos sí que son retratos del diablo en lo negro y en lo feo!

-Yo he visto muchos moros, dijo Juana.

-¿Quién?... ¿tú?

-¡Sí, señor!... pintados.

-¡Ah! eso sí: no estarías aquí, ni tendrías tan rosada la boca si los hubieses visto de carne y hueso.

-¿Son muy malos? -preguntó doña María.

-¡Arre!... ¡Cómo el diablo!

-¿Y cómo estuvo usted con ellos?

-¡Vea usted! Yo fui con el famoso Rey don Sebastián a pelearlos en su mismísima tierra para reducirlos a nuestra Santa Fe. Les dimos una gran batalla. Les matamos gentes a millones. Pero el diablo los resucitaba a aquellos malditos en cuerpo y alma y les daba lanza y caballo para que volviesen a pelear. Todititos los santos del cielo, y todititos los diablos del infierno anduvieron en aquel día a cual hacía más milagros para los suyos. Pero, como nosotros éramos cristianos, no nos resucitaban para que ganásemos el cielo; mientras que a ellos el diablo principal les cerraba las puertas del infierno, de modo que no tenían más remedio que volverse a la batalla quisieran que no quisieran. Allí nos estuvimos pues dándonos hacha y tiza y agrupados a nuestro Rey, que era un joven de lo más guapo y gallardo que se puede ver. ¡Era de verlo correr de un lado a otro descabezando moros y chorreando sangre impura! Tanto pelear nos iba acabando poco a poco; y no quedábamos ya sino unos cuantos vivos, cuando nuestro Rey desde lo alto de su caballo blanco como la nieve, nos dijo: -«¡Viva la fe! ¡a ellos!» y se metió en medio de los enjambres de moros. Todos íbamos a morir: ¡nuestro Rey el primero! cuando se vio, señoritas, el más grande de los milagros que haya hecho nuestra Santísima Madre la Virgen de Mercedes. Don Sebastián llegaba ya a las filas de los moros, cuando se abre en esto el cielo y vemos bajar un ángel dorado con alas de fuego, que alzándose al Rey con su caballo, se los llevó por el aire dejándonos a todos medio muertos de espanto. Los moros se quedaron mirando, y nosotros también, hasta que el ángel, don Sebastián y su caballo se perdieron de vista entre las nubes. Viéndonos solos y sin Rey, nos entregamos: y como yo era marinero, díjeles a los moros que tomaba partido con ellos; y me echaron a un corsario. Una noche estábamos a la capa espiando un navío delante de Cádiz; yo estaba junto al timón; me bajé quedito por la borda, y a nado llegué a la costa. Me conchabé después en un barco que salía para América, y como sufrí tanto al pasar por el Cabo no he querido ya volverme, y...

En esto estaba el portugués, cuando de arriba del palo mayor salió un grito agudo diciendo:

-¡Una vela!

-¡Por Cristo! -dijo el del timón- ¿qué será esto?

-¿Serán los herejes, señor? -preguntaron a un tiempo y espantadas doña María y Juana.

Pero aún no habían acabado cuando apareció subiendo a brincos el capitán del navío, y empinándose sobre el techo de la cámara gritó:

-¿Qué rumbo?

-¡A nosotros! -contestó inmediatamente el del palo.

Mandó entonces el capitán soltar los rizos de todas las velas, y reparando en las dos niñas que estaban aterradas junto a él les mandó irse para abajo inmediatamente con un tono grosero e imperioso.

El marinero del palo volvió a gritar:

-¡Otra vela, con el mismo rumbo!

-¿Qué arboladura? -preguntó el capitán.

-¡No distingo todavía!

El capitán dio una patada sobre la cubierta: mandó cambiar el rumbo para tomar el viento a un largo; y comenzó a pasearse cabizbajo a lo largo de su buque.

Antes de seguir narrando las consecuencias de este encuentro, es menester que volvamos a Lima. Habían ocurrido allá, después de nuestra partida, grandes alborotos, que nos explicarán probablemente el duro trance en que iban a verse nuestros caros navegantes.

III ¡HA SALIDO!... *GOD DAMN!!!*

Como era de esperarse, la salida del San Juan de Orton no se había mirado en Lima como un suceso digno de atención. Pero días hacía que ya nuestro buque corría el mar, cuando se celebraba en la fastuosa catedral de Lima una gran misa con Tedeum en festividad del natalicio de don Francisco de Toledo, segundo Virrey del Perú, a la sazón reinante. El concurso que atestaba la plaza y el templo era escogido e inmenso.

Óyese de repente un terrible alboroto de gritos desesperados y alarmantes en la plaza. El tumulto se hacía por momentos más grueso y aterrante; y entre las voces que el estruendo de la multitud dejaba percibir, se dejaban de cuando en cuando oír estas palabras: -¡Un chasqui! -¡Arequipa! -¡Los Herejes! -¡Francisco! y se veía un agitado pelotón de hombres blancos y negros, y niños que empujándose en masa unos a otros rodaban por la plaza hacia la casa o palacio del Virrey.

El bullicio era tal, que la gente del templo cayó en la más frenética agitación. Los altares fueron atropellados; las señoras y los hombres se revolvieron con una gran masa de plebeyos que había invadido el templo; y pocas fueron las que no se vieron holladas y destrozados sus vestidos en aquella escena de pánico universal. Fue preciso cerrar las puertas de la Iglesia, dejando dentro de ella un gran concurso de familias tanto más lleno de espanto y de terror, cuanto que todos ignoraban allí completamente lo que ocasionaba aquel inmenso bullicio.

Las mujeres lloraban y se acogían a los altares. Los hombres permanecían indecisos. Los más intrépidos querían salir a saber lo que sucedía mientras que los menos valientes se reunían en la sacristía y los patios de la iglesia al rededor de veinte o más sacerdotes que se preguntaban unos a otros «¿qué había?» sin poderse responder. El peligro, aunque ignorado, parecía ser grande.

La gente de la plaza se había parado ya en las puertas del palacio del Virrey esperando alguna noticia segura y auténtica. De repente salió a toda prisa del palacio un hombre montado a caballo, y atropellando a la multitud la hizo abrirse como dos olas que se chocan y que al separarse muestran el fondo del abismo: tras de éste salió otro, y otro; gritando todos «¡los herejes están en la costa! ¡vienen sobre nosotros!»

Poco después salió del palacio un fraile franciscano: llevaba como una cera el semblante, pálido y desencajado; los ojos parecían sumidos en el centro del cráneo; tenía la boca contraída y seca. Todos le dieron paso con respeto, y así que se vio en la plaza se soltó a correr hacia la catedral. Una gran parte de la gente, parada en la puerta del palacio, lo siguió también corriendo tras de él sin saber por qué ni para qué. Mas él luego que llegó a una puerta chica que daba a un patio del edificio, la abrió, entró y la volvió a cerrar.

Al presentarse a la sacristía, los demás sacerdotes gritaron: «¡El confesor del Virrey! ¡El Padre Andrés!» y todos se agolparon sobre él para preguntarle la causa de aquel horrible alboroto; pero él nada podía responderles sino palabras cortadas, porque la falta de alientos le impedía hablar -«¡Los herejes! ¡de Arequipa! ¡sobre el Callao! ¡Drake!...» y nada más.

Poco a poco se fue serenando, y pudo al fin referirles en sustancia que Drake con tres buques de guerra había entrado en Arequipa, saqueado los buquecillos que estaban en el puerto y había salido inmediatamente, con dirección al Callao; y que según todos creían, marcharía de sorpresa sobre Lima para saquearla. Tan asustados se pusieron todos con semejante noticia, incluso el Señor Virrey, que nadie creyó imposible la realización de semejante empresa, y querían todos huir a las sierras abandonando la ciudad.

Sabido el caso de toda la población subió de punto el terror y el conflicto. Por todas partes se veían carruajes, mulas, caballos, y gentes con atados de ropa que se salían al campo. Todo estaba en el mayor desorden; y con el ruido que hacía la multitud, era de oírse, para mayor espanto, el frenético tocar de las campanas y el redoble de los tambores que se rajaban para reunir gente de armas al rededor del señor Virrey.

Los negros esclavos, al verse sueltos por el terror de sus amos, cruzaban las calles por pandillas; y con una bárbara algazara de alegría invocaban a Francisco y sus herejes como a salvadores, amenazando turbar el orden de un modo espantable.*

---

* Para que no se me tenga por exagerado en esta verídica descripción que he hecho del espanto que causó en las costas del Perú y en Lima la expedición de Drake, copiaré lo que el buen Arcediano Centenera escribía pocos años después, y como quien dice a la vista de los sucesos. Lo tomo del canto XXII.

> Las costas y tierra toda estremecía,
> las nuevas por los aires retumbaban.
> A Lima se despacha mensajero
> por tierra de Arequipa; mas allega
> el Inglés al Callao de primero.
> Sin combate de mar y sin refriega:
> el puerto reconoce placentero,
> y a las naves y barcos bien se pega;
> a vista se nos pone y hace fieros,
> y en tierra algunos buscan agujeros.
> El de Toledo* a priesa hace gente;
> Tocábanse las cajas y campanas.
> Y con temor y miedo el más valiente
> veréis cargar de hierro y partesanas.
> El súbdito temor tan de repente
> causaba andar las gentes como insanas.
> La turbación y espanto yo decilla:
> aunque quiera hacer un largo canto,
> no podré: cabalgaba uno sin silla,
> el otro aunque con silla con espanto.
> Los negros la ocasión consideraron
> y acuerdan entre sí un ardid famoso.
> Pensando que Francisco allí viniera
> y en libertad a todos les pusiera.
> Y fue concierto hecho de morenos
> que al blanco tienen tantos desamores
> Cuanto son diferentes los colores.

Alguno de los que por allí andaban gritó que los buques ingleses se verían desde el Puente. Fue este grito como una chispa eléctrica que tocó y puso en movimiento a todos los cuerpos. Todos desaparecieron de la plaza, y se agolparon al lugar donde hoy se ve el magnífico puente del Rimac.

No había entre aquella multitud quien no creyese distinguir las sombras de los ingleses en el fondo del horizonte: uno señalaba allí, otro aquí; aquel más lejos, este más cerca; y el hecho era que nadie veía cosa alguna sino los vapores de su propio espanto y ansiedad.

El Virrey, con todos sus empleados corrían a caballo la ciudad, mostrando grande ahínco por reunir gente, dar órdenes y mandar chasques por todo el país. Pero, al mismo tiempo, los sacerdotes reunidos en la sacristía de la Catedral, habían resuelto una medida de defensa más acertada, alcanzando del Reverendo Padre Andrés que predicara un sermón al pueblo reunido en el puente a fin de infundirle el valor y el odio necesario para resistir y escarmentar a los herejes. Entretanto, nadie se había acordado del Callao; nadie se atrevía a ir allá; y había quien creía que ya estaba en poder de los herejes.

El Padre Andrés, jefe de la Inquisición de Lima, haciéndose seguir de cuatro hombres que cargaban una enorme y altísima mesa, se dirigió al puente: llegó, la hizo poner en el centro del concurso, y subió a ella. Todo quedó en el más solemne silencio, ni más ni menos que cuando Eneas en presencia de la corte de Dido y de su hueste de troyanos, empezó su «*infandum, Regina, jubes renovare dolorem.*» La majestuosa y solemne figura del fraile, dominaba en aquel momento de terror el ánimo de todos sus agentes.

Su palabra fue digna de la situación; y cuando después de haber pasado los fríos preliminares de toda arenga, entró con furia y con violencia en las cuestiones del momento; cuando despertó todas las preocupaciones populares para hacerlas servir a su intento; su figura respiraba un no sé qué de inspirado y de sublime que conmovió profundamente a su auditorio. No quedó uno que no alcanzara a ver aún más allá del horizonte;

que no distinguiera en el centro del mar los buques ingleses, y dentro de ellos bailando la sabática ronda mil espíritus del infierno, dirigidos por el más horrible y facineroso de todos ellos, el feo y atroz Francisco Drake, sacudiendo con su enorme y peluda cola los rojos costados de su buque.

Acababa el Padre Andrés su violenta arenga, cuando se avistaron en el horizonte tres puntos perfectamente blancos. ¡Un grito universal se alzó! «¡Los herejes!» El padre se quedó frío, su rostro empalideció de nuevo, y como no tenía ya que hacer sobre su mesa, se bajó y desapareció entre el concurso general. Quizás se dijo para su coleto lo que un célebre ministro moderno al empezar una grande revolución: «Concluida la obra de la inteligencia, no me queda ya papel y lo mejor es alejarse.» El hecho es que al grito de «¡los herejes!» que arrojó la multitud, el padre miró, vio y huyó.

Efectivamente Drake con sus tres buques estaba sobre el Callao.

Había sabido en Arequipa por noticias tomadas de los indios y de los negros, que en el Callao estaba ya cargado y pronto para salir el San Juan de Orton y se había dirigido a toda prisa para sorprenderlo en el puerto y hacer sin estorbo la rica presa de las barras con que este buque iba lleno.

Mientras que la gente lo veía desde Lima, él caía sobre el Callao y abordando todos los buques que allí había los saqueaba y los quemaba. Como la costa y la población del Callao había quedado desierta, Drake hacía en el puerto lo que quería. Furioso de que el San Juan hubiese escapado de su ataque, y creyendo que lo hubiesen engañado en el aviso que le habían dado, resolvió bajar a tierra para saquear y destruir la población. Esta era su empresa favorita; porque el odio a la España era su pasión dominante.

Verdad es, que tenía grandes motivos para ello: había sido una de las muchas víctimas que había hecho en Inglaterra la influencia española en el poco tiempo en que la Reina María Tudor estuvo casada con don Felipe de España. No olvidaba jamás Drake las ofensas que había recibido como protestante, ni las humillaciones que había impuesto a su raza el orgullo de un príncipe extranjero y déspota que jamás se saciaba de poder y de persecución. En una bella biografía* de este célebre marino, que tengo a la mano, leo que en el tiempo de la persecución de María, el padre de Drake tuvo que huir de Inglaterra con su familia. Vuelto a la patria el hijo en el tiempo de Isabel; hizo una expedición de comercio para una de las colonias españolas, donde acusado de contrabando le fueron decomisados sus bienes quedando en la más completa miseria. Lleno de rabia y de despecho volvió a su isla, y consultó a un célebre teólogo de entonces si estaba autorizado para piratear sobre los españoles vista la injusticia que le habían hecho. El teólogo le contestó que «con toda seguridad de conciencia podía hacerlo, atacando y saqueando los buques y las costas, cuantas veces pudiere y lo quisiere». Drake obtuvo entonces de Isabel una patente de corso para entregarse a la pasión favorita que había nutrido desde su niñez; y sin más poder que el de su inmenso odio enrostró al Potentado más fuerte de su siglo, al que hacía temblar toda la Europa.

Este era el hombre que acababa de entrar en el puerto del Callao.

No encontrando en él al San Juan de Orton, se disponía a bajar a tierra, cuando vio venir hacia sus buques una especie de lancha angosta y pequeña, manejada por un hombre. La mandó reconocer con uno de los oficiales que traía a su bordo y que habiendo estado en España en tiempo de María Tudor, hablaba bien en idioma castellano, como lo hablaban entonces todos los hombres de buena educación. El lanchón inglés se acercó a la embarcacioncilla y vio sobre ella un negro joven, y despierto al parecer.

-¿Adónde ibas? -preguntó el joven inglés al negro.

-A buscar a su merced.

-¿Quién eres?

-Un esclavo, señor: mi amo acaba de huir del puerto, y yo me escondí para tomar partido a bordo de los buques ingle-

---

* Southey-Naval History.

52

ses; hace dos días, señor, que salió un navío que llevaba mucha plata, vaya su merced a alcanzarlo: va con poca gente y no es ligero.

-¿Un navío? -dices. ¿Cómo se llamaba?

-No sé como se llamaba; pero, como mi amo es empleado en el puerto, yo estuve cargándolo también, y vi que llevaba mucha plata: hace dos días que salió.

-Ven acá, dijo el joven inglés, pasa a mi bote. Mandó a los marineros que virasen, se dirigió a toda prisa hacia el buque que montaba Drake, y subiendo a él, le dijo: -¡Almirante! ¡el buque está en la mar! ha salido cargado de oro: he aquí un hombre que lo ha visto.

Drake que no había perdido la esperanza de encontrar almacenadas en tierra las barras de oro y de plata que tanto había saboreado, al oír que el buque había partido, sin poderse saber su rumbo ni su destino, lleno de rabia exclamó:

«¡Ha salido!... *God damn!!!*»

IV Peligros que en aquel siglo corrían los que salían al mar con oro y perlas

Un momento de reflección bastó para serenar al marino inglés del arrebato que le arrancara aquella habitual exclamación, que le hemos de volver a oír antes de que se acabe este libro, en un momento de satisfacción y de venganza.

Una vez calmado, supo del negro todo lo que este pudo decirle; y se volvió al mar al momento con la esperanza de tomar al San Juan sobre el rumbo del noroeste. Su alejamiento dio a los limeños un gozo incomparable. Al distinguir perdiéndose en el horizonte las blancas velas de sus tres buques, como si fuesen las alas de tres gaviotas, ellos calcularon bien que todos los peligros iban ahora a acumularse sobre el San Juan; pero esto les libraba de un riesgo y agitación a que no se habían preparado; y a trueque de la calma que se les dejaba para hacer aprestos de guerra y fabricar coraje, daban por menor daño la pérdida del tesoro del Rey.

Drake corría en verdad sobre su presa. Sus buques eran veleros, y se hallaban tan bien tripulados como manejados; despachó uno de sus bergantines a cruzar sobre las costas de Chile en prevención de que el San Juan hubiera tomado este rumbo; mientras él con el otro bergantín y la goleta se dirigió a los mares del Istmo y costas occidentales de México, desde donde había resuelto volver cargado de riquezas por entre los mares de la China y de la India: navegación admirable para aquellos tiempos que solo un genio como él era, pudo llevar a cabo con un éxito completo.*

En la tarde del día siguiente a su salida del Callao, mientras que nosotros teníamos nuestra atención en el San Juan, con la bella doña María y su zamba, oyendo al marinero portugués, estaba ya el audaz corsario a punto de tocar la realidad de sus doradas esperanzas.

Al primer anuncio de las velas que aparecían, el capitán del San Juan mandó subir toda la tripulación; hizo revisar sus doce cañones (pues el San Juan los tenía, y por eso le llamaban también el cagafuego); mandó cerrar las escotillas, y dejar libre y expedita toda la cubierta sin olvidarse de ordenar a sus pasajeros que apagasen todas las luces y se mantuviesen inmóviles en la cámara.

Precaución fue la de las luces que para nada le sirviera ya, porque el diablo del hereje lo había olfateado, y le seguía el rastro con la seguridad tenaz de una ave de rapiña. Sin embargo el marino español y su gente estaban dispuestos a todo; y más por orgullo y dignidad, que por guardar el dinero del Rey, estaban

---

* También diré de aquel duro flagelo
que Dios al mundo dio por su pecado,
el Drake que cubrió con crudo duelo
al un polo y al otro en sumo grado.
No es justo al enemigo que tenemos
Celarle sus hazañas y sus hechos.
Y así justo será que por olvido
no deje yo a Francisco y su grande hecho;
pues que en aquestos tiempos ha venido
al Perú de su tierra muy derecho.
Aqueste inglés y noble caballero
al arte de la mar era inclinado;
mas era que piloto y marinero:
porque era caballero y buen soldado,
astuto era, sagaz y muy artero,
discreto, cortesano y bien criado,
magnánimo, valiente y animoso,
afable, y amigable y generoso.»
(Barco de Centenera, canto XXII.)

decididos a batirse hasta el último trance en caso que fueran enemigos los buques que se habían avistado.

Entretanto, había anochecido completamente, mas como había luna, no podíamos decir que hubiese oscurecido. La claridad no era tanta tampoco que permitiera ver los buques que por la tarde habían aparecido en el horizonte. Corrieron, pues, algunas horas de ansiedad para la tripulación y pasajeros del San Juan, durante las cuales todos hablaban bajo y guardaban sus puestos con aquella resignación y respetuoso silencio a que se acostumbran también los hombres de mar.

No se oía más ruido en el buque que el que hacían los largos pasos con que el capitán, tomadas sus manos por detrás y metida la barba en el pecho, se paseaba a lo largo de la borda de babor. De vez en cuando se paraba y miraba las velas con inquietud, echando una feroz maldición cada vez que no las veía muy tirantes. Otras veces se arrimaba a la borda y se fijaba en el agua; y entonces, viendo la sombra del bergantín huir como si fuera el cuerpo aéreo de una fantasma sobre la movible y alucinante superficie de las aguas, se volvía satisfecho. Dentro de la cámara estaban reunidos todos los miembros de la familia de don Felipe Pérez y Gonzalvo, y don Antonio con ellos; todos estaban llenos de pavor haciendo conjeturas en voz baja, y asombrándose del oscuro abismo a cuyo borde se hallaban. Doña Mencía quería rezar, pero en vez de rezar lloraba. María estaba espantada; la zamba miraba a sus amos, y acostumbrada a depositar en su autoridad el cuidado de dirigirla, esperaba que de la adusta frente de don Felipe, o de los caprichosos pliegues que rajaban la cara de doña Mencía saliera algún recurso repentino.

Reinaba, pues, un silencio sepulcral a bordo del San Juan que no era perturbado sino por los trancos del capitán y por los golpes con que de vez en cuando venían las olas a estrellarse contra los costados del buque, haciendo crujir sus maderos.

De repente salió una voz de la cofa más alta del palo mayor, y con aquel acento lánguido y lúgubre que la voz del hombre toma en las soledades del mar, dijo:

-¡Dos velas a babor!

Este grito difundió la inquietud por todo el buque.

Todos hundieron sus ávidas miradas en el vasto horizonte, y se pusieron a escuchar anhelantes y sobresaltados.

-¿Proa a nosotros? -preguntó el capitán.

-Una corre al parecer sobre nuestro bauprés, y la otra sobre nuestra popa.

-¿De qué fuerza parecen ser?

-El que rompe nuestro bauprés es una goleta que riza el agua como el viento; se le ve apenas la borda; todo su casco parece una raya sobre el mar; y el que viene sobre la popa es un bergantín como el nuestro.

-¡Ea, muchachos! -dijo el capitán-; ¡manos a la obra! ¡preparad los cañones; cargadlos bien y teneos listos!

A poco rato se mostraron ya los buques que causaban esta alarma. Los reflejos de la luna daban sobre sus velas, y hacían que se les viese como si fueran dos blancas garzas que volaran rozando las olas del mar. Todos los marineros del San Juan tenían fijos en ellos sus ojos viéndoles correr sobre su buque con un aire de insolencia y de arrojo que los helaba.

El uno, que sin duda era más chico que el San Juan, corría como una flecha a situarse por la proa del buque español; mientras que el otro, menos cargado de velas, y algo más grande, maniobraba de modo a situarse sobre su popa. El capitán del San Juan que era algo avisado, comprendió las intenciones de los que él suponía sus enemigos, y luego que los dos buques se separaron, varió el rumbo hacia el oeste y se alejó del más grande para acercarse de improviso al otro, tomándolo solo por algunos instantes.

Los tres buques se veían ya perfectamente, y podían examinarse sin obstáculos, en todo su casco y su tamaño.

Un fogonazo repentino y el estruendo que hizo un cañón disparado a bordo del bergantín enemigo, intimó al San Juan la orden de detenerse. Este no la obedeció, por cierto, y siguió navegando con firmeza en su nueva dirección para aproximarse a su menor enemigo. La goleta se mostraba también decidida a no evitarle, y corría con intrepidez sobre el buque español; de modo que en un momento se halló el uno sobre el otro. El capitán del San Juan mandó descargar una de sus baterías.

Tronaron los seis cañones, a la vez pero el buquecillo destinado a recibir esta terrible granizada maniobró tan felizmente que todas las balas del San Juan pasaron al mar acertando a entrar tan solo una u otra que rompió cuerdas y maltrató algunas velas.

Los dos buques estaban ya tan cerca que los españoles oyeron distintamente el grito de «¡viva la Inglaterra!» con que sus adversarios respondieron a la descarga; y antes que pudieran de nuevo cargar sus cañones, ya el buquecillo inglés atravesaba por la proa, y disparaba cuatro cañonazos que hicieron pedazos todo el bauprés y dejaron flotando los foques. Sobre esta descarga, siguió desde los palos una nueva granizada de tiros de mosquetería que hicieron un notable daño matando e hiriendo muchos marineros.

Una desgracia tan completa desconcertó un momento a los españoles. Todo se revolvió, hubo voces, gritos y gran confusión, sin que nadie reparase que el enemigo maniobraba para presentar el otro costado y arrojar por él una nueva granizada. Pocos momentos tardó en realizarlo, pues la goleta era ágil como un pájaro, y se conocía que el marino que la manejaba a par de experimentado era sagaz y pronto para aprovechar de sus ventajas.

Así que hubo hecho su nueva descarga tomó el largo hacia el Leste dirigiéndose hacia su compañero.

El San Juan estaba casi totalmente inutilizado; mas no era esta la peor de sus desgracias, sino que el valiente capitán había desaparecido. Todos le buscaban, y nadie le encontraba. Uno de sus subalternos se acercó a la cámara gritando con despecho para pedirle órdenes urgentes; pero entonces, el marinero portugués que ya conocemos, y que estaba en el timón como antes, le dijo con calma, y señalando al mar con la boca:

-¡Allá fue a dar!

-¿Cómo es eso? ¿cayó al mar?

-Se lo llevó una bala partiéndolo por medio.

-¡Jesús! -dijo el subalterno, y se quedó recostado sobre la meseta de la cámara como si estuviera abismado en el dolor y desesperación que le causara la humillación de su bandera y la pérdida de un amigo a quien hacía mucho tiempo que acompañaba.

Después de un rato alzó la cabeza, tomó la bocina y dijo:

-«¡Atención! El capitán ha muerto, como un bravo español que era: ahora mando yo; y os juro que no hay más que vencer o seguir el ejemplo que él nos ha dejado.»

«¡Ea! ¡ánimo, muchachos! ¡viva España! ¡viva la Fe!»

La goleta inglesa seguía alejándose ignorando todo el estrago que había hecho en su enemigo y reputándose quizá débil para el abordaje, se retiraba a una distancia satisfecha de haber aprovechado tan bien su tiempo y sus maniobras. Su mira manifiesta era esperar al otro buque, o bien esperar el día para medir bien las fuerzas de su adversario, y saber a punto fijo el estado en que se hallaba.

El nuevo jefe del buque español sabía bien que no tardaría mucho en caer en manos de los ingleses. Toda la tripulación lo comprendía como él, y así es que fue muy poco el entusiasmo que infundieron sus altivas palabras.

Cerca ya de la madrugada que iba a poner fin a esta noche tan funesta para la gente del pobre buque español, se levantó hacia el Leste, y a corta distancia, un banco de niebla que envolvió y ocultó a los dos buques ingleses. Cuando amaneció, y cuando todos tendían su vista con ansiedad por el horizonte para descubrir el terrible enemigo en cuyas garras creían iban a caer, solo pudieron ver una faja de vapores blanquiscos interpuestos entre el azul del cielo y el verde oscuro del mar. Así estuvieron un corto rato, hasta que el marinero portugués con su ordinaria calma y tranquila resignación dijo apuntando con el dedo a más altura que la neblina.

-¡Ahí vienen ya!

-¿Dónde? -dijo el nuevo capitán.

-Por sobre el banco de neblina se ven dos altos y gallardos palos que nos muestran el frente de sus hinchadas velas.

Efectivamente: por sobre la neblina aparecían los palos y las vergas de un precioso bergantín. A poco rato la espesa nube que cubría el Océano se entreabrió como el leve tul que se raja; y se pudo distinguir perfectamente el gallardo porte de toda la embarcación. Venía navegando a su lado la certera y ágil goleta que había causado tan grande estrago dentro del San Juan. Ambos buques abrieron un poco las paralelas en que navegaban. El bergantín rompía el agua como una bala, y al pasar a estribor del San Juan despidió una andanada de seis cañonazos. El español le contestó con otros seis, no muy mal recomendados que digamos; y que un poco antes hubieran quizá servido para cambiar de suerte. ¡Pero ya era tarde! había perdido el palo mayor con el timón, y flotando al acaso, se hallaba a la merced de dos enemigos provistos todavía de todas sus ventajas.

La confusión y espanto que la proximidad y la descarga del bergantín causaron a bordo del San Juan de Orton impidieron que fuesen percibidos los maliciosos movimientos de la goleta. Pero no bien se serenaron los ánimos cuando se le vio, con sus ganchos de abordaje, prendida como una araña al costado del San Juan, vomitando sobre el puente algunas decenas de intrépidos herejes en cuyos nervudos brazos relucían las hachas y pistolas del combate.

Tocando ya por el otro costado, ejecutaba el bergantín la misma operación.

El gozo del corsario inglés en aquel momento puede deducirse de estos versos del buen Arcediano Centenera.

«San Juan de Orton, navío muy nombrado,
con la plata del Rey había salido;
en breve el Luterano le ha alcanzado,
y como de improviso le ha cogido.

Aquesta fue la presa más famosa
y robo que jamás hizo un corsario:
que es cosa de decir muy mostruosa
el número de plata; y temerario

negocio nunca visto ni leído,
que a un corsario jamás ha sucedido.»

Los marinos del San Juan se habían recostado sobre la popa con su nuevo capitán a la cabeza; y así que la horda del hereje puso el pie sobre su cubierta le arrojaron una descarga de arcabuzazos.

Los invasores recularon como por un súbito instinto de miedo, dejando entre los dos campos los yertos cadáveres de tres de los suyos.

V El amor no está tan lejos del terror y del odio como algunos se lo figuran

En este momento de miedo instintivo que suspendió por un instante aquella escena de matanza, saltó de la goleta inglesa, y se abrió pasó por entre el pelotón de herejes que ya pisaba el puente del San Juan un joven sumamente hermoso y bizarro. Armado de una espada gruesa y corta, que brillaba en sus manos, como si fuera de fuego: «¡Ay del cobarde (dijo con el acento de la ira) que retroceda de un paso ante los enemigos de la Inglaterra!» y con un arrojo lleno de fiereza salvó el espacio que lo separaba de los españoles esgrimiendo su arma con una agilidad inimitable.

Restablecíase así este combate atroz de la desesperación por una parte y de la embriaguez del triunfo por la otra, cuando los marinos del otro buque inglés se descolgaban también como panteras sobre el puente del San Juan. Al verlos, las facciones de nuestro joven revelaron una ansiedad inexplicable; y su disgusto se hizo aún más patente por el gesto de despecho que no pudo contener, cuando vio parado en lo alto de la borda, para saltar como los otros, a un hombre en cuyas miradas y en cuyo empaque estaba impreso el sello del mando.

El rostro de este hombre, tostado por el sol y por las intemperies del mar, parecía tener el temple del bronce. Sus ojos penetrantes, negros y rasgados lanzaban por entre sus ricas cejas una mirada animada todavía por los rayos de una juventud vigorosa. Una cabellera negra y flotante, como la crin de un potro de la pampa, caía desparramada por sus dos hombros poniendo en relieve la frente espaciosa en cuyas líneas fugitivas se leían los signos de una audacia soberana.

Nuestro joven, como hemos dicho, lanzó a este personaje una mirada de despecho, y con una voz de trueno gritó: «¡Cese el combate! ¡Abajo las armas!» El tono de autoridad con que fue dado este grito debió ser irresistible, pues todos se quedaron inmóviles, como movidos por un resorte. Volviéndose entonces al personaje de la borda (que aún no había bajado, pues todo esto fue la obra de un instante que mis palabras alargan) le dijo con altivez:

—¡Almirante: no bajéis! ¡La presa se me ha rendido ya!

—¡El enemigo os resiste todavía, Lord Henderson!

—¡Pues bien! milord, le contestó el joven con arrogante ironía, ¡si queréis vencer a mis rendidos, bajad!

Francisco Drake (pues él era el interlocutor de nuestro joven) se dio vuelta hacia su buque con una sonrisa llena de indulgencia paternal; e iba ya a bajarse, cuando el comandante español le dijo acercándosele con entereza. «¡Esperad, señor inglés! ¡una sola palabra!» y le disparó un pistoletazo a quemarropa que hizo saltar de la cabeza erguida de Drake la gorra de terciopelo negro con tres plumas rojas que la cubría.

El español se dio vuelta entonces incitando a sus soldados al combate; pero aquel momento de reposo había helado el ardor de los combatientes. Ninguno quería resistir más, porque era ya inútil; lo cual, visto por el bravo comandante, agarró su espada y partiéndola con las rodillas, la arrojó al mar.

El Almirante inglés se había conservado impasible sobre la borda: miró de arriba a abajo a su agresor, y le dijo con calma:

—¡Eres bravo, Papista!

—¡Pero tú eres afortunado, Judío!*

Cien cuchillos se alzaron a un tiempo para sacrificar al español: pero Drake les gritó con un gesto imponente:

---

* «Judío» es la palabra con que el vulgo calificaba entonces a los protestantes.

-¡Deteneos! ¡Cuidado con hacer mal a ese hombre! ¡Henderson! vos me respondéis de él.

-Con mi vida, Almirante, respondió el joven.

Drake saltó entonces a su buque; y lo mandó desprender del casco del San Juan.

Henderson era un joven rubio que apenas contaba veinte y tres años. Su brillante cabellera caía a la moda de aquel tiempo en tostados rizos sobre sus hombros. Una tez limpia y rosada daba a sus miradas juveniles una expresión particular de viveza y de petulancia amable. Sus cejas eran como dos líneas rectas sobre sus ojos que venían a borrarse en el delicado arranque de la nariz; y de su boca, pulida como una obra de arte, y airosamente entreabierta, salía franco y fácil el resuello de su noble corazón.

Aquella era la primera acción de guerra en que se encontraba cubierto con los colores de su patria. Algo indómito todavía para la disciplina militar, se había irritado con la sola idea de que Drake, dueño ya de una reputación colosal, tomase parte en la rendición del San Juan, y sofocase con la gloria de su nombradía, la que Lord Henderson creía haber ganado en aquella jornada. Durante el combate el joven Lord no se había ocupado de otra cosa que de rivalizar con el buque de su jefe para ser el primero en decidir y terminar la victoria.

Drake, que comprendía bien el carácter del joven Lord, lo mimaba con gusto; y estaba muy lejos de tomar a mal un ardor que le prometía un poderoso auxiliar para los fines ulteriores de su ambición marítima; porque Henderson era hijo de un Par de Inglaterra de grande influencia en los consejos de Isabel. Justo es también que digamos que independientemente de sus motivos de egoísmo, Drake quería a Henderson como a un hijo: él lo había formado; él lo había lanzado al mar; él era en fin quien había enardecido su imaginación hablándole de las sublimidades del Océano, y de lo fantástico y de lo grande de las aventuras de que es teatro.

Una rica gorra de terciopelo carmesí, de la que volaban hacia atrás tres grandes plumas rojas, brillaba sobre la cabeza juvenil de Henderson. Una blusa del mismo género, corta y airosa cubría con elegancia aquel su cuerpo ágil y esbelto como el tallo de un álamo: tenía ceñida la cintura con un cinturón de cuero de ciervo, guarnecido de oro, en cuyo broche lucían dos perlas de gran precio. Pendía de su cuello una gruesa cadena de oro, a la que estaba colgado un puñal italiano ricamente cincelado; y por fin finísimos encajes de Bruselas adornaban su garganta, que era tan blanca y tan pulida como la de una doncella.

Así que Drake separó su buque, Henderson se volvió al capitán español, (que permanecía fiero y sombrío sobre la cubierta) y le dijo con perfecta urbanidad:

-¡Tened la bondad, señor, de pasar a bordo del bergantín en esa lancha que echan al mar; y que Dios os la depare buena! ¡Suttonhall! -dijo llamando a un subalterno que se le acercó corriendo-, distribuid las guardias; asegurad el buque en todas partes, y haced desprender después la goleta, porque voy a la cámara a revisar los asientos para pasar a dar cuenta de todo al Almirante; y sin envainar la espada bajó las escaleras de la cámara donde toda la familia de don Felipe Pérez y Gonzalvo estaba en la mayor consternación.

Al sentir sus pasos el hielo de la muerte corrió por las venas de todos ellos. Ya creía doña María que se hallaba entre las garras de algún monstruo feroz y coludo, como los que había visto tallados en los altares de Lima; y por un movimiento instintivo se cubrió el rostro con las manos.

Su madre estaba hincada esperando al vencedor para pedirle gracia para su hija: sus entrañas de madre hablaban solas en aquel cruel momento.

Don Felipe, adusto y emperrado, ni se dignó siquiera levantar sus ojos del suelo donde los tenía clavados cuando el joven inglés se presentó a la puerta de la cámara.

Se quedó éste un poco sorprendido al encontrarse con toda aquella gente donde solo creía encontrar libros de asientos: pero reponiéndose al instante al reparar en las señoras, se alzó la gorra con gallardía y dijo en buen español con un tono sumamente insinuante.

-¡Salud, señores! -y alzando del suelo a doña Mencía Manrique, agregó-: ¡Os juro que nada tenéis que temer, señora! soy un caballero que conoce sus deberes.

La perfecta melodía de estos sonidos, y sobre todo el débil con que el sexo femenino se abandona a los impulsos de la curiosidad, hicieron que doña María levantase su purísimo y lindo rostro para mirar al ente extraño que así hablaba; y al verlo no pudo contener el ¡ay! de admiración que le arrancara la belleza del joven que tenía por delante.

Aquello le parecía un sueño; y sus miradas inexpertas y candorosas revelaban de más en más el predominio que estaban ejerciendo sobre su ánimo la hermosura y la gentileza de aquel hombre. -¡Oh! ¡Dios mío! ¡este es cristiano como nosotros! -se decía. Juana estaba estupefacta, y tampoco podía comprender aquella extraña mistificación en que parecían envueltas.

Hacía ocho meses que Henderson, arrancado a las dulces pasiones de la corte de Inglaterra, no veía en la especie humana sino el rostro de sus toscos marineros. Doña María era una bellísima criatura, como lo saben nuestros lectores: ¿será pues de extrañar que el joven inglés diese toda su voraz atención a aquel lindísimo rostro que se levantaba de entre las manos, tímido y lloroso, como la aurora de entre los vapores de la noche?

Henderson no podía dejar de mirarla; y a medida que más la miraba, mejor comprendía todo el efecto que su persona estaba produciendo sobre el corazón de aquella niña. Cortesano y audaz por hábito y por naturaleza, estaba él mismo sucumbiendo, sin saberlo, a la satisfacción halagüeña de estar gustando: raro es el hombre que no es verazmente grato a la mujer que se impresiona de sus buenas dotes.

Hay algo de indefinido en la pasión del amor que irradia como la luz o se insinúa como la electricidad en un solo momento. Sucede muchas veces que dos personas que se han visto durante mucho tiempo con la más pacífica indiferencia, se sienten en un instante imprevisto repentinamente atacados de un amor ardiente. Otras veces nace la pasión con la primera mirada; y nace exclusiva y violenta haciendo comprender que todos los otros vínculos que hasta entonces habían ocupado el alma eran hilos de seda comparados con los anillos de duro hierro de la nueva cadena.

Que el amor nace siempre de improviso y repentino, es, me parece, una verdad que está fuera de cuestión para los observadores sinceros de la naturaleza humana. Verdad es también que en el corazón de la mujer que ama existe, como un grano dorado de salud, el bellísimo germen del pudor, que, reteniéndola en la conciencia misma de su pasión, la sustrae a la confesión íntima del poder que la somete, para preparar el desenlace del drama psicológico por medio de una escala progresiva de confidencias y de concesiones.

Si tal es el amor real sobre que reposan los más caros intereses de la sociedad humana, no sería justo calificar como licencia de novelista el carácter espontáneo y repentino con que se produjo el germen de esa pasión entre el elegante Henderson y la bella doña María.

Sea sorpresa, o la novedad de la situación; sea el mérito personal que brillaba en aquellas dos figuras tan vivaces y tan simpáticas, o el contraste de las supersticiones con las realidades; sea el prestigio que el vencedor tiene siempre para la cautiva, y la cautiva para el vencedor; sea en fin el destino que ninguna razón hay para desterrar de la novela, puesto que nadie lo puede desterrar del mundo; el hecho es que ambos jóvenes se sintieron definitivamente atraídos por una mutua y dulce impresión. Una mutua y dulce esperanza vino a realzar en el uno el precio de su victoria, y a sostituir en la otra el terror de la cautividad.

Apenas pudo reponerse Henderson de la sorpresa que le causara la vista de su bellísima prisionera, cuando tomó delicadamente con sus manos a la madre, que continuaba sollozando a sus pies, y la aquietó con tal urbanidad que la pobre vieja se santiguaba a cada momento para arrojar de su alma los instintos de la gratitud y del respeto, que estaban a punto de producirse en ella en favor de aquel hereje, de aquel renegado. Ella miraba en los encantos mismos de su figura una celada de Satanás. Sabía que el diablo tenía un poder ilimitado sobre las formas terrenales, y no dudaba que toda aquella belleza de rostro y de talla no era más que la máscara traidora del cornudo y coludo negro; escapado en aquel momento de las plantas de San Miguel.

-«¡Santo bendito!» repetía la vieja a cada instante; «¡cruz! ¡cruz! ¡cruz!» decía atravesando sus dos primeros dedos de la mano derecha; y miraba de hito en hito a Henderson esperanzada de verlo reventar y exhalarse en fétidos vapores al favor de esta santa evocación: «¡tentaciones del infierno!» repetía; y no podía negarse a sí misma que Satanás era en aquel instante un joven precioso y de una exquisita urbanidad.

Para terminar aquella situación transitoria el joven inglés dijo a don Felipe y a don Antonio.

-Señores, me placería saber si alguno de ustedes tiene a bordo de este navío algún cargo oficial.

Don Antonio Romea miró a su principal, y como este continuase impasible y engestado, llevaba sus ojos del viejo español al marino inglés y de éste al viejo, sin atreverse a responder una palabra.

-Ustedes comprenderán, volvió a decir Henderson, que tengo serios deberes que desempeñar con respecto a este buque y su carga. Supongo que ustedes no eran más que pasajeros en este navío; ¿no es así? -agregó con una inflexión de voz benévola y marcada que denotaba la intención de que los prisioneros se prevaliesen de este efugio.

-¡No, señor! -contestó secamente don Felipe-: los dos somos leales servidores y empleados de nuestro Amo el Rey de España y de las Indias, Rey de Sicilia y de Jerusalem, Gran Duque de Milán, Conde de Flandes, protector nato de la Fe Católica y perseguidor de la Herejía: heredero legítimo de la corona de Inglaterra...

-¡Lo siento, señor! -dijo el joven Lord afectando indiferencia-; tened entonces la bondad de subir para poneros con los demás prisioneros.

La mujer y la hija de don Felipe alarmadas con las palabras imprudentes que le habían oído, creyeron percibir en los conceptos del oficial inglés una amenaza que les pareció tanto más terrible cuanto que era más vaga, y ambas se echaron a los pies del hereje llorando.

-¿Qué le vais a hacer, señor oficial? -decía la niña-: ¡tened piedad por él! es un anciano; ¡es mi padre! ¡dejadlo con nosotros!

-¡Señorita! ¿qué pensáis que pueda hacerle yo?... No temáis nada. ¿Es vuestro padre?

-¡Oh, sí, señor! -dijo doña María bañando al joven con una mirada angelical.

-Pues os juro que está aquí tan seguro como yo mismo; nada más necesito sino que os tranquilicéis; y me permitáis sacar de aquí todos los libros y papeles del buque, porque mi jefe ha de tener ya por incomprensible mi demora en instruirlo de lo que se ha capturado. Sentaos, señoras: permitidme concluir para dejaros solas y dueñas de esta cámara; y al levantar Henderson con sus manos a doña María palpitaba de emoción y de ternura.

-¡Señor oficial! -dijo entonces don Felipe-: los libros y los papeles que buscáis son mi propiedad. Con ellos debo yo responder ante mi Rey de los caudales en que merecí su excelsa confianza; y antes me quitaréis la vida que recibir uno solo de mis manos, consagrando el insigne salteo que habéis hecho.

Era la primera vez que hombre alguno dirigía a Henderson palabras de este género con tono semejante. Altivo y fiero por carácter y por nacimiento, y en una edad en la que nada somete los ardores del enojo; no bien se vio provocado con aquella altanería, cuando olvidando las hipocresías de su urbanidad dio un terrible golpe con su guante de hierro sobre la mesa de la cámara; y con el gesto de la ira dijo:

-¡Voto al Papa! ¡que si así me habláis, anciano!...

-¡Calla, salteador! ¡calla, blasfemo! -dijo con furia no menos profunda el viejo airado-: vendrá una hora en que comprenderéis, renegado, la justicia del cielo, y tendréis el galardón de las impiedades de que sois presa.

Es imposible concebir una sorpresa, un aturdimiento igual, al que se pintó en la mirada y en el gesto de Henderson cuando se sintió herido por tan crudas injurias. Era un anciano indefenso el que lo provocaba, y el joven inglés se quedó aterrado cuando se vio ya casi sobre él con su puño de hierro levantado sobre aquella cabeza cubierta de canas.

El alarido que al ver esa acción lanzaron las tres mujeres; las invocaciones religiosas y el llanto de doña María, petrificaron al joven lord en aquella terrible actitud; pero volviendo todo confuso al uso de su razón, bajó lentamente su brazo, y dijo con un marcado remordimiento:

-¡Casi me habéis obligado a degradarme, anciano imprudente, con esas vanas provocaciones!... y ese joven (dijo apretando con rabia los carrillos y señalando a nuestro novio;) ¿por qué no es él el que me ha provocado, ya que es vuestro dependiente?

Don Antonio Romea había estado encogido y cabizbajo desde el principio de esta escena, y no respondió ni alzando la cabeza siquiera.

-¡Señoras! -dijo Henderson después de una pausa dirigiéndose con calma a doña María y a su madre-: estoy educado bajo el principio del santo respeto que se debe a vuestro sexo, y no tengo rubor en confesaros que me retiro vencido por vuestra presencia. Dios haga que el almirante, a quien voy a dar cuenta de todo, no encuentre digna de un severo castigo la terquedad de vuestro padre; creed, señoras, que es a vosotras a quienes ofrezco este sacrificio de mi orgullo.

Henderson subió a la cubierta con el semblante descompuesto, y gritó desde el alcázar de popa:

-¡Suttonhall! ¡Suttonhall!

El subalterno estaba al momento con su sombrero entre las manos delante del comandante.

-Poned dos centinelas en la cámara; bajad vos mismo a colocarlos, con la orden de que si alguno de los hombres que están en ella abriera algún cajón o se moviera del lugar en que se sienta, lo aprisionen y conduzcan a la bodega. Mi lancha para ir al bergantín.

-La tenéis pronta, señor, con seis remeros.

-¡Vigilad bien en el navío! ¡mirad que los españoles son gente muy capaz de incendiarlo!

-¡Perded cuidado, señor, que los conozco!

71

VI El lobo viejo

El aire pensativo y caviloso con que Henderson atravesó la cubierta del navío no disminuía en lo mínimo la marcial elegancia de su paso. Con la rapidez propia de su edad se descolgó desde la borda hasta su lancha, y vino a echarse en la popa como un león que descansa, a lo largo de un hermosísimo cuero de tigre africano ribeteado y forrado de terciopelo punzó que le servía allí de tapiz: apoyó su costado derecho en un rico almohadón de terciopelo blanco bordado lujosamente con hilo de oro, y se echó su gorra sobre los ojos para disminuir la impresión que la luz del día, reflejada por el mar, hacía sobre ellos.

El mar estaba quieto, y rizado apenas por la brisa tibia y excitante de los trópicos. Los navíos ingleses, que poco antes habían parecido animados de las feroces pasiones que arrastran al hombre a la guerra y al exterminio, flotaban ahora muellemente y como adormecidos por el tenue balanceo de las olas.

La lancha de Henderson se desprendió del San Juan, y al primer impulso que le dieron los marineros dejando caer uniformemente sus remos sobre el mar, se deslizó como un delfín sobre la superficie de las aguas, acercándose al Pelícano, precioso y velero bergantín montado por sir Francisco Drake.

Al silbido agudo de un pito marino que resonó a bordo del almirante, se vieron acorrer presurosos a la borda varios marineros, que tiraron a la lancha la punta de un cable por el cual quedó sujeta a la escalera de subida. Henderson se incorporó, y conteniendo la vaina de su espada con una mano, subió a largos trancos, apoyado en la otra, las difíciles gradas de la escala y atravesó la cubierta por entre bravos marineros que le hacían el respetuoso saludo de los militares.

Drake lo esperaba ya en la cámara: había sobre la mesa dos bandejas: en una lucía un hermoso jarrón de fábrica oriental, lleno de agua, al lado de una botella de cristal rebosando de un clarísimo y puro brandy; y en la otra varios vasos abrillantados con unas cuantas botellas de cerveza.

-¡Linda jornada, Henderson! -le dijo el célebre Drake a nuestro joven así que le vio aparecer-: ya veis como yo no os engañaba cuando os decía que esta vida de aventuras contra el «bucéfalo del antecristo»* era de lo más ameno y lucrativo que un buen cristiano podía emprender. ¿Estáis satisfecho?... ¡Un marino que empieza como vos habéis empezado, es un hombre de porvenir! Vamos, poned más gotas de brandy en vuestro vaso; y tomando él mismo la botella, llenó dos copas, dio una a Henderson y levantando la otra más alto que la cabeza dijo: «¡Proteja Dios a la Reina!» y después de tocarla con la del joven, las empinaron ambos sobre sus labios. Bien: sentaos ahora y hablemos: ¿supongo que habréis visto ya el total de la partida?

-¡No, milord!

-¿Qué diablos tenéis, Henderson? estáis con un gesto que cualquiera creería que los españoles os habían aboyado el costado de vuestra garza. Decidme, hombre, dijo Drake levantándose con una visible alarma: ¿nos habremos equivocado? ¿no era ese el buque en que iba el situado?

-Es ese mismo, milord: su bodega está llena de sacos de oro, pero no puedo ocultar a vuestra gracia que vengo preocupado, por lo que me acaba de suceder con un prisionero. Permitidme, milord, que os anuncie que con los caudales del Rey de España hemos tomado la familia de uno de sus empleados.

-Sí; ya lo sabía.

---

* Los protestantes llamaban entonces al Rey de España la «Bestia del Antecristo, El caballo del Papa». Véase a D'Aubigne, Hist. de la Reforma.

-¿Lo sabíais, milord? -dijo Henderson con un asombro profundo.

-Es decir: sabía que esa familia debía haberse embarcado en este navío y que forma parte de ella una bellísima muchacha de diez y ocho años.

-¡Ah! -dijo Henderson con el mismo aturdimiento-; ¿tenéis entonces inteligencias en tierra?

-¿Y qué, no me bastaba para saber eso el negro que levantamos del Callao?

-¡Es verdad! -dijo Henderson pensativo;...- pues el padre de esa señorita (agregó) tiene el alma de un mastín, y me acaba de pasar con él una cosa seria.

-Creí que me ibas a referir algún conflicto con su novio.

-¡Con su novio, milord!... ¿qué decís?... ¿Es acaso su novio un mozo que acompaña al padre?

-Si se llama (dijo Drake hojeando un libro de apuntes), don Antonio Romea, es sin disputa el marido que su padre le destina.

-Y todo eso (dijo Henderson con una mirada llena de sagacidad) ¿lo sabéis también por el negro que alzamos del Callao?

-¿Sería acaso extraño, Roberto?

-Sería casual al menos.

-¿Pero no os parece que habría en eso más probabilidad que en las inteligencias de tierra que me suponéis?

-A deciros la verdad, tengo de vos, milord, tal idea, que lo más audaz y lo menos probable es lo que en todos los casos me parece lo más cierto.

Drake soltó una airosa carcajada, y le dijo: -cuando avancéis más en el camino que habéis emprendido, os iniciaré en toda la diplomacia que puede contener la cámara de un buque: en esta atmósfera que os parece tan limitada caben los intereses del mundo... Mas, no nos distraigamos: ¿qué es lo que os ha pasado con don Felipe?

-¿Quién es don Felipe, milord?

-Pero ¿cómo quién es don Felipe? ¿pues no me acabáis de decir que os ha pasado con él una cosa seria?

-¡Ah!... ¿el anciano se llama don Felipe?... yo no lo sabía.

-Pues ya lo sabéis ahora.

-¿Y su hija, milord, como se llama?... Veo que nada ignoráis de lo que yo os hubiera debido noticiar primero.

-¡Ah! ¿su hija, eh?... se llama doña María, y si queréis nombrarla a lo limeño debéis decirle Mariquita.

-¡Me tenéis sorprendido, Milord!

-¿Me diréis al fin lo que os ha hecho don Felipe? -dijo Drake a Roberto Henderson con una mirada preñada de malicia.

El joven le narró entonces lo sucedido y el riesgo en que se había visto de romper el cráneo al anciano soberbio. Cuando Drake lo hubo oído le dijo con buen humor:

-No sabéis todavía el modo de hacer cuanto queráis con un viejo español. Me parece que habréis hablado mucho y hecho demasiados cumplimientos: los Españoles tienen un horror instintivo a todo lo que es agasajos; les gusta que el enemigo o amigo sea franco y de una pieza, que caiga pronto al terreno positivo de todas las situaciones, y vos habéis empezado probablemente por indignar a don Felipe dirigiendo cumplimientos y tiernas miradas sobre su hija. Ya veréis como me porto yo: vamos allá; es preciso trasbordar pronto la carga de ese cagafuego o cagaoro (dijo Drake riéndose a carcajadas) para incendiarle y seguir nuestro crucero. Vais a ver con qué facilidad me traigo a don Felipe: vos no sabíais lo que yo sé, es avaro como un Onytre. Cuando yo me lo traiga aquí, haced que el resto de la familia se trasborde a vuestro buque porque aquí me trastornarían el orden de mis trabajos, además de que pronto los echaremos a tierra.

-¡Cómo!... no pensáis llevarlos a Inglaterra.

-¡Dios me libre, Roberto!... ¿y para qué?... ¡Nos basta con los zurrones, hijo mío!

Henderson se quedó callado y pensativo.

Drake volvió a llenar de brandy las dos copas; y convidando a Henderson con una de ellas:

-¡Bebed! -le dijo-: ¡os habéis portado como un bravo! doscientas mil libras por lo menos os van a tocar de la presa. ¿Creéis

que me importan un bledo los registros de ese viejo maniaco?...
¡No, Henderson! aquí tengo (dijo Drake golpeando sobre su
cartera) un resumen exacto de todo.

-¿Os lo dio el negro también?...

-¡No, Roberto! me lo dio mi ingenio y mi política. Ahora verán los que nos trataban de locos aventureros en nuestra patria,
todo lo que puede hacerse con voluntad y pertinacia. Vendrá un
día en que os revelaré el misterio, y veréis con cuántos trabajos
y con cuántas medidas me preparo estos golpes de fortuna. Vos
sois mi hijo, Henderson: y seréis el heredero de mi obra: os he
visto en la acción, y os digo que nadie os igualará como marino;
¡ya veréis el ruido con que voy a volver vuestro noble nombre a
la corte de nuestra soberana!... ¡Bebamos a vuestra gloria!

Un rayo de orgullo atravesó la fisonomía del joven lord al oír
estas palabras, y golpeando su copa sobre la de su jefe, bebió.

-Vamos, Roberto, a ordenar el trasbordo; dijo Drake levantándose y poniéndose su gorra.

-Vamos, milord.

Y ambos salieron de la cámara.

Al costado derecho del Pelícano flotaba una hermosa lancha,
a la que Drake bajó mientras que Henderson iba a tomar su
asiento en la que lo había traído.

Cuando Drake subió al navío capturado, arrugó de un modo
formidable las cejas, puso torva y feroz la mirada, y ordenó que
se emprendiese el trasbordo con todas las lanchas y los botes de
los tres buques.

Dejando a Henderson encargado de la inspección inmediata
del trabajo, bajó a la cámara y entró sin saludar a nadie.

-¡Señor Pérez! -dijo encarando con imperio a don Felipe,
(que lo miró sorprendido al oírse llamar por su nombre)- el
caudal que veníais custodiando se trasborda en este momento
a mi buque.

-Desde que lo hacéis a fuer de salteador, yo no lo puedo impedir.

-Pero como os voy a echar a tierra en la primera costa en que
toquemos, es necesario que veáis lo que os tomo para que os
pueda documentar en regla.

Estas palabras produjeron una revolución súbita en la cara del anciano, que dijo con un visible interés:

-¿Lo decís formalmente?

-¿Y por qué no?... pudiera tocar mañana a algún navío de vuestro amo, la fortuna de apresar alguno de los buques del rico Drake; y yo soy amigo de ofrecer revancha a mis enemigos; entonces presentarías vuestra letra, y...

-¡Id en hora mala! ¡y jugad con el diablo, si os place!

-¿Desconfiáis del poder de vuestro amo, para exterminar a un pobre pirata como yo?

Don Felipe que había vuelto a tomar su gesto torvo, no respondió.

-¡Mirad, anciano! -le dijo Drake- reflexiono ahora que es muy probable que todo el caudal que llevaba este buque no fuese de solo tu rey: quizá había alguna parte vuestra y de vuestros amigos los comerciantes de Lima: esto es natural al menos: y os voy a documentar por el doble de lo vuestro, y por lo que fuere de vuestros amigos. Supongo que con un documento de mi puño y letra os bastará para que se os indemnice de lo que habéis sufrido en servicio de vuestro amo.

La fisonomía de don Felipe cambiaba de más en más. La duda, el contento y la esperanza se disputaban el hogar de sus miradas.

-¡Ya veréis qué certificados os doy! -añadió Drake; y fingiendo al momento una resolución repentina hizo ademán de subirse a la cubierta.

-¡Esperad! -le dijo con anhelo don Felipe.

Pero Drake se había subido ya; y no pudiendo contener el anciano su inquietud, lo siguió también dejando a su familia, con la esperanza de que Drake adelantase algo más la benigna generosidad de que parecía animado.

Drake estaba ya al lado de Henderson cuando don Felipe le alcanzó.

-Decidme (le dijo este tomándole del brazo) ya que robáis tanto a mi rey, ¿por qué me robáis a mí también?

-¿Yo os robo? -le dijo Drake mirándolo de arriba a bajo.

-¡Si me quitáis mi dinero, me robáis!

-¿Es acaso vuestro lo que sacáis al mar con la bandera de mi enemigo, del que me robó inicuamente sin riesgo ni razón? ¿Podéis contar como vuestro lo que quitamos de vuestro rey a riesgo de nuestra vida, y con el derecho que nos da la ley de las represalias? ¿Por qué no os protege él mejor de lo que veis?

Henderson había escuchado con interés pero en silencio hasta entonces; tomando empero parte en la discusión, dijo dirigiéndose a su jefe:

-¡Milord! ¿tratáis de algún dinero perteneciente a este anciano?

-Él al menos se empeña, como veis, en salvar lo que dice que le pertenece, le respondió Drake.

-¡Pues, milord! (dijo Henderson levantando con nobleza su cabeza) ¡haced que ese dinero caiga en la parte de botín que a mí me toque, y devolvedlo porque yo renuncio a él!

-¡Roberto!

-Si obrando así estoy en mi derecho, dejadme hacer a mi antojo.

Drake calló, y volviéndose a don Felipe le dijo:

-Ya veis, anciano, que para todo esto tenemos que arreglar nuestras cuentas.

-Fácil es hacerlo pronto por los libros: todo está asentado en regla; os los voy a mostrar, dijo don Felipe con rapidez.

-No tengo tiempo. Venid conmigo si queréis... ¿os espero? -le dijo Drake haciendo ademán de bajar a su lancha.

Don Felipe no se hizo repetir dos veces la indicación; bajó presuroso a la Cámara, recogió todos sus libros, y salió cubriéndose la cabeza, cuando Drake tomaba asiento ya a la popa de su lancha; la que así que bajó aquel, se separó del casco del San Juan en dirección al Pelícano.

El pirata inglés no era, en cuanto a bienes terrenales, de la misma escuela que el caballero e inexperto Henderson. No era pues liviana la tarea que el viejo español había emprendido al consentir en debatir con él sus cuentas y las del comercio de Lima. Drake, además, tenía un interés positivo en llevarse a su bordo a don Felipe; porque este hombre era depositario por su empleo de una gran parte de las operaciones comerciales y fiscales del Perú, de lo que el inglés pensaba aprovecharse sonsacándole diestramente los datos de que necesitaba para combinar sus futuras correrías.

De todos modos, nosotros vamos a retirar nuestra atención del Pelícano. Un debate sobre cuentas es de suyo demasiado anti-novelesco en este siglo, para que podamos pensar en que sus detalles interesen a alguno de nuestros lectores. En la novela, como en la historia, el interés dramático de los sucesos es naturalmente viajero y emigrante; y doña María acaba de ser trasbordada con el resto de su familia a la agilísima goleta que manda Henderson, blanco por ahora de todo nuestro drama.

Cuando concluyó el trasbordo de los zurrones de onzas de oro y de pesos fuertes que constituían el cargamento del San Juan, era ya de noche. Un viento recio que aumentaba por instantes, iba sucediendo a la bonanza que había reinado por dos días en aquellos parajes, cuando el buque de Drake hizo la señal de ponerse a la vela con rumbo al Golfo Darieno y costas del Istmo.

El casco del San Juan había sido incendiado por los marineros de la última lancha que se había separado de su costado; y en muy pocos instantes el fuego había crecido a términos que parecían subir hasta el cielo las voraces llamaradas que vomitaba el sombrío esqueleto del navío.

El rumor colérico con que empezaban a agitarse las aguas del Océano parecía venir como un rugido sordo desde todos los horizontes alumbrados por el reflejo sanguinolento del incendio.

Arrebatados entretanto por la fuerza del viento los buques del hereje, como dos blancas gaviotas, se alejaban del trofeo ardiente de su victoria: silenciosos y resueltos, como las aves de la noche, se les veía correr sobre las aguas cual si llevasen la intención de hundirse en las tinieblas impenetrables del horizonte.

Drake se paseaba solitario y pensativo por el alcázar de su buque: su cabeza parecía inclinada por la grandeza de los proyectos que meditaba: se había propuesto volver a Inglaterra por los mares de la China y de la India.

Sin más testigo de la audacia de sus miras que las tinieblas de la noche, brillábanle los ojos y se grabada en su semblante la intensa concentración de las potencias que denota los grandes momentos de la actividad del alma: el mundo entero parecía concretado bajo la mirada del célebre marino mientras que los golpes del viento hacían ondular las plumas de su gorra y flamear sus largos cabellos.

El interés que inspiran los grandes hombres y las grandes empresas es un patrimonio de todos; y bajo ese punto de vista, que debe ser un dogma para el escritor de conciencia, sería un atentado de parte del novelista adulterar el contenido de esa preciosa herencia de la humanidad. Por lo que a mí hace puedo jurar a mis lectores que he seguido paso a paso la historia de los acontecimientos que forma el fondo de mi trabajo. No es una invención mía, no, el orden de los sucesos que se ha leído: y ese mismo Henderson cuya gentil figura está destinada a concentrar todo el interés novelesco de este escrito, se halla muy lejos de ser una mera ficción de mi fantasía.*

---

* Hablando de la empresa de Drake dice uno de los muchos biógrafos en la *Penny Cyclopedia*. «Entre la gente que se embarcó con Drake *¡gentlemen and sailors!* había varios jóvenes de las más nobles familias de Inglaterra, que lo acompañaron movidos, no solo por la esperanza de botín, sino para instruirse en el arte de la navegación. Hicieron un inmenso botín atacando y saqueando las costas de Chile y del Perú y apresando entre muchos otros el célebre galeón llamado: «El Cagafuego», ricamente cargado con caudales.» Henderson era uno de estos jóvenes, como después se verá.

VII Desde los tiempos de Homero y de Virgilio es costumbre entre los poetas servirse de las estrellas y de las tormentas para enredar los pleitos de amor

Doña Mencía, la buena mujer de don Felipe Pérez y Gonzalvo, estaba en una cruel alarma al verse separada de su marido. La imaginación le inspiraba los más ridículos temores; y no sabiendo cómo tener a raya su duelo, se abandonaba a los lamentos con tal extremo que traía no poco conturbado al pobre Henderson. Era en balde que el joven no cesase de hacerle las más solemnes protestas de quietud: le aseguraba con su vida que don Felipe estaba perfectamente bueno y tranquilo en el Pelícano, pero nada conseguía porque doña Mencía lloraba a su marido como muerto: su hija creía en las palabras de Henderson; mas como veía tan afligida a su madre, lloraba también sin consuelo.

El estado del mar no permitía echar bote al agua. Había además cierta prisa intencional en la marcha del almirante; y las ocurrencias futuras van a justificar, según creo, la sagacidad que él probaba al conducirse así.

Henderson pasó en una grande mortificación la primera noche de este crucero; así es que al día siguiente decidió ponerse al habla con el Pelícano para que doña Mencía viese a su marido y pudiese así resignarse a esta separación accidental.

Como Henderson estaba ya profundamente picado de su joven prisionera, nada deseaba menos que la ocasión de separarse de ella. Las auras del mar son como las de los campos, y avivan de una manera extraordinaria las impresiones del amor. El joven inglés no podía resignarse a la idea de volver a verse solo dentro de su buque después de haberlo tenido alumbrado por el bellísimo rostro de la limeña. Seguro de que el mar no permitía trasbordos, y resuelto a mantenerse a diestras distancias en lo sucesivo para detentar su adquisición, creyó que lo mejor era aprovechar del momento para tranquilizar a las damas: y con esa mira mandó hacer señales, que luego fueron comprendidas de su jefe.

El Pelícano manejó su marcha en consecuencia, para que la Isabel pudiese pasar a diez varas de su popa.

Doña Mencía y su hija vieron pues a don Felipe parado en el alcázar del Pelícano con un semblante tranquilo y libre de toda preocupación. Drake, a quien el cielo había adornado de una galantería exquisita, puso afablemente una de sus manos sobre el hombro del viejo, y saludando con la otra a las señoras, les gritó con una voz sólida y vigorosa,

-¡Ya somos buenos amigos!

El viejo español inclinó la cabeza en señal de asentimiento, pero era clara la soberbia reserva en que dejaba sus verdaderas simpatías por el nuevo amigo.

Los dos buques entretanto, pasada esta breve cercanía, apartaban ya su marcha, y alzados o hundidos alternativamente por las continuas olas del mar, volvían a tomar sus respectivas líneas como dos ballenas que hacen silenciosas su camino.

Un momento bastó para que la reacción se produjera en el alma candorosa de la buena vieja. A pesar del marco que la aquejaba, el gozo de haber visto contento y libre a su marido se sobrepuso a todo, y hasta sintió apetito de comer, por primera vez después que se había embarcado. Henderson tuvo para con ella tantas y tan delicadas atenciones, que la buena señora (que

al fin era mujer e inclinada como lo son todas a la fe y a la benevolencia) empezó a dejarse ganar de cierta especie de afecto
por aquel inglés tan caballero.

Don Felipe tenía en efecto grandes motivos para estar satisfecho de Drake. No solo el hereje lo había documentado en regla por toda la partida de barras que le había tomado, sino que
le había asegurado el reembolso de las que a él le correspondían.
Le había hecho también la oferta formal de ponerlo en tierra en
la primera ocasión, o de trasbordarlo cuando menos al primer
buque español que apresasen, dándole un salvo conducto que
pudiera servirlo de garantía en caso de un nuevo encuentro con
la Escuna que cruzaba separada del almirante. Don Felipe no
se había hecho repetir dos veces estas ofertas, y tenía ya en su
cartera todos los documentos relativos a su realización.

Drake le había dicho que si la ocasión del trasbordo era
oportuna le entregaría los metales que le debían ser devueltos
para que los llevase consigo. Pero el viejo era demasiado astuto para aceptar sin maduro examen semejante liberalidad; si la
aceptaba, observó, quedaría un tanto comprometido con su rey
y sus comitentes, pues era de inspirar dudas, y tal vez era más
que peligroso, regresar con lo suyo salvado, y lo ajeno perdido. Convinieron pues, en que Drake pondría reservadamente
en Cádiz esos fondos sobre la casa genovesa Domingo Jordán
Oneto y Compañía,* que como se verá más adelante jugaba un
rol extraordinario en los negocios de América.

Don Felipe pensaba que con toda libertad de conciencia
podía entrar en esta intriga cuyo único objeto era recibir lo restituido; pero no podía al mismo tiempo arrojar de su espíritu
las vagas tribulaciones que se le venían de que si era descubierto
el negocio, fuese desnaturalizado por la calumnia, y le trajese
malas consecuencias. Preocupado y temeroso con estas dudas,
las consultaba a cada instante con Drake, estableciéndose así
una verdadera confidencia entre ambos. Drake lo dejaba libre
siempre para que eligiera lo que le pareciese mejor asegurándole
que podía contar con la lealtad de sus amigos de Cádiz. Don

---

* Esta casa cuya razón social existe hoy en Cádiz, cuenta con 300 años de vida mercantil.

Felipe se ratificaba con esto en el arreglo, pero volvía a cavilar sobre las consecuencias, y volvía a necesitar, para tranquilizarse, del consejo y de las palabras aquietantes de Drake; por cuya causa estaba más satisfecho de ir con él, que lejos de él.

Tres a cuatro días pasaron sin que hubiese habido variación visible en el orden de cosas que hemos pintado dentro de cada uno de los dos buques ingleses.

Mas no había sido lo mismo para el corazón de doña María. Desde los primeros instantes de su conocimiento con Henderson, había notado ella la pertinacia de las miradas con que este la perseguía. Esas miradas venían sobre ella con una fuerza inexplicable: la herían, la penetraban, la hacían enrojecer como si tocasen ardientes la delicada niña de sus ojos. En el principio ella las había esquivado bajando tímida y modestamente sus bellísimos párpados; pero aguijoneada por la curiosidad, movida por una emoción interna más fuerte que su voluntad, había cedido a cada instante al deseo de sondar aquel misterio, y había encontrado siempre el ojo estático y fascinante del inglés, clavado sobre sus pupilas vacilantes. Era así como habían concluido por mirarse uno y otro a cada instante.

Era suma la turbación que este drama mudo causaba en doña María. No podía ella negarse que estaba dominada e inquieta; mil cavilaciones vagas y singulares la asaltaban sin cesar, y las horas mismas del sueño habían venido a ceder su imperio a las agitaciones de aquella persecución tan tenaz y tan tierna al mismo tiempo. Sin que lo hubiese podido remediar había venido a establecerse entre ella y Henderson una especie de inteligencia acordada por el lenguaje supremo de los ojos.

Juana se había apercibido muy pronto con su sagacidad ordinaria, de esta nueva situación de su señorita; y espiaba con anhelo un momento en que la madre durmiera para promover conversación sobre el asunto. No tardó en tenerla, y acercándose al camarote en que doña María cavilaba, le dio un beso en las mejillas, y le dijo a media voz:

—¿Con qué tenemos grandes cosas?

—¿Grandes cosas? ¿Cuáles?

-¿Le parece que soy tonta?

-Bien sé que no lo eres, Juana.

-¿Y por qué me lo quiere usted negar entonces?

-¿Y qué te quiero yo negar, mujer?

-¡Bien lo sabe usted!... ¡No está enamorado de usted el inglesito?

-¿Te ha parecido así de veras? -preguntó doña María con interés.

-¡Vaya si me ha parecido!... y tenga usted cuidado, porque don Antonio lo ha notado mejor que yo.

-¡Qué me importa a mí de don Antonio!

-¿Cómo?... ¡eso quiere decir mucho! a decirle la verdad: me ha parecido que usted estaba tan enamorada de don Roberto, como don Roberto de usted, y de veras que los dos son un par de ángeles, agregó la zamba dando un nuevo beso a su señorita.

-¡Calla, mujer! me dejas fría hablando así; respondió la niña un tanto confundida.

-¡Mire eso! ¿y qué tiene?

-Tiene mucho, Juana. ¿Te parece que el señor Henderson se había de poner a quererme a mí?

-¿Y qué más puede querer?... muy honrado se hallaría en eso; apuesto a que en su vida ha visto una niña más linda que su merced; le decía la zamba pasándole la mano sobre el cabello.

-¡No delires, Juana!... ¡Me parece que tiene más orgullo!...

-¡Qué!... ¡cuando el pobre está allí todo el día como un tonto por mirarla a usted un momento!

-Querrá divertirse, hija. Ya ves que aquí no es extraño que se fije en mí desde que no tiene otras en quienes fijarse.

-Usted misma no lo cree así; y estoy cierta que gusta usted de él; se le conoce a usted por encima de la ropa: ya le he dicho a usted que no soy tonta: déjese usted de gazmoñerías conmigo, ¡ingrata!

-Mira, Juana, no te lo quiero negar. Estoy pensativa y muy inquieta con ese tesón que el señor Henderson tiene para buscar mis ojos. Hace días que no duermo, porque tengo dentro de mi alma un vacío, una cosa inexplicable. ¡Tiene una figura tan bella! ¡unos modales tan delicados!... ¡De veras, hija, no sé lo que me pasa! y estoy en una cruel ansiedad sin que sepa por qué ni lo que quiero.

-¡Pero todo eso no es más que amor, niña!

-¡No seas mala, Juana!... en vez de consolarme me matas: dijo la niña con tristeza.

-¿Y por qué, señorita?... ya verá usted cuando él se explique. Estoy tan cierta de que está loco por usted como de que estoy aquí.

Doña María se quedó en silencio, y como cavilosa: después de un rato, dijo:

-Suponte que sea cierto ¿qué harías tú?

-¡Pues es buena la pregunta!... Eso se lo debe preguntar usted a este corazón; -respondió la zamba poniendo su palma de la mano en el pecho de la niña. ¡Vamos, corazón! -dijo con donaire-, ¿gustas de que te quiera? ¿sí o no?... Dice que sí, señorita.

-¡Déjame, loca!... te juro que cuando pienso en esto con calma me lleno de tristeza. ¡Es imposible que me quiera! Querrá divertirse o pasar el tiempo.

-Es cierto que pensándolo bien (dijo Juana reflexionando) no puede ser de otro modo. Pero a su merced, ¿qué le importa eso?... Es sabido que él, al fin, se ha de ir a su tierra y nosotros a Lima; pero mientras tanto, habrá tenido usted a sus órdenes un Lord de Inglaterra; y después habrá siempre tiempo para casarse con don Antonio.

-¡Eso no, Juana! -dijo con viveza doña María-; ¡más bien me haría monja!

-¿Y por qué? No hace mucho que usted me decía que don Antonio no le inspiraba a usted repugnancia.

-¡Pero ahora me la inspira invencible! y no me casaré nunca con él; te lo juro.

-No tiene usted necesidad de jurarlo. Bien sé que usted es hija de su padre cuando quiere.

-¡No me hables más de eso, Juana!

-Sí, hablemos del señor Henderson.

-¡Mira, que eres porfiada!... solo en tu aprensión puede caber ese interés, que según tú, tiene él por mí.

-No, niña... no es aprensión, está enamorado de su merced.

-¿Y qué harías tú en mi caso?

-¡Si yo fuese su merced (dijo Juana con un candor lleno de lealtad) no podría menos que amar a ese hermoso caballero!... ¡Es tan lindo y tan gallardo!

Doña María le apretó la mano con una sonrisa celestial, y pareció absorta en una profunda cavilación; después de un rato, dijo:

-¡Juana! si te dijera que no lo quería, mi corazón me diría que mentía; pero mis labios se niegan al mismo tiempo a asegurarte que lo quiero.

-¡Pues es curioso! Ahí tiene usted un enredo que no comprendo.

-Y sin embargo, es la verdad.

-¿Y por qué no dice usted lo que el corazón le dicta?

-Porque no puedo; no puedo, ni sé si me dice la verdad.

-¡Qué! el corazón nunca miente.

-¡Te engañas! a mí ya me ha mentido varias veces.

-¡Picarona! Don Manuelito ¿eh?

-¡No me pongas triste, Juana!... Mira, si el Henderson me quisiera... por lo que hace a mí no puedo negarte que no he conocido un hombre que me guste más.

-Se le conoce a usted a leguas.

Estaban a esta altura de su conferencia, cuando saliendo un tanto doña Mencía del letargo que la postraba, pidió un vaso de agua. Juana se la alcanzó con presteza; y luego que la buena señora hubo bebido dijo con un profundo desfallecimiento:

-¡Qué horrible es esto! tengo unas ansias de muerte.

-¡Ah, mamita, por Dios! -le dijo la hija con un veraz y tierno interés. ¿Por qué no sube usted un poco al aire? ¡Haga usted un esfuerzo! dicen que la cama debilita, y que el aire libre es lo mejor para restablecerse. ¡Yo también me siento muy mal aquí, tan encerrada!

Juana, que estaba de pie delante del camarote de doña Mencía, le hizo una picaresca guiñada a la señorita al oírle esta indicación. Pero doña María se puso seria como si se hubiese ofendido con esta interpretación escéptica, de sus sinceras palabras.

-¡Es imposible, hija! -dijo doña Mencía-; no puedo moverme. Cada vez es más fuerte el movimiento... ¡Vamos de mal en peor!

-Voy a ver, mamita, si pueden sacarla a usted un poco en un sillón... Un poco de aire la va a sanar.

Y la niña, ligera como una cierva salió al piso de la cámara y subió a la cubierta.

Henderson se paseaba en este momento sobre su buque con el aplomo de un marino. Doña María que al salir prendida por la escalera de la cámara lo vio, le dijo con viveza:

-¡Señor Henderson! ¡Señor Henderson! mi mamita...

Pero sin poder calcular bien las oscilaciones de la nave, había soltado su apoyo al salir, y un balance fuerte vino a hacerle perder todo su equilibrio. Henderson, que la había visto llamándolo, venía lleno de gozo a recibirla; pero al verla en riesgo de caer tuvo tiempo apenas para dar dos brincos y tomarla por la cintura entre sus brazos, en el momento mismo en que la bella niña, arrojada por el movimiento que causaban las olas del mar, iba a golpearse horriblemente sobre la borda del buque.

Algo de muy tierno y expresivo debió tener el apoyo que ella encontró entre los brazos del joven inglés, pues se puso encendida como una grana: quiso esquivarse con presteza, pero viendo que no podía sostenerse; retrocedió apoyada siempre en el hombro de Henderson hasta el banco de popa donde se sentó confundida.

Un aire singular de satisfacción y contento iluminaba en aquel momento el semblante del marino; y con una sonrisa llena de gracia, dijo al dejar sentada en el banco a doña María.

-Pensaba hace un momento en usted, señorita, sin creer que el cielo había de colmar tan pronto mis esperanzas.

-No comprendo, señor Henderson, lo que usted quiere decirme... Le agradecería a usted infinito que me dejase retirarme.

-Sé muy bien, Mariquita, que tienen que ser muy breves estos instantes de dicha suprema para mí... Pero permítame usted que los aproveche por lo mismo. Mi corazón se rasgaría si me viese condenado por más tiempo a amar a usted en silencio.

-¡Ah, señor!... yo quiero bajarme al lado de mi mamita (dijo doña María agitada por una viva emoción)... ¡No puedo dar oído a esas palabras! Hizo la niña ademán de levantarse; pero el movimiento del buque le impidió realizarlo.

-Sin embargo (dijo Henderson tomando un aire lleno de lealtad) le juro a usted por Dios, que amo a usted con toda la pureza de mi alma, y que mi vida sería un desierto si estuviese condenado a verla correr sin usted...

Doña María se quedó callada.

-¿Nada me responde usted? -le dijo Henderson.

-¡Si usted supiera lo que sufro! -le respondió la niña con una mirada angelical-, me libraría usted de este martirio.

-¡Señorita! lo sé: no puede prolongarse por más tiempo este momento celestial. ¡Pero no puedo consentir en perderlo sin jurarle a usted un amor eterno! Y al decírselo puso los labios sobre la mano de la joven.

-¡Es usted un atrevido! -le dijo esta con enfado; al mismo tiempo que la lindísima lágrima del pudor empezaba a pender de sus párpados.

-¡No! soy franco, soy sincero: obedezco a los impulsos de mi alma como los siento; y le juro a usted que por nada en este mundo cambiaría la verdad de la pasión con que amo a usted: ella es mi bien y mi porvenir. Crea usted lo que quiera; pero esté usted cierta de que ha de venir un día en que ha de reconocer usted que cuando yo juro algo por mi honor, lo cumplo: por mi honor le juro a usted ahora que amo a usted con toda la lealtad de un corazón que no ha mentido nunca. Mire usted, ahí está el abismo, señalando al mar sobre que paso mi vida. ¡Bien, pues! a dos pasos de la muerte, y en la flor de la edad, le juro a usted que no miento: que la amo a usted con delirio... ¿Quiere usted, retirarse, señorita? -agregó Henderson tomando una actitud tranquila y triste.

-Temo que mamita extrañe mi ausencia... Tenga usted la bondad de ayudarme hasta la escala.

-Tome usted mi brazo, Mariquita: al lado de él hay un corazón que latirá siempre por usted: ¡hay impresiones que jamás se pierden, y las que usted me deja serán eternas!

Llegaban con esto a la escalera; y haciendo Henderson un leve esfuerzo para contener la prisa que la niña ponía en descender, le dijo con una mirada de profunda ternura:

-¡Las que usted me deja serán eternas!... ¿No lo olvidará usted?

Doña María con los ojos en el suelo tendía a separarse para bajar, pero Henderson sin retenerla la retenía y le repetía: ¿No lo olvidará usted?

La niña medio confusa le dijo entre dientes: ¡no!

-¡Bien pues! mire usted esa estrella que empieza a brillar a la caída de la tarde: vea usted los nubarrones que pasan sobre ella arrastrados por el viento de la borrasca, un momento después queda limpia y brillante como antes: es el planeta Venus; es la estrella de los amantes: que jamás la vuelva usted a mirar sin que sea para usted un testigo de mi amor. Mil accidentes pueden alejarme de usted; pero piense usted siempre que en cualquier parte del mundo en que me halle; ¡he de buscar en el horizonte esa estrella para unir sobre su luz mis miradas a las miradas de usted! -y Henderson le soltó la mano que hasta entonces había estrechado con ternura.

Doña María bajó con rapidez. Como su madre estaba en un ansiosísimo letargo, no pudo reparar que la hija traía encendida la cara y los ojos tan brillantes como si estuvieran para caer lágrimas de ellos. Juana bien lo notó; pero siguió seria y callada delante del camarote de la señora.

Un rato después apareció en la cámara el *stewart* de Henderson diciendo que su señor pedía permiso a la señora para verla. Le fue acordado. Cuando el joven Lord entró, doña María se había recogido a su camarote y había corrido las cortinas porque se sentía incapaz de sostener la presencia de su pretendiente.

Henderson se acercó al camarote de la madre con una exquisita urbanidad.

-Señora mía, le dijo, tenga usted la bondad de ceder a mis súplicas: lo que yo quiero dar a usted no es remedio; es una bebida simple, de un gusto excelente, y que estoy cierto dará a usted una mejoría muy notable.

-Yo lo haría, señor; pero... me parece imposible que pueda tomar nada... estoy muerta...

-Señora: bastaría que usted quisiera, tengo experiencia de la eficacia del remedio que ofrezco a usted. Lo voy a preparar: después que usted lo tome se va usted a encontrar tan mejor que ha de decir que es brujería de herejes; agregó el joven riendo con amabilidad.

La señora correspondió con una leve sonrisa.

Henderson sacó entonces dos frasquitos, y de uno de ellos llenó la mitad de una copa.

-Tome usted la copa, señora; téngala usted pronta para beber, porque luego que yo agregue un poco de este otro frasquito, va a levantarse como espuma, y es el momento de que usted beba con presteza: ¿lo hará usted?

-Sí, señor: respondió la señora.

En efecto: luego que Henderson agregó el líquido que tenía en la mano al agua cristalina que se veía en la copa que tenía la señora, bulló esta como si hirviera; y doña Mencía la bebió.

-¡Estoy tranquilo! ahora va usted a mejorarse.

Un momento después convenía la señora en que las ansias del estómago habían desaparecido; y como Henderson le hubiera dicho que podía repetir por dos o tres veces la bebida, lo había hecho reponiéndose de más en más.

-Siento, la dijo Henderson, que el viento haya arreciado, y que sea de noche; porque a no ser eso, le rogaría a usted que diese algunos pasos al aire para completar su mejoría.

Después de haberle hablado sobre otras cosas con el mismo tono de urbanidad y respeto, de haberle dicho que era de esperar que pronto pudiesen bajar a tierra, según lo había oído al almirante, y de haberla consolado sobre las contrariedades de la situación a que las forzaba la suerte, el joven inglés se retiró protestándole a la señora una constante amistad; y diciéndole que le hacía recordar a su madre, una santa y digna mujer que había dejado ya de existir.

Estas astucias inocentes del buen trato, habían captado a Henderson los simpáticos sentimientos de la señora. No cesaba ella de lamentarse de que aquel cumplido caballero fuera un hereje, y rogaba fervorosamente a Dios que lo convirtiera al buen camino antes de llamarlo a su excelsa presencia.

Don Antonio venía una vez por día a la cámara de las señoras. Oía, veía y callaba, con una impasibilidad ejemplar.

VIII Ir por lana y
SALIR TRASQUILADO

No bien se recobraron los limeños del pánico en que los había echado la rápida aparición de Drake, cuando volviendo en sí sintieron la vergüenza de haberse dejado insultar así por un aventurero que apenas tenía tres buquecillos pequeños, siendo ellos dueños de una población rica y numerosa. Don Francisco de Toledo, el primero, animado del altivo temple de los Duques de Osuna, y uno de los grandes más distinguidos de España, se creía deshonrado con lo que había sucedido, y hubiera dado cien vidas por castigar al maldito hereje que había venido a echar dudas sobre su sangre fría y su poder.

Hallábase a la sazón en Lima don Pedro Sarmiento de Gamboa, que era uno de los marinos más distinguidos y más célebres del siglo.* Animado de un ardoroso coraje dedicó todos sus empeños a conseguir que se pertrechasen tres buques de los que Drake con su prisa de correr sobre el San Juan, había dejado sin tocar en el puerto.

Sarmiento aseguraba que con ellos se lanzaría sobre el pirata y lo traería vivo o muerto a espiar su audacia en la plaza mayor de Lima.

---

* *«An eminent Spanish officer»* -dice su rival Lord Raleigh, que lo conoció personalmente, en sus *Memorias* publicadas por Tyller Edimburgh Gabinet Library N.º XI.

Dotado de todas las exterioridades del ingenio; locuaz y entusiasta por temperamento, animado por aquel vigor indefinible que sostiene las resoluciones y las palabras de los hombres de genio y de saber, Sarmiento había agrupado a su alrededor en aquellos momentos de agitación, en que todos anhelaban la venganza, el ánimo y el apoyo de cuantos personajes había en Lima capaces de ejercer algún influjo en los negocios. Cada uno había puesto en sus manos todos los recursos de que había podido disponer; el virrey el primero: así es que, tres días después del de la sorpresa realizada por Drake, don Pedro Sarmiento salía del puerto del Callao haciendo flotar el pendón de España en tres hermosos bergantines pertrechados a la ligera, pero atestados de bravos soldados que juraban todos, como su jefe, no volver sin el pirata.

Una multitud inmensa de gentes que había acudido de todas partes a la ribera, saludaba la partida de Sarmiento con grandes y bulliciosas demostraciones de entusiasmo y de confianza.

Estaban ya próximas a desaparecer en el horizonte las blancas velas del vengador del orgullo castellano, cuando por el lado de tierra se sintió un gran bullicio de clarines y atambores, que cambió el espectáculo para la multitud de curiosos que de todas partes seguía afluyendo al puerto del Callao, que contaba entonces con solo unas pocas chozas de población: -era el altivo Virrey de Lima, que venía a acamparse en el puerto a la cabeza del numeroso ejército que había reunido.

Difícil sería decir el objeto sensato de semejante demostración contra los tres buquecillos del hereje que de cierto no habían de volver a dar batalla. Pero, sea de esto lo que fuere, el hecho es que la satisfacción pública y el orgullo nacional habían subido de punto al ver los poderosos recursos del Virreinato para impedir la repetición de insolencias como la de Drake.

Más de dos mil hombres de a caballo, y como mil de infantería bajaban ahora al puerto y se acampaban en sus inmediaciones a las órdenes del de Osuna.*

---

* López Vaz: Colection de Haklugt. vol. III, p. 792.

Pintoresco en sumo grado era aquel campamento; pero no amenazaba tanto a Drake como los quinientos soldados que bajo las órdenes de Sarmiento volaban sobre él decididos a abordarlo a toda costa pues que no habían tenido tiempo de pensar en preparar sus buques a un combate menos expuesto.

No pasaron muchas horas sin que el campamento del Virrey tomase todos los accidentes de la sociedad de Lima. Los balancines y las literas se cruzaban en él visitando a los opulentos empleados y rentistas del día antes, convertidos ahora en coroneles y edecanes. Tendidas por el campo las comparsas, luego que cesó el ruido de los clarines, se entregaban a la fiesta y al regocijo. Un enjambre de zambos y mestizos de todos colores, desembarazados y tunantes, recorría por todo aquello vendiendo comestibles y amasijos de todas clases con una gritería y alboroto particular.

Los grupos de oficiales y gentes nobles saboreaban en unas partes los sabrosos manjares al lado de las bellas que los visitaban; y en otras la vihuela garbosamente rasgueada sobre sus cuerdas al mismo tiempo que tamboreaban sobre su caja, lanzaba los excitantes y animadísimos aires de la zambaclueca. Voces bellísimas se le unían cantando los conceptos maliciosos y las provocativas interjecciones que forman la parte de la voz en este baile inimitable; mientras que la ardiente chiquilla a quien el verso en sus cadencias interpela sin cesar, envuelta con donaire en las suaves y picantes ondulaciones de su pañuelo blanco, seguía delante de su galán y compañero el compás de aquella música incitativa, y se entregaba a todas aquellas vueltas intencionales y blandos ademanes que son inherentes a la coquetería de este baile, africano por su origen, pero que ha sido idealizado y pulido en Lima con tal arte que no puede comprenderse ni imitarse en otra parte.

Cada pareja de bailarines tenía una rueda de espectadores que con la voz y las palmas seguían el tamboreo de la vihuela, animando así con un bullicio acompasado el desarrollo de las gracias de la pareja.

Cuando vino la noche, mil fogatas se alzaron por todo el campo: la alegría, el baile y el bullicio cobraron a su luz mayor animación y los sonidos cadenciosos de la zambaclueca, parecían salir de todo el campo, lanzados con la vislumbre de los fogones al cielo diáfano de aquella tierra en donde el viento no bate jamás las llamas para quitarles su apacible irradiación; en donde las pasiones humanas viven al aire y a la luz porque no tienen que buscar en las profundidades del alma un asilo contra las intemperies del clima.

Como sucede siempre en todos los grandes concursos y grandes fiestas, había en la que describimos algunas personas que envueltas al parecer en el torbellino general, seguían en reserva la explotación de intereses o pasiones meramente individuales.

Entro las muchas tapadas que andaban mezcladas en el bullicio nos fijaremos nosotros en una que recorría solícita todos los grupos que se divertían buscando desde la sombra algo, cuya falta parecía traerla muy cuidadosa. Con el ojo ardiente cuya mirada salía por la estrecha abertura de su manto, examinaba con avidez todos los grupos formados al rededor de los fogones y todas las personas con quienes se cruzaba en la obscuridad. Soportaba los requiebros y los dichos sin responderlos, luchando en gracia, (contra el hábito de las tapadas) y parecía estar preocupada del solo anhelo de encontrar lo que buscaba.

Habíase plantado en el centro de aquel campamento, que más bien parecía una romería, una tienda espaciosa para don Francisco de Toledo, que además de dos fogones que había a su frente, estaba iluminada por dentro con una hermosa araña de plata colgada de los maderos que sostenían el pavimento. Los personajes y familias más remarcables de la ciudad de Lima habían venido en sus más ricos carruajes a hacer la corte al poderoso Virrey. Entre muchos que sería inútil nombrar se hallaba también el venerable Alfonso Mogrovejo, Arzobispo de Lima, que era en verdad un santo varón nutrido del verdadero genio del cristianismo, y grande por sus virtudes y su sabor. El Virrey lo tenía sentado a su lado y toda la compañía oía las palabras del viejo prelado con una veneración profunda.

Como era natural, una gran reunión de curiosos se apiñaba allí sin más objeto que mirar aquella sociedad de personajes; y nuestra tapada se acababa de arrimar al grupo de mirones, cuando con la perspicacia que parecía serle natural vio venir hacia ella, para entrar a la tienda del Virrey, un fraile franciscano de mirada ceñuda y además severo. Como si este encuentro la alarmara hizo un ademán (imperceptible casi) para esquivarse; pero, aunque varió de idea al momento, no pudo dejar de cerrar aún más la abertura de su manto como en precaución de ser conocida; y luego que el fraile pasó, ella lo siguió con una mirada llena de interés. Este seguía hacia la puerta del Virrey con la intención de entrar. Pero al llegar reparó en el Arzobispo, y con un gesto involuntario que denotaba sumo enfado, se dio vuelta para atrás y se alejó.

La tapada se alejó también; y seguía examinando con su vista cuanto alcanzaba a distinguir. De repente se paró y clavó su ojo centellante en un hombre, del pueblo al parecer, que montado con negligencia en una mula marchaba tranquilamente por el campo. Luego que lo examinó bien a la distancia, se acercó presurosa a él (siempre con la misma atención) y como si dudase todavía que fuese el que buscaba, le dijo:

-¿Mateo?

El hombre se paró, miró con atención y dijo:

-¿Quién canta?

-¡Yo! -respondió nuestra tapada acercándose con confianza.

-¿Sabéis quién soy? -le preguntó el interlocutor con pillería.

-Bájate que ando loca por ti.

-¿Sabéis quién soy? -repitió el desconocido con el mismo tono.

-¡Sí, hombre! ¡Bájate te digo!

-Cuando yo compro sandías, las aprieto o las calo antes de recibirlas, ¿queréis?

-¡Mateo! no estoy yo para bromas, dijo la tapada mostrándose.

-¡Mercedes!

-¡Bien pues! andaba loca por ti. ¿Estamos perdidos, no es verdad?

-¿Cómo? ¿habrá habido aquí alguna cosa?

-¿De dónde vienes, que me lo preguntas?

-De Arequipa.

-¡Ah! -dijo con satisfacción Mercedes-: bájate y cuéntame lo que sepas.

-No: sube tú en ancas más bien;... volvámosnos a Lima; y en el camino hablaremos.

La tapada montó en efecto; y luego que se pusieron en marcha, le dijo su compañero:

-¿Por qué dices que estamos perdidos?

-Porque van a tomar al hereje; y seremos descubiertos.

-¡Patrañas! ¿Te figuras que con este ejército van a tomar barcos? Con este ejército no; pero el General Sarmiento se ha hecho a la vela con una escuadra que lleva mil hombres para tomarlo.

-¿De veras?

-¡Oh!

-¡Cáspita: eso es distinto!... Pues el platero genovés de Arequipa no teme nada; y espera recibir noticias de un momento a otro para entregarme más dinero.

-Será porque no sabe la salida del General.

-Por cierto que no la sabía y estaba muy contento.

-Pues yo estoy desesperada. Nos hemos metido en un enredo del demonio, ¡Mateo! y al fin...

-¡No vayas tan ligero! -dijo Mateo pensativo-; el hereje no es hombre de dejarse agarrar así no más. Y después de eso: aunque lo agarren, dicen que es un caballero ¿y qué sacaría con delatarnos a nosotros pobres diablos?

-Mira, Mateo: veo que puedes tener razón. Pero estoy inquieta; vamos a ver a don Bautista el boticario porque él debe saber a punto fijo lo que haya.

-Pues no vamos entonces a Lima porque acabo de ver a don Bautista con el padre Andrés.

-¿Don Bautista el Boticario?

-¡El mismo! y por más señas le di las buenas noches: traigo aquí para él una carta del platero genovés, en que le da orden de darnos cincuenta onzas, pero aún no se la he podido entregar.

-¡Cincuenta onzas!... si se me pasa el susto que he tenido, tendré que convenir en que no estamos mal pagados.

-¡Cincuenta! sin contar diez que aquí traigo, y que el genovés me entregó en Arequipa. ¡Conque ya ves!

-¡Magnífico! ¡traelas! -y la tapada recogió el dinero.

-¿Sabe algo el genovés de la familia, y de Mariquita?

-Te lo diré después, le respondió Mateo.

-¿Por qué?

-Cuando estemos solos en nuestro cuarto.

-Me parece que no hay razón para tener escrúpulos en recibir este dinero: viéndolo bien no es el hereje quien nos lo da, sino dos católicos sin tacha como el Boticario y el Platero; y si en esto hay pecado allá se la hayan ¿no te parece? El Boticario se confiesa cada semana con el padre Andrés.

-Y además de eso ¿cómo nos prueban? En todo caso nosotros no tendremos más culpa que contar al Boticario lo que averiguamos; y no nos han de quemar por eso.

-Espera, dijo el hombre al pasar por un fogón: voy a ver si está aquí todavía don Bautista; y bajándose de la mula se acercó a las personas que conversaban. Cuando la luz dio sobre su rostro nuestros lectores hubieran podido ver que este hombre era un Zambo de figura bastante airosa, de color cobrizo, y en cuyas miradas se podía conocer la sagacidad extraordinaria de su carácter. Los Zambos formaban entonces en Lima una clase dotada de las prendas más relevantes del ingenio natural. Casi todos eran vivos, audaces, y dueños de una exquisita maestría para abrirse camino y prosperar. Eran introducidos e impávidos para tratar con sus superiores, y tenían muy formado ya el hábito de hacerse recibir y de imponerse en las casas principales.

Mateo se acercó con confianza a las personas que conversaban con el boticario don Bautista y les dijo:

-¡Caballeros! ¡Caballeros! mi Zamba acaba de llegar de Pizco, con una carguita del mejor aguardiente de la tierra y ¿quién quiere? ¿quién quiere? -dijo pasando entre todos sin esperar una respuesta.

Los caballeros a quienes se dirigía lo miraron y lo dejaron hacer con indiferencia. El Zambo se retiró a una distancia, y esperó.

En efecto, un momento después don Bautista se separaba de sus amigos y salía a lo oscuro suponiendo que el Zambo lo esperaba.

El boticario era un hombre como de cincuenta años de edad, muy enjuto y encorvado. Su cuello era flaco y solícito como el de un perro cimarrón y hambriento. Tenía una nariz muy larga, y llena de gruesas protuberancias como una mazorca de maíz «con hijos». Sus ojos eran chicos y redondos, apagados e inquietos; y como si se movieran dentro de un bosque lanzaban de cuando en cuando por entre las cejas negras y pobladas en que estaban hundidos, miradas vagas, rápidas y fugaces que parecían centellas.

Los labios, delgados y largos en demasía, estaban como comprimidos uno contra otro por una sonrisa forzada; eran descoloridos como la tez, por cuyas fibras cualquiera diría que corría una tintura de ocle en vez de sangre. En sus chupados carrillos se veían los pasados destrozos de la viruela, y un entorchado de lívidas arterias ocupaba su centro: dos orejas enormes doblaban sus pabellones bajo las alas de su sombrero. De sus hombros angostos se desprendían dos brazos de extraordinaria largura con dos manos cuyos dedos parecían alambres, o las articulaciones de un esqueleto terminados por uñas huesosas y puntiagudas como las del gato.

Nadie sabía a punto fijo el lugar en que don Bautista había nacido. Pero como era un habilísimo farmacéutico pasaba en Lima por dueño de todos los misterios de la naturaleza que dan o restablecen la salud, y había llegado a tener en aquel pueblo candoroso una posición sin rival que ponía a su disposición toda la intimidad de las familias. Él sabía dar herederos al que los deseaba; sabía perpetuar la juventud en el rostro del viejo; sabía hacer desaparecer del semblante del joven las señales traidoras de la disipación, con mil otras cosas y curaciones que lo hacían una verdadera potencia en aquella sociedad. Era admirable la devoción y la pureza de sus costumbres; y el curso de este libro revelará un día lo que había de grande y de digno en esta figura que quizás haya parecido demasiado ruin y despreciable.

Cuando el Boticario don Bautista se acercó a Mateo miró con cuidado todo en rededor como para asegurarse de que estaban solos, y viendo a la tapada sobre su mula, dijo:

-¿Es Mercedes?

-Sí, señor, le respondió la zamba.

Volviéndose entonces al zambo le preguntó con interés:

-¿Cuándo has llegado?

-En este instante.

-¿Y sabía algo ya el amigo?

-Nada todavía: me ha encargado que diga a su merced que pierda todo cuidado: que la primer noticia que tenga se la comunicará, y me ha dado un papel blanco asegurándome que su merced, al verlo, me dará cincuenta onzas de oro.

-¡Tráelo! -dijo, tomándolo del zambo-, y veremos.

-Pero aquí me he encontrado a Mercedes medio muerta de miedo, y con malas noticias, según dice.

-¿Por qué, Mercedes? -dijo el boticario con cautela, mirando a la tapada.

-La salida del general Sarmiento a traer al Hereje me hace temer que nos descubran.

-¡Lesa!... ¡qué! ¿no hay más que ir y traer?

-¡Llevan tanta gente, señor!

-¡Aunque llevaran el doble! no es eso tan fácil como te lo figuras. Sabe además que con el entusiasmo se han olvidado de llevar víveres, y que no tardarán en volverse.[*]

-¿Se han olvidado?... -dijo la tapada con un interés lleno de satisfacción.

-¡Tal es la cosa, hija! -le respondió el boticario riéndose con gusto y con reserva.

-¡Entonces nada hay que temer! ¿no es cierto?

-¡Nada!... ¡Pero ese miedo de que me habláis me da mucho que pensar, Mercedes!... Nunca tengas miedo, y recuerda

---

[*] El autor anónimo de *Drake's Circumnavigation*: Edimb. 1827, pág. 67, dice- «*The Spaniards in their confidence of an easy victory had neglected to take provisions on board.*»

siempre lo que voy a decirte: El miedo es el padre de todas las infamias del hombre: sin miedo, el hombre no sería bajo, ni bárbaro, ni cruel: sin miedo no habría tiranos, ni maldades, ni corrupción sobre la tierra... ¿De qué podéis tener miedo, vos, loca mujer? ¿Pensáis que vuestro secreto y vuestra fortuna se hallan en manos de gente vil?... ¿Qué ganaría yo con llevaros a la hoguera del martirio si fuese descubierto? ¿Pensáis que quiero asociar mi destino al de vosotros? ¡¡¡No, mil veces no!!! ¡Lo que yo hago lo hago porque quiero vengar la causa de mi país; porque al ver humillado el suelo en que nací bajo las alabardas de sus verdugos, he jurado consagrar mi vida a su venganza con los medios que encuentre! Y sabed una vez por todas: que entre vosotros, (que os vendéis al oro que pongo en vuestras manos) y yo, hay un abismo que no será borrado por la mortaja de un mismo destino final. Los cómplices de mis odios y yo tenemos el alma demasiado alta, pobre mujer, para acordarnos de ti y de vuestro zambo con otro objeto que el de pagaros vuestros buenos servicios... ¡Andad a Lima, y dentro de una hora os pagaré el dinero que os debo, para que lo gocéis en paz, buena pareja de tunantes! ¡El que corre peligro aquí soy yo a causa de vosotros, y no vosotros a causa nuestra! Marchad, porque no quiero ir con vosotros.

Don Bautista se puso a caminar a pie hasta una ramada donde tenía su mula.

Los dos zambos (porque Mercedes lo era como Mateo), tomaron también el camino de Lima.

-¿Has entendido? -le preguntó Mateo a su compañera.

-¡Cualquiera diría que este viejo es loco! -le respondió ella. ¡Qué me condene si he comprendido una palabra! ¡Sin embargo, me parece que ha dicho bien claro que no seremos jamás descubiertos por él!

-Bien claro lo ha dicho; y que no tengamos miedo, sobre todo.

-¿Qué tienes aquí, Mateo, que me va incomodando tanto?

-Un frasco de pizco.

-¡Venga un trago!... ¡qué fino es! -dijo la zamba después de haber multiplicado por cinco el trago que había pedido.

-¡Caramba qué has tomado! yo lo quería vender; pues por fino me lo dio el genovés de Arequipa.

-Todavía hay tiempo: con la cuarta parte de lo que vale esto tenemos chicha para un mes. ¡Mira! ¡yo te lo voy a vender! vamos hacia la tienda del virrey.

Preciso es que se sepa que la saya y manto era en el Perú durante aquel tiempo una garantía de la libertad de la palabra mucho más eficaz que lo que es hoy la libertad de imprenta en el mundo moderno. Contra la palabra de la tapada no había enojos ni violencias, ni juicios, ni tribunales, y del Virrey abajo todos estaban sujetos a las franquicias acordadas a este incógnito de la mujer. En las fiestas, en las audiencias, y en todos los actos públicos, por fin, las tapadas rodeaban el asiento de los Virreyes, de los jueces, y demás personajes principales, tomaban los respaldos de sus sillones, y les arrojaban al rostro sus dichos, sus reproches, sus burlas o sus alabanzas con una plena libertad. ¡Extraordinaria condición de un pueblo que parecería una fábula (aun acreditada como se halla por los más graves cronistas) si no hubiese durado hasta nuestros días!

Cuando Mercedes y Mateo estuvieron cerca de la tienda del Virrey, se desmontó aquella de la mula, y tomando el frasco de pizco, se dirigió a la tienda. Hallábase el Virrey tomando con sus amigos una cena nutritiva. Fue en vano que el centinela hiciese intención de estorbar el paso a la tapada; ella le hizo una graciosa pirueta y se entró con desembarazo, como muchas otras que ya la habían precedido en aquella noche misma.

-¡Pizco! ¡pizco! ¡Exmo. señor!... ¡es recién traído de la costa por mi zambo: vale cuatro reales! ¡cuatro reales!... ¡Probadlo, señores! -les dijo alargándoles el frasco sin descubrir la mano que tenía debajo del manto.

-¿Es tuyo, que lo vendes? -le dijo un oficial deteniéndole la mano.

-¡Mío y rico, señor! -respondió ella sin retirar la mano. ¡No me la apriete usted tanto, caballero! agregó.

-¡Echad! -le dijeron algunos de los circunstantes poniéndole los vasos.

-¡Poco a poco! se me acabaría en pruebas, contra mi costumbre; dijo ella con malicia.

-Gómez, dijo el virrey al joven de este nombre que conocemos, convertido a la sazón en edecán, pagad a esa chuchumeca para que se retire; ¡si no lo hacéis pronto nos fastidiará con su pizco hasta mañana!

-¡Cuidado, Exmo. señor! ¡que tengo algo que deciros! ¡Algunas veces os he tenido en mis audiencias buscando gracias! Mirad que me conocéis por haberos servido siempre de lo bueno...

-¡Salid picotera! (dijo el virrey con zonga) ¿ya ibais a mentir?

-¿Apostemos a que os digo cuando?... Pero no os asustéis, señor; solo quiero preguntaros si, ¿estáis comiendo por representación como gobernáis a Lima representando a nuestro Rey? ¡Está salvado entonces nuestro general Sarmiento que está ahora sin poder comer por sí!...

-¡No hay cosas en que no se metan estas brujas! -dijo el virrey con enfado y a media voz... Preguntadlo al señor Arzobispo que es teólogo consumado; agregó alzando el tono con ironía.

-¡Señor Virrey! -dijo el Arzobispo con mansedumbre-: por lamentable que sea la inadvertencia que esta mujer os echa en cara, debéis consolaros con la seguridad de que los fieles servidores de Su Majestad van protegidos por el que de siete panes hizo comida para cuatro mil hombres. Mujer (dijo interpelando a la tapada) ¿ignoráis que quien habla con liviandad de lo que es en daño de su rey y de su fe incurre en traición y sacrilegio?...

La tapada se quedó aterrada y se salió aprisa olvidando sobre la mesa el frasco de pizco.

El centinela que la vio salir desatinada le dijo con burla al paso:

-¡Adiós, tocalla!

-Mire usted que me llamo Bárbara, le respondió ella.

-¡Y yo Cordero! -le replicó él. Era un andaluz; y como había hablado fuerte al lado mismo de la puerta, el diálogo había sido oído y festejado por los de adentro con grandes carcajadas de risa.

-¡Llamadla! ¡llamadla! -le decían al centinela-, ¡para pagarle su frasco!

-¡Tocalla! ¡tocalla! -repetía el centinela-: ¡venga usted que han dado de balde su frasco!... ¡su frasco!

Pero la tapada no mostró la menor intención de volver; y cuando se reunió a Mateo montó callada en ancas y le dijo «¡vamos!» Por más que el zambo le preguntaba el precio que había sacado por el frasco de aguardiente, ella no quiso responderle, y le dijo que la dejara en paz.

Ambos entraron en Lima un momento después; y se bajaron a la puerta de un cuarto a la calle. Mercedes sacó de su bolsillo una llave y lo abrió. Enormes atados de ropas blancas ocupaban todas las sillas, la cama y los rincones; y una gran mesa, tendida como para planchar, tomaba todo el centro de la pieza en la que quedaba apenas lugar para dos o tres braseros abultados atestados de planchas. Mercedes era una planchadora: personaje típico e importante de la ciudad de Lima, a quien su familiaridad con todas las casas pudientes y con los solterones currutacos, ponía en el centro de todas las intrigas de la tierna pasión.

Mercedes aseguró la puerta por dentro y como el zambo se había sentado en la cama, ella fue y se puso a su lado.

-Dime ahora lo que te ha dicho el genovés de la familia de don Felipe y de doña Mariquita.

-Me ha asegurado que nada les harán de malo, y que ya verás como vuelven contentos del hereje; porque el hereje es un gran caballero que nada les quitará, y que los pondrá en tierra sanos y salvos con el mayor cuidado.

-¡Dios lo quiera!... no podría nunca conformarme con haber sabido el peligro que corrían y no habérselos advertido.

-¡Bastante hiciste! y el boticario se enfadó muy mucho por tus imprudencias.

-¡También dices bien! si ese imbécil de don Antonio hubiera tenido dos dedos de frente los habría hecho desistir del viaje... ¡Pero el viejo se había encaprichado! y no había remedio... Ya es tiempo de que vas a casa de don Bautista a recoger nuestro dinero; porque es necesario que lo enterremos antes de que venga el día con lo demás.

-¡Me voy entonces!... -En efecto, el zambo salió y poco rato después golpeaba suavemente a la puerta de la botica de don Bautista. Era esta botica un cuartito chiquito, cuyas paredes estaban ocultas por los armarios donde tenía sus medicinas en pequeños y viejos cajoncitos marcados con cifras y letras cabalísticas al parecer. La tienda estaba seguida de una cuadra larga en donde había una gran mesa y muchos estantes, llenos la una y los otros de tarros de yerbas frescas unas y secas otras, y de semillas, de frascos con líquidos, todos mezclados con instrumentos, vasos y balanzas de mil formas y lámparas de todos tamaños.

Don Bautista introdujo a Mateo por la tienda y haciéndole atravesar el laboratorio que hemos descripto, lo llevó a otro cuarto que se seguía donde tenía su cama el farmaceuta en medio de un embrollo de huesos de animales o de gente, de piedras, de papeles con polvos de mil colores, envuelto todo en telarañas y tierra como si hubiese estado allí desde el principio del mundo.

-Me había olvidado, dijo el Boticario encendiendo una lámpara de vidrio que parecía un soplete, de leer el papelito que me entregaste: pero traje ya el dinero que te ofrecí. Aquí lo tienes: ¡espera! leeré antes de contártelo.

Tomando entonces un platillo cuadrado del color de la esmeralda y al parecer de cristal, lo puso sobre un pie de bronce en que estaba montada una maquinilla como para tenerlo en perfecto equilibrio horizontal; y luego que se convenció de que estaba así, extendió el papel echándole un líquido de color de naranja que al caer exhaló un olor fuerte y nauseabundo. Tomó unas pinzas, sacó el papel después de un rato, bien mojado, lo extendió en un plato de metal, y lo puso así al calor de la lámpara hasta que quedó seco. Levantándolo entonces, Mateo pudo ver que estaba lleno de gruesos garabatos del color del ladrillo, y quedó asombrado del mágico poder de aquellos dos hombres que así se comunicaban.

Don Bautista leyó con atención.

-No me habías dicho que ya te había dado diez onzas.

-Pero esas onzas no fueron a cuenta de las cincuenta; dijo el zambo vindicándose.

-¡Ya lo sé! pero es bueno decírmelo todo; porque, como tú lo ves, lo que no me digas lo he de descubrir yo. Me dice también que Mercedes ha vuelto con las majaderías de tener temores por la suerte de don Felipe y su familia. Dile a Mercedes que se guarde de andar hablando de esto porque ella misma puede descubrirse cuando menos lo piense, y que una vez por todas esté segura de que don Felipe estará pronto de vuelta, y sin quejas.

-¡Muy bien, señor!

-¡Bueno! ¡toma tu dinero, (dijo poniéndole al zambo en las manos un cartucho de onzas) y vete!

IX «¡Os lo juro por el Cielo! Amor e guerras de mar non se pueden hermanar sin traer hábito de duelo.»

Lope de Vega

-¡Qué salga al fin de vuestros labios la dulcísima palabra! -le decía Henderson a doña María, mientras que la Isabel impelida por un fresco viento del sudoeste volaba sobre la rizada superficie del Pacífico haciendo bullir las aguas que rompía con su proa.

Un sol hermoso y despejado empezaba a entibiar la atmósfera vivificante de la mañana; y dando sobre las velas hinchadas de la nave llenaba de vida aquel estrecho mundo lanzado sobre los abismos por la industriosa osadía del hombre.

-Mirad que nuestros instantes son contados, agregaba Henderson: de un momento a otro voy a veros arrebatar de mi lado; y ese rostro que estoy mirando con el delirio del amor, esta mano que tan de mala gana me abandonáis, van a convertirse en un recuerdo... ¡Ah! ¡en un recuerdo, querida mía!... ¿sabéis lo que es un recuerdo de amor verdadero? ¡Es la presencia y la fuga alternativa de una idea: es el martirio del ver y del no ver mezclados; es la esperanza combatida por la decepción; es la sombra de la realidad diseñada y borrada a cada instante por el tormento de la duda!

Este es, María mía, el amargo dolor que me amenaza, y que no puede tardar en llegar... Llegará; y veréis que tendré que resignarme a veros partir refrenado por la obediencia que debo al jefe que así lo ha dispuesto... La primera oleada que separe el esquife en qué salgas de aquí pondrá entre nosotros el abismo de lo infinito... ¿Y nada me decís, María?... preguntaba el fino amante con una mirada llena de blandura.

Doña María con su cabeza inclinada, parecía profundamente conmovida; tenía sus ojos clavados en el suelo y el tenue temblor que recorría todo su cuerpo se traicionaba en una de sus manos que Henderson estrechaba con amor entre las suyas. Permanecía empero en una profunda mudez.

-Cuando vos salgáis de este buquecillo en que estáis prisionera ¿qué consuelo me dejáis, si me negáis la palabra de fe que puede abrir mi alma a la esperanza?... Iré a tocar los lugares en que os sentabais; iré a besar la huella de vuestros pies: evocaré los prodigios de la fantasía para hacer revivir en mi espíritu vuestra imagen y tenerla perenne a mi lado. ¡Pero vos habréis huido, y caeré sin cesar en el mismo delirio y en el mismo tormento!... ¿No podré decirme al menos «sí, yo la he oído; me ha jurado que me ama: me ha prometido que esperará los esfuerzos de mi voluntad y de mi coraje para volver a encontrarla; y ella, mi María, que es un ángel, no faltará a la fe dada que es la virtud del cielo.»? He aquí lo que quiero decirme cuando os ausentéis: os habré oído; podré recordar algo de real con que ocupar el tiempo hasta que vuelva a encontraros; porque, he de volver; ¡oh! sí, he de volver, o he de morir, ¡María!...¿Y nada me decís todavía?

-¡Y qué puedo deciros, por Dios! -dijo al fin la niña con una profunda y modestísima ternura...- ¿Sé yo acaso si me decís la verdad?

-¡Si os digo la verdad!... ¡Os juro que os la digo!... ¡Pluguiera al cielo que el corazón tuviese un lenguaje para este momento que os hiciera comprenderme!... Os juro que os amo... ¿Cómo os lo diré para que me creáis? ¡Inspiradme, Dios eterno!... ¡Os amo! ¿Veis? ¡Os amaré mientras viva! y esto es todo lo que atino a deciros con este labio que Dios ha dado al hombre tan estéril, tan tibio para expresar las grandes pasiones del alma... ¡Esperad! -dijo, sacándose un anillo de oro enteramente liso que llevaba en la mano, y poniéndolo a doña María-: este anillo es un recuerdo de mi madre, que era una santa mujer, que está en el cielo. Sea él, sea ella, que me oye en este instante, el testimonio de la verdad con que os digo, que os amo, y que volveré a encontraros sin ahorrar esfuerzos ni sacrificios... ¿Me creéis ahora, mi María? decidmelo por fin ¿me creéis?

-¡Sí! -contestó doña María con timidez y con recato.

-¿Me amaréis?

-¡Sí!

-¿Tendréis constancia y valor para esperar mi vuelta y mis esfuerzos?

-¡Sí!

-Pero pensad que vais a volver a Lima. Vais a oírnos calumniar por todas partes: todos a vuestro alrededor nos van a maldecir: vais a veros rodeada otra vez por los halagos de la atmósfera en que os habéis criado; ¿y con todo eso no me olvidareis, María?...

-¡Nunca mientras viva!...

-¡Dios os bendiga!... amadme mientras viváis como lo decís; después de la muerte hay también una vida de amor y de unión para los que se han amado con virtud y con pureza.

Reparó en esto doña María la cabeza de don Antonio saliendo por una de las entradas de la cubierta y observándola con un ojo ávido y estático. Doña María no pudo menos que dar un ¡ay! acompañado de un ademán de terror.

-¿Qué?... -preguntó Henderson con inquietud.

Doña María, siempre inquieta le dijo: este anillo no tengo donde tenerlo... me lo hallarían, y tendría mucho que sufrir; ¡es preciso que os lo devuelva, Henderson!

-¡No: guardadlo! espero que él os dé fe y fortaleza hasta que pueda yo venir en vuestro apoyo.

-Creedme que la tendré sin él.

-¡No importa: guardadlo!... ¡Es preciso que el espíritu de mi madre, que para mí es el espíritu de la virtud, vele sobre nuestros juramentos!

-¡Bien! ¡os lo tomo! pero no puedo permanecer aquí más tiempo: no me detengáis: me voy.

Y la joven, llena de inquietud, sustrajo sus manos a las de Henderson, para bajarse a la cámara donde estaba su madre.

Doña Mencía dormía: Juana estaba haciendo una pequeña costura al lado del camarote que ocupaba su señora.

Doña María entró, y como se sentara inquieta y cavilosa contra una de las paredes de la cámara, Juana dejó su costura y acercándosele, le dijo con picardía:

-¡Esto ya pasa de castaño oscuro, señorita! ¡dos conversaciones por día!... ¡y van cinco días de repetición! -agregó mostrándole los cinco dedos de la mano.

-¡Ah, Juana! ¡si supieras! -le dijo la niña con impresión seria- ¡Todo está consumado!... ¡me he comprometido!

-¿De veras? -dijo Juana con asombro, y ambas se quedaron pensativas.

El silencio duró hasta que doña María dijo:

-No sé qué hacer de esta sortija que me ha obligado a tomarle: ¿cómo la oculto para que no me la descubran?

-Pensemos... ¡Ya estoy!... No hay más que ponerla en el santuario (y siguió Juana hablando con voz tan baja que no pudo oírsele lo que decía)... ¡Hubiera sido mejor no ir tan adelante! -agregó.

-¿Qué quieres? ¡Lo amo tanto que no he podido resistir a la pendiente que me arrastraba!... ¡y no te cuento lo peor por no aterrarte!

-¿Qué cosa, niña? -preguntó Juana con ansiedad.

-¡No! prefiero que no lo sepas porque con solo repetirlo me lleno de pavor.

-¡Dios mío! ¿qué ha hecho usted, niña?

-¡Nada más que lo que sabes!... ¡te lo juro!

-¿Y entonces?... ¡diga usted por Dios, que no puedo respirar!

-¡Don Antonio... me parece... que me ha descubierto!

La conversación fue aquí interrumpida por la voz clara de Henderson, que, con el tono imperioso del jefe, decía sobre cubierta.

-¡Suttonhall!... ¡atención! ¡hay señales en la almiranta!

El subalterno acudió con presteza; sacó un libro grande y estropeado de una especie de alacenilla hecha en la meseta de la cámara, y tomando también un anteojo de larga vista se puso a observar.

En efecto: como a cuatro millas de la Isabel brillaban bajo los rayos del sol de la mañana, las blancas velas del Pelícano que se avanzaba hacia la costa del Nordeste con la impávida gallardía del ave de quien había tomado el nombre: hacía un momento que una serie perpendicular de banderas flameaba en su palo mayor.

Suttonhall tomó nota de los números a que ellas correspondían en su libro y después que los descifró dijo:

-Comandante: el almirante nos da orden de reunirnos y anuncia que tiene una vela por la proa.

El golpe con que estas palabras cayeron sobre el corazón de Henderson paralizó por un instante sus latidos; y la palidez repentina que cubrió su rostro fue inmediatamente sucedida por el ardor de las mejillas y por latidos tumultuosos y violentos que le trabaron la respiración. Permaneció un momento indeciso sin poder fijar sus ideas; pero reponiéndose con voluntad, dijo sucesivamente:

-¡Largad la mayor!... ¡soltad los juanetes!... ¡izad la cangreja!... ¡La barra al viento! -Y la vivacidad con que el joven comandante dio estas órdenes, produjo sobre la tripulación un efecto completo.

Cuando las velas indicadas fueron sucesivamente cayendo de sus vergas y se tendieron al viento, la goleta apretó con más fuerza y más ruido sobre las aguas del mar.

El Pelícano bajó al instante sus señales, e izó sus juanetes poniéndose en la disposición elegante del buque que da la caza. Un cuarto de hora había pasado apenas desde que la Isabel volaba a toda vela, cuando ya pudo verse desde su cofa una nave que navegaba hacia el norte. Los buques del hereje eran demasiado veleros para que no ganasen a cada minuto un rápido camino sobre la nave que perseguían; y muy pronto la tuvieron cerca. Brilló entonces en el costado del Pelícano una luz viva y repentina como la del rayo: una esfera de humo blanco como la espuma rodó sobre la superficie del mar, abriéndose al instante en círculos concéntricos, y los ecos del espacio repitieron el solemne estampido del cañón.

Pasaron unos segundos sin que se notase el efecto de este lenguaje inventado por la audacia del hombre. Pero la precipitación con que el barco perseguido se cubrió de trapo, echando hasta sus alas y arrastraderas reveló bien claro que quería probar la fuerza de sus talones antes de resignarse al riesgo desconocido que le amagaba.

Al verlo tentar así la fuga, el Pelícano y la Isabel echaron sus alas a la vez como si hubiesen obedecido a la misma voz; y unos minutos después los cañones del Pelícano repetían a menor distancia la misma orden, acompañándola con una misiva de hierro que fue brincando sobre la superficie del mar a pasar muy cerca del fugitivo.

Por lo que hace a esta vez, parece que el cañón del más fuerte habló con su persuasión ordinaria; pues la nave perseguida aflojó a un tiempo todas las cuerdas de sus vergas; sus velas comenzaron a ondear contra los palos, y la presteza de su movimiento fue apocándose gradualmente hasta morir. Como en aquel tiempo ningún barco que no fuera español navegaba aquellos mares, era evidente que Drake había hecho una nueva presa, y que don Felipe había ya encontrado la nave en que debía regresar con su familia a la tierra española.

El Pelícano y la Isabel vinieron a detener su marcha como a cien varas del galeón español: dos lanchas llenas de gente se desprendieron del primero y abordaron la presa que era en efecto un inofensivo galeón de trasportes.

Desde que Henderson concluyó con los deberes oficiales que le habían retenido sobre cubierta hizo saber a las señoras que deseaba hablarlas.

Bajó a la camara en consecuencia, y con un tono moderado que ocultaba apenas la tristeza de su alma dijo dirigiéndose a doña Mencía, que según las órdenes que el Almirante le tenía trasmitidas debían prepararse las señoras para ser trasbordadas al galeón, que acababan de encontrar, en el cual seguirían su viaje hasta alguno de los puertos de la costa, bajo un salvo conducto que les daría el mismo Drake.

-Yo espero, señora, agregó Henderson con un tinte perfecto de sinceridad y de sentimiento, que cuando os halléis entre los vuestros querréis recordar siempre que cualesquiera que sean los odios y las preocupaciones que dividan nuestras dos razas, habéis encontrado entre nosotros las virtudes simpáticas con que deben tratarse los cristianos; porque lo somos, señora, por más que nos llaméis herejes y grasa de hogueras.

-¡Ojalá que el cielo, para bien vuestro, os diera religión, señor Henderson!

-¡Os juro que la tengo, señora! -respondió este.

-¡Ah! sí: pero es la del diablo, dijo doña Mencía entre dientes.

Su hija, mientras tanto, permanecía cabizbaja y pensativa al lado de la madre: y ni siquiera se le vio levantar sus hermosos y húmedos ojos, del suelo en que los tenía fijos, cuando Henderson se despidió diciéndoles que tenían prontos los botes para trasbordarse.

Henderson ordenó con sequedad que dijeran a don Antonio que se aprontara también, y se puso a pasearse silencioso y resignado por delante de la Cámara, mientras que los marinos sacaban el equipaje de las señoras y lo llevaban a las lanchas. Doña Mencía subió poco después apoyada de su hija y en Juana, prontas ya para partir. Henderson se acercó a ellas urbanamente, y tomando a la señora la condujo hasta la escala desde donde la hizo bajar al bote, con sus marineros, y con el mayor cuidado. Volviéndose entonces a la niña, para hacerla descender también, le tomó la mano y estrechándosela con ardor y disimulo le dijo a media voz: ¿Juráis serme fiel?

-¡Os lo juro! -le dijo ella del mismo modo.

-¡Jurádmelo, por lo que más queráis en la tierra!

-¡Por vos! -le dijo ella con una voz firme. Henderson se quedó trémulo y Juana vino entonces a interponerse entre el joven y don Antonio, con una prisa calculada como para evitar que se apercibiese de este diálogo rápido y solemne de los dos amantes. Cuando Henderson vio desde la barca que doña María y Juana estaban ya en el bote, se separó sin reparar en don Antonio, que al pie de la escalera esperaba humildemente que le dieran lugar para pasar. Henderson fue casi corriendo a la otra borda y bajó a brincos a su lancha, en la que seis marineros comenzaron a reinar hasta ponerla paralela con la otra; ambas llegaron juntas al costado del Galeón y Henderson se dedicó a desempeñar en la subida los mismos deberes de urbanidad que había desempeñado en la bajada:

-¡Vuestro para siempre!

-¡Sí: vuestra para siempre! -le respondió ella; y estas fueron las únicas palabras que los dos esposos pudieron cambiarse, en momentos de ausentarse sin esperanzas.

Cuando Henderson subió halló a doña María y a su madre abrazadas ya de don Felipe. Las dos lloraban; pero el llanto de la niña parecía el desahogo violento de un dolor profundo más bien que el resultado de una emoción. El viejo las sostenía contra su pecho con aquel rostro firme y severo que es propio de un hombre de ánimo entero y de voluntad de hierro.

Drake estaba allí también; pero tenía todos sus sentidos en las hermosísimas barras de oro y plata que el capitán español le estaba entregando.

Uno de los marineros ingleses que estaba registrando el buque, vino en esto trayendo en sus manos un magnífico Crucifijo que había encontrado.*

La cruz en que estaba elevada la imagen de nuestro Salvador tenía como una vara de largo, y una y otra eran de purísimo oro trabajadas con un arte exquisito: grandes esmeraldas, mezcladas con perlas y otras piedras no menos preciosas, estaban engarzadas en sus partes más visibles; y las de los tres clavos eran tres brillantes de una hermosura sin igual.

---

* «*From one of which was taken silver and 300 pounds of gold, besides a golden crucifix with goodly great emerauds set in it*» (Drake Circumnavigation: Edimb. 1837.)

Al ver esta imagen en manos de los ingleses, don Felipe y su mujer cayeron de rodillas y se cubrieron el rostro: Doña María se arrodilló como ellos pero dirigió al mismo tiempo una mirada a Henderson que parecía una súplica suprema. Drake tomó el crucifijo, lo examinó con seriedad, y lo puso sobre la meseta de la cámara al lado de dos jarrones de plata maciza con sobrepuestos de oro finamente cincelados que habían pertenecido al piloto del Galeón. Henderson se acercó al almirante y le dijo en voz baja:

-Milord: entre vuestros grandes méritos, no es el menos grande el temor sincero de Dios que ponéis en vuestras obras. La cruz del Salvador es para nosotros un dogma como para los papistas; y no obstante que, miramos como una abominación el degradar ese santo dogma a la imagen material que puede hacerse de él con un pedazo de vil madera... ¿no sería un grande acto de justicia excluir de nuestros odios lo que forma la base de nuestras dos creencias?

-Ya lo había pensado así, Henderson.

-¿Devolveréis por consecuencia ese símbolo del misterio de nuestra redención?

-¡Sí, Roberto!

-Sois un grande hombre, Milord; ¡pues no os olvidáis nunca del Juez supremo de nuestros espíritus allá en lo alto! -y Henderson se retiró satisfecho.

Concluido el registro de la presa, Drake hizo pasar a sus lanchas todas las riquezas que había tomado dejando siempre sobre la cámara el crucifijo, y los dos jarrones; y cuando sus marinos hubieron bajado, no quedando a bordo si no él y Henderson, tomó el crucifijo, y poniéndoselo entre las manos a doña María le dijo:

-Os encomiendo a vos, señorita, el cuidado de restituirlo a su templo.

La joven miró confusa y sorprendida a su padre, sin atreverse a retener aquella prenda; pero don Felipe tomó el crucifijo, le besó con una suma reverencia y haciéndolo pasar de su mujer a su hija, todos hicieron lo mismo. Drake se había vuelto entretanto hacia el capitán del Galeón, y le decía:

-¿No me dijisteis que estos jarrones pertenecían a vuestro piloto?

-¡Sí, señor!

-Llamadlo.

-¡Camarada! -dijo Drake al piloto cuando se acercó-: poseéis dos hermosas alhajas. ¿Cuánto os ha costado cada una?

-¡Quinientos duros! -respondió el piloto con enojo: era un catalán de traza airada y duro ceño.

-Pues quiero llevarme una para mi uso: tomad el dinero que os ha costado; os dejo la otra; dijo el inglés contando y entregando al catalán una cantidad de onzas de oro.

El español tomó el dinero, y acercándose resueltamente a la borda, lo arrojó sobre los remeros del bote de Drake, «como si desdeñara (dice el cronista) deber algo al favor de los ingleses».*

Los marineros se pusieron a recoger con avidez, creyendo que fuera alguna dádiva por la extraordinaria blandura con que habían procedido por la primera vez; Drake se sonrió con menosprecio e hizo llevar uno de los jarrones a su bote.

-Aún me falta hacer algo en vuestro favor: dijo Drake al capitán del Galeón, con una calma perfecta. Es muy probable que encontréis al capitán Winter con uno de los buques de mi escuadra, y quiero daros una carta que le presentareis para que os deje libre en vuestro camino; traedme con que escribirla: y cuando fue servido, se inclinó en la mesita de la Cámara y escribió la carta siguiente, digna de trascribirse, por ser característica del hombre y de la época:**

«Maese Winter: si cumpliese a Dios Señor nuestro poneros en el camino desta Nao que lleva por nome El grand Capitán del Sud, ruegoos que os trabajéis en pro de su Mayoral e de las otras gentes muchas que van dentro en ella, por cuanto soy tenudo de guardarles la promisión que

---

* Drake, Circumnavigation.

** Textualmente tomada y traducida de la *Narración del piloto Nuño da Silva*, testigo ocular de los sucesos (Hackluyt's Collection, Vol. 3. pág. 748.)

de dello les tengo fecho con palabras de presente. Otrosi os digo: que si oviesses menester de basteceros con alguna de las cosas que van dentro en la nao fagais paga della, en tomándola, con el precio del duplo a cuenta mía, e que porende roguéis a vuestros homes, tomando mi nome, que non fagan a su bordo daño ni malfetria: e assi este guisado pleito como otro cualquiera que sea que en denante oviessemos fecho entramos, os lo pecharé, con la avenencia de Dios, en tornando a Inglaterra amos los dos, maguer que finco en la dubda de que esta mi carta venga a vuestras manos. Soy en vuestro amor uno mismo, de la misma guisa que en denante, e pido la grand merced de Dios e del Salvador del Mundo, que nos haya en su gracia e nos adelante porque a él solo fagamos toda honra, e todo amor: e toda gloria. Al enviaros mis palabras desta guisa fablo en la misma razón con Mr. Thomas, e Mr. Charles, e Mr. Caube, e Mr. Anthonie, e demás amigos buenos, pidiendo para ellos e nosotros la merced del que non ha comienzo, ni fin, ni ha en sí mensidad, e es poderoso sobre todas las cosas, e envió su fijo, nuestro Señor Jesucristo, que por salvar el linaje de los homes recibió muerte e pasión. Finco porende en la esperanza de que su bondad quiera desviar nuestros peligros, y de que si os acaesciera encontraros en mal trance, cualquiera que él sea, no desesperéis de la grande merced de Dios, que es infinita, porque ella os salve e nos torne los unos a los otros en el puerto de nuestros votos. Enderezémosle con un corazón humilde toda gloria, e toda honra, e toda prez siempre por siempre: amén.

Vuestro ansioso capitán que tantas inquietudes padesce a causa vuestra: Francisco Drake.»

Drake dobló el papel y lo entregó al capitán del Galeón. Henderson mientras tanto no podía separar sus ojos de doña María. Comprendiendo no obstante de cuanto interés era para la pobre niña que en aquellos momentos él supiese guardar la más estricta prudencia estaba resuelto a no hablarle una palabra más, y se paseaba solitario a la distancia.

Sintióse de repente un sonido extraño y tan confuso en medio de los roncos rezongos de la mar, que fue apenas para todos como una percepción dudosa. Bastó sin embargo para que Drake concentrase en él todos sus sentidos.

¿Era el eco del cañón, o el lejano ruido de la tormenta?

X Este desenlace, como muchos otros, solo sirvió para complicar más los sucesos de la vida

Drake era un guerrero que vivía siempre desconfiando del peligro, y precaviéndose de que algún riesgo superior a sus fuerzas y a sus medios viniese a sorprenderlo. Velaba inquieto siempre, combinando los cálculos de su astucia, y solo en las ocasiones indispensables desplegaba los tesoros de audacia y de bravura con que la naturaleza lo había dotado prodigiosamente.

Preocupado con el sonido que había creído percibir en las lejanías del horizonte, se apresuró a bajar a sus lanchas.

-Ahora, camaradas, podéis seguir viaje: dijo a los españoles con un tono jovial... No os olvidéis de la caridad con que Drake trata a sus enemigos. ¡Feliz viaje, pues!

Los españoles no le respondieron.

-Tengo que hablar con vos, Henderson: venid a mi lancha, dijo al bajar, con voz baja.

El joven lo siguió, y mientras que se sentaban ambos en la popa, el piloto del galeón se acercaba a la borda y diciéndoles «¡eso habéis olvidado!» les arrojó el jarrón de plata que Drake le había restituido.* El jarrón vino a dar con fuerza sobre el hombro del almirante, cayendo después al piso del bote.

_____
* Drake circumnav. p. 69.

107

Henderson pegó un brinco lleno de furia...

-¡Insolente! -dijo al mismo tiempo que tirando de la espada se agarraba de una cuerda para saltar al Galeón.

Drake había lanzado también una mirada de fuego en el primer instante. Pero reponiéndose luego, contuvo a su amigo:

-¡Algo es preciso perdonarle! -dijo con templanza-: ¡remad, hijos! -dijo a los marineros; y la lancha se separó al instante del Galeón. Él entonces tomó el jarrón arrojado, y examinándolo con suma prolijidad, no cesaba de decir: «¡bellísimo! ¡bellísimo!»

-¡Vamos, Henderson! -agregó poniendo a un lado el jarrón-: en la guerra como en la guerra... ¡Vida nueva, amigo mío!... ¡Ya lo veréis! os voy a llevar por los mares de la China y de la India; y os prometo que la primer sultana que apresemos...

-¡No os chanceéis, milord! -le dijo Henderson interrumpiéndole-: doña María es un ángel puro como el primer resplandor con que se anuncia la madrugada, y os juro que no la olvidaré por todas las sultanas presentes o futuras...

-¡Bah!... ¡si supierais cuantas cosas aprende el hombre a olvidar, no diríais eso!

-¡Os juro que a ella no la olvidaré!

-Veo que aún os dura el viento de los juramentos, dijo Drake con un tono amable de burla; pero no obstante esos juramentos, la olvidareis para llenar los altos deberes que os imponen la patria y vuestro nombre. Además de que contra las pasiones imposibles el hombre debe un remedio eficaz a la infinita bondad de su creador; y ese remedio es el olvido. Soy un poco más viejo que vos y os aconsejo que os curéis con él.

-¡No, milord!... ¡Aún no me conocéis... contra lo que parece imposible a los demás yo sé también osarlo todo como vos!

-Os engañáis: ¡yo os juro que jamás he puesto en riesgo un solo cabello de mi cabeza por mujer alguna!... Mirad, pues, si...

-¡Decís bien, milord! -le dijo Henderson interrumpiéndole-: al honrarme comparándome a vos, me había olvidado de que tenéis el corazón del águila, mientras que yo no soy sino un hombre que he sucumbido a las pasiones que menospreciáis.

-No soy tan ajeno a esas pasiones, sin embargo, que no comprenda lo natural que es para el corazón humano, como para un navío, seguir por algún tiempo el impulso de sus velas aun después de haberlas recogido... ¿Oís? -dijo Drake con interés y señalando hacia el Oeste...- ¡otro cañonazo!

-En efecto: respondió Henderson, ¡parece un cañonazo!

-¡Oh! lo es: no lo dudéis. Los españoles han salido necesariamente del Callao a perseguirnos.

-¡A perseguirnos! -dijo Henderson con indignación...- ¡Pluguiera al cielo que fuese cierto!... Tengo hoy el alma con tal temple que os juro no serán ellos los que me perseguirán.

-Vos, Henderson haréis lo que yo os mande: le dijo Drake con tono de voz firme y pausada, y yo os digo que si Dios no me obliga a otra cosa, estoy resuelto a dejarme perseguir.

-¿Y por qué, milord? -le preguntó Henderson mostrando el disgusto que le causaba esta resolución.

-Porque traen sus naves colmadas de gente; porque si viniesen con una más que nosotros no podríamos evitar que nos abordaran, y aunque triunfáramos, ¿qué íbamos a ganar de real?... ¿Hacer matar esa brava y virtuosa tripulación que nos acompaña, por el placer de ver las llamaradas de un barco más, incendiado?... No, Henderson: es preciso que el valor sea reflexivo para que sea útil, y que sea útil para que sea glorioso.

-Tendréis razón, milord; pero jamás me persuadiréis de eso. Aun no siendo Drake, me creeré humillado el día en que tenga de huir delante del pendón de España.

-¡Bah!... ¡La vanagloria no es la gloria, joven! La gloria se gana haciendo, a pesar del pendón de España, lo que nosotros hemos hecho. ¡Hemos atravesado desde Inglaterra hasta las tinieblas del mar del Sur: hemos asolado en toda su extensión las costas que en uno y otro mar tiene el enemigo: hemos sorprendido y mutilado sus puertos, despojando los templos de sus ídolos, como en Valparaíso, en Guatalco y en tantas otras partes: hemos apresado, hemos saqueado y hemos incendiado los galeones en que navegaban sus riquezas; hemos difundido el terror de nuestro nombre por toda la tierra que pisa el español: y todo eso lo hemos hecho a pesar del pendón de España, abriendo la primer huella de un camino en el que hombre ninguno ha puesto su planta todavía!... Cuando volvamos a Inglaterra colmados de riquezas, de descubrimientos y de renombre, ¿creéis que el lustre de estos hechos lleva riesgo de empañarse por haber dado la espalda a un combate estéril?... ¡La primer bala que arrastráramos por orgullo o por soberbia (contra el mandato de Dios que nos impone ser humildes) podría hacer fracasar esta tentativa de mi genio, en la que cifro mi honra y la gloria de Inglaterra!... ¿Me comprendéis?... Es preciso que me obedezcáis ciegamente, y que renunciéis por esta vez al ardor de vuestro coraje.

-Milord: obedeceré ciegamente a vuestros mandatos. Pero, jamás huiré con gusto delante del pendón de España.

-¡No importa!... ¡otro cañonazo!... sí: no tengo duda, es la culebrina de bronce del Pasha la que habla. ¡Oh! ¡yo oigo desde muy lejos la voz afligida de mis hijos!... Esos cañonazos aislados son señales que nos hace el Pasha para que sepamos que lo persiguen. El Pasha como vos sabéis debía venir a reunírsenos en este golfo: los españoles han salido del Callao y lo persiguen: lo tengo aquí (dijo Drake señalándose la frente) ¡cómo si lo viera!... ¡Gracias a ti, Dios mío! -dijo alzándose su gorra. ¡Es visible el favor de vuestro brazo, pues habéis querido ponernos en su camino para dar ayuda y socorro a nuestro hermano, tu fiel servidor como nosotros!... ¡Oídme bien, Henderson! Si para desembarazar al Pasha tuviésemos que batirnos por un instante, no os dejéis enredar en la acción; procurad estar siempre al viento para tomar el largo y retiraros: estad atento a mis señales más que a las maniobras del enemigo; y dejadme hacer. Os repito que mi intención es evitar todo combate, si puedo; y abandonar las costas del Perú. ¡No os alejéis de mí! y si algún suceso extraordinario nos separase, ya lo sabéis, cruzad al norte sobre las costas de California donde nos reuniremos para salir al Atlántico por el Norte... ¡No os asombréis! ¡confiad en mí!

-No me asombro, milord; pero extraño que prefiráis ese camino extraordinario, al del Estrecho que ya conocemos.

-Para venir era bueno; para volver es el peor. La costa toda está ahora en alarma: todos los galeones están volando a sus nidos: y es más que probable que los españoles tomen el Estrecho antes que nosotros, para esperarnos y anonadarnos... Lo mejor es pues lo que os he dicho: lo tengo bien pensado: meteremos la mano de paso en los tesoros que el español tiene en sus ricas colonias de Asia; y le mandaremos noticias nuestras después que lleguemos a Inglaterra. ¿Me habéis comprendido, Henderson?

-Todo.

-¡Bien: al pie de la letra todo! -dijo Drake con un ademán, de autoridad.

-¡Cómo me lo mandáis, milord!

-Id ahora a vuestra nave, y poneos inmediatamente a la vela.

Mientras que Drake montaba al Pelícano, se dirigió Henderson a la Isabel con toda la presteza de sus remos.

Un momento después estaban ya en marcha los dos buques del hereje. La Isabel, como si quisiera juguetearse con las olas del mar, recostaba sobre ellas su graciosa arboladura hasta tocarlas casi con sus vergas.

El torrente de espuma que marcaba su huella sobre el Océano pasaba con furia a dos dedos de su borda de babor, mientras que los bravos marinos que la tripulaban, sentados en grupos por la otra borda, esperaban los sucesos con aquella flema grave que encubre el ardor de las pasiones del hombre de mar.

Inmóvil como una estatua, y apoyando su cuerpo en el codo izquierdo, miraba Henderson el Galeón en que estaba doña María. Un nuevo cañonazo se hizo sentir en el horizonte, y fue respondido con otro disparado a bordo del Pelícano. Como una hora después aparecieron las blancas velas de un buquecillo. Drake no se había engañado: era el Pasha. La escuadrilla española, improvisada por Sarmiento, se distinguía persiguiéndolo a la distancia.

Es imposible pintar la vigorosa animación que la fisonomía de Henderson cobró con esta perspectiva: se enderezó como un álamo y con una voz llena de orgullo mandó izar en lo alto de la entena de popa los rojos colores de Inglaterra.

El viento había decaído notablemente, y seguía apagándose de más en más como sucede ordinariamente al medio día en el mar de los trópicos; y apenas había tenido tiempo el Pasha de ponerse a navegar en la dirección que le indicaban las señales del Pelícano, cuando una calma completa se había establecido ya en la atmósfera del Océano. Las velas de los buques se balanceaban a lo largo de los palos como laxas y fatigadas de la tarea, al paso que gruesas olas, sin dirección, ondulaban debajo de los cascos meciéndolos sin cesar con el movimiento de la ebriedad. El primer viento que levantara allí la mano de Dios iba a decidir de la suerte de todos. Las dos escuadrillas se mecían inmóviles e impotentes, como a cuatro o cinco millas de distancia una de otra; y el Galeón, poco antes despojado, se balanceaba también a la vista de ambas.

Esta calma duró todo el resto del día, hasta que vino la noche, y tomándolos a todos en esta situación, los envolvió con el denso manto de sus tinieblas.

«Un viento fresco del este (dice la historia) se levantó cerca ya del amanecer. Los ingleses se aprovecharon de él para alejarse; porque no estaba en los intereses de Drake arriesgar un combate siendo su fuerza tan inferior. Agrégase a esto que halagados los Españoles con un triunfo que los había parecido facilísimo habían incurrido en la imprevisión inexplicable de no embarcar los víveres suficientes para hacer la persecución del Pirata.»*

---

* Drake's Circumnavi. pág. 67.

XI Entra el diablo a intervenir en el asunto

Sarmiento había velado toda la noche sobre el puente de su carabela. No podía perdonarse la fatal imprevisión en que había incurrido embarcándose sin los víveres necesarios: y como era cosa que ya no podía remediar se desesperaba al ver que tenía por delante a los Herejes sin poder consagrarse a su persecución y exterminio. Conocía también que era grave la imprudencia con que había aplazado el día de la retirada, seducido por la esperanza de un encuentro, o por lo mortificante que le era volver al Callao sin ninguno de los resultados que sus compatriotas se habían prometido de su expedición. El temor de que las calmas se prolongasen o se repitiesen lo llenaba de fatales presentimientos, amenazando sus buques con el hambre que es el peor de los desastres en que puede caer el navegante.

Mil veces en aquella noche, se le pasó por la mente, así como vaga tentación, la idea de arrojarse al mar por despecho; pero le contenía la vista de tantos bravos como se habían embarcado entusiasmados con la confianza que les inspiraba su renombre.

Cuando sintió la brisa del levante que sopló al amanecer, no pudo menos que dirigir al cielo una mirada de gratitud: no se le ocultaba que esa brisa soplaba también para Drake favoreciendo su escape; pero prefería a todo la posibilidad de navegar hacia las costas.

Desde que apuntó la primer luz del día, Sarmiento pudo ver las velas del Pirata muy distante ya y en rumbo directo hacia el Norte. Como si esto le sorprendiese, las observó con mucha atención clavando en ellas un ojo desconfiado y reflexivo. Una idea súbita pareció atravesar de pronto por su mente, y su fisonomía se animó también como si recibiera el reflejo de un rayo de luz. -«No penséis que me engañáis, no, pirata insolente (se dijo a sí mismo con el ademán de la amenaza)... ¿Fingís iros por el Norte, eh?... Ya os comprendo: en cuanto os veáis fuera de mi vista virareis al Sur. ¡Pero, Dios mediante, yo sabré atajaros el paso! Si no sois pájaro o brujo, será preciso que tarde o temprano caigáis por el Estrecho y allí os daré yo noticias mías, ¡maldito aventurero!» Su rostro y sus ademanes cobraron con estas palabras aquella animación, aquel apuro que se nota en los hombres de genio vivo cuando conciben de pronto un medio de lograr fines largo tiempo contrariados.

Sarmiento había reparado desde el día anterior al galeón español que tenía a la vista, y como los dos buques del hereje habían venido de la misma dirección, había conjeturado con mucho acierto que ese galeón era necesariamente una de la muchas víctimas que dejaba en aquellos mares la audacia de Drake. Esto no obstante, miró aquella aparición como un favor del cielo porque trasbordando a él parte de su gente e incorporándolo a su escuadrilla podía aliviar muchísimo el consumo de sus víveres.

Como el galeón se había apercibido también del pendón de España que flameaba en las galeras de Sarmiento, hizo todo esfuerzo por reunírseles: y un rato de recíproca marcha bastó para que Sarmiento supiese los detalles del apresamiento del San Juan de Orton, y los demás cruceros de Drake, por boca de don Felipe.

Mientras que Sarmiento ponía en juego toda su habilidad para abreviar el camino que distaba del Callao, el Virrey había tenido la feliz ocurrencia de enviar en su busca dos naves cargadas de abundantes víveres[*] con las que tuvo la

---

[*] Drake's circumnavig. pág. 67.

dicha de encontrarse cuando más preocupado estaba por la inminencia del hambre. Fácil es conjeturar el júbilo que este encuentro causó en la gente de su escuadrilla: alentados todos, le instaban porque volviera sobre las huellas del Hereje; pero él se resistió a ello, no tan solo por las grandes dificultades que ofrecía su persecución después de tantos días de alejamiento, cuanto porque Sarmiento estaba convencido de que Drake buscaba ya la embocadura del Estrecho para salir al Atlántico. Su plan era, pues, esperarlo en ese paso preciso y anonadarlo de un modo infalible obteniendo el rescate de todo el botín que el Pirata hubiera hecho en las costas y mares del Perú.

Con esta idea, Sarmiento ardía por llegar al Callao y obtener el beneplácito del virrey para ejecutar su gran plan.

Este general de la marina española era un hombre de muy amable compañía y de genio muy festivo.

Desde que su ánimo perdió las preocupaciones amargas en que lo tuvo la falta de víveres, empezó a obsequiar con esmero a sus huéspedes y compañeros: todos los días los reunía en su mesa; y allí eran Drake y sus herejes los que hacían, por supuesto, el gasto de la conversación. Don Felipe, que, como sabemos, era taciturno, casi nunca seguía la tertulia de la sobremesa; y mientras él no se levantaba don Antonio conservaba una actitud modesta y humilde.

Mas cuando el viejo le quitaba el estorbo de su presencia, el mozo cobraba bríos y emprendía ardorosas narraciones de su cautiverio, pintando individualmente a cada uno de los personajes de la escuadra de Drake.

-Miren ustedes: decía un día don Antonio después que don Felipe había dejado la mesa; yo puedo hablar de todo esto con propiedad y con franqueza porque no tengo «cola de paja» como otros. En mi vida he visto monstruos de la laya: unos a otros se asaltan y se amenazan como una verdadera banda de salteadores. Cuando se reparten el botín se atropellan, se muerden, se puñalean por las mejores partes. El jefe es un demonio encarnado, y roba a sus compañeros con el mayor descaro: eso sí, que cuando alguno corcovea lo cuelga al instante del pescuezo entre las vergas como lo hizo con el Teniente Daute.*

-¿Qué sucedió con ese Daute? -le preguntaron algunos de los circunstantes.

-¡Una cosa horrible, atroz! -respondió don Antonio-; y cuidado que lo sé por uno de ellos mismos: es verdad que el que me lo contó aunque es hereje, daría un ojo por ver a Drake conversando con las roldanas de su buque: porque este malvado es tan feroz que todos a bordo tiemblan de solo oírle la voz, y andan allí como mujeres a quienes hubieran puesto por castigo bajo del gobierno de un demente. ¡Pues bien! este facineroso tiene por favorito a un bandolero peor que él: es un tal Henderson; fíjense ustedes bien en el nombre; un tal Henderson; un mozalbete que manda la Isabel, rubio como Judas, porque como ustedes saben el misal dice: «rubicundum erat Judas». Este mozalbete que no deja jamás el puñal, y que es bárbaro como un tigre, es hijo bastardo del famoso Leicester que como ustedes saben es el...

Don Antonio se interrumpió al ver a don Felipe que bajándose de la cubierta entraba en la cámara y tomaba allí un asiento retirado.

Los demás, que no comprendían bien los motivos que influían en la interrupción del narrador, le dijeron:

-¡Vamos! ¡continúe usted!

Don Antonio trató de excusarse con palabras evasivas; pero vivamente instado, dijo:

-Según me han dicho los herejes, este Leicester lo puede todo con la que ellas llaman su reina. Devorado por las alarmas que le había empezado a inspirar su rival el conde de Essex, hizo una tentativa para envenenarlo. Daute que era íntimo amigo de este, supo el crimen y habló del asunto con indignación; por lo cual se entendió Leicester con Drake y lograron seducir a Daute con las esperanzas de las riquezas que les prometía este crucero, dándole el mando de la Isabel. Cuando estuvieron lejos en el mar, vino un día Drake a la Isabel, y puso de capitán a

---

* Doughty.

su cómplice Henderson rebajando de piloto a Daute; a los tres días lo prendió Henderson a pretexto de complot; y entre los dos cómplices le formaron causa y lo ahorcaron. Vais a ver aquí lo que son estos bandidos; porque os voy a referir un rasgo característico de la vida que llevan mezclando a todos sus nefandos crímenes el de la impiedad y sacrilegio. Cuando Drake vio ahorcado a Daute se paró sobre la meseta de la cámara y dirigió un sermón a su gente invistiéndose y ungiéndose a sí mismo de ministro del Altísimo. Lloró sobre el cadáver de su víctima y peroró más de una hora invocando a cada paso el nombre de Dios y el de nuestro señor Jesucristo, como si él fuese cristiano y no se le estuviese viendo allí mismo el rabo con que Dios ha estigmatizado a todos estos creyentes y secuaces del diablo... Pero volviendo a ese Henderson os diré que es el bandido más insolente que ustedes pueden figurarse. Él mismo, por su propia mano, cortó una oreja y un brazo, la lengua y una pierna del cadáver de Daute, y clavó estos asquerosos despojos por la borda de su buque para escarmiento de las gentes. El mismo Drake respeta y adula las feroces propensiones de este mozo; y yo mismo, yo mismo, señores, he presenciado una cosa de que no puedo acordarme sin que las lágrimas de la indignación llenen mis ojos, dijo don Antonio poniendo trémula la voz, y cubriéndose la vista con las manos: he visto a ese cachorro de ferinas razas... ¡Ah! ¡señores! ¡ah! ¡señores!... ¡qué momento aquel!... ¡lo he visto levantar su bárbaro puñal para atravesar el pecho del señor don Felipe, de este respetable anciano que tenéis delante, y que hubo de sucumbir a la vista de su mujer y de su hija por salvar los preciosos documentos del tesoro que le habían sido encargados! Les juro a ustedes que...

—Usted está equivocado, Romea, le dijo don Felipe interrumpiéndole: ese mozo de quien usted habla no me amenazó con puñal ninguno en la ocasión esa que usted refiere...

—¡Sí, señor: con una daga!... yo admiro la virtud cristiana con que usted, mi digno señor, no solo perdona sino que atenúa el crimen. Pero yo estoy resuelto a promulgar en todo el ámbito de la tierra el nombre de Henderson como el prototipo del diablo, de la ferocidad y de la herejía; para que en el orbe romano, o español que es lo mismo, le quede votado un odio eterno y universal, y reciba algún día en una hoguera el castigo de sus crímenes. ¿Qué español me negará el juramento de este voto? -dijo don Antonio tomando una copa llena de jerez, y dirigiéndose a sus oyentes con un ardor extraordinario.

-¡¡¡Ninguno!!! -le respondieron todos alzando también sus copas.

-Juremos, amigos, por la cruz de estas espadas, odio eterno al malvado Henderson, cómplice principal de los crímenes de Drake.

-¡Odio a Henderson! -dijeron todos y bebieron sendos tragos de buen vino de Jerez.

-¡Juremos vengar en él hasta la saciedad, la insolencia y la ferocidad con que ha tratado a uno de los próceres del virreinato!

-¡Juremos! -repitieron volviendo a beber.

Don Felipe estaba profundamente sorprendido de aquel brío y de aquella independencia que don Antonio había desplegado por primera vez en su presencia.

La bulla de los brindis y los juramentos le había impedido hablar, pero aprovechándose del primer momento de sosiego, dijo:

-Todo eso, Romea, no le autoriza a usted para falsificar los hechos: yo no he sido amenazado con puñal, se lo repito a usted: usted ha visto mal, y quizá ha sido causa de eso el terror del momento.

-Es el terror del momento lo que ha impedido conocer a usted, señor, el riesgo a que estuvo usted expuesto por salvar los preciosos documentos de que era depositario. Verdad es que con eso ha hecho usted un servicio eminente al Rey nuestro Señor...

-¿Se salvaron los documentos? -preguntaron Sarmiento y los demás.

-¡Toma si se salvaron! -respondió don Antonio. Se salvaron por la estoica virtud de este anciano, imperturbable bajo la daga del asesino, virtuoso allí por el valor, como virtuoso lo veis ahora para perdonar y atenuar los crímenes de que fue víctima. Ni el puñal de Henderson, ni las mil seducciones que puso en juego Drake fueron bastantes para arrancarle ese sagrado depósito que tanto interesaba al tesoro del Rey conservar en secreto. Después de la amenaza inútil, vino, señores, la seducción... ¡nada! ¡el depósito se salvó como lo sabréis cuando lleguemos a tierra!

Don Felipe estaba trémulo de rabia al ver la impavidez con que don Antonio estaba sosteniendo la conversación sobre un tema tan vidrioso para él; pues es sabido que él había entregado al fin a Drake todos sus libros y documentos. Todos ellos le eran inútiles por cierto, después del asalto y del saqueo del San Juan, pero como los que oían a don Antonio concebían necesariamente ideas muy distintas de esos papeles y de su triunfo en salvarlos era inminente el riesgo en que le ponía de que en vez de salvador de ellos, fuese a resultar negociador de la parte de su fortuna que había estado comprometida, con las demás circunstancias de sus conexiones con Drake durante su cautiverio.

Él, empero, no sabía cómo descifrar las impertinencias de don Antonio: no podía suponer que sus asertos fueran hijos del malicioso plan de perderlo comprometiéndolo en una posición insostenible, y lo atribuía a la ignorancia y al bajo deseo de adularlo, que don Antonio le había manifestado siempre, en conformidad con la costumbre de todos los que en aquel siglo venerable aspiraban a ser yernos de algún viejo rico y conciencudo. Esta creencia, sin embargo no disminuía la impaciencia que los asertos de don Antonio sublevaban en su ánimo; y lo que más le preocupaba era que su dependiente se diera por tan instruido de las seducciones de que él había sido blanco. Mas, como no era posible hacer callar a don Antonio delante de oficiales y de gentes que le escuchaban con anhelo y avidez cuanto era relativo a Drake y a sus secuaces, y como el narrador había sabido interesar el patriotismo de sus oyentes, y no cesaba de ensalzarse a él mismo, don Felipe comprendió que lo mejor era dejarlo; por lo cual se levantó y fue a pasearse de nuevo sobre la cubierta de la nave.

Don Antonio continuó hablando del tiempo de su cautiverio en el buque de Henderson, materialmente como si lo hubiese pasado en el infierno.

-Es cosa admirable, señores; decía a los circunstantes, volviendo a tomar el tono caloroso, con que hablaba antes de que hubiese aparecido allí don Felipe: ¡es cosa admirable lo que sucede con estos herejes! Para mí no hay la menor duda de que hereje y brujo son cosas que se dan la mano. Ese Henderson, señores, es en su figura natural el ente más horrible que pueda imaginarse; pero tiene la virtud de mostrarse con mil y un rostro si se le antoja. De día cuando tiene a quien seducir, por ejemplo, y bastante ha hecho por seducir a la linda hija del señor don Felipe (dijo bajando la voz) de día, digo, suele aparecer como un joven precioso; pero entonces, es preciso repararle los ojos, se descubre en ellos un reflejo infernal, una luz interna como la del gato y el tigre; y los pies, aunque calzados con esmero, revelan por la agudez misma de sus formas que no son pies de gente, sino las corvas uñas del Diablo disimuladas con la posible perfección. De noche jamás duerme: porque es la hora en que evoca los espíritus infernales de quienes depende; él tiene que consagrar toda la noche al servicio del Diablo... Yo hablo a ustedes, señores, de lo que he visto con estos mismos ojos; y ahora mismo, al recordarlo, me encrispo todo, ¡todo de horror! Cuando la gente se ha recogido, y las tinieblas de la noche toman todo el solemne prestigio que les da el silencio universal, se oyen los pasos del hereje retumbando sobre el buque con una cadencia indefinida y lúgubre: cualquiera diría al oírlos, que son golpes o martillazos dados por un brujo o por una ánima en pena sobre el ataúd de un condenado... Un poco después, el renegado empieza a rugir allí solo sobre su buque; y como si le acometieran las convulsiones que el réprobo debe tener cuando columbra el infierno desde su lecho de muerte, se pega con ferocidad sobre la frente, levanta las manos al aire como si invocara las tinieblas, se tuerce los brazos, oculta su cara entre las manos, y va como un loco a dejarse caer al fin sobre algún banco, donde se queda desfallecido y con su vago mirar fijo en las tablas del piso. Sus ojos empiezan a enrojecerse entonces hasta que se ponen como dos brasas de fuego en la oscuridad: silbos y aleteos extraños y horrorosos empiezan a oírse por las vergas del buque, y el endiablado se pone a temblar de pies a cabeza como si tiritase de frío: mientras tanto el ruido del aire se aumenta y se acerca, como si fuese el de una bandada de pajarracos que se batiese sobre los palos luchando ferozmente unos con otros... ¡Ah!... ¡qué espectáculo tan horrible, señores! ¡vosotros que sois fieles católicos, comprenderéis mis amarguras al frente de semejante escena!... ¡Noche horrible aquella cuyo recuerdo jamás saldrá de mi alma!... Hacía ya muchos minutos que yo no dormía aterrado por este ruido infernal que bajaba hasta el vil camarote en que esos perros me habían echado; creía al principio que aquello era alguna borrasca que se había desatado sobre el mar.

-Y no era otra cosa, señor Romea, le dijo con viveza el general Sarmiento que lo había escuchado con un grande interés, hasta entonces.

-¿No era otra cosa? ¡Señor General!...

-¡Por cierto!... si no era una tormenta, fue alguna pesadilla que usted tuvo; dijo el General tomando un trago de vino en su copa.

Don Antonio le fijó la vista y dijo meneando la cabeza: -¡Dice bien el Reverendo padre Andrés! es una fatalidad; pero ello es cierto que la sabiduría es madre de la incredulidad: V. E., señor General, ha nacido católico como nosotros, y no cree en el Diablo ni en los endemoniados porque no cree sino en lo que alcanza su razón!... «Vanitas vanitatum!» como se lee en el misal... Yo no me atrevo, señores, a explicar ni a querer comprender los misterios del infierno: ¡cuento lo que he visto con estos mismos ojos!

-¡Seguid! ¡seguid! -le dijeron los demás; y el General pareció duplicar su atención para escucharle.

-¡Pues bien!... creyendo yo que se hubiera desencadenado alguna borrasca bajé muy quedo de mi cama, y atravesé por

entre las hamacas de los herejes que roncaban como bestias feroces; subí una escalerilla que daba a un agujero de la cubierta,
y me quedé espantado al ver lo que os he referido: Henderson
temblaba como un azogado; sus ojos eran dos brasas que hu-
meaban.

-¡Estaría fumando en su pipa! -le dijo el General interrumpiéndole de nuevo.

Don Antonio fingió que no oía, y continuó diciendo: -Un
relámpago azufrado bañó el buque en este momento, y pude
ver que un enorme búho se había desprendido de entre el enjambre que coronaba los palos y se cernía sobre la cabeza del
hereje bañándolo con una lluvia inmunda: el hereje se fue poco
a poco empinando; sus piernas se convirtieron en patas de chivato, y sus brazos tomaron la forma de los del mono: sus cabellos fueron enderezándose gradualmente hasta que se pusieron
verticales como si fuesen de hierro, y separándose a uno y otro
lado de las sienes en dos porciones, se retorcieron y tomaron la
consistencia del cuerno; y una horrible cola empezó a desenvol-
verse por un lado y otro lado dando sendos chicotazos sobre las
tablas de la cubierta. Una vez que estuvo trasformado así, empezó a dar brincos hasta las vergas; las velas todas se desataron,
y todas aquellas horribles figuras de búhos y de lechuzas, de la-
gartos y de murciélagos, de langostas y de vampiros, empezaron
a marinear la goleta como si fuesen su tripulación ordinaria, al
zumbar de los volidos y de los silbos...*

* Esta narración se halla perfectamente fundada en las creencias y en las ideas de aquel
siglo: la hacen muchos escritores como Sandoval y otros; y entre ellos la prohíja el mismo
Centenera diciendo:

¿Qué diremos de aquel gran marinero
gallego, que en tres días vino a España
de las Indias trayendo mal tempero,
huracanes, tormenta muy extraña?
Ni gente de la mar ni pasajeros
paraban; mas andaba gran compaña
de Diablos que las velas marineaban
y la nave con fuerza se llevaban.
¡Larga escota!... el piloto les decía,
y ellos cavan el trinquete y la mesana;

Don Antonio tenía estupefactos a todos sus oyentes. Muchos de ellos que habían empezado a oírle con grande incredulidad habían ido entregándose gradualmente al prestigio sobrenatural de los sucesos que narraba, y lo escuchaban con sumo interés.

-Pero ¡ah, señores! -continuó diciendo con una voz hueca y gutural-: ¡me faltaba ver lo peor todavía!... cuando cesaron aquellos brincos que parecían la fiesta preparatoria del sabático concilio, el horrible Henderson se sentó en el suelo en medio de una rueda de aquellos espíritus feroces; y un silencio sepulcral reinó en ellos: se levantaron entonces dos enormes langostas, y parándose sobre sus patas prendieron sus dientes a las orejas de Henderson, que se puso a rechinar como un cochino maniatado, mientras que ellos le gritaban: -«¿perdiste ya el alma de la muchacha? ¿Desempeñastes bien la comisión de nuestro Padre? ¿La habéis endemoniado? -¡No todavía!» le respondía él; y cuando la ronda oyó aquella respuesta, se alzó furiosa y cayó a golpes y picotazos sobre el réprobo que estaba exánime y tendido sobre la cubierta. ¡Levántate miserable! le dijo el más grande de los búhos, ¡y ven a darme cuenta de los dones con que te adorné!... ¿Para qué te di esos ojos de topacio con que brillas delante de las mujeres? -Para perderlas, ¡amo mío! -¿Para qué te di esas sortijas de cabellos rubios y lustrosos como la seda joyante? -Para perderlas ¡padre mío! -¿Para qué te di en fin ese rostro y esas formas que yo llevaba cuando era el ángel de la luz? -Para perderlas ¡Rey mío! -¡Ven, imbécil, a darme cuenta de lo que has hecho! -¡Nada, señor! ¡nada, señor!» decía el réprobo revolcándose, mientras que toda la ronda saltaba, brincaba y corría sobre él. Un silbo agudo atravesó el bullicio, y todos los demonios se quedaron clavados como si fuesen de piedra. Vi entonces que el que había silbado era el búho a quien Henderson había llamado su padre y que parado en una verga aleteaba

---

y si les dice -¡alza!... con porfía
amainan los traidores con gran gana.
Y viendo que al contrario se hacía,
al contrario mandó... y así fue sana
su nave por los Diablos marineada.
(*La Argentina*, canto X.)

con un ruido espantable: todos los otros pajarracos volaron de la cubierta al verlo, y asentaron a su alredor por las cuerdas y las otras vergas.

-¡Quiero ser aún más benigno contigo, hijo indigno de mi grande Majestad! -le dijo el búho a Henderson, que conservaba todavía su figura de chivato-: te voy a prorrogar el plazo: ¡pero mira que es la última prórroga que te doy, y que concluida ella te arrastro de nuevo a los abismos de donde te he sacado! El horrible chivato se puso a temblar -¿Cuántos días quieres para hacer de ella la Novia del Hereje? -le preguntó el búho. -¡Tres! -¡Y son los últimos! -le dijo el búho al mismo tiempo que una luz repentina cayó sobre el chivato, y que una llama vaporosa como la del aguardiente, se apoderó de todo su cuerpo. Cuando yo miraba todo aquello con el terror que debe sentir el alma del condenado las puertas del infierno, recibí, no sé de quien, una fuerte patada en la frente que me hizo rodar sin sentido hasta el fondo del barco.

El general Sarmiento no quitaba sus ojos investigadores de la cara de don Antonio: parecía que lo quisiese fascinar; y de cuando en cuando hacía un gesto casi imperceptible de menosprecio.

-¡Pero bien! -le dijeron algunos de los oyentes a don Antonio-: ¿cuál era el alma a quien el hereje debía perder?

Al mismo tiempo que don Antonio les respondía:

-¡Ah, señores! eso no lo sé yo, el general decía señalando a don Antonio con un tinte ligero de ironía -¡La suya, señores! ¡la suya! ¿cuál otra? -y se reía con burla.

-V. E., señor General, le respondió don Antonio, se burlará de mí cuanto quiera; ¡pero lo que yo he referido es la verdad por desgracia mía!

-¡Y de otros! -le respondió Sarmiento empinando el último trago de vino que había en su copa, y levantándose para salirse. Uno de los marinos que quedaba sentado tomó entonces la palabra y dijo:

-Pero usted, señor Romea, no nos ha dicho cómo acabó su aventura.

-Ya se los he dicho a ustedes: fui rodando sin sentidos hasta el fondo del buque; y nada más.

-¿Y después?

-Después permanecí así hasta el otro día: cuando volví en mí tenía la cabeza dolorida y embargada...

El general Sarmiento, al ver que don Antonio iba a continuar su historia, se paró en el primer escalón de la salida y se quedó escuchando.

-¡Muy dolorida! -repitió don Antonio sin ver que Sarmiento lo escuchaba-: traté de salir a fuera: era un poco después de la aurora y apenas saqué la cabeza me quedé frío: el señor Henderson con toda su máscara de belleza estaba sobre cubierta; pero yo que lo había visto al natural en la noche antes descubría en sus ojos y en su semblante los diabólicos rasgos del chivato: estaba parado delante de... doña María: (agregó el hipócrita bajando mucho la voz), y ella con la candorosa inocencia que Dios le ha dado, parecía gozar de las urbanas palabras y corteses ademanes con que el demonio la seducía. Arrebatado por el interés que me inspira la hija de mi protector, del que es todo para mí aun antes de mi padre, quise lanzarme a revelarle su peligro; pero se volvió el hereje al mismo tiempo, me clavó sus ojos, que eran ya tales como en la noche anterior, y herido de nuevo, no sé por quien, volví a rodar hasta el fondo del buque.

-Luego, la Novia del Hereje, de quien había hablado el búho, ¿era ella?... -dijeron algunos.

-Al menos, parece que a ella se referían en esa feroz evocación; pero por fortuna llegó a salvarnos el ínclito Sarmiento antes de que el sacrificio estuviese consumado y abundan en la tierra del Perú los Santos varones que borrarán la pestífera huella que hayan podido dejar en nosotros los espíritus del infierno. Yo mismo, señores os juro que contaré con la salvación de mi alma hasta que una severa penitencia no me haya restablecido al camino del cielo por la comunión con el cuerpo de nuestro Señor Jesucristo contenido en la hostia que el Sacerdote consagra en el altar.

El general meneó la cabeza, comprimió los labios, y subió a la cubierta.

Halló en ella a don Felipe, que se paseaba taciturno; y acercándosele, le dijo con soltura:

-¿Usted conoce bien, señor Pérez, a ese mozo que sigue a usted como dependiente?

-Mucho, señor General... será el marido de mi hija.

-¿De su hija de usted? -le preguntó Sarmiento con asombro.

-Sí, señor: de mi hija.

-Pues, señor: ahora comprendo menos su conducta; yo le iba a decir a usted que me había parecido un tonto o un pícaro: dos entidades muy peligrosas para tenerlas cerca... Pero si usted lo ha destinado para marido de su bella hija, debo haberme engañado, ¡señor Pérez! -agregó el General, y se alejó fumando con delicia en su larga pipa de ámbar una gruesa carga de tabaco turco.

XII El padre, el novio y la criada

Las palabras francas del General Sarmiento no dejaron de producir una viva sensación en el ánimo del anciano, no obstante la aparente frialdad con que él la disimuló.

Aquel presentimiento espontáneo con que el corazón del hombre sagaz sabe señalar a un ingrato o a un enemigo aun antes que la razón pueda fundarse en el menor indicio, había comenzado a inquietar el alma de don Felipe. Él sentía, sin poder decir cómo ni por qué, que un secreto recíproco vagaba entre los dos ánimos, trayendo aquella situación desabrida que sirve de germen a las grandes enemistades; y no obstante el esfuerzo del juicio con que rechazaba esta cavilosidad de su suspicacia, era singular la porfía con que ella volvía a inquietar su mente. Llevaba su generosidad el viejo hasta suponerse a sí mismo como la única causa de este estado; él pensaba, que como el arreglo que había hecho con Drake para reembolsarse de sus fondos lo reducía a una posición falsa y alarmante, nacía de ella, y no de su parásito, la desconfianza y el desabrimiento que él se imaginaba.

Las palabras que el General Sarmiento le había arrojado como de paso le hirieron en lo vivo de su sensibilidad; pues fueron una especie de sanción extraña dada a sus dudas. Él lo disimuló sin embargo, por aquella firmeza innata propia de una alma bien puesta, que repugna la confidencia de los primeros temores del corazón, como un acto de debilidad o de imprudencia.

-Es preciso sondear con mucho tino este misterio: se repetía el viejo sagaz mientras que continuaba paseándose sobre la cubierta.

Los oyentes de don Antonio se habían ido dispersando poco a poco y saliéndose al aire, como es costumbre entre los navegantes después de comer. Don Antonio salió al fin como los demás; y tan luego como don Felipe le vio, lo llamó a sí.

-Me parece, Romea, le dijo, que no tardaremos mucho tiempo en llegar al Callao.

-Precisamente hoy mismo he hablado de eso con el piloto del buque; y su opinión es que mañana a más tardar echaremos la ancla en el puerto; y usted, mi venerado señor, tendrá el gusto de ver terminadas las crueles vicisitudes de este malhadado viaje.

-Hombre: ¡quién sabe!... «¡Bien venido seas mal si vienes solo!» decía Epitecto, el más práctico de los moralistas antiguos. Ya usted ve que volvemos diciendo «¡hemos sido robados!» a los que nos habían encomendado la guarda de sus caudales: y por más notoria que sea nuestra inculpabilidad, el despecho y la desesperación de los arruinados ha de buscar sobre quien caer con razón o sin razón.

-Algo he cavilado sobre eso mismo, mi buen señor... no por mí que soy un pigmeo sin méritos y sin responsabilidades; sino por usted, señor, que cuando me acuerdo de esos malvados salteadores, la indignación más profunda y la rabia y la furia se apoderan de mi alma y me hacen hablar como un demente... Yo que he conocido a usted, señor, dueño de una modesta fortuna, saber como sé que le ha sido robada, que está usted arruinado, y que toda la desgracia de este viaje va a pesar sobre usted...

-¡Tanto como eso, no, Romea! ¿Por ventura tengo yo la culpa de lo acaecido?... A nuestra salida nadie sospechaba siquiera que hubiera piratas de este lado del mar. En eso no tiene usted razón.

-Yo lo decía, señor, porque como usted se opuso tanto a que el situado bajase por el Río de la Plata, como querían algunos interesados...

Don Felipe no pudo menos de dirigir una aguda mirada sobre su presunto yerno, como si hubiera querido penetrar con ella en el fondo de su alma, para saber si esas palabras importaban la insinuación insidiosa de un antecedente acusador.

-¡Es singular! -respondió-: me había olvidado de esa circunstancia que usted me recuerda: y que fue apenas una ligera discusión. Yo me opuse a esa innovación, ¡es cierto! y me opuse porque esa es una corruptela de las leyes del Virreinato que hace tiempo empieza a ocupar las cabezas de algunos especuladores sin probidad, para quienes el lucro legítimo o ilegítimo es la razón suprema de todas las cosas. Me opuse: ¡sí, señor!... porque usted sabe muy bien que al Río de la Plata no va flota alguna de Cádiz. ¿A qué iba allí, pues, ese situado?

-¡Quién sabe, señor!... ¿qué sé yo de estas graves cosas de gobierno?

-¡Pues yo las sé y se las diré a usted!... iba a invertirse en alguna de las especulaciones fraudulentas que se empiezan a realizar con el extranjero en aquellas costas; y que si el Gobierno no ataja vigorosamente serán la causa de la demolición de nuestras leyes.

-Señor: lo que usted dice es para mí, por solo ser dicho por usted, la verdad digna de fe: yo tengo y tendré siempre sus mismas opiniones, mi señor: así es que no he pretendido negar ni remotamente las sabias razones que fundan la opinión de usted... Si he mencionado ese recuerdo, ha sido porque como los que querían eso decían que era solo por una excepción motivada en el temor de los piratas...

-¡Qué excepción, ni qué excepción, señor!... Las excepciones, los pretextos con que se incurre en ellas son el principio de muerte de las Leyes antiguas y sólidas de los Reinos... Todo eso no era más que un pretexto para una grande especulación de tejidos de algodón. Usted sabe muy bien que todo lo que se temía respecto de piratas era que alguna banda como la que el año pasado atravesó a pie el Istmo, hubiese construido y amarrado de este lado algún otro lanchón como aquel; y para eso salimos en el San Juan, que era más que suficiente para conjurar ese peligro. Pero ¿quién soñó en encontrar buques de alta mar? ¿quién habló de una escuadra? ¿quién imaginó siquiera que hubiese sucedido lo que pareció siempre un imposible?

-Magallanes ya lo había hecho...

-Pero había sido para todos un milagro cuya repetición nadie había tentado. Y Magallanes lo había hecho porque, siendo súbdito de nuestro Rey y señor, nada tenía que temer después de vencidos los riesgos del camino... ¡Otra cosa era venir como enemigo a emboscarse en un mar de esta naturaleza como ese audaz hereje lo ha hecho! Esto nadie lo pudo, hasta ahora, imaginar... A propósito de esto: dígame usted, señor, Romea, ¿cómo ha podido usted saber lo que aseguraba de sobremesa acerca de las seducciones que Drake había practicado conmigo para sonsacarme los papeles y documentos del situado?

-¿Habré tenido la desgracia de enfadar a usted con esto?... Me arrepentiría, señor, toda mi vida.

-¡No, señor! no es eso... pero como es una cosa a la que yo mismo estoy ajeno, quisiera al menos poder desengañar a usted y no ser objeto de alabanzas infundadas e injustas.

-¡Oh! señor: ¡eso es otra cosa! la conducta de usted es digna de toda alabanza. ¡Esa firmeza! ¡Señor! para arrostrar la saña de los bandidos, y para vencerlos a fuerza de superioridad: ¡es cosa que yo jamás creí ver, mi querido señor!

-¡No nos extraviemos, señor Romea! tenga usted la bondad de decirme cómo ha podido usted saber que he sido objeto de seducciones, y no extrañe usted mi curiosidad, pues que habiendo ido yo en un buque y usted en otro, me confunde que usted se crea tan bien informado a mi respecto.

-¡Ah! ¡no señor! usted está trascordado:... ¿no recuerda usted que fue delante de mí?

-¿Delante de usted?

Delante de mí fue que el salteador Drake le ofreció a usted documentos de tal naturaleza que le facilitasen a usted la cobranza de su dinero sobre las arcas del Rey... ¿No se acuerda usted, señor?

-¿Sabe usted, que lo había olvidado?... -dijo don Felipe poniéndose pálido de cólera, pero disimulándolo admirablemente con la suavidad de la voz.

-Pues bien: fue por eso que usted siguió al Hereje, mi buen señor, y que volvió después a sacar todos los libros y los papeles del situado.

-Pues si usted me ha hecho la ofensa, Romea, de creerme capaz de usar de semejantes documentos para buscar la indemnización de mis pérdidas, me da usted el derecho de suponer que al recordar usted todo eso con tanta fijeza es porque no desdeñaría usted, si yo se lo ofreciese, el carácter de socio mío en esa gestión.

-Yo no puedo decir a usted otra cosa, mi buen señor, sino que mi veneración y amor por la persona de usted es ilimitada. Usted, señor, me ha prometido la mano de su hija y, como usted no ignora que apenas empiezo mi carrera (aunque bien sostenido y con un seguro porvenir), yo he creído siempre que al darme usted esa situación en su familia pensaba usted hacerlo de modo que quedase decentemente asegurada la independencia de la mía.

-Si eso importa una exigencia, Romea, quedo enterado de ella; pero, ahora, dígame usted, francamente, la queja que usted tenga de mí, o de alguno de los míos.

-¡Oh! ¡Señor! no tengo ninguna.

-¿Le ha ofendido a usted mi hija?

-Usted, mi buen señor, me ha prometido que será mi mujer; y no obstante los inconvenientes que preveo, en ello cifro mi porvenir.

-¿Qué inconvenientes son esos, Romea, de que me habla usted ahora por la primera vez?

-El que más me preocupaba es como se lo acabo de indicar a usted, que soy un empleado pobre todavía.

-Pero está usted ya en carrera; y tiene usted favor, como usted mismo me lo decía.

-Es verdad, señor, pero antes de diez años es difícil que llegue a tener lo bastante para ser independiente; ¡y diez años de pupilaje!... ya lo ve usted, mi señor: es una perspectiva...

-¿De cuál pupilaje habla usted, Romea?

-De aquel en que necesariamente cae un hombre pobre y humilde, como yo, dijo don Antonio haciéndose el inocente, cuando entra en una casa rica como marido de la hija única de ella.

-Usted conoce demasiado bien mi casa y a mi hija, para que me sea permitido tener por sincera semejante observación. Usted sabe que mi hija es modesta y humilde por educación, y que jamás le hemos permitido lujo ni distracciones: es una criatura obediente, sumisa, y que no es capaz de exigir a usted cosa ninguna sino un rincón en el hogar. Usted sabe bien que para eso la he educado.

-Es verdad, señor, que en eso ha cifrado usted su esmero. Pero usted sabe que la corrupción moderna es grande, y que las niñas no siempre son para los demás lo que aparentan ser para sus padres... y un marido, señor... es bueno que cuente para todo caso con independencia de posición.

-¡Bien, Romea! -dijo don Felipe disimulando siempre su profunda indignación. Me voy a recoger... ¡pase usted buenas noches!

-Así las pase usted, ¡mi señor! -le respondió Romea inclinándose con humildad. Mientras que el anciano bajaba a su camarote no podía menos que decirse a sí mismo -«Preciso es que haya aquí algún misterio. O este mozo me cree arruinado por el salteo que he sufrido, o tiene en su poder parte de mis secretos... ¡Quiera Dios que sea lo primero!... Pero no hay duda, es un intrigante que forja algún plan de ingratitud: ¡¡¡yo le tenía por humilde y bondadoso!!!... ¡Prudencia y calma!... El Padre Andrés me ha precipitado... Este mozo no es lo que él me ha dicho, y yo he sido muy imprudente en haberlo aceptado por yerno antes de tomarme tiempo para conocerlo bien.»

Y al pensarlo, el sagaz anciano echaba sobre su semblante la capa impenetrable de austeridad que le era habitual. Bajó a la cámara y tomando a solas a su mujer le preguntó sin preámbulos:

-¿Qué desagrado ha ocurrido entre Romea y ustedes durante el tiempo de nuestro cautiverio?

-¡Ninguno! -le respondió Doña Mencía sorprendida de semejante pregunta-; ¿y por qué me lo preguntas? -agregó.

-Cuando yo pregunto algo, dijo don Felipe, es porque quiero saber, y no porque quiera contestar. ¿Sabes tú si han tenido algún desagrado con la María?

-Te puedo asegurar que ninguno. Ni se han hablado siquiera; pues bien sabes que nuestra hija no habla jamás con hombres.

-Sin embargo, algo ha sucedido... Llámame a Juana y déjame solo con ella.

Juana vino en efecto: y haciéndola entrar don Felipe a su cuartejo, le preguntó de un modo imperioso y breve:

-¿Qué disgusto ha tenido don Antonio con la María?

-Ninguno, señor, dijo Juana, pero se puso tan pálida y tan turbada con este ataque repentino, que, dominada por la mirada fija y penetrante que don Felipe le clavaba empezó a temblar.

-¡Bribona! -le dijo este con un enfado reprimido- ¿te has figurado que tú puedes engañarme?

-¡Señor!... ¡por Dios!... le juro a su merced... -dijo Juana juntando las manos.

-¡Silencio, demonio! ¡Baja la voz te digo! -le dijo don Felipe poniéndole la palma de la mano sobre la boca-: o te hago azotar sobre cubierta, perra alc...

Juana se hincó de rodillas y sofocando sus sollozos, le decía: ¡no, mi amo, por Dios!

-¡Nada! dime ¿qué le ha hecho la María a don Antonio? -repitió el viejo con voz sofocada y alzando el dedo con un terrible aire de amenaza.

La muchacha se arrojó a sus pies; pero el anciano la alejó de un puntapié.

-¡Te digo que hables, perra mula, si no quieres tener que arrepentirte!

-Sí, amo mío, ¡por Dios! ya voy a decírselo todo a su merced;... pero créame, señor, que estoy inocente lo mismo que la niña...

-Habla despacio, ¡anabolena! -volvió a decir el viejo, tapándole la boca a la muchacha-, ¡o te deshago!...

-Sí, señor... voy a hablar despacio; decía ella temblando y recogiendo toda la voz: muy despacio, señor... vea su merced... Un día subió la niña al aire a... no me acuerdo a qué... don Antonio se le acercó, y la niña quería volverse a bajar... y don Antonio la agarró del brazo, y la hacía estar con él por fuerza...

Don Felipe apretó los dientes y los puños, y dio una vuelta rápida por el cuartejo: y como si no tuviera por donde salir volvió a pararse delante de Juana.

-¡Sigue! -le dijo con una voz impregnada de rabia comprimida.

-¡Perdón, señor!... yo no estaba, pero la niña me lo ha contado...

-¡Sigue, te digo!

-Sí, señor: voy a seguir:... la niña se quería bajar... créamelo su merced... pero don Antonio no la dejaba, y al fin... perdón, señor... le dio un beso y...

Don Felipe se dirigió con furia hacia atrás, rasgó con sus manos el cortinado de la cama.

-La niña se puso furiosa, señor, y le dijo que solo por fuerza la harían casar con él... y así se lo dice siempre, mi querido amo, haciéndolo muchos desprecios... ¡Esto es lo que yo sé, señor!... no sé nada más... ¡se lo juro a su merced!

Don Felipe se había dominado ya, y volviéndose a la muchacha le dijo: ¡Mientes!... ¡tú sabes algo más!

-Nada más, mi amo, se lo juro a su merced, decía Juana bañada en lágrimas... nada más sino que don Antonio, por venganza le acumula una mentira, señor, a la pobre niña. Pero, señor ¡por Dios! ¡créame su merced que es una mentira infame!

-¿Cuál es esa mentira? -dijo el viejo con imperio.

-Que la niña... ¡Ah, señor!... ¡es una mentira infame!

-¡Dila pronto! ¡demonio! que te rompo los dientes si me precipitas.

-Sí, señor... ya se la voy decir a su merced... es que la niña ha tenido amores con el oficial inglés que nos tenía prisioneras...

¡Pero señor! -don Felipe se agarró la frente con las dos manos y se quedó inmóvil por un rato. Alzando después la cabeza.

-¡Vete! -le dijo a Juana-; ¡cuidado con que hables una palabra de todo esto, ni contigo misma, porque si lo haces, te hago quemar en medio de una plaza!

Juana salió temblando y bañada en lágrimas.

Ella sabía que había dado un paso decisivo: o había puesto del lado de su señorita la buena causa, o había arrojado la primera chispa de un incendio cuya voracidad no podía graduar en aquel momento.

XIII ¡Italiam!... ¡Italiam!...

D. Felipe Pérez y Gonzalvo era un hombre prudente: la falta de lealtad y de delicadeza que ya él había columbrado en el carácter de Romea, el cinismo con que este parecía resuelto a explotar su posición, las fatídicas palabras del General Sarmiento, y sus propios presentimientos, le hacían sospechar alguna inicua intriga contra su quietud doméstica o sus bienes. Tenía seriamente comprometida su palabra en el casamiento de Romea con su hija, y era hombre de sacrificar no solo una hija sino veinte al desempeño de una obligación como esta, que en aquellos tiempos era altamente sagrada. El arreglo con que Drake le había favorecido lo tenía también cada día más inquieto: o renunciaba a él, resignándose a perder tan gran parte de su fortuna como la que estaba comprometida en el apresamiento del San Juan, o persistía en dar los pasos convenidos para reembolsarse arrastrando los terribles peligros con que una intriga de este género podía envolver su suerte. La impavidez con que don Antonio le había dejado presumir que se hallaba iniciado en mucho de esto; las revelaciones de Juana, la incertidumbre de lo que Romea hubiera podido descubrir en el buque de Henderson; todo en fin contribuía a sumirlo en las más vagas tribulaciones; y al fin de muchas reflexiones concluía por convenir en que lo mejor era guardar el más estricto silencio y ver venir los sucesos para esquivar los peligros.

Las revelaciones de Juana lo tenían en una indignación febril... ¿Era cierto que su hija se hubiese prestado a las ternezas del hereje?... ¡Contra semejante crimen que venía a agravar tanto su propia situación en el arreglo con Drake, apenas creía don Felipe que fuera bastante pena las hogueras de la inquisición! ¡su hija recibiendo los galanteos de un salteador, de un pirata desconocido, de un hereje incorregible!... Pero no... la conducta que don Antonio tenía con él era un dato que hacía presumir a don Felipe que todo esto era una bárbara calumnia para asegurar mejor los planes de intimidación con que Romea quería explotar el matrimonio proyectado; y no bien el viejo se había fijado en esta idea, cuando venían a conturbarlo ciertas circunstancias que él había notado ya en el carácter de la muchacha: inclinaciones tiernas por ejemplo, blandura de alma para ceder al halago del cariño, benevolencia hacia los otros, y falta de concentración en los afectos, falta de fiereza y de orgullo para repeler; y todo esto hacía pensar al viejo en la probabilidad de que don Antonio no careciese de motivos fundados para increpar coquetería y desvaríos a la conducta de su hija; tanto más cuanto que su ausencia había alejado sus poderosos respetos.

Pero ¿qué hacer? ¿cómo sondar todo el misterio?

Si don Antonio fuese un hombre leal y puro, que no hiciese presentir siniestras y ulteriores intenciones, nada más fácil: bastaría entrar con franqueza en la averiguación de los hechos. Pero cuando se mostraba tan pronto para aprovecharlos en el interés de su egoísmo, era imposible, sin una grave imprudencia; poner fe en su buen proceder y ayudarlo a obtener una verdad que podía convertir, con su mal deseo, en fundamentos de acusación y de especulación.

Don Felipe concluía, pues, de todo que lo mejor era observar, esperar, y escudarse con trabajos anónimos y reservados contra un peligro que se anunciaba así por traición y deslealtad.

Don Felipe Pérez y Gonzalvo era un hombre avezado en las intrigas a que dan lugar las deslealtades, las pasiones y las rivalidades de la corte. Se había alzado en el favor del Rey por la gran pericia con que había intervenido en el inicuo enredo con que Antonio Pérez, el famoso privado de Felipe II que habiendo hecho matar a Escovedo, vino a caer del poder, descubierto en sus amores con la princesa de Eboli, querida del Rey. Don Felipe Pérez y Gonzalvo había tenido una parte muy activa, como instrumento subalterno, en este episodio tan célebre de la Historia de España; y debido a su extraordinaria astucia, era, que habiendo caído víctima del puñal o de la inquisición todos los que habían poseído los secretos del Rey o de Antonio Pérez en este drama tenebroso, que aun hoy día agita a los eruditos,[*] él, nuestro viejo, no solo se había salvado, sino que había resultado rico, y favorecido con el empleo más lucrativo que había en Indias, después del de Virrey.

Cierto es que al principio le había precedido y rodeado una atmósfera indefinida de mala reputación: el origen de su fortuna inspiraba dudas y gestos a los que tenían que humillarse ante ella. Pero todo había cedido con el andar del tiempo a los prestigios de su elevada posición, al renombre de su caudal, y a una austeridad de costumbres extraordinaria: el velo impenetrable de gravedad que cubría siempre sus facciones; la competencia de sus juicios sobre las más arduas materias, el tino de sus consejos y la modestia de tren que reunía a todas estas prendas, habían concluido por borrar hasta cierto punto los orígenes de su historia captándole el respeto general, en apariencia al menos.

No obstante todo esto, nuestro anciano conocía bien a su Rey. Él sabía que Felipe II tenía bien presente su diestrísima astucia de que le había dado pruebas en servicio suyo, y que eso mismo era un motivo para que no le apartase ni por un instante su ojo perspicaz. Sabía también que su envío al Perú con aquel empleo, era un honroso destierro para alejarlo de la vista y tentaciones de la corte; y porque comprendía que dentro de todo esto se hallaba envuelto en un peligro permanente para él, era que había resuelto conjurarlo condenándose por toda su vida a la reserva, a la austeridad, al silencio y la prudencia.

Según todas las probabilidades, al día siguiente debían echar la ancla en el puerto del Callao, y comenzar con su bajada a

---

[*] *Antonio Pérez y Felipe Segundo*, por Mignet, t. III.

tierra las complicaciones de intereses y de pasiones que hubiera originado su encuentro con los herejes y el consiguiente despojo de los caudales que él conducía. Los sucesos iban pues a urgir, y mil cavilaciones de un género raro agitaban la mente del anciano durante aquella noche de expectativa: se revolvía en su lecho con una inquietud febril: sus párpados estaban secos y ardientes sin querer prestarse a la blanda compresión con que en otras veces se les insinuaba el sueño, y su ojo centelleaba vivo y fogoso en medio de las tinieblas que le rodeaban.

Todas las reminiscencias de su vida pasada parecían haberse citado a comparecer en su mente para este insomnio; y cosas en que ni había soñado cuando se había entendido con Drake, le asaltaban ahora rápidas y ligadas con esta intriga haciéndole temer que sirviesen de datos para perderlo; y como don Felipe conocía la cruel suspicacia de Felipe Segundo, y sabía que este déspota astuto y desconfiado estaba al cabo de muchos de esos antecedentes, se quedaba frío por momentos cuando la propia imaginación excitada por el desvelo le mostraba todos esos recuerdos vivamente ligados con las presentes ocurrencias.

Sus antiguas relaciones con Antonio Pérez, y un vínculo lejano de parentesco con este valido, al que se atribuyó su primera aparición en los negocios de la corte, (muy negado después por él) se juntaban también para inquietarlo. Antonio Pérez, su primer protector había huido de España salvándose milagrosamente de la horca y de la saña furibunda con que el Rey le comenzó a perseguir por el asesinato de Escovedo, desde que descubrió la infidelidad en que la princesa de Eboli había incurrido seducida por las gracias y prestigiosos talentos de aquel tan libertino favorito. Felipe no había cesado de perseguirlo, y mil tentativas había hecho para robarlo de Francia, y también de Inglaterra donde al fin había tenido que asilarse el fugitivo como al único lugar seguro para su persona.

Pero Antonio Pérez era un hombre inquieto, sin creencias y sin principios, y el papel espectable que había hecho en los grandes negocios del mundo le procuraba elevadísimas conexiones en todas las cortes por donde pasaba. En Inglaterra se había ligado íntimamente con Lord Leviester, y después con Lord Essex; y era fama entre españoles que las audaces tentativas que los piratas ingleses realizaban sobre las costas y las colonias de España eran sugeridas y fomentadas por las relaciones de este tránsfuga eminente. El hecho es que el Conde de Essex trabó con él una amistad muy estrecha; y Essex, como es sabido, era el patronato declarado de las empresas de los corsarios célebres del tiempo -los Hawkins, los Drake, los Cavendish y los Raleigh. Este poderoso valido de la Reina de Inglaterra concibió tal amistad por Antonio Pérez que lo llevaba de compañero en todas sus partidas de placer y tenía en mucho la experiencia y el discernimiento del antiguo ministro de Felipe II, cuya viva imaginación, vigoroso espíritu y apasionados consejos le agradaban en extremo.[*]

Todas estas complicaciones del acaso, por decirlo así, venían a aumentar los temores y el cavilar de don Felipe que no ignoraba cuan bien impuesto de todo ello estaba el Rey, y cuan peligroso era para él que la calumnia o la sospecha cayera sobre un terreno como este, en el que los pasados casos de su vida podían aparecer en una relación alucinante y falaz con lo que acababa de acontecer.

Llegó un momento en que fueron tan amargos los sentimientos de su fantasía que como movido de un terror espontáneo, juntó las palmas de las manos y las dirigió hacia el cielo exclamando: «¡Sería preciso, Dios mío, no creer en vuestra infinita clemencia para temer que el enlace falaz de tan casuales circunstancias se realizase! ¡Yo os he ofendido mucho, Dios poderoso, Dios clemente, Dios bueno! ¡Soy un pecador de enormes faltas: el recuerdo de mis crímenes me aterra, Señor!... Pero yo he creído, Dios poderoso, en vuestro perdón; y para obtenerlo me habéis visto consagrado al arrepentimiento y a la austeridad. ¿Cómo sería posible que hubieseis querido sorprenderme, señor, en el seno de la confianza y cuando menos lo esperaba?... ¡No, Dios mío! ¡no, Dios mío!»... exclamó y dejó caer la cabeza sobre sus manos quedándose en un profundo y abatido silencio.

---

[*] Th. M. Birch -*Memoirs of the reign of queen Elizabeth*.

En esto percibiose un movimiento extraño de pasos y el ruido de algunas palabras pronunciadas con animación a media voz sobre cubierta; y casi al mismo tiempo se sintió una persona que se acercaba a la puerta de la cámara en que además de don Felipe y su familia, dormían algunos otros y que alzando un poco la voz en medio de la oscuridad dijo con el acento del gozo: «*Italiam primus conclamat Achates.*»

Tengan la bondad nuestras bellísimas lectoras (y también las que no lo sean) de perdonarnos la falta de urbanidad que hay siempre en hablar delante de gente una lengua que no es de todos entendida. Pero en el tiempo aquel a que pertenece nuestra historia era obligación general el saber latín, y todos, lo supiesen o no, fingían al menos que lo entendían y lo hablaban.

No obstante esto algunos debían ir en aquella cámara que no sabían tal idioma, o que por la sorpresa se olvidaron de la petulancia con que debían ocultar esta ignorancia; pues cuatro o cinco voces salieron a un tiempo de lo oscuro preguntando sorprendidos:

-¿Qué? ¿qué?

-¿Qué? ¿qué?

-...*Videmus,*

Italiam, Italiam primus conclamat Achates;... les volvía a repetir la misma voz desde la puerta.

-¿Qué demonios está usted diciendo, hombre? -dijo impaciente uno de los de adentro. ¿Hay algún peligro?

-¡Váyase usted al diablo con su peligro!... ¡Señor General! ¡señor General! -dijo el de la puerta.

-¡Ya he oído, piloto! -respondió el General-: *Italiam læto socii clamore salutant!*

-¡Bueno, bueno, mi general! tenemos una madrugada de oro.

-¿Y la brisa?

-Parece que quiere venir como mandada por los santos del cielo, ¡Excelentísimo Señor!

-Pues, piloto: digámosles entonces «*Ferte viam vento facilem, et spirate secundi!*»

-¡Bravo, mi general!

-¿Se puede saber de qué diablos están ustedes hablando? -dijo con enfado uno de los pasajeros.

-¡Que tenemos la tierra a la vista, amigo! -le gritó el piloto y se retiró.

-¡Gracias a Dios! -repitieron muchas voces entonces, al mismo tiempo que el general atravesaba ya la cámara y subía a la cubierta de la carabela envuelto en una capa de cueros de cabra.

-¡Hermosísima madrugada! -dijo al respirar el aire de la aurora. ¡Qué tiempo hace que se avistó la tierra?

-«Jamque rubescebat stellis Aurora fugatis: Quum procul oscuros colles humilemque videmus. Italiam!»... le respondió el piloto con un aire completo de buen humor.[*]

El general levantó su brazo derecho, y abriendo la palma de la mano buscó de donde venía la brisa. Vamos a tener una bellísima mañana para entrar, dijo. ¡Ah, si hubiéramos traído algunos de los piratas!

-¡Otro día será otro día, General! -le respondió el piloto-: ¡y Dios sabe más que nosotros! Nos hemos librado del hambre, y eso basta para dar gracias al cielo.

El general se quedó callado.

Los pasajeros y demás oficiales de la nave, alborotados con el anuncio de estar la tierra a la vista, empezaban a salir gozosos unos tras de otros a la cubierta; y no pasó mucho tiempo sin que las señoras y Juana saliesen también a disfrutar de una vista de que hacía tanto tiempo que carecían, y que tanto se ligaba a las grandes preocupaciones que cada una llevaba en su propio espíritu.

Las costas del Callao se divisaban en efecto a lo lejos como una faja oscura tirada sobre el mar allá en el horizonte. De trecho en trecho se veían algunos picos de forma vaga e irregular alzarse sobre la línea baja y densa con que se marcaba toda la costa.

---

[*] En el siglo XVI era un rasgo característico de la marina servirse de la erudición latina para expresar las peripecias de la navegación; y por eso hemos creído propio consignarlo aquí: como un ejemplo de esta verdad puede recordarse el «Montevideo» y mil otros que sería inútil consignar para probar cosa tan sabida de los estudiosos.

Pasado el primer momento de la novedad, se fueron aburriendo poco a poco de contemplar aquella vaga indicación de costa los mismos que habían acudido presurosos al principio. Don Felipe Pérez y Gonzalvo era el único entre todos que no había salido de su camarote.

El hecho es que los mirones fueron desertando poco a poco de la borda, como lo hemos indicado, hasta que nadie quedó allí sino doña María que recostada en ella, e inmóvil parecía absorta en la contemplación de aquella faja azulada que le cerraba el horizonte. Largo tiempo hacía que estaba como clavada en aquel lugar cuando apareciendo don Antonio la vio y vino con paso cauteloso y leve a apoyar sus codos cerca de la niña que le rozó el brazo con ellos.

Doña María miró con prontitud y cuando vio que era don Antonio quien se le había puesto al lado no pudo contener el ¡ay! que le arrancó su sorpresa.

-¡No se alarme usted, Mariquita!... Soy yo que vengo a conversar un poco con usted de cosas de nuestro interés; dijo don Antonio con un tono entre amable y burlesco.

-¿Conmigo, señor?...

-¡Con usted! ¿por qué no?... ¿No ha de ser usted...? ¡No se vaya usted! -le dijo don Antonio casi con imperio y tomándola del brazo al ver el ademán de retirada que ella hizo cuando le oyó estas palabras...- Es preciso que conversemos.

-¡Mire usted, señor Romea, que si usted no me suelta voy a gritar! -le dijo la niña con una mirada llena de cólera.

-¡Sería usted muy imprudente! créamelo usted, pues me vería forzado a perderla a usted ¿se ha olvidado usted de todo lo que yo he visto? ¿de todo lo que yo sé?... ¿No reflexiona usted que dentro de pocas horas podré hablar de todo con el Padre Andrés, su confesor de usted, y hacerla conocer en toda Lima por la «Novia del Hereje»?

-¡Dios mío!... ¡Es usted un infame!

Pero antes de que la joven pudiese proseguir, Juana rápida y cuidadosa como un ángel de la guarda se le acercó diciéndole con un tono suplicante:

-¡Señorita, por Dios, no meta bulla su merced!... ¡Oiga su merced con amistad al menos al señor Romea... mire usted que yo se lo ruego!... -y desapareció rápida como había aparecido, dejando a su amita en la más confusa ambigüedad.

-Ya usted ve, le dijo Romea reponiéndola en su anterior posición cerca de la borda: ya usted ve como es indispensable que usted me escuche... Y esta vez, señorita, me acerco a usted seguro de que no será el flujo de reír lo que me hará dejar su amable sociedad.

-Ni será tampoco el de llorar, le respondió la joven tomando una actitud firme y resuelta, que hasta entonces nadie le había conocido, y que parecía haber sido un recurso reservado dentro de aquel notable corazón para los momentos de prueba.

-Tanto mejor, Mariquita... pues de ese modo podremos uno y otro usar de nuestra fría razón para apreciar nuestros respectivos intereses.

-Yo no tengo ningún interés común con usted, señor, dijo doña María con entereza.

-¡Oh! usted se engaña; permítame usted recordarle las mil razones que tenemos para considerarnos estrechamente ligados: en primer lugar su taita de usted me ha dado su palabra, y se halla comprometido a casarla a usted conmigo...

Doña María fijó una mirada de indignación sobre Romea: pero sus ojos estaban húmedos y centellantes como si el llanto estuviese en ellos para reventar. Romea continuó diciendo sin turbarse: -y su taita de usted es hombre que consentirá primero en hacer arder toda su casa antes que en faltar a una palabra de ese género. Siendo usted mi esposa, no sé como puede usted decir que nada de común hay entre nosotros...

-No se quejará usted de que me falta paciencia para escucharle.

-¡Permítame usted continuar, Mariquita!... En segundo lugar... usted lo sabe... yo soy testigo de los desvaríos que ha tenido con el Hereje, con el mismo que puso sus manos polutas y abominables sobre el rostro de su venerable padre...

La niña se tomó las manos y apretándoselas contra el pecho miró con ansia a todos lados y acabó por fijar sus ojos llenos de lágrimas en el cielo.

-¡Es en vano implorar al cielo, señorita! -le dijo don Antonio. ¿Cree usted, agregó, que en él pueda haber protección para la hija que entrega su amor y las caricias de su mano a un hereje, a un salteador cebado en el robo y en la matanza?... ¡No, señorita!

Doña María se había dominado; ya se había secado los ojos, y había vuelto a fijarlos con soberbia en don Antonio.

-En tercer lugar... -decía este-, no se lo diré a usted, porque es mejor que lo reserve para otro tiempo.

-Concluya usted, señor... ¿qué es lo que usted quiere por fin? ¿Cuál es el cambio que usted me pide para no perderme, hombre generoso?

-Nada: ¡Mariquita!... Pero siendo inevitable el que usted sea mi mujer en breve, lo que pido humildemente a usted en recompensa del olvido a que daré las gravísimas faltas que usted ha cometido, es que urja usted a su padre para que acelere nuestro enlace diciéndole que lo exige el bien y la quietud de la casa.

-¿Y por qué no lo hace usted, puesto que hasta ahora ni usted ni él han tratado de eso conmigo?

-Porque me conviene reservarle mi deseo; y a fe que pendiendo de mi silencio la suerte de usted es exigir muy poco no pedir nada más por guardarlo; pues que me limito a una forma que en nada variará el resultado final de las cosas... Mire usted, Mariquita: después que esté usted casada conmigo ha de comprender usted cuan dichosos pueden ser los cónyuges que unen sus intereses con la bastante razón para conciliar sus recíprocas pasiones.

-No, sé, ni quiero saber lo que usted quiere decirme... ¡Pero una vez por todas quiero decirle a usted bien claro que antes moriré mil veces que casarme con usted! ¡Y tenga usted entendido que aunque mi padre y todos los confesores del Perú quisieran obligarme, no me he de casar!

Y la joven resuelta y ligera como una ave que se escapa de la mano de su aprehensor, sacudió su brazo y con un paso animado se dirigió a la puerta de la cámara y bajó antes de que don Antonio hubiera podido pensar siquiera en retenerla.

La miró por un momento, como aturdido, y al verla desaparecer se quedó pensativo.

-Y sin embargo, dijo después de un rato, ¡es preciso que don Felipe sea urgido por otro para que yo pueda imponerle la ley y emanciparme de su tiranía!... ¡Tal vez que yo haya andado demasiado ligero y poco diestro en hablarle antes de que el terror y las influencias la hayan oprimido y doblegado!... ¡Mejor hubiera sido comenzar por instruir de todo al padre Andrés y recibir sus direcciones!... Pero ya no hay remedio lo hecho, hecho; y tratemos ahora de sacar la ventaja que se pueda.

XIV Dos teólogos y
UN BURRO

El favorable vaticinio que había hecho el piloto de la carabela capitana comenzaba a realizarse completamente a medida que avanzaba el día. Una hermosísima brisa del sudoeste, que según él venía de la mano de los santos, se afirmaba de más en más sobre las costas; y la escuadrilla del Brigadier Sarmiento corría a velas desplegadas hacia ellas.

La faja vaga y oscura con que la tierra se había diseñado en el principio se aclaraba por momentos subdividiéndose en grandes cuerpos de montañas elegantes, que parecían tender una mirada majestuosa sobre las llanuras movedizas de la mar, desde el vasto pedestal que les servía de trono allá en el interior remoto de la tierra americana.

El gigantesco pico de La Viuda con su corona de nieves diamantinas derramadas por su cuello, figurando la canosa cabellera de la vieja montaña, comenzó a mostrarse cada vez más pintoresco al ojo de los navegantes; y muy poco después entraron a completar el lejano panorama otros colosos no menos altos y soberbios -los Huaylillas, el Toldo y el Altunchagua, sobre cuyas alturas solo han impreso su planta Dios, y el cóndor, rey de los desiertos americanos.

A medida que las naves, luciendo sus velas esplendentes bajo los rayos del purísimo sol que brillaba en aquel día, se acercaban a la costa como un festivo grupo de palomas, la tierra cobraba más prestigios y más detalles para los que venían en ellas.

Cada uno se esmeraba en señalar los nuevos accidentes que descubría, y todos paseaban sus miradas anhelosas sobre la costa, como si quisiesen devorar el espacio y el tiempo para tomar posesión anticipada de las mil satisfacciones que allí les aguardaban.

Unas cuantas horas más de camino bastaron para que la línea uniforme que había presentado la costa comenzase a abrirse. Se desprendieron las islas del Frontón y San Lorenzo, que cierran la bahía, y entre ellas y la punta de tierra que se prolonga al mar, apareció el canal estrecho y profundo que da entrada al fondeadero.

Al desfilar por él las naves pudieron distinguir el bullicioso y agitado amontonamiento de gentes que había en las riberas. La variedad infinita de los colores de los trajes, vivos los unos y oscuros los otros; los rebozos y tocados de las mujeres, las capas encarnadas de los hombres y el plumaje de las gorras y de los sombreros, desordenadamente mezclados en tan ingente multitud, animaban de un modo vigorosísimo aquella escena de suyo extraordinaria.

Mil carruajes vistosos y de diversas formas atestaban los espacios, y apiñados en sus techos, de pie en los caballos, o agrupados en las alturas del terreno, había centenares de espectadores que miraban con anhelo las naves veloces que entraban haciendo flamear con gallardía el poderoso pendón de España.

Veíanse entre el concurso miles de cholas impávidas y coquetas con sus doce pollerines o basquiñas de balleta, lucía al descubierto sus torneadas pantorrillas bien calzadas con medias de patente y zapatillas de raso blanco; con su ancho sombrero en la cabeza y un enorme cigarro comprimido con negligencia entre los labios. Y entreverados con ellas y con los zambos y con los negros y con los ricos y con los empleados, andaban aumentando la bulla, muchísimos frailes de todas las órdenes conocidas; con sus cabezas tonsuradas y descubiertas, los unos a pie y los otros cabalgando en mulas o en burros, hablaban y reían con aquella familiaridad sanchesca y peculiar con que los monjes del Perú se rozan con la plebe.

Por más vigoroso que sea el esfuerzo de imaginación que quiera hacerse, será siempre imposible obtener una representación exacta de lo animado y alborotado de aquella escena que se ofrecía en la ribera del Callao mientras el Brigadier don Pedro de Sarmiento, amainando las velas de sus naos tomaba la marcha prudente con que se embocan los puertos.

El de Toledo había convocado a su tienda a los principales oficiales de su campo, mientras que el resto de su ejército andaba disperso y divertido entre la muchedumbre.

-¡Aguanta, ñor Perico! -le gritaba un fraile joven y rollizo, desde el anca de un burro, a un zambo taimado como de sesenta años, que con su ancho sombrero sobre los ojos y metidas sus manos debajo del poncho, miraba entrar los buques como los demás.

-¡Héé ñorrr! -le volvía a decir- ¿qué no me oye?

-¡Hola, padre! no había visto a su reverencia: le dijo el zambo, sacando a medias su mano y tocándose el sombrero levemente.

-¿Preparó ya el cáñamo? ¡Mire que tiene que ser de lo bueno, porque un hereje no se aguanta con cualquier maula!

-De buena gana lo tendría ya torcido, padre, si vuesa reverencia me lo hubiese pedido por su precio.

-¿Cómo es eso de precio, bellaco? ¿Pues que es usted capaz de recibir dinero por la cuerda de que vamos a colgar al hereje?

-¡Toma! -observó una chola deslenguada que estaba allí cerca-: ¡conque lo recibió por torcer la que sirvió para colgar a su hermano!

-¡Y dices bien, Peta!... ¿Aquel que colgó el Alcalde de la Hermandad por el negocio de los negros?

-¡Por eso que tu marido ha tenido mejor fortuna! -dijo el zambo hablando con la chola. Van tres que degüella por afeitar, y nadie ha querido preguntar lo que habían hecho con él la noche antes.

-¡Bah!... ¿quién no lo sabe? -dijo otro por detrás-: le habían ganado al juego y no le quisieron dar desquite de apunte.

-Pero como es hermano del Maricón Juanito, y van a medias en el negocio de la barbería, nunca encuentra el Fiscal causa sino para sobreseer... ¡Ya usted me entiende, pues!

-Y tan es eso (dijo el zambo viejo) que a ningún barbero sino a él se le deja levantar toldo en los baños de Chorrillos.

-¡Vamos! ¡paz, chuchumecos! -gritó el fraile sacudiendo un terrible garrotazo en los carrillos de su burro con lo que le hizo saltar más adelante. ¡Alegre vendrá el hereje!

-¿Y qué es seguro que lo traigan? -dijo uno por allí.

-¡Pues digo!... la cuenta es clara: tres naves sacó el Brigadier Sarmiento; tres y dos que le llevaron bastimentos hacen cinco, y vienen seis... con que ya lo ves ¡bestia! si es seguro.

-Y diga su reverencia: ¿Es cierto lo que me acaba de decir Panchurro?

-¿Y cómo puedo saberlo, pollino, si no empiezas a decir lo que te ha dicho?

-¡Eso no!... ¡pues los que tienen corona bien podrían saber adivinar!

-¡Mayores milagros hacen! -dijo por allí una chola.

-¡Y no mientes! -dijo el fraile-: pero eso depende de que hay potencia de unción y potencia de asimilación o sobrenatural, según lo ha dicho nuestro incomparable Scotto -*Doctor Subtilis*; así pues- nosotros podemos aquello para que somos ungidos; pero nada más.

-¡Cáspita, si podéis!... ¡Cansando estoy yo de veros curar endemoniados!

-Distingo: dijo el fraile: si son endemoniados *contra proprium consensum, concedo, per cuantum animus patientis et sentientis corroborat facultatem conjurantis; et si non,* es decir: si son endemoniados *consensu proprio, nego; quia tunc requireretur supernaturalis et creativa aut assimilans substantia, et potentia quæ in natura dei solum est: v. g. adivinatio: ac per hoc probatum est,* que yo no puedo adivinar lo que te dijo Panchurro.

-¡Pues bien acaba de probar Vuesa Paternidad que sabe cosas más grandes que esa!... Pero en fin, lo que acaba de decirme Panchurro es que el señor Virrey había dado orden de que los herejes que trae el Brigadier Sarmiento sean colgados por el rabo, puesto que dicen que la soga no obra en el pescuezo de ellos.

-No lo dudo que haya esa orden, dijo el fraile tomando un aire suficiente y dogmático; porque me consta la profunda sabiduría del señor Virrey; y lo voy a demostrar en toda forma: -En el fiel cristiano *mortis et vitæ principium residet conjunctissime atque in capite et in corde*; es así que la soga aprieta el *medium, et intercipit utriusque relationes; igitur in collo destruit principium vitæ... Nunc per disparitatis argumentum.*

-La horca mata atacando el *medium in quo residet* el principio vital del hombre: Es así que el principio vital y característico del hereje, es el rabo; luego se le debe ahorcar por el rabo: *quod erat ad comprobandum!*

-*Magistraliter et resolutive contrarium teneo!* -dijo con mucho garbo y mucho ardor un corpulento Dominico, que atravesó la multitud arremangándose el hábito, y accionando marcialmente con sus brazos, cual si aceptara un desafío.

-*Et ego affirmo!* -respondió el del burro con igual pujanza.

-*Demonstrabitur: Hæreticus corpus est pestilens et contaminatum:* es así que *omne corpus pestilens et contaminatum consumptum debet esse,* para que no deje su peste sobre la tierra: *Ergo hæreticus* debe ser quemado y consumido (*ignitum atque consumptum*) y no ahorcado: *furcatum non. Et demonstratum argumentum supersedeo*: dijo el fraile con un ademán de grande satisfacción.

-¡Viva! ¡viva! ¡viva! -gritó la multitud, agrupándose al rededor de los dos campeones que seguían manoteando y gritando en sostén cada uno de su argumento.

-*Nego minorem!!!* -gritaba como un frenético el uno.

-*Probo minorem!!!* -le contestaba inmediatamente el otro con más furia.

-*Argumentum ad hominen non valet!* -decía aquel manoteando y colorado como un tomate.

-*Et paritas non est probatio sed hominis inductio tantum!* -le contestaba el otro haciendo rechinar los dientes, y con todos los rasgos de la cólera en su semblante.

El del burro afirmaba sus solidísimas razones a garrotazos sobre la cabeza de la pobre bestia; y el dominico no la trataba mejor pues la tenía enceguecida con los mantazos y manotadas con que le infundía por los hocicos el poderoso espíritu de su lógica.

-¡Cállese, Padre, por Dios!... ¡Vuesa Paternidad está diciendo barbaridades de a libra!

-¡El bárbaro es él!

-¡No me insulte!...

-¡Qué! no me insulte... ¡Pan pan, vino vino! y ¡al que le venga el sayo que lo aguante! -le decía el otro jadeando-: ¡sí, señor! el gran Cartesio es quien lo ha dicho.

-¡Qué Cartesio, ni qué Cartesio! ¡Cartesio no era teólogo!

-¡Sí era teólogo!

-¡No era teólogo!

-¡*Seraficus Doctor* lo cita con respeto!

-¡Ha! ¡ha! ¡ha! ¡ha!... ¡Santo Tomás no lo pudo citar porque vivió dos siglos antes!

-¡Seraficus Doctor no es Santo Tomás!

-¡Sí es!

-¡No es! ¡Santo Tomás es *angelicus doctor*!... ¡*Seraficus doctor* es san Buenaventura!

-¡Bueno!... ¡me equivoqué! ¡Pero san Buenaventura tampoco lo pudo citar porque fue contemporáneo de Santo Tomás!

-¡Pruébemelo aquí!

-¡Venga Vuesa Paternidad conmigo... y en la Biblioteca del convento se lo mostraré negro sobre blanco y le pondré las peras a cuarto!

-¡¡¡Vuesa paternidad es un *molinista* que confunde la gracia con la sustancia divina; *ergo* la biblioteca de su convento no me prueba nada!!!

-¡Bravo! ¡Bravo! -gritaban los frailes oyentes, y la multitud con ellos.

Y como los dos padres continuaban en este altercado no dejándose tiempo ni uno ni otro para respirar, se había agrupado al rededor de ellos un inmenso concurso que escuchaba a los dos teólogos con un deleite lleno de respeto y de seriedad. Uno y otro de los combatientes tenía su fuerte partido que alternativamente demostraba sus simpatías por el sordo rumor con que aprobaba.

-¡Qué gusto es ver luchar así a dos grandes sabios, como estos! -decía uno de los asistentes a otro espectador que tenía cerca.

-¡Oh!... ¡es una maravilla! -le respondió este. ¡Figúrese usted que el uno es catedrático de prima en San Francisco, y el otro Lector de física en Santo Domingo!... y hacía un gesto de recomendación.

-¡Sí! ¿eh?... ¡No en vano lo hacen tan lindo!

Y los dos padres, roncos ya como dos trompetas viejas de un regimiento paraguayo, seguían manoteando y gritando como si lidiaran por la vida.

¡Sabe Dios cuando hubieran acabado aquella terrible mercolina! Pero el padre dominico, que estaba cada vez más arrebatado, manoteaba como un energúmeno sobre la cabeza misma del burro; este había intentado recular al principio, pero como al mismo tiempo le descargaba tantos garrotazos el de la anca, la pobre bestia se encontraba en un formidable aprieto, y acosada al fin, embistió a mordiscones con el atleta del frente.

El cuitado padre, al verse tan traidoramente acometido, descargó un furibundo revés con sus dos brazos sobre el hocico del burro. Pero como este persistía con saña en morderlo tuvo que darse vuelta aprisa y disparar para salvarse.

Aquí fue el inmenso bullicio de la multitud: *hic Troya!*

-¡¡¡Viva el franciscano!!! ¡viva el franciscano! -gritaban los unos corriendo tras del borrico que perseguía a mordiscones al dominico.

-¡¡¡Muera el borrico!!! -gritaban otros, que despechados de la derrota de su campeón, alzaron tan enormes piedras para arrojar sobre la bestia, que el pobre padre que la cabalgaba tuvo que tirarse al suelo de miedo que le acertasen algún peñascazo, abandonando al furor de sus contrarios el infeliz borrico a quien debía tan rápida como esclarecida victoria... ¡Triste ejemplo de la ingratitud de los príncipes para con los que los salvan!

Cuando el borrico se vio sin los respetos del palo de su amo, y que tanto le tocaban las piedras de venganza que le dirigían los partidarios del dominico como las que en defensa suya arrojaban los amigos del franciscano, se alzó sobre sus manos y dando elevadas coces con sus patas atravesó el concurso difundiendo el terror y el espanto de la derrota, y dejando bien puesto el nombre de la orden que él servía; a brincos y patadas ganó el campo, y fue a pastar tranquilamente por los alrededores de la Recoleta, que eran su pago, llevando una lección bien cara de lo que costaba entonces adquirir la ciencia doctoral.

El hecho es que el franciscano se quedó a pie sumido en el bullicio y separado de su antagonista por mil remolinos de gentes que corrían y gritaban materialmente sin saber porqué.

-¿Qué ha habido ¿qué ha habido? -preguntaban los más.

Y sin saber como, todo el mundo decía y aseguraba que había ya en tierra quien había visto a Drake en los buques de Sarmiento dentro de una jaula de hierro; y que aquel bullicio había sido causado por la controversia de los teólogos que el Virrey había llamado a consultar sobre si se había de dar al hereje muerte de garrote o muerte de hoguera.

Nadie puede concebir el júbilo que irradió en el concurso aquella entusiasmante noticia luego que el bullicio se calmó. Ella se hizo tan general, y fue repetida con tales circunstancias y accidentes de verdad, que sin ninguna dificultad se hizo creída de todos, y entró con su inmenso alborozo en la tienda misma del Virrey.

-Señores: les decía este a los que se agolpaban a su puerta: les protesto a ustedes que yo no sé nada todavía. Pero dominado él también por el gozo y las circunstancias de la noticia, agregaba: no lo tengo por extraño porque todo es de esperarlo de Dios, de nuestra buena causa y de la pericia y bravura de nuestro Sarmiento.

De repente, y sin que el Virrey hubiese dado órdenes para ello retumbó el estampido de los cañones en señal del público regocijo, y el ruido de los tambores y de las trompas y de los clarines resonó por aquel campo provocando los rasgos del contento en todos los semblantes; y al mismo tiempo el Brigadier Sarmiento que echaba el ancla junto a la orilla se devanaba los sesos por comprender de qué causa podía provenir tanto gusto y tanto alboroto.*

Un cardumen de lanchas y botecillos que habían salido al camino de las carabelas, volvían ya con ellas como los polluelos que siguen a la gallina, y apenas se corrió al fondo las cadenas de las anclas, se prendieron a los costados y se cubrió de gente la cubierta.

Todos buscaban y preguntaban por la jaula del Hereje; y el pobre Brigadier se veía reducido a la situación más desabrida teniendo que repetir a cada instante y a todos, conocidos y desconocidos, que no traía tal hereje, ni más noticia que dar de él, que haber apresado el San Juan con cien otros galeones no menos cargados de riquezas, sin que se hubiese podido evitarlo, o rescatarlas. Y como no cesaba de venir gente a bordo, el Brigadier tenía que repetir y repetir esta mortificante relación; con lo que al fin vino a ponerse aburrido y exasperado.

Nada es comparable con la frialdad y el descontento que en el ánimo de la multitud produjeron los primeros curiosos que regresaron de las naves de Sarmiento. La reacción de las masas es terrible en estos casos, como se sabe: el chasco de perder el espectáculo y de saciar sus pasiones ocasionó tal despecho en el ánimo de todos, que empezó a propagarse la idea de que todo aquello había sido efecto de traición y venta: dos causas con que los pueblos de raza española explican todo lo que les contraria, y que según se ve no eran tan desacertadas aquí.

Se alzaron algunos gritos de amargo reproche contra la impericia del Jefe de la Escuadrilla, y continuó acreditándose más y más la idea de que en el Perú había enemigos ocultos a cuyo favor se realizaban todos aquellos contrastes.

Así que el Brigadier pudo poner algún orden en sus barcos se apresuró a bajar a tierra para hablar con el señor Virrey sobre su proyecto de interceptar inmediatamente el paso del Estrecho que él miraba como el jaquemate para el Pirata.

---

* «*And the capture of Drake was already confidently anticipated.*» Drake's Circumnav. p. 66.

El Brigadier Sarmiento era un hombre de figura muy elegante y caballeresca; y como presumía de buen mozo se vistió esmeradísimamente para bajar a tierra, con su más rica blusa de terciopelo punzó, y su gracioso sombrero lleno de plumas hermosas que flotaban hacia atrás. Pisó la orilla con un aire tan franco y tan jovial que los que le recibieron no pudieron dejar de saludarle diciéndole «¡viva el General Sarmiento!» -grito que fue contestado por detrás con silbos y otros ruidos burlescos que hirieron muy en lo vivo la sensibilidad y el amor propio del pobre Brigadier. Después de él bajaron don Felipe y su familia rodeados ya de amigos: fueron recibidos con mil parabienes por haber sido salvados, pero en estas mismas felicitaciones se dejaba comprender la tibieza que produce siempre la existencia de una catástrofe como la del saqueo; situación que don Felipe mismo sostenía con el aire confuso e incierto que sin poderlo él remediar se había apoderado de su fisonomía. El que bajó radiante de satisfacción y de gozo fue don Antonio Romea: un gran círculo de oyentes le seguía; a cada momento se paraba con algún nuevo amigo a quien tenía que abrazar y de tal modo había sabido aprovechar los minutos, desde que se puso en contacto con los primeros visitantes de tierra, que él era quien había originado los primeros rumores de traiciones ocultas, inferencias que como veremos después fundaba en su propio testimonio. Había logrado que lo tuviesen por el mimado de la jornada, y como sus propias pasiones y ocultos intereses lo ponían del lado de las prevenciones de la multitud, sus narraciones corrieron de boca en boca al momento; su nombre era el texto de lo auténtico, y todos lo repetían con encomios y respeto. Rodeado así de gente llegó a la puerta del Virrey: pero no pudiendo entrar, por cuanto este estaba ya encerrado con el Brigadier Sarmiento y don Felipe, se quedó aguardando allí parado, radiante de alegría, y haciéndose oír de un inmenso círculo que se renovaba a cada instante.

-¡¡¡Querido Gómez!!! -exclamó Romea interrumpiendo una frase animada, y corriendo hacia aquel su amigo con quien lo vimos por primera vez, y que lo recibió ahora entre sus brazos.

-Aquí tienen ustedes, señores, un testigo ocular de lo que les decía: en esta tierra hay traidores ocultos, que están en relación con los herejes...

-¡Diablos! -dijo Gómez sobresaltado. ¿Cómo voy yo a atestiguar eso?

-¡Ya lo verás como!... ¡diciendo la verdad!... ¿Te acuerdas de la tarde anterior a mi partida?

-¡Sí!

-¿Qué hicimos?

-Anduvimos paseando juntos por el puente.

-¿Qué nos sucedió?

-¿Qué nos sucedió?... -dijo Gómez reflexionando.

-Sí: ¿qué nos sucedió?

-No me acuerdo... me parece que nada...

-¡Piénsalo bien!... ¿A quién encontramos?

-¿A quién encontramos? -repitió para sí mismo Gómez...-Encontramos a tanta gente que no sé a quien te refieres.

-Es preciso que te acuerdes... Tú me ibas hablando de mi casamiento con doña María, cuando...

-¡Ah! ¡ya estoy! cuando pasó junto a nosotros una tapada.

-¡Ahí está!... Ahora lo verán ustedes señores, y dirán si tengo razón o no para afirmar que en el Perú hay traidores ocultos, por más extravagante que esto les parezca ahora a ustedes... ¿Qué nos dijo la tapada?

-Te chafó amargamente sobre tu noviasco.

-¡Sí! mas lo grave es lo que me dijo relativamente al viaje.

-¡¡¡Hombre!!! -dijo Gómez golpeándose la frente como si le hubiera caído de pronto una idea gruesa-, ¿sabes que tienes razón?... ¡Sí, señores! la cosa es grave y digna de atención. Habiéndole dicho nosotros «¡adiós perla!» tomó pie de eso para burlarse de mi querido Romea y de su matrimonio con doña María Pérez y Gonzalvo, acabando por decirme a mí: «Señor Gómez, aconséjele usted a su amigo que no salga con perlas al mar, porque los herejes son muy diestros para pescarlas, y ¡las buscan con frenesí!»

-¡Es posible! -exclamaron los oyentes, al mismo tiempo que don Antonio gesticulaba con grande satisfacción.

-Pues yo, señores, miré este incidente como una cuchufleta vulgar, a términos que solo ahora lo recuerdo con la gravedad que tiene.

-¡Pero es particular, señores, que ustedes nada hubieran dicho en aquel tiempo de una cosa como esta! -observó uno.

-¿Pero no ve usted, contestó Romea, que la miramos como una chanza vacía de sentido? Ahora les parece a ustedes otra cosa, porque los sucesos han venido a darle un sentido que ni remotamente le pudimos sospechar entonces. De todos modos eso prueba que había en Lima quien sabía lo que nos esperaba en el mar... ¡Con qué, digan ustedes ahora si hay o no hay en el Perú traidores secretos!

En este momento salió del alojamiento del Virrey un edecán y acercándose a Romea le dijo:

-¡El Exmo. señor Virrey felicita a usted por su escape y vuelta; le dispensa a usted de la presentación, porque se halla en este momento muy ocupado con cosas de urgencia, y por tanto queda usted libre para retirarse!

-¡Ruego a usted, le contestó Romea, que presente a S. E. mi más humilde, acatamiento! Yo agradezco vivamente sus bondades y cuidaré de implorar el honor de ser admitido a su presencia en momentos más oportunos.

Mil amigos nuevos y viejos vinieron solícitos a ofrecer a don Antonio sus carruajes para conducirlo a Lima; y cuando restituido a su antiguo alojamiento sacudía el polvo que habían recogido las rojas colgaduras de damasco que cubrían su lecho, se vio asaltado de un millón de reflexiones. Todas aquellas dudas que había desechado acerca de doña María en la noche próxima a su partida, agitado por las sugestiones de la tapada, se reprodujeron en su espíritu al rever aquellos objetos bajo el reflejo que les daba su rencor y el deseo de la venganza.

XV El león y el zorro

El Virrey que era hombre de mucha perspicacia y experiencia comprendió al momento lo aventajado del plan que Sarmiento proponía. Uno y otro tomaron de don Felipe los informes más circunstanciados acerca de la gente que tripulaba los buques de Drake, de su fuerza y de los medios de guerra que poseía; así es que con un perfecto conocimiento de todo combinaron la expedición al Estrecho de tal modo que el Hereje no podía escapar de ser capturado.

Como era hombre de verdadera capacidad, el Brigadier Sarmiento no se había circunscripto en sus concepciones a estériles arbitrios para salir de las necesidades presentes, sino que había procurado abarcarlas también y resolverlas para el porvenir. Su reciente crucero le había sugerido el convencimiento de que solo en la colonización del Estrecho era posible conseguir la clausura eficaz y definitiva del Pacífico, para garantir contra las depredaciones de los Piratas las costas del Perú.

El Virrey lo veía bien: no conociéndose otra entrada al Pacífico más que el Estrecho, angostura que estando colonizada por los españoles no podía ser salvada sino con su permiso, el plan de Sarmiento era el único medio con que podía cortarse la continuación de males cuya serie acababa de abrir Drake. Pero el Virrey carecía de medios para colonizar el punto, y tuvo que limitarse a autorizar al Brigadier Sarmiento para que luego que lograse anonadar a Drake se marchase a España inmediatamente en busca de la comisión y de los recursos necesarios para llevar a cabo todo el proyecto.

Como Drake había sabido abrirse el camino de los genios, ignorado siempre para los espíritus subalternos, el Brigadier se cansó de esperarlo al paso, y se decidió a dirigirse a España de donde trajo en efecto recursos para poblar el Estrecho de Magallanes, empresa que tan mal le salió a él como a las infelices gentes que allí quiso establecer.

Pero, volvamos al momento en que todo esto estaba todavía en germen, tratándose en la tienda de don Francisco de Toledo.

-Exmo. señor: dijo Sarmiento a este cuando hubieron concluido de coordinar los medios de llevar adelante su plan: quiero tomarme una libertad con V. E.: y es la de recomendarlo a este respetable anciano de cuyas desgracias y situación queda impuesto V. E.: me temo que le ataquen con pleitos y disgustos de todo género; y como le he cobrado grande estima por su prudencia y sensatez, no puedo prescindir de recomendarlo fuertemente en mi ausencia.

Don Felipe se inclinó con suma gratitud, y el Virrey tomándole a este la mano le dijo a Sarmiento:

-El señor Felipe Pérez y yo somos viejos conocidos y amigos: no necesita serme recomendado, Brigadier: pero no obstante, esa recomendación será un doble motivo de favor y afecto para mí.

-¡Gracias! ¡gracias! señor: repetía el viejo con gravedad.

El Brigadier se acercó al Virrey y con una diestra discusión logró alejarlo como para hablar algo en reserva.

-Este pobre viejo, dijo, va a casar su hija con un picarón hipócrita, que según entiendo tiene una alma sórdida y detestable. Se llama Antonio Romea: es todo un bellaco, en mi concepto, indigno de tener tal suegro...

-¡Jú!... -hizo con las narices el Virrey...- ¡no sabe usted que pájaro ha sido este a quien usted llama pobre viejo!

-¡Es posible!

-Sí, señor:

-Pues señor Virrey, yo nada puedo decir de él que no sea para el más alto elogio de su juicio, de su firmeza y de su rectitud.

-No lo extraño, porque la edad le ha hecho dejar de ser lo que era; y por eso es que usted ve la buena relación que tengo con él. ¡Pero sepa usted que tiene historia!

-¡Bien! si ha dejado de ser lo que era, quiero decir que ya no hay reproche que hacerle, porque de los arrepentidos se sirve Dios, Exmo. señor. Y por fin: sea lo que fuere, lo que yo ruego a V. E. es que recuerde el nombre de mi otro recomendado -Antonio Romea- señor Virrey: hombre que V. E. ha de tener ocasión de conocer.

-Lo conozco, Brigadier: y me asombra tanto más la desfavorable apariencia con que usted me habla de él, cuanto que ha sido hasta ahora un mozo sumiso, contraído, irreprensible, exacto como un reloj para todos sus deberes ordinarios: el primero en estar sentado en su oficina, y el último en salir, y de un respeto ejemplar para sus superiores. Por todos esos méritos es que don Felipe Pérez lo casa con su hija.

-Yo apuesto, señor Virrey, a que las horas que no pasa adulando a sus jefes, como resulta de lo que V. E. me dice, las pasa con los frailes en los conventos.

-No digo que tanto, pero en efecto, es muy religioso y muy bien recibido por los superiores de los conventos;... y yo no veo nada de malo en eso.

-Pues permítame V. E. que con esta franca palabra, un poco brutal si se quiere, que tengo a fe de marinero, le asegure a V. E. que en él, todo eso prueba bellaquería; y que se lo recomiendo a V. E. para el caso, dijo Sarmiento con aire suelto, y volviendo a reunirse con don Felipe que se había mantenido distante, durante esta confidencia del Virrey y del general.

Los tres se despidieron con las fórmulas ordinarias del respeto y de la cortesanía; yéndose don Felipe a su espaciosa morada de Lima, donde un número de visitas le esperaba, y volviéndose el general a sus naves para continuar sus intenciones.

Dos días después mientras que el General Sarmiento, saliendo otra vez del puerto del Callao, volaba hacia el Estrecho con sus tres carabelas bien provistas ya de todos los recursos necesarios, don Antonio Romea se acercaba al convento de San Francisco.

No bien puso sus pies en el atrio en que se levanta la frente del templo, cuando ya inclinó respetuosamente su cabeza sacándose el sombrero que la cubría y se dirigió con el paso cauteloso de un esclavo que pisa las habitaciones de su amo a la portería donde tres o cuatro frailes estaban a la sazón parados conversando con indolencia con algunas mujeres y pobres chiquillos que esperaban algo por allí. Don Antonio se dirigió a ellos, e inclinándose delante de cada uno, les tomó a su vez el grueso cordón con que ajustaban sus hábitos al cuerpo y se los besó humildemente, pasando, agachado siempre, de la portería para adentro.

Enfilado el largo y silencioso claustro, fue a arrodillarse delante de un crucifijo colosal que parecía estar allí para esparcir por aquellas bóvedas el santo y místico terror con que el catolicismo ha sabido usar contra el pecado, del símbolo de la muerte del Redentor. Don Antonio permaneció postrado por largo tiempo, se golpeó el pecho, besó repetidas veces el suelo; hasta que levantándose con la mayor humildad y teniendo en las manos un largo rosario se dirigió a una celda en cuya puerta había un brasero con fuego y una caldera de agua caliente encima. Junto al brasero estaba un negrillo como de once años vestido con mucho aseo cebando un mate perfumado. Don Antonio se acercó al negrillo con la amabilidad con que habría saludado a la hermanita menor de su querida, y le preguntó con voz baja e insinuante, si el Reverendo Padre Guardián podía recibirlo; levantó el negrito una leve cortina que interceptaba la vista a lo interior y volvió momentos después a decir al caballero que entrase.

La celda que habitaba el Padre Andrés en el Convento de San Francisco era una habitación modesta compuesta de dos aposentos. Una o dos docenas de sillas de jacarandá laboriosamente talladas, circuían las paredes: algunos estantes de viejos libros infolio, compañeros de Farinacio *Materia Criminali*, había también, y en sus bordes superiores se mostraban en filas las ricas naranjas de Lima, las lúcumas, las hermosas chirimoyas, y los peros huaquinos de Chile; por lo cual, y algunas cajitas de dulce y exquisitos quesos de chancu encimadas en los rincones, se venía en cuenta de que el grave guardián era un refinado gastrónomo a su vez. En el rincón de junto a la entrada había una tinaja de agua tapada con una fuente y un vaso.

El Reverendo Padre estaba satisfactoriamente sentado en una gran silla de brazos, asiento de baqueta, leyendo delante de una mesa de jacaranda un abultado proceso.

-¿Cómo lo pasas, hijo? -dijo Su Paternidad a don Antonio con un aire grave y protector.

-Empiezo a estar más aliviado, señor: ¡mil gracias! -le contestó Romea con una modestia extrema y dulcísona.

-Me alegro, me alegro... ¡Siéntate, hijo! ¡siéntate! -dijo el fraile señalando al mozo un asiento de baqueta.

Don Antonio se sentó con su sombrero entre las piernas.

-Ya habrás visto de cuanto alivio es para los grandes males del alma la comunión de nuestro espíritu con la infinita bondad de nuestro Señor por medio del sacramento de la confesión. Porque el hombre mundano es como el lino que aun en la inacción se contamina con el pecado y la inmundicia.

-¡Es eso tan cierto, doctísimo Padre, que solo ahora, después de las dos veces que he recibido a vuestros pies la gracia del perdón, siento algún consuelo, alguna voluntad vivificante en mi espíritu; y aún no estoy satisfecho!

-De todos modos, hijo; debéis consolaros con lo que os he dicho: vos no tenéis enemigos, ni perseguís a nadie; el que acusa por los intereses de la religión y del reino, es como la ley, impersonal: no hace daño por sí propio, no tiene responsabilidad ninguna; cumple un deber y nada más. Por más poderoso que sea don Felipe Pérez, no lo será bastante para burlarse de la fe que nos debe; y su hija será purificada antes de que la recibáis... Creo que os puedo responder de esto como ya os lo he dicho... Verdad es que algún obstáculo hemos de tener en ese pobre hombre del Arzobispo Morgrovejo que tanto influjo sigue cobrando siempre sobre el ánimo del Virrey. Pero yo no soy menos que ellos, y vuestras revelaciones me servirán para abrir causa, y obteniendo los indicios correspondientes tengo ya una libre jurisdicción que nadie me puede estorbar... Ese pobre Arzobispo se ha entregado con candor a un falso espíritu de caridad y de mansedumbre que él supone ser genuino de la Santa Iglesia Católica Romana, incurriendo en el más triste, en el más trascendental de los errores: *falsa charitas pecatus est abominabilis*, dice uno de nuestros cánones; y califica de falsa aquella caridad como la del Arzobispo que tiende al perdón y a la insinuación tolerante y que prescinde del castigo ejemplar y aterrante de los extravíos: porque por aquel medio se fomenta el mal, se contemporiza con el error: y está visto, señor, que la herejía no se extingue si no se extirpa. Esta funesta división que empieza a introducirse en nuestro clero, y que combate el Canon terminante de los Concilios con pretextos aparentemente tomados de los Evangelios, es el gran mal que amenaza a la Iglesia. Viene de aquí la guerra que muchos de los príncipes mismos de ella hacen al Santo Oficio, que es su columna, trabando, a pretexto de caridad y de cristianismo, sus grandes actos de justicia y de castigo. ¡Si el clero católico romano rodease la Inquisición, si no la hostilizasen como la hostilizan los prelados, el mundo estaría hoy salvado y la herejía extirpada!... ¡Pero no, señor! dijo el fraile descargando un puñetazo sobre la mesa: ¡les ha entrado por hablar de persuasión, de predicaciones, de propagandas y adoctrinamientos como únicos medios de acción, y lo que vamos a conseguir así es que nadie corte la maleza que brota fervorosa debajo de nuestras mismas plantas!

-Eso es profundamente cierto, sapientísimo Guardián.

-¡Pues no ha de ser, señor! ¡si todos los días los estoy viendo!

-¡Vuesa Paternidad es un gran sabio! ¡eso es verdad! y así es que no quepo en mí de dolor al ver a esa niña con quien debo unirme, manchada con el pestífero aliento de la herejía, y a su padre, que tan venerable devoto me había parecido, contaminado en tratos heréticos con la basura hedionda del mundo.

-¡No desfallezcas, que todo eso lo hemos de arreglar y castigar!... ¿Tú crees que el don Felipe Pérez no persistirá en la negativa de su pecado?

-¡Creo que no, señor!... Yo mismo he oído al Hereje que benévolamente le ofreció documentarlo... Mi señor Pérez...

-¡Delante de mí, hijo, no hay más señor que Dios y el Rey!... ¡y tratándose de un presunto contaminado, no puedo prescindir de observártelo!

-¡Perdón, Padre! -dijo don Antonio levantándose de la silla. -Continúa.

-Pues decía a Vuesa Paternidad que yo mismo vi a don Felipe salir gozoso en busca de la oferta del hereje: después controvertían sobre si debía ser devolución o no, y el asqueroso Henderson cuya negra historia conoce ya Vuesa Paternidad por mi relación de ayer, interponiéndose entre Drake y don Felipe cortó la discusión cediendo a este toda su parte de botín que a él le tocara.

-Pero me dijiste ayer que sobre esto último te quedaba una premisa que consultar con tu conciencia, ¿lo has hecho?

-¡Sí, Padre! lo he hecho, y puedo jurar que es cierto; no obstante que no lo he presenciado.

-Eso basta para la causa, que es lo esencial. Dime ahora, en qué modo vino ese hecho a tu conocimiento puesto que tú no lo presenciaste.

-En el barco en que estuvimos prisioneros hay un subalterno que quería de un modo especial al malhadado Daute de quien ya he hablado a S. P.; y este que odia a Drake y a Henderson con delirio, me lo ha referido; para todo caso yo tomé cuidado de obtener que me hiciera ratificar esta parte de su relación en diferentes veces con todos los que la habían presenciado, y todos fueron contestes en confirmarla.

-Pues basta y sobra por los cánones para que procedamos. Después de eso hay la circunstancia agravante de la tapada; esta es necesariamente de la casa de Pérez, pues como tú me lo dices, sabía tu casamiento con María, y sabía el poco o ningún afecto que esta te profesaba como te lo probó tu primera conversación con ella, ¡*ergo* estaba en autos!... ¡Y esta parte es cosa muy seria! ¡es cosa que ha de ir lejos, por mi vida!...

-¡Esa infernal costumbre!...

-Calla la boca: ¿qué sabes tú de lo que hablas?

Don Antonio se quedó medio muerto y balbució un «¡yo, señor!»... ¡perdón, Padre!... ¡soy un ignorante!

-Eso ya se ve, hijo; por eso debes tener prudencia en tus palabras; y debes pensar que si esa tapada te agravió otras sirven con ese mismo disfraz a la fe; ¡y pueden con él ponernos en el sendero de la averiguación de la verdad!

-¡Es cierto, Reverendo Guardián!... no me olvidaré jamás de las grandes lecciones con que me favorecéis.

-Mañana mismo llamaré imperativamente a don Felipe para que venga a vaciar a mis pies toda la verdad que sepa. ¡Oh! yo os aseguro que no ha de cundir la herejía en el Perú mientras tenga yo en mis manos el cetro de las justicias de la Iglesia; y en cuanto a ese anillo que me aseguráis recibió María de su hereje seductor, parecerá, si lo tiene, o me dirá lo que ha hecho de él; dijo el fraile frunciendo las cejas con el ceño de la ira... ¡No he de dejar yo impunes iniquidades de ese tamaño! Y sobre todo, he de hacer guardar la fe que se me ha prometido.

-Yo me atrevo a implorar vuestra clemencia...

-¡Bien sabéis que en el fondo de todo esto no se trata de intereses míos!... Yo puedo ser clemente, hijo, con lo que respecta a mi persona; debo ser más que clemente pues debo ser humilde. Pero no puedo serlo con lo que toca a la Iglesia. Cuando yo, convencido de vuestra devoción y sumisión al dogma santo de nuestra madre la Iglesia Católica Romana, tomé sobre mí procuraros el parentesco y los derechos filiales de la familia de Pérez, vos ofrecisteis una dádiva voluntaria para las necesidades y gobierno del Santo Oficio. Agregad a eso la posibilidad de que la falta de Pérez o de su hija sean de tal naturaleza que...

Don Antonio miró aterrado al Padre como si anhelase por comprenderlo...

-De tal naturaleza, continuó el fraile, que exijan las penas temporales que recaen sobre bienes o haciendas: suponed que él o su hija persistan en la abominación sin enmienda, ¿cómo puedo ser yo clemente con lo que es de mi Dios y de su Iglesia, y que debe ser empleado en mayor honra y gloria suya?

-¡Es incuestionable! -respondió don Antonio, pálido de terror y lleno de confusión en las ideas...- Pero... Vuesa Paternidad tendrá presente que mi porvenir todo se cifra en el enlace...

-Lo tendré presente, hijo; y tanto más, cuanto más ejemplar y abnegante sea vuestra ulterior conducta... ¡Pero pensad bien en que ante todo son los derechos absolutos que la Iglesia tiene sobre sus fieles! -dijo el fraile con un aire aterrante de poder y de orgullo. Vuestro porvenir, hijo, agregó, está en el cielo y no en la tierra, como el de todos los hijos del hombre; de todos modos, no pasará el día de mañana sin que yo dé principio a las investigaciones: principiaré por llamar a Pérez como os he dicho. Retiraos, pues, porque tengo que hacer; pero id con ánimo tranquilo; no he de olvidarme de lo que merecéis...

Don Antonio se levantó con la sonrisa de la humillación en los labios y después de haber besado con grande respeto la mano del Padre, se retiró. Cruel debía de ser la preocupación de su ánimo, pues caminaba mordiéndose las uñas y sin levantar del suelo su vista vaga y cavilosa.

XVI Lado positivo de los negocios humanos

Don Felipe Pérez y Gonzalvo se quedó aterrado de la entrevista a que lo citaba el reverendo Padre Andrés. En ella supo toda la gravedad de las imputaciones de que era objeto: y como su presunto yerno había hecho la delación en descargo de su conciencia: el anciano se veía vencido; no podía ni darse por ofendido contra el hipócrita malvado que le atacaba, ni desagraviarse siquiera arrojándolo de su casa y negándole la relación proyectada de parentesco. Hombre prudente, avezado en todas las humillaciones y disimulos de que son escuela los Gobiernos despóticos o las fanáticas oligarquías, don Felipe sintió el golpe y se resignó en prevención de lo peor: frío y egoísta por temperamento, endurecido su corazón también por las doctrinas dominantes de la época que tanto apocaban, ante la voluntad o el interés del padre, los afectos y los derechos de la familia, concibió esperanzas de que el precio de su derrota pudiera reducirse al sacrificio de su hija; cosa que él estaba dispuesto a que se consumara por el empeño en que tenía su palabra.

Siempre que así pudiese él contar con la anulación de las imputaciones relativas a sus connivencias con los herejes, habría quedado satisfecho. Pero comprendía que cualquiera que fuese el sacrificio con que lo obtuviera por de pronto, la seguridad y la quietud de su vida quedaba dependiente de un hilo, y entregada al antojo de Romea.

La naturaleza de la acusación que este le había imputado era tan grave que muy bien podía provocar la pena de horca; y cuando don Felipe recordaba el interés que el rey podía tener en hacer pesar sobre él una causa justa con que asegurarse de la eterna reserva en cosas pasadas, el pobre anciano temblaba de terror.

El padre Andrés le había exigido que se propiciase la justicia de la Iglesia mediante un formal compromiso de presentar a su hija en una pública penitencia y expiación para casarla inmediatamente después con don Romea bajo una cláusula dotal de bastante importancia: sin contar con una multa cuyo valor ascendente debía modificarse si había falta de cumplimiento en el desempeño de algunas de estas exigencias; porque según él decía, era preciso indemnizar al perjudicado y desagraviar así la justicia.

Por más grande que fue la doblez y la destreza de que el pobre viejo hizo uso para ablandar al despótico Guardián, este se mostró inflexible; y despertándose entonces en aquel los instintos de firmeza y de voluntad que eran naturales a su carácter, resistió todo lo que tendía a imponerlo penas por sus actos, persistiendo en que más bien quería morir que dejar un precedente que necesariamente debía resultarle funesto al fin, pues que la justicia del rey podía apoderarse de lo perdonado por la justicia de la Iglesia, si él consentía en rescatarse así confesando implícitamente un pecado y un crimen que negaba haber cometido.

El Padre Andrés se irritó en extremo al descubrir aquella audaz intención de resistirle que se revelaba en su negativa a estas exigencias; y como el anciano, aunque implorando arrodillado la clemencia de la Iglesia, persistía en su defensa, el fraile se exasperó al fin y lo arrojó de su presencia fulminando sobre él las más severas amenazas.

Este se levantó de los pies del franciscano, y salió al instante con el aire grave y tranquilo que parecía estereotipado en su figura.

Como si llevase una resolución madura y bien tomada se dirigió con un andar quieto y sostenido al palacio Episcopal: y solo cuando estuvo a sus puertas habló con los familiares del Arzobispo de modo que dejaba comprender el apuro que lo movía por verlo y hablarlo; lo que en muy breve tiempo consiguió.

No hay descripción capaz de hacer comprender con exactitud todo lo que ofrecía de profundamente venerable y santo la figura y la fisonomía del Ilustrísimo Alfonso de Morgrovejo, Arzobispo de Lima. Era un hombre como de setenta años de edad; unas cuantas madejas de cabellos blancos y sedosos pendían a uno y otro lado de su cabeza, cuyo centro calvo y lustroso como una esfera de porcelana estaba cubierto por el solideo morado correspondiente a su dignidad. Su mirada apacible e insinuante tenía un sello especial de amor fraternal y de simpatía al mismo tiempo que un fuego indefinible de inteligencia, concentrada en la vasta bóveda de su frente.

El Arzobispo sentado en un artístico sillón de terciopelo, ocupaba cuando entró don Felipe un salón ricamente tapizado. Estantes hermosos y corpulentos repletos de libros cuidados con esmero, ocultaban la mayor parte de las paredes; y como su Ilustrísima acostumbraba dictar desde su sillón todos sus trabajos, porque era demasiado débil de pecho para escribir, dos mesas, con tres escribientes en cada una, ocupaban el centro de la pieza.

Nuestro anciano se dirigió al Arzobispo con un porte lleno de respeto, e inclinándose le tomó la mano y le besó el anillo pastoral.

-Me dicen que venís afligido, ¡hijo mío! -le dijo el prelado con voz llena de unción.

-¡Sí, Ilustrísimo señor! -le respondió don Felipe-, me hallo en un caso grave, amenazado por un riesgo de consideración, no sé si justa o injustamente, y conociendo la sabiduría y la prudencia de su Ilustrísima he creído que mi mejor recurso era venir a echarme a sus pies e implorar sus consejos.

-Mis consejos, hijo, si valen algo son fruto de una razón que siento en mí, pero que no juzgo mía sino en cuanto me sugiere las palabras con que la pongo al servicio de mis hermanos en Dios, mis consejos son pues vuestros, hijo mío, como de cualquiera que los busque, y no tenéis necesidad de implorarlos teniendo el derecho de exigírmelos para que así sirva yo al Señor que sustenta mi razón sobre la tierra. ¡Habla!

-¡Señor!... ¡si pudiera hacerlo sin testigos!...

El Arzobispo se dirigió con blandura a sus amanuenses, y casi con el tono del ruego les insinuó que le dejasen solo.

-Hablad: y si vuestro mal es grave guardad toda esperanza en la clemencia del cielo que es infinita en favor nuestro.

-¡Señor! pesa sobre mí una imputación insidiosa y grave sobre la que acabo de ser terriblemente amenazado por el Reverendo padre Andrés...

-¡Santo Dios!... -dijo el Arzobispo levantando los ojos y las manos al cielo-: ¡siempre la Inquisición para hacer aborrecible, y pesar sobre nuestra Iglesia!... La Inquisición, hijo mío, no solo es ajena a nuestra jurisdicción, sino que también establece su derecho a someternos a ella: y temo que no pueda hacer nada en vuestro favor. Mi convicción es, hijo mío, que el pecado y el diablo ceden solo a la predicación y la propaganda mansa y tranquila de la doctrina de nuestro Salvador; que la persecución emperra y enceguece tanto al pecador como al Juez, y que en vez de edificar, que es nuestro deber, destruimos con ella. Pero esta doctrina subleva en contra suya el celo de los exaltados que es siempre la masa de las comunidades y de las sectas, y la reniegan porque ponen toda su fe en la eficacia del castigo y de la extirpación. El Santo Oficio ha levantado esta bandera, y como, ella es muy poderosa por cuanto halaga las prevenciones de la pasión y del rencor me temo que la pasará dominante por muchas generaciones, que sabrán comprender cada vez menos que la extirpación es un nivel que rebaja los espíritus preparando siempre nuevas y más bajas reacciones de los mismos errores extirpados. Con semejante método el cristianismo marcha al materialismo, a la idolatría, a la barbarie y a la degradación del pensamiento. Perseguir es no dejar pensar, y no dejar pensar es impedir adorar a Dios... ¡Esta es la doctrina que puede más que los prelados!... ¿Os imputan algún error de dogma?

-¡No, señor!... me imputan contratos de un género pecaminoso con los herejes que me saquearon...

-¿Y nada relativo al dogma?

-¡Nada!

-Pues bien, hijo mío: hablad, dijo el Arzobispo con interés; si es causa civil de la que se trata, quizás pueda serviros ayudándome el señor Virrey.

Don Felipe refirió entonces al Arzobispo todo su trance, confesándole francamente que estaba dispuesto en último caso a ceder a las exigencias del padre Andrés, pero que antes de resignarse a cosa tan dura deseaba ver si podía lograrse que fueran modificadas.

-Yo creo que lograreis, le dijo el Arzobispo, valiéndoos del mismo que os ha querido perder. Desde luego os digo que si hay una acusación de ese género contra vuestra hija, es inútil pensar en salvarla de la expiación que el Santo Oficio trate de imponerle; veo por lo que me decís que recibiéndola con humildad y resignación, el mal puede minorarse. Vuestra hija debe casarse con Romea; si no, os vais a perder pues que llevando la acusación adelante por despecho abrirá una causa infernal de cuyas apariencias condenatorias no os podríais salvar, según lo veo por lo que vos mismo me decís. Culpable vos y culpable vuestra hija que es vuestro único heredero, bien veis que no podríamos salvaros del secuestro de vuestra hacienda. Yo os aconsejo pues, que inmediatamente veáis y persuadáis a Romea, que os reconciliéis con él, y tratéis de asegurarlo en vuestro amor y en la virtud, para que forme una misma cosa con vos y sea el marido de vuestra hija. ¡Ved pronto! tentad este camino que yo voy ahora mismo a instruir de todo al Virrey y ver si puedo combinar con él un medio de estorbar tan bárbara iniquidad. Pensad en que casado Romea con vuestra hija, entra a tener vuestros mismos intereses, y cesa en él toda razón para dañaros. Anda, hijo, y ejecuta lo que te he dicho.

Don Felipe se levantó en efecto de más en más cabizbajo y humillado y fue a golpear la puerta de Romea. Así que este lo vio se quedó pálido de vergüenza, y le saludó huyendo de encontrar sus miradas, como si la voz de la conciencia lo redujera ante su víctima al indigno papel del traidor. Don Felipe entró y se sentó sin hablar una palabra. Romea se quedó parado guardando también un profundo silencio.

-¡He aquí la situación a que usted me ha reducido, Romea!...

-¡Señor!... su hija de usted me había despechado, y solo Dios sabe lo que he sufrido antes de resolverme a descargar mi conciencia...

-¡Ha ido usted demasiado lejos!... Se ha hecho usted instrumento de intereses ajenos, persiguiendo una ilusión.

-¡Empiezo a comprenderlo!

-Acusándome usted a mí como lo ha hecho sobre datos calumniosos que no tienen más base que el dicho de los mismos herejes, me ha puesto usted bajo la acción de un secuestro: privado yo de mis bienes, mi hija queda en la miseria y no puede llevarle a usted el dote convenido.

-¿Qué dote, señor?... Usted se resistía a dármelo cuando todo pudo quedar arreglado entre nosotros; ¡y usted tiene la culpa de haberme precipitado! -dijo don Antonio con una profunda tristeza en la voz y en su semblante.

Don Felipe guardó silencio por un rato.

-Bien, Romea: dijo por fin, ¿se contentaría usted con un dote de veinte mil escudos?

Don Antonio pensó seriamente por un rato y dijo al cabo:

-¿Y las multas de propiciación, quién las abonaría, señor?

-¿Cree usted que bastará para ellas otro tanto?

-Haré cuanto pueda al menos, porque basten.

-En tal caso vaya usted al momento a arreglarlo, y yo las pagaré;... con tal que María quede exonerada, agregó el anciano como si quisiese poner restricciones, de la contricción y penitencia pública que quiere fulminar sobre ella el Reverendo Padre Andrés.

-¡Lo solicitaré, señor!... Pero ¿pensáis que vuestra hija accederá?

-Accederá: dijo el viejo con imperio.

-Voy entonces a ponerme a la obra, dijo don Antonio.

Don Felipe se levantó callado y se salió... Pero al llegar a la puerta del aposento en que estaban, detuvo el paso como si lo hubiere preocupado una reflexión repentina, y volviendo hacia atrás:

-Oiga usted, Romea, dijo sin querer mirar a don Antonio; lo que usted ha hecho me prueba que es usted un hombre de poca perspicacia y demasiado atolondrado para ceder a la primera inspiración de sus pasiones o de sus intereses...

-¡Señor!... -dijo don Antonio con el tono altivo del reproche.

-¡No! no crea usted que ignoro el vuelco que han dado las cosas; pero está en los intereses de usted oírme con paciencia. Dígame usted con toda franqueza ¿usted ha ofrecido al Santo Oficio parte del dote que yo debo darle a usted?

Don Antonio hizo un ademán de indignación; quiso hablar y vaciló al ver el ojo penetrante e inmóvil que el viejo tenía clavado en él.

-¡Sea usted franco, Romea! -le dijo este...- Si usted ha ofrecido una primicia sobre ese fondo, reduzca usted el dote a la mitad, y deje usted al Reverendo Padre que en ese concepto señale él a su arbitrio la multa expiatoria asegurándole que cumpliré lo que él me ordene.

-¿Y qué ganaría yo en eso, señor?

-¡Mucho!... porque evitaría usted que fuese disminuida en más mi hacienda. De otro modo...

-¡Comprendo, señor, comprendo! -dijo don Antonio sacudiendo la cabeza.

-¡Bien! -dijo don Felipe y se retiró.

XVII La justicia del hombre y la justicia del cielo

Tan profunda fue la cavilación que se apoderó de don Antonio, que ni reparó siquiera en que don Felipe se había ausentado.

La causa fueron quizá las agitaciones que destrozaban su espíritu, claramente reveladas en lo estático y concentrado de su mirar y en el modo febril con que se mordía las uñas.

¡Maldición!... ¡Infierno!... exclamó después de un rato como si no pudiese contener más tiempo la explosión de su alma.

Pero no bien hubo arrojado esta blasfemia, cuando volviendo aterrado en sí, echó una mirada al derredor del cuarto para ver si había tenido algún testigo. Tranquilizado un tanto al verse solo, cruzó los brazos con abatimiento, y dijo hablando consigo mismo:

¿Qué hacer ahora, Dios mío?... Dios, Dios: repitió con el gesto de una amarga ironía... ¿No es a él a quien me harán servir sus ministros obligándome a consumar mi sacrificio? ¿No es en su nombre que seré castigado si retrocedo en el camino a que ellos me han lanzado? ¿No es el brazo de su tremendo poder el que pesa ya sobre mi lengua y sobre mi destino?... ¿Qué soy yo, qué puedo hacer ya para detener su fuerza exterminadora?... ¡Maldición! ¡infierno! repetía como un desesperado abriendo los brazos y lanzándose a tranco sobre las paredes de su cuarto.

Fatigado con estos ímpetus de valor, se quedó de nuevo en una profunda meditación. Parecía que algo quisiese combinar en su mente. Pero sacudiendo después de un rato tristemente su cabeza -¡Es imposible! dijo: ¡es imposible!... El padre Andrés ha encontrado ya su camino: ¡la fortuna que por tanto tiempo ha codiciado está en sus manos y no necesita de mí para que le ayude a trasquilar esas ovejas de su rebaño! ¡Mísero de mí! mi propia imprevisión me ha perdido. Ante el supremo interés de su autoridad omnipotente ¿cómo puedo yo hacer oír la débil voz de mi conveniencia?... ¡Ah, Dios mío! ¡Dios poderoso! Verdad es que denunciando vuestros enemigos procuraba también mi ventaja personal; verdad es, Dios misericordioso, que he sido desleal a los lazos de gratitud y de la amistad que me unían a los denunciados; pero ¿era yo libre, Señor, para absolverlos? ¿No era vuestra ley, no era vuestra doctrina, no son los ministros de vuestro altar, no son las órdenes de vuestra Iglesia, las que me imponían el deber de hablar a los encargados de defenderla contra la mala yerba? ¿Podía yo cerrar mi labio a la voz de mi conciencia arrodillado ante el supremo tribunal de Dios y haciendo acto de confesión?... ¿Por qué arrebatarme entonces las esperanzas de mi vida? ¿Por qué desheredarme de los bienes que debía poseer? ¡Ablandad, Señor, mi corazón! dijo don Antonio anegado en lágrimas: y dirigiéndose como un demente a una imagen, que puesta en una mesa, tenía dos velas de cera ardiendo por delante, la levantó en sus manos, la colmó de besos, se arrodilló estrechándola contra su pecho, y exclamó -¡Santo bendito! ¡Divino Antonio! ¡protector de mis días! ¡patrón de mis intereses! ¡interceded por mí en este conflicto!... ¿Qué porvenir va a ser el de este vuestro humildísimo devoto si después de todo esto queda sin fortuna y sin posición?... ¡Maldición! ¡infierno! ¡Esbirro del santo oficio para siempre! exclamó tapándose los ojos... ¡No! jamás: un convento: un convento es mucho mejor, agregó con un aire resuelto y reflexivo. En un convento podré al menos ascender: llegaré al mando y la venganza será terr... ¡Perdón, Santo Bendito! ¡perdón! agregó como si se arrepintiese de este desahogo de su rabia. ¡Estoy delirando!

¡No! ¡Es preciso que tiente el último esfuerzo! ¡voy a arrojarme a sus pies; voy a pedirle piedad: voy a implorar su compasión!... Y tomando don Antonio desatinadamente su sombrero y su capa, salió a la calle dejando abiertas sus habitaciones, y se dirigió al convento de San Francisco en busca del Padre Andrés.

Iba el cuitado con la firme resolución de echarse a los pies del Padre Andrés y de rogarle que no pusiese al colmo su sacrificio. Pero a medida que se acercaba al convento se le aclaraban las ideas: la inclemencia fría y severa que formaba el fondo del carácter del fraile se retrataba en el alma decaída del pretendiente ejerciendo todo aquel despotismo que la hacía irresistible, y el amargo desconsuelo que este pensar le infundía iba destruyendo en su ánimo a medida que se acercaba al convento, todas las esperanzas con que había salido. Preveía que la profunda humildad con que siempre había él acatado al Padre Guardián, y el hábito del predominio exclusivo que este fundaba en esta y demás circunstancias de su trato habitual, le privaban de todo peso personal, de todo medio para apoyar su súplica y hacer de su descontento un instrumento de influencia para con el fraile. Desde que este, como su propia razón se lo pronosticaba a don Antonio, parapetase sus negativas en la necesidad de defender la fe, de asegurar el engrandecimiento y opulencia de la iglesia, don Antonio tenía que reducirse al silencio: ninguna razón personal o caritativa podía emplear contra este argumento que a la vez formaba el pretexto de su inicua conducta para con don Felipe, sin ofender al dogma dominante; y era además seguro que si la más leve indicación se le escapaba sobre la deslealtad con que el fraile se había conducido para con él, se expondría a tal castigo que quedaría igual a sus víctimas.

-¡Qué hacer, Dios mío! -exclamó todo confuso al verse a las puertas del convento, sumido en esta cruel perplejidad.

Vana sería la tentativa de pintar con palabras humanas su aire de abatimiento y de baja humildad: sin tener idea fija todavía, iba a arrodillarse delante del crucifijo colosal que ya conocen nuestros lectores; mas no fue poca su sorpresa al ver vacío su lugar. Permaneció indeciso por un instante buscando en derredor suyo la sacra imagen, hasta que convencido de su ausencia se dirigió con un ademán de desesperación hacia la celda del padre Andrés.

Poco antes de que don Antonio hubiera entrado al larguísimo claustro de la portería, había pasado por él, en demanda también de la celda del Guardián un personaje digno de ser conocido de nuestros lectores: era este un cierto don Marcelín Estaca y Ferracarruja a quien todos tenían por doctor *in utroque*; pero que, a pesar de que él se dejaba menudear el título con grande satisfacción, nunca había sido más que bachiller en derecho civil. Pasó nuestro hombre con un aire tan grave y tan sabio que parecía extasiado con su importancia personal y con el eco de sus lentos trancos, que repercutiendo en las silenciosas paredes del claustro remedaban los golpes con que el tambor rinde homenaje a las majestades de la tierra. Don Marcelín era pues su propio tambor y se batía marcha a sí mismo con el más profundo respeto de su propia persona.

Nuestro carísimo bachiller sabía andar con una admirable competencia científica, pues si alzaba uno de sus pies, cuidaba bien de que su punta se encorvase al suelo con donaire, de que el talón cayese con el aplomo de una sentencia, y de contornear los movimientos de sus brazos y de su cuello, teniendo el otro pie fijo en tierra para que su cabeza no perdiera la magistral reenclinación con que la llevaba (como si llevara una custodia) sobre sus hombros.

Si bien no lucía don Marcelino la prosaica casaca ni el bastón tradicional que empuñan los doctos magistrados en nuestros días, una rica toga de raso negro muy bordada de realce lo vestía hasta los talones, y resplandecía en su pecho una grande cruz de raso rojo que el sapientísimo bachiller usaba como insignia del elevadísimo carácter de Fiscal de la Inquisición de Lima que investía; en cuyo empleo se había adquirido la más conspicua reputación de defensor inflexible de los derechos de la iglesia, en lo cual (decían las malas lenguas) se hermanaba su propio interés y la satisfacción de las pasiones de círculo y de fanatismo a que reducía siempre todas sus miras.

Una golilla de una bretaña dura y poco fina, muy almidonada y tiesa como un palo, servía de nido a sus carrillos magrujos y biliosos, que algo más chupados parecían a causa del esmero con que el sublime bachiller se alzaba un enorme tupé o hopo (a manera de cresta) sobre su frente: manía de que nadie sino él participaba ya en aquella época.

Como el lucimiento de esta cresta era para nuestro hombre el rasgo característico de su eminencia, gustaba de andar descubierto, o de ponerse cuando más, un leve bonete de cuatro picos adornado con madejas de seda verde y seda roja.

Para colmo de solemnidad en la figura, el doctísimo Fiscal era tuerto, de modo que su adusta mirada cobraba un valor indefinido con los turbios movimientos de la sanguinosa y gruesa nube que cubría todo el globo de su buen ojo.

Su frente era estrecha y angulosa: su ojo chico y sin viveza; y tan visible era la infatuación de ciencia y de valía que lo rellenaba, que fruncía sus labios y adormecía clásicamente sus ojos, sin duda para impedir (que por estas aberturas de su cuerpo al menos) se desparramasen algunas de sus partículas inapreciables.

Todo esto, unido al tono enfático y ridículo de sus maneras, hacían de este personaje un domine Lucas de aldea, de aquellos en quienes se estereotipa, como en un molde, una pedantería estrecha y terca con la más cómica infatuación de saber y de importancia.

Entre sus rasgos morales se distinguía el de una inclinación innata a forjar conspiraciones y armar intrigas, bien cubierta bajo el velo hipócrita de gravedad y de serio reposo, con que se presentaba a los extraños.

Y como era fanático y estaba repleto de preocupaciones personales, no le faltaba su circulillo de adeptos que intrigaba de su cuenta y por su inspiración.

Llevaba en su mano derecha, bien plegados y tomados a guisa de cetro, un par de guantes de seda blancos, con los que tocó y empujó la puerta del guardián, entrando y diciendo con intimidad:

-Adsum Reverendisime. Y como al dirigir las miradas hacia el padre, el bachiller lo viese inclinado sobre un enorme pergamino, de menudísimos tipos, se chupó los labios y los carrillos, y levantando la mano, con los dedos en forma de círculo, dijo: luz del siglo es Vuesa Reverencia: infatigable al manoseo de la ciencia: ni las escabrosidades del Pindo, ni los ayunos de los vates de Minerva, ni la tremenda esgrima de la espada de la justicia, fatigan sus membrudas facultades.

-Heu Marceline! -le respondió el guardián con tono de chanza y de amistad: y separando un poco su libro hacia el medio de la mesa, continuó diciéndole: *Carissime inter amicos! Unde agis te?*

-¡De Foro!... esto es de la Audiencia; y de veras, Padre Guardián, ¡qué sumamente exacerbado vengo! -dijo el bachiller sentándose al lado del fraile...- ¿Ha visto Vuesa Reverencia cosa más absurda?... Los compañeros... y aun el señor regente también, por espíritu de envidia, según supongo, o por nimiedad, que es lo más probable, quisieron zaherirme sobre lo que se les antojó llamar innovación del bordado de mi toga, cuando la idea como nacida de mi consorte que es texto en la materia, ha merecido, señor, la más alta aprobación de todo el colegio de abogados, porque realzaba la figura y el empleo en que el rey nuestro Señor...

-¡Va! ¡va! ¡va! ¡fruslerías!... *Nugæ Marceline! nugæ!* -le dijo el fraile interrumpiéndole con desembarazo.

-Nugæ! sí: ¡*nugæ*, señor Guardián! ¡Bien lo conozco: son fruslerías y sé que no sienta a mi docta persona enlodar las ruedas del carro de mi ingenio haciéndolas trillar tan pobrísimo terreno! ¡Pero, señor! cuando yo hago o cuando yo digo una cosa, tan bien pensada, tan bien concebida, y tan fija es la idea que me he tornado el trabajo de elaborar, que los demás deberían abstenerse de venir así no más a la ligera a juzgar...

-Pero ¿quién no lo sabe eso, doctor Estaca?

-Y por eso es que jamás incurro en un error ni he tenido que retroceder en vez alguna de opinión que yo haya formado. ¡Vos lo sabéis! pues con marcha paralela hicimos ambos nuestro camino.

-Y tanto lo sé, caro amigo, que ahora mismo estudiando el punto que se os consultó de oficio, sobre el tremendo indicio (el fraile puso aquí los ojos feroces, estiró la boca, ahuecó la voz y levantó el dedo índice), que pesa sobre Felipe Pérez y su hija, estoy viendo letra a letra y concepto por concepto la enumeración de las opiniones dominantes y recibidas con que habéis evacuado la vista reservada que se os confirió del caso.

El bachiller tosió con garbo y apretó los labios.

-Hay un punto sin embargo en que os hubiera deseado más explícito: agregó el fraile...

-Cuando se escribe, señor guardián, no siempre conviene serlo; y es por eso que deliberadamente (no penséis en otra cosa) toqué por encima solo ciertas circunstancias.

-Sabéis de la que os hablo...

-Hay varias; porque al meditarlas, reflexioné que debía reservarme en daros explicaciones de palabra: una de ellas es esa que me vais a exponer.

-Vos conocéis los hechos: definido una vez (dijo el fraile con un tono elevado y arrogante) lo que es herejía; enumerados todos los crímenes que se encierran dentro de esta infame clasificación (que es de lo que actualmente me ocupaba registrando a Farinacio y al Cardenal de Luca, que aquí veis), nuestro proceder viene a ser muy claro y expedito. Porque, señor, si el crimen de herejía se reduce al establecimiento y defensa de una proposición lógica, tal que contradiga la letra o el espíritu de los concilios y de los Cánones, es preciso convenir en que no podemos causar ni condenar a Pérez ni a su hija. Desde que no podemos probarles haber sentado proposición de ninguna clase, tenemos que absolverlos; y en caso tal lo que más conviene a los intereses temporales de nuestra Santa Madre Iglesia Católica Romana, es que desvistiendo la túnica de jueces del pueblo de Israel con que ella nos honró, la sirvamos como hijos suyos, como hermanos mayores de los fieles, y con los frágiles medios de nuestra propia y virtual humanidad; es decir, llevando a cabo la unión matrimonial de la denunciada con el denunciante, mediante la primicia expiatoria ya arreglada. Mas, si por herejía se entiende también la contaminación espiritual; el coito sacrílego de las voluntades, la inmersión simpática en que cae el alma del católico por su trato o por su amor con la del hereje, desaparece la duda y la condena de la contaminada es entonces de toda regla...

Hinchado el bachiller como si fuese un pavo, hacía un rato que a medida que el Guardián hablaba, él tocaba fuertemente sobre la mesa con el índice de la derecha, como el hombre que muestra con calor la ratificación de sus opiniones.

-...Y entonces (seguía diciendo el fraile) la entidad de Juez anula la entidad de hombre: la voz del deber sofoca la voz de la caridad y del cariño; el interés de la justicia divina no admite atenuaciones de orden humano; y la integridad de la sentencia destierra toda tentación de afecto o de lealtad terrenal: es de ley la confiscación total de los bienes del hereje, y... ¡pues justicia sea hecha aplicándose, toda la ley!

Y mientras el Guardián decía todo esto, el bachiller daba y daba sobre la mesa con un entusiasmo y una satisfacción creciente y repetía:

-¡Hoc! ¡hoc! ¡hoc! ¡hoc!... Ese es el punto, Padre Guardián.

-¡Y si ese es el punto, el pacto del hombre cede al derecho del cielo! Y si ese es el punto, la diligencia del procurador no obliga la fe del amo; y se deduce, por consecuencia, que tanto como Juez de Israel, cuanto como hermano caritativo del hombre es de mi deber separar a Romea del terreno de la causa en cuanto a matrimonio: y dejar a la justicia del cielo en toda la anchura de su camino.

El bachiller tosió, se acomodó en su silla, y dijo despacio:

-Razonáis bien, señor Guardián; pero, como no habéis dado todavía con el fundamento verdaderamente céntrico de la cuestión, permitidme que os la exponga y lo demuestre bajo su más neto y precisísimo aspecto. Los autores más acreditados en la materia (de los cuales Farinacio es para mí el predilecto por cuanto jamás se olvida del punto cardinal, que es la persecución y el castigo del hereje y del delincuente) dicen: *his convenit distinctio inter hæresim formalem et materialem: nan* (y fíjese bien

Vuesa Paternidad en esa circunstancia que es esencialísima) *si proposito fidei contraria ab homin christiano pertinaciter errante scribatur aut amplectitur! (aut amplectitur)* señor Guardián, (dijo el bachiller apurando el tono) *formalis erit*: ahora bien (y aquí entra nuestro caso) las leyes humanas y divinas hacen a la esposa una mitad virtual del esposo; y como la denuncia recae sobre el compromiso de matrimonio o en términos técnicos -el coito sacrílego de las voluntades de la llamada María Pérez con el hereje incorregible (*pirata fascinorosus insuper*) llamado Henderson, resulta probado por la más severa y estricta lógica, que la denuncia recae sobre un caso de herejía formal, porque el error de la mitad matrimonial dominante contamina, abraza, somete, refunde, asume, aniquila, la sustancia a la naturaleza de la otra mitad; y así, es preciso que el canon se aplique con toda integridad de su texto; y que se dé razón entera, señor, a los principios que nos rigen, y de los que nunca jamás me he separado. Tanto es así, que no es este un caso nuevo para mí, no, señor; allá por los años de 42 ya dije yo (y por cierto que se convirtió en práctica inconclusa del tribunal de Valencia) ya dije yo...

-Vuestro argumento es incontestable, querido doctor; pero su alcance no me satisface, dijo el Guardián interrumpiéndole.

-¿No os satisface?... ¿qué entendéis decir con eso? Cuando yo os digo, yo, que ese raciocinio es la piedra de toque del asunto...

-Ese argumento será eficacísimo doctor, para abrir causa y condenar a la muchacha; pero no es para abrírsela al padre, ni para secuestrarle y confiscarle sus bienes, porque como bien sabéis (y lo estaba leyendo aquí en las adiciones de Farias al Covarrubias) la herejía del padre no autoriza el secuestro de los bienes propios del hijo, ni la del hijo autoriza el de los del padre: la parte pues más sustancial de nuestro golpe va a fallarnos por vuestro camino.

Mientras el guardián enunciaba sus objeciones, el doctor le miraba como con lástima, balanceando su cabeza.

-*Veo reverendísime* que no tenéis una idea exacta del caso.

-Creo que la tengo... lo que es menester, al menos es descargar el peso de la acusación sobre el padre, para que fluya en el acto el secuestro y la consiguiente condena.

-¡No! la sencillez aparente de las cosas es falaz en sumo grado, si no se cuida de preveer a tiempo las complicaciones que pueden sobrevenir. Vos sabéis bien que el arzobispo y el virrey se preparan a proteger a Pérez; y como la acusación de este procede tan solo de convenios y tratos de ilícitos comercios con el hereje, no bien fulminéis vuestro primer auto os suscitarán juicio de incompetencia, y como os faltará la prueba de herejía contra el reo, contribuiréis a probar, cuando más, el cargo de alta traición por cuyo solo hecho habréis provocado la confiscación a favor del fisco y no a favor de la Iglesia.

-¡Decís bien! -dijo el guardián muy pensativo.

-¡Toma si digo bien! y debéis notar que desde que la cosa tome este aspecto, tendréis que litigar, de estandarte a estandarte, de potencia a potencia, de majestad a majestad; viniendo a ser muy dudoso que nos nutra el resultado. Mas, considerad la cosa ahora por el lado en que yo os la ponía; y veréis evaporarse las complicaciones. Establecido y justificado contra la hija el cargo de herejía formal, por el incontestable raciocinio que yo os tengo formulado, la traéis a ella, que es la culpable de esa herejía, a la prisión de la Iglesia: esa hija es única y forzosa heredera del padre; prolongando su causa sin declararla culpable, no puede ser preferida en testamento, y en muriendo el padre ella es su heredera *ab intestato*; esperad pues a que la muerte del padre la ponga en ese caso; y con su condigno castigo habréis confiscado legítimamente los bienes que ella hubiere heredado.

-¡Ah! ¡ah!... Mas se me ocurre una objeción: dijo el fraile.

-¡No hay objeción posible!

-¿Y si la muchacha por efecto de la fortuna y del terror o de la desesperación, muere antes que el padre?

-¿Muere antes que el padre?... ¡Me sorprendéis, querido Guardián!... ¿De cuando acá ha empezado a temerse que se sepa lo que pasa en las prisiones del santo oficio? ¡Treinta años hace que lo sirvo, y nunca osó nadie sobre la tierra fiscalizar el uso que él hizo de su poder y de sus cosas! Para contrastar los accidentes de la naturaleza tuvo siempre su propia voluntad; y desde que nosotros decidamos que la acusada no muera, no puede morir hasta el día en que el tribunal lo decrete. ¿Faltará quien lleve su nombre, y sea con él sentenciada?... Por lo que hace a la tortura, dadla aparente, subsidiaria y preventiva: buscad el efecto moral del espectáculo y no os empeñéis en obtener una confesión: que no se necesita eso tampoco, pues está probada su inmersión espiritual y sacrílega con la voluntad de un hereje incorregible y confeso.

-¡Perfecto! ¡Perfecto!... Ahora sí que puedo decirme dueño del asunto: dijo el fraile levantándose entonado y poniéndose a pasear por la celda.

-Voy a haceros ver otra de las grandes ventajas que producirá este plan artística y acuciosamente combinado por mi ingenio: es este: los protectores de Pérez, al ver que nos ocupamos de la hija, prescindiendo del padre, suspenderán su alarma y sus medidas: reconocerán que dado el tenor de la acusación que pesa sobre la reo, carecen de competencia para trabar nuestros procedimientos; juzgarán prudente tomarse el tiempo de observarnos; y ya os lo he repetido muchas veces: el tiempo solo puede hacer mucho de la nada; puede ser mudado el Virrey en el intervalo, y pueden por fin venir un millón de coincidencias que abrevien y concentren nuestros caminos.

-¡Vamos ahora al otro punto! -dijo el Guardián suspendiendo sus paseos y dirigiéndose al Bachiller-; hay en él grandes complicaciones necesariamente que han de salir a luz, y qué sabe Dios de cuanto interés pueden ser para nosotros-miembros del Santo Oficio.

-¿Queréis hablar probablemente de las indagaciones dirigidas a aclarar quiénes son en Lima los que están en inteligencia con el hereje, ese *satanicus nauta murum* de que habla la Escritura?

-Eso mismo: bien veis que si ese es un fondo oscuro al presente, es inmenso y puede llegar a ofrecer grandes perspectivas más adelante.

-¡Cierto, cierto!... Pues señor: dijo el Fiscal después de un rato de reflexión: mi consejo es que prendáis con la hija de Pérez a la zamba que le hace siempre compañía.

-Había empezado a fijarme en esa idea; dijo el padre algo turbado.

-No hay más: ¡ese es el principio! Vos sabéis, Reverendísimo, que el punto capital de esa indagación es descubrir la tapada a que la denuncia de Romea y la declaración de Gómez se refieren. Ellos mismos dicen que no era la María Pérez, por cuanto andaba allí mismo con su madre y ellos la vieron. Mas no andaba la zamba; y como esa tapada sabía cosas de la casa que solo entrando en ella pudo saber; como sabía cosas que no podía saber sino por confidencia de la María misma, o de otros a quienes ella lo hubiera dicho; y como es inevitable que la zamba esté al cabo de quienes son los que tienen conversaciones y confianzas con la niña, es indubitable (yo nunca digo «indudable», padre Guardián, porque esa es una corruptela contra el purismo de nuestras etimologías latinas) es indubitable, repito, que prendiendo a la zamba Juana, y dándole tortura de cerca (dijo el Bachiller haciendo el ademán de torcer un torno) entraremos necesariamente en un camino magnífico de revelaciones, que sabe Dios hasta dónde nos lleva en la causa misma de la María para complicar al padre.

-Como ya os he dicho, esa idea era la mía... y solo una contrariedad... una sospecha vaga... un temor remoto... una cosa que mi misma razón me dice que es una locura, una ridícula cavilación, es la que detenía mi brazo; dijo el fraile profundamente impresionado.

-No creáis que se me oculta esa contrariedad; dijo el Bachiller con petulancia: y vais a ver.

-Sí, se os oculta, porque es una cosa que no podéis saber; es un secreto de mi alma, que no sabéis hasta dónde me hace desgraciado, y cuanta influencia tiene en la severa venganza con que me abandono al castigo de los acusados: gozo castigando porque... ¡no me hagáis caso Bachiller! ¡este recuerdo me trastorna! (agregó el fraile sentándose bastante conmovido)... Decías que vuestro proyecto tenía una contrariedad...

-¡Insignificante! y es: que descubierto todo el misterio y las intrigas de los malvados que se hayan ligado al Satanás de los mares, todo eso constituiría crimen de alta traición, o *lesæ majestatis*, y no de herejía. Es de temerse, pues, que los civiles nos carguen con su competencia. Pero como esos criminales habrían sido los fautores y causantes del crimen de herejía que nosotros perseguimos; y como nuestra causa habría servido para la averiguación de lo concerniente a la otra, quedaríamos siempre en el mejor terreno, y cualquier recurso de fuerza que nos intentaran lo podríamos sostener con exclusivas ventajas. El golpe, pues, consiste en apoderarnos en toda la continencia posible de la causa; prendiendo simultáneamente a la zamba, hacemos que cualquiera revelación *lesæ Majestatis* que resulte, ocupe el lugar de un incidente, de una emergencia de la causa principal; y este es, como os he dicho, el golpe maestro.

El Padre Andrés oía como distraído e indeciso.

-Cualquier escrúpulo que tengáis contra este dictamen debe ceder a las grandes y positivas ventajas que le acompañan.

Siguió refleccionando el Padre, al rato se levantó y dijo resuelto:

-Estoy de acuerdo: ¡esto es indigno de mí! ¡Por una cavilación fantástica, por una verdadera visión, no debo exponer ni truncar un plan tan vasto y tan seguro como el vuestro!... ¡Ea! ¡manos a la obra, amigo! ¡manos a la obra! -repetía el Padre Guardián, y se paseaba con animación a lo largo de su celda refregándose las manos. Alguien que estaba del lado de afuera golpeó levemente la puerta en este instante. El guardián fue a abrirla con abandono. Pero no bien se encontró en ella con la figura humilde y encorvada de don Antonio (que semejaba a la de un mendigo pidiendo el pan de la caridad) cuando le acometió un violento ataque de despecho. La conciencia le decía bien claro al Reverendo Padre que su proceder para con el mozo era de un egoísmo inicuo y desleal; y le era importunísima su presencia, porque ella sola lo acusaba. Al caerle así de improviso en un momento en que tanto lo preocupaba el éxito de su intriga, no tuvo tiempo de reflexionar ni de dominarse.

-¡Y bien! ¿qué quiere usted? -le dijo con enfado y con insolencia.

Don Antonio vaciló, se quedó cortado; y atónito con tan cruel recibimiento dejó caer su sombrero de las manos, las juntó en ademán de súplica, y dijo arrodillándose: -¡Clemencia, poderoso señor: clemencia! ¡no me pierda Vuesa Paternidad!

-¡Mal haya el importuno! -exclamó entonces el fraile, y con un violento golpe volvió a cerrar la puerta de su celda.

El infeliz que era así arrojado, se quedó allí como perdido. Inmóvil por un momento en la vil actitud de súplica que había tomado, no podía concebir ni lo que le pasaba ni lo que debía hacer. Se levantó de repente desatentado, dejando su sombrero a la puerta del fraile, y con todas las señales de la demencia volvió para atrás deprisa sin saber adonde iba ni lo que había de hacer. Encontró al paso una puerta trasversal abierta, y se metió por ella en un corredor estrecho y sombrío que lo llevó a la sacristía; pasó de la sacristía a la Iglesia, y fue a tirarse, con la frente en tierra, contra la tarima de un altar.

Era como la una de la tarde, hora en que la ciudad entera dormía la siesta: todas las puertas exteriores de la iglesia estaban cerradas: su completa soledad infundía aquel miedo reverente que siempre produce el silencio sepulcral de las bóvedas sagradas. La oscuridad del interior hacía jugar los caprichos fantásticos de la sombra sobre las cien imágenes que asomaban sus escuálidos semblantes en los nichos de las paredes y en los altares; y cuando el eco solitario repitió el golpe que produjo don Antonio al dejarse caer en la tarima, el infeliz se figuró que oía un clamor vago de reprobación lanzado desde cada nicho; levantó azorado sus ojos y le pareció que un gesto convulsivo animaba el rostro de las figuras rígidas y cadavéricas que le rodeaban. No teniendo fuerzas para sobreponerse a la horrible tensión en que estaba su espíritu, cedieron los frágiles resortes de su alma, y cayó en la inanimación del desmayo.

Entretanto, después de haber cerrado su puerta, como hemos visto, se volvía el Padre Andrés hacia el Bachiller, y cruzando los brazos le decía:

-¿Y qué hacer con un impertinente de esta clase?

-Y habéis de saber, señor Guardián, que no lo tengo por tonto, dijo el Bachiller después de un rato de silencio.

-¡Nada menos que eso! -repuso el fraile con un gesto muy significativo-; tiene prendas especialísimas y sobresalientes para el servicio de la santa fe, si quisiese consagrarse a ello: es pertinaz, paciente, disimulado, taciturno, profundamente ambicioso, dotado de modales humildes y respetuosos, introducido e insinuante; es un hombre, en fin, predestinado a las grandes luchas y a la defensa de la fe, si llegase alguna vez a abrir su alma a las inspiraciones de la gracia divina, para fortificarse en la voluntad del sacrificio y de la penitencia que constituye la regla, la fuerza indestructible, y la santidad de nuestro estado. Os aseguro que no tengo uno solo entre los jóvenes de la Orden que me dé remotamente siquiera, las esperanzas que fundaría yo en él, si entrase en ella.

-Tan cierto es que tenéis razón, que yo (que nunca me engaño en la idea que formo de los hombres) pensé de él eso mismo apenas le conocí. Por consiguiente, debéis consagrar vuestros esfuerzos a ganarlo para la vocación a que lo ha destinado el cielo; quitadle las aspiraciones mundanales que lo agitan, y traedlo al gremio de los grandes objetos que ligan la tierra al cielo. La ocasión es oportuna: vuestra mano pesa sobre su espalda; apretad más hasta quebrarle el albedrío mundanal, y traedlo al camino de su destino. Fácil os será conseguirlo.

-Pues sabed que lo he de tentar, querido doctor: creo que el tiempo le hará mirar en eso una inmensa compensación a las contrariedades de su actual fragilidad, y que me será grato, dijo el fraile; y se puso a pasearse por la celda pensativo y silencioso.

-¿Qué nos resta por convenir? -dijo, parándose después enfrente del Bachiller.

-Nada; sino el momento de empezar.

-¡Ahora mismo!

-¡Pues que vayan a prenderla! -dijo el Fiscal.

Tomó entonces el fraile una campanilla de plata que tenía

sobre la mesa y dio un fuerte repiqueteo: acudió a pocos instantes un fraile macilento y sombrío, y se paró delante del Guardián sin levantar sus ojos del suelo y con los brazos cruzados sobre el pecho.

-Id, hermano Ramiro, al Aguacil Mayor del Santo Oficio, y ordenadle en nuestro nombre que con los familiares los esbirros, y la litera de costumbre precedida de nuestro estandarte, que os entrego, (el Guardián tomó aquí el estandarte del rincón en que lo tenía y se lo entregó al hermano Ramiro), allane en el nombre del Rey y el nuestro, la casa de Felipe Pérez y Gonzalvo, prenda a la llamada María, hija suya, y a la llamada Juana, su sirvienta, conduciéndolas en seguida a la cárcel del Santo Oficio, donde quedarán a disposición de sus jueces.

El hermano Ramiro tomó el estandarte y salió con la misma seriedad con que había escuchado el mandato de su Guardián.

-Vaquemos ahora, querido doctor, a las arduas preocupaciones de nuestro espíritu. ¿Qué decís de las hazañas del de Austria?* No le sois favorable: ya lo sé: pero ya veis como sigue adelante en el camino de los triunfos y de la gloria: la rendición de Túnez es un grande hecho, digno del vencedor de Lepanto.

-¡Jamás os lo he negado!... Lo que sí os sostengo y os sostendré es que los servicios que hace con su espada, los borra con la liviandad de sus inclinaciones; y por eso os he sostenido, y os sostendré siempre, que es la piedra del escándalo y será la ruina del reino. ¡Ya lo veréis! ¿No es una obra de abominación, entre otras muchas, el decidido amparo que se complace en dar a ese gitanuelo desconocido y despreciable que se ha metido a escritor de puro desamparado y rotoso?

-¿Cuál?

-Ése... no me acuerdo... Abrantes o Cebrantes... una cosa así; agregó el Bachiller con el más alto desprecio: un picarón, audaz, que sin autorización la menor se entretiene en escribir comedias y novelas, que tienen por solo objeto escarnecer lo más respetable que en hombres y tradiciones tiene el Reino. ¡Y se lo sufren, porque dice que su madre fue hermana de la nodriza de

---

* Don Juan de Austria.

don Juan! Vuesa Paternidad sabe sin duda que este príncipe fue criado en las sierras, entre patanes, y en una condición humilde hasta que fue púber. ¡Pues a ese menguadillo, que él protege se le ha puesto en la cabeza operar una revolución en la República de las letras, inventar un nuevo modo de escribir; y hacer tragedias y comedias sobre su disparatado padrón, en donde se hallan violadas, de cabo a rabo, las más conspicuas reglas del arte dramático, de la retórica, y hasta de la gramática! ¿Habrase visto cosa igual, señor? dijo el Bachiller descargando un puñetazo sobre la mesa. ¡Pues yo (continuó diciendo) también soy voto en la materia! y allá en mis primeros años escribí una comedia, que, (no obstante las imperfecciones de una obra de niñez) estaba áticamente saturada, y contenía la crítica de aquellos lechuguinos insustanciales, picaflores de los estrados, que mortifican e incomodan la importancia con que debe mirarse un joven de prendas serias y reposadas, como era yo entonces. Trabajé también una tragedia; pero era una tragedia seria, en donde estaban realzados los caballerescos sentimientos de los bellos tiempos de la Grecia,* y se titulaba *Estampágoras*, porque era la estampa, el tipo, el prisma, de la virtud antigua. No digo yo, que fuese perfecta la versificación: pero el lenguaje era tan digno y majestuoso que algunas horas he pasado extasiado conmigo mismo repitiendo mi propia obra, y tal ora la influencia de ese lenguaje elevado y noble sobre mi alma, que sin poderlo remediar ahuecaba instintivamente mi voz, y le daba el tono más solemne de la declamación. Y no solo en la práctica, sino en la teoría también me ejercité con bastante competencia, sí, señor; y escribí un tratado *De Dramate el passionalibus suis affectis*, que hizo eco, y aun hoy mismo me satisface tanto ese opúsculo por la exactitud y la lógica de las observaciones que allí puse, que no conozco otro ninguno que haya acertado a tocar los mismos puntos. Diga V. P. que la edad y la inclinación a las cosas serias y graves de la vida que constituyó siempre el fondo de mi ca-

---

* No extrañen nuestros lectores el anacronismo que hay en ligar los tiempos de la caballería con los de la Grecia antigua. Nosotros no respondemos de la ciencia filológica del Bachiller.

rácter, me hicieron comprender a tiempo que debía dejar esas frioleras a los ingenios sin ciencia y sin bagaje. Pero de todos modos: es intolerable, señor, que un aventurero así, como ese mozalbete de que hablaba, se atreva a insurreccionarse contra las reglas y los hombres de peso que las justificamos con nuestro apoyo y nuestras obras... ¿Cuál es su competencia?

-¿Y por qué no lo queman a ese pícaro? -dijo el fraile con calma.

-Harto ganaría el mundo con ello, porque la desmoralización y la liviandad que esos vagos de la República Literaria introducen en ella, es causa de que no se ocupen las familias de los asuntos graves de la fe. A eso debe atribuir V. P. que sean contados los que han concluido de leer mis famosos escritos *Refutationes contra barbarissiman doctrinam iniquitissimi Calvini*; que tanta impresión hicieron sobre el protervísimo heresiarca, que en siete noches no pudo tomar el sueño por el exceso de su rabia, y murió a los ocho días de haberme leído: cosa que el mundo ingrato ignora o desconoce, atribuyendo ese suceso a causas secundarias; pero él forma para mí uno de mis títulos a la más preclara gloria, sí, señor; y así es que me tengo, de fe, por el gran controversista del Reino; dijo el Bachiller, levantándose con una noble altivez y calándose su bonete doctoral, como si pensara en retirarse.

-¡Y lo sois! ¡y lo sois, Doctor! -le repetía el Guardián paseándose por el cuarto. *Abis?* le dijo.

-*Abeo carísime!* ¡el recuerdo de estas cosas me pone fuera de mí! y como si se escapara, dijo: ¡Dios os guarde!

-¡Y os acompañe! -le respondió el fraile abriéndole la puerta...- ¿Qué es eso? -dijo al reparar en el sombrero de don Antonio, con un gesto de impaciencia.

-Un sombrero de caballero: contestó el Fiscal alzándolo del suelo. Si es el de Romea, guardádselo, Padre Guardián, y ahorrad para adelante el trabajo de necesitarlo y de buscarlo.

El fraile lo tomó callado, y se entró a la celda volviendo a cerrar la puerta.

XVIII De la casa a la cárcel

Entretanto toda la ciudad de Lima no hacía ya otra cosa que comentar la crónica de los amores del Hereje con la María Pérez, refiriéndola y trasmitiéndola de familia en familia y de círculo en círculo, con los colores del escándalo y con las mil reticencias de la calumnia. Las tertulias de conversación nocturna nunca habían contado con tanta concurrencia como la que empezó a verse afluir, curiosa y avizorada, desde que aparecieron los rumores del caso. Cada asistente procuraba entrar con alguna circunstancia nueva inventada por él o por los que se la habían referido; y una vez echado el espíritu de las familias en este camino de alboroto, el mérito consistía en quién arrojaba a la circulación una monstruosidad más increíble, a cuyo lado eran pobre prosa los búhos y los demonios de don Antonio. La parte femenina, sobre todo, estaba en una extraña fermentación. No bien dejaban sus lechos las señoras, cuando iban reuniéndose por las casas del barrio para tomar el hilo de las conversaciones, y de las noticias que habían dejado pendiente al acostarse.

Doña María había sido una de las muchachas más festejadas y más solicitadas de Lima; su preciosa figura, sus ojos atractivos y tiernos, el aire simpático y cariñoso que se desprendía de toda su persona, el recato (poco común allí) de su educación y de sus hábitos, y la inmensa fortuna que la fama atribuía a su viejo padre, eran razones que habían susurrado al oído de los elegantes y solteros de Lima la esperanza y la intención de merecerla. El noviazgo de don Antonio había desanimado a muy pocos; porque además de que esa era cosa poco sabida de cierto antes del viaje en que nuestros lectores comenzaron a conocer a nuestros personajes, era generalmente presentada la poquísima inclinación que la novia tenía por el novio; los pretendientes se proponían explotar el tiempo en todos los casos posibles, y persistir en cazar la ocasión de adornarse con un mérito especial a los ojos de la bella pretendida.

Mas, cuando se supieron sus ternuras con el Hereje, con el extranjero, con el inglés; cuando se supo que ella lo había hecho su dueño y lo amaba con delirio, las pasiones de partido y de nacionalismo se alzaron furiosas; cada uno las sentía como si se tratara de cosa propia, porque, en efecto, el amor propio de cada uno, como pretendiente, como español y como católico, se hallaba interiormente ofendido con lo que todos llamaban las criminales liviandades de la María Pérez. En medio de este bullicio y de esta excitación de las malas pasiones de la multitud, era de todo punto imposible el traer las cosas y las ideas a su estricta verdad. Aquello que era más calumnioso y más infame, era lo mejor aceptado de todos. Cada uno escondía en lo oscuro de su alma los reclamos que su conciencia misma elevaba en obsequio de la justicia ofendida: «repitiendo lo que todos dicen (se decía cada uno a sí mismo) ni inventamos ni calumniamos: la responsabilidad es de otros.»

¡Pobre niña! ella entretanto no podía dejar de amar. La atmósfera de prevenciones antipáticas que por todas partes la repelía (indefinidamente presentida por su alma altiva) la echaban más y más, por reacción, en el amor de su Henderson ausente; y así había acabado por glorificarse en su propio pecho con los sufrimientos y con los martirios que ese amor le prometía. Resignada, y silenciosa como una estatua, estaba preparada a todo lo que le pudiese venir. No tenía ninguna esperanza; pero tenía la voluntad de los casos extremos, la de no ceder a la injusticia ni a la tiranía.

Los días que habían pasado desde su llegada habían sido días de duras y amargas pruebas para don Felipe y su familia: los rumores de la persecución, por un lado, y el temor, por otro, de comprometerse o de contaminarse con su trato a los ojos de la Inquisición, le habían alejado todas sus relaciones: y hasta sus mismos parientes le habían vuelto la espalda: el sol salía y se ponía dejándolo siempre pendiente de la amenaza terrible que pendía sobre su casa. Grupos de curiosos, que le inspiraban muy mal agüero, cruzaban sin cesar por su calle como en expectativa de algún espectáculo siniestro.

Toda la familia estaba en una profunda consternación. La fría austeridad de don Felipe para con su hija había llegado a su colmo: todos veían, por el fiero silencio y por la tenaz concentración de espíritu en que pasaba sus días, que un enojo profundo y tempestuoso estaba acumulado en su pecho, y así es que nadie se atrevía a romper la lúgubre taciturnidad que reinaba en la casa.

No obstante la resignación con que doña María parecía esperar los sucesos, el desgreño de su fisonomía, la hinchazón de sus párpados, y la marchitez de sus mejillas revelaban bien las crueles horas de insomnio y de dolor en que vivía. Ella cumplía como siempre con los deberes habituales que eran comunes a los hijos de las familias españolas de aquella época: luego que dejaba la cama iba al aposento de sus padres a pedirles su bendición; por temprano que fuese encontraba ya a don Felipe vestido, como si hubiese velado, paseándose por el cuarto engestado y silencioso, con los brazos tomados por detrás; al paso que su madre, sentada en su cama y cabizbaja, parecía haber pasado la noche llorando. La pobre niña esperaba un rato la bendición que había pedido y como no obtuviese ni una mirada siquiera, se volvía a su aposento con paso respetuoso y resignado. Juana la esperaba al paso, y apenas la veía, se cubría la cara con las manos ahogada en sollozos; porque les estaba prohibido juntarse y hablarse.

En la casa de don Felipe, como en las de todas las otras colonias, era de costumbre invariable que antes de almorzar se reuniese la familia a rezar alguna novena, en la que el padre arrodillado sobre una silla, y dirigiendo su rostro a una imagen alumbrada con velas de cera, hacía coro, es decir, dirigía el rezo. Por la noche se rezaba el Rosario del mismo modo ante la imagen de la virgen María; acto que no solo era de devoción en aquel tiempo, sino de ardiente patriotismo, en razón de que a esta virgen se atribuía la célebre batalla de Lepanto, que muy poco hacía, había ganado don Juan de Austria contra los turcos. No solo se continuaron estos rezos después de la vuelta de la familia, sino que era evidente que cada uno de los concurrentes ponía mayor fervor en ellos como si los dirigiese al cielo combinados con alguna súplica suprema reservada en lo hondo de su pecho. Doña María había recibido orden de no asistir a estas reuniones periódicas de devoción doméstica y de practicarlas sola y en su cuarto.

Esta casa, que siempre había sido moralmente triste y sombría, a causa de la concentración y de la severidad taciturna y dominante del amo de ella, estaba ahora tétrica, y como envuelta en una atmósfera de terror y de mutismo.

El tono de su mesa a la hora de comer no había variado; porque en ella era de regla estricta el más profundo silencio: y tal era la nimia circunspección que debía observarse en el acto de la comida, que ninguno era osado a hablar o a levantar sus ojos; salvo el padre que era allí una especie de juez supremo para vigilar y reprimir la menor infracción de aquel silencio y compostura obligatorias. Antes de servirse el primer plato, se persignaban todos; don Felipe con voz sonora y tono austero, rezaba solo la primer mitad del Padre Nuestro, y su familia repetía en coro humilde la otra mitad: después se rezaba del mismo modo el Avemaría, y acababan por repetir todos juntos el bendito, a media voz y como si cada uno lo hiciese para sí solo. Empezaba entonces la repartición del primer plato hecha jerárquicamente por el padre: lo primero y lo mejor para él; y así en seguida.

Nadie podía repudiar un plato, porque semejante acto tenía un carácter religioso, y era mirado como una ingratitud contra el favor que Dios le había dispensado de poderlo recibir: era menester aceptarlo, probarlo al menos, y dejarlo llevar por las negras esclavas que andaban de rodillas haciendo el servicio de la mesa.

Por extravagante o incomprensibles que semejantes costumbres parezcan al lector de nuestros días, le podemos asegurar que ellas han sido observadas con toda su estrictez desde la época de que hablamos hasta los primeros años de nuestro siglo; y no solo en las familias de los burgueses, sino en todos los grados de la sociedad española, desde la casa del rey hasta la del menos visible entre los empleados de sus colonias.

En obsequio de la verdad histórica y de la justicia que debemos al tiempo en que escribimos, tenemos que decir: que aquel, que de esta rigidez de formas que la autoridad paterna tenía entonces, deduzca la existencia de mayores y envidiables virtudes hoy olvidadas, o la de una moralidad intachable en las recíprocas relaciones de los miembros de la familia, o mayores hábitos de orden y de sensatez, se llevaría gran chasco. Porque el organismo de la casa reposaba todo sobre el despotismo y la arbitrariedad del padre. El eje de la sociedad doméstica no era el amor, que es el único elemento moralizante de la domesticidad; sus formas carecían de la ternura, que no es sino la expresión educatriz y genuina de ese amor; y todos los resortes por fin se concentraban en el del miedo. El albedrío se criaba sofocado, contrariado, extraviado. La falta de libertad legítima y de atmósfera moral viciaba en su raíz el estado de familia; y por eso era que bajo este despotismo exclusivo de la autoridad paterna, como bajo todos los otros despotismos el vicio y la desmoralización se habían abierto mil sendas anchas y oscuras por donde buscar la saciedad.

Apelamos a la historia para ratificar nuestras observaciones. Cualquiera que se tome el trabajo de inquirir el estado doméstico de aquellos países y aquellas épocas donde han aparecido grandes y bárbaros tiranos, donde la sociedad se ha visto sumida en mayor corrupción, hallará que el primero de sus rasgos es el despotismo paterno introducido en las relaciones de la casa. Ninguna nación del mundo presenta una serie de tiranos más atroces ni más continuados que Roma; y en ninguna parte del mundo tampoco el padre de familia tuvo un poder más arbitrario concentrado en sus manos por la ley y por los hábitos: solo en el pueblo en que Bruto pudo degollar dos hijos en nombre de una revolución, era posible un Tiberio para hacer clavar el puñal asesino en el seno de su madre, o un Calígula para mandar envenenar a su hermano.

Después de Roma, la España: allí donde Felipe II ahorcó a su propio hijo en nombre de su propia autoridad, era solo donde el fanatismo de las persecuciones fratricidas podían soplar con la furia del huracán.

Aunque se rechace nuestra tesis, el hecho es que la inmoralidad oculta y subterránea lo minaba todo a los principios del tiempo colonial, todo, desde la corte de Felipe II hasta la humilde choza del colono americano: era incontenible porque no era en el fondo más que la reacción espontánea del individualismo contra el mal principio en que la sociedad estaba montada: el despotismo. Era por esto que la familia no tenía sino dos estados, extremos ambos: la tirantez del miedo, o la relajación de todo respeto legítimo, la renuncia de todo principio de orden: dependiendo una u otra cosa de los accidentes del carácter de su jefe, de su muerte, de sus enfermedades o de algunos otros motivos personales. Volvamos a nuestro asunto.

Al mismo tiempo que el padre Andrés daba sus órdenes para prender a doña María y a Juana, don Felipe Pérez y Gonzalvo tomaba asiento en la cabecera de su mesa, y su hija y su mujer también agachadas y macilentas. La puerta de la calle había quedado cerrada con cerrojos; porque en aquel tiempo nadie se ponía a comer sin cerrar bien sus puertas; y, de veras, que no sabemos por qué, pues apenas puede concebirse un estado de sociedad más consolidado ni más quieto que aquel.

Hechos los rezos de costumbre, y repartido el primer plato:

-¿Te confesaste? -le dijo don Felipe a su hija, con voz áspera y hostil. Doña María levantó su vista sorprendida, y viendo que a ella era a quien su padre se dirigía, se puso trémula, balbuceó, y como se le llenaran espontáneamente de lágrimas sus ojos, respondió ahogada de sollozos:

-¡No quiso... admitirme el señor... Guardián! -y se tapó los ojos con un pañuelo abandonándose al llanto.

Don Felipe le fijó aún más su mirada airada, y al cabo de unos segundos dijo entre dientes: -¡Hipócrita perversa! y tomó su primer cucharada de sopa: todo esto después de haber hecho su oración al Ser Supremo.

Viendo que su hija no se ponía a comer, se dirigió otra vez a ella y le dijo: -¿Quieres que te baje la soberbia?

La niña se enjugó los ojos con respeto, y se puso a figurar que tomaba unas cucharadas de sopa, que iban llenas a los labios y volvían llenas al plato.

Se había servido ya otro plato, y doña María con un pedazo de pan en la mano seguía haciendo semblante* de comer, cuando un ruido sordo y extraño, que a medida que se acercaba, asumía el tono lúgubre de un responso, empezó a venir como de la calle. Don Felipe suspendió el movimiento de su cubierto, y fijos los ojos en su plato pareció absorto y anheloso. Tres golpes secos y acompasados, dados con el llamador de la puerta de calle, resonaron un momento después por toda la casa. Don Felipe dejó caer de sus manos el cubierto sin poder dominar la convulsión nerviosa que lo puso trémulo, y todos temblaron con él, menos su hija, que sin hacer el menor movimiento continuó agachada e inconmovible. La causa de este ruido era la procesión del Santo Oficio que venía a prender a las infelices criaturas acusadas de contaminación y de herejía.

La litera en que se conducían a los reos, era una especie de silla de manos, grande, tapada por todos lados y sin más luz interior que la que podían darle dos agujerillos circulares al frente. Dos varas horizontales y largas la apretaban por sus dos costados, extendiendo sus extremos paralelos hacia adelante y hacia atrás; porque el modo de levantarla y hacerla andar, era suspender estas varas en dos borricos, uno puesto adelante y otro puesto atrás mirando hacia adelante; con el paso de estos animales marchaba la litera inquisitorial.

Una cosa que no desdeñarán saber nuestros lectores, es que el servicio trasero de la litera lo hacía por lo general el borrico

---

* Esta dicción, que temo se me moteje, ha sido española antes que francesa, y es intachable bajo el punto de vista gramatical filológico.

aquel a quien el teólogo franciscano debió su esclarecido triunfo en el puerto del Callao; y que por cierto estaba en aquel día tan poco dispuesto a cargar la litera que (después de mil artimañas de que hizo uso para esconderse) vino mohíno y haciéndose el rengo, a que le pusieran su cruz a cuestas, ¡tan regalonazo y rechoncho estaba el picarón!

Mientras acomodaban la dicha litera, la procesión que debía acompañarla se reunía en el centro del vastísimo patio de la espléndida cárcel que la Inquisición se había levantado en Lima, para dar debido cumplimiento a la ley de Indias.

Un familiar de la Inquisición abría la marcha llevando en alto una gran cruz de plata toda cincelada. Detrás de él iba una línea de tres personas; la del medio era el Alguacil Mayor del Santo Oficio, llevando en alto también el estandarte de la Fe, que por el modo tieso con que se tenía en el aire parecía ser de cartón forrado de paño negro por un lado y de tafetán verde por el otro; en el medio de cada una de estas caras estaba bordada una cruz roja. El alguacil llevaba, como hemos dicho, un familiar a cada lado vestidos de hábito negro talar con cuellos y estolas verdes, que con dos faroles de velas también verdes alumbraban el estandarte.

Se seguían dos esbirros: el uno llevaba un palo alto, a manera de percha, de la que iba pendiente una vestidura o saco de tela negra y ordinaria, sobre el que se veían pintadas llamaradas infernales y condenados y otras mil figuras grotescas de demonios que se llamaba el sambenito, por corruptela de las palabras latinas *saccum benedictum.* El otro esbirro llevaba una especie de tablero o bandeja, cubierta con un paño punzó sobre la que iban dos grandes tijeras: otros dos esbirros armados con alabardas seguían más atrás, y cerraban por fin la procesión dos filas paralelas de frailes dominicos encabezados por el controversista del Callao, que era a quien esto tocaba por jerarquía. La procesión salió rezando en alto salmos y otros oficios del Breviario; y la litera siguió por detrás, porque mientras iba vacía, no tomaba el centro de las dos filas de frailes que era su puesto.

---

* Covarrubias, Molina, Giménez, etc. etc.

Al oír los golpes que esta procesión dio en la puerta de don Felipe, nadie de los que estaban en el comedor osó moverse para abrirla; quedaron todos pendientes de la voz del amo, hasta que apercibido este de ello, se recobró con un esfuerzo y haciendo un ademán de urgencia dijo: «¡pronto! ¡pronto!» en lo que fue obedecido por una joven negrita de las que servían la mesa.

Los cerrojos se descorrieron; y al entrar la procesión al ancho patio de la casa, el alguacil rezaba así en su *Breviario*, con una voz lúgubre y bronca:

-«*Beatus ille qui non abiit in concilio hereticorum et in via peccatorum non stetit, et in cathedra pestilentæ non sedit, quia omnia quæcunque faciet prosperabuntur.*»

Y todos los demás le respondían en coro con el mismo tono sepulcral:

«*Non sic impii; sed tamquam pulvis quem projicit ventus a facie terræ.*»

El alguacil: -«*Ideo non resurjent impii injudicio; necque peccatores in concilio justorum.*»

Coro: -«*Quoniam nevit Dominus vian justorum; et iter impiorum peribit.*»

Y con rezos de esta clase fueron entrando dirigidos al comedor por la misma criadita que les había abierto la puerta. Un inmenso concurso de curiosos se había ido reuniendo al tránsito de la procesión e iba silencioso y consternado detrás de ella.

Los que estaban en el comedor se pusieron todos de pie cuando el Alguacil, con su terrible estandarte, se presentó a la puerta. Dirigiéndose él a doña María le puso la mano sobre el hombro, y le dijo:

-¿Eres María Pérez, hija de nuestro hermano en Cristo Felipe Pérez y Gonzalvo?

La niña respondió que sí con una voz segura y moderada.

-Pues estáis presa, hermana, por causa de herejía, y por orden del Santo Oficio.

La pobre madre de la víctima cayó al suelo desmayada y sin sentidos: y allí quedó sin que nadie diese un paso para socorrerla. Don Felipe apoyó una de sus manos sobre la mesa, mas la única señal de emoción que dio la niña, fue dejar caer de sus manos el pedazo de pan que maquinalmente tenía en ellas; el Alguacil, viendo que ella no lo alzaba, lo tomó del suelo y volvió a dárselo; ella lo recibió y lo puso sobre la mesa.

-Apuntad: dijo el Alguacil a uno de los familiares, que ha dejado caer al vil polvo la gracia de Dios sin levantarla y sin quererla besar.

Un profundo silencio minaba en el comedor y en todo el resto del concurso que se agolpaba a la puerta: el esbirro que llevaba el Sambenito lo descolgó, y aproximándose a la preciosa criatura la vistió con él, porque ella se dejaba hacer con una resignación modestísima y firme al mismo tiempo.

«¡Ya está ensambenitada! ¡ya está ensambenitada!» repitió todo el concurso con un rumor sordo y dilatado.

-¡Felipe Pérez y Gonzalvo! -dijo el Alguacil.

Don Felipe no pudo tenerse en pie y cayó descoyuntado sobre su silla; pero se puso en pie un segundo después.

-¿Tenéis en vuestra casa a la muchacha que llamáis Juana Pérez, criada al lado de vuestra hija?

Vuelto en sí don Felipe (probablemente porque vio que el llamado tenía poco que ver con él) respondió que sí.

-Entregadla a los enviados del Santo Oficio.

Dos esbirros acompañaron a don Felipe, y salieron a buscar a la pobre Juana. Nadie la había visto ni fue posible encontrarla por mucho tiempo: pues la infeliz llena de terror y presintiendo su desgracia, se había ocultado debajo de la cama de uno de los criados más oscuros de la casa. Allí la hallaron al fin, y la trajeron arrastrándola casi hasta el comedor donde el Alguacil la recibió. Ordenó este entonces que la procesión se pusiese en marcha conduciendo a las dos presas.

Doña María iba a obedecer, pero como si un impulso irresistible del corazón la hubiese arrastrado, se lanzó hacia su madre, tendida todavía en el suelo, y después de haberle estrechado las manos contra su pecho se las besó por repetidas veces con ardor y exaltación; vino después a arrodillarse delante de su padre, le abrazó las rodillas y como si con esto solo hubiera quedado satisfecha, se enderezó con la sublime y modesta soberbia del martirio y se entregó a los dos esbirros que ya venían a forzarla a marchar. Atravesó el patio en medio de ellos al son de los lúgubres rezos del *Breviario*, sin que un momento hubiese levantado su vista del suelo. Llegadas a la litera las metieron a ambas en ella, y la procesión se puso en marcha hacia la cárcel del Santo Oficio llevando a la litera en el centro de las dos filas de frailes rezantes que iban a cada costado de la calle; y por detrás de ella, pegados casi a su puerta, iban cerrando la marcha los dos esbirros con alabardas de que antes ya hablamos.

Un rato hacía que la litera iba en marcha como hemos dicho, suspendida por detrás en los lomos del bellaco borrico que conocemos. Este bribonazo parece que había reconocido a su antagonista antes de que su antagonista lo reconociese a él, pues iba escondiendo su cara en la culata de la litera, agachándose y rengueando por maña manifiesta. Pero quiso su desgracia que el gran controversista de la Orden de Predicadores fijase por pura casualidad sus ojos en el pícaro animal, y que empezase a preocuparse de su semejanza con el bestial agresor a quien tanto odio conservaba.

La imaginación mística del padre se fue exaltando poco a poco con la duda de si aquel era o no era el criminal, y con los rencorosos recuerdos que esto le sugería, al mismo tiempo que el hipócrita borrico parecía ocupado de poner en juego todas sus mañas para no ser reconocido. Aquel se había ido distrayendo gradualmente de los rezos del *Breviario*, y con una voz estentórea repetía en latín estos textos del Apocalipsis, que traduciremos al español:

–«Y vi la bestia que subía por la tierra. ¿Y quién hay semejante a la bestia? ¿Y quién podrá lidiar con ella?»

Y aquí, el borrico y el Padre se miraban de reojo.

–«Y le fue dada boca (decía el Padre) con que proferir blasfemias y decir altanerías contra la palabra de Dios.»

«Y cayó del cielo grande pedrisco sobre los hombres.»

Y otra vez los dos campeones se echaron una mirada furtiva: la del Dominico era de odio: la del borrico de ansiosa y humilde alarma. Probablemente con el rarísimo instinto con que al Criador había dotado a esta bestia (que no era por cierto la del Apocalipsis) iba ella reconociendo aquella voz que le hería tan mal su tímpano.

Exaltado de más en más el dominico -*crux! crux!* -dijo, y se santiguó.

-*Vade retro Satanas!* -y lanzaba miradas de fuego al borrico, en cuya fisonomía se veía crecer la angustia.

-*Intellige clamorem meum Domine!* -seguía diciendo el fraile.

La distracción que suponían estos textos extraviados, había llamado fuertemente la atención de los otros frailes que marchaban cerca de nuestro controversista, e iban ya alarmados todos con aquella extravagancia suponiéndole alguna visión del espíritu revelador de las que le acometían con alguna frecuencia.

-*Necque habitabit juxtu te malignus; necque permanebit ante oculos tuos!* -decía el padre mirando al borrico en un verdadero estado de furor. Y no pudiendo contenerse al fin -*Anathema! anathema!* -exclamó y se lanzó sobre el cuitado animal dándole golpes y gritando: -*Hic est Satanas! hic est Satanas!*

El alboroto fue inmenso con aquella inesperada interrupción del silencio y de la gravedad fúnebre en que marchaba la procesión.

El borrico, como sabemos, tenía un carácter poco sufrido, y como se viera acosado de maldiciones y de gritos, asustado quizás también, por el repentino alboroto que se había levantado, lanzó al aire dos enormes patadas, seguidas de otras y otras para ver si lograba desatarse de la litera y fugar a sus territorios. Creemos que fue en sus primeras coces en las que logró agarrar por el vientre a su enemigo y arrojarlo medio muerto a cinco o seis varas de distancia.

Fácil es conjeturar el incendio y la confusión que todo esto produjo. Cayeron sobre el borrico los hombres armados que allí había; y los unos con sus alabardas, los otros con hachas, y los otros con puñales, le daban y gritaban llevando a su colmo el desorden que reinaba en aquella ingente multitud.

Aprovechándose del instante de mayor exaltación de la multitud, dos hombres con máscara de seda negra se echaron sobre la puerta de la litera, y a golpes de puñal destrozaron la cerradura fuerte y complicada que la aseguraba. Uno de ellos, de figura fina, y delgado como una caña, se lanzó al interior con un noble brío mientras que el otro armado también de su puñal se mantenía teniendo la puerta y vigilando lo exterior.

-¡Sígueme! ¡vengo a salvarte! -dijo el joven desconocido, con un tono resentido y seco, y tomó entre sus manos a doña María.

-¡Henderson! ¡Henderson mío! -exclamó esta con una pasión delirante, y se estrechó al pecho de su salvador.

Este permaneció inmóvil un instante. Pero, quitándose la máscara dijo con amargura:

-No soy Henderson: no soy tu inglés: soy Manuel, soy americano y expongo mi vida y mi alma en recompensa de lo bien que me guardaste tu fe.

-¡Manuel! -exclamó aterrada doña María y soltando al joven. ¡Manuel!... ¡No te sigo! -dijo con resolución heroica y se tiró al fondo de la litera.

-¡Ven, desdichada, que no tengo tiempo ya!

-¡No te sigo! quiero que me dejes.

-¡Vienen! ¡nos ven! -dijo ansioso el de afuera tirando a Manuel por una pierna.

-¡Vete! ¡vete! -repitió doña María empujándolo hacia fuera con vigor; y como la litera estaba toda ladeada ya, Manuel no pudo tenerse y fue a caer fuera de la caja en la calle.

-¡Adiós, primo mío! os admiraré y os querré siempre como a un ángel.

El infeliz borrico yacía hecho pedazos y bañado en sangre en el medio de la calle. La gente empezaba ya a reconocerse y a rodear la litera: a la vista de los dos enmascarados hubo algunos gritos y quien extendiera la mano también para agarrarlos, pero ellos impusieron miedo con su puñal, se enredaron, ligeros como unos gatos, entre el concurso, y probablemente se arrancaron las máscaras, puesto que nadie los pudo descubrir ni capturar.

La causa de doña María se había empeorado de una manera funesta. Los frailes que acompañaban la procesión daban fe, como testigos presenciales del hecho, que Satanás bajo la figura de borrico se había ingerido en el convoy y asegurándose de la conducción de la litera para apoyar a tiempo la tentativa de una legión de herejes enmascarados o espíritus del infierno que debían arrebatar a las dos criminales. Más de diez testigos intachables daban fe de este último hecho.

La fortuna había consistido en que el Reverendo Padre Lector de Santo Domingo había descubierto a tiempo la transubstanciación formal de Satanás en el borrico; y abandonando el rezo del momento, lo había exorcistado obligándolo a descubrirse y reventar.

¡Pobre borrico!... ¡Bien ha dicho Salustio (hubiera dicho su alma si hubiese sabido latín) que hay mayor peligro en caer bajo la tiranía y el fanatismo de la multitud que en arrostrar el odio de los Césares!

El padre triunfador de Satanás fue recogido y llevado en un catre a su convento. Nada fue igual a la satisfacción de su alma cuando fue instruido por la voz pública (que hay mentecatos que llaman *vox dei!*) del sentido y la importancia de su victoria. Su superior y todas las autoridades civiles y militares le felicitaron de oficio; los que creyeron, porque creyeron; y los que no creyeron por obedecer a la exigencia de la situación.

Entretanto: cuando el alboroto se fue calmando, y se vio que las víctimas no se habían escapado, se trató de restablecer como se pudo el orden de la marcha. Fue traído el estandarte de una de las casas vecinas donde lo habían recogido, pues el Alguacil, como todos los demás, había disparado arrojándolo; y así el resto. Se trajo otro burro, se arregló como se pudo la litera y tomando otra vez el hilo de los lúgubres rezos de estilo, marchó la procesión sin novedad hasta la cárcel del Santo Oficio, sobre cuyas puertas de hierro podía haberse escrito lo que el Dante vio en las del Infierno:

Lasciate ogni speranza, voi che'intrate.

Un momento después doña María y Juana estaban encerradas en dos calabozos separados, húmedos, estrechos y sombríos.

La novia del hereje o La inquisición de Lima
Tomo segundo

XIX Una conversión

Don Antonio Romea, que había quedado desmayado en la Iglesia como saben nuestros lectores, recobraba sus sentidos cuando la fugitiva luz de la tarde empezaba a poner de más en más sombrío el templo solitario.

Al levantar su cabeza la sintió torpe, y como oprimida por una profunda melancolía. En medio de aquel lúgubre silencio que lo rodeaba, empezó a venirle una especie de recuerdo vago de las tribulaciones y de las maldades en que había estado envuelto. Presentábasele este recuerdo como si fuera una visión triste y remota que lo viniese desde el mundo de los vivos hasta la región de olvido y de perdón en que le parecía hacer ya tiempo que habitaba. Aquel silencio solemne del templo, aquella inmovilidad sombría de las imágenes, la conciencia de su delito, la pérdida de sus esperanzas, y sobre todo las creencias profundas con que todo hombre rendía culto en aquel tiempo a estos accidentes visibles del catolicismo, influían de más en más en el alma del desdichado para ponerla en un estado místico intermedio al del terror del castigo y la esperanza en la misericordia divina. La idea de Dios había empezado a llenar su alma como el único asilo contra el terror de sus maldades y el grito de sus víctimas que de cuando en cuando creía oír.

El sonido de una puerta que se abrió, y un rumor lejano de pasos y voces contenidas, vino a perturbar las místicas sensaciones de Romea. Sintió rodar por las bóvedas del templo el tropel de los mismos pasos y morir como si en alguna parte de él se hubiese detenido y acomodado los que lo causaban. Una voz ronca y sonora empezó un momento después un rezo solemnísimo, uniéndosele en coro un ciento de otras voces que parecían remedar el tono de los lamentos que el condenado debe dirigir al cielo desde las llamas infernales.

Don Antonio conoció entonces que era la Comunidad que rezaba las vísperas del Sábado; y sin poderse contener unió su voz también para repetir los sublimes conceptos de perdón y de esperanza que a esas vísperas ha dado la liturgia romana.

Esta circunstancia vino a aumentar poderosamente las impresiones de misticismo que se había apoderado de Romea, alejándolo más y más del mundo exterior que había dejado.

Cuando se acordaba de don Felipe y de su familia, cuando cavilaba sobre la opinión que habrían formado de él sus amigos, y el juicio que a la hora de su muerte lanzaría Dios sobre unos actos que su conciencia misma calificaba de crímenes, se replegaba sobre sí mismo y se acobardaba de arrostrar otra vez el mundo de los vivos.

Tal era la situación psicológica de su alma; esto no obstante en los pocos intervalos en que hablaba su razón, veía bien que de algún modo tenía que salir del caso en que se hallaba; y que siendo transitorio su estado, tenía que arrostrar la degradación en que creía haber caído.

Los frailes entretanto se habían retirado del Coro, y vueltas a cerrar las puertas, la Iglesia había quedado otra vez en el más profundo silencio; y sin embargo de ello, don Antonio no hacia ánimo todavía de tentar a retirarse.

Pocos minutos habían pasado cuando sintió voces en la dirección de la sacristía, como si varias personas hablasen entre sí y dispusiesen alguna cosa: apareció una linterna un momento después, traída por una persona cuyo rostro no podía ser visto a causa de la sombra que el resplandor de la linterna misma proyectaba sobre él: le seguía un fraile con un rollo grueso sobre los hombros, y vinieron ambos a pararse en el centro de la Iglesia como a veinte pasos del altar, de donde Romea, palpitante y anheloso, veía todo esto como si fuera alguna escena del mundo sobrenatural.

-¡Aquí! -dijo el de la linterna.

-Alumbre las paredes Vuesa Paternidad, para ver si estamos en el mismo centro.

El de la linterna la levantó en alto a uno y otro lado, y dijo:

-Sí, estamos: aquí está el clavo que marca el centro.

El otro dejó caer entonces su carga, y empezó a desarrollar y extender una alfombra negra.

Don Antonio pudo distinguir ahora algunos otros bultos vestidos también con el hábito conventual, que comenzaron a ayudar a los que habían hablado.

-Vaya: traigan las tarimas ahora -dijo el de la linterna que parecía ser el jefe.

Tres o cuatro frailes fueron presurosos hacia la sacristía, y volvieron después de unos segundos cargando muchas tablas, que acomodadas con esmero formaron una espaciosa tarima con varias argollas de hierro destinadas a amarrar algo que debía levantarse sobre ella.

Luego que la tarima estuvo acomodada y alfombrada, el de la linterna la colocó allí y se adelantó por encima a revisar las argollas. No bien recibió la luz en sus formas cuando don Antonio reconoció al padre Andrés, y se puso a temblar como un niño que sueña haber visto una fantasma.

Mientras que el padre Andrés examinaba los accidentes, los demás frailes se dirigieron todos a una pieza fronteriza a la sacristía, quedándose aquel solo, según creyó Romea; pero distinguiendo mejor, percibió a su lado, trabajando al parecer en el suelo, al negrillo del Guardián, aquel que conocimos ya cebándole mate a la puerta de la celda.

-Mira, Pedrillo -dijo el fraile-, fíjate bien en lo que te vamos a enseñar.

-Muy bien: santo Padre -dijo el negrito al tiempo que ya los demás frailes venían cargando con grande trabajo, y dando voces de acomodo, el inmenso crucifijo de la portería, cuya falta había notado don Antonio cuando pasó por allí en aquella mañana. Al cabo de muchas veces y de mucho trabajo lograron los frailes enderezarlo sobre la tarima. El padre Andrés levantó su linterna para examinar si estaba bien recto, y don Antonio, que siguió con su vista la altura de la luz, la tuvo que bajar aterrado, tal fue, la viveza con que percibió en medio de la oscuridad los rasgos feroces y atrabiliarios que el tallista había dado a la imagen del Verbo de los Evangelios, que había sido todo dulzura y mansedumbre entre los hombres.

Satisfechos todos de la colocación del crucifijo, el Padre sacó unas llaves chicas de su cintura, y como le habían colocado ya una doble escalera vertical, subió hasta alcanzar el pecho de la imagen y tocando algún resorte con una de las llaves abrió las cavidades quedando patente un vasto vacío en el interior del pecho y del vientre.

-Ven acá, Pedrillo -le dijo el padre Andrés al negrito que le servía-, sube por el otro lado.

El negro subió.

-Entra -le dijo señalando el vientre de la imagen.

El negro se introdujo en la cavidad, parándose cómodamente en unos descansos preparados al efecto.

-Mira: aquí, por la tetilla, hay un cristal pintado por afuera, que te permitirá ver todo lo que pase aquí al derredor. Vas a ver: y el padre cerró otra vez la cavidad que había abierto dejando adentro al negro. ¿Ves? -preguntó.

-¡Sí, señor! -le respondió el negro, y su voz salió hueca y retumbante como de un sepulcro.

El Padre volvió a abrir la cavidad.

-Mañana tienes que meterte aquí bien temprano; puedes sentarte y estar descansado como ves; y el Padre lo mostró cómo: te vamos a poner ahora aquí dentro una lamparita de aguardiente, y una botella llena para que no la dejes apagar. ¿Ves?, has de poner la lamparita en este descanso, desde bien temprano, de modo que se caldee esta bola de bronce que por medio de este alambre va a tocar con los pies del crucifijo: como éstos son de metal, (por de fuera no se conocía a causa de la pintura) es preciso que se pongan bien calientes. Cuando la novia del hereje, traída por mí, venga a besarlo ha de retirar la cara cuando sienta el calor; tú debes estar muy atento para que en el mismo instante que ella se retire toques este resorte y el Cristo dé vuelta su cabeza para atrás. ¿Has entendido bien?

-Sí, señor: sí, señor -repitió el negrillo.

-¡No te olvides!, todo es muy sencillo: calientas esta bola de metal, esperas etc. ... -Y el fraile repitió menudamente y con calma todas las instrucciones que ya había dado al negro, hasta que quedó convencido de que éste las tenía bien tomadas en su memoria.

Lo hizo bajar entonces de la escalera, cerró las cavidades, y bajó a su vez, diciendo a uno de los frailes que lo acompañaban:

-Establecido por medio de esta prueba previa que el arrepentimiento y contrición de las acusadas no es aceptable a Dios, empezaremos inmediatamente la causa judicial; pues según el último ordenamiento se nos prohíbe enjuiciar antes de que se sepa si el arrepentimiento y la contrición es sincera, y no exterior solamente. La dificultad de arribar a la verdad por este medio, ha hecho arbitrar otro, el de librar la causa siempre al proceder judicial, porque todo lo demás es quimérico.

-¡Por sentado! -respondió humildemente el otro fraile-. Permítame Vuesa Reverencia, advertirle que se ha olvidado de poner en el Cristo la lámpara y el aguardiente.

-¡Es verdad! -dijo el Padre rascándose la frente-. Alcanzádmela, hermano; está allí en el sotanillo de ese altar -agregó el Guardián señalando el altar desde donde don Antonio, abismado y horrorizado, había estado penetrando aquellos horribles misterios con que la inquisición de España ha perjudicado tanto al cristianismo y al sacerdocio católico, que pretendía sostener.

El padre tomó la linterna y se dirigió al altar que le había sido señalado: el frío del espanto se apoderó de los miembros de Romea al temor de ser descubierto. Pero, no sabemos cómo fue que el padre pasó sin verlo, abrió una puertita lateral que había en el altar, y se introdujo por ella quedando la nave en una profunda oscuridad. Un momento después volvió a salir;

mas teniendo que sujetar en la misma mano la lámpara, la botella, y la linterna, al cerrar la puertecilla del sótano se le ladeó la linterna hacia el lado de Romea, de modo que toda la luz le dio de lleno sobre la cara.

-¡Santo Dios! -exclamó espantado el fraile-. ¡Aquí hay un mundano que se ha introducido al templo!

El padre Andrés, y los demás frailes con él se lanzaron al lugar designado: el primero, llevaba ya en sus manos un agudo puñal levantado de un modo amenazador. ¿Dónde? ¿dónde? -gritaba.

-¡Aquí!, ¡aquí! -decía el fraile arrimando la linterna sobre las facciones aterradas de Romea.

Vino entonces el Guardián y sacudiéndolo por el cuello con la fuerza de un hércules, lo levantó del suelo como quien levanta un saco, y cuando se encontró con el mismo semblante de su primer cómplice, lo dejó caer, diciéndole:

-¡Infeliz!, ¿qué habéis venido a hacer aquí?

Don Antonio balbució: ignoraba lo que la pasaba; pero urgido al fin por lo terrible de su situación, exclamó:

-¡Misericordia Señor! ¡Misericordia! Yo entré al templo desesperado cuando Vuesa Paternidad me arrojó de su puerta, buscando un consuelo en los brazos de Dios. ¡Misericordia, Señor!, ¡Misericordia!

El Padre Andrés lo miró con compasión, y tornándose la frente con la mano izquierda, pareció reflexionar profundamente.

-Dejadme solo, hermanos, con este desventurado -dijo dirigiéndose a los otros frailes.

Se retiraron éstos en silencio a la sacristía, y tomando por el brazo a don Antonio, el Padre Andrés lo llevó a un escaño donde lo hizo sentar poniendo en medio de ambos la lúgubre linterna que era la única luz que tenían aquellas bóvedas solemnes.

-¡Con qué lo habéis visto todo! -dijo el fraile a su interlocutor con una mirada cruel y compasiva al mismo tiempo.

Y viendo que vacilaba en su respuesta, agregó:

-¡Guardaos de mentir, malhadado!

-¡Todo, señor! -respondió entonces Romea dominado de terror.

-¿Y qué remedio pensáis que tenga un acaso tan fatal? ¡Hombre imprudente y desdichado!

-¡Señor! -dijo don Antonio con el ademán de la desesperación- si queréis mi vida en garantía del secreto, ¡aquí la tenéis! Mandad abrir una sepultura en el frío piso de este templo; hacedme entrar en ella, rasgadme el pecho, y haced cubrir mi cadáver con la tierra del eterno olvido! Os lo agradeceré, Padre mío, con lo íntimo del alma, porque me habréis librado del martirio intolerable a que me veo condenado. ¡Ya no puedo sufrir más!..., ¡la muerte!, la muerte, ¡Dios mío!, ¡con tal que lleve a vuestra presencia la gracia de vuestro perdón! y el infeliz se torció como si los más acerbos dolores lo destrozaran el cuerpo.

-¡Ven acá, criatura débil y miserable! -le dijo el fraile agarrándolo con fuerza y obligándolo a calmarse y tener quietud-. Deja el delirio de las pasiones del mundo, que no pueden conducirte a otra parte que al infierno; entra en el reposo de la paz, ¡domínate y resuelve! -le dijo el fraile levantando sus manos con la energía de un demonio, en medio de aquella oscuridad-. El Dios de misericordia y de perdón que adoramos, lleno de piedad y de amor por ti, te brinda por mis labios con un camino vasto de salvación: si humilde y resignado lo aceptas, puedes elegir en él: o la paz eterna del arrepentimiento de los crímenes mundanos, adquirida con el místico y beato amor de Jesucristo, o la gloria de ser instrumento y campeón de los triunfos terrestres de su Iglesia! Si queréis quietud y olvido, ¡lo encontrareis! Si queréis acción y predominio, ¡se os dará! No necesitáis más sino de un momento de abnegación y de fortaleza, de un momento de resolución, como la que hace el héroe que se lanza a lo crudo de la batalla!... ¿Pensáis que yo no he sentido hervir también en mi pecho las pasiones de la carne? ¡y eran pasiones!... no como las vuestras... ¡sino pasiones mías!... ¡pasiones voraces!... He sido víctima del amor, de la codicia, del juego... y una vez

(¡la única!) en que una pasión pura entró en mi alma..., ¡ora la del amor de un hijo! (sabéis ya demasiado para que os oculte más) la desgracia me obligó a morder su tallo y a chupar todo lo amargo de su jugo... ¡Y bien! en una hora de inspiración dije adiós a todo, ¡y el mundo y la carne y el demonio se arrastran hoy vencidos a mis pies!... ¡Ea! ¡coraje, hijo del hombre! rasga la atmósfera que te ciega, y ven a mis brazos -dijo el fraile presentando su pecho a don Antonio- porque si no lo haces tengo que sumiros en una perpetua prisión, única garantía de tu silencio. ¡Escoge! -agregó, abriendo aún más sus brazos.

Don Antonio se precipitó en ellos; y al dejarse caer, casi exánime, en el seno del Guardián, lo único que pudo decir fue: ¡Acepto! ¡soy vuestro!, señor.

-¡Venid! -dijo el fraile-. ¡Es preciso que pongáis el sello a vuestro compromiso jurándolo a los pies del Cristo!... Y arrastándolo a los pies del crucifijo lo hizo arrodillar.

-¿Tomáis el hábito de la orden de nuestro seráfico Padre San Francisco?

-¡Sí, Padre!

-¿Juráis renunciar a los bienes de la tierra, y mendigar la caridad de los hombres para sustentar a tus hermanos?

-Sí, juro.

-¿Juráis servir a la fe católica romana como el soldado que sirve a su rey renunciando a toda soberbia que os venga de vos mismo?

-Sí, juro.

-¡Bien, hermano Antonio!, ¡pertenecéis a la milicia de la Iglesia!, ¡os abrazo y doy un millón de gracias al eterno! Lo demás son formas que llenará el ordinario.

Y bajando una tarima lo volvió a estrechar entre sus brazos.

-¡Hermanos: venid! -dijo llamando a los demás-. Os presento a nuestro predilecto novicio, el hermano Antonio Romea. Es de los iniciados como vosotros, y tiene de antemano toda mi confianza porque la fe y la Iglesia le deben ya servicios eminentes.

Cada uno de los frailes se acercó sucesivamente al Padre Antonio, y poniéndole la mano derecha sobre la cabeza le dio el ósculo de paz y de fraternidad.

XX Los recuerdos

Al pasar el Padre Andrés de la sacristía al claustro que conducía a su celda le detuvo un fraile, y con todo el aire de un grave arcano le dijo: que una mujer lo esperaba, y que con tal imperio había exigido verle, que había atropellado al hermano portero, y dirigídose a la celda del Guardián con una resolución y una energía irresistible.

El Padre Andrés frunció las cejas, y con el tono más severo del mundo reprendió al fraile por haber permitido semejante desacato: ¿No veíais (le dijo) que no tengo tiempo ni está mi espíritu para escenas de súplica y de lágrimas?

-Señor: ¡no hemos podido detenerla! Su resolución era poderosa, y a no haber usado de la fuerza...

-¡Pues debíais haber usado de la fuerza!...

-Como no sabíamos quién era...

-Y quién ha de ser sino la desdichada madre de la novia del hereje que ha sido puesta en prisiones esta tarde.

-¡Ah!, no, señor: ¡no es doña Mencía de Manrique!

-¿No es?...

-No, señor: conozco a esa señora, y no es ella la mujer que se ha entrado a la celda de Vuesa Reverencia.

-¿Qué figura tiene? -dijo el Padre Andrés visiblemente sobresaltado al oír esto.

-Parece... -dijo el fraile con encogimiento y con reserva- ..., parece una..., no digo que sea..., pero... me ha parecido..., así... como zamba.

-¿Que decís, hermano... ¿A estas horas?... Bien conocéis mis virtudes.

-Señor..., no es doña Mencía..., yo os digo lo que me ha parecido.

El Padre Guardián se puso de más en más inquieto y pensativo.

-Bien -dijo al fin, retiraos: y se dirigió a su celda. La puerta estaba apretada. La abrió con garbo, y no bien entró cuando se encontró al frente de una mujer que había tomado asiento, y que le fijó los ojos con denuedo menospreciando el gesto adusto que traía el fraile.

En la mirada recíproca que ambos sostuvieron parecía estar escrita una terrible historia de odio, de rencores y de pasiones. El fraile quería dominar a su antagonista con las arrugas de su frente y el fuego aterrador de sus ojos; pero como ella le resistía con una fisonomía tranquila y resuelta, pareció obedecer a un consejo súbito de prudencia, y volviendo hacia la puerta la cerró bien, para evitar que por acaso se impusiese alguno de la cruda escena que al parecer iba a efectuarse dentro de aquellas paredes.

-¡Hacéis bien! -dijo ella entonces- nada se me daría a mí que el mundo entero sepa lo que os vengo a decir; pero vos hacéis bien... ¡digo mal!: Vuesa Reverencia -agregó en el tono de una amarga ironía- hace bien de evitar que se nos oiga.

El fraile se mordió los labios, y aunque nada respondió, su respiración contenida y alterada mostraba bien la rabia y el rencor que lo devoraba.

-¡Y bien! criatura del infierno -dijo al fin cruzando sus brazos-, ¿qué venís a buscar aquí?

-Si el infierno es la mansión de la lujuria, de la ira y del asesinato, bien lo sabéis, vuestra descendencia, Reverendo Padre Andrés, no procede del cielo.

-¿Que decís, desgraciada? -dijo el fraile dirigiéndose enfurecido a la mujer.

-¡Deteneos! -dijo ella incorporándose y llevando la mano al pecho-. Mirad que ya no tengo nada que perder, y que cualquier escándalo os sería fatal porque ese secreto que tanto teméis, y que yo tengo en mis manos me ha de sobrevivir.

El fraile se detuvo en efecto: se reprimió y cruzando otra vez sus brazos inclinó su cabeza sobre el pecho.

-Sobre todo, -continuó diciendo ella- yo no he venido aquí por interés mío, bien lo sabéis; hace mucho tiempo que no os necesito en este mundo, y espero que en el otro me haréis menos falta todavía: yo he venido aquí por vos.

-Mujer: ¡no me precipitéis! Reflexionad que cien brazos robustos me obedecerán, al momento que os mande arrojar de aquí a latigazos, que es lo que merecéis por vuestra insolencia.

-¡Oh! estoy cierta, Padre Guardián, que no llevareis las cosas a ese extremo: no, ¡no me haréis arrojar! -respondió ella y tornó a sentarse-. Los recuerdos -agregó-, los recuerdos me protegen; porque es imposible que hayáis olvidado la historia que os ata las manos... ¿Os acordáis de Mamapanki, como la llamaban sus padres, o, si queréis, de Rosalía, como la llamaban los cristianos?

Esta pregunta produjo en el Padre una singular agitación. Se refregaba la cabeza con las dos manos; y como si el aire le faltase en la celda, caminaba precipitadamente de una pared a otra.

-¡Y bien! -dijo, parándose con indignación delante de la mujer-. ¿A quién debe horrorizar más este recuerdo? ¿A ti, que la asesinaste con una mano fratricida, o a mí, que por su muerte quedé con el corazón desgarrado y despojado de afecciones sobre la tierra?... ¡Responded, perversa!

-¿Y quién ha sido la causa de que ningún crimen me horrorice, Padre Andrés?... -le dijo la mujer mirándolo con valentía-. ¿Habéis olvidado la historia de nuestro primer conocimiento? ¡Pues sabed que he venido a conversar sobre ella para refrescaros un poco la memoria!

-¡No quiero!, ¡no necesito! -dijo el fraile con presteza y con imperio.

-¿No queréis? -le preguntó ella con calma-. Pues yo necesito y quiero que veáis que la recuerdo; porque ha llegado el momento supremo de que aquellos crímenes se conviertan en bien de alguien...

Vengo a traeros hoy lo que no habéis conseguido antes a pesar de vuestro poder y de vuestra astucia: vengo a libraros vuestro secreto, el secreto que ha sido la garantía de mi vida contra vos y vuestra Inquisición, y a entregarme a vuestras garras para que me devoréis y saciéis vuestra venganza..., ¡cuando no tengáis ya que temerme! -agregó dando a su voz y a su fisonomía el aire del desprecio.

-¡Ah! -dijo el Padre levantando sus manos con todas las señales de la desesperación-, ¡si fuerais capaz de volverme a mi hija, os lo perdonaría todo, furia del averno!

-¡Mentís, señor!... Estoy cierta que preferiréis a vuestra hija los papeles y las pruebas de la traición cuyo castigo...

-¡Calla, Mercedes!, ¡calla! -dijo el fraile mirando trémulo al suelo, y sacudiendo por el hombro a la mujer.

-Veo -le respondió ella- que comenzáis a recordar las cosas... Calmaos, y oídme.

El fraile entretanto se había echado contra la mesa y tenía la cabeza escondida entre el círculo de sus brazos. La mujer continuó:

-Sinchiloya y Mamapanki eran hermanas, Padre Andrés: ¿os acordáis?... La naturaleza había hecho a la primera bella y ardiente como la flor del chirimoyo, franca y confiada como el azahar: no era menos bella Mamapanki, su hermana menor; pero adusta y reservada como la madreselva, tenía un ardor concentrado en los pliegues de su alma, y era esquiva y era agreste como el romerillo de las montañas.

Cuarenta años hace apenas que cuando el Huinca opulento salía de sus palacios, los padres de Sinchiloya y de Mamapanki ocupaban el lugar de honor entre los que conducían sobre sus hombros el trono de oro y de brillantes en que aquel se sentaba;[*] porque eran nobles entre los nobles del reino, sabios entre los sabios del consejo, y leales de palabra entre los santos que adoraban a Pacha-Kamac... tened paciencia, Padre Guardián: voy a continuar. Vos que hace tanto tiempo que habitáis entre nosotros debéis saber todo el odio con que los vencidos miraban a los vencedores.

---

[*] Robertson, lib. 6, ann. 1532.

No pasaba un día sin que se reanudasen las conspiraciones de aquéllos contra éstos, ni pasaba una hora sin que el verdugo y el cuchillo remachase o retemplase los anillos sentidos de la cadena. La fatalidad era inflexible contra la raza de mis padres. Pero ellos parecían resueltos a arrostrarla; no pudiendo olvidar tal vez el esplendor de que habían gozado al lado de Atahualpa, el de los tiernos recuerdos; no pudiendo resignarse a la condición de siervos y de presidiarios que les habían impuesto los opresores, no había esperanza de insurrección a la que no prestaran sus oídos como a un consuelo de cada reciente y cruel descalabro.

Tal era la situación de nuestras pobres familias, cuando una noche... ¡la recuerdo como si fuera esta misma!... Tocaron con urgencia a la puerta de la humilde casa a que estaba reducida nuestra antigua grandeza, y un joven bizarro, vestido de hábitos franciscanos, de rasgos animados y resueltos, entró presuroso y palpitante, atravesó el corral barroso de nuestra habitación, y fue con todas las señales del terror a echarse a los pies del malhadado anciano que había dado el ser a Sinchiloya y a Mamapanki; y que quizás en aquella hora misma maldecía, abandonado al eterno reflujo de sus tristes recuerdos, a los bárbaros matadores de su Hinca. El joven fugitivo pedía con anhelo que mi padre lo asilara o lo ocultara contra las persecusiones de la justicia; porque allí, en la taberna vecina, acalorado con el vino y en la embriaguez del juego, había tenido una disputa de naipes con el ilustre joven Luis de Ordoño, sobrino del Virrey, y acababa de coserlo a puñaladas. No era fraile, decía, era un caballero, y los vestidos que traía eran un primer disfraz, el más pronto que había podido obtener de un amigo oficioso, por lo que quería quitárselos pronto y cambiarlos por cualesquiera otros. Mi padre le acordó el recinto de su casa con una bondad infinita de corazón: fue obra de un instante procurarlo un traje de indio; y guardarlo en la casa con un sigilo inviolable, nos fue fácil porque estando aislada nuestra raza del trato íntimo con la de los españoles se había establecido de suyo una asociación fraternal entre todos sus miembros: el hecho del uno era el de todos; y no necesitaba de compromiso expreso para producir acuerdo. Fue así como nuestro huésped se vio cubierto por todo el pueblo de los oprimidos, que aunque era débil era al menos el que se arrastraba entre la tierra de sus antepasados y la planta de sus opresores... -¡Ah, días de amargo recuerdo!... ¡Qué pocos fuisteis los que pasasteis sin que el huésped violase la caridad que merecía aquella casa infeliz! ¡Sin que la naturaleza ejerciera sus derechos contra la imprudente bondad del anciano!... Sinchiloya cedió a las solicitaciones seductoras del asilado, y tomando por amor lo que no era sino el efecto de la ocasión y del ocio, olvidó... ¡lo olvidó todo, Padre Guardián! y dejó subir gradualmente su pasión hasta los delirios de la demencia de la más absoluta abnegación. En nada quiso pensar, a nada quiso aspirar sino a ligar a la suya el alma de su amante, abandonándose a todas las exigencias de sus vicios y de su relajación... ¿Cuántos días tardó la cruel incertidumbre de esta lucha, de este anhelo del amor absorbente de la mujer en trocarse por la furia de los rencores?... ¿Os acordáis?... Mamapanki también había sucumbido; pero Sinchiloya no lo supo hasta que el hastío de su amante le abrió los ojos, y le aguzó el instinto para que descubriese a su rival: comprendió entonces que Mamapanki era la amada y que el seductor le pagaba sus sacrificios con un amor real y apasionado; y desde entonces, el odio, el rencor y las bajezas del disimulo, vinieron a tomar asiento entre las hijas de un mismo padre, que inocente y confiado en las virtudes de su raza ni soñaba siquiera hasta dónde era ya arrastrada su progenie por el lodo!... ¡Oh días de horror!... ¡Dios me libre de hacer vuestra pintura!... Yo, Sinchiloya, levantada por el fiero orgullo de mi alma, me retiré del combate; me resigné al dolor interno y desgarrador del abandono; pero llevando en mi pecho el fuego de un amor inextinguible unido al odio y al deseo de vengarme del mismo que lo mantenía. Entretanto, algo de muy notable había sucedido en el exterior que tenía en extrema agitación al causante de nuestros males. Casi todas las noches salía disfrazado de nuestra casa: algunas veces volvía a la madrugada, y otras pasaba ausente días enteros: todo el día hablaba en reserva con nuestro padre: algo combinaban: algo disponían; porque cien individuos de nuestra raza iban y venían con mensajes... La calma de mi hermana me decía bien que ella estaba al cabo de lo que se hacía: el amor propio y la rabia me ahogaban el corazón; me propuse averiguar lo que ellos sabían, y supo muy pronto, Padre Guardián (porque ya estaba yo corrompida por el veneno de la astucia y de la hipocresía) que se trataba de una gran conspiración; y que el asesino del joven Ordoño no era un caballero sino un verdadero fraile. Llegué a saber también que acababan de darse unas leyes para Indias que habían sublevado a los españoles del Perú, y que la conjuración que se trataba era no solo para resistir su promulgación, sino para repeler al Virrey que venía encargado de establecerlas restaurando el mando a la familia de los Pizarros, en la persona del joven Gonzalo -que vivía desterrado en los Charcas, al otro lado de las cordilleras... Vos, (digo mal) nuestro huésped, había entrado de lleno en la conjuración para obtener sin duda la impunidad de su delito. Audaz como nadie en sus miras, decía que él había concebido un plan vasto y definitivo: que consistía en coronar al joven Pizarro con Huanca-Colla, la nieta de Athahualpa que vivía retirada en Trujillo; y fundar así un grande imperio mixto (decía él) que la España no podría atacar ni someter, desde que los indígenas fuesen amaestrados en el arte de la guerra que habían ignorado. Mi pobre padre había abrazado con entusiasmo este plan; y era tal su sumisión al hombre que había salvado de la justicia de la ley española, que hasta sofocó su dolor cuando tuvo el conocimiento de la falta de Mamapanki con sus irremediables efectos. El seductor lo tranquilizó con la seguridad de tomar por esposa a su hija cuando las dos razas estuvieran puestas en igual altura al lado del trono mixto; y repuesto él en sus honores. Entretanto, una gran parte de nuestros compatriotas se negaron a tomar parte en la insurrección al lado de Pizarro y de los conquistados: preferían las leyes que estos rechazaban, porque la hostilidad que había provocado (decían ellos) provenía tan solo de que esos nuevos reglamentos emancipaban a los indios de la servidumbre y de los abusos con que sus opresores los tenían reducidos a bestias de carga;* siendo seguro (agregaban) que luego que consiguiesen el triunfo su despotismo volvería a tomar por regla para con nosotros los caprichos del individualismo, y las extravagancias del desorden general, como había ya sucedido. Es inútil que os recuerde cuán ardiente sectaria era yo de esta opinión; no porque entendiese bien de lo que se trataba sino por odio y por antagonismo de mi hermana y de su amante... Una noche os vi entrar a nuestra casa radiante de alegría: habíais estado ausente bastantes días: ¡hace veinte años me parece! y casi sin cautela informasteis a mi padre de que Gonzalo Pizarro había entrado ya al Cuzco donde las poblaciones lo habían recibido en palmas; que la insurrección triunfaba por todas partes; que era menester dar el gran golpe haciendo el gran pronunciamiento combinado en Lima. La más asombrosa agitación reinó esa noche en nuestra casa; vos erais como la luz, como el alma de todos los que iban y venían: -Recordad vuestro juramento. ¡Huincha-kanki! le dijisteis vos a mi padre que andaba ya armado y con un ardor impropio de sus años. -Pero antes, os respondió él, ¡tenéis vos que cumplirme el vuestro!... y por lo que ambos se siguieron diciendo, supimos que mi padre se había comprometido a asesinar al Virrey con su propia mano, previa la abjuración que vos hicisteis de vuestra religión... ¡Y sois Inquisidor de Lima, Padre Andrés!..., ¡y queréis que yo os deje juzgar como hereje a María Pérez!... Pero dejemos esto: tiempo tenemos de venir a las aplicaciones... Al otro día estalló la revolución, porque la audiencia os ganó de mano, deponiendo, aprisionando y deportando al Virrey: llamando enseguida al Ayuntamiento y al Pueblo trató de formar un gobierno interino. Creísteis vos que la revolución se os escapaba de las manos, y fuisteis y precipitasteis la marcha de Carvajal. No bien lo visteis dueño de la ciudad, vos mismo prendisteis a un ciento de los que juzgasteis enemigos de los Pizarros, y abusando del predominio que vuestras luces os daban sobre aquel torpísimo sargento, hicisteis que los ahorcara a todos en ese mismo instante.

---

* Robertson y Prescot.

-¡Mentís! ¡Mentís! -dijo levantándose furioso el Padre Andrés.

-¿Miento?..., ¿pues qué no consta acaso de vuestros papeles?... Ahora vais a saber cómo los tuve, y cómo los aprovechó con el ahínco y el claro instinto de la venganza... Mi desgraciado padre se salvó de cometer el asesinato del Virrey, a que vos lo empujabais, porque la Audiencia os había ganado de mano con prudencia... ¿En qué os ocupasteis después que Pizarro se apoderó de Lima?... ¡En averiguar quién había trabajado, quién había dicho algo, quién había pensado siquiera, contra los Pizarros en el tiempo de su abatimiento, para hacer listas de proscripciones y de suplicios! Vos, que no tenías siquiera la disculpa de haber tenido las pasiones de aquellas primeras luchas y que tal vez fuisteis enemigo de los Pizarros entonces, fuisteis el más cruel, el más impío de los perseguidores. ¡Tengo vuestros papeles!... Vuestro orgullo había dado un salto, y mi padre y Mamapanki empezaron a perder su prestigio a vuestros ojos. No por eso dejasteis de propender con fuego y con tenacidad a que el Perú se separase de la corona de España, convirtiéndose en imperio con Pizarro; cosa que se habría realizado, si la mayoría de tímidos no hubiese esquivado el día de la resolución, que vos, y otros audaces como vos, pedían a voz en cuello... El Virrey entretanto había escapado de su confinación y había levantado tropas con que sostener su autoridad. Llegados a las manos los dos bandos, vosotros lo derrotasteis, y lo tomasteis prisionero. Sacábanlo del campo de batalla, cuando vos os lanzasteis sobre él y lo abristeis el pecho a puñaladas, proclamando que el triunfo de la santa causa necesitaba de quemar sus bajeles en el puerto para no tener retirada... Yo no sé lo que os sucedió en los dos años que duró la dominación de Pizarro; lo único que yo vi fue que arrojasteis de vuestro lado a mi padre, echándolo a peor condición que la que antes había tenido; y que conservasteis en vuestra casa a Mamapanki como quien conserva un mueble a que está habituado: y mientras vos vivíais atolondrado con el juego y con la satisfacción del predominio, el pobre viejo murió de dolor y de desengaño en mis brazos. Por lo que hace a vos, a los pocos meses empezasteis a conspirar contra Pizarro con el mismo ardor con que habíais conspirado a su favor. Este joven, a quien tan pérfidos consejos habíais dado, se preparaba a rechazar la expedición del Presidente Gasca, enviado desde España para restablecer el orden en el Perú, y había establecido al efecto un campo de disciplina en Chorrillos. Una noche os prendieron por orden suya y os llevaron allá. Dirigida yo por el fuego de la venganza, que no se extinguía en mi pecho, descubrí que Mamapanki, antes de seguiros en vuestra mala fortuna, había enterrado unos papeles que sin duda vos le habíais recomendado... No tardó en sentirse el ruido amenazador del ejército de Gasca; y yo he sabido que cuando vinieron a las manos los dos ejércitos vos teníais ya minado el de Pizarro con la intriga y la traición, hasta el extremo de que todo él lo abandonó pasándose a su enemigo, al caer de la noche. Jamás me olvidaré del horror que en aquella noche ofrecía la ciudad de Lima: bandas desordenadas de fugitivos o de vencedores la paseaban impunes, ebrios y de su propia cuenta: la lobreguez y el silencio sepulcral que dominaba en ella no eran interrumpidos sino por los lamentos de alguna víctima, por la violación de alguna casa de sindicados, o por la grosera algazara de algún grupo pasajero de soldados. Es probable que, solícito vos al lado de Gasca para ganaros su favor, tuvierais que encomendar a Mamapanki el cuidado de salvar vuestros papeles; o quizás, la infeliz quiso adivinar vuestros deseos: el hecho es que habiendo entrado yo cautelosa, en la casa solitaria que habíais habitado, había logrado ya levantar los ladrillos que ocultaban el depósito, y tomaba los papeles con mis manos, cuando la veo lanzarse sobre mí como la tigra que defiende sus cachorros: tuve tiempo apenas para ver que un puñal agudo brillaba en sus manos, y el instinto ciego de la propia defensa me hizo sacar también el puñal que yo llevaba. Viéndome ella preparada a resistirle dejó precipitadamente en el suelo una criatura que llevaba en sus brazos, y se lanzó otra vez sobre mi pecho sin darme lugar a tener otra idea que la de defender mi vida. Juro a la faz del cielo que no sé lo que pasó ni como pasó; la razón me vino cuando Mamapanki cayó al suelo revolcándose en su sangre con las convulsiones de la muerte. Sobrecogida de lo que me pasaba, traté de serenarme: el sentimiento de odio contra vos se levantó como nunca en mi alma desgarrada a la vista del cadáver de mi hermana; tomé vuestros papeles y levantando entre mis brazos a la hija de Mamapanki salí creyendo que llevaba al menos con que privaros para siempre de toda alegría y de toda quietud sobre la tierra; vos sabéis que Gasca amnistió a los partidarios de Pizarro, haciendo tantas excepciones especiales cuanto amnistiado había; pero los dos criminales -dijo la mujer levantando el dedo- contra quien más se ensañó, fueron Gonzalo Pizarro que subió al patíbulo, y el asesino desconocido del Virrey Núñez Vela, por cuya cabeza y delación se ofreció un alto precio... No sé como habéis hecho para salvaros: yo he podido perderos; pero he preferido humillaros y vengarme de vos día a día... ¡Vos solo podéis decir si lo he conseguido! Aún hoy penden todavía los edictos que autorizan la denuncia; y bien sabéis que no estáis tan en amor, vos y el Virrey, como para salvaros ni por vuestra corona ni por vuestro empleo, de una empuñada y remisión a España, si a mí se me antojara ir ahora mismo a poner en sus manos la prueba que tengo de vuestro crimen, pues son tales que os reducirían al silencio... Y bien, vengarnos ahora a las transacciones... ¿Quieres la paz o la guerra, poderoso señor?... Mirad bien que quien os ofrece una u otra no es ya la nieta de los nobles del Imperio de los Huincas: es Mercedes la prostituida: la enredista que sirve de eje y de alma a los maricones de Lima, la planchadora, la mujer marchita que no puede vivir ya sino en la inmundicia y el desorden a que vos la arrojasteis. Pero, ¡no la despreciéis! no pongáis vuestra bárbara planta sobre lo único que esa mujer ama ya en la tierra; porque nuestro destino depende del primer cabello que le arranquéis...

-¡Eres una verdadera palangana! -dijo el fraile haciendo un esfuerzo para reponerse y dominar la profunda emoción que lo agitaba-. ¿Queréis insinuarme ahora que Juana es la hija que robasteis al cadáver de Mamapanki?

-¿Qué decís? -le preguntó ella con el asombro del desprecio-. ¿Juana, la hija de Mamapanki?, ¡no deliréis, Padre Andrés! ¿Cuándo he querido yo insinuaros semejante cosa?... ¿Qué me importa a mí de Juana? Haced de ella lo que queráis: quemadla mañana en media plaza; y podéis dormir seguro de que eso no hará salir mi secreto de nuestras manos. Lo que yo os prohíbo bajo pena de denuncia, es tocar a un cabello de María Pérez, que como sabéis se ha criado mamando el jugo de mi pecho, y es la niña de mis ojos... Decid pues si queréis la paz o la guerra.

-¡La guerra! -dijo el fraile con denuedo-, y salid pronto de aquí, a no ser que empecéis por libraros a mi gratitud y a mi generosidad.

-¡Lo esperáis en vano y acepto la guerra! -dijo ella con una voz imperceptiblemente angustiada-. Os lo voy a advertir: podéis hacer de mí lo que queráis; pero tened entendido que dos minutos después de aquel en que me aprisionéis o me matéis, todo el depósito estará en manos del Virrey.

-No necesitáis advertírmelo: veo que tenéis miedo.

-De que me hagáis un daño inútil; pero no de la guerra que os acepto... ¡Una palabra, Padre Andrés!..., si mañana a las ocho de la mañana no habéis dado orden de que se suspenda la abominable función que preparas, podéis contar con que a las ocho y media estarán vuestros papeles en manos del Virrey: ¡haced ahora lo que queráis! -dijo, y salió despechada de la celda.

El Padre Andrés cerró en silencio su puerta, y se dejó caer agotado sobre una silla.

XXI Lima a ojo de rata

Mercedes, nombre que preferimos hoy al de Sinchiloya, por ser el primero con que nuestros lectores conocieron a esta importante actora de nuestros sucesos, salió del convento de San Francisco con el alma llena de una cruel inquietud. ¿Fracasaba o no el medio supremo que había empleado para salvar a doña María?... Ella estaba resuelta a todo; lo iba a hacer como lo había dicho; y su conciencia le decía por intervalos que el padre Andrés no sería bastante osado para arrostrar la denuncia de sus pasados crímenes. Mujer de alma ardiente, de una voluntad indómita o inquieta, de una actividad febril, conocedora de la sociedad limeña como de las arrugas de sus manos, tenía aún mil otros medios que poner en juego para lograr sus fines, y había salido con la resolución de no descansar hasta haberlos empleado todos. Sea efecto de su carácter, del respeto con que las clases bajas miraban su noble filiación en los tiempos de los Huincas, de la generosidad con que disipaba sus ganancias y su tiempo en provecho de los placeres o de las necesidades de sus conocidos; o sea en fin el predominio natural de su alma franca y dominante, de su valor para emprender intrigas de riesgo, de su habilidad y de su impavidez para conducirlas y desatarlas, de su audacia para obrar, de su acierto para aconsejar, de su presteza para ayudar y proteger, el hecho es que esta mujer era el resorte de una gran parte del pueblo bajo de Lima, y que sus relaciones con la gente de tono, aunque misteriosa, y tal vez no muy puras, eran poderosas por la naturaleza de los hilos y de las complicaciones que la ligaban a mil familias de su influjo.

Sus esperanzas no se habían realizado del todo sin memar sus amenazas, salió a la calle y se dirigió a la casa de don Felipe Pérez y Gonzalvo. Marchaba deprisa; pero a cada momento se volvía hacia atrás o indagaba con esmero si la seguían o la espiaban. Cuando ella creyó que había dado bastantes rodeos para estar segura de que no, fue a golpear con infinitas precauciones la puerta del padre de doña María.

La había tocado apenas, cuando el mismo anciano preguntó del lado de adentro con una voz cauta y dolorida, quien llamaba.

-Soy yo, señor: soy Mercedes -le respondió ella; y la puerta se abrió al instante sin ruido.

-Buenas noches, señor -agregó dando a su voz el tono de la simpatía y del dolor.

-Buenas noches, hija -le respondió el anciano; y tornó a pasearse silencioso por su patio, quedándose ella también parada junto al lugar en que él venía a dar la vuelta. Al cabo de un rato de estar así, don Felipe, sin detener el paso, le dijo:

-¡Ya ves, Mercedes, el estado a que me ha traído el poco juicio de la María!

-¿Qué dice su merced, por Dios? ¿Qué culpa tiene ese ángel, cuando toda la causa de estas infamias no es otra que el deseo de robar a su merced?

-¡Calla, hija, por Dios! -dijo don Felipe con una emoción visible-, ¡no repitáis semejante cosa, porque consumaríais mi perdición!

-Es que yo lo puedo decir, señor, sin ningún riesgo y ahora mismo vengo de decírselo al Padre Guardián de San Francisco... ¡Desgraciado de él si no devuelve la libertad a mi María!, ¡desgraciado de él: se lo juro por el ángel de mi guarda!

-¡Hija, tú deliras!, ¿qué es lo que has hecho?, ¡Dios mío!... ¿Al Padre Andrés?

-¡Sí, señor, al Padre Andrés!, ¡y no deliro!... De eso precisamente he venido a hablar con su merced... Ese fraile es un malvado; pero yo tengo con que enfrenarlo: espero que no se atreverá a seguir adelante persiguiendo a María después de lo que le he dicho. Mas no hay que fiarle todo a él, porque es astuto; y es de esperar que a la hora de ésta esté rumiando algunos proyectos con que vencerme. Lo que yo puedo asegurar a su merced, es que de él a mí, vamos de fuerte a fuerte; estoy cierta que su voluntad, hoy, es ceder a las intimaciones que acabo de hacerle; lo único temible es su orgullo, porque antes que ceder puede preferir el perderse; y eso no llena mi objeto que es salvar a María. Si yo pudiese hacer venir la suspensión de los procedimientos de otra parte, de modo que él salvase su orgullo, todo se habría logrado, señor; y podríamos lisonjearnos de haber vencido la inicua trama que le han tejido a su merced. Yo tengo un medio: tengo como poner de nuestra parte al Fiscal Estaca; como hacerlo vacilar, al menos; pero necesitaría diez mil duros tal vez... y mi caudal está muy lejos de alcanzar hoy a eso.

Don Felipe se había parado y la escuchaba con atención.

-¡Si su merced quisiera proporcionármelos!

-¿Pues no he de querer, Mercedes?... Pero, ¿estáis segura de no ser burlada después que entreguéis la suma?

-¡Oh!, eso déjelo su merced a mi cargo..., ¡respondo con mi vida!

-¡Bien, hija!... Entra: te la voy a dar -dijo el viejo con reserva.

-¡No, señor!..., me guardaría muy bien de andar ahora con esa carga. No he venido si no a saber si puedo disponer de ella.

-¡Puedes!, ¡puedes!

-Eso basta... ¡otra cosa es necesaria, señor!, es preciso que su merced ruegue, pida, suplique e implore sin cesar al señor Virrey porque dé una orden de suspensión.

-¡No puede, hija! -dijo don Felipe desanimado: no tiene poder para ello, y el Padre Andrés le rehusará toda intervención.

-¡No importa, señor!, algo es preciso hacer; y yo estoy cierta que el Padre Andrés tomará ese pretexto para acceder salvando su orgullo..., ¡algo señor!..., ¡que hagan algo vuestros amigos, si los tenéis!... y si no los tenéis, no desmayéis; dejadme a mí sola..., ¡y veréis si hago yo!

-El señor Virrey ha estado sumamente bondadoso conmigo: está lleno de pesar por lo que me pasa: lleno de inquietud por la naturaleza de las intrigas que los herejes traman en Lima, y de los agentes que evidentemente sostienen, pero está penetrado de que mi hija y yo somos ajenos a esas maldades... A veces te confieso, Mercedes, ¡que pierdo la cabeza!... se me pierde el juicio mismo que voy a formar de las cosas: ¿no ves la tentativa que esta tarde misma han hecho dos herejes enmascarados para salvar a la María qué pensar de ella, pues, ¡Dios mío!

-¿Qué herejes, ni qué herejes, señor?..., todos esos son sueños, calumnias de los malvados para levantar persecuciones y secuestros..., quien ha hecho hoy esa tentativa ha sido don Manuelito de acuerdo conmigo y ayudado por Mateo; conque vea su merced si hay juicio, si hay razón en creer esos absurdos.

-¿Manuel, decís?

-Don Manuelito: ¡sí señor!, el sobrino de la señora.

-¿Pero qué no sabe el infeliz el peligro de muerte a que se ha sometido?

-Lo sabe y lo arrostra, señor; porque es noble de corazón, y no como el marido que su merced buscó para su hija separando al gentil americano por un desconocido que...

Don Felipe tornó a pasearse con precipitación, y como si lo afligiesen los remordimientos, exclamó:

-¡Calla!, ¡calla!, no me martirices, ¡que hartos dolores tengo sobre el alma!

-Es verdad, señor, no es tiempo de recriminaciones ahora es tiempo de obrar. Su merced debía correr ahora mismo al palacio: declararle al señor Virrey que acaba de saber que es don Manuelito el enmascarado a quien han creído hereje; pedirlo su perdón en atención a su juventud y a la pasión que arde en su pecho; y que eso sirva al menos para hacerle despreciar esos absurdos rumores que se han levantado, fomentados por la iniquidad para explotar la alarma, el terror y las pasiones de la multitud.

-Comprendo la sensatez de vuestro consejo; y voy ahora mismo a decírselo al señor Virrey.

-¿Va su merced a verlo?

-Estoy citado para las nueve, y el señor Arzobispo irá también para ver si algo se combina que contenga la tiranía con que el Padre Andrés se ha echado de repente sobre mi casa.

-Corra su merced: eso me da alientos... yo voy también a poner en movimiento resortes poderosos

-dijo, y se dirigió a la puerta con prisa-. ¡Adiós, señor!

-Adiós, Mercedes -le respondió el anciano con voz grave, cerrando la puerta con la misma prudencia con que la había abierto.

Ligera y contenta al mismo tiempo iba Mercedes con paso tan leve que no hacia el menor ruido: se deslizaba al ras de las paredes cubriéndose con las sombras de la noche y con los recovecos de las ventanas y portadas, como la perdiz silenciosa que se esquiva del cazador por entre la yerba de los campos.

Atravesó así una gran parte de la ciudad de Lima oyendo a uno y otro lado los sonidos del clavecímbano que revelaban el genio festivo y negligente de aquel pueblo, que subdividido por la noche en cien tertulias caseras, se abandonaba a la danza y al canto con todas las imprevisiones de la pasión del candor y del ocio.

Mercedes, reflexionando quizás sobre las caprichosas desigualdades con que cada día cae la suerte entre los hombres, se dirigió a las orillas del Rimac en demanda del puente. Cuando creyó estar segura de que nadie la seguía subió la rampa y atravesó al otro lado del río, ocupado en su mayor parte por ranchos de pobres gentes y por quintas.

En uno de estos ranchos había también fiesta de baile al parecer: tenía dos ventanillas a la calle que en vez de rejas estaban resguardadas por algunas varas de madera cruzadas entre sí: la puerta estaba cerrada; pero por las ventanas, entreabiertas para disminuir en algo el calor y la densidad de la atmósfera interior, podía distinguirse entre el humo de los cigarrillos una alegre y bulliciosa reunión de gentes del pueblo que bailaban, gritaban y se revolvían en desorden allí dentro.

Mercedes se acercó a la rendija de una de las ventanas, y estuvo mirando atentamente lo que allí pasaba como si tratara de reconocer a alguien.

La fiesta tenía por objeto y por causa el velorio de un angelito. Y en efecto: por la parte de adentro y en la testera del cuarto se veía una mesa tendida con un paño blanco, y adornada con moños de cinta celeste, con recortes o estrellitas de papel dorado con festones de cuentas de vidrio y con mil otras zarandajas deslumbrantes. Todos estos accidentes servían de adorno a un pequeño ataúd forrado de celeste por de fuera y ribeteado con cintas blancas, que contenía el yerto cadáver de una criatura de dos meses, que había muerto dos días antes, y que andaba por el barrio, prestado de noche en noche, sirviendo de motivo a la danza y al canto, en conmemoración de lo que su alma inocente estaba gozando allá en el Gloria.*

Frente por frente de la mesa y del ataúd, una chola descocada y bizarra pulsaba con gracia las cuerdas de una harpa corpulenta y tosca, cuya caja se extendía desde el hombro izquierdo de la tocadora hasta tres varas más allá de sus pies; y ella, al mismo tiempo que tocaba sus aires agitados, removía en su boca al compás mismo de la música un grueso cigarrillo, del que se desprendían, por el extremo izquierdo de sus labios, fantásticas columnas de humo que iban a condensarse como la aureola del vicio, sobre la copa de su ancho sombrero. Dos mujeres de la misma calaña cantaban grotescamente al son de aquella música, y golpeando con arte sobre la hueca caja del instrumento, levantaban un repiquete incitador y bullicioso, como el del tamboril de los bailes africanos, con que acompañaban su canto dándolo una expresión indefinible de lascivia.

Cantaba con ellas también un individuo que a los accidentes del trajo masculino reunía circunstancias especialísimas del sexo femenino. Era una especie de término medio indefinible entre la mujer, el muchacho y el hombre, imposible de caracterizar con propiedad. Lo que más sorprendía era que en aquella

---

* Aún hoy, no ha desaparecido del todo en las costas del Pacífico esta costumbre singular, que no hace mucho también era conocida en el Río de la Plata.

reunión había otros quince o veinte individuos de este mismo género, que hacían al parecer el papel de mujeres o de apéndice de mujeres por lo menos; siendo probable que esto hubiese dado margen a que se les diese el nombre expresivo de Maricones, con que desde entonces eran ya conocidos en Lima los de esta ralea.

La baja coquetería de sus modales, el provocativo y afectadísimo pudor con que andaban blandiendo sus cinturas entre los hombres, y su hablar remilgado y enfadoso, producían en el alma una sensación de asco moral parecida a la que produce una inmundicia en una persona digna y delicada.

Todos ellos eran azambados de color. El cabello largo y dividido en el centro de la cabeza como el de las mujeres, caía sobre los hombros por ambos lados, ensortijado en los unos, o suspendido tras de las orejas en los otros. Llevaban desnuda la garganta; y el pecho estaba apenas cubierto por un camisolín de batista sin más cuello que un angostísimo encaje plegado con muchísimo esmero, y tomado por delante con una cintita de color. Una chaquetilla de raso bien despechugada, y bien ceñida en la cintura: un pantalón de coco blanco muy plegado en las caderas, y tan estrecho en la garganta del pie, que solo entraba al favor de un tajo lateral que después ajustaban con un moño de cinta: medias de seda y zapatillas de raso; eran las piezas que completaban su traje. Por sentado, que jamás les faltaba de las manos el rico pañuelo blanco de cambray, tan leve y tan transparente como un tul, con el que a cada instante se enjugaban los labios con la más repelente afectación.

Mercedes, como hemos dicho, observó un momento aquella fiesta por el lado exterior de las ventanas; y acercándose después a la puerta dio tres golpecitos breves y muy marcados. Cuando le abrieron la zambaclueca atronaba el aposento con la embriaguez febril, con el apasionado furor de sus compases finales, calculados con un arte satánico, para expresar con una música de golpes y de quejidos, el atropellamiento, el éxtasis que precede inmediatamente al momento de la laxitud producida por el esfuerzo.

¡Guay! cumita* ¡Mercedes! -le dijo dándole un abrazo y beso con su aire más indecente el maricón que le abrió la puerta; y todos repitieron con él: «¡la cuma Mercedes!, ¡la cuma Mercedes!», tal fue la sensación popular que hizo su comparecimiento en el velorio. Ella correspondió con su acostumbrada franqueza y jovialidad a las demostraciones de su pueblo.

-¿Un vazito de ponche, cumita? -le decía otro maricón acudiendo presuroso y remilgado a ofrecerle un vaso de esta bebida.

-No, Nicasito: no puedo beber ponche esta noche; necesito estar fresca; te doy las gracias.

-Siéntese, amita, aquí tiene una zillita: está lindísima la chingana: la gente; ¡toda de muy buen humor!

-¡Me alegro!..., yo lo tengo muy malo.

-¿Y por qué, corazón? -le preguntó la vilísima criatura haciéndole un cariño y sentándose a su lado con lo más ridículo de su ternura.

-¿Y me lo preguntáis todavía?

-¡Ah!, sí: ¡por la pobre Mariquita!..., ¡ya!, haber sido usted, ñorita, quien le dio el jugo de sus pechos y caer en herejía...

-¡Calla, tetudo! -le dijo Mercedes dándole con rabia un empujón: y dirigiéndose a otro maricón que percibía envuelto entre los grupos, le tocó en el hombre y le dijo:

-Solo por ver si te encontraba he venido hasta aquí, Miguelito.

-¿Es posible, niña?... ¿Y qué tendrá, mi alma, que mandarme que no se haga ley para mí?

-He venido confiada en eso; pero aquí no podemos hablar porque hay mucha gente. ¿No hay alguna pieza sola?

-Si hay... por aquí, y ambos entraron en un aposento casi oscuro, pues que estaba apenas alumbrado por una mecha que ardía dentro de una taza de barro llena de sebo.

Luego que se sentaron en una especie de catre o cama que allí estaba revelando la pobreza suma de su dueño, Mercedes le preguntó al maricón:

* Comadrita.

-¿No fuiste tú quien anduvo enredando entre el señor administrador de correos, don Carlos Octavio y la Antuquita, la mujer del Fiscal Estaca?

-No, ñorita: está usted trascordada: quien anduvo en eso, y que todavía lo maneja, es Eustaquito el cuzqueño: lo que yo trabajé fue aquello del señor Virrey con la coronela de artillería que...

-¡Ah!, dices bien: ahora me acuerdo. ¿Y eso ya se acabó?

-¡Qué se ha de acabar, niña!..., ¡con más pazión que nunca!... No hace tres horas que yo misma acabo de llevarle una bandeja de chirimoyas grandes como membrillos, las primeras del año, cubiertas de violetas y de junquillos... pero sabe, ñorita, que esto es de usted a mí; en toda reserva; porque solo con una de nosotros podría yo hablar de las confianzas que...

-Eso es entendido..., ¡entre nosotras y nada más!..., necesito ahora mismo de Eustaquio y de ti: ved a traérmelo de la sala.

-¿Es cosa urgente?

-Muy urgente.

-¿Y de provecho? -le decía el maricón imitando con sus dedos al salir la acción de contar dinero.

-¡Es grande!

El Maricón corrió a traer a Eustaquito, que, por la fisonomía y los modales, era un legítimo hermano de su conductor.

-Eustaquito, ¿en qué estado están las relaciones del Administrador de correos con doña Antuquita Estaca?

-¿En qué estado?..., en el del sol y la luna llena.

-¿De modo que te necesitan a cada instante?

-Como usted lo dice, cumita.

-¿Y tenéis por supuesto entrada franca y poder para con la dama?

-No hace dos horas que ha estado llorando amargamente en mis brazos de celos: presume que su queridito anda enamorando a la Petita Romero, y está furiosa: yo me encargué, por consolarla, de averiguárselo todo a Paquita; que según cree, es quien anda en esto, porque es muy de la casa de la niña.

-Pero el doctor no...

-Nada..., cada vez más abstraído en sus libros y en el amor de su mujer con la inocencia de un ángel.

-¡Canalla! -dijo Mercedes.

-¿Y por qué, cumita? ¡Pobre hombre!, ¡tan inocente!

-¡Quita allá!, es un pícaro forrado de necedades... Pero dejemos eso, vamos al caso: vosotros sabéis ya que desde mañana van a empezar a martirizar a mi hija María Pérez, la niña de mis ojos, la virtud más pura que pisa la tierra.

-Pero muy orgullosa, y por eso tiene pocos partidarios, cumita.

-Entre vosotros, canallas, porque sabíais bien que no ha nacido para que ensuciéis su nombre con vuestros cuchicheos.

-¡Ha!, ¡ha!, ¡ha!, ¡cumita brava!..., no se enoje. Es cierto que su María es una guapa chiquilla.

-No lo es a nuestra manera. Pero sabed que la quiero más por eso.

-¿Y qué es lo que usted desea para ella?

-¿Confiaríais en mi palabra?

-¡Hasta la vida! -dijeron los dos.

-¿Me creéis si os digo que tengo doce mil duros, seis para cada uno de vosotros, si lográis que se haga lo que yo quiero?

-Como si lo dijera el Padre Santo.

-Pues bien: vos Eustaquio vais ahora mismo a verte con la Antuquita y pondréis a su disposición seis mil duros con tal que alcance de su marido la suspensión del proceso de María por dos días solamente. Si lo conseguís, os daré a vos quinientos duros. Ya sabéis: habladle con el prestigio que os da vuestra intimidad con ella: exigid, rogad, llorad, haced todas las muecas que vosotros sabéis hacer, dadle a entender que os retirareis de su servicio, que no la ponderareis cuando habléis con su querido; que no os apurareis a reconciliarlos cuando se enojen; y todo, en fin, hasta que la decidáis.

-¡Descuide, cuma!, con seis mil duros y todo eso, ¿quién no lo hace?..., ni una palabra más, y usted lo verá... -dijo el maricón besando a Mercedes en el carrillo.

-¡Pues ya está dicho!, y tú, Miguelito, influid del mismo modo con la coronela para que implore del Señor Virrey una medida, un empeño, cualquier cosa en fin que coadyuvo a la misma suspensión: las condiciones son las mismas; y al momento que esté logrado, pasad por mi cuarto para contaros y daros lo convenido.

-¡Al instante! -dijeron los dos maricones; y atravesando la sala se salieron a la calle, sin que nadie lo extrañase; pues no había quien ignorara los graves y reservados negocios que tenían sobre sí, y que a cada instante podían reclamar su atención y su presencia en tal o cual lugar.

Mercedes se retiró también después de haber fumado con ansia el cigarrillo con que la convidó la tocadora del harpa, que, de más en más entusiasmada con los sonidos roncos y melancólicos de su instrumento, seguía desempeñando en aquella fiesta el papel que desempeñaba la esposa de Baco en los festines con que los pueblos primitivos de la India celebraban al inventor de la embriaguez y del vino.

XXII La casa del señor fiscal de puertas adentro

No obstante que ya eran las doce de la noche por lo menos, el señor Fiscal estaba todavía en su estudio encantado con la lectura de Soárez y de Escobar, por entre cuyos inmensos volúmenes (que se habían ido amontonando sobre su mesa) nuestro bachiller había andado buscando toda la noche la resolución de un punto controvertible, como el perro que para descubrir la pista del ratón fugitivo huele y aspira en cada rendija sospechosa del cuarto. A cada hoc est communis secumdum Joannes, o secumdum Petrus que encontraba, nuestro sabio se calentaba más y más con las dificultades de su tarea, y saltaba de capítulo a capítulo y de volumen a volumen con una voracidad verdaderamente científica.

Encontró, al fin de un millón de citas y de exposiciones, la opinión de Soárez y de Escobar, y tomando alientos con un resuello lleno de magisterio se repantigó diciéndose: «¡aquí está!, ¡aquí está!... ¡La cacé!..., la encontré al fin, ¡y apuesto a que nadie la lleva mañana al acuerdo como yo!... Si es de balde, señor: ¡nadie como yo para buscar un punto y su resolución!»

Y la cara del buen Bachiller se sonreía ella sola con una candidísima infatuación.

El estudio por cuyos horizontes paseaba sus plácidas miradas, era una sala espaciosa situada en el costado del patio que daba enfrente de la puerta de calle. Pocos muebles y mucha tierra eran las facciones principales que el nido de nuestro sabio ofrecía a la primera ojeada de los extraños; y bastaba que alguno caminase por allí adentro para hacer flamear sobre su cabeza un cortinado tupidísimo de telarañas que pendía del techo a manera de cenefas de tul negro, tal era la cantidad de viejo polvo que se había aposentado en sus pliegues.

El yunque de las tareas del Fiscal era una mesa de pino, ordinaria, bastante extensa y cubierta por una carpeta del grueso paño conocido con el nombre de la estrella. Tres o cuatro sillas de baqueta andaban arrimadas a las paredes: sus asientos eran tan vastos y tan altos sus respaldares, que el señor Estaca podía pasearse perfectamente sobre cualquiera de ellas de brazo a brazo como en un balcón; y no pocas veces había sucedido que teniendo que ensayar algún informe in voce o alguna arenga (él los estudiaba de memoria después de haberlos escrito) montaba en una de sus sillas, y afirmando su pecho en el respaldar peroraba su trabajo como en un púlpito: método que aguzaba en extremo su ingenio para castigar el estilo de su escrito, y dar a su voz el debido diapasón.

Dos estantes toscos, que apenas eran dos pilares con tablas atravesadas, completaban el amueblado. Pero lo que revelaba mejor el buen gusto de nuestro hombre era la paciencia con que había pintado al oleo, de verde y amarillo, los lomos de sus grandes pergaminos para fijar con letra más clara y elegante su título correspondiente.

-¡A que nadie la lleva al acuerdo como yo!... -repetía el Bachiller con una sonrisa llena de infatuación al mismo tiempo que dejando su mesa atestada de libros (para que lo admirasen los que la viesen al otro día), se levantó de su silla, tomó su lámpara y se dirigió a su aposento donde suponía que su querida mitad estaría ya gozando del plácido sueño que era propio de la hora.

Hacía algún tiempo en efecto que la consorte del Bachiller Estaca le esperaba; mas no dormida como él creía sino bien despierta y medio desabrochada apenas. Cansada de tanta demora había ido varias veces de puntillas por las piezas interiores a espiarlo; y como lo hubiera visto tan absorbido en sus estudios, se había vuelto al dormitorio y se había sentado otra vez a esperarlo. En algo cavilaba ella; pues no solo se mordía un dedo con distracción, sino que su ojo negro y rasgado tenía la fijeza característica de las preocupaciones mentales.

La consorte del bachiller Estaca era una hermosa mujer que estaba en todo el desenvolvimiento físico de los veinticinco a los treinta años: espalda y pecho desenvuelto, garganta llena y torneada, brazos redondos y elegantes con todos los demás rasgos, en fin, con que la mujer bella se distingue en esa edad floreciente de la vida.

La señora Fiscala era de color morenito rosado, de nariz respingada, de labio audaz, de gesto altivo; y tenía sobre todo unos ojos negros tan grandes y tan ardientes, con unas pestañas tan largas, que era considerada en Lima (el país de los bellos ojos) como la mujer que los tenía más hermosos.

Con tales cualidades físicas, unidas a una sagacidad de alma exquisita y vaporosa, es fácil deducir que esta señora era en efecto la señora del doctor Estaca; y la verdad es, que él obedecía sus caprichos como si fuesen textos de Baldo y Acurcio, habiendo renunciado desde mucho tiempo atrás a todo reino dentro de su casa que pasara del recinto de su estudio: era como los Reyes constitucionales -testa coronada y sin gobierno; nada veía sino para aplaudir y congratularse; vivía allá en el quinto cielo, entre los que marchan vendados por la fe.

Grande y muy grande era la atención con que esta señora trataba de percibir el menor síntoma de retirada que nuestro bachiller diese desde su estudio: cosa extraña, porque no era su costumbre cuidarse mucho de lo que su marido quisiera o no hacer.

No bien sintió que este venía por los reflejos de la luz en los cuartos interiores, cuando dejó precipitadamente de morderse el dedo, se desparramó el pelo con desorden y se tiró sobre la alfombra como si estuviese aniquilada bajo el peso de alguna grande aflicción. Reflexionó tal vez que si su marido venía abstraído con las cavilaciones doctorales que de ordinario le ocupaban podría muy bien no reparar su ausencia del lecho, como no pocas veces sucedía, y levantándose deprisa vino a arrojarse en el lugar mismo en que nuestro hombre acostumbraba a desnudarse para tomar pie (mejor sería decir: «para tornar rodillas») en el territorio conyugal.

En efecto, el pobre Fiscal vino caminando con su lámpara en la mano en una completa distracción hasta su embarcadero de costumbre, y ya iba a poner planta sobre los vestidos de su señora, sin verla, cuando retrocedió todo erizado como si un súbito espanto se hubiese apoderado de su alma; adelantó su lámpara para ver bien lo que tenía por delante; fijos los ojos y abierta su boca cuan grande era siguió retrocediendo paso por paso y a compás clásico, hasta una cómoda en la que dejó la lámpara y se apoyó mientras pasaba la impresión primera del súbito terror que lo había aniquilado.

-¡Ay!... ¡Ay!... ¡Ay, Dios mío!... ¡Ay, Dios mío! -decía a media voz, y creyendo que su mujer estaba yerta no se atrevía todavía a acercarse ni a tocarla. Mas, vencida su timidez por el amor se lanzó de pronto sobre la que él creía su cadáver, y tomándola por la cintura la suspendió en sus brazos diciéndole con todas las señales de la angustia

-¡Antuquita!... ¡Antuquita mía!..., ¿qué tienes corazón? ..., ¡mírame, por Dios!..., y la pérfida sirena, desgonzada como si no tuviese una sola coyuntura que obedeciese a su voluntad, se dejaba caer a uno y otro lado revolviendo los ojos hacia arriba, como si estuviera en sus postreros instantes. El bachiller no sabía qué hacer, se agarraba la cabeza allí hincado y sosteniendo a su mujer, hasta que desesperado volvió a ponerla sobre la alfombra y salió gritando por todos los cuartos: ¡Rojana!, ¡Estativa!, ¡Olimpia!, ¡Aspasia!, ¡Timoclea!, y otras tantas negrillas esclavas de quienes el señor Estaca había hecho una traducción andante de Quinto Curcio, dejaron los míseros lechos en que dormían y acudieron espantadas a los gritos del amo.

-¡Vuestra amita se muere, negras del demonio!, canallas indignas del nombre que lleváis, ¿y vosotras estáis durmiendo?

¡Venid pronto!..., ¡pronto!, y dando un tiren del pelo a una, un empujón a otra, una patada a ésta, un pellizco a aquélla, las empujaba a todas al aposento, donde la señora Fiscala había ya prorrumpido en abundante y bullicioso llanto.

-¡Un físico!, ¡un físico! -gritaba don Marcelín-; y la primera negra que pasó por su lado para obedecerle y llamar un físico, recibió por vía de aliciente una animosa patada que la hizo adelantar trastabillando.

-Antuca de mi alma, ¿qué tienes?..., ¿qué tienes, ídolo mío?... -decía el bachiller desesperado acercando su rostro al de su mujer que lloraba con desafuero-, ¿qué tienes, vida mía? -y como percibiera su cercanía le dio un vigoroso empuje de repulsión, y apretó a llorar con mayores ansias y con mayor dolor.

-¡Hombre desgraciado!... -exclamaba el bachiller y se paseaba por el cuarto como un demente, mientras que su señora repeliendo a sus criadas y al marido se revolcaba llorando, gimiendo y estirándose alternativamente como desmayada y yerta.

En medio de esta cruel ansiedad para nuestro pobre Fiscal, que se paseaba por el cuarto tironeándose el polo y haciendo dengues para evitar las envestidas convulsivas que su cara mitad lo hacía por el suelo, entró todo apurado y a medio vestirse el supradicho físico por quien habían enviado. Era éste un negro de dos cuartas de jeta, frente angosta, ojos saltones, tez húmeda y lustrosa como si tuviese barniz de aceite, vestido grotescamente con el traje de los hombres acomodados, y que al verso en aquella escena de dolor saludó humildemente a nuestro afligido Fiscal diciéndole: buenas noches mi amo.[*]

-¡Muy buenas las tengo!, ¡bárbaro! -le contestó el Bachiller-, ¡cúrame pronto a esta señora!

-Así me dé Dios el poder de hacerlo como tengo la voluntad, mi amo -dijo el físico negro aproximándose con magisterio a la enferma, que había empezado a tenerse quieta limitándose a dar quejidos.

---

[*] No hace medio siglo a que no había en Lima médico alguno que no fuese negro, porque esta profesión era tenida allí por tan baja que no se creía posible pudiese ejercerla un hombre blanco; y aún hoy no ha terminado todavía esta preocupación.

El físico observó a la Fiscala, le puso la mano sobre las sienes y después de un rato se levantó abrió la ventana, miró las estrellas que estaban perpendiculares al techo del cuarto, hizo señas como si partiese con los dedos la parte del cielo que observaba, y se volvió a mirar y a tocar a su enferma; púsole la mano por largo tiempo sobre el corazón, y como si empezase a formar juicio del caso decía entre dientes: ¡esto es!..., ¡oh!, de cierto, ¡esto es!... y seguía observando.

Nuestro afligido Fiscal estaba inmóvil y pendiente con una gran ansiedad del parecer o del decreto suspenso en los gruesos labios del médico negro; pero éste, con una gravedad imperturbable parecía no ver ni interesarse por nadie allí sino por observar a la enferma. Como si siempre hablara consigo mismo dijo -¡la respiración es mala!... y acercó su oído a los labios de la señora Fiscala. Ésta entonces le sopló al oído con sumo disimulo la siguiente pregunta: «¿Te habló Miguelito?» El físico que le tomaba el pulso al mismo tiempo que aparentaba observarlo de cerca la respiración, le apretó la mano en señal de afirmativa. La enferma empezó entonces a mostrarse en un nuevo acceso de convulsiones y de quejidos; y levantándose el físico dijo con una sentida emoción: vuelve el ataque:... ¡el mal es muy grave, mi amo!

-Pero qué es lo que tiene, ¡por Dios! -exclamó el Fiscal.

-¡Oh!..., ¿lo que tiene?

-Sí: ¿qué es lo que tiene mi Antuca? ¡Dios mío!

-Tiene, señor, una cosa incurable para nuestro arte.

-¡Incurable! ¡Cielos Santos!... Pero, ¿por qué es incurable, Esculapio del infierno?, ¡charlatán! ¡Brujo!, ¿por qué ha de ser incurable?

-Porque es un mal del alma, señor doctor.

-¿Y qué tenemos con eso? Si no sabéis curar a los que tienen alma, ¿qué es lo que sabéis?, ¿os llamáis físicos para curar perros? ¡Bestia!

-Perdone su merced: hay males del cuerpo y hay males del alma: los unos son físicos, los otros son éticos: las drogas son para los primeros; los segundos son de veinte categorías según Aristóteles y Galeno.

-¡Vete al infierno con tus categorías, palangana!..., ¡lo que yo necesito es saber lo que tiene mi Antuca! -decía el Bachiller medio loco de dolor.

-¡Oh!, mi amo, lo que tiene mi amita es un mal de la decimatercia categoría bajo la influencia de la constelación del toro (cuyos cuernos nunca he visto más claros) partido por la mitad; es un mal cruel, que la está devorando por dentro, es mal que le destroza el corazón, un mal que la mata si no se averigua la causa de su dolor para hacerla desaparecer.

-¡Dios mío! ¡Dios mío!, ¿qué es lo que me pasa, señor?... Y bien, tío Serapio: ¿cómo haremos para averiguar esa causa?

-Es preciso hacerlo con precaución, con muchísima precaución. Debo ser franco con su merced: sospecho que su merced le ha dado a la señora algún gran disgusto -dijo el negro hablando muy quedo al oído del bachiller.

-¿Yo?..., ¿yo?..., ¿que decís, insolente?...

-¡Señor!, ¡las señales de allá arriba nunca mienten!

-Pero mienten los que las interpretan.

-¡Según!..., según: ¡no, amo! -dijo el negro enderezándose con fatuidad-. ¡Vamos a la prueba!, despida su merced a toda esta gente, quedemos sólo los dos.

Luego que se quedaron solos en efecto -sacó el negro un frasquito de un líquido verde, y abrió una cajita que traía en su bolsillo, de la que tomó un pequeño hisopo: lo empapó en el líquido referido, y tocó muy suavemente con él en los labios de la Fiscala. Empezó ésta a serenarse por grados, y el físico trató de suspenderla como para hacerla sentar. Ella se sentó en efecto, quejándose siempre y oprimiéndose el corazón con la mano derecha.

-El mal está aquí, ¿no es cierto, mi amita? -le decía el negro palpándole sobre el pecho.

-¡Yo no sé dónde está, tío Serapio! -dijo ella al fin con una voz moribunda-. ¡Pero yo quiero morirme!..., ¡yo no puedo ser feliz ya sobre la tierra!... ¡Dios mío! ¡Dios mío!... Soy la mujer de un verdugo..., ¡la mujer de un ladrón!..., ¡quiero morirme!..., ¡que me quiten a ese hombre de mi vista! -exclamaba la Fiscala con todos los accidentes de la demencia, y se revolcaba otra vez por el piso del aposento.

El bachiller estaba estupefacto y consternado.

-¡Ya lo preveía! -decía el negro contristado-, no hay cosa más funesta que esta conjunción de la constelación del toro con...

-¡Por Dios, tío Serapio!, ¡otra vez!, ¡dele usted otra vez su medicina! Es preciso que mi Antuca se calme, es preciso que yo pueda hablar con ella; porque me enloquezco pensando de donde o de quien lo puede venir esta fatal preocupación.

-Señor Fiscal: yo estoy aquí de más. Su merced es quien puede únicamente curar a la señora. Es preciso que la causa del mal desaparezca; si no..., ¡no hay remedio!..., la hora fatal...

-¡Calla!, ¡calla hombre impío!, ¡brujo inexorable!

-No hay remedio, señor: aquí tiene su merced este líquido precioso que puede calmar por una o dos veces más los accesos de la señora, pero que no tardará en ser impotente si su merced no cura la causa moral: aplíqueselo su merced a los labios; yo me retiro al otro cuarto, y esperaré el resultado. Pero tengo que repetirle, señor, que la causa del mal, y la causa de la muerte de la señora, es necesariamente su merced, ¡algún grande disgusto moral que su merced le ha dado! -y diciendo esto con un tono lleno de autoridad el negro puso en las manos del bachiller su frasquito y se retiró.

El bachiller se quedó como un autómata, pero al ver que la dueña de todo su afecto se revolcaba con las ansias de la muerte, se arrojó dolorido a su lado, la sujetó entre sus brazos, y en vez de tocarle los labios con el hisopo le derramó en la boca medio frasco de líquido aquel de virtud. Reveló entonces una exquisita sensibilidad la señora Fiscala; pues se incorporó con rapidez y escupió con asco el brebaje del negro, sin poder contener un flujo de arcadas que por fortuna no pasó adelante.

El Bachiller aprovechó oportunamente de este incidente y abrazándose con ternura de su esposa, y colmándola de besos en la frente mientras ella luchaba con sus violentas arcadas, le decía: «¡Antuca mía!, ¡ídolo mío!, ¿de qué es lo que me acusas? ¡Habla, vida mía!, dime lo que quieres de mí, y verás que hasta la vida puedo dar por verte buena, y quitarme este horrible peso que agobia mi cabeza».

Ella entonces lo miró con ternura y con un cierto aire de reproche; como si le costara mucho hablar le dijo: «¡Ah!, ¡si fueras capaz de cumplirme lo que dices!... volverías sobre tus pasos y me salvarías de un dolor que me mata... ¡que me mata, Estaca!..., ¡que me mata!...», y al decirlo sacudía su cabeza y lloraba sobre las palmas de sus manos.

-¡Hija mía!... ¡Por Dios!, ¡dime lo que he de hacer!... ¡óyeme!..., haré lo que me mandes, pero no me enloquezcas con vuestro dolor..., ¿qué es lo que os he hecho por Dios?, ¿qué es lo que os he hecho?

-¡No me lo neguéis, Estaca! -dijo ella dejándose conducir por su marido hasta una silla donde la hizo sentar arrodillándose él por delante de ella-; no me lo neguéis: vos sois el que vais a hacer quemar a Mariquita Pérez: vos sois su verdugo y yo me lleno de horror al pensar que mi marido pueda ser tan bárbaro y tan cruel: el Padre Andrés quería salvarla; ¡y vos sois (yo lo sé bien) quien exige que la quemen!..., ¿y queréis que no prefiera morirme?... ¡Sí!, ¡quiero morirme!, ¡quiero morirme! -exclamó la Fiscala en un nuevo ataque de convulsiones y abrazándose de su marido lo hacía girar por todo el cuarto-. ¡La muerte, mil veces la muerte!

En medio de esta confusión que no puede narrarse, el marido protestaba que no era él quien había acusado y hecho prender a la María Pérez: que era calumnia el atribuirle a él ese hecho vindicando al P. Andrés; y empezaba a prometer a su mujer hacer todo lo posible por salvar a la acusada. Pero la Fiscala estaba cada vez más delirante hasta que de repente se desprendió del marido y cayó como un tronco al suelo.

-¡Tío Serapio!..., ¡tío Demonio!... -gritaba el bachiller corriendo de su mujer a la puerta del aposento, y de la puerta a su mujer-. ¡Se muere Antuca!, ¡se muere!

El negro acudió a los gritos y contemplando con gravedad a la Fiscala estirada en el piso dijo:

-¡Esta constelación del toro es terrible, señor!

Se acercó, tocó la frente, tomó el pulso; y agregó levantándose: «¡esto va de mal en peor, señor! tengo que ir deprisa a mi casa a traer otro elixir restaurante para ver si la hago volver: entretanto comprímale su merced la cabeza con un pañuelo; yo vuelvo al instante».

Acababa apenas nuestro sabio de cumplir la recomendación del negro cuando entró ya éste bañado en sudor y respirando apenas. La señora volvió en sí y como el doctor Estaca le prometiera al fin consagrarse desde que amaneciera a trabajar en favor de la niña doña María, fue serenándose poco a poco y recobrando su salud, sin sacudir por eso el caimiento en que pretendía estar.

No es propio de este lugar seguir refiriendo en acción las mil ternuras y las mil gracias con que la Fiscala le demostraba la gratitud a su marido.

-No puedo menos que extrañar -le decía éste-, que hayas venido a tomar tanto interés por una muchacha que antes de ahora te ha sido tan antipática.

-¡Ah!..., pero verla quemar, querido mío es una cosa horrorosa; y además, he pensado que tú la perseguías por la aversión con que yo te había hecho mirarla; los remordimientos me hubieran muerto, si no hubieras sido tan bueno.

-Mira, Antuquita: habéis hecho una zoncera; y si es que querías empeñarte, ya que estabas resuelta a exigirme que la salvara ¿porqué no sacar algún provecho?

-¡Oh!, yo estoy cierta, querido mío, que tío Serapio dirá lo que he sufrido por ellos, y que me sabrán pagar como merece el padecimiento cruel que he tenido.

-¿Quién sabe?... el egoísmo y la avaricia de ese mercader no tienen límites, y no es capaz de un acto de caballería.

-Pues yo estoy convencida de que sí; y tan convencida estoy, que si no lo hace así consentiría en sufrir mi dolor; te rogaría que me llevases al campo, a Chorrillos por ejemplo, y que castigases su miseria llevando adelante la causa de la hija.

-Queda segura de que así lo haré; porque no debes creer en la gratitud del mundo: la gratitud verdadera es la que se salda de contado.

-¡Confía en mí, Estaca!... me ha hecho sufrir mucho esa gente para que pueda excusarse de demostrarme su gratitud como tú dices; además de que tenga motivos para decírtelo.

-De todos modos, vida mía, tú puedes contar con la lealtad de mi promesa... Mas, a decirte verdad, no sé cómo hacer para inducir a mis miras al padre Andrés..., ¡hacerlo retroceder... es cosa ardua... imposible tal vez!... Pero en fin, Dios me inspirará; el tiempo me sugerirá algún camino, y si los motivos en que tú confías no fallan será preciso que luchemos... al fin: yo sé los que tiene y poco importa que él sospeche los míos... Sin embargo, tentaré primero con prudencia los caminos indirectos.

XXIII Método de aquel tiempo
para alegar de bien probado

Desde que nuestro doctor bachiller vio en calma los accesos de su señora, mediante el compromiso que había contraído de trabajar por arruinar el plan en que tanto había ayudado al padre Andrés, se retiró de nuevo a su estudio, porque la sorpresa y las aflicciones que acababa de pasar le había imposibilitado de pensar siquiera en dormir. Volviendo a tomar su lámpara se volvió a su bufete sin saber siquiera cómo iba a hacer para cumplir su oferta, ni qué camino había de tomar para salir airoso de la dificilísima empresa de hacer retroceder a un hombre tan fijo en sus ideas, tan tenaz en sus voluntades, y tan positivo en sus objetos como el padre Guardián de San Francisco. Era preciso sin embargo lograrlo: lo había prometido a su señora: era evidente que ésta tenía la voluntad de exigírselo y que estaba movida a ello por algún interés muy fuerte, y nuestro caro bachiller sabía que no había remedio, que era preciso servirla o doblar el cuello a los furores de una tempestad aterrante.

La incertidumbre acerca de los resortes que haría jugar, la falta de un pensamiento fijo, la falta de pretexto para cambiar de ideas de una hora a otra hora del mismo día, y la necesidad imprescindible de hacerlo, lo tenían en una desconsolante cavilación que bien se revelaba aun al través del paso de ganso con que se paseaba por su estudio bajo los trofeos de telarañas que flameaban sobre su cabeza.

-¡Y que todo esto se haga sin provecho, Señor! -decía él-. Estas mujeres tienen caprichos inconcebibles: nadie odiaba más a esa muchacha que mi Antuca: ¡y véala usted de repente interesándose por ella! Bien comprendo que nuestro amigo el señor administrador de correos se habrá empeñado con ella; pero ya que tomaba a pechos el servirlo ¿por qué no hablar antes conmigo?, ¡yo le hubiera indicado los medios de que este no fuese un trabajo tan estéril!... Pero, ¿para qué es romperse la cabeza? Las mujeres, señor, son puro capricho, puro sentimiento: no piensan, no se ocupan del porvenir; no consideran las situaciones ni las dificultades; y piden las cosas como los muchachos piden los juguetes, por la impresión del momento y por el gusto de que les hagan el gusto... ¡Pues sabe usted que voy a hacer un bonito papel con el padre Guardián!... Tras de que él le tiene una antipatía conocida a mi pobre Antuca, por su genio festivo y por su afición a los bailes, a los paseos y a las demás diversiones inocentes de que la pobre gusta tanto... ¡Ya me guardaré yo de dejarle sospechar siquiera la parte que ella ha tomado en esto!... Pero no puedo resignarme a hacerlo así no más... ¿Por qué no ha de pagar ese pícaro viejo avaro, que bastantes crímenes carga sobre su espalda, el servicio que tengo que hacerlo? No, señor voy a hacer llamar a Miguelito; es amigo leal de la casa y desempeñará bien su comisión.

-¡Guay!, ¡eres tú Miguelillo! -dijo el Fiscal todo sorprendido al tropezar con el maricón en la puerta de su estudio al mismo tiempo que salía para hacerlo llamar.

-El más humilde criado de su merced, señor Fiscal, ¡gloria y tupé de los sabios del Perú!

-¡Adulón! -le dijo el bachiller tironeándolo suavemente de una oreja.

-¿Adulón?, ¿pues hago yo otra cosa en todo el día más que amarlo a su merced, y reverenciarlo, y adorarlo, y quererlo?

-¡Basta, canalla!... Dios sabe si te acuerdas de rezar por mi salud espiritual y temporal, para ahora y después de mi muerte.

-Pues ahora le voy a probar a su merced que Miguelito nunca adula a nadie; que cuando dice que ama es porque ama; que bien puede ser un bruto sin que por eso mienta cuando dice y repite y grita, y proclama que V. S. es el sabio de los sabios; y que los que no lo dicen así en público es por envidia, y bien lo confiesan en sus adentros, como yo lo sé por testimonios irrefragables -dijo impávidamente el maricón, y entrándose al estudio dejó caer sobre la mesa del Fiscal dos bolsas de tucuyú bien llenas y pesadas, que al caer hicieron el ruido incitante de los metales preciosos.

-¿Qué es eso? -dijo el Fiscal sorprendido.

-¡Cómo qué es eso!, ¿que no distingue su merced el ruido del oro del de la plata?..., ¡son onzas!

-¿Onzas?, ¿onzas? -preguntó el doctor pestañeando.

-¡Onzas!, ¡onzas! Sí, señor; y las trae Miguelillo el Adulón, el canalla, el desagradecido, el que no quiere a su Fiscal, el que no busca recompensas para la sabiduría, el que...

-Pero estas onzas, ¿de dónde vienen y para qué son?

-Éstas son para su merced -dijo el maricón haciéndolas sonar de nuevo con mucha fuerza-, las otras son para la señora: y ahora mismo las está guardando en sus gavetas. ¿Pues qué le parece a V. S. que no hay gente sensible que se entusiasme con las buenas acciones, y que trabaje por recompensarlas?

-No entiendo jota, Miguelillo, de todo lo que me estáis diciendo -dijo el Fiscal acercándose con cariño al Maricón.

-Bien lo sabemos: todos lo proclaman: V. S. es modesto en su saber, recto en sus acciones, inocente y cándido en sus miras, severo en sus principios, inflexible en sus deberes, y enemigo de que se sepan sus beneficios. Pero lo presente era muy demasiado grande, demasiado bello, para que la gratitud pública no estallase con todo su entusiasmo por V. S.

-¡Explícate, por Dios, hijo! No comprendo todavía qué es lo que ha habido. ¿Qué significa este oro?

-Tío Serapio el físico lo proclama a esta hora, y a voz en cuello, a quienes quieran oír; y todos saben la bella acción de mi amita Antuca y de V. S. Sí, señor; tío Serapio anda de puerta en puerta anunciando que la María no será quemada mañana como decían y que lo debe a la...

-Pues, ¡qué! -decían que el auto de fe era mañana
-Todos lo aseguraban.
-¡Qué bárbaros! ¿Ubinan gentiun sumus?
-Eso mismo decía yo, porque como V. S. dice no es tan fácil cortar y beber las uvas.
-Sí, ¡eso es!..., ¡has traducido bien, Miguelillo!, ¡ha!, ¡ha!, ¡ha!, muy bien.
-¡Gracias!, ¡gracias!, señor Fiscal.
-A lo sólido, ¡maricón!..., ¿y estas onzas?
-Pues bien, estas onzas, como le decía a su merced, el tío Serapio ha dado la noticia de que su merced se ha puesto del lado de la Mariquita y la salvará de que la quemen como quiere el padre Andrés.
-¿Quién es el estúpido que anda diciendo semejante cosa? -dijo el doctor con la mayor consternación-, ¡que me llamen a ese pícaro al momento -agregó- para hacerle pagar su calumnia!... Yo en hostilidad con el señor Guardián... Pues, ¿qué no ve ese pícaro que me compromete, que me pierde, que me inutiliza hasta para dejarme airoso con Antuquita?
-Pero, señor Fiscal ¡por Dios!, tenga V. S. un poco de calma; tío Serapio no anda gritando la noticia por las calles; no es tan material lo que he dicho: se contenta con darla al oído a los amigos de la Mariquita que por cierto son bien pocos en Lima desde que la creen hereje, y crea su merced que son más los que se alegrarían de apiñarse para verla arder, que los que aplaudirán cuando la perdonen, porque nuestro pueblo es tan cristiano y tan moral, que nada le inspira más entusiasmo y regocijo que el patíbulo de los herejes, que tienen otra religión.
El bachiller entre tanto se paseaba deprisa por el cuarto con las manos tomadas por detrás y la frente inclinada al suelo.
-Así pues, continuaba el maricón, tío Serapio ha sido más prudente: proclamó el bello impulso de su merced al oído del señor Administrador de Correos, que es un amigo seguro, y nada más; y éste fue y se lo proclamó al oído de don Felipe Pérez.
-¡Avaro!, ¡miserable! -dijo el Bachiller como de paso.

-Y el pícaro avaro -agregó el Maricón-, recordando el afecto con que mi señorita Antuquita me protege, me hizo llamar inmediatamente; en dos minutos dejé el lecho en que dormía, y estuve en su casa: el viejo miserable me estaba esperando, y señalándome dos talegas que estaban sobre una mesa me dijo: lleva ese pequeño obsequio al señor Estaca.

-¡Al señor Estaca!..., ¿y nada más?

-Nada más..., ¿qué más había de decir?

-¿Y mi título de Fiscal?... ¿Y mi título de in utroque?

-¡Ah, sí, señor! -dijo el señor Fiscal doctor in bodoque.

-¡Mientes, pícaro!... No ha dicho semejante cosa: yo bien sé que ese insolente es de los que dicen que yo no soy doctor; pero al fin me las ha de pagar todas.

-Y en onzas, señor, como ha empezado ya, porque ¡ésa es la mejor paga!... El hecho es que ese insolente me dijo: lleva ese pequeño obsequio al señor doctor in bodoque.

-In... tu madre, ¡animal!

-¡Bueno!, ¿qué sé yo cómo se dice?, «llévalas allá, me dijo, y preséntalas a la bella doña Antuquita, como una pequeña muestra de mi gratitud en este momento.»

-¿En este momento, dijo?

-Sí, señor, en este momento: y aun creo que lo que dijo fue en «este primer momento», de donde yo inferí que su gratitud puede muy bien tener dos o más momentos. El hecho es, que yo, desconfiando de la avaricia del viejo, y pagándole con mi menosprecio, ahora que él está abajo, la antipatía y el odio con que me miraba cuando estaba arriba, me acerqué callado a las talegas y las desaté para ver de que eran, porque si hubieran sido de pesos, las tiro abajo de la mesa y me salgo. Pero confieso que cuando vi que eran de onzas quedé un poco más confortado, y saliéndome callado me vine aquí en derechura y se las di a mi amita; mas ésta le manda a V. S. una no como cosa de don Felipe, sino como cosa de ella, como muestra del amor y de la ternura con que ella mira a su célebre marido.

-¡Eso es otra cosa!... eso ya cambia de especie... Además, debemos tener presente que Antuquita no había recibido nada cuando interesó mi sensibilidad en esta causa y como la gratitud es un sentimiento noble y virtuoso que tanto el juez como la ley debe fomentar, es claro que sus efectos son nobles y virtuosos también; y por lo que me dices ya veo que ésta es la naturaleza legal del caso... Por lo demás, yo haré lo posible para que la muchacha no sufra la última prueba, y para que la causa no se lleve por el proceder magno, que es tan público cuanto aterrante. Pero en esta causa hay complicaciones de muchos crímenes: es indubitable que la muchacha esté contaminada con el pestífero amor de la herejía o del hereje, que es lo mismo; muchas declaraciones atestiguan que esta misma tarde en el conjuro que el Padre Cirilo hizo al borrico poseído por el demonio, a cuyo favor intentaban salvarla, ella se abrazó de uno de los enmascarados y lo nombró ¡Henderson! ¡Henderson! con todo el delirio de la pasión. ¡Esto es muy grave! ¡Hay necesariamente criminales de alta traición en Lima!, porque estos hechos se corroboran unos con otros así como corroboran las otras declaraciones que ya se habían tomado.

El Bachiller se detuvo aquí y como si una idea súbita le hubiera asaltado dijo de pronto al Maricón:

—¡Vete, Miguelillo!, ¡tengo que meditar cosas graves!, anúncialo a Antuquita que no tardaré en ir a besarle los pies con el amor y reconocimiento más profundo.

—Creo que no la encontrará ya su merced porque tengo que acompañarla a la primer misa.

—¿Acompañarla tú?... No me parece bien que una señorona como ella vaya acompañada de un Maricón.

—Es que yo no soy un Maricón, señor doctor, sino su Maricón, el Maricón de la señora..., y sobre todo, ella es la que ha dispuesto que yo la acompañe —dijo Miguelillo con enfado.

—¡Ah, si ella lo ha dispuesto, sea enhorabuena!..., pero desearía que fuese al menos tapada.

—Naturalmente que ha de ir con saya.

—Así, no digo nada.

—¡Y aunque digas! —dijo el Maricón entre dientes—, ¿qué se nos importa, cabeza de púlpito? —agregó retirándose del estudio.

El Bachiller no reparó en él, porque se paseaba preocupado visiblemente con alguna idea de importancia.

-¡Esto es!..., ¡esto es! -repetía hablando consigo mismo-: la causa de alta traición es la principal; debe empezarse por ella, porque si bien hay delación de herejía, ¡esa delación reposa sobre el dicho de un testigo interesado!.... ¡De un testigo interesado!, aquí está el golpe: Romea atestigua en causa propia en todo lo que es relativo a la muchacha, mientras que aquello que es relativo a la tapada y a las relaciones del avaro con el hereje se halla corroborado por Gómez; hay pues dos testigos como lo manda la escritura y nuestra ley... El Padre Guardián nada puede decir contra mí: sobre todo, no puede decir que me contradigo, porque yo nunca me contradigo, y bien claro le previne de que la naturaleza de la causa era muy dudosa y que la primacía de los sucesos era la regla a seguir. Sí, ¡señor!, me acuerdo que se lo dije, y esto me salva de toda contradicción... Mañana de madrugada le voy a ver; y le voy a decir que es preciso cambiarlas baterías: arruinemos primero al viejo, el árbol se corta por el tronco y después todo vendrá: el modo es suspender el procedimiento, pasar oficio al Virrey inmediatamente, revelándole los indicios de alta traición que contiene la causa, y comprometerlo a formar el tribunal mixto con los dos Oidores, para optar a la mitad de la confiscación: y así le cumplo mi promesa a Antuquita, de salvar a la muchacha... ¡Salvarla!... No es cosa fácil: el Padre Andrés tiene algunos otros motivos que me oculta para proceder contra ella; yo me he hecho el desentendido antes, es preciso que le haga entender ahora que lo alcanzo, y que lo obligue a ser sincero... Entretanto, ¿cómo hago, señor, para hacerle suspender sus procedimientos? ¿Ver al Virrey y lanzarlo a intervenir en la causa?... Es un medio muy violento y muy grosero: el Virrey no es mi amigo, y me dejaría en las astas del toro. ¡No, señor!, más bien quemar esa muchacha del demonio, ¡y que arda Troya!... ¡Estaca! ¡Estaca!, ¡tu cabeza se va poniendo ya muy estéril!, decía el Bachiller y se paseaba con violencia por su estudio... ¡Esto es!, ¡esto es! -decía después de un momento de reflexión-. El señor Administrador de Correos y Antuquita deberían arreglar este negocio: el Administrador puede ir a ver al señor Virrey y ponerlo en tren, y yo cumplo manteniéndome en reserva para apoyarlos con mi parecer y con mi voto en el acuerdo... No hay más: ¡éste es el golpe! -decía alegre el señor Fiscal, sin sospechar que en aquella hora misma eso era de lo que trataban mano a mano su señora y su amigo.

XXIV Cada uno con su secreto

Don Francisco de Toledo era un hombre impresionable y ardiente. A una viveza de ideas muy notable reunía la pretensión de tener una voluntad firme, mucha energía y grande punto por las regalías de su autoridad. Sensible y bueno por naturaleza, era no obstante violento e imprudente por carácter, alborotador y gritón, pasionista y personal: de todo hacía causa propia, y había llegado a Lima con tal idea de su magisterio y de su poder, que fue el verdadero fundador del tono de corte y de grandeza que el Virreinato del Perú tomó desde entonces, a términos de no ceder en fausto ni en prestigios a la corte misma de Madrid.

La figura del Virrey era abierta pero poco imponente. Era pequeño de cuerpo; rostro diminuto y tez blanca y colorada; ojos pestañeadores inquietos y medio irritados movimientos rápidos y continuos; y un cabello excesivamente rubio que empezaba a ponerse blanco imitando las plumas del cisne, como el de Ovidio: eran los rasgos prominentes de esta fisonomía.

Este señor tenía un respeto innato a los hombres graves y mansos que no se apuraban por hacerse oír ni por imponerle opiniones; y cuantas menos intenciones se lo mostraban de hacerse valer con él, tanto más seguro era que al fin él había de buscar la opinión del que se le reservaba con prudencia; efectos del orgullo de familia y de posición.

El tributaba una verdadera veneración al señor Arzobispo Morgrovejo. Mas no era lo mismo con el padre Andrés, cuya naturaleza altiva, posición independiente, fanatismo exclusivo, y carácter rebelde, producían una continua exasperación en el ánimo del Virrey. No obstante que aquel padre era su confesor titular, existía entre ellos aquella insuperable aversión, aquel odio, aquellos celos, aquellas rivalidades, aquel antagonismo que hubo siempre entre la potestad civil y eclesiástica de todos los países y que no cesó sino el día en que ésta sometió a la otra las atribuciones soberanas con que había usurpado todas las fronteras del poder temporal.

Don Francisco de Toledo había militado en Italia a las órdenes del famoso Condestable de Borbón, que abandonando las banderas de su patria -la Francia- había tomado servicio con Carlos V. El Virrey había asistido al saqueo de Roma, a la prisión y encarcelamiento del Papa, y a mil otras peripecias de las de aquella época de corrupción en que la persona del Vicario de Jesucristo se mezclaba con todas las inmundas intrigas de la ambición y del latrocinio, comprometiendo el augusto carácter que había recibido de su divino fundador, y arrastrando la tiara por el fango que dejaba la sangre de aquellos combates innobles, en donde no se ventilaban sino los intereses personales de los déspotas, que cual una bandada de buitres devoraba a la iglesia.

El joven militar había salido de esta escuela, un tanto irrespetuoso a las dignidades de la iglesia, y no pocas veces se jactaba con grandes carcajadas de risa de haber «manoseado al Papa Clemente VII» aludiendo a las muchas veces que le había hecho la guardia en la prisión del Castillo de San Ángel y que lo registraba la comida, los vestidos, el cuarto en precaución de que el Santo Padre nos intrigase para evadirse para Francia.

No por esto don Francisco de Toledo era irreligioso; pero su devoción era parecida a la de los sacristanes de la Iglesia, que habituados a manosear los santos, a vestirlos y desnudarlos, llegan a mirarlos con cierta confianza de intimidad, que si bien disminuye en ellos el sentimiento de veneración que les presta el vulgo, no los hace por eso ni menos devotos ni menos fanáticos.

De todos modos -el hombre no podía desprenderse de cierto menosprecio hacia los frailes, y no podía comprender siquiera que un Virrey tuviese que contenerse ante las pretensiones del sayal.

Eran muy graves ya las contiendas que esta predisposición de ánimo había producido entre él y las autoridades eclesiásticas; y el Consejo de Indias, lo mismo que la Mesa del Rey estaban llenas de memoriales y testimonios, de quejas y apelaciones provenientes de la anarquía radicada entre estos dos poderes. Diré de paso que esto sucedía no solo en Lima, sino en todas partes donde había un corregidor y un cura -desde Méjico hasta los rincones del Paraguay como lo atestigua la historia.

Este hecho fatal, impersonal, diré así, de las dos autoridades, tomaba colores más o menos violentos, según el carácter de las personas que en uno u otro campo asumían el mando; y a cada instante se veían Virreyes, gobernadores, y alcaldes, depuestos por los obispos y sus partidarios, o bien obispos depuestos por los gobernadores y remitidos a España con prisiones: una incesante anarquía era de regla en este particular.

El Arzobispo de Lima era una verdadera excepción de la regla, gracias a las virtudes y a la prudencia del venerable Morgrovejo, prelado sabio, imbuido de un cristianismo puro de ambiciones terrenales, y que a una erudición asombrosa en las ciencias eclesiásticas reunía las convicciones de un civilista, porque era enemigo declarado del ultramontanismo.

Pero para que no faltara el germen estaba allí el Tribunal del Santo Oficio, imbuido de máximas deprimentes de la autoridad civil y de la autoridad arzobispal a la vez; y a la cabeza de ese tribunal estaba el padre Andrés y el Fiscal Estaca, hombres ambos presuntuosos y tercos que no acataban por superior a nadie, ni en la jerarquía, ni en el poder: y que, preciso es decirlo, estaban autorizados a ello por la naturaleza de las leyes a que debían su jurisdicción y su carácter.

Esta situación que no dejaba de ser bien comprendida por el Padre Andrés influía mucho para que él diera un doble valor a los secretos de que Mercedes era poseedora.

Sabía que entre él y el Virrey mediaba una hostilidad implacable, hostilidad de persona a persona y de autoridad a autoridad y no se ocultaba el júbilo con que el Virrey se habría aprovechado de cualquier pretexto, de cualquier causa aparentemente legal para deprimirlo, y fortificar el tenor de las acusaciones y quejas remitidas a la corte; pues el Virrey estaba también al cabo de cuanto el padre trabajaba por hacerlo deponer.

Cuando el Virrey se apercibió de que el padre Andrés procuraba saciar su codicia y su odio contra la familia de Pérez en la ruidosa causa de herejía, que le había formado, no pudo contener su indignación; y en los ímpetus de su orgullo creyó que degradaba su autoridad, que mostraba miedo si se resignaba a ser silencioso espectador de una causa que tanto interesaba a la quietud pública del Virreinato; y no bien supo la prisión de doña María, mandó inmediatamente decir al Arzobispo que lo esperaba aquella noche para tomar de él un consejo.

El venerable Prelado acababa de entrar a un salón reservado del Palacio, en donde el Virrey lo había recibido cuando un ayudante de este le trajo una esquela que el virrey abrió: no bien leyó dos renglones dijo:

-¡Infeliz!... Lea su ilustrísima y dígame si esto no parte el corazón.

El señor Arzobispo tomó la esquela y leyó: «Excmo. señor: único amparo, después de Dios, que me ha quedado en medio del duelo que cubre mi casa, en este momento, señor, acaba de morir mi esposa; no ha podido resistir a las amarguras ni al terror porque ha pasado; y esta desgracia me excusa, señor, de presentarme a V. E. como me estaba ordenado. Dos palabras, señor; mi suerte y la de mi hija quedan en las manos de V. E. ... Me creía incapaz de llorar: pero si continúo...

»Apiadaos, señor, de vuestro humilde criado: Felipe Pérez y Gonzalvo»

-Me hace el favor S. S. I. de decirme si puedo yo permanecer indiferente a semejante espectáculo.

-Señor Virrey; ¡es atroz!... Pero las leyes hacen de las causas de este género una propiedad particular de la Inquisición.

-Las leyes, las leyes -dijo el Virrey paseándose con enfado-, las leyes las hacen ellos mismos para salir con su antojo... No era así en tiempo del señor don Carlos, que bien se... en los frailes y en la Inquisición, y si no que lo diga el Papa.

-¡Señor Virrey!, ¡señor Virrey!

-¡Perdone su Señoría Ilustrísima! Esta cosa me saca de mis casillas: lo que se quiere es robar, robar, señor Arzobispo, y yo no lo he de permitir.

-¡Señor Virrey!, me permitirá usted que le diga que al obedecer al llamado de V. E. creí que se trataba de conferenciar algún punto en que mi experiencia o mis cortos estudios pudieran serle necesarios. Pero si V. E. está resuelto a usar de su poder, sin esto, es inútil mi presencia, señor Virrey, y más gusto tendría en ir a consolar al afligido.

El Virrey se repuso y hablando con más calma dijo:

-En efecto, señor Arzobispo; yo me propaso: excúseme su señoría, este genio mío es así: yo quería oirá S. S. I., quería que me diese un medio de parar esta inicua causa hasta dar cuenta al Rey de todo: que me dijese si esto no es atroz, señor.

-Señor Virrey: arriba de las leyes que dan las potestades de la tierra, hay para mí otra ley superior, de la que soy sacerdote, y de la que seré mártir si fuera necesario. V. S. no está en mi caso: las leyes del reino son su única guía.

-¿Qué me quiero decir con eso S. S. I.? -dijo el Virrey algo dudoso y sorprendido.

-Que yo, señor, miro al Evangelio para definir lo que es justo; y que V. E. no puede hacerlo sino al tenor de la ley del Reino: que yo, señor, puedo levantar mi voz contra la iniquidad sin que tenga que consultar para ello el texto de la ley humana, y que V. E. no lo puede hacer sin incurrir en falta y atraerse el castigo: quiero decir a V. E. en fin que mi consejo como ministro del altar no puede sustituirse al del Fiscal o al del Asesor de V. E. Yo tengo que aconsejar la caridad y soy mal ojo para analizar y deducir la competencia y la jurisdicción en materias criminales.

-Pero, señor Arzobispo, ¿es éste un caso de herejía?

-No, señor Virrey.

-¿No es?

-No es.

-Y entonces, ¿por qué he de sufrir que vaya adelante la causa? El Arzobispo guardó silencio, y el Virrey se paseaba agitado.

-Sí, señor -dijo éste al fin-, yo voy a intervenir, y que después el Rey haga lo que quiera... ¿Qué es lo que me podrá suceder?, ¿qué me destituirá en el Perú, donde se necesitan frailes, para mandarme a Nápoles, donde es preciso apretar a los frailes, donde conviene un Virrey capaz de bajarles el cogote?... ¡Pues bien!..., ¡que así sea, señor Arzobispo!..., quiero que me sostengan o que me saquen de aquí... Estoy aburrido; voy a poner las cosas en un punto definitivo... ¿Puedo contar con su Señoría Ilustrísima?..., porque no soy teólogo; y si el caso no es de herejía quiero suspender la causa; para esto necesito que el padre Andrés venga aquí con su Fiscal Estaca y que Su Señoría Ilustrísima se encargue de sostener que el presente no es caso de herejía, y si no quiero obedecer a lo que yo resuelva, ¡yo me encargo de forrarle las uñas!..., lo he hecho con el Papa, cuanto más... Perdón, señor, Arzobispo.

-Señor Virrey: yo estoy pronto a sincerar mi parecer: el caso no es de herejía según las leyes del Reino. Pero permítame V. E. que le recuerde que hay una coincidencia feliz que pone en manos de V. E. el remedio de todos estos males: cumpla V. E. con la cédula real que se despachó el año pasado, ordenando la convocación de un concilio provincial americano.

-Pero eso aumentará el desorden y la anarquía de estas provincias, señor Arzobispo.

-No, señor: eso establecerá la regla, el orden: la Iglesia tiene el derecho de gobernarse a sí misma por la voz y el dictado de sus prelados, y crea V. E. que el consejo de no cumplir esa orden no se lo dan sino los que están interesados en la continuación de los abusos.

-No, señor Arzobispo: yo conozco los bueyes con que aro: si todos los prelados fueran como S. S. no abría nada que decir, pero siendo quienes son, en medio de las rencillas y los intereses que S. S. misma les conoce, estoy cierto que no van a estar de acuerdo un solo día, y que el desorden va a ser mayor en estos pueblos.

-Sea lo que fuere, señor Virrey, V. E. no tiene autoridad para privar a la Iglesia de ese gran recurso de curación, y de disciplina: el soberano lo ha permitido: la Iglesia es la Iglesia de Jesucristo en todas partes, tiene el derecho de formar esa asamblea soberana para su propio gobierno y establecimiento y no es el Sr. Virrey competente para estorbarle; se lo he repetido siempre a V. E. y no cesaré de repetírselo: el Concilio, ¡señor!, ¡el Concilio! La reciente iniquidad que tanto indigna a V. E. es un nuevo motivo para establecerlo y para entregarle la decisión de estas causas de mal y de desorden. Sin el Concilio, señor, seguirán los pueblos sin curas y sin adoctrinamiento evangélico; la predicación será nula y la idolatría se sustituirá a la religión: tendremos el reino de los sentidos; pero el reino de las almas será del Infierno y no del Evangelio.

El Virrey escuchó y se quedó pensativo.

-¿Y apelando al Concilio, me decís, que puedo contener los procedimientos del Padre Andrés?

-Podéis, señor; porque en las cosas de la Iglesia nada hay superior a la voz de los Prelados reunidos en Concilio.

-Pues voy a reunir el Concilio, señor Arzobispo.

A fe que después no seré yo quien tenga que responder del resultado; con ese paso al menos descargaré mi conciencia para todo evento.

-Yo felicito a V. E., señor Virrey, por esa medida; y aunque su resultado fuera esquivo a causa de los vicios y de las imperfecciones de los hombres que la hayan de cumplir, ella es de tal naturaleza que habrá habido siempre honor y virtud en haber tentado el remedio por su medio: si ella falla el mal es irremediable.

-Me lo temo mucho, señor Arzobispo: yo no soy sabio: yo no soy más que soldado, pero a ojo -dijo el Virrey poniéndose dos dedos sobre los ojos- nadie me gana. Sólo el respeto que debo a Su Señoría Ilma. y el deseo de que no salga con la suya el Reverendo Padre Andrés, me hacen desistir de una oposición que me nace de aquí adentro: yo veo claro mis razones, pero no las puedo explicar. En fin, convoquemos el Concilio.

-Sí, señor Virrey, convoquemos el Concilio.

-¡Bien, señor Arzobispo!, quiere decir que ahora mismo paso oficio al Inquisidor de suspender todo procedimiento en atención a no ser causa de herejía la que ha intentado, y librando la resolución del punto al Concilio; ¿no es así?

-Pero yo invitaría, señor Virrey, al Padre Andrés a que viniese a conferenciar sobre la materia.

-¡Sí, señor!, ¡sí, señor!..., ésa es mi idea; ¡que venga, que venga! -decía el Virrey paseándose con viveza por el salón.

-¿A qué hora, señor Virrey

-A las siete de mañana... Siento haber molestado a Su Señoría Ilma. hasta tan tarde.

-¡Oh!, no, señor Virrey; la justicia y la caridad son para mí el compendio del Evangelio, y mi gloria es trabajar por ellos, ¡trabajar por ellos! -decía el Arzobispo retirándose con el paso lento y venerable que tanto realce daba a sus viejos años. El Virrey le acompañó con un solícito respeto hasta la puerta de su coche, en el que se puso en retirada hasta el palacio Arzobispal.

El Sr. Fiscal Estaca ignoraba que el Padre Andrés había recibido muy de mañana una misiva del señor Virrey, que lo tenía en una profunda irritación, con los objetos que quedan indicados en la escena anterior; y cuando nuestro Bachiller se devanaba los sesos en vano para encontrar un medio de salir de sus aprietos, recibió un recado del Padre Guardián diciéndole que fuese inmediatamente a verlo.

Pero antes de que el Fiscal hubiese recibido el llamado, don Bautista el Boticario, que tenía de costumbre el oír la primera misa, y pasar después a la celda del Padre Andrés a tomar el rico mate perfumado, había entrado en ella y estaba mano a mano conversando con el Padre. Como hablaban a media voz y en un tono muy confidencial era evidente que trataban de algo muy reservado.

-Mejor es que pasemos a la otra pieza, amigo don Juan -le decía el Padre al Boticario-, porque espero al Fiscal Estaca y podría interrumpirnos.

-Como Su Reverencia mande -le respondía él.

-¡Pedrillo! -gritó el Padre, y a su voz acudió el negrito que le servía.

-Si viene el señor doctor Estaca házlo entrar y dale mate; que yo voy a confesar al señor don Juan.

El negrillo se quedó de centinela y el Padre se encerró con don Bautista en la otra pieza.

-Pues amigo -dijo el primero-, ¡es preciso que desarmemos a esta maldita chola!..., yo me había lisonjeado que usted pudiera descubrirle lo que ha hecho de la criatura y de los papeles.

-Ni palabra he podido hasta ahora obtener de esa gente infernal: unas veces me dice que la criatura murió; otras que la tiene viva y a su disposición, otras que los papeles los remitió a España, otras que los tiene depositados en manos de una persona que los presentará al Virrey en el momento que ella sea presa por V. P. o por otros. Le he dado oro, me he ganado toda su confianza; pero sobre ese asunto nunca le puedo averiguar cosa ninguna. ¿Sabe su Reverencia lo que me ha dicho anoche mismo? Que la criatura es doña María misma.

-¡Miente! -dijo el fraile indignado, al mismo tiempo que el boticario fijaba en él una mirada aguda y extraña de expectativa-. ¡Miente! -agregó aquél-. No es la primera vez que esa malvada procura hacerme caer en ese error, pero ella ignora que yo mismo he confesado a la hora de su muerte a la partera que ayudó a doña Mencía.

-Anoche ha muerto.

-¡No, señor!, murió ahora dos años.

-No digo eso, sino que anoche ha muerto doña Mencía.

-¿Ha muerto? -preguntó el fraile azorado.

-¡Sí, señor! Anoche: cuando me llamaron era ya cadáver.

-¡Pobre!, era buena cristiana -agregó el fraile dominándose-. ¡Mire usted todo el mal que causa un hijo con sus extravíos a los que le han dado el ser!... Las pasiones, ¡señor!..., las pasiones son la plaga del mundo; y no hay remedio -el terror es el único medio de contenerlas. ¿Cuántas otras no se salvarán con este saludable ejemplo?..., ¡y oígalos usted declamar contra la Santa Inquisición! En fin, don Juan, como le iba diciendo a usted yo mismo confesé a la partera de la difunta a la hora de su muerte, y con el crucifijo sobre el pecho se ratificó en lo que cien otras veces me habían asegurado -que la María era hija efectiva de doña Mencía; además de que su rostro mismo revela su origen europeo puro... Yo voy a prender a esa maldita zamba, y que reviente la bomba por donde Dios quiera.

-¡Ah!, ¡no, señor Guardián! -dijo don Bautista con calor-, sería una imprudencia. Déjeme trabajar con calma, V. R.: yo le respondo de que la zamba no se precipitará, porque no me he de alejar un momento de su lado; y ya que he tenido la fortuna de recibir de V. P. una comisión de tal confianza, ya que uno y otro somos uno solo por la intimidad de los secretos, procedamos con prudencia, y yo respondo de que he de descubrir a la niña y de que le he de traer a V. P. esos papeles.

-Pero cuidado don Juan con lo ofrecido.

-¡Lo prometo!

-Yo hablo de lo anterior.

-¿De don Felipe?

-De don Felipe.

-¡Se hará, señor Guardián!, ¡se hará!..., el hombre es ya viejo, y en mi botica tengo el mejor tratado de Haereditate que se puede hallar en todo el reino: el capítulo: De aquellos que pueden y deben ser herederos, no deja nada que desear. Sobre eso pierda V. P. cuidado: lo que importa es no tocar a la zamba mientras tenga sus uñas, porque ese demonio armará una polvareda fatal: ¡es una arpía, señor Guardián! ¡Ni yo mismo que tanto cuidado he tenido en ganármela y en no darle ni un perfil por donde denigrarme, me libraría de sus calumnias!

-Si ella sabe tanto de usted como yo, no tendría mucho que decir; usted es prudente, mi amigo.

-Sí, señor Guardián, lo soy; pero no tanto como parece: mi vida es aquí tan pacífica, tan sumisa, tan estéril que aunque estuviera rodeado de espías y de enemigos no podría ente alguno ocuparse de mí con interés. Ésta es la verdad, señor Guardián. Pero la prueba de lo solícito que soy para servir a S. P. la tiene V. P. misma. ¿Qué hice en el momento que la zamba me puso al cabo de los secretos que la ligaban a V. P.? Venir al momento a ponerme a las órdenes de V. P. y ofrecérmele para desarmar a esa bruja. ¿Esto es ser amigo, señor Guardián? ¿Sí o no?

-¿Y le he dicho a usted acaso que no lo fuese? -dijo el fraile sonriendo-. Lo que le he dicho a usted y le repito es que es usted prudente y reservado.

-V. P. tiene la prueba de lo último: y me jacto de serlo en su servicio.

-¡Gracias, don Juan!, gracias. ¿Conque usted cree que este llamado del Virrey no será efecto de la delación de la zamba?

-¡Oh!, no señor: estoy cierto que ella no ha dado todavía semejante paso. Me habría consultado antes, y yo habría venido inmediatamente a advertir a S. P. con tiempo para obrar también. La zamba está resuelta a todo por salvar a la herética muchacha; pero me ha prometido esperar, y a mí no me faltará.

-¿De modo que puedo yo sostenerme fuertemente con el señor Virrey?

-No prendiendo a Mercedes y dejándome toda mi influencia sobre ella, V. P. puede hacer frente al señor Virrey sin riesgo ninguno, y salvar todas las regalías de su jurisdicción: yo respondo de eso; pero es preciso que yo pueda mantener las esperanzas de Mercedes; porque si ella desespera es una furia y créame V. P. que no se le puede contener: en ella no hay temor de Dios ni del infierno; ni la vida ni la libertad le importan un cabello: es mujer de estrellarse contra una muralla de picas antes que renunciar a la pasión del odio que le tiene a V. Paternidad. Eso es seguro.

-Yo convengo, don Juan, en eso, y es una verdadera felicidad la influencia que usted ha podido ganar sobre esa arpía... ¡Yo aguantaré, amigo! -dijo el fraile con todas las señales de la ira en el rostro-, ¡pero al primer momento en que se descuide ni el cielo entero la saca de mis garras!

El fraile se paseaba con viveza por el cuarto, mientras que don Bautista le escuchaba cerrando los ojos, y encogiéndose dentro de su enorme saco como si se hubiese convertido en oruga.

-¡Hola! ¡Pedrillo!..., ¿y el señor Guardián? -dijo el Fiscal Estaca entrando a la primera celda, con el garbo y la enfática voz que le eran habituales.

-Está haciendo una confesión y ya vendrá, señor: siéntese, su merced, voy a traerle un matecito.

-Sí, hijo: tráeme un mate; tengo la boca amarga y como yesca -agregó con un tinte particular de melancolía.

En cuanto el Guardián oyó la voz del Fiscal, le dijo a don Bautista: «Voy a recibirle», y tomando éste la indicación por una orden de retirarse, se levantó para irse.

-No salga usted por esa puerta..., por aquí -le dijo el Guardián abriéndole una puertita que daba a un claustro travieso y despidiéndose de él.

Don Bautista salía del claustro por un jardincito oscuro que la celda del Guardián tenía a la espalda, y caminaba desprevenido cuando su vista cayó sobre don Antonio Romea que vestido con el sayal se paseaba por debajo de unos cipreses oscuros y tétricos que se alzaban a lo largo de una pared. El malhadado mozo llevaba los ojos fijos en tierra, sus mejillas estaban cadavéricas, y era tal la ferocidad encubierta en su mirada que el boticario se agachó y pasó de largo renunciando al primer impulso que tuvo de acercársele y de felicitarlo por el hallazgo que había hecho de aquel retiro donde poder olvidar las pasiones y las indignidades del mundo.

Entretanto el Guardián había venido ya a donde estaba el Fiscal, y tomando un aire supremo de despecho y de indignación, se dirigió a su amigo y le dijo:

-Ya tiene usted al Faraón en campaña.

-¿Qué dice V. P?

-Sí, señor: ¡Al Faraón...! Aquí tiene usted el insolente oficio que el déspota me acaba de hacer entregar -dijo el fraile sacudiendo en su mano derecha un papel que levantó de su mesa-:

¡me impone con apercibimiento de la fuerza pública la suspensión de todo procedimiento en la causa de herejía de la Pérez, y apela al concilio cuya convocación dice que hará hoy mismo!... ¡Pero veremos!... ¡Venga la fuerza!..., ¡nos veremos!... ¡Ese hombre no me conoce, señor Fiscal!

Sería empresa loca tratar de pintar con la pluma el rayo de júbilo que brilló en el ojo opaco del Fiscal al recibir la noticia de este incidente.

El Guardián siguió desfogándose y protestando que había de hacer y de acontecer antes que someterse a los avances injustificables del Virrey. El Fiscal, agachado sobre el papel que el Padre Andrés le había entregado hacía semblante de meditarlo, escuchando al mismo tiempo las erupciones del enojo de su amigo. Después que le dejó tiempo para desahogarse, y cuando creyó que debía estar ya agotada su rabia, tomó el Fiscal aire grave y juicioso: y afectando grande calma y grande razón en el tono de su voz, dijo:

—Permítame V. P. que disienta de ella en el modo de mirar este grave incidente.

—¿Cómo, doctor Estaca? —dijo sorprendido el fraile—, ¿usted no está conmigo en este asunto?

—No, señor: muy al contrario me felicito de lo que ocurre como de la complicación más feliz que podían recibir nuestros asuntos.

—¡Explíquese usted, amigo!, ¿cómo es posible que pueda usted mirar las cosas de ese modo?

—Pues las miro, señor Guardián: y tengo para ello razones que si bien no están ni pueden estar al alcance de todos, tienen para mí una solidez positiva, decisiva, efectiva, y tan eficaz como para fijarme a mí en ese modo de ver... ¡Apelar al Concilio!, ¿puede darse nada de más favorable? ¿De cuál lado van a estar los Obispos?, ¿del del Arzobispo y el Virrey?... ¡No, señor!, del nuestro; porque no son tontos para sancionar los avances de dos hombres como esos tan contrarios al espíritu de nuestra Iglesia. En el Concilio nosotros tenemos todo a ganar, nada a perder; y una vez que los humillemos allí, el Virrey tiene que retirarse de este teatro, señor Guardián, y el Arzobispo tiene que reducirse a ser lo que es una momia de impío metida en un cajón de santo. Agregue V. P. a esto las seguridades que ya tenemos de que en la corte recibirán palo. ¿No sabe V. P. todo el efecto que han hecho allá mis memoriales?..., con ellos solos vamos a dar en tierra con el Faraón ¡señor Guardián!

-¡Pues yo no opino así! -dijo con energía el fraile: yo no consiento en suspender la prosecución de la causa y de tenérmelas tiesas con este potentado impío que día a día se jacta de haber humillado con sus bárbaros satélites al Vicario de Jesucristo.

-Calma, señor Guardián: ya recibirá el fruto: ¡hoy tenemos en el trono a un Rey Santo, Padre Andrés!... El señor don Felipe II no es el señor don Carlos: nuestro Rey actual hace de la Iglesia y de la Inquisición su principal columna, y no hay cosa que no se les acuerde ¡tempora mutantur! y estos espadachines de la antigua escuela se han olvidado de que hoy no tienen ya a su impío Patrón. ¿No hemos conseguido ya que se desentierre al impío monarca?, ¿no hemos visto al hijo mismo, al Grande Monarca actual de España, presidir y sustanciar el juicio de herejía que nuestro Santo Tribunal hizo al cadáver del Faraón, y poner de propio puño el cúmplase a la sentencia en que ese pestífero esqueleto de herejía fue condenado a ser arrojado de la sepultura eclesiástica que había usurpado y yacer desparramado en el vilipendio del público camino? ¿Y si todo esto podemos allá, hemos de ser vencidos por un maniaco como ese Virrey que se figura andar todavía rompiendo lanzas por cuenta de la Herejía? ¡No, señor Guardián!, venga el Concilio; venga la apelación, y nuestro triunfo aunque más tardío será más imponente; será más definitivo, ¡y las llamas de la grasa de los herejes alumbrarán el júbilo de nuestros rostros! -dijo el Fiscal empinándose entusiasmado como si estuviese declamando desde el respaldar de sus sillones de baqueta.

---

* D. Thon, D'Aubígué, et Laboreor, con muchísimos otros autores dan testimonio acabado de esta causa: así como de que ella sirvió también para quemar a Cazalla predicador de Carlos V, al Arzobispo Constantino Ponce, y el testamento mismo del Rey fue quemado por no haber en él mandas religiosas y estar redactado heréticamente. Una de las grandes pruebas que se hizo servir para todo esto fueron las inscripciones que Carlos había dejado en las paredes de su celda de San Justo sobre «la justificación y la gracia».

-Aunque tengáis razón, doctor, yo no cedo: ceder sería darle un día de gusto a mis enemigos, y yo no quiero que lo tengan.

-Pues yo cedo, señor Guardián y opino contra V. P., suspendamos y remitámosnos al Concilio, y al mismo tiempo ocurramos a la corte. No vaciléis -vamos, señor Guardián, a afrontar la ira efímera del Sátrapa gentil, que el triunfo definitivo es nuestro.

-¡Eso sí, doctor!, en cuanto a ir estoy pronto: excusarme sería mostrarle cobardía, y yo no rindo a ningún poder temporal las supremacías de mi carácter; esta corona me alza hasta los cielos, y nadie más arriba que yo! ¡Sí, señor: nadie!, ¡nadie!

-Eso es justo, Padre Guardián; pero entre la manera y el objeto hay grandes distancias, fortiter in re, suaviter in modo.

-¡Tenéis razón, doctor! -dijo el Guardián calmándose-, dejémosle precipitarse, tanto peor para él, ¡y pondremos de nuestro lado las apariencias!

-Sí, eso es: que sea él si es posible el que dé el escándalo; el que descargue su violencia; porque es el mar el que se fatiga de estrellarse contra la roca, no la roca la que se fatiga de resistir al mar.

XXV La opinión pública
al través de una botica

Luego que don Bautista salió del convento de San Francisco se dirigió a su botica, cuya puerta abrió, y poniéndose un delantal de un aseo muy dudoso comenzó a despachar sus drogas haciendo a la vez de boticario y de médico consultor.

Dos o tres vecinos que venían de comulgar o de misa, viendo abierta la puerta de la botica, entraron, como lo tenían de costumbre, y tomando asiento del lado externo del mostrador, trabaron una nutrida conversación con el Boticario, que éste sostenía sin dejarse interrumpir ni por las consultas que evacuaba ni por las medicinas que pesaba y entregaba.

-Pues señor, es indudable -dijo uno de los viejos que allí estaba-, de que se ha suspendido hoy la Misa de Justificación.

-¿Y quién lo ha dicho?, preguntó don Bautista afectando mucha sorpresa.

-¡Oh!, lo tengo de buena letra: el Virrey ha intervenido y hace fuerza.

-¿Y cómo hace fuerza? -dijo otro viejo.

-Eso si que no lo sé: hace fuerza es lo que me ha dicho en la plaza ahora mismo el notario de la Curia, como si me dijese un arcano.

-¡Qué ha de hacer fuerza cuando es un muñeco y más viejo que yo! -agregó el mismo viejo sorbiendo una gruesa narigada de polvillo de Sevilla-, le habrán dicho a usted otra cosa, don Hermenegildo.

-¡No, señor! -les dijo don Bautista desde el mostrador, al mismo tiempo que entregaba un bálsamo fétido a una tapada, y que le decía-: tómelo usted tres veces al día -y siguió hablándole muy despacio. Los oyentes a su no señor, se quedaron pendientes de lo que quería decirles, porque don Bautista era hombre que piano piano había sabido dar una autoridad indisputable a sus palabras. Luego que acabó de entregar su droga repitió: «No, señor, lo que le habrán dicho a usted es que el señor Virrey ha protestado la fuerza.»

-¡No tal! -dijo don Hermenegildo algo enfadado-, yo no soy ninguna mula, y lo que el notario me ha dicho es que el Virrey hace fuerza, y yo creí que lo que me quería decir era que se empeñaba por salvar a la hereje: cosa que no sería extraña tampoco pues bien alto se jacta de haber manoseado a su Santidad, como él dice, ¡y de eso a ser judío no sé que haya ni un palmo!

No bien había empezado don Hermenegildo a dar esta explicación cuando don Bautista se vio acometido de una tos perruna que parecía tenerlo en convulsiones sin dejarlo oír ni interrumpir a su amigo. Mas cuando éste concluyó le dijo sofocado todavía guturalmente por el acceso:

-En tal caso, quien es una mula, don Hermenegildo, es el notario que ha dicho semejante desatino.

-¡Y nada de extraño tiene el que lo sea!

-¡Ya!, ¡ya!, porque hacer fuerza quiere decir la intervención que el juez eclesiástico toma en una causa civil o la apropiación que se hace de la jurisdicción que no le corresponde; y lo que el notario le habrá dicho a usted es que la Santísima Inquisición hacía fuerza y que se la han protestado ocurriendo a la Audiencia.

-¡Dios lo libre al notario de haber dicho semejante cosa! -dijo otro.

-¡Y a mí de atribuírsela! -agregó don Hermenegildo.

-¡Ah! -dijo con apuro don Bautista-, ni yo la digo ni se la atribuyo: lo que digo es que si no ha dicho eso es tan notario como yo.

-Mas bien pasará él por eso que por lo otro. ¡Pues iba bien si hubiese dicho que la Santísima Inquisición usurpaba autoridad!... No, señor: lo que me ha dicho es lo que yo digo: que el Virrey era el que usurpaba, y la prueba fue que me agregó que ya vería el Faraón...

-¡Chito, chito, amigo! -dijo don Bautista con autoridad-, aquí no quiero que se hable así de las autoridades: yo soy criado del señor Virrey y humilde servidor de la Santísima Inquisición: y, o los dos tienen razón siempre, o la tiene el que la tiene, sin que yo me meta a cavilar o resolver en eso, pues son cosas que las debe uno preguntar a su confesor y creer lo que él diga sin andar hablando como loros de una materia que no es para nuestra cabeza.

-Yo digo lo que me dijo el notario -dijo don Hermenegildo disculpándose.

- Pues amigo, usted no diga nada y crea lo que le diga su confesor: ya se lo he dicho.

-El hecho es -dijo otro- que en la plaza todo el mundo anda indignado con la suspensión de la misa justificada.

-Ya los he dicho a ustedes caballeros...

Al momento de decir esto don Bautista, una tapada entró gallardamente a la botica, y dirigiéndose derecho al oído del boticario por detrás del mostrador, habló con él en voz muy baja. Don Bautista le dijo: «Adelante», y ella pasó a los cuartos interiores.

-Ya les he dicho a ustedes, caballeros -repitió el Boticario-, que no quiero aquí semejante toma de conversación; y lo repito serio, porque no es permitido hacer perjuicio al prójimo por el gusto de charlar.

Los otros se quedaron callados por un rato, hasta que don Hermenegildo variando de conversación le dijo a don Bautista con alguna ironía: «¿Se olvida usted de la bella que lo aguarda, señor don Juan? Vaya usted no más, amigo, que nosotros nos quedaremos aquí cargando..., con el cuidado de la tienda».

-¡La bella!, ¡la bella!... ¡Ay amigo: yo miro a las bellas con un prisma que todo lo invierte!..., mis ojos no descubren sino párpados cerrados, caras afligidas, dolor y putrefacción; y acabáis de ver entrar a la mujer más desgraciada que hay en Lima. Si no fuera un Crimen destapar a las tapadas os horrorizaríais de lo que os podría mostrar en ella; lo mismo que en esta palomita -dijo tomándole la mano a otro tapada de cuerpo esbelto y fino que la alargaba sobre el mostrador con una monedita de plata pidiendo un medio de benjuí- no hace mucho que su padre -continuó diciendo el Boticario- era dueño de una inmensa fortuna, pero un pleito sobre una manda piadosa, caballeros...

-¡Qué mal leéis en vuestro almirez, don Bautista! -le dijo ella.

-¿Qué mal leo?, ¡hum!, ¡hum!, hizo el boticario con las narices, ¿leo muy mal, eh?, ¿queréis que os diga para quién son las pastillas que vais a hacer con este benjuí?... Son para ése cuyo nombre llevas al lado interior de esta sortija; y la tapada retiró con involuntaria rapidez la mano que hasta entonces había tenido extendida con descuido sobre el mostrador.

-¿Y queréis que yo os diga, señor boticario -dijo la tapada con gran pique-, quién es la desgraciadísima señora que tenéis ahí adentro?

El Boticario abrió la boca y futo como un cadáver fijó sus ojos con angustia en su interlocutora. Medio cortado y con una manifiesta timidez le dijo: «¿y por qué queréis descubrirá esa infeliz?»

-¿Y por qué habláis vos de mí, aún cuando supierais quién soy? ¿Creíais que no tenía tu secreto, gazmoño?

-¡Bravo, flor de lirio! -dijo arrimándose a la moza uno de los vejetes que allí estaban-, ¿conque don Bautista es hombre de...?

-Usted tome su polvillo, señor don Julián, y antes de meterse en lo que hacen los demás averigüe quién entra en su casa después de usted por la noche y quién sale antes que usted al otro día; y diciendo estas agrias palabras le dio con la mano debajo del codo izquierdo, de modo que el viejo se metió en la boca la narigada de polvillo, y mientras tosía y renegaba ella se salió de la botica riéndose a carcajadas como se reían todos los demás que allí estaban.

-Tiempo hace que a usted lo esperan, señor don Bautista- volvió a al Boticario el viejo don Hermenegildo.

-Es cierto, señor don Hermenegildo; y la pobre necesita de mí, porque padece un mal atroz.

-Él diablo que lo sepa, amigo -le dijo otro viejo-, usted tiene esa treta de sus remedios y sus consultas para cubrir sus viajeci- tos a las tierras del diablo; con que así, ¡vaya usted no más!

-¡Ya!, a mi edad, ¡hombre!, ¡y con mi cara!, ¡qué zoncera! -dijo don Bautista entrándose al otro cuarto y cerrando la puerta.

Pocos instantes después entró un cholo y no viendo al Bo- ticario preguntó por él: le respondieron que estaba ocupado y se puso a esperarlo tranquilamente. Pero haría un momento apenas que estaba allí cuando entró otro cholo como siguiendo al primero y luego que lo vio le tomó por los hombros y le pre- guntó con grande interés, ¿dónde te han pegado?

-Aquí, en el casco de la cabeza.

-¿Con piedra?

-Creo que sí, porque me la han abierto.

-¿Quién te tiró?

-¿Cómo queréis que yo sepa si era tan grande el tumulto?

Avivado el interés de los amigos de don Bautista con este extraño diálogo se levantaron y rodeando a los dos cholos les preguntaron lo que había habido.

-¡Un tumulto grande, señor! -respondió el herido descu- briéndose la cabeza y mostrando una herida de piedra de la que corría aún bastante sangre.

-¿Dónde?

-En la plaza, señor.

Desde aquel tiempo hasta ahora muy pocos años, la plaza de Lima se cubría por las mañanas de toda clase de gentes. Los vendedores de los comestibles necesarios al alimento o al lujo de las familias venían a poner allí sus surtidos en paños o canas- tos extendidos por el suelo a la orilla de las cuatro veredas que la cuadraban.* Como en aquel tiempo toda la semana era de días de misa y allí estaba la Catedral, todo el concurso de la Iglesia se desparramaba de paseo por la plaza, que servía así de mercado. Era allí el lugar del primer desayuno de las familias, el del primer saludo o la primera sonrisa de los amantes. Junto con la carne de puerco y las verduras, se vendían los picantes adobados y otras mil manufacturas saturadas con el ají, que es el néctar todavía de los hijos de la vieja Lima. En las mismas mesas en que todo esto estaba a la vista del comprador, se hacía y se despachaba el mate y el mentado chocolate de apolobamba, que bebían con deleite en jícaras espumosas los alegres y matinales círculos de damas y caballeros que rodeaban las mesas, o puestos más acreditados, de aquella especie de café público tenido bajo el esmaltado pavimento del cielo luminoso del Perú.

El devoto y el disoluto, la beata y la currutaca, la esclava y la señora, la chola y la española, todas las clases en fin que poblaban a Lima, dedicaban un rato de la mañana al goce de esta feria de la plaza; así es que la escena era de suyo animada, bulliciosa, y tumultuosa también con mucha frecuencia.

Esta explicación era necesaria para que los lectores se formen una idea cibal de los sucesos a que hacía referencia el diálogo que en la botica trabaron los tertulianos de don Bautista con los cholos.

-¿En la plaza ha habido tumulto?, preguntaron los de la botica sorprendidos.

-Y tan grande, contestó uno de éstos, que si ustedes salen a la puerta verán gente que va corriendo todavía: volaban más piedras que moscas alrededor de un alambique.

-¡Es cierto!, vengan ustedes -dijo don Hermenegildo-, y verán correr gente por aquellas cuadras.

-¿Y cuál ha sido la causa?

-A decir la verdad, yo no lo sé de un modo cierto: la gente decía que hoy iban a juzgar a una niña hereje en la catedral: los

---

* Igual cosa, poco más o menos pasaba en Buenos Aires con la plaza del Fuerte, hoy 25 de Mayo, antes de 1822. En todas las demás ciudades coloniales, la Plaza central ha servido, y aun sirven todavía, de Mercado.

padres andaban alegres también con este triunfo de la religión, y todos nos íbamos entrando a la Iglesia. De repente oímos un alboroto hacia el lado del palacio:* fui a ver lo que era; pero el tumulto era tal que no pude llegar; me dijeron que el Padre Andrés, de San Francisco, había salido furioso del palacio; que al verlo hubiera gritado alguno ¡viva el Virrey! ¡abajo la Inquisición! El hecho es que indignada la gente con esto y con la noticia de que el Virrey había impedido el juicio de la culpable, se trabó una gritería espantosa y empezaron por tirar piedras a las ventanas del Palacio, acabando por tirarse unos a los otros en desorden; y me han herido... No sería esto nada; pero si me ven creerán que he sido de los sediciosos, y quien sabe lo que me harán, señores.

-No quisiera, al menos, hallarme en tu pellejo -le dijo uno de los viejos-. Pero, aquí el dueño de la casa es don Bautista, y es el único que puede curarte y esconderte hasta que pase la bulla... Y vos, ¿por quién gritabais?

-Yo no gritaba por nadie, señor; ni sabía de lo que se trataba.

-¡Ah!, gritabas y tirabas por tu cuenta, ¿eh?

-A mí me parece, señor, que así no más lo hacían todos; porque cuando el señor Virrey salió con su palo a la plaza, todos se pusieron de su lado así es que tuvo que apalear a algunos de los mismos que lo seguían gritando ¡viva! porque les descubrió piedras en las manos: otros tontos corrieron de él, y los han tomado presos... Se me está desvaneciendo la cabeza -dijo el chola vacilando y se sentó descompuesto en un banco.

Don Hermenegildo se alarmó, fue a golpearlo a don Bautista gritándole:

-¡Amigo, aquí hay un herido!

-¿Un herido? -preguntó don Bautista de adentro.

-Un herido, sí, ¡señor!

-¡Ya voy, ya voy!...

Don Bautista estaba verdadera mente encerrado con la tapada, pues había tenido cuidado de torcer por dentro la llave de la puerta. Él estaba parado, y la mujer que estaba sentada enfrente

---

* Casa de Gobierno.

de él era Mercedes. Ambos parecían estar satisfechos: sus rostros denotaban al menos, la consecución de sus deseos.

-¿Está usted seguro de que no me prende? -le preguntaba ella al boticario como si continuase un tenor de conversación anterior, al mismo tiempo que don Hermenegildo comenzaba a llamarlo por el herido.

-¡Te lo aseguro con mi cabeza!... ¿Un herido?... ¡Ya voy!, ¡ya voy, amigo! -gritaba don Bautista en voz alta, y agregaba en voz baja-: tápate bien: te aseguro que no piensa en eso por ahora: tiene esperanzas... ¡Ya voy, amigo don Hermenegildo!, ¡ya voy!..., tiene esperanzas el pícaro fraile de que yo gane de tal modo tu confianza, que te saque los papeles y el secreto de la muchacha, y que se lo entregue a él... ¡ya voy, amigo!, ¡ya voy!..., y mientras espera esto no te tocará ni en un pelo; ¡ja!, ¡ja!, ¡ja!, ¡ja!, si supiera los años que hice que poseo los papeles, y lo cerca que lo tiene a su... ¡ya voy, amigo!..., ¿qué diría el grandísimo bellaco?..., ¡ja!, ¡ja!, ¡ja!, ¡ja!... Bueno, Mercedes: por ahora no tienes que tener cuidado: soy el confidente del fraile y ya te he prometido que te he de salvar en cuanto acabemos la obra: sígueme sirviendo como hasta aquí... Pronto he de tener noticias del Capitán* y quedarás contenta: ya te he dicho que has de ser premiada con la riqueza, la seguridad y con la venganza sobre los opresores de tu patria y de tu familia: tenemos la misma causa, ¡Mercedes!, y en la pertinacia está el triunfo -agregó despacio don Bautista-, ¡tápate!..., y abrió apurado la puerta, diciendo: ¿qué hay, señores?, ¿quién es el herido?

-¡Es este muchacho, amigo!, ¡mire usted que arroja mucha sangre; y usted se ha hecho aguardar mucho!

-¡Cómo ha de ser!, ¡cómo ha de ser! -decía don Bautista al mismo tiempo que examinaba la herida del cholo.

Aprovechándose de la distracción que esto causaba en la botica, se escurría Mercedes con su paso más sutil; pero reparó en el herido, y retrocediendo vino al oído de don Bautista, y le dijo:

-Éste es Anacleto, el espía que me ha puesto el Padre Cirilo.

_____
* Drake.

-¡Ah, majadera!, ¡majadera! -dijo fuerte don Bautista dejando al herido-, ¡no hay como acabar contigo! -agregó dirigiéndose a un frasco del que sacó unas pastillas-, tu herida -dijo hablando con el cholo- no es gran cosa, ya te la voy a curar: y envolviendo las pastillas se las entregó a la tapada, diciéndole fuerte con el objeto de disimular: dale una o dos cuando os vaya a ver, y veréis cómo se enmienda, ¡celosa!..., ¡anda!, ¡anda!

-Detenedlo todo el tiempo que podáis -le dijo Mercedes despacio.

-¡Anda!, ¡anda! -agregó el boticario afectando enfado.

Y Mercedes se lanzó a la calle rápida como una mosca.

-La cosa ya pasa de castaño oscuro, ¡señor don Juan!, observó uno de los viejos. Si éstos no son amores, ¡que me corte el Diablo una oreja!

-¡Ya!, ¡ya!, ¡ya!..., se quedaría usted sin ella: un boticario amigo que algo sabe de alquimia, es un confidente íntimo al que nada se le puede ocultar.

-Sí, pero el cariño...

-El cariño en estos casos es una forma de la adulación. Nos hacen creer que nos quieren para que queramos y curemos con amor y con esmero. ¡Bajezas del corazón humano, amigo! ¡Bajezas!... Y Don Bautista cortaba el pelo del cholo para limpiarle la herida y se preparaba a cubrirla con mi parche, cuando entró a la botica todo apurado un alcalde, y dirigiéndose al cholo sin ceremonia le dijo:

-¿Tú te llamas Anacleto?

-¡Sí señor! -respondió el cholo azorado.

-¡Ah grandísimo pícaro!, ¿conque ¡muera el Virrey!, eh?..., ¡ahora verás lo que es bueno, malévolo!..., ¡muera el Virrey!, ¡eh!..., ¡marcha!, ¡marcha! -le dijo y le dio un empujón hacia afuera, antes de que los circunstantes hubieran podido salir de su sorpresa.

Don Bautista se interpuso con firmeza y le dijo que ninguna autoridad de la tierra podía sacar de su casa un herido hasta que no estuviese curado.

-Es que este pícaro es el que ha promovido el tumulto.

-¡Yo no, señor!, ¡yo no señor!, ¡créamelo por esta cruz! -dijo el cholo cruzando sus dedos y besándolos con ruido.

-¡A la cárcel!, ¡a la cárcel!

-¡No, señor! -repitió don Bautista: primero es curarlo.

-Pues, ¡despáchese usted pronto!

-Ni pronto ni despacio, señor Alcalde: el tiempo necesario para curarlo. Y quisiera o no el Alcalde hubo de resignarse a esperar que estuviese curado el cholo para llevárselo preso por sedicioso.

No bien salieron los dos cuando los tertulianos de don Bautista empezaron a mostrar con sus gestos la profunda indignación que causaba en ellos la conducta del Virrey.

-Es de balde, señor, es de balde -decía uno de ellos golpeando el suelo con su báculo-. Saquear a Roma y tener preso...

-¡Caballeros!, ¡caballeros! -les dijo don Bautista-, ya ustedes ven que el señor Virrey manda en Lima... En cosas de Inquisición, ¡chitón!..., y en cosas de gobernación, ¡también chitón!..., y en cosas de alta razón, ¡también chitón!..., y en cosas de religión, ¡también chitón!... ¡chitón, y chitón, y chitón en todo por fin! El que se olvidó de esta parte esencial de la gramática española lleva mal pleito; porque, o lo empuja Caribdis para que caiga en Scila, o se espanta de Scila y va a hundirse en Caribdis -dijo el boticario alzando el cavernoso tiple de su voz a su más elocuente diapasón.

-Lo que yo le puedo asegurar a usted, señor don Bautista, es que Dios no ha de permitir que dure mucho semejante abominación. ¡Los hombres sin religión y sin moral no han de medrar!... -dijo a la vez don Hermenegildo alzando el palo con rabia.

-Y los que se metan entre ellos y sus jueces han de ser apretados y machacados así -respondió don Bautista golpeando con calor su mortero, y haciendo estallar las cáscaras de adormidera y de canela que había en él.

-¡Hombre!, ¡ahí pasa don Anselmo!, y él ha de saber lo que ha habido -dijo apresurándose a salir uno de los circunstantes-. ¡Don Anselmo!, ¡don Anselmo! -gritó desde la puerta llamando a un hombre deporte decente que marchaba apresurado por la vereda de enfrente.

Don Anselmo contuvo su paso y viendo que lo llamaban de la botica, retrocedió y atravesando la calle entró a la botica.

-¡Hola, caballeros!, ¿qué se os ofrece?

-Aquí estamos, amigo, llenos de ansiedad: me dicen que ha habido gran tumulto en la plaza, ¿es cierto?

-¡Ciertísimo!..., ¡y cosa de bulto!

-Y, ¿con qué motivo, amigo don Anselmo?, preguntó don Hermenegildo acercándose con mucho interés.

El boticario, entre tanto, machacaba en su almirez sus cáscaras de adormidera y la canela como si tratara de llevar el compás en la narración de don Anselmo.

-¿Con qué motivo?... Pues, ¿qué no saben ustedes que el Virrey interpuso su autoridad suspendiendo la misa de justificación con que debía empezar la causa de la María Pérez?

-Algo nos han dicho de eso.

-Pues sí señor: ...anoche mismo despachó interdicción contra el Santo Oficio apelando al Concilio.

-¿Al Concilio?... -exclamaron todos sorprendidos.

-Al Concilio Peruano, ¡sí señores!, y puedo asegurarles a ustedes que no tardará una hora sin que salga el Bando de convocación.

-¿Qué nos dice usted, amigo?

-Lo que ustedes oyen: es una novedad de bulto... en el bando de convocación se les intima a los Obispos que se congreguen en el término de dos meses cuando más.

-Pues, señor -dijo don Hermenegildo-, siendo así, ¡vamos a tener grandes cosas en esta tierra! ... ¡grandes cosas!

-Así es que todo el mundo anda hoy alborotado.

-¡Naturalmente!, contestaron los oyentes llenos de animación con aquella apetitosa noticia.

-¿Y vendrán por supuesto, todos los Obispos del Virreinato?

-Todos, todos, desde el Arzobispo de Lima hasta el Obispo del Paraguay y de la Imperial, que están en los confines de la tierra.

-¡Magnífico espectáculo vamos a tener! -decían refregándose las manos.

-Sobre todo, la religión y la Iglesia van a tomar un lustre nuevo y a salir de dificultades -decía don Anselmo.

-¡Y bien! -dijo don Bautista soltando su mortero y cruzando los brazos-, ¿y qué razón había para que una cosa tan grande y tan importante como esa causase tumulto y heridas en la plaza?

-No, señor: eso provino de otra cosa.

-¿De cual?..., ¡veamos, veamos!, dijeron los circunstantes agrupándose alrededor del narrante.

-Él pueblo se puso furioso de enojado cuando supo que el señor Virrey había lanzado interdicción sobre el Santo oficio en la causa de la Marica Pérez, porque la plaza estaba atestada de gente que había ido por asistir a la función. En esto, que todos estaban murmurando contra el Virrey, apareció en la plaza el R. P. Andrés acompañado del señor Fiscal Estaca y de dos familiares más, que según dijeron todos, iban a Palacio a reclamar de los procedimientos del señor Toledo: un inmenso gentío se agrupó a los dos personajes, y se entró con ellos al patio del Palacio. Dicen que al poco rato se levantó adentro una gritería terrible- que el señor Virrey estaba como un león y que no estaba menos el Reverendo Padre Andrés: el hecho es, que este santo religioso abrió la puerta del salón y se salió; el doctor Estaca hizo cuanto pudo por calmarlo y por hacerlo entrar de nuevo; pero no pudo conseguir nada y se volvió al salón: el religioso a la plaza rojo como una grana: llevaba la vista tan ardiente, que parecía que tuviese fuego vivo en los ojos. Muchas personas lo rodearon queriendo tomar parte en su situación, y mostrarle, simpatías; pero él se desentendió con enojo de todos y atravesó con imperio el concurso en dirección a su convento.

-¡Es un grande hombre!..., ¡con ése no se ha de jugar!

-¡Don Hermenegildo!, ¡don Hermenegildo! -dijo don Bautista con tono de amonestación y golpeando fuerte en su mortero-, ¡en mi casa no me gustan esas cosas!

-Yo no sé lo que hubo entonces -continuó diciendo don Anselmo-, pero sí diré a ustedes que el alboroto empezó sin sabor como cerca de la puerta del palacio: la gente empezó a correr, y una gritería espantosa se alzó por toda la plaza: casi a un mismo tiempo cayeron estrellados por un millón de piedras todos los vidrios de las ventanas del palacio. El señor Virrey, sin sombrero y como una furia, salió entonces a la plaza y seguido de tres o cuatro pajes, y empezó a dar palos con su bastón a diestro y siniestro poniendo en fuga a toda la gente baja que en su tropel nos arrastró a todos. Vinieron después los Alcaldes de la Hermandad; y en fin, amigo, aquello ha sido una Babilonia.

Siguieron conversando sobre los detalles de los sucesos, y no pasó largo rato sin que se oyese una llamada de clarines y tambores que se tocaba a las puertas del Ayuntamiento.

-¡Ya llaman al Bando! -dijo apurado don Anselmo-. ¡Voy a vestirme! -repitió-, porque tengo que acompañar al de primer voto.

Y despidiose de los tertulianos, yéndose deprisa por su camino, mientras que ellos se iban también muy animados a la plaza para gozar del espectáculo del Bando. Don Bautista, luego que se quedó solo, cerró tranquilamente su ventana, y tomando su capa y su sombrero, echó la llave a su puerta y se dirigió al convento de San Francisco con un porte lleno de humildad y de modestia.

XXVI ¿Es amigo o enemigo?

Como don Bautista encontrara cerrada la puerta del Guardián dio un respetuoso golpecito y esperó que se lo abriera paseándose por delante de ella. Pedrillo tardó poco en salir a ver quién era, y tocándole en la cara el astuto boticario con la palma de la mano, le preguntó en voz baja y con mucho cariño: «¿Está el señor Guardián?..., tengo necesidad de verlo.»

-Está ocupado, señor -le respondió el negrillo.

-Mira, hijito -agregó melosamente el boticario-, ve a decirle que he sido yo quien ha golpeado; pero no le digas que yo mando decir, sino... así..., como cosa tuya -y como el boticario notara cierta indecisión en el semblante del muchacho, le ponía en las manos al mismo tiempo que le hablaba un cartuchito de pastillas dulces.

Pedrillo lo tomó con mucho gusto y se entró cerrando de nuevo mientras don Bautista retornaba a pasearse por el claustro esperando la resolución del Padre Andrés.

Pedrillo entró, en efecto, al aposento del Guardián. Estaba éste con el Padre Cirilo y con don Antonio, tratando en conciliábulo secreto de alguna cosa al parecer muy reservada.

-Era don Bautista, señor el que golpeaba -dijo el muchacho con un perfecto disimulo, lo que no bien oyó el Guardián cuando dijo levantándose con animación: «Corre a alcanzarlo y dile que me espere un momento en la otra pieza.» El negrito obedeció con su natural presteza.

Fray Cirilo era, como ya hemos dicho, un religioso adusto y macilento que jamás levantaba del suelo sus ojos ávidos y entumidos. Dirigiéndosele el Guardián, luego que Pedrillo hubo salido, le dijo:

-Vais a ver, hermano, como le juzgáis mal: ¡don Bautista es incapaz de traicionarme!... No creo que haya procedido con esa malicia que le atribuís en la prendición de Aniceto.

-Lo que yo aseguro a V. R. -dijo fray Cirilo insistiendo, es que el boticario estaba encerrado con la chola: que vieron y conocieron a Aniceto, y que Mercedes fue inmediatamente a buscar un alcalde que lo prendiera mientras el pícaro alquimista ganaba tiempo y lo entretenía para que lo encontraran allí los sicarios del Faraón. V. R. puede estar seguro de ello, porque la Petita* estaba en la Botica y siguió a la chola en todas sus diligencias.

-Yo no os niego que la chola estuviera con el boticario... y por más que os asombre os puedo asegurar que eso era en servicio mío.

-Lo que me asombra, en efecto, es que V. R. confíe así en ese protervo, en ese brujo que hasta ahora nadie sabe quién es, de dónde ha venido, cómo piensa, ni lo que hace.

-¡Bah!, ¡bah!, ¡estáis delirando, hermano! Don Bautista es un perfecto católico, pocos encontrareis mejor instruidos que él en la liturgia y en el dogma de nuestra Iglesia: eso os lo puedo asegurar yo que lo confieso dos veces por semana, y que no he cesado de echar la sonda en su alma. ¡No se sabe lo que hace, decís!... ¿Qué queréis que haga sino ejercer el oficio que aprendió desde su niñez? ¿No es un admirable boticario?, ¿y pensáis acaso que quien conoce tan maravillosamente los secretos de su ciencia puede haber hecho otra cosa toda su vida que estudiarla y practicarla? ¡Vamos, Padre!, os extravía la desconfianza.

-¡Pudiera ser! -dijo el Padre Cirilo con un gesto manifiesto de ironía-. Y estoy cierto -continuó-, que si V. R. le arrimara por debajo de los talones un poco de luz, habíamos de ver en las tinieblas de su alma cosas que hoy no comprendo ni comprenderé por más que me digan.

---

* Diminutivo de Petrona.

Esta insistencia enfadó al Padre Andrés, y más resuelto a sostener a don Bautista a causa de la contradicción de su favorito, como sucede muy generalmente con las naturalezas tercas y despóticas, dijo con fastidio:

-¡Pues basta que yo lo comprenda, Padre Cirilo!

Éste hizo entonces una humilde reverencia y cruzó los brazos en silencio; pero sintiendo al momento el Padre Guardián lo desairado de la situación en que había dejado a su amigo, tomó un tono conciliador e insinuante, y dijo:

-¿No veis que me hacen daño esos rencores y antipatías entre personas que tengo por amigos y que, como tales, me sirven? Don Bautista, Padre Cirilo, no se ha apoderado de mis secretos, como pensáis, por astucia ni por sorpresa: fue Mercedes misma, quien creyendo encontrar en él un consejero y cómplice a propósito para sus fines, le vació en el oído todas las calumnias con que esa arpía me persigue. Don Bautista me lo reveló todo al instante, y dejó a mi elección el castigo inmediato de la perversa o el empleo de su persona para maniatarla y cortarle las uñas. Suponed, Padre Cirilo, que don Bautista se hubiese callado, ¿no veis que yo ignoraría hasta hoy que él estuviese en mis secretos, y no tendría yo la llave que tengo para enfrenar a esa maldecida chola?

-Será así, señor; pero yo me temo que lo que llamáis llave, sea ganzúa que hace a todas las puertas. el hecho es, que con ese aliado nada habéis avanzado en más de dos años de preparativos y de arbitrios.

-¡Bueno!..., ¡pensad como queráis!... Entretanto no debéis desconocer que desde que don Bautista tuvo mis secretos por Mercedes yo debía apoderarme de su persona.

-¡Convenido!..., ¡pero para encarcelarlo y quemarlo, no para darle tal entrada como le habéis dado en vuestro corazón!

-¡Ésa se la ha ganado él por sus servicios!

-Y aún ese mismo dinero que con tanta presteza y humildad os brinda siempre, ¿de dónde le saca?

-¿Ignoráis que es el depositario de una gran parte de nuestros ricachos?... Os repito, Padre, que desde que me sirve lo ha hecho con tal tino y adhesión, que nunca había gozado yo de la tranquilidad de espíritu de que ahora gozo, gracias a los medios de que él me provee para bien y lustre de esa santa Iglesia a cuyo destino está unido el de nosotros sus sumisos hijos y servidores -dijo el Padre persignándose-. Confiad en mí, padre Cirilo -agregó tomando un tono insinuante-, sé que sois mi amigo: en vos y en don Antonio -éste se quedó pálido y sorprendido con esta referencia repentina a su persona- miro yo las dos columnas en que apoyaré la obra que para su santo servicio me ha señalado Dios sobre la tierra, cuando mis brazos fatigados por la edad tengan que hacerla reposar en otro cimiento.

-Aunque mil veces indigno de tan alta distinción, ¡os lo agradezco, señor, con la más profunda humildad! -dijo don Antonio, juntando sus manos sobre su pecho.

-¡Estáis triste, hijo! le dijo el Guardián-. No importa: algún día el espíritu que se sublima en vuestra alma consumirá los malos vapores que os alza el terreno viciado en que habéis tenido vuestras plantas; y cuando esa obra de vuestra regeneración se haya consumado, me agradeceréis en el alma que os haya abierto ese ancho camino de poder y de grandezas que estoy allanando con afán para vosotros, hijos predilectos de mi amor en Jesucristo.

-Es cierto, señor, que un mal ambiente de tristeza me degrada en el umbral de los palacios de la Sión celestial a que me habéis conducido. Pero os pido que me disculpéis: estoy aturdido, no me reconozco: os confieso con el corazón abierto, como lo tengo delante de mi Dios, que las pasiones del mundo a que me habéis arrebatado, fascinan todavía mis sentidos. Pero vos, señor, protegeréis mi flaqueza con vuestra asistencia y con vuestros sabios consejos, y tocando mis ojos con vuestras manos, haréis caer por momentos el velo que causa mis ceguedades.

-¡Sí, hijo mío, sí, hijo mío!..., seré vuestro médico, y os alzaré. Las altas atenciones que en servicio de la Iglesia y de Dios pesan sobre el Padre Cirilo lo alejan demasiado de mi lado; demasiado para lo que exige el consuelo necesario de mi alma.

Vos, hijo mío, seréis pues la compañía diaria de mi soledad, seréis el báculo de mis tristes momentos; y a fuerza de ser amado llegaréis a olvidar las ilusiones del infierno para amar de un modo infinito las beatitudes de vuestro nuevo estado. ¡Ea pues, hijos míos!, ¡amaos, amaos y resistamos juntos los pérfidos ataques de los enemigos de nuestra santa Madre la Iglesia Católica Apostólica Romana... Confiad en mí, Padre Cirilo, y ya veréis como don Bautista no es el Judas que pensáis.

Por más insinuante que fue el tono con que el Guardián le dirigió estas palabras al Padre Cirilo, éste continuó taimado y sin desarrugar el ceño de su semblante.

-¡Pedrillo, Pedrillo! -gritó el Guardián-, haz entrar a don Bautista.

El Boticario entró al momento haciendo un respetuosísimo saludo al Padre Andrés, y tomando en sus manos el grueso cordón que ajustaba el sayal a la cintura del fraile, lo acercó a sus labios con una gran devoción: hizo lo mismo con el Padre Cirilo, y saludó después a don Antonio con un cariño y un respeto no poco afectado.

-Pensaba en hacer llamar a usted, don Bautista -dijo el Guardián, cuando vino Pedrillo a decirme que estaba usted ahí.

-Me felicito entonces, señor, de haberme anticipado a los deseos de V. R.

-¿Trae usted alguna novedad?

-A decir verdad no traigo ninguna, señor... Pero como hay tanta agitación en el pueblo, venía a ver si V. R... tenía algo que ordenarme...

-Tal vez os necesite..., pero ante todo quiero que me digáis por qué habéis hecho prender a Aniceto.

Al oír este cargo, una profunda turbación descompuso el semblante del Boticario; pero reponiéndose con una admirable rapidez y haciéndose el admirado, repitió:

-¿Por qué he hecho prender yo a Aniceto?... ¿Yo?... ¿Yo, señor Guardián?... ¡Me ha dejado atónito V. R! Yo no he hecho prender a nadie, señor... Un cholo joven, que ni conozco, ni sé cómo se llama entró herido a mi botica, y me ocupaba yo de curarlo en presencia de muchos testigos, cuando un alcalde de la Hermandad vino y lo prendió allí.

-¿Sin más ni más que eso? -le preguntó con zorna el Padre Cirilo.

-Yo... no sé que haya habido nada más... -repuso el Boticario con prudencia y de un modo ambiguo.

-¿Y no sabíais el nombre de ese cholo?

-¡Créamelo, V. Paternidad!..., no lo sabía.

-Pero debéis recordar que había alguien con vos que os lo dijo -le contestó el Padre Cirilo con el mismo tono zumbón y conceptuoso.

-Callad, Padre -dijo el Guardián, dirigiéndose al fraile-, el hecho es -agregó dirigiéndose al Boticario- que dejasteis prender a Aniceto...

-¡Señor!, lo ha prendido un alcalde, yo os lo he dicho, mientras que yo lo curaba... Pero yo quisiera saber -agregó el Boticario alzando la voz y tomando por asalto la buena situación-, ¿con qué motivo se me hace este cargo?

-¡Por qué con él se prueba vuestra perfidia contra la honrosa confianza que os ha hecho el señor Guardián! -exclamó exaltado el Padre Cirilo.

Don Bautista miró al Padre con un ojo fijo, y dejando impasible su semblante por un rato, dijo con una perfecta calma:

-¡No es extraño!... ¡V. R. señor Guardián, es causa de que yo tenga que sobrellevar tan amargos reproches!... ¿Puedo hablar?... -agregó como si esperara permiso para hablar delante del Padre Cirilo y de don Antonio de cosas de que hasta entonces no había hablado sino con el Padre Andrés-. No se ofenda V. P. -agregó dirigiéndose al Padre Cirilo-, yo ignoro si el señor Guardián quiere que hable yo... porque yo ignoro si hay otros confidentes que sepan... y en esto está el mal...

-¿De veras? -le dijo con ironía el Padre Cirilo-. ¿Os parece mal que no os entreguemos todos los secretos de la Orden y...?

-No digo eso, señor, -observó con humildad el Boticario- me habré expresado mal tal vez; mi intención no ha sido otra que decir que es en servicio del señor Guardián que yo he incurrido en vuestras justas sospechas y como yo ignoraba hasta este momento, Padre, que tuviese un aliado en V. R...

-¡Yo no soy aliado de brujos ni de nigromantes!

-¡Padre Cirilo! -dijo el Guardián ofendido-, ¿ese reproche lo extendéis hasta mí?

-No, señor, porque ignoráis lo que yo sé -respondió el fraile con una insistencia respetuosa en el modo, pero insolentísima en el fondo.

-¿Yo soy brujo, Padre?... Yo soy nigromante -dijo don Bautista con un rencor profundo que no bastaba a disimular el tono pausado de que usaba.

-¿Y para probároslo me bastará preguntaros si vendéis o no talismanes y encantos de seducción?

Un rayo repentino incendió la pupila del Boticario: pareció a punto de estallarse, pero conteniéndose de nuevo preguntó con un tono casi de seráfica suavidad.

-¿Y cuándo y a quién he vendido yo semejantes cosas, Padre?... ¡Dios mío!, ¡qué calumnia! -exclamó dirigiéndose al Guardián-, yo he vendido, señor, los talismanes santificados por nuestra santa Madre la Iglesia Católica Apostólica Romana, es decir, el polvo de los huevos de san Serapio, medicina incomparable para la sarna: las hilazas de la túnica de santa Eduviges, contra los males del corazón, el acerrín de la madera de la Cruz de san Priviano, que cura el ardor de las pasiones: he vendido y vendo los huesos y las reliquias de mil santos debidamente canonizados y cuyas virtudes están reconocidas y sancionadas por los concilios y Pontífices Vicarios de nuestro Señor Jesucristo, que han favorecido ese comercio como altamente propio para radicar en el alma de los fieles el amor de Dios y las benéficas influencias de la religión. ¿Es a esto, Padre Cirilo, a lo que llamáis vender brujerías y talismanes?, preguntó el astuto Boticario con una mirada de triunfo.

-¡Basta!, ¡basta! -exclamó el Guardián con enfado-. ¡Nada de esto es del caso, ni quiero que de semejantes demasías se trate en mi presencia con tal violencia! ¡Silencio!, ¡silencio! -agregó con un ademán de imperio irresistible; y los dos adversarios, reducidos así al silencio se inclinaron hacia el suelo.

-Con la más grande humildad vengo a pedir venia a V. R. -dijo don Bautista, después de un momento- para excusarme alegando que las prevenciones del R. Padre Cirilo: provienen, según creo, de haber notado, él o sus agentes, mi íntimo y frecuente trato con Mercedes la chola: ella me ha buscado en estos días a cada instante, como era natural, y el señor Guardián lo sabe...

-¡Eso sería nada! -dijo con menosprecio el fraile-. La infamia está en haberos complotado con ella para hacer prender a Aniceto, sabiendo que ese muchacho era nuestro agente, y cuán funestos resultados podía traernos su prisión.

-¡Pero esto sí que es singular! -exclamó don Bautista-. ¿Yo le he hecho prender, Padre? -agregó con animación.

-¡Vos! -le respondió el fraile con terquedad.

El Padre Guardián se paseaba entretanto por la celda lleno de enfado al ver cómo amenazaba trenzarse de nuevo aquella personal disputa.

-¡Vuesa Paternidad está en un grave error! -dijo entonces don Bautista, acogiéndose al tono conciliador, seguro de agradar así al Padre Andrés, y de conservarlo de su parte-, ¡en un grave error! -repitió-. Yo no sé, ni puedo saberlo, si el cholo a quien V. P. se refiere fue o no delatado; porque cuando él entró había varias personas en mi botica, y había también una tapada...

-Esa tapada no fue la que delató a Aniceto...

-¿La conoce acaso V. P. para asegurarlo de ese modo?

-¡Eso no os importa! La tapada que vio y delató al pobre muchacho, es la que teníais encerrada en vuestro aposento, la que se complotó al afecto con vos, Mercedes, ¡en fin!

-Yo no niego, señor, que Mercedes era la que salió de mi aposento...

-¡Acabáramos!

-Pero sostengo que la otra..., ¡porque había dos, señor Guardián!... la otra...

-La otra no se metió con vos para nada: fue Mercedes la que os habló al oído, y salió de acuerdo con vos a buscar el alcalde que prendió a Aniceto: ella misma lo condujo hasta la puerta.

-¡Apelo a vuestra alta razón, Padre Guardián! -dijo don Bautista visiblemente confuso y alarmado-, yo había venido a dar cuenta de todo a V. P. y ya lo hubiera hecho si se me hubiera dejado hablar... Yo recibí a Mercedes según lo convenido con V. P..., pero en la botica, como ya he dicho, había otra tapada que no conocí...

-¿Que no conocisteis?... -dijo el Padre Cirilo-. Pues vos le dijisteis que la conocías.

-Pero fue en broma, señor, como ella misma se lo habrá dicho a Su Paternidad -agregó prontamente don Bautista, con un singular rayo de malicia en su mirada.

-¡Ella no me ha dicho nada!, ¡tenedlo entendido!

-Señor, lo dije porque Su Paternidad parece tan bien informado que...

-¡Que no os dejo mentir! -agregó el Padre Cirilo, cortando la frase de don Bautista.

-Me insultáis, Padre, sin que os haya dado motivo para ello: yo os protesto, os juro por la salvación de mi alma, que no he conocido a la tapada a que os referís: y el hecho es, Señor Guardián, que yo estaba curando a Aniceto con la mayor inocencia y con todo esmero, cuando una de las dos tapadas (¡juro que no sé si fue Mercedes!) me dijo por detrás... yo no la podía ver, contraído como estaba al herido... me dijo, pues, por detrás: «Entretenedlo hasta que podáis». Que fuera Mercedes la que me lo dijera después de haber conocido a Aniceto, no tiene nada de extraño pues su Reverencia sabe que ella me tiene por su amigo, y que deseosa de hacer mal a Aniceto, era muy natural que buscase mi ayuda. Pero puedo atestiguar con cinco personas de todo respeto, que estaban conmigo, que puse la mayor prisa en despachar al muchacho. No había pasado un minuto, cuando la entró un alcalde, que debería andar por allí muy cerca, y prendió a Aniceto en nombre del Rey: yo hice, señor, los esfuerzos imaginables y usé de una grande energía a riesgo de mi persona, para buscar algún pretexto, y tomarme tiempo antes de dejar salir al infeliz, no porque supiese yo cosa alguna, sino porque sospechaba algo que pudiera desagradaros;

pero nada pude lograr: tuvo que curarlo en presencia del alcalde y dejarlo ir.

-¿Y por qué no lo ocultasteis con tiempo? -dijo con impaciencia el P. Andrés.

-Señor, ¡por Dios! -exclamó don Bautista levantando las manos al cielo-, ¿qué es lo que dice V. P?... ¿Ocultarlo a la justicia del Rey en mi casa?... ¿No ve V. Paternidad que el infeliz estaba ya denunciado?... Había en mi botica más de cinco personas y yo había de contraer, señor, esa inmensa responsabilidad de sustraer un hombre a la justicia del Rey, delante de cinco extraños? Cómo exigirme, señor Guardián, un acto semejante, a mí, debilísimo gusano, criado inerte y humilde de las Potestades de la tierra... A esta hora estaría yo perdido en las mazmorras del estado, y los intereses de V. P. no estarían por eso más adelantados, pues Aniceto habría sido extraído de mi aposento... Y además de todo eso, ¿sabía yo señor, que Aniceto fuese agente de V. P. ni que fuese de tan grande interés su persona? -dijo el boticario esforzando el tono sincero de su vindicación y aprovechándose con destreza del momento.

Los circunstantes guardaron silencio, hasta que el Guardián con una voz tranquila dijo:

-¡Lo era, lo era, don Bautista!... No porque esté ese indio al cabo de mis secretos, pues no sabe de ellos una palabra; sino porque el Padre Andrés se había valido de él y de otros para que la opinión pública hiriese una imponente manifestación. Preso ahora, descubrirá a todos los demás, por el miedo o el tormento, y... como lo veis..., yo quedo comprometido bajo la saña del Virrey.

-En tal caso -dijo don Bautista reflexionando maduramente al mismo tiempo que hablaba-, he venido a tiempo para remediar la imprudencia del Padre Cirilo...

-¡Insolente! -exclamó éste con la rabia del orgullo, pintada en su semblante.

-¡Silencio, mentecatos! -gritó el Padre Andrés, amenazando a uno y a otro-, ¿hasta cuándo queréis mortificarme?

-Protesto ante el Dios que me ha de juzgar en el día final, que ni pensé en ofender al R. Padre Cirilo -dijo don Bautista con la mayor humildad- con el deseo de ser útil hablé con precipitación, señor, y no medí mis palabras, por lo que pido a Su Reverencia el más humilde perdón -agregó dirigiéndose al Padre y besándolo el cordón que pendía de su cintura-. Yo quería decir, señor Guardián, que con el pretexto de no habérseme dado tiempo bastante para curar bien al herido, puedo solicitar ahora mismo que me dejen verlo y vendarlo. De este modo puedo hablarle e imponerle que se mantenga firme, porque no hay más prueba contra él que la delación de Mercedes: yo declararé también si fuese preciso que ésta nada sabe, pues estaba conmigo durante el tumulto, y por último me esforzaré por obtener su excarcelación, empeñándome personalmente con el señor Virrey.

-¡Excelente idea! -exclamó de pronto el Guardián-. ¿No os parece lo mismo, Padre Cirilo?

-Timeo Danaos, et donna ferentes! -respondió el fraile, lanzando una mirada del más alto desprecio al boticario-. ¿Y si en vez de hacer lo que promete sirve a los intereses contrarios? -preguntó con entereza a pesar del enfado que estaba ya pintado en la cara del Guardián.

-Pero, Padre, ¡por Dios!, ¿que queréis que haga si debo desconfiar de todo si no me dais más consejo que el de desconfiar, ¿queréis que desconfíe también de vos?... ¡Veamos, pues!..., ¡dadme algún otro arbitrio que reemplace al que propone don Bautista!

-¿Queréis, señor Guardián, que os dé el único que hay bueno en mi concepto, para que empecéis a ver claro?

-¡Sí, quiero!, sí, ¡os lo mando!

-Empezad, señor Guardián, por mandar a ese hombre -dijo el fraile dirigiendo un ademán feroz sobre el boticario- a la cárcel del Santo Oficio, ¡y que le den tormento al instante!

-¡Retiraos, Padre! -le dijo el Guardián, no pudiendo ya contener su despecho.

El Padre Cirilo se retiró, sin intentar decir más palabra, mientras que don Bautista, manifestando la más grande contrición en su postura y ademanes, se felicitaba interiormente de la retirada de su acusador.

-¡El celo que tiene por serviros lo extravía! -dijo después de un momento con una voz llena de dulzura-, y eso es lo que me hace prescindir de las injurias que me hace.

-¡Sí, amigo mío! -le dijo el Guardián- Hacéis bien: tenéis razón: cuando os conozca os estimará: es hombre de una pieza, terco, pero leal y franco: no entiende de política, y de ahí viene su inhabilidad para los grandes negocios; él se estrella donde es preciso costear: no le guardéis rencor, don Bautista.

-Ni el más mínimo, señor: lo juro por la salvación de mi alma.

-Y yo os doy las gracias, como os la dará él cuando os conozca... Volvamos al asunto: apruebo vuestro plan.

-Pues voy a ejecutarlo al instante: si fracasa, téngalo presente V. Reverencia, quedaré tan tranquilo como lo estoy ahora, porque yo busco mi vindicta en mi conciencia, señor Guardián, y crea el mundo lo que quiera... Voy a hablar pues, con el Virrey, pero es preciso que por lo que pueda ocurrir, sepa yo el estado de las cosas.

-Pues, ¿qué no lo sabéis?

-Sé que hay agitación: mil rumores contradictorios, todos se oyen en las calles; pero lo que quiero saber es la verdad.

-Os la diré en dos palabras: el Virrey quiso abrogarse la causa de la María Pérez, como de su competencia y fuero; pero no se acordó de que la Iglesia está edificada sobre una ROCA, ¡y se estrelló sobre ella! -dijo el fraile levantando con orgullo su cabeza-. Sintió la fuerza del freno -agregó- y se ha lanzado a un precipicio peor para él; convoca y apela para ante el Concilio.

-¡Al Concilio! -repitió don Bautista con una profunda preocupación.

-¡Al Concilio, que ahora un año rechazó! Éste decidirá, pues, entre nosotros. ¡Pero yo le juro que mientras tanto le ha de costar arrancarme a las acusadas como quiere!

-¡Se guardará de violar el fuero y el territorio de la Iglesia!... -dijo con timidez el boticario.

-Puede ser que lo atente; ¡porque de todo son capaces los hombres de la Escuela del Condestable de Borbón!

-¡No he conocido a ese maestro! -dijo don Bautista, afectando candor.

-¡Pero habréis oído hablar del asalto de Roma y del saqueo de sus templos!

-¡Jesús!..., ¡Jesús!... -dijo el boticario santiguándose con horror.

-¡Señor! -dijo Pedrillo entrándose de golpe en el cuarto-, ¡el doctor Estaca porfía por entrar!

-¿El doctor Estaca?... -dijo el Padre Andrés con indicios de ofensa y de sorpresa-. No se ha portado tan bien conmigo como para que tenga yo gusto en verle -agregó-. Pero reponiéndose y disimulando al instante su primer impulso -se dirigió al Padre Cirilo y le dijo: No puedo negarme a recibirlo... Haga V. P. las paces con nuestro amigo don Bautista: ¡todos a una!, debe ser nuestra divisa, Padre Cirilo...

No bien oyó el boticario esta exhortación, cuando corrió y arrodillándose delante del Padre Cirilo le dio un devoto y humilde beso en los burdos cordeles que ajustaban su sayal. El fraile, siempre torvo, lo extendió la mano, en cuyo reverso imprimió don Bautista un otro beso, levantándose enseguida con una humilde satisfacción.

-¡Bien! -dijo el Padre Guardián-. Que eso haga olvidar vuestras recíprocas injurias, para que poniendo cada uno su grano de arena y su fe, sea más brillante y más seguro el triunfo de la Iglesia y de su santa causa... ¡Dios os bendiga, hijos! -les dijo viéndolos salir-. ¡Pedrillo!

-¡Señor!

-¡Haz entrar a su señoría el señor Fiscal del Santo Oficio!

Un momento después entró en efecto el dicho Fiscal, con un aire un tanto socarrón, disimulado apenas bajo el aparato de sus formas escolásticas y pedantezcas así que el Fiscal entró, cerró la puerta el fraile: aquél se sentó sorbiendo una enorme narigada de polvillo, mientras éste, con un ceño bien marcado de disgusto, le decía:

-Convenga usted, señor doctor, que su conducta ha sido desleal, no solo me dejó usted solo en la partida, sino que con una malicia refinada se propuso usted debilitar todas mis razones y mis ataques;... y entienda usted, señor Estaca, que yo soy hombre...

-¡Cómo!, ¡cómo, señor Guardián!... ¡Poco a poco!, contestó el Fiscal, incorporándose y tomando un tono imponente: lo que V. P. debe entender también, es, que mi deber, mi vocación, mi destino es servir a la Santísima Iglesia Apostólica Romana, como mi conciencia y mis talentos me lo indican, y no con arreglo a los caprichos de nadie. Yo he dicho a V. P. que iba errado, y viendo a V. P. que se despeñaba, por la justa indignación que le causaba la insolencia de nuestro enemigo; viendo que había un mejor camino, varié de rumbo para ganar terreno... ¡y tanto he ganado, señor Guardián! -dijo el Fiscal alzando su voz de un modo altivo y golpeando sobre la mesa- que traigo ya el nudo de toda la conjuración; traigo apretado en el puño de mi mano todo el misterio, y he puesto mi ojo en una hendija, desde donde, como dijo el cisne de Mantua- «Adparet domus intus, et atria longa patescunt.»

Estas entusiastas exclamaciones del doctor, dominaron y pusieron perplejo al Padre. Comprendiéndolo bien el primero, agregó en tono conciliatorio: «¡Dejémonos de reproches, Padre Guardián!, ¡venga esa mano y escuche V. P. todo lo que he adelantado!... Los agentes, los cómplices, los afiliados, los fautores de los herejes y del Pirata, están encabezados, (dijo el fiscal enmudeciendo su voz hasta hacerla cavernosa) por quién le parece a V. P.?..., ¡por el de Toledo!, ¡por el Virrey!

Fue tal el salto de sorpresa que dio el Guardián, que volcó de espaldas un enorme sillón que tenía por detrás, y sin poderlo remediar, dijo: «¡No puede ser!, ¡usted delira, amigo!»

-¡No tal!... Él sabe quienes son los que intentaron arrebatarnos a la Marica, revelándose contra Dios y contra el Rey, haciendo armas contra la Iglesia: ¡los conoce!... él mismo me lo ha dicho: y los cobija: él y su... ¿Conoce V. P. a doña Milagros de Alcántara y Zurita?

-¿La Coronela?

-La Coronela.

-¿La comadre del Virrey? -dijo el Guardián con aire sardónico.

-Ella misma... ella es la que ha andado en esto, ¡la que teje las intrigas!, y aquí está el gran golpe, ¡si V. P. tiene valor y energía para darlo!...

-¿Prenderla al instante? -preguntó el Guardián con una mirada llena de fuego y de misterio.

-Prenderla al instante, como enemiga de la iglesia: eso mismo..., ¿lo osáis?

-¿Si lo oso?... -dijo el Padre con ademán fiero-, ¡ya lo veréis!..., y volcándose sobre su cabeza tonsurada la capucha gris de su sayal: ¡venid conmigo! -agregó, y salió de la celda acompañado del letrado.

XXVII El bando

Mientras tanto, un concurso inmenso, bullicioso, festivo y alborotado, se iba agrupando en la plaza mayor de Lima, atraído por el espectáculo del bando. Se convocaba al fin aquel esperado Concilio de Prelados Americanos, que tanto había preocupado los ánimos desde algunos años atrás; y considerado el dominante prestigio que tenían entonces las cosas eclesiásticas, cualquiera concebirá la magnitud que este suceso tenía para los habitantes de Lima, que a todas sus otras preeminencias iban a agregar la de ver el día en que los rayos de luz del Espíritu Santo, bajasen en línea recta sobre su hermosa ciudad.

En verdad que era suma la anarquía en que se hallaban las diversas jurisdicciones del Estado. Armada la Iglesia de sus cánones y de sus decretales, se había abierto un ancho espacio en los negocios temporales y tenía una innegable prepotencia sobre los empleados administrativos y fiscales del Virreinato. Los comentadores habían traído el contingente de sus ficciones y variedades al terreno de la jurisprudencia: y se había levantado así un fuero eclesiástico de límites indefinidos que por medio de las ceremonias del rito creaba relaciones legales entre los individuos que jamás salían del círculo infinito de la competencia eclesiástica; y de aquí la anulación casi total de la vida y del derecho civil.

La insurrección de los agentes del Rey contra este estado de cosas, era permanente: no por causas filosóficas, ni por intereses morales, sino por causas e intereses materiales y positivos. El despotismo de la Iglesia, como todos los otros despotismos, después de haber anulado las resistencias que le habían pretendido cerrar el paso, después de establecido sobre un nivel de cabezas, igualmente inclinadas, había degenerado en egoísmo de casta, diré así, en explotación egoísta y opresora del poder y del prestigio; y de aquí el desorden y la inmoralidad dentro de sus propias filas, con la tiranía y la violencia sobre todo lo que no estaba afiliado en ellas.

De este estado de cosas a la insurrección y a la anarquía, no había sino un paso; y en la época que narramos, ese paso estaba moralmente dado en todas partes: la hostilidad, la lucha y la anarquía existían igualmente vivas, igualmente legitimadas, por más que fuese diversa de fortuna entre las naciones que formaban entonces el mundo de la civilización europea.

Un rey vigoroso y compacto como el hierro, cruel y sombrío como el tigre de los bosques, tenía su planta sobre la España, y a sangre y fuego esterilizaba y agotaba allí los gérmenes de una legítima reforma en el clero y en la jurisdicción de la Iglesia. Pero sus empleados en América, aunque invariablemente imbuidos de su mismo espíritu de conservación y de quietismo, sentían con frecuencia impulso de orgullo ante la tirantez de los sacerdotes; y la lucha latente de las dos órdenes de poderes, se traducía al menos en reyertas personales, en chismes y mezquinas rivalidades, que a poco andar, cobraban la importancia de grandes sucesos y dividían y anarquizaban la sociedad entera.

En los días de nuestra historia el mal había llegado a su colmo, como el lector lo habrá comprendido por los sucesos que vamos narrando.

Es propio de todas las grandes épocas de la historia que los individuos huyan ante la responsabilidad que impone la crisis que se ve venir y rugir en derredor. Se recurre entonces a los cuerpos morales, creyendo que muchos brazos son necesarios para la obra; y así como esta causa trae en nuestros días la convocación, no siempre benéfica, de Asambleas deliberantes que engendran la anarquía, y caen en el despotismo, traía en el siglo

XVI la convocación de los concilios, que era, diremos así, la manía del tiempo, y que produjo a Lutero y a Calvino, para abdicar en Enrique VIII por un lado, y en la Inquisición y en Felipe II por el otro.

Como era Lima el gran centro de la vida americana no pudo escapar a las influencias de la época, y la convocación de un concilio era el grito universal, con que se pedía el remedio de los abusos y de los males.

El Concilio era al fin convocado.

El día estaba hermosísimo: un sol brillante parecía poner en mayor viveza los semblantes y los espíritus. Las señoras acudían al espectáculo con todos los atavíos del lujo. Adornadas de anchas y tiezas golillas, que rodeaban sus cabezas como una redoma de pliegues, arrastraban enormes vestidos de cola, que tres o cuatro lacayos renegridos como el ébano iban suspendiendo por detrás, para que no tocasen con la finura de sus telas el pavimento de las veredas: y como acudían por familias iban precedidas de dos o más lacayos, que llevaban bien desplegadas por delante riquísimas alfombras de tripe.

El lujo de las alfombras había llegado a tal exceso de extravagancia y de locura, que nadie podría hoy concebir siquiera: era asunto de ruina para los padres de familia, la competencia que en este artículo se hacían las mujeres, y tanto creció que el mismo Concilio de que nos ocupamos dictó y promulgó un canon para que no se permitiese el uso de este mueble en las Iglesias, sino a las señoras que padeciesen de cierta dolencia crónica que exige un muelle reposo de los miembros; creyendo que la vergüenza o el amor propio las sustrajese a todas las extravagancias del desafuero: «pero ni por ésas», escribió a La corte un Virrey algunos años después: «hay demencias que no se curan sino por su propio exceso» dice Montaigne; y por lo que hoy se ve, así se curó esta de que hablamos. Así debió curarse esta que tanto hizo cavilar entonces a los economistas y moralistas del tiempo.

El bando, como ibamos diciendo, iba atrayendo a la plaza a todas las grandes damas de Lima, vestidas de gran tren. Mientras la muchedumbre se agrupaba en desorden por el centro y las aceras, las señoras acudían al atrio y gradas de la Catedral, donde hacían extender las preciosas alfombras en que se habían de sentar.

Quiso el acaso que la señora doña Milagros de Alcántara y Zurita, mujer del Maestre de Campo del Perú, llamada por antonomasia la Coronela, viniese con su gran tren de lujo y de lacayos a tender su alfombra al lado de doña Antonia Nuño de Estaca y Ferracarruja, llamada la señora Fiscala, a quien ya conocen algo nuestros lectores. La señora Coronela hizo desdoblar bien alto y sacudir con garbo su alfombra para que fuese bien vista y admirada del concurso de damas que la rodeaban; y que todas en efecto, fijaban en ella los ojos con aquel afán e interés, no sé si diga rivalidad o emulación con que las damas se hacen el recíproco escrutinio de sus tragos. La señora Coronela, tieza y garbosa entre todas, esponjó los pliegues de su rico vestido de terciopelo sobre su alfombra, hizo que sus lacayos envolviesen con gracia alrededor de sus pies su magnífica cola, y dando unos cuantos cierros al bellísimo abanico de la India, montado en nácar y perlas que lucía en sus manos se reclinó sobre su alfombra con la majestad altiva de una reina, y mirando recién entonces a su alrededor empezó a repartir saludos y miradas más o menos disimuladoras de sus verdaderos sentimientos para las que las recibían.

Quiso el acaso que al extender su alfombra, los lacayos hubiesen volcado una de sus puntas sobre los extremos de la de la señora Fiscala, a quien doña Milagros, en vez de saludo, había lanzado una mirada fría apenas y que bajo las apariencias de una indiferencia perfecta cubría algo de odio o de rivalidad al menos. La señora Fiscala, como quien hace una cosa muy natural, tomó el extremo de su alfombra, que estaba abajo y lo puso encima de la señora Coronela. Ésta, que se apercibió al momento de la pretensión de superioridad que revelaba este movimiento:

-¡Eso sí que no! -dijo; y tomando las puntas de su alfombra, volvió a restablecerla en su anterior posición.

-Pues entienda la muy tonta -le dijo excitada la Fiscala-, que yo no soy menos que ella, y que no me dejo ajar de nadie: y tomando la punta de la alfombra de su rival la devolvió con fuerza de modo que fue a doblarse sobre la cola de la Coronela.

-Retírese usted de mi lado -le dijo ésta con una calma llena de soberbia-, si no quiere que mi alfombra quede encima; y juntando el ademán al dicho, quiso poner encima otra vez la punta de la alfombra; mas la señora Fiscala había también tomado la suya y resistía la pretenciosa ejecución de la señora Coronela.

Uno de los lacayos de la señora Coronela, gran favorito de la ama, y que tenía como tal excelentes motivos para reputarse más inviolable que un honorable de nuestros días, era de una innata propensión a hacer daño, y la naturaleza se había complacido en darle para ello con admirable fecundidad. Una de las cosas que más le complacían, era la de cortar los ricos trajes en las grandes concurrencias o bien coserlos unos con otros para que se despedazasen, así es que comúnmente llevaba tijeras y agujas en sus bolsillos. Luego que vio formalizado el choque entre su ama y la Fiscala, acudió con una audacia exquisita, y tomando sus tijeras cortó todo el ángulo de la alfombra de la Fiscala, que lo pareció de más, para que así quedase imposibilitada la disputa.

La señora Fiscala se quedó atónita.

-¡Malvado! -exclamó llena de furia-, ¡te haré pagar esta insolencia con la horca! -y trató de levantarse con los ojos llenos de lágrimas de la rabia y con el rostro trémulo y desencajado.

-Mire usted, señora -le dijo la Coronela-, es asunto de plata, y cuando usted guste puede usted mandar a mi casa por el doble de lo que valga su alfombra.

-No, señora, sería mejor que mandase a cobrarlo sobre las arcas reales que algo dejan para usted y para su hijo.

-O sobre la administración de correos, si usted gusta en esa casa al menos debe usted tener crédito.

-Yo le juro a usted que esto no ha de quedar así; ya lo verá la muy perra orgullosa -dijo la Fiscala retirándose como una tigra.

-Es usted la que va ladrando,... ¡y por una alfombra!..., ¡señora!....

Tan ruidoso fue este escándalo a las puertas del templo y en medio de aquella grande y escogida concurrencia, que no lo olvidó por cierto, al escribir la crónica de aquellos tiempos, el buen arcediano de Centenera: y habló de ello con un tono que reprobamos nosotros, no obstante que debemos transcribirlo para probar que no inventamos ni denigramos.

> Con su sabor astuto y cauteloso,
> sintiendo la pujanza que Adam lleva,
> Satán tomó por medio a nuestra Eva,
> contra el hombre quedó Satán tan diestro
> que si vencerle quiere con pujanza,
> como viejo, sagaz y gran maestro,
> en una mujer pone su confianza.
>
> De modo que de diez partes de males
> los nueve con mujer causa cabales.
> Cuan claro aquesto vemos en el cuento
> de una cierta fiscala y de Zurita:
> pues solo por poner asiento
> en la Iglesia, y que otra se lo quita,
> se comenzó tan gran levantamiento
> que al reino del Perú plata infinita
> le cuesta
>
> CENTENERA, canto XVI

Pero preciso es no olvidarse que el pobrecillo del arcediano, con las ligaduras de sus votos sacerdotales debía de andar a menudo con cavilaciones acerca de Eva y de las tentaciones de Satanás, imaginando enemigos infernales de las cosas mismas que Dios ha hecho para encanto y consuelo del hombre: este al menos es nuestro modo de comprenderle y de refutarle.

El hecho es que aquella inesperada reyerta tuvo un eco inmenso en todo el concurso de la plaza, y que un susurro inmenso siguió comentando con pasión lo que había ocurrido.

Entretanto el momento del gran bando había llegado: las casas consistoriales estaban abiertas de par en par, y un pueblo numeroso atestaba los salones y las escaleras. La respetable municipalidad de Lima ocupaba el salón principal, rodeando una mesa tendida de terciopelo carmesí con hermosísimas franjas de oro cuyos flecos y adornos venían a dar hasta la mitad del salón: en cada una de las dos puntas de la carpeta que salían al salón, estaban preciosamente dibujadas de oro y seda, los escudos del Virreinato y de la municipalidad. La pared a cuyo largo se sentaban los venerables magistrados de la comuna, estaba tapizada del más rico brocato de Aragón, color amarillo todo, brillante como el oro, compacto como el cuero, y flexible como el arminio. En su centro sobresalía un espléndido escudo de las armas de España, bordado de relieve, en el que los metales preciosos se combinaban con las perlas y los diamantes y los rubíes para producir un efecto deslumbrante al frente de los espectadores del pueblo. Terminaba este tapizado por un inmenso docel suspendido en cuerdas y clavos de oro sobre la cabeza de los miembros del cabildo. En el centro de estos se hallaba un venerabilísimo anciano, vestido de negro y dominando con su blanca y calva cabeza a todos sus otros compañeros: tenía un alto bastón en sus manos, con gran puño de topacio, y adornado con borlones de seda negra. Era el señor Alcalde de primer voto, jefe del cabildo y justicia mayor de la ciudad. A su diestra figuraba otro personaje con traje semimilitar, y una bellísima espada al cinto, único allí a quien distinguía esta insignia de guerra: era el Alférez Real, magistrado popular a un mismo tiempo que jefe nato de las milicias del Virreinato; dotado con ventajosísimas regalías y preeminencias por las leyes generales y coloniales. A la izquierda del de primer voto estaba el Alguacil Mayor, vestido de una toga negra que se cerraba en la garganta con una cinta punzó, y armado en su mano derecha de una varilla negra de ébano, que pasaba hasta más alto que su cabeza. Entre los otros personajes nada había de notable; pero bajo de las gradas en que estaba la mesa y el docel se hallaba a la derecha un personaje repugnante, vestido todo de colorado, con una máscara negra sobre su semblante y armado de un cuchillo corvo que apoyaba sobre su hombro: era el verdugo, y parecía allí la estatua del terror o una visión del infierno.

La campana del reloj municipal tocó diez campanadas en este instante; un profundo silencio reinó en todo el concurso de los salones: el Alcalde de primer voto se puso de pie, siguiéndole en ello toda su comitiva, tocó una campanilla de plata que servía de pirámide al magnífico tintero que tenía por delante, y dirigiéndose al Alférez Real, le mandó proclamar el Concilio con arreglo a las órdenes del Rey y rogaciones de Su Santidad el Pontífice Romano. El Alférez Real, bajó las gradas del docel, se dirigió al centro del salón, donde estaba colocado en una peaña el Estandarte real, y tomándolo en sus manos, hizo la debida proclamación en voz clara y dominante.

Apenas concluyó se alzó un repique general de campanas por toda la ciudad, y el bullicio de la alegría se hizo sentir en toda la muchedumbre.

La municipalidad comenzó a bajar entonces de sus salones y salió en cuerpo a la plaza, formando una grandiosa procesión: se dirigió a la primera boca calle de la derecha, en donde estaba preparado un tablado al que todos sus miembros subieron en cuerpo: hizo entonces el Alférez Real un movimiento con el estandarte que llevaba en sus manos y cesaron al instante las campanas, el más profundo silencio quedó restablecido. Rodeaba el tablado una lucida compañía del regimiento real del Fijo, cuyos tambores hicieron entonces un continuado redoble como en señal de atención, y apenas concluyó, el Alférez Real volvió a promulgar con su clara y arrogante voz la convocación del primer Concilio Peruano.

En medio de la muchedumbre que seguía rodeando a la comitiva del Bando, se hallaba, como sumido diremos, don Bautista el boticario, atisbando con un ojo perspicaz y empañado en apariencia cuanto allí pasaba, observándolo todo con un sumo interés, y arrebatando a cada uno de los que caían bajo su sagaz examen el secreto de sus deseos y de sus más íntimas aspiraciones: metido, acurrucado en el recoveco que formaba con la pared una de las pilastras del Palacio veía y escudriñaba, sin ser visto según él creía; no obstante que por las miradas desconfiadas que de vez en cuando repartía a su derredor, hubiera podido sospecharse que el hombre tenía cola de paja, como vulgarmente se dice.

En el momento en que el Bando con toda la muchedumbre que lo seguía pasaba delante de él y que el cabildo subía en cuerpo al tablado que se levantaba a dos pasos de la boca calle, vino una airosa tapada y pasando rápidamente su pañuelo blanco por las narices multiplicadas del farmaceuta, le dijo:

-¡Adiós, Sacerdote!

-¡Siervo, señorita! -le contestó él con aquella calma que revela haber adivinado un secreto.

-¿De Adín o de Adam?* -le preguntó ella.

-¡Vuestro, señorita!, que por cierto no sois Adin, o el diablo, ni Adam tampoco, sino el vínculo de ambos, la más bella hija de Eva.

-¡Mal ojo tenéis!

-No tan malo como el vuestro.

-¿Y por qué lo decís?

-¡Porque me espiáis mal, y me juzgáis peor!... ¡Sois injusta, niña!... ¡Mirad que yo os quiero y os he querido siempre, y debéis saber que amo y respeto profundamente a los que os enemistan conmigo!

-¡Zape, señor Brujo! -dijo ella riéndose de la mejor gana del mundo-, ¿por quién me tomáis?

-Por la que sois, por la que hace tiempo da malos informes de mí, por la que ahora mismo acaba de estar hablando, de espiarme y perseguirme.

-¡Guay!..., ¡vaya que estáis hoy muy tonto para divertirse uno con vos!, ¡id a tornar algún cordial, de esos que tanto administráis a los otros para conftaros contra semejantes majaderías! ¡Adiós!

---

* Denominaciones vulgares del diablo y de Dios.

-¡Él os haga tan justa y caritativa como sois linda!

-¡Amén!... -le dijo irónicamente la tapada y se escurrió entre el concurso.

Al mismo tiempo que ella se alejaba vino otra y acercándose también al Boticario que seguía apoyado en su grueso bastón de puño de plata, le dijo con voz rápida y misteriosa:

-¡Es ella!

El Boticario la miró con suma prudencia, se pisó dos o tres veces la mano por la barba, e hizo sonar la lengua dentro de la boca.

-¡Soy yo! -le contestó la tapada haciendo el mismo ruido; ¡no hay cuidado!

-Es ella, ¿no es verdad? -repitió el Boticario entonces, deponiendo la desconfianza a esta señal-, ¡bien la conocí!

-¡Ella misma!, ya la tengo en mis manos: viene de la casa de don Benito Balmaceda, el primo del Padre Cirilo donde, ha estado con éste más de una hora. Os siguen y os espían.

-¡Bien lo sé!

-¡Es preciso tener cuidado!

-¡Mucho, Mercedes!..., ¡mucho!, y empiezo a creer que debemos dejar abandonados a su suerte a Pérez y la Mariquita.

-¡Eso no!,... ¡la muerte mil veces antes!... Es mi hija, os lo he dicho.

-Es que los grandes fines exigen los grandes medios; y no es cosa de perder la obra que está en camino contra los tiranos del mundo, comprometiéndola por tan poca cosa como la suerte de una niña.

-¡Una vez por todas os declaro que ninguna obra es más grande para mí que la salvación de esa niña que se ha criado a mis pechos!... ¡Dejadme de teorías!..., ¡rompo con vos si os empeñáis en envilecerme aconsejando a una madre la enorme iniquidad de que sacrifique la suerte y la vida de su hija!... ¡Mil veces no!, ¡un millón de veces no! -dijo Mercedes con la entonación resuelta de una voluntad incontrastable-. Si María sucumbe, os hago sucumbir a vos, sucumbo yo, sucumbiremos todos, porque yo no he de olvidar jamás que vos y yo somos la causa de todo lo que ha ocurrido en ese maldito viaje... ¡Yo pude salvarla de todo si no hubiese tenido la causa digna y funesta debilidad de acceder al secreto, a la reserva absoluta que me exigisteis!

Don Bautista se quedó pensativo y preocupado.

-¡Sois demasiado exaltada, Mercedes!..., ¡sed prudente!, estamos rodeados de testigos.

-¡Bien!, dejemos eso: ¿vuestra causa es atacar y perseguir al Rey de España? ¡Sea! Yo me entrego a ella mientras vos sirváis la mía, que es salvar a María y arruinar al Padre Andrés: y no quiero que os desviéis ni una línea de este pacto, si queréis contar conmigo como hasta aquí, toda entera, ¡sin reserva de peligro ni de sacrificios!

-Pero, ¿quién os dice que yo quiera desviarme?

-Me habéis hecho una insinuación para ello; ¡y de solo haberla percibido me he indignado!

-¡No tal!, yo no os he hecho insinuación ninguna: veo un peligro empezará amenazarnos: preveo que necesitaremos quizá en un momento dado conjurarlo, y me he preguntado si no sería un excelente medio el de servir las pasiones del enemigo común abandonando lo menos para salvar lo más.

-¿Lo menos?...

-¡Dejadme concluir, Mercedes!... ¡Habéis reprobado y yo también repruebo mi misma propuesta: vuestra resolución os honra, y me hace ver hasta dónde se puede contar con vuestra lealtad y vuestra fortaleza!... Pero en fin, no perdamos el tiempo. ¿Qué habéis averiguado?

-Que en efecto la Petita sirve al Padre Cirilo, y vela sobre nuestros pasos: es como sabéis, grande amigo y confidente de la Fiscala, en cuyo círculo os aborrecen no sé por qué.

-Porque no hay necio ni charlatán que no aborrezca al que lo comprende.

-Así será: el hecho es que os aborrecen, y doña Antuca os acrimina de ser vos quien instruye al Padre Andrés de sus desvaríos.

-¡Divide y vencerás!, dice el refrán -dijo don Bautista con un aire conceptuoso.

-Claro es que en eso os habéis manejado con habilidad... Así es que para completar la obra, de acuerdo con el mismo refrán, acabo de dar un gran paso.

-¿Sí? ¿Cuál? -preguntó el Boticario con un sumo interés.

-He hecho denunciar a la Inquisición con buenas pruebas en mano, que la señora Fiscala y la señora Coronela han sido cohechadas por doce mil duros cada una para contrarrestar las intrigas del Padre Andrés y salvar a los acusados: que el señor Fiscal ha recibido una parte considerable de la suma, y que la acusación y la persecución de la infeliz María no han tenido, como se ve, otro objeto que explotar la fortuna de su padre!...

-¡Mercedes! -exclamó atónito el Boticario.

-¡Qué!..., ¿os asusta la audacia de este golpe?

-¿Y qué saldrá?

-¡Lo he pensado!, nada peor de lo que hay; ¡y quizá mucho de bueno!

-¡Tal vez tengáis razón! -dijo meditando el Boticario-, ...pero me habéis sorprendido, y no puedo en este momento formar juicio del resultado... ¡Si me hubierais consultado!

-¡Ha sido una inspiración!.... ¡He debido aprovechar el tiempo y la ocasión!

-¿Y con qué pruebas vais a llevar adelante vuestro intento?

-¡Hay maricones y comadres para todo!, ¡ya lo veréis!, no es momento éste para informaros.

-¡Ni quiero saber nada tampoco! -dijo el Boticario variando de resolución-, ¡mejor es que en eso obréis vos sola como mejor lo concibáis!

-¿Empezáis a tener miedo? -le preguntó la Zamba. ¡Pues es tiempo! -agregó con una amistosa ironía.

-¡Siempre he sido prudente!, ¡jamás he sido débil!, bien me conocéis.

En este momento bajaban los cabildantes del tablado y se dirigían, a son de tambor y seguidos de la comitiva y de la muchedumbre, a la otra esquina de la plaza, donde había también otro tablado para repetir la misma ceremonia. Después de haber cuadrado así la plaza entraron de nuevo al salón capitular, y mandaron al notario del cuerpo asentarla acta respectiva del Bando, disolviéndose cuando estuvo asentada y firmada en el libro correspondiente.

Concluido el espectáculo se permitió entrar a la plaza a los numerosos carruajes en que habían ido las damas y que habían quedado esperando en las calles adyacentes. Entre ellos entró el de la señora Coronela: acudieron sus lacayos a abrir las puertas y bajar los estribos, y subiendo ella entonces se repantigó con su regia elegancia en los muelles cojines de damasco con que estaba tapizado por dentro. No bien cerraron las puertas los lacayos y comenzó el cochero a hacer andar las dos blancas y preciosas mulas que lo movían, cuando se colocaron a cada lado dos esbirros de la Inquisición, mientras otro aterrando al cochero con la omnipotencia de la cruz roja que llevaba en el pecho de su túnica, tomó el freno de la mula tronquera, y sin hacer el más mínimo caso de las protestas y de la ira de la señora, la condujo rectamente edificio inquisitorial, cuyas puertas de hierro secuestraron un momento después las grandezas de esta dama al mundo en que había gozado y repartido tantos encantos.

El Concilio queda pues convocado en la bella capital del Virreinato. La ceremonia fue repetida en todas las cabezas de gobernación y de partido; y pocos meses después empezaron a llegar a Lima, con su lucido séquito de doctos eclesiásticos y de jurisconsultos, los Obispos de aquel Virreinato que abrazaba entonces a toda la América del Sud, propiamente dicha, desde Panamá hasta Magallanes.

La crónica ritmada del buen Arcediano que tantas veces hemos empleado en esta historia, nos suministra algunos vivísimos detalles del personal de aquella grande Asamblea, con la que él mismo anduvo revuelto, sin quedar por eso muy satisfecho, pues exclama por conclusión:

> «Y no holgué yo menos de esta feria
> salir, que me cabía mucha parte;
> y así en el Concilio mi miseria
> gasté con mi pequeña industria y arte.»

XXVIII Drake y Henderson

Entre los sucesos fantásticos de que tanto abunda la historia del siglo XVI, las impávidas correrías de Drake en el Mar Pacífico, son sin disputa de los más pintorescos y notables.

Correr aventuras de tierra y mar nada tenía de extraño entonces: era el espíritu y la monomanía del tiempo. Pero si en la historia de las unas brillan los nombres de Pizarro y de Cortés, nadie alcanza a rivalizar en las otras con Magallanes y con Drake. Este bravo e impertérrito pirata logró ilustrarse, a pesar de lo impuro de su carrera, por las intenciones trascendentales que unió a sus latrocinios, y por el resultado científico de sus exploraciones en un mar, cuyos límites habían sido antes de él desconocidos.

Verdad es, que aunque pirata, su renombre no ha quedado manchado ante la justicia de la humanidad, con los actos atroces de barbarie, a que, por lo común, deben su negra celebridad los hombres de su oficio. Él, muy al contrario, se distinguió no menos que por los grandes resultados, por la exquisita benevolencia y urbanidad con que suavizó la desgracia, harto terrible, de los que cayeron bajo la rapacidad de sus banderas. ¡Y cosa rara!, a su vida y a sus actos de pirata, este hombre unía la más extraña pretensión de ser tenido por un perfecto cristiano; y siendo uno de los guerreros, cuya fortuna y cuyo arrojo causaba más pavor en su tiempo, oraba con la devoción y la humildad de un niño, y jamás quebrantó para con los vencidos la mansedumbre de las formas, que parecía imponerle el sentimiento religioso de que se mostraba lleno.

Era sin embargo, pirata y jefe de piratas; es decir, hombre de voluntad de hierro, endurecido contra las intemperies, y no de tal mansedumbre, que no llevase en su cara y en sus palabras aquel sello incontrastable del mando absoluto, que detrás del devoto de las horas ordinarias, hace ver bien claro al tirano violento e irresistible de las horas extraordinarias -al Cronwell, al Luis XI. Sus palabras y sus ademanes estaban de vez en cuando sujetos a las mismas inconsecuencias excepcionales; y no pocas veces, en medio de alguna tormenta furiosa, que exigía todo el desarrollo de sus potencias y de su pasión, había repartido sus ¡god damn! con patadas y bofetones a sus marineros, sin acordarse de su Biblia, mucho más que cuando en medio del abordaje hacía correr la sangre de los combatientes, con los golpes filosos de su facon, o que cuando para mantener en su ruda gente la más perfecta subordinación hacía ahorcar algún sedicioso, ¡como Doughty en las vergas de su buque! ¡Inconsecuencias inexplicables de la naturaleza humana!

En ellas pensaba sin duda Voltaire, cuando decía que Dios se había complacido en formarlo mono y águila a la vez; y basta una ligera percepción de sí mismo, para ver que ellas existen en diversos grados y con diversos accidentes en el corazón de todos los hombres.

Como Drake concluyó por servir oficialmente a su patria, defendiéndola con gloria y con fortuna de la Invencible Armada de Felipe II, y haciendo flamear altivo el pabellón de Isabel por todos los mares, todo ha venido a ser lustre en la reputación que le conserva la historia: los rasgos duros del joven aventurero, del pirata, han desaparecido ante la gloria y el prestigio del almirante; y sus correrías mismas, separadas de la parte del latrocinio que tanto le afeó en su tiempo, son hoy preconizadas, tan solo como gigantescas hazañas, como gloriosos pasos de la humanidad en el camino de la civilización y del conocimiento del globo.

En la cabeza de Drake nació por primera vez la idea de encontrar un pasaje entre el Atlántico y el Pacifico: él fue quien abrió esa serie de tentativas a que solo este siglo ha dado cima su patria en todo el esplendor de esa marina y de ese comercio, que el célebre pirata comenzó a inspirar con su ejemplo animador: él fue quien tocó y dejó su nombre en la tierra que debía ser el delirio y la maravilla de nuestros días -¡la California! Él, en fin, quien entre gran número de importaciones utilísimas para el comercio, y el alivio de la humanidad, introdujo en Europa la papa, esa raíz benéfica, con que millones de desventurados se han salvado del hambre, y que ha venido a ser uno de los más preciosos frutos de la agricultura moderna.

Con estos grandes méritos, unidos a la indomable bravura y actividad con que superó todos los obstáculos, y se sobrepuso a todos sus enemigos, es con lo que su nombre ha afrontado el juicio de su posteridad, y obtenido no sólo el perdón de sus maldades, sino la admiración sincera de sus proezas.

Uno de los acontecimientos más novelescos de su vida (que vamos a referir por el enlace que tiene con los sucesos futuros de nuestra historia) es el que tuvo lugar en su primer viaje a las costas de Panamá, y que fue el que le inspiró la primera idea de esa asombrosa empresa sobre el Pacífico, que le hemos visto realizar con una espléndida fortuna, debida en no poca parte la rara habilidad con que se condujo.

Drake era muy joven entonces; aún estaba fresco en su corazón el rencor de lo que los españoles habían hecho con la flotilla de Hawkins en San Juan de Ulloa, saqueándola e incendiándola de improviso y casi a traición: Drake había perdido en este suceso toda su fortuna; y no bien regresó a Inglaterra, cuando puso todos sus conatos en armar dos buquecillos, para atacar y saquear a los españoles, en mar y en tierra.

Con esos buquecillos y 150 aventureros a lo más, se hizo a la vela al mar de las Antillas y se dirigió a las costas del Istmo, en cuyas cercanías sobresalían entonces como emporios las villas de Nombre de Dios y Venta Cruz.

Empezaban apenas los primeros albores del día, cuando Drake, de pie en el alcázar de su goleta, y respirando a nariz abierta el aire tibio y vivificante de la madrugada de los trópicos, sintió latir en su corazón el fuego de la guerra y de la próxima venganza: había visto la tierra por su proa, la tierra votada por él al saqueo y a la rapiña, en desagravio de sus pasadas pérdidas y ofensas. Sublime debía de ser el drama interno que pasaba en el corazón del joven aventurero, al verse ya, fiado solo a su audacia y a su genio, frente a frente con los vastísimos territorios y riqueza de su enemigo -el tirano más poderoso y más temido de las naciones de su siglo. La gloria y la opulencia debían tentarlo por un lado, la venganza por otro. ¿Pero sería tan altiva y tan firme su alma que entre los horizontes nebulosos de aquella tierra que envolvían su porvenir, no percibiera de cuando en cuando la tétrica imagen de una horca?

No, es imposible: el hecho es que Drake exclamó con una animación extraña: ¡tierra!, ¡la tierra! y que sacándose al momento el sombrero de gallardas plumas, que realzaba la enérgica belleza de su rostro, se arrodilló en la más humilde actitud, y lleno de una extraña exaltación, en que parecía pintarse las esperanzas y las ansiedades de su alma, se dirigió al Ser, en cuyas manos estaba el secreto de sus destinos. Dominada su tripulación por este acto espontáneo y sincero de devoción, lo imitó arrodillándose también, mientras la fresca brisa de la mañana inflaba las velas del buquecillo, y lo hacía deslizarse silencioso hacia su destino, como la gaviota solitaria que atraviesa el crepúsculo, rozando la superficie de las aguas.

El pirata hizo rumbo hacia los parajes desiertos de la costa, huyendo de ser visto o sentido en los pueblos, contra que asestaba sus tiros, y cuya desgracia iba a cimentar su nombradía. Estudiando sin cesar los derroteros manuscritos y las numerosas notas que tenía por delante, y siguiendo todas las vacilaciones de la aguja logró llegar hasta la entrada de una pequeña bahía, en la que metió sus dos goletillas con suma prudencia y laboriosidad. «¡Alabado sea el Señor!» Dijo, y dio la orden para que sus dos buquecillos echaran su gente a las lanchas, y le siguieran a tierra.

El bosque que cubría la ribera era tan frondoso y tan tupido, que dejaba apenas pequeñas abras a la lengua del agua, quedando enmarañado y sombrío todo su interior. Drake exploró la orilla con paciencia, en busca de un lugar en donde pudiese desembarcar sus marinos y mantenerlos concentrados contra cualquier riesgo. Alcanzó a descubrir al cabo de algún tiempo una pequeña altura, que a pocas varas de allí dominaba sobre el bosque espeso que la circula; y haciendo que sus bravos compañeros revisasen el estado de sus armas, los condujo a ella por un camino, que cuidaron de limpiar de malezas, para hacerlo de fácil regreso en todo caso.

La naturaleza que lo rodeaba, parecía ser primitiva, enteramente virgen y salvaje. El más mínimo indicio no había allí, de que raza alguna humana hubiera puesto sus plantas sobre aquella tierra silenciosa; y por más que el sagacísimo pirata exploró cuanto podía servirle a sospechar lo que pasaba en aquellos bosques sombríos, nada halló, nada más vio que algunas aves desconocidas para él, que se alzaban al aire de entre las cercanas selvas... ¿Era esto casual, o pasaba algo dentro de la profundidad de la maleza que las hacía volar así amedrentadas?

Drake no dejó pasar inapercibido este incidente: pero resuelto a todo -llevó su gente hasta la altura que había designado para establecer su campo, y se contrajo con presteza a rodearlo de tablas y estacas por pronta defensa. Hecho lo cual reunió a todos sus compañeros en derredor suyo, y se hincó en medio de ellos con la cabeza descubierta y las manos alzadas al cielo, en ademán de súplica, entonando todos este sublime salmo de David.

«El Señor es mi luz ¿a quién temeré yo?
El Señor es protector de mi vida, ¿a quién temeré yo?
Mientras que se llegan a mí los dañadores para comer mis carnes: y los enemigos que me atribulan; ellos mismos, fueron debilitados, y cayeron.
Si se asentasen campamentos contra mí, no temerá mi corazón.
Si se levantare batalla contra mí, entonces esperaré yo.» Etc., etc., etc.

Y al oír cómo el eco solemne de sus entonaciones varoniles iba rodando por la vasta y solitaria selva, la imaginación no podía menos de figurarse a los genios, idólatras de aquel desierto respondiendo con sus lamentos y huyendo con salvaje pavor delante de la escena sublime que representaba aquel grupo atrevido de cristianos.

No bien habían comenzado sus preces, cuando un rumor extraño se había hecho sentir entre las espesuras de la maleza que rodeaba a los aventureros; y ciertas formas vagas y hurañas aparecían rápidamente por detrás de los árboles como visiones del infierno.

Terminado el cántico, los marinos se incorporaron y mil voces opacas y contenidas repitieron dentro del bosque ¡hog! ¡hog! ¡hog! lo que demostraba bien claro que estaban observados y rodeados por algunas de las tribus salvajes de aquella comarca. Drake distribuyó sus hombres en el reducto como si debiera resistir algún ataque y dejó venir los sucesos con aquella calma fría y firme que le era tan característica.

El perfecto silencio que había vuelto a reinar en el bosque fue interrumpido de repente por una algazara extraordinaria que se alzó en algún punto más lejano; de lo que Drake y sus compañeros infirieron que los salvajes habrían celebrado consejo y vendrían ya al ataque; pues después de aquella inmensa gritería, que parecía un conjunto de lamentaciones, había vuelto a quedar todo en absoluta mudez.

Drake entretanto seguía haciendo bajar de sus buques, víveres, sacos y tablones, con todo lo cual, y las estacas que una parte de sus hombres cortaba deprisa, mientras la otra parte las aseguraba en tierra, logró bosquejar allí un reducto capaz de hacer inútil toda la saña de los bárbaros, asegurándole un parapeto, tras del que sus marinos pudiesen emplear con toda ventaja sus armas de fuego.

En esto salió del bosque y vino hasta muy cerca de la valla un hermoso y corpulento salvaje. Venía casi desnudo, pues apenas llevaba envuelto en el tronco del cuerpo un ligero tejido de mimbre: su pecho era ancho como el del toro; y su cabeza alta

346

y erguida hacía flotar en su cima un penacho de cabellos que le daba las formas del potro indómito de nuestras pampas. En uno de sus brazos que eran robustos, como los de un gigante cedro del Tucumán, traía un arco enorme con varias flechas que le correspondían, y en el otro un lío de hojas secas y frutas, que puso a sus pies, parándose con soberbia en la mitad del claro que quedaba entre la ceja del bosque y la valla del reducto.

Después que miró a su alrededor, hizo una seña de atención con las manos, y pronunció una viva arenga con la entonación gutural y cadenciosa de un canto, gesticulándola además con tal extravagancia de contorsiones y de brincos, que parecía un demente: de cuando en cuando golpeaba fieramente sobre la tierra como en señal de poder: disparó al aire dos flechas, una tras otra, con una rapidez sorprendente; y concluyó por arrojar a una distancia prudente sus armas, tomando el lío que tenía a sus pies y alargándolo hacia los extranjeros.

Grandiosa debió de ser la elocuencia de su discurso; pues no hubo en él una frase o un gesto que no arrancara dentro del bosque la exclamación ¡hog! ¡hog! ¡hog!

Drake comprendió al momento que todo aquello significaba ¿paz o guerra? -y saliendo de la valla con la bondad y la calma pintada en su rostro, se dirigió al salvaje, que asombrado de su arrojo quiso alejarse; más el aventurero se puso una mano sobre el pecho, y levantando la otra al cielo la ofreció en seña de amistad. Éste con el más desmedido gozo se puso a tocar a Drake y a examinar los accidentes de su traje con el candor del niño; y como Drake viera que lo que más llamaba su atención eran los botones de vidrio que brillaban en su surtú, se arrancó tres o cuatro y se los dio. El regalo no pudo ser más festejado por brincos y contorsiones; tomando entonces el salvaje el lío de hojas secas que había traído se lo dio al pirata repitiéndole -¡tabaco! ¡tabaco! Drake fingió recibirlo con sumo aprecio, no obstante de que ignoraba la utilidad de sus aplicaciones.

Así como en estos tiempos raro es el viajero que no sabe balbucear cuando menos algunas frases esenciales en inglés o francés, raro era en aquellos el que no podía hacer lo mismo en español. Drake comprendía pues y hablaba con bastante regularidad esta brava lengua de Castilla que tanto ha caído después de entonces; y empleándola supo del indio que aquellos lugares eran una estrecha angostura de tierra entre dos grandes mares, habitada por la gran tribu de los Cimarrones* la primera nación del mundo, en boca del salvaje por su poder y sus gloriosos antecedentes: el ilustre cacique de este gran pueblo, dijo el heraldo, era quien lo había mandado a saber quiénes eran los extranjeros que habían aportado a aquellas costas, que era lo que querían, y si venían de paz o de guerra.

-¡Yo soy Drake! -le contestó el Pirata con énfasis- soy el célebre Drake, de quien habrá oído hablar vuestro ilustre cacique, como del más grande y más implacable enemigo que los españoles tienen en el mar: si vosotros sois amigos de los españoles, vengo de guerra, y ya podéis venir a atacarme; si sois sus enemigos vengo de paz y quiero que nos juntemos para ir a saquear sus pueblos y matar sus soldados; os prometo la mitad del botín!

El semblante del indio patentizaba bien el éxito de la profunda astucia que encubrían las palabras de Drake. Era natural que una tribu salvaje, vecina de las ricas villas que los españoles tenían en el Istmo fuese enemiga implacable de ellos, y viviese en continuo asalto de sus riquezas y de su comercio.

El indio se volvió al bosque con una nueva tan feliz, y no tardó mucho en venir al campo del inglés el Cacique mismo, acompañado de la tribu innumerable de sus súbditos. En pocos momentos se comprendieron los dos jefes, y quedó cimentada aquella singular alianza de los salvajes de las dos costas del Istmo con el Pirata inglés, que jamás se desmintió por ninguna de las dos partes, y que fue la sólida base sobre que Drake cimentó todas sus empresas.

Su primera tentativa fue el ataque nocturno de la villa Nombre de Dios, que saquearon a su placer: dos días después marcharon al interior a sorprender una arria cargada de riquezas, que según decían los indios, debía venir en camino de la otra. En esta expedición, dice Camden, uno de los compañe-

* Drake's Circumnay.

348

ros de Drake,* fue que éste concibió aquel apasionado deseo, que le trajo inquieto desde entonces, de cruzar las aguas del Pacífico con el pabellón inglés. La narración histórica de este incidente es tan interesante, que debemos transcribirla por entero.

«Después de algunos días de viaje por las espesuras de los bosques, llegamos como a las diez de la mañana a una cumbre situada como un puente entre los dos mares. El Cacique Cimarrón tomó a nuestro jefe por la mano y rogándole lo siguiese hasta un lugar en donde se alzaba un árbol frondoso y gigantesco, en el que los salvajes por medio de cortaduras habían practicado una escalera cómoda hasta su copa, vimos a un lado el Atlántico, que acabábamos de dejar, y al otro lado el codiciado mar del Sur.

Como el día estaba bellísimo a causa de la pura brisa con que Dios se había servido aclarar la atmósfera, nuestro capitán expresó su gratitud hacia el Omnipotente por el favor que le concedía de mirar desde aquel espléndido árbol el mar, de cuyas riquezas había oído hablar tanto, pidiéndole vida y favor para surcarlo alguna vez en un buque inglés, y llamando entonces a Juan Oxenhan el más duro y audaz de los marinos que le acompañaban lo hizo unir sus votos en esto ruego y en este propósito.»

Drake y el cacique Cimarrón asaltaron en efecto la arria de cincuenta mulas cargadas de oro, que habían salido a buscar, con un éxito completo: atacaron enseguida el pueblo de Venta Cruz, haciendo entonces un botín considerable, que el pirata tuvo que abandonar en parte dentro del bosque al verse perseguido por un cuerpo de trescientos españoles, que lo obligó a tomar sus buques y salir al mar con toda prisa.

---

* *Sir Francis Drake Revived*, citado en Burney's Chrono. Hist. Discov., vol. 1, pág. 293.

El hecho es que como fue de una brillante generosidad y honradez en la repartición que hizo del saqueo con sus aliados Cimarrones (a pesar de que la superioridad de sus armas y de sus soldados le habría permitido ser injusto y mezquino impunemente) quedó establecida una alianza cordial entre estos salvajes, y el jefe feliz de aquellos aventureros.

Tres años después, de esta primer empresa, es decir, en el de 1578, Drake veía colmados los votos que había hecho en la montaña de Panamá; y llevaba a cabo en el Pacífico las correrías con que nuestros lectores empezaron a conocerlo.

Después de haber esquivado el encuentro con los buques de Sarmiento, y viendo que no era perseguido, resolvió entrar en el golfo hasta las costas; porque a la vez que quería hacer un valioso regalo a sus aliados del cacique Cimarrón, con fines de ulterior utilidad, quería también ver si podía recoger el tesoro que en la antedicha expedición había tenido que abandonar y ocultar en los bosques inmediatos.

Confiado en la estrella feliz que parecía seguir sus destinos, hizo rumbo firme hacia la costa y echó el ancla en una pequeña rada del Istmo, desde cuya orilla quería enviar gente en busca de la tribu amiga de los Cimarrones. Pero, estaba destinado allí a tener un contraste, porque una furiosa tormenta del norte, que se levantó antes de que pudiese ganar altura y correrla en mar abierto, le echó a la costa la Isabel y el Pasha, y le puso a él mismo en tales apuros, que solo con prodigios de voluntad y de firmeza pudo salvar al Pelícano del naufragio. Si no lo hubiera logrado, era perdido para siempre: no habría tardado en espiar su arrojo en los patíbulos de Lima.[*]

Pero salió de este peligro con muy poca pérdida de hombres; porque Henderson prodigó sus esfuerzos y logró poner en tierra a casi toda su gente, con la mayor parte de los caudales que tenía a su bordo.[**]

Pasado el contraste trató Drake de remediar sus consecuencias con la voluntad incontrastable de designios que formaba

---

[*] Histórico.
[**] Drake's Circumnavig.

la grandeza de su alma; y luego que reunió en el único buque que le quedaba a todos los náufragos, hizo que su antiguo compañero Juan Oxenhan, el duro marino, entrase tierra adentro con una docena de hombres, de una bravura y de un arrojo no menos probado que el del jefe.

A los dos días volvió Oxenhan acompañado del cacique Cimarrón, y de toda su tribu, y fueron regiamente festejados y regalados por Drake.

XXIX Henderson y Oxenhan

En medio del bullicio y alegría con que los Indios y los aventureros andaban mezclados en aquel paraje risueño, situado entre la costa del Pacífico y las cejas del espeso bosque, Henderson a lo lejos de la fiesta, caviloso y taciturno se había sentado al pie, de una acacia colosal cuyos flecos de flores blancas se mecían sobre su joven cabeza.

Juan Oxenhan, el duro marino, se le acercó sin ser sentido, y dejando caer en tierra la pesada culata de su arcabuz, en cuya boca apoyó sus dos brazos y su barba erizada de polos rojos, le dijo:

-¡Estáis triste, Milord! -con su voz bronca de marino plebeyo y desalmado.

Henderson miró sorprendido al verse arrancado así a las blandas cavilaciones que lo preocupaban; pero cuando vio que su agresor era Juan, el decano de la compañía, el papá de los marinos, el hombre de acción y de confianza que tenía el jefe, contestó con su aire amigable y tranquilo:

-Sí, Juan, estoy melancólico.

-¡Y yo también! -dijo Oxenhan con franqueza-, vos amáis a la capitana como yo amo a la contramaestra, y...

-¿Y qué... Juan? -dijo Henderson incorporándose animado y lleno de curiosidad.

-Y no estoy por esto de irnos lejos cuando tenemos aquí amigos y recursos para volver al Callao y para llegar hasta Lima también: ¡vaya!

-¡Estáis loco, Juan! -dijo Henderson afectando la incredulidad y la calma del hombre que no quiere ceder a una ilusión que le sonríe a pesar suyo.

-¿Estoy loco?... ¡Vaya! ¡Yo soy hombre ya, Milord!, y sé lo que digo.

-¡Explicaos entonces!, y sabed que si lo que pensáis es posible de realizarse por hombres, yo estoy pronto a emprenderlo aunque me tengáis por niño, contestó el lord con orgullo.

-Bien lo sabía yo, Milord, porque entiendo que en todo caso sería una vergüenza que no quisieseis hacer vos por la capitana lo que yo pienso hacer con vos, o sin vos, por la contramaestra, y por mi fortuna.

-¿Quién es vuestra contramaestra, Juan?

-¿Quién es vuestra capitana, milord?

-¿Queréis hablar de las bellas Limeñas que tuvimos prisioneras abordo? -dijo Henderson con embarazo.

-De la que os hizo prisionero a vos, y de la que me rindió a mí, Milord, le contestó el marino con su inalterable franqueza.

-¿Conque amáis... a Juana? -le dijo Henderson tomándole la mano con una viva emoción.

-¿Y que no soy de carne y hueso como vos? ¡Ah!, ¡diablo!, ¡cómo me hace brincar el alma su recuerdo! ¿Tengo razón o no, Milord?

-La tenéis, Juan; continuad.

-¡Digo que debemos volver a represarlas!

-¿Y nuestro jefe, Juan?

-¿Para qué diablo nos necesita? ¿No se perdieron ya los buques en que hacíamos falta? Por supuesto: ahora con él solo basta para llevar a Inglaterra su caracol. ¡Ya!, él es capaz de llevarlo por el aire si quiere; y si hemos de ir de balde, ¿no es mejor que atendamos a nuestro negocio? Ni él tiene derecho a impedírnoslo ni tentará otra cosa que disuadirnos; y sobre todo, que él quiera o no, yo me quedo a trabajar en estos mares.*

Henderson se quedó pensativo, y después de un rato de silencio, le dijo Juan:

* Histórico.

-Si llego a tener buena fortuna y hablo con la sujeta, ¿qué le diré de vos, milord? ¿Qué no tuvisteis el coraje de acompañarme?

-¡Cómo!... -exclamó el joven airado-, ¡mira! -agregó más tranquilo-, a ninguna parte iréis vos que no sea yo capaz de ir por delante.

-Si no fuera así, no hubiese venido a convidaros.

-¡Veamos tus medios! ¿Cuáles son tus miras y tus recursos?

-Vais a verlos, Milord, sois rico.

-Bien lo sabéis, es inmenso el botín que hemos hecho, y yo tengo en él mi parte.

-Y yo también. Ya veis, los dos somos ricos, y con eso basta.

-No lo creo así; necesitamos gente, buque y armas.

-Todo eso tenemos, Milord; cincuenta bravos marineros están prontos a seguirnos si os decidís: en esos grandes bosques hay maderas para una hermosa escuna; sobran Indios que nos ayuden a hacerla, y tenemos galafates que la construyan. ¿Armas, decís? ¿No están en el Pelícano todos los repuestos que tenía la Isabel y el Pashá? ¿Tomándolos nosotros, y sacando las tres culebrinas que van en la bodega, no aliviamos de carga al almirante?

-¡Vuestro proyecto, Juan, me sonríe! Hay riesgos, ¿pero qué importa?

-¡Hay riesgos!, ¡vaya un reproche! Dadme una escuna montada por cincuenta de nuestros bravos, y los Indios de esta costa, y me río de los riesgos; riesgos corre el que no tiene voluntad y vacila, Milord. Nosotros no los hemos de correr, estad cierto de ello.

Después de un momento de reflexión, Henderson se levantó con el semblante animado de un nuevo fuego.

-Soy vuestro jefe; ¡acepto vuestra empresa! -dijo al bravo marino- ¡y voy a decírselo a nuestro almirante!

Drake no era hombre de sorprenderse por lo arriesgado de una aventura. Su buen juicio, sin embargo, y su ojo perspicaz se chocó de aquella de que vino a hablarle su joven amigo, o hizo cuanto pudo por disuadirlo.

-Bien, señor -le dijo Henderson-, poned vuestra mano sobre vuestro corazón, y decidme no con la voz de la amistad, sino con la del valor y la audacia. ¿Creéis insuperable la empresa?

Drake pareció meditar por algún tiempo, al cabo del cual, dijo:

-Repetidme vuestro plan, Roberto.

-Vamos a construir dos escunas en el silencio de estos bosques y aprovechándonos de la quietud en que vuestra desaparición dejará estos mares, una en esta costa y la otra en el Atlántico, listas y armadas ambas, tendremos la de otra costa bien oculta entre el bosque de alguna abra inexplorada, como hay muchas según dice Oxenhan y los Indios que he consultado, y montando en la otra daremos algún golpe de mano sobre el Callao... y sobre Lima también, ¿por qué no?

-¡Os comprendo! -dijo Drake echando a Henderson una mirada de inteligencia.

-Tanto mejor, señor, comprenderéis así mejor la energía de acción y de voluntad con que obraré. En cuanto al golpe de mano sobre la costa nada temo: ha de salir bien, porque cincuenta de nuestros hombres sorprendiendo y asaltando son irresistibles. Pero suponed que somos rechazados, ganaremos nuestra escuna...

-Y si os dan caza y os urgen en el mar la abandonareis en esta costa, atravesareis el bosque hasta a otra escuna y os marchareis a Inglaterra, ¿no es eso?

-¡Eso es, almirante! -respondió Henderson con una mirada llena de brillo y de entusiasmo.

-¿Que queréis que os diga?, reconozco a mis discípulos en el proyecto. Pero quiero ser franco: eso, Henderson, es usar de grandes medios para miserables fines; es emplear el extremo arrojo para tentativas sin gloria ni grandeza y sin provecho; es desafiar la horca por una niñería, ¡en fin! Si os persiguen tendréis que abandonar aquí vuestro botín, y...

-¡Nada me importa eso, señor!

-Sin embargo...

-¡No continuéis, señor!..., esperad: ¿no me hacéis otra objeción?

-¡Ninguna otra! Pero es preciso estar loco, Roberto, para que menospreciéis toda su gravedad.

El joven guardó un obstinado silencio.

-Por fin -le dijo Drake-. Decidme hasta dónde llegará todo el sacrificio que sois capaz de hacer por mí, Roberto.

-Milord, oidme con atención y haced justicia al menos a los nobles motivos que me impulsan a otro destino que el que queréis darme; lo único que os ruego es, que sea cual fuere mi suerte, me conservéis a mí, o a mi memoria, el afecto con que tanto me habéis distinguido.

-Contad con él, Roberto, ¡para siempre!, contad con algo más, os lo juro por ese Dios que desparrama su vida entre los seres del mundo -dijo Drake de pie y alzando su sombrero con respeto-, ¡si sois desgraciado y prevalecen contra vos nuestros enemigos, contad con que Drake no bajará a la tumba sin haber hecho por vengaros a vos, el doble y triple, de lo que ha hecho por vengarse a sí propio!... -y Drake concluyó estas palabras con un tono imponente y exaltado.

-Gracias, Milord -le dijo el joven besándolo la mano con gratitud y emoción-. Pero no: no temáis, he de ser feliz; ya lo veréis, y juntos hemos de hablar al calor del patrio hogar de nuestras recíprocas hazañas.

-¡Dios os oiga, Roberto!..., decidme ahora, ¿por qué persistís en esta empresa?

-Señor, le entregué mi fe a ese ángel que habéis conocido, a doña Alaría, y ella me la juró eterna a mí. Mi corazón reboza, señor, a cada segundo con su recuerdo, y mis ojos no tienen más luz que los encante, sino su imagen: vivo en ella, señor, y ella vive en mí, porque la amo aquí dentro de mi pecho que no late, que no respira sino por ella y para ella. La voz del cielo, señor, me dice a gritos que ella también me ama así, y que tiene votada su vida, como yo, a mi amor o a su muerte. Yo no tengo dudas; me ama, me espera rodeada de perseguidores, porque así lo presiento, porque así debe ser, porque así lo esperaba ella misma y me lo decía: ¿Queréis que me envilezca a mis propios ojos desamparándola por cobardía o por egoísmo? ¿Queréis que sacrifique la débil tórtola que se ha librado a mi fe de caballero y de soldado, teniendo un medio que tentar en favor de ambos? ¿Queréis que tuerza, que exprima, que aprense mi alma para quitarlo gota a gota la pasión que la anima, y la exalta?... No puedo, no lo quiero, Milord. Convenceríais mi razón, me mostrarías por precio de mi infamia el trono mismo de Inglaterra, pero deberíais estar seguro que aún así yo resistiría, porque tengo dentro del alma el germen que eternamente me estaría diciendo al oído sin dejarme distracción ni reposo: «tuvistes la vileza de abandonar en medio de tus enemigos a la que los ofendió amándote: tuviste la infamia de dejar caer al sepulcro, sin correr a su socorro a la débil mujer que se dejó seducir por las exterioridades engañosas que ocultan tu bajeza.» No, Milord, ¡jamás!, ¡jamás!, porque yo la amo mucho, ¡la amo de veras!, os lo juro -dijo Henderson exaltado.

-Y bien, Roberto, me negareis que es muy presumible, por otro lado, que vuelta esa niña al seno de su patria y de sus amigos, mire como un ensueño todo lo pasado, y esté dispuesta a constituir su dicha doméstica con vínculos más tranquilos y más posibles que los que vos le prometisteis?

-Mi corazón protesta contra vos, y vuestras palabras, ¡Milord!

-Y, ¿qué puede saber vuestro corazón?

-Mucho más que vuestra cabeza, ¡Milord! A vos os falta el rayo de luz invisible de la simpatía y del interés, que pone en correspondencia a las almas que se comprenden, a los corazones que se aman, desde uno al otro confín del mundo; que habla dentro del uno con la voz del otro, y que hace sentir y saber la verdad. Vos lo ignoráis todo por consiguiente. Yo tengo ese rayo, y os puedo asegurar que vuestra sugestión es falsa, que María me ama y me espera confiada en mi valor y en la energía de mi lealtad y de mi pasión.

-Os vuelvo a preguntar, Roberto, ¿hasta dónde sois capaz de sacrificar vuestras pasiones por mí? Y sabed que cuando os lo

pregunto creo en vuestra abnegación absoluta, porque así absoluta os la voy a exigir.

-¡Absoluta no, Milord! Os debo todo lo que soy; estoy dispuesto a dároslo todo después de lo que debo a mi querida.

-¡Esto es concluido, Roberto!, seguid vuestro destino y contad conmigo ahora, después y siempre!

-¡Gracias Milord, gracias! -le dijo el joven volviendo a besar
con emoción la mano del pirata.

-Voy pues a revelaros algunas cosas que os podrán ser útiles
en los riesgos que vais a correr: en Lima tengo amigos, cómplices o socios, por decirlo mejor, y es necesario que vos los conoz-
cáis y que yo os acredite ante ellos para que os auxilien si fuese
necesario en vuestros propósitos y dificultades. El principal de
todos ellos es un antiguo partidario del rey Manfredo de Nápoles, que como sabéis sucumbió bajo las armas de Gonzalo de
Córdoba; es un hombre de una figura repugnante de exterioridades humildes, detrás de las cuales se oculta una alma infernal,
tenaz, vengativa, paciente, insaciable: es descendiente de los [...]
se hace llamar don Bautista, y pasa por boticario; es una llave
maestra para todo. Yo lo conocí emigrado en Playmouth, había tenido que abandonar la Italia acosado de las persecuciones
que sus tiranos dirigían sobre él. La rabia, la sed de la venganza
desbordaban en su corazón. Hablamos y nos entendimos: él
fue quien negoció mi alianza con la casa Onetto y Compañía
de Cádiz, que tan vastos negocios hace con estas colonias, y por
cuyo medio es que todos los corsarios, que cruzamos contra la
España, sabemos los secretos de la secretaria de marina, donde hay fuerzas que evitar y galeones que sorprender. Este don
Bautista, para asegurar mejor el éxito de esta empresa que ha
sido preparada como veis, de mucho tiempo atrás, se ingirió
en España, de España pasó a Lima, donde tiene una poseción
ventajosísima para nuestros objetos, y ha enrolado nuevos amigos que nos sirven con suma utilidad. El Perú todo entero está
cubierto de la raza indígena, y de bandas de indios fugitivos de
la mita y de otros bárbaros vejámenes que les impone la codicia
española. Este desorden interno favorece el éxito de los golpes

de mano, y os puede servir de mucho, Henderson, si procedéis con prudencia y con habilidad. En fin, cuando nos separemos os premuniré de todos los medios que necesitéis y que hayan estado a mi alcance hasta hoy. Ante todo os voy a dejar bien entendido y arreglado con el cacique Cimarrón, porque es un amigo preciso, cuyo auxilio, es la base de vuestras operaciones.

Drake hizo llamar al cacique y lo comunicó la resolución de su teniente, recomendándole que le protegiera y ayudase con la misma amistad que a él le había consagrado. El viejo cacique miró con atención al joven, y volviéndose a Drake le dijo:

-¿Tiene mano firme y ojo claro como vos?

-¡Juzgaréis por vos mismo! -le dijo Henderson con altivez, y reparando en una águila que se cernía a una gran distancia sobre sus cabezas, tomó el arcabuz de las manos de Oxenhan, le apuntó, disparó, y el ave vino rodando sobre sí misma a caer a los pies del cazador.

-¡Hog! -exclamó el cacique, impresionado de la destreza del joven; pero agregó al momento-. La flecha del jefe no parte de sus manos, sino de su espíritu y de sus ojos, como la de éste -dijo señalando a Drake- y ésa es la que yo quiero saber si lanzáis bien a tus enemigos.

-El nombre de los hombres -dijo Henderson- es hijo de sus obras, y del favor de Dios. El jefe me ha distinguido por las mías, y veo que el favor de Dios no se esconde de mí, pues me permite verte y ser tu amigo.

-Veo que tenéis flechas para el corazón de tus amigos, y yo les abro mi pecho para que entren, alargándote mi mano en señal de la ayuda que te daré, cuando te quedes con nosotros y la necesites.

Drake sentía vivamente la separación de Henderson y de Oxenhan. Pero además de que quedaban terminados sus propósitos en el Pacífico, la pérdida de sus dos buquecillos hacía que no necesitase de sus servicios. Ellos además eran compañeros voluntarios de una empresa pirática en realidad; y en aquel siglo de individualismo y de fuerza personal era religiosamente respetada la independencia de cada uno para abrirse su camino o satisfacer sus pasiones a su modo y con sus propios medios. Sin embargo, Drake quiso hacer un esfuerzo todavía por retenerlos y se dirigió a Oxenhan. No obstante el nombre del viejo con que Oxenhan era conocido de todos los aventureros de aquella escuadrilla, es preciso tener presente que esta designación se dirigía a su pericia, más bien que a su edad, pues tenía apenas 40 años.

El viejo y rudo marino estaba sentado a la orilla del mar sobre unas peñas altas y erizadas de asperezas, en cuya base venía a estrellarse la ola con la gravedad acompasada de su reflujo; con la vista dirigida a los bajos horizontes del Océano. Oxenhan parecía hallarse embebido en una profunda meditación. Vio a su jefe venir hacia él; pero no cambió de posición, manteniéndose en una actitud de confianza, indiferente y amigable al mismo tiempo.

-¡Y bien, Juan! -le dijo Drake sentándose a su lado, y moviendo con la mano las pequeñas piedritas que formaban el piso a su alrededor-, ¿con qué nos dejas?

-¡Eh!..., vuestra gracia ya no se necesita de mí;... y yo... espero trabajar bien en estas costas.

-¡Cómo no he de necesitar de ti!?... ¿Te has olvidado de que hace diez años que estoy habituado a poner sobre tus hombros el cuidado de mis buques, cuando la fatiga me obliga a un rato de reposo?

-¡Eh!... -dijo Oxenhan torciéndose con el mayor embarazo-, yo no sé qué decir a V. S... ¡pero yo tengo que quedarme!... ¡no hay remedio!

-Veamos Oxenhan: yo no quiero obligarte a nada, pero yo también tengo mis derechos, mis viejos derechos, y no debo renunciarlos sin haberlos defendido.

-¡Es inútil, Milord!

-¡No!, eso lo veremos después: primero es discutir.

-¡Eh!... ¡yo no puedo hablar Milord!, y nunca tendré valor para deciros por qué os dejo: ¡ya sabéis que cuando Juan asegura una cosa, la hace!

-Dime Juan, ¿te acuerdas del día en que nuestros ojos extasiados, contemplaron por primera vez este mar que tenemos por delante, desde las alturas de aquellas montañas que nos separan del otro mar que tenemos a la espalda?

-Me acuerdo.

-¿Y no me prometiste entonces acompañarme en la empreza de cruzarlo?

-¡Os he cumplido, Milord!

-Aún no hemos terminado: ¡yo sigo adelante!

-¡Eh!... vais ya buscando el camino de la vuelta: ¡y yo me quedo!

-Es que me dejáis en medio aun de los peligros.

-Cuando empecé a navegar, erais un niño casi, erais pobre y oscuro...

-Soy pariente de los Drake de... -dijo Drake con rapidez y orgullo.

-No lo sabía -le contestó Oxenhan con indiferencia. Lo que recuerdo es, que ningún pariente os ha empujado hacia arriba; y que Juan Oxenhan os ha visto llegar hasta donde estáis, desde la lancha de un pobre pescador del Tavy. Os he visto y os conozco; y sé que para triunfar en vuestros propósitos no necesitáis de Juan: vos solo sobráis: yo soy franco, bien lo sabéis.

-¿Hablas Juan, como el mercader que rebaja el precio de lo que quiero comprar: a trueque de que te deje quieres pasar por inútil? Bien sabes que eso es poner en tus labios palabras sin verdad.

-Sea como fuere, Milord; ¡yo me quedo! El día aquel que ahora poco me recodabais, en que vimos este mar desde esas montañas, oí una voz que me dijo dentro de mí mismo, que aquí estaba mi destino; y después... ha habido cosas que me han convencido de que así es, ¡de que así debe ser! Con esto os digo todo. No me contradigáis.

-Hagamos una cosa, Juan -le dijo Drake después de un rato de meditación-, deja que mis derechos sobre ti luchen en campo igual, con los otros motivos que tengas para dejarme: echemos suertes, y resígnate a hacer lo que salga.

-¡No, Milord!, sería exponerme a faltaros y mentiros.

-¿De modo que...?

-¡No hay remedio! Me quedo.

-Pero es que me llevas a Roberto también: y eso...

-¿Qué queréis?... Juan necesita de un jefe, de un hijo a quien proteger y obedecer. Vos lo fuisteis. Pero hoy vais a ser Almirante gran personaje: estáis ya muy lejos de mí, mientras que sir Roberto empieza, y es digno de ser ayudado por Juan.

-Yo pensaba que no: yo pensaba que Juan era digno de ayudar al que pelea por la gloria de su pabellón, y contra los enemigos de su patria; pero no para servir amores pueriles.

-¡Eso es desleal Francis!... -dijo Oxenhan interrumpiendo al jefe-. Cada uno tiene su secreto y su derecho delante de Dios.

-Juan: yo parto mañana -le dijo Drake desentendiéndose y levantándose-. ¿Te quedas?

-¡Me quedo, Milord!

-¿Te quedas, Juan? -le repitió Drake apoyando su mano en el hombro del marino, y moviéndolo con emoción.

-¡Sí! -contestó éste inclinando su cabeza.

Drake se dio vuelta silencioso y contrariado. Juan Oxenhan se quedó sentado delante del vasto horizonte de la mar del Sur.

XXX La partida

En efecto, al día siguiente de esta sentida conversación entre los dos viejos amigos, que iban a separarse en los confines del mundo conocido entonces para no volverse a ver quizás, Drake hacía ya sus aprestos de partida.

Cincuenta hombres arrojados habían querido quedarse a participar de la suerte de Henderson y de Oxenhan.

-¡No quiero que hagáis tan noble sacrificio; Suttonhall! -le decía Henderson enternecido al excelente hombre de este nombre que ya conocen nuestros lectores como contramaestre de la Isabel; y que vacilaba entre su deseo de volver a Inglaterra y su cariño hacia su capitán-. ¡Seguid al jefe! -le agregó Henderson empujándolo con dulzura.

El pobre marino se desprendió del joven Milord sin decir una palabra, y se dirigió al grupo de los compañeros que se estaban embarcando en la lancha de Sir Francis Drake. Pero cuando ponía el pie para entrar dentro y alejarse definitivamente, saltó para atrás y se vino resuelto a donde Henderson, estaba.

-¿Creéis que me necesitareis, Milord? -le dijo.

-¡Marchad Suttonhall!... no os martiricéis -le respondió el joven oficial, haciendo vanos esfuerzos por permanecer entero.

-¡Eh!, ¡no!... -dijo el marino repentinamente- ¡me vais a necesitar!, ¡debo quedarme!... ¡Me quedo señor! -le gritó a Drake, que sentado ya en la popa de su lancha esperaba el resultado de aquella escena conmovente.

-¡Bogad! -dijo el pirata a los marineros; y en tres segundos quedaron separados los dos grupos por los abismos del mar.

Mientras que el bergantín hacía su maniobra para ponerse en marcha, el grupo de bravos que había quedado en tierra apiñado alrededor de Henderson y de Oxenhan, lo contemplaban con avidez, sin poder evitar que brotase de sus ojos una u otra lágrima de ternura; y la tripulación que atestaba la cubierta, no podía tampoco separar sus ojos de aquellos compañeros que dejaba.

Desde que la lancha que había llevado a Drake fue izada a bordo, empezaron las velas a desprenderse con rapidez de sus respectivas vergas, y balanceándose el buque con su graciosa arboladura, luego que las infló el viento, acometió gallardamente su camino por el mar.

Entonces fue cuando por un movimiento instintivo los de tierra y los de abordo se descubrieron sus cabezas, haciendo un movimiento general de gorros con los brazos, sin que de una ni de otra parte, se alzara una sola voz que interrumpiese el silencio de la tristeza que dominaba a todos.

Sobre la meceta de la cámara se percibía en todo su vigor la figura enérgica y marcial del pirata, relevada con no sé qué aire de predominio, que le daba la banda de cuero atravesada sobre su pecho, de que colgaba su sable, y el sombrero puntiagudo, de cuyas alas enroscadas salían tiradas hacia atrás dos largas plumas rojas que flameaban como el gallardete del Bergantín. Drake hizo un breve saludo hacia tierra con su sombrero; y dándose vuelta al instante, contrajo toda su atención a las vergas y a la marcha de su buque. Una fresca brisa del Levante se llevaba, cual en las alas de la fortuna a este audaz aventurero, que teniendo apenas 34 años, contaba ya con un nombre célebre, terror y pesadilla de los súbditos del monarca cuyos dominios daban vuelta al globo. El cacique Cimarrón rodeado de sus indios, esperaba negligentemente que terminase aquella escena; mas, fatigado de un sentimiento tan prolongado, y que a él le era incomprensible, se acercó a Henderson y señalándole el bosque le dijo con brevedad.

-¡Éste es nuestro camino!

Henderson hizo volver en sí a sus hombres, y los puso en movimiento. Oxenhan levantó entonces sus brazos y su barba de la boca del mosquete en que se había apoyado hasta entonces, y echándoselo al hombro, siguió el camino de los demás por entre el bosque.

Al caer de esa noche llegaron al lugar que el cacique había juzgado más a propósito para construir la escuna con toda seguridad y sigilo. Tenía en efecto, todas las condiciones necesarias para ello, pues era la caída de un río angosto, cuyas riberas estaban atestadas de bosque en muchas leguas de extensión, y que por el lado del mar tenía una boca difícil de hallar por su estrechura, y por los recodos con que entraba hacia adentro.

Nuestros marinos encendieron esa noche sus fogones, y comenzaron su vida del desierto y de la selva, con la misma tranquilidad y vigor de espíritu con que sabían llevar su vida del mar: el marinero y el salvaje son habitantes del desierto, y ambos viven en tribu.

Al otro día Henderson, Oxenhan y Suttonhall, trataron de combinar seriamente sus planes y sus trabajos.

Como es sabido que el Istmo que separa en América al Atlántico del Pacífico es una angostura de ocho leguas más o menos que forma, a uno y otro lado, dos anchos golfos llenos de vegetación y de ríos que descienden de los Andes. Nuestros aventureros convinieron, al fin, en que Suttonhall se dirigiese a la costa del Atlántico con veinte hombres y algunos indios para construir la escuna en que debían burlar las persecuciones de los españoles, luego que hubiesen dado su golpe de mano; y que Henderson y Oxenhan presidiesen el trabajo de la que debían construir en las costas del Pacífico,* arreglando dos correos diarios de indios entre uno y otro arsenal.

---

* Para los que, ajenos a las crónicas americanas antiguas, atribuyan a cuento este acontecimiento eminentemente histórico, les copiaremos lo que dice Hakluyt en su vol. III, pág. 527.- «Juan Oxenhan (compañero de Drake) construyó una escuna al otro lado del Istmo en las que cruzó sobre el Pacífico haciendo presa... etc., etc.» Y no copiamos íntegra su frase por no adelantar los sucesos de que nos vamos ocupando. Esto mismo se halla aseverado por Purchas, part. IV, pág. 1180, y por cuantos cronistas ingleses se han ocupado de esto.

La ayuda que les dieron los cimarrones fue eficacísima y esmerada: espiaban todo el país, y les mantenían en conocimiento hasta de lo que pasaba en las villas próximas; y solo por este apoyo y celo, Henderson y Oxenhan pudieron dar cima a una empresa harto difícil, en sí. Verdad es que en aquella época el movimiento marítimo, aunque arrojado, si se quiere, era escasísimo y casi nulo en lugares tan apartados como las costas donde pasaban los sucesos que narramos. No sólo estaban ellos inexplorados, sino que la incapacidad de mantener estaciones en ellos por la deficiencia de la marina, hacía imposible vigilarlas, y las dejaba en un perfecto abandono como lo prueba la verdad histórica de dos hechos anteriores.

Apenas se vio Henderson instalado en el lugar que el cacique le designó para construir su escuna, sacó de su seno un papel escrito en clave que Drake le había dejado como memorandum.

Los apuntes que contenían eran concisos: no contenían ni una sola palabra inútil:

«Venta Cruz, villa que está entre la de Panamá y la de Nombre Dios. Los cimarrones van con frecuencia a vender en sus cercanías pieles y otras cosas; y el cacique sabe a quién.

»De Panamá van galeras con frecuencia al Callao; en los que él podrá advertir a los amigos para que os apoyen como les indiquéis: ese pedazo de cinta es mi credencial: con él harán por vos como por mí.

»Un poco más al sur del Callao, está la rada pequeñísima y solitaria de Chorrillos, que me parece la mejor para entrar sin ser sentido.

»Cuando hayáis tomado todo esto en vuestra memoria, romped y quemad este papel para que no quede vestigio.»

Henderson empleó religiosamente la insinuación de su amigo; y mientras se ocupaba con Oxenhan de construir su escuna, sin decir una sola palabra ni a éste ni a otro alguno de sus compañeros, procuró por medio del cacique Cimarrón abrirse las inteligencias que le sugería el memorandum de Drake. Al cabo de mucho tiempo de demora, en que el joven enamorado había pasado mil veces por las amargas dudas del desfallecimiento, vino un indio de Venta Cruz, y le entregó una tira de papel escrita en su propia clave, que procedía de Lima, y que decía así:

«En Chorrillos: De noche: El guía será seguro: a las ruinas del gran templo de Pachacamac: Oculto hasta el momento oportuno: Seréis advertido: Conozco ya vuestro nombre, y hacéis mucha falta: ¡a todo trance! Si sois sentidos, no contéis con nadie ni con nada; y alejaos porque las víctimas habrán perecido.»

El corazón de Henderson se quedó helado de terror y de emoción al percibir este eco misterioso de la voz que le llegaba desde Lima. ¡Gozo inefable de la primera esperanza de amor que se realiza!, ¿puede acaso el hombre trasuntar con su palabra tosca el encanto de los latidos que inspiras al corazón? -«¡Víctimas!» -se dijo Henderson, cuando el temblor de la profunda emoción que le sobrecogió le permitió respirar con calma-. ¡Sí!, ¡víctimas! -agregó volviendo a leer-. ¿Será, ¡Dios mío! que la vida de mi María peligra por mí?... Pero, ¿por cuál crimen? -dijo pausadamente, y fijando en tierra aquel mirar vago que indica tener allá en el fondo del alma algún horrible presentimiento-. ¿La Inquisición?... -dijo con terror, y tuvo que apoyarse con su mano derecha en un árbol, mientras que con la izquierda sostenía su frente-. ¡Adelante! -agregó restableciéndose al momento-. ¡Es preciso obrar pronto!

-¡No! -le dijo alguno por detrás, poniéndole una pesada mano sobre el hombro.

Henderson dio un salto de sorpresa, y echó mano instintivamente a su puñal...

-¡Ah!, ¿eres tú, Juan?... ¿Me espiabais? -agregó medio ofendido.

-¿Yo?... -le preguntó el marino con orgullo. ¡Bah!... ¡niño!, ¡dejaos de tonterías!

-¡Me habéis sorprendido sin embargo!

-Por casualidad os he oído una palabra que no me ha gustado, porque la prontitud del jefe no es la que se traga el tiempo,

sino la que lo envuelve en su enérgica prudencia. Mirad, Mr.
Roberto: he comprendido hace tiempo que tenéis misterios
para conmigo; y eso me prueba el acierto con que os elegí por
jefe: si hubierais hablado os habría despreciado: ¡conque ved
ahora si he podido pensar en espiaros!

-¡Perdón, Juan! -le dijo Henderson arrepentido-, ¡dadme
vuestra mano, pues tenéis una noble alma!

-¡Eso sí!... me hacéis justicia; y si mi talento correspondiese a
mi corazón, ya sería yo grande como Sir Francis, porque la mar
no me quiere a mí menos que a él, ni me ha dejado de brindar
sus favores; mas yo necesito quien me mande: me contento con
ejecutar. Pero vos sois joven; tenéis la soberbia del mando; y ya
ibais a sospechar que tuviese yo celos de los secretos que sólo
debe saber el que solo debe mandar.

-¿Aún no me queréis perdonar, Juan? -le dijo Henderson con
tono amigable.

-¡Eh!, estáis perdonado; pero quiero que aprendáis a cono-
cerme para siempre.

-¡Sí, Juan, contad con eso! Pero, en fin, ¿por qué os oponéis
a que partamos pronto? ¿No estamos listos todos? ¿No está pro-
vista nuestra escuna de todo lo necesario para navegar?

-¡No!

-¿Y qué le falta?

-Pintar de negro las velas para que nadie pueda verlas a la
distancia y bautizarla.

-¡Tenéis razón!..., ¡vamos a hacerlo!.... ¿y cómo la llamaremos?

-¿Qué sé yo de esos bordados, Sir Roberto?

-Pues bien, ¡lo llamaremos La Fortuna!

-¡No me parece bien!, porque eso es usurpar un nombre que
solo Dios puede acordarle.

-¡Decís bien!..., ¡le llamaremos entonces La Fidelidad!

Juan se quedó pensando un rato y dijo después:

-Me parece bien, ser fiel, ser leal, es un deber; y quien se
embarca en el deber, merece la protección de Dios. ¡Me parece
muy bien, Sir Roberto! Llamémosla La Fidelidad.

-Y a la que ha construido Suttonhall, ¿cómo le llamaremos?

-A esa le corresponde de derecho el nombre de nuestro Almirante.

-¡Eso es! ¡Drake!, que se llame Drake.

-¡Es de justicia!

-¡Manos a la obra, Juan! A pintar de negro nuestras velas, a salir al mar en cuanto se sequen.

-¡Mañana al caer la tarde!

-Lo había pensado.

La noticia de que estaba ya fijada la hora de lanzarse, fue recibida con grande júbilo por los marinos de aquella expedición, que de cierto superaba en audacia y en coraje, si no en grandeza, a cuantas empresas había acometido Drake hasta entonces.

Henderson y Oxenhan con otros diez marineros, quisieron probar antes el buquecillo para reparar con tiempo cualquier falta que se lo notase; y después de haber mandado que algunos hombres trepasen a las copas más altas de los árboles para explorar bien los horizontes, y no ser apercibidos, hicieron que la escuna fuese llevada hasta la boca del río por medio de cuerdas que los indios y los aventureros tiraban a una desde las riberas.

Con la misma gracia gentil o íntima confianza con que una muchacha de quince años se prende al brazo de su querido y le inclina al hombro su cabeza, así aquel leve barquichuelo reclinó su costado sobre las aguas del mar y se deslizó por ellas cuando se desplegaron sus velas negras; y como la bandera roja de Inglaterra era izada al mismo tiempo, y corría con gallardía hasta el tope de la entena, hizo explosión el gozo de los marinos que lo veían desde tierra, y un palmoteo general con mil ¡hurras! atronó el aire y se difundió roncando por las entrañas del bosque.

La prueba fue satisfactoria; y la escuna volvió dos horas después de su partida a echar el ancla con orgullo a la boca del río en que había sido construida.

Empezó en el acto a llevarse a bordo cuanto era necesario para el crucero. Fueron embarcados los marinos. Dieron la mano de la despedida al cacique y a los de su tribu, que debían

371

quedar vigilando por allí. Y al caer de la tarde, como Henderson y Oxenhan lo habían dicho, el buquecillo se alejaba de las costas y quedaban sus autores irremisiblemente puestos en manos del destino.

XXXI Las ruinas de Pachacamac

Los dos jefes de la empresa pusieron una suma vigilancia en evitar todo encuentro y no ser apercibidos. Lo que no les fue difícil, visto que los españoles habían contraído sus connatos a guarnecer el Estrecho suponiendo que Drake debía volver por allí. Atónito el brigadier Sarmiento de que no apareciese en aquella salida que se juzgaba inevitable, cuando era ya notorio que había desaparecido de las costas, se confundía en dudas y conjeturas, hasta que una voz vaga y anónima empezó a llegarle de todos los rumbos noticiándole que Drake había seguido el derrotero de Magallanes; y que era probable que mientras él lo estaba esperando a su salida, el impávido pirata andaría saqueando los inchimanes de la India y aterrando impunemente los suntuosos establecimientos que españoles y portugueses tenían en los mares de Asia.

En cuanto pasó la primera idea de esto por la mente del Brigadier, concibió la más íntima conciencia de su verdad, y se declaró burlado. Pero, hábil y tenaz también en sus empresas se afirmó en la idea de que sólo colonizando el estrecho de un modo estable, lograría la España evitar la repetición de semejantes atentados; y convencido de que ya no le era dado medirse con el pirata, en vez de volverse a Lima se hizo a la vela para España a fin de solicitar del rey Felipe una escuadra, tropas y colonos con que afirmar para su corona la clausura del Pacífico.

Esta singular coincidencia, que por cierto no es de invención nuestra sino un dato eminentemente histórico venía a favorecer de un modo práctico la empresa de Henderson; que sin saberlo él, debía hallar toda la costa desprovista del armamento dado al Brigadier, y entrega, da de nuevo a una completísima confianza.

Era el 24 de mayo de 1579: el sol escondía ya hacia el poniente, en las dilatadas aguas del Océano, su ancha faz de fuego, y alzando sus últimos rayos al vacío decoraba con sus pálidas vislumbres las nubes, que, echadas a lo largo de los Andes, parecían con sus matices de rosa y nácar el manto opulento que cubría el cuerpo colosal de la América dormida sobre el mar.

Un pequeño barquichuelo envuelto con las sombras proyectadas por la tierra se balanceaba bordejeando prudentemente por entre los escollos de las costas. Más bien que nave parecía el cuerpo opaco y negro de una ballena: era La Fidelidad próxima ya a echar en tierra a Henderson y Oxenhan por la rada pequeña y solitaria de Chorrillos, situada unas pocas millas al sur del Callao.

En efecto: así que la noche cubrió de completa oscuridad el Océano, La Fidelidad afirmó su proa de bolina y renunciando a la indecisión de sus bordejeadas enderezó rápidamente hacia adentro, y echó el ancla a una distancia prudente de la tierra.

Desprendiose poco después un botecillo en el que Henderson y Oxenhan, con cuatro marineros, se llegaron a la orilla; y no bien tocaron, cuando se les presentó un cholo que les dijo en español.

-¡Bajad y seguidme!

-No es posible eso todavía -le respondió Henderson: tenemos que bajar el resto de la gente-, hemos venido a ver si estaba el guía.

-Yo soy el guía.

-¿Cómo os llamáis?

-Mateo.

-A ver vuestra seña.

-Me han dicho que os diga «Desde Nápoles»; ¿y la vuestra?

-«Desde San Juan de Ulloa.»

-Eso es: desembarcad, pues, pronto vuestros hombres para aprovechar del tiempo.

-¿Cuántas horas desde aquí a las Ruinas?

-Cinco de camino continuo.

-Bien: ¡esperadnos!

Henderson hizo bogar de vuelta con toda prisa, y llegó en unos pocos segundos a su buque. Escogió cuarenta hombres, y dejó abordo diez al mando de Suttonhall, eligiéndolos de modo que quedasen repartidos en ambas partes y en debida proporción, los más bravos y prudentes. Si arriesgada era la empresa de tierra, no era menos capital el servicio y la vigilancia que tenían que hacer los de la escuna: porque de ella dependía que se completase el éxito del atrevido golpe de mano que se proponían dar. Sólo esto pudo hacer que Suttonhall se resignase al rol que le imponían.

Los piratas desembarcaron con la mayor rapidez. Cada uno de ellos llevaba un lío de carne seca y un pequeño tarro de aguardiente. Henderson los ordenó en una fila de a dos de frente, y colocándose él a la cabeza, mandó echar al hombro los mosquetes, y se pusieron en marcha, siguiendo al baqueano, sin más ruido que el que harían sus pasos acompasados sobre las pequeñas fracciones de pizarra que tapizaban todo el camino.

Empezaron en esta forma a subir por las pendientes de un grupo magnífico de colinas, y dejando un poco a la derecha Morro Solar, remontaron las pendientes onduladas con que el terreno desciende hasta las orillas del mar. Caminaron en silencio durante algunas horas, abrigándose de las desigualdades de las colinas y del fondo de los barrancos, hasta que desembocaron en la planicie espléndida de Lurin; desde donde vieron las masas informes de los Andes, levantándose al naciente, como una negra barrera al través de la oscuridad diáfana de la noche tropical.

Algo de fatídico ofrecía a la imaginación el cuadro, aquel que formaba el pequeño grupo de aventureros, marchando atrevidos al favor de la noche hacia las impenetrables sombras del laberinto de montañas erizadas que tenían a su frente.

El guía que los encaminaba no había pronunciado una sola palabra, ni había vacilado un solo instante en su marcha; pero después de haber andado algunos minutos por el valle, se volvió repentinamente a Henderson y le dijo, apuntando con el dedo hacia adelante: «¡Pachacamac!» Henderson se agachó para percibir mejor, y distinguió en efecto, a corta distancia, una colina que parecía coronada de vastos edificios. Excitados también por la curiosidad los marinos que los acompañaban, conturbaron un poco la regularidad de su marcha para mostrarse unos a otros la colina, repitiéndose. -¡Ruinas!, ¡ruinas! en una voz baja misteriosa.

Eran las Ruinas de Pachacamac, -La ciudad antigua y santa de los Peruanos, afamada hasta muy poco antes por las suntuosidades del Culto que allí se daba al Dios Ser* que le daba su nombre, y al Dios Viracocha, o Espuma luminosa del Mar. La inmensa y opulenta ciudad yacía ahora derrumbada al derredor de la colina en que antes había ostentado sus grandezas, mirando, por decirlo así, desde la tristeza de su sepulcro, las coquetas gracias con que Lima se alzaba joven y floreciente a unas pocas millas en el mismo valle.

Pachacamac había sido para los peruanos lo que Jerusalén para los cristianos, lo que la Meca para los musulmanes, el objeto de las peregrinaciones de los devotos, que en grandes comitivas venían incesantemente de todos los rincones del imperio a rendir sus ofrendas y recibir los oráculos del Dios. Se opina que el templo y el culto que daban su fama a la ciudad era más antiguo que el dominio de los Huincas; que era el de las razas primitivas del país; y tan arraigado en ellas que Manco Capac al conquistar el Perú creyó oportuno contemporizar con él, contentándose con levantar otro magnífico templo al sol -la espuma lucida del Mar, al lado del de Pachacamac.

Las riquezas que los dos templos habían antes encerrado no tenían cálculo. Baste decir, que un español que los vio de los primeros, hablando de la puerta del santuario, dice: «estaba muy tejida de cosas de coral y de turquesas y de otras piedras preciosas.»

---

* «Pachacamac» significa alma del mundo.

Un magnífico palacio residencia de los Huincas, cuando venían a presentar sus devociones se alzaba allí también.

El culto de Pachacamac y de Viracocha había excitado toda la indignación y la codicia de los españoles. Hernando Pizarro vino el primero, derribó los ídolos, saqueó los templos y las casas, e hizo abandonar la ciudad que en pocos años perdió sus techos y quedó en ruinas.

Como aquellas ruinas ocupaban un lugar solitario y apartado del valle era por lo general abrigo de una u otra partida de ladrones o de fugitivos que se ocultaban dentro del laberinto que formaban las paredes derrumbadas, las habitaciones, y sobre todo los intrincados y numerosos subterráneos conque toda la colina estaba minada.

La extensión de estas ruinas era entonces como de dos millas, pues su circuito bajaba por la pendiente de la colina y ocupaba una gran parte de la quebrada. Después la agricultura y el valor que ella ha dado a esos terrenos, han hecho desaparecer hasta sus vestigios, y han venido a hacer imposible todo estudio arqueológico sobre su naturaleza y sus materiales.

Al subir la columna y pasar por debajo de una de las portadas de piedra maciza que se hallaba en pie, Henderson no pudo menos que sentirse profundamente impresionado por la atmósfera de muerte, de silencio y de antigüedad que manaba de aquellas paredes mustias y solitarias. Las sombras de los Huincas, que tantas veces habían mostrado allí los resplandores de su poder y de su magnificencia; las de los Grandes Sacerdotes de Viracocha, que desde el impenetrable misterio del Santuario repartían los oráculos del Dios a los innumerables peregrinos de todas las razas del imperio que venían a postrarse en las pendientes de la colina; las sombras de los millares de víctimas que allí habían sido sacrificadas por las feroces preocupaciones de la idolatría, todo se agolpaba a su imaginación; y a medida que se internaba y que el eco sepulcral de las ruinas le remedaba el paso, Henderson creía ver por momentos hasta la imagen grotesca de los ídolos, revolando por aquellos recintos y haciéndole mil gestos y mil contorsiones extravagantes.

Cuando estuvieron al borde de las ruinas, Mateo hizo que los ingleses se ocultasen tras de unas tapias llenas de tunales, y se introdujo solo, diciéndoles que le aguardasen. Registró con prudencia y con cuidado todos los rincones por donde quería pasar, y se bajó a un vasto subterráneo, en el que prendió luz valiéndose de un yesquero y de una fibra de pajuela. Lo examinó todo al favor de la luz, y cuando quedó satisfecho de que el subterráneo estaba solo, volvió a buscar a los aventureros, y los hizo entrar y ocultarse en él.

Henderson acomodó su gente y la mandó descansar; mas él volviendo a salir con Oxenhan y con Mateo, se informó cuidadosamente de todos los alrededores, de las entradas y salidas de las ruinas, de los lugares más oportunos para poner espías y centinelas, hasta que bien satisfecho, colocó en ellos a los más vigilantes y fieles de entre sus compañeros: hecho lo cual, se volvió a descansar dejando a Oxenhan despierto; Mateo mientras tanto, salía solo de las ruinas, y haciendo un largo rodeo por el valle, tomaba el camino real que baja a Lima desde el interior de la montaña.

Oxenhan hizo encender en el centro de la gruta un hermoso fuego después de haber mandado al hombre que vigilaba en la abertura exterior que la cubriese bien con un encerado. Sacó una buena botella de brandy, unas cuantas galletas, un pedazo de queso, y dijo a sus marinos:

-¡Ea, hijos!, ¡aquí está la opípara cena! -echando brandy en algunos vasos de lata que puso a su alrededor.

Los marinos no se lo hicieron repetir dos veces, acudieron festivos a la invitación, y sentándose por el suelo en derredor del fogón, comenzaron a beber del restaurante licor.

-¡Aquí estamos, camaradas! -les dijo Oxenhan, dejando el vaso que acababa de empinar, y saboreando el trago con ese ruido especial de los labios, con que un aficionado sabe el buen licor-, aquí estamos prontos a dar un manotón que nos ha de envidiar, no digo el Papa que vive de la trasquila de sus millones de ovejas, sino el gran turco que es el potentado más rico del universo.

-A ti, al menos, pudiera que te lo envidie; pero a nosotros...

-¿Y porqué lo dices Willy? -le preguntó Oxenhan con zonga.

-Porque, más o menos, sabemos lo que vienes a buscar.

-Pues si lo sabéis, debáis hacer que tu lengua fuese leal secreto de tus amigos.

-¡Vamos!, ¡no te enojes, Juan!, ¡venga un trago!

-¡No quiero!..., chancearte así es ofenderme.

-¡Pues bien!..., me castigaré poniéndome a tu lado en el asalto para ayudarte o para morir contigo.

-No: júrame más bien que si yo perezco, salvarás el tesoro que yo lleve en mis brazos.

-Sí juro: venga la Biblia.

Juan sacó entonces de su bolsillo un libro pequeño, que contenía en letras menudas todas las sagradas escrituras; y poniéndolo sobre la palma de su mano la extendió hacia Willy. Todos los circunstantes se descubrieron poniéndose de pie; y Willy hizo con seriedad y abnegación el solemne juramento que Juan le había pedido:

-No puedes figurarte lo que me tranquiliza esa promesa, Willy: eres valiente como un león, y sé que puedo fiarla a tus manos si perezco.

-¡Venga el trago!..., ¡ni tú ni yo hemos de morir a manos de papistas, Juan! -le dijo Willy con desembarazo.

-¡A mí no me importa!, toma el trago -agregó echando brandy en el vaso-, lo que sé, es que no nos han de vencer: que muera alguno no es ni extraño, ni cosa de llorar: triunfemos y basta; por eso te digo que si yo muero, como sé que el triunfo ha de ser nuestro, me la salves.

-¿Y por dónde estará el palacio del Obispo, Juan? -le preguntó otro marinero.

-¿Y para qué?

-Porque yo quiero ir por ahí: he oído decir que los Obispos de esta tierra tienen riquezas inmensas en pedrerías y otras alhajas.

-No, no, no -dijo Juan-, camaradas, dejemos de bromas: nuestra salvación consiste en nuestra unión: el que se separe es perdido: ¡todos a una o sucumbiremos! Tenedlo bien presente. Si todos obramos juntos, bajo la acción del jefe, sin cuidarnos de otra cosa que de seguirlo y obedecerlo, el resultado será espléndido, yo os lo prometo: tenemos inmensas riquezas con que recompensaros; y mucho que levantar, además, por el camino.

-¿Y porqué no damos el golpe? -preguntó otro.

-Porque es preciso combinar muchas cosas -contestó Juan; dejad al jefe que se arreglo y veréis.

-¿Haremos una sorpresa?

-¡Por supuesto!, y la haremos a media noche, luego que sepamos el lugar sobre que debemos caer de improviso.

-¡Oh!, será magnífico: ¡echarnos de repente sobre la opulenta Lima!, saquearla, aterrarla y desaparecer como si fuésemos brujos, ¿no es eso?

-Eso mismo.

-¡Espléndido!, ¡esta empresa será Juan tu obra jefe!

-Si la logro me retiro del oficio.

-¿Y por qué?

-Porque no quiero abusar del favor de Dios, y le he prometido pasar el resto de mis días, dándole gracias por los grandes beneficios que me ha dispensado.

-¿Y si no la logramos?

-¿Si no la logramos?... -dijo Juan incorporándose irritado-, ¡no!... eso es imposible. A ver los vasos: ¡vaya otro trago!, y dormid para tener fuerzas y arrojo; que yo voy a velar hasta que el capitán me releve.

Los marinos, dóciles a la voz de aquel amigo acostumbrado a mandarlos, fueron echándose por el suelo alternativamente; y se durmieron con aquella prontitud que es peculiar de los hombres fuertes y habituados a los trabajos personales.

Solo Juan Oxenhan se quedó sentado al lado del fogón, que reducido a unas cuantas brasas, esparcía apenas un débil fulgor por aquel tétrico subterráneo. Juan cavilaba: sentado en el suelo, con sus piernas dobladas por delante, tenía una mano tendida sobro su rodilla, la otra sobre su boca, la mirada fija en el brillo amortiguado de los tizones. El silencio del recinto era completo.

Al cabo de un rato, Juan sintió un leve movimiento, allá en el fondo de la oscuridad del subterráneo, y apenas había fijado su vista hacia ese lado para percibir la causa, cuando vio a Henderson que vino a sentarse junto a él, y que le dijo brevemente:

-Vete a dormir un poco, Juan.

-Imposible: no puedo dormir.

-¡Yo tampoco! -le dijo Henderson-, mi cabeza arde con un volcán de dudas y de esperanzas, y mis ojos centellean en la oscuridad, sacudidos por la fiebre.

-Así mismo estoy yo; tengo aquí una batalla -dijo Juan poniéndose la mano sobre el corazón.

-¡Quién lo hubiera pensado!... yo te creía incapaz de amar otra cosa que la mar y sus tormentas, que el asalto y el abordaje.

-¡Y yo también lo creía!... ¡pero Sir Roberto me había engañado!... Desde que vi a ese demonio de muchacha con sus dos ojos grandes y penetrantes como el calor del aguardiente, empecé a vivir como ebrio, Sir Roberto: distraído, triste, impasible, desconsolado, y sin más que un solo deseo.

-Ése es el amor Juan -le dijo Henderson pensativo.

-¡Pues es una cosa infernal, Sir Roberto!... Es abominable y es sublime al mismo tiempo.

-¡Sí Juan!, se padece y se goza al mismo tiempo, gozáis en matirizaros, y os martirizáis en gozar.

-¡Voto a Baco!, ¡que Dios no ha sido muy generoso conmigo echándome en la boca esa gota de veneno!

-¡Juan!... ¡Blasfemas!, seamos justos, pensemos por un momento en lo que será de grande nuestra dicha si logrando sacar en nuestros brazos a la querida de nuestra alma, la oímos bendecir nuestra constancia con sus hermosos labios y bañarnos con sus miradas.

-¡No me volváis loco, Sir Roberto! -le dijo Juan Oxenhan arropado y tapándose los ojos con las manos.

-¿Y por qué?..., ¿por qué no hemos de tener nosotros esa dicha que un sin número de mortales gozan en la tierra?, ¿nos faltaría el arrojo?

-¡Jamás!

-¡Pues con él seremos también felices!... El amor de María es mi vida: llenar la niña de mis ojos con la luz celestial que despiden los suyos, hacer palpitar mi apasionado corazón con el rayo fugaz de su mirada, percibir anhelante una sonrisa de sus labios, recoger sus palabras, ¡he ahí Juan, he ahí Juan, lo único que para mí se llama vivir!... ¡Ah, si lograra alguna vez estrechar mis labios contra los suyos, y beber el néctar que exhala su corazón!..., ¡si pudiese tan solo estrechar su mano contra la mía para decirle te amo, con los latidos de mi alma y oír el mismo te amo con los latidos de la suya... ¡Juan!... ¡Juan!... eso solo sería vivir para mí... La vida sin esa esperanza, después de haberla conocido me parece inconcebible.

-¡Ah, Sir Roberto! -le dijo Juan con tristeza-, ¡yo no soy tan feliz como vos!, ignoro si soy amado:... yo no soy amado; porque ¿cómo ha de amar ella a este marino tosco y ordinario, que ni siquiera supo decirle una sola palabra, un solo halago?

-¿Qué dices, Juan?..., ¿aún no sabes si Juana te ama?

-¡Ni le he dicho siquiera que la amo! -respondió el marino con vergüenza.

-¡Oh!..., ¡vuestra abnegación es entonces sublime!

-¡Pero si no me amase!...

-Sí: os amará Juan, porque vuestra alma es hermosa.

-¡Mi alma!..., ¿de qué sirve que lo sea, si los huracanes del mar y los ardores del sol han hecho más sucio todavía el ropaje con que la vistió Dios al echarla al mundo?

-Estáis engañado, Juan: el amor nace y crece en el alma, y las bellezas del alma se comprenden:... creo seréis comprendido.

-¡Ojalá dijerais verdad!

-Poco falta para que lo sepas: a dos pasos de ellas estamos: depende de nuestro valor el salvarlas: y las salvaremos, ¡porque ambos lo hemos jurado!, ¿no es verdad?

-Yo iré a donde vos vayáis, Sir Roberto.

-A la Inquisición: ¡dónde los bárbaros las han encerrado por el crimen de haberos amado!

-¿Qué decís? -exclamó Juan indignado-, ¿cómo lo sabéis?

-Por el guía que nos trajo.

-¡Pronto allá, Sir Roberto! -exclamó incorporándose como un coloso.

-Pronto, será tiempo Juan.

-¡Es preciso que sea al instante!

-No: tenemos que esperar el aviso de nuestros amigos: Pero yo te juro, Juan, ¡que iremos a tiempo!... y cuando nos lancemos será a todo trance: ¡a dejar nuestras vidas con ellas, o a arrancarlas de sus tiranos!

-¿Y si las sacrifican antes? -dijo Juan con ansiedad.

-¡No por Dios!...

-¡Aprovechemos de los instantes, Sir Roberto!

-Recuerda Juan que eres tú mismo quien me lo dijo: «la prontitud del jefe, no es la que se traga el tiempo, sino la que lo envuelve en su enérgica prudencia.»

-Es verdad... pero hay momentos...

-¡Confía en mí!... Mi pasión no es menos violenta que la tuya... Se trata de vencer y no de morir, Juan..., y solo yo sé el sacrificio que hago resignándome a la prudencia.

-Hacedlo e imponédnosla, señor; ¡vuestra prudencia es nuestra égida! -dijo Juan inclinando su cabeza.

-Pues bien, Juan: id entonces a relevar los centinelas, para que descansen a su vez: conservar el vigor de nuestra gente, es lo vital por ahora.

XXXII Gato por liebre

El Sol de la madrugada venía apenas dorando por detrás los picos nevados de las Cordilleras, y la neblina como un velo de tul blanco, cubría aún el fondo de los valles, cuando Mateo tarareando una tonadilla indígena y con unas alforjas llenas de frutas al hombro, regresaba a Lima por medio del camino real con aquel paso ordinario que revela, o remeda, una quietud de ánimo perfecta.

Porción de vendedores que traían al mercado desde las chacras y quintas inmediatas los frutos de su trabajo, a pie los unos, en burros otros, y no pocos en pequeñitos carros tirados por alguna mula pacífica y extenuada, venían también por el mismo camino, hablándose y gritándose a la distancia con aquella franca jovialidad que es propia de las gentes de un mismo oficio y habituadas diariamente a verse en un mismo lugar.

Iban así acercándose a la risueña ciudad, cuando todos, como si supiesen a una señal misma, comenzaron a arrodillarse sucesivamente y con devoción, bajándose de los burros y de los carros los que iban sobre ellos. Permanecieron así como dos minutos, levantándose después y volviendo cada uno a tomar festivamente su camino. Era -que en la Iglesia Catedral cantaba el Arzobispo la misa mayor, y que al anuncio que daban las campanas de estar el Sacerdote consumiendo la hostia, toda la población se postraba día a día a la misma hora, y el movimiento de adoración se propagaba así por los caminos desde el pie del altar, imitándose los unos a los otros.*

Mateo se arrodilló y se golpeó el pecho, como uno de tantos; y como uno de tantos entró también en la ciudad y fue a extender en una de las aceras de la plaza, sobre un lienzo bien limpio, las ocho o diez docenas de lúcumas y paltas,** que había traído en sus alforjas. Desde que el cholo se instaló al frente de su factura, empezó a gritar con toda la fuerza de sus pulmones:

«¡A las paltas superiores de Mateo!» «¡A las hermosas lúcumas de Mateo!» «¡Paltas! ¡Lúcumas!» «Son las de Mateo.» «Las más ricas. ¡Aym, marchantito!, ¡aquí!» «Ricas y tiradas.» «Las doy por nada.» «¡Son cincuenta!, ¡son cincuenta!» Y el cholo daba una inflexión particular a su vos cuando decía: ¡Son cincuenta!

-Son cincuenta, ¿eh? -le dijo pasando por su lado don Bautista, agachado y humilde como andaba de ordinario-. ¡Cincuenta!, ¡cincuenta!, ¡y todas sanas y grandes que da gusto! -gritaba el cholo-. De las que se llevaban al templo de Pachacamac cuando lo habitaba el diablo: ¡lindas!, ¡lindas, marchantito!

Y como los vendedores gritaban en la plaza ponderando sus frutas con la misma fuerza y entusiasmo que Mateo, resultaba una algarabía llena de animación, que venía a colorir aún más, en lo que tenía de local y pintoresco, un cielo claro y azul cuya atmósfera purísima parecía atravesada hasta el centro mismo del espacio por los rayos del sol de la mañana.

Cuando don Bautista se hubo alejado un poco, Mateo recogió sus paltas, y ensacándolas otra vez en sus alforjas se echó a andar por las calles de Lima, dando las mismas voces, y haciéndose el desentendido para uno u otro comprador que le llamaba: anduvo de modo que al dar vuelta una esquina se encontró otra vez con don Bautista y echando al suelo sus alforjas sacó en sus manos dos hermosas paltas que le mostraba como si se las ofreciera en venta.

---

* Esta práctica de devoción se conservaba en los pueblos del Pacífico en el año de 1943, y probablemente dura todavía.

** La lúcuma es la fruta que da un árbol de la forma del peral poco más o menos, es parecida al durazno prisco, pero su cáscara es verdosa y terza como la del membrillo y su carne muy arinosa y seca. La palta es el aguacate, cuya descripción viene en el diccionario de Terreros.

-¿Le sigo a su merced? -le preguntó en voz baja.

-¡No!, porque ya me andan vigilando.

-¿Y dónde quiere su merced que lo vea?

-En la Merced, a la hora de la novena; junto al altar del Buen Pastor.

Y al mismo tiempo que hablaban así, don Bautista le pagó las dos paltas; y Mateo siguió gritando a voz en cuello para vender el resto, dando vueltas por las calles, y volviendo a entrar en la plaza.

Poco después que él hubiese levantado su puesto, se llegó al lugar en que lo había tenido un fraile macilento dirigiendo con paso apresurado a otro fraile de estatura pequeña, de figura rolliza y carnuda, de semblante alegre, y buen camarada al parecer, que seguía al primero jadeando y lleno de sudor el rostro.

El primero que era el Padre Cirilo, se detuvo detrás de uno de los pilares de los portales cubriéndose de una bandola, o tienda volante que había puesto allí un mercachifle catalán; y mirando diligentemente por todo, aquello como si buscase alguno, dijo:

-¡Aquí estaba!..., ¿dónde se habrá ido?... ¡Es tan grande ese laberinto!, ¡este tumulto!..., ¡se ha ido! El otro permanecía entretanto en la expectativa de lo que el Padre Cirilo debía hallar o indicarle.

-Andaba gritando ¡lúcumas y paltas!

-Hay doscientos que gritan lo mismo, ¿no oye hermano? -dijo el Padre Gordifloncillo.

-¡Espere Padre!..., ¡esa es su voz!..., ¡por aquí!, ¡venga hermano por aquí!

Y caminando el Padre Cirilo, seguido apenas de su camarada, y parapetado siempre de los portales, descubrió al fin a Mateo que volvía a tender su puesto en otro lugar de la plaza, gritando siempre con el mismo énfasis.

-¡Aquél es! -dijo el Padre Cirilo lleno de satisfacción-, ¿lo ve hermano?..., aquel cholo regordete, nariz afilada, sombrero de paja,... ese que se agacha..., que se suena las narices..., ¿lo ve hermano?

-¡No,... no veo!, ¿dónde?, ¿junto al poste de cañon?

-¡No, hermano!, ¿con mil de acaballo?..., ¿no está viendo aquel cholo que está agachado?..., ¡aquel que se agacha!, ¡aquel que se agacha! -dijo el Padre Cirilo con impaciencia-. ¡Voto a bríos!, parece que no tuviera ojos, hermano!, ¿que no lo ve todavía? ¡Caramba!

-Pero, ¿qué quiere hermano?... ¡Si estoy viendo un millar de cholos con sombrero de paja, que van y vienen, y se revuelven allí!, ¡y no puedo saber cuál es el que me señala su Paternidad!

-¡Por Dios, hermano Sinforoso!... Venga para acá; ¿ve aquella chola de rebozo colorado con un atado en la cabeza, que está comprando lechugas en aquella mula con árganas, al lado de aquella carreta con banderita amarilla?

El padre Sinforoso fijó su vista en la dirección que lo marcaba su cofrade y trató de hallar la seña.

-¡Apúrese, padre, por Dios!, mire que ese diablo de cholo se levanta ahora no más, y perdemos el día, que es precioso.

-¡Ah, sí!, ¡ah, sí!, ¡ya veo!, allí está la chola, aquella que se ata ahora el rebozo a la cintura.

-¿La misma?, ¡la misma!..., ¡pues bien, a la derecha!, ¡un poquito a la derecha!, por donde pasa aquella canasta de zapatos... y un naranjero.

-¡Sí!, ¡ya veo!

-¡Allí está el cholo Mateo!, ¿lo ve ahora, padre?

-Sí, ¿aquel que tiene la chaqueta al hombro?

-¡No, hombre, por Dios!, ¡qué chaqueta ni qué diablos!, ¡si está con poncho!

-¡Ah, sí!, ¡aquel que bosteza!

-¡Tampoco!, ¡es aquí, hombre!, ¡aquí a la derecha! Usted, hermano, está mirando a la izquierda!

-Pero si usted me dice que mire a la derecha del burro con árganas.

-No tal, a la derecha de la carretilla, ¡allí!, ¡allí!

-¡Ah, sí!, ya estoy: aquel que le pone la mano en el hombro al maricón...

-¡Padre!, me hace usted perder la paciencia ¿tiene usted ojos o no?

-¡Pero hermano!..., yo miro a donde usted me dice... y... y... ¡y usted se enoja!

-¡Venga para acá, hermano! -dijo enfadado el Padre Cirilo; y trató de aproximarse un poco más a Mateo, poniéndose en un lugar más favorable para mostrárselo a su compañero.

Tantas fueron las señas y empeños que hizo para ello, que Mateo, cuya perspicacia de sentido era en extremo vivaz, se apercibió rápidamente de que era objeto de las señas y designios del Padre Cirilo. Mas, fingiendo maravillosamente que nada había notado, se puso a pasearse por delante de su puesto, refregándose las manos muy ligero, gritando como antes -lúcumas, paltas.

-¡Ah!..., ¡ya!..., ¡ya!, ¡ya! -dijo alborozado el hermano Sinforoso-, ¿aquel que se refriega las manos?... ¡Ya lo veo!, sí, ya lo veo.

-¿El mismo?..., ¡al cabo!...

-¡Al cabo! -repitió con enfado el buen fraile-. ¡Pues es buena! Vaya usted a distinguir un cholo entre seis mil -¡así no más en un abrir y cerrar de ojos!... ¡Eso es mucho exigir, hermano!

-¡Bueno!..., ¡bueno!, no hay que ofenderse: lo que se necesita ahora, es que usted vaya, hermano, a averiguarle donde ha andado: porque como ya le he dicho, ese cholo es el que le sirve de entremés al boticario; y en algo ha andado él, pues hace muchos días que no se le veía... ¿Lo ve bien ahora, hermano?

-¡Pues no!

-¡Que no se le escurra!

-Ni aunque fuera truncha se me saldría de la mano...

-Sígalo V. P. como a pleito: que no se mueva dentro ni para afuera de Lima, sin que usted, hermano, lo sepa y lo siga.

-¡Entiendo!, ¡entiendo!..., ya lo verá, hermano, si lo atrapo.

-Adiós entonces.

-Adiós.

Y el gordifloncillo se metió por entre la multitud que escombraba la plaza, meciendo su fresca y redonda figura, al compás apresurado de un andar, y llevando a vanguardia la esfera de su vientre.

Después de haber dado tres o cuatro vueltas, que él juzgó muy diestras y muy al caso, se arrimó al puesto de Mateo echando unas miradas llenas de codicia a los montoncitos de lúcumas y paltas que el cholo tenía sobre su lienzo.

-¡Ah, Padre! -le dijo el cholo con desembarazo, en cuanto lo percibió-. ¡V. P. es muy afortunado! ... ¡A real la docena, y se las doy todas, ¡todas!... ¡Lléveselas, Padre!, ¡ligerito, ligerito!... ¡Le estoy conociendo a su Paternidad las ganas que les tiene! ¡Su Paternidad es hombre de gusto, y en cuanto pruebe una, verá que son las únicas que hay en la plaza del Valle de Jauja!

-¡Ah!... -le dijo el padre arrimándose con interés-, ¿son del Valle de Jauja?

-¡Sí señor!, de allí mismo.

-¿Y cómo las das, diablo, a real la docena?

-¡Ése es mi secreto!

-¿Tu secreto, eh?... ¡Hum!... Desde algún cerco se las habrás comprado al dueño -dijo el padre con zonga y haciendo con los dedos de la mano la seña del robo.

-¿Qué?... ¡no tal!... Voy a la hacienda de Huamaca, y entro por la puerta principal; y allí me las venden a mí, de primera mano, a cuartillo la docena; y si V. P. quiere chirimoyas, las hay como cidras -dijo el cholo extendiendo la palma de la mano en señal del tamaño- y a cuartillo cada una.

-¡Vete al infierno con tus mentiras, bellaco!, y venga aquí tus lúcumas y paltas.

-¿Mentiras?... ¡No e'ñor!

-¡Vaya! ¡Vengan las paltas y las lúcumas; y toma tu dinero, palangana!... ¡Chirimoyas a cuartillo!...

-¡A cuartillo, sí e'ñor!..., ¡y a la prueba me remito! Mañana voy otra vez para allá: o pasado mañana a más tardar; y si el Padre Provincial le quiere dar permiso a V. R., yo lo llevo conmigo, y le apuesto a que vuelve con sus alforjas llenas de chirimoyas, de paltas, y de huevos, y de gallinas, ¡y de mil otras cosas que no ha de poder cargar!

-¡Che!, te agarro la palabra; precisamente estoy señalado para salir a recoger la limosna para el convento; y quiero ir por ahí, por donde tu dices, pues creo que pocas veces han ido por ese lado los otros padres limosneros.

-¡Nunca han ido, e'ñor!, y estoy cansado de decirles a todos los que encuentro, que es el mejor lado. Yo echo cuatro o cinco días de viaje, ¡pero la cosa me sale a pedir de boca, e'ñor!

-Pues bien: quedamos en ir, ¿eh?

-¡Sí e'ñor! ¡Mañana o pasado mañana!... ¿Cómo se llama V. P. para preguntar por él en el convento?

-¡Yo me llamo el Padre Sinforoso!

-V. P., ¿es padre o lego?

-¡Padre, pícaro!, ¿no me estás viendo?

-¡Bueno, bueno, e'ñor! Yo iré a buscarlo al convento: ¡ah!, pero se me olvidaba una condición; y sin ésa, yo no lo llevo, Padre Sinforoso.

-¡Hum!, ¿te quieres echar atrás?

-¡No señor! Nada de eso.

-¿Cuál es tu condición?

-Que V. P. no ha de decir a nadie dónde es la hacienda, ni el precio a que me dan en ella la fruta, porque si otros revendedores cargan...

-¡No hay cuidado!... Te lo prometo por nuestro Padre San Francisco.

-¡Gracias, Padre! -le dijo el cholo, besándole con mucha devoción los cordones de su sayal; y cuando el Padre se dio vuelta, el cholo se quedó mirándolo por detrás con un aire marcadísimo de burla y de astucia.

Como Mateo había comprendido perfectamente, que también él andaba vigilando, trató de burlar a sus espías con la sagacidad que le era característica.

Pasada la hora del mercado se retiraron como de costumbre todos los revendedores; pero Mateo se quedó resuelto a pasar en plena publicidad todo el día, y fue a sentarse entre uno de los grupos de changadores (verdaderos lazarinos de aquel tiempo) que acostumbraban ponerse en las esquinas de la plaza en asecho de algún mandado u otra comisioncilla con que ganar algún cuartillo. Fingiendo allí la más completa apatía, y hablando mucho de lo cansado que le había dejado su largo viaje a la hacienda de las ricas paltas y chirimoyas, Mateo enrolló su manta y poniéndosela de almohada se entregó a un sueño profundo, al parecer, tendido allí en la vereda.

Entretanto instruido ya don Bautista de lo que más le interesaba, que era el desembarco y la internación silenciosa de los piratas, había regresado a su botica y atendido a su despacho como de ordinario, hasta la hora en que acostumbraban abrir las oficinas de gobierno.

Cuando don Bautista calculó que esa hora había llegado tomó su bastón y su sombrero y se dirigió a lo que entonces se llamaban las Cajas, que es como si dijéramos ahora al ministerio de hacienda.

En una mesita modestamente tendida con una carpeta de bayeta verde, estaba allí don Anselmo de Zamora, ardiendo a su lado una vela de sebo en la que prendía uno tras otro cigarrillos de chala que fumaba al tiempo mismo que en números pequeños y prolijos establecía y formalizaba cuentas. Don Anselmo de Zamora era aquel caballero que según recordarán nuestros lectores fue el que instruyó a los tertulianos de don Bautista, el día del tumulto, de lo que había ocurrido en la plaza: era alguacil mayor de las cajas, y ya estaba en su oficina.

Don Bautista entró haciendo exquisitas reverencias a la oficina de don Anselmo. Mas éste, que estaba todo preocupado de una cuenta corriendo y llevando cantidades de columna a columna, todo en voz alta, ni alzó sus ojos siquiera del papel en que trabajaba, para ver quién había entrado, y dejó a don Bautista parado por algún tiempo delante de la mesa. Cuando don Anselmo acabó de recitar sus fórmulas de costumbre quien debe tantas y paga tantas, queda debiendo tantas, etc., etc., alzó su vista.

-¡Oh!, Señor don Bautista -dijo el buen hombre-, ¡cómo había de pensar que era usted!... Estaba allí con una suma amigo, y se me había calentado la cabeza de modo que no podía sacar bien la prueba, así es que no atendí...

-¡Basta!, ¡basta! Señor don Anselmo: ¡bueno hubiera sido que usted hubiese interrumpido sus tareas por mí!

-¡Sí, Señor!, ¿por qué no?... Bien lo merece usted; siéntese usted amigo mío, ¡siéntese!... ¿Sabe usted que el dolor aquel de flato de que hablé a usted? -dijo don Anselmo haciendo un gesto de dolor y oprimiéndose al mismo tiempo con una mano el costado izquierdo-. No me ha mejorado.

-¿Es posible?

-Sí, señor.

-¿Y ha tomado usted con constancia la tacita de camomila que le receté?

-Usted está trascordado: no era camolida lo que usted me recetó, sino manzanilla...

-Eso mismo es: nosotros tenemos que usar de las denominaciones que trae la Flora Farmacéutica del ilustre Validejo.

-¿Sí, eh?... Pues señor, saqué el papel que usted me dio, y se lo di a mi mujer para que me hiciera la tacita de infusión que usted me había recetado; y ella en cuanto lo abrió me dijo: «Pero hombre, ¡si esto es manzanilla! -¡Qué manzanilla, ni qué manzanilla!» Le respondí yo: «Te digo que es una yerba de Manila...» Porque yo lo había entendido a usted algo así. Ella me quiso porfiar, y creyendo yo que aquello no era más que la manía, que toda mujer propia, tiene de llevarle a uno la contra en todas las cosas que ellas no discurren o que uno trae de afuera, ya me irrité también, y nos peleamos, amigo... ¡Y vea usted como ella decía bien!... El hecho es que con ese desagrado, por no volver yo a la disputa, el segundo día no pedí ya mi taza de remedio. Pero ella después de un rato me dijo: «¿Te hago tu taza de...?» Yo vi que volvía a su tema, y le contesté: «¡De diablos!», y me quedé taimado: «Vaya pues ¿te la hago, o no te la hago?», me dijo ella enfadada; y yo me quedé callado: «y aquí tiene usted como es que no he vuelto a tomar más».

-¡Ah! -dijo el boticario sonriéndose-, de ese modo no es extraño que usted haya seguido sin mejoría. Es preciso, pues, que usted empiece a tomarla, y continúe por diez o doce días.

-Hombre... ¿y no podría encontrar, allá en su grande ciencia alguna otra cosa que darme que fuese lo mismo?... porque ya usted ve, amigo, es un poco humillante, esto de que yo le pida a mi mujer manzanilla, o de que sin pedírsela me la haga, y tenga yo que beberla después de haberla disputado... Ella se reiría de mí... y...

-¡Veremos, señor don Anselmo!..., ¡veremos!..., ¡yo pensaré!

-¡Sí, hombre, piense usted!... cosa que yo lleve algún mejunje y le pueda decir: «-¡Toma, hazme eso, y ve también si es manzanilla!» y que ella no pueda saber lo que es.

-Creo que he de poder servir a usted, señor don Anselmo: ahora hablaremos de eso, porque quisiera antes pedirle a usted un servicio.

-¡Ah, mi amigo!, ¡cuente usted con él!

-Es cosa de importancia, ¿eh?... Pero es una de esas cosas que como usted sabe ya desde tiempo atrás, y por una experiencia constante, yo sé agradecer debidamente, señor don Anselmo.

-¿Alguna remesita de yuyos? -dijo don Anselmo guiñando el ojo con malicia, como aquellas de que usted no pagó la sisa.

-No es eso exactamente, pero es algo parecido...

-Con tal que yo no quede comprometido...

-Yo creo que no, señor don Anselmo.

-¡Y bien!, ¿de qué se trata? -preguntó éste bajando la voz.

-Usted sabe la grande escasez de negros en que estamos...

-Sí señor, hace tiempo que no llega una sola tropa.

-Pues bien, yo lo había previsto, y escribí a mis amigos para que me hicieran una pequeñita remesita... y como el impuesto es tan alto, amigo, yo... deseo ver si lo reducimos a la mitad...

-Pero, ¿en qué puerto han dado entrada?

-Ahí está la cosa, pues, señor don Anselmo... Es que no han dado entrada en ninguno... y yo quisiera tener dos permisos: uno dando entrada a unos veinte por la cordillera, y otro autorizándome a traer a Lima cuatro o cinco como ya despachados en Nombre de Dios.

-¡Cáspita!... ¿Y si lo descubren?

-¿Y cómo han de descubrir?... No ve usted que si tomo ese permiso por veinte y me ven los cuatro o cinco extrajudicialmente, los rebajaré del permiso, y la cosa ya queda en regla; si no me ven la primera introducción que yo haga, de cuatro o cinco, hago una segunda hasta introducirlos todos, o los que pueda, así por pequeñas fracciones...

Don Anselmo se quedó pensando y sumamente indeciso al parecer.

-Mire usted -le dijo el boticario-, son como cincuenta negros; y lo menos que vale cada uno, es cuatrocientos duros.

-¡Lindo negocio!

-Yo quedaría contento redondeando quince mil duros en la especulación; y lo demás...

-No hablemos de eso, amigo.

-Usted sabe que soy hombre de confianza -para una cosa de esas...

-¡Basta, amigo mío!, ¡basta por Dios! En cuanto a eso, tiene usted toda mi confianza, y sé que usted es un hombre cumplido que...

-Bien: entonces no hay inconveniente; porque uno que otro riesguillo, es cosa que debe aventurarse en un negocio así; además de que si hay alguno que otro gasto que hacer, para obtener que los permisos sean bien visados y todo lo demás, nada es más justo que el que yo los haga con desprendimiento.

-¡Hombre!, mire usted: estoy pensando que lo mejor es, que usted pida por gracia especial la internación de sus negros, y yo me encargo del resultado.

-¡Bueno!, entonces que sea con la cláusula de que ninguna autoridad pueda intervenir, detener, o revisar la tropa.

-¡No!, eso no puede ser: es preciso que la cosa sea reducida a una cantidad de cuatro o cinco negros como usted decía. Pero cosa de tropa, es imposible obtenerlo por gracia especial.

-¡Lo mismo es! Cuatro o cinco, nada más; porque usted comprende que yo puedo tentar la internación clandestina; pero quiero evitar una casualidad y prevenirme con un permiso para todo caso. Así, de a cuatro o cinco los introduciré todos probablemente y...

-¿Pero los tendrá usted bien ocultos los primeros días no?

-Por supuesto... Sobre eso pierda usted cuidado.

-Bien: pues, escriba usted aquí mismo su solicitud; y vuelva usted a las doce, que yo le prometo que la encontrará usted despachada por el mismo Virrey.

-¿Sin falta?

-Sin falta, don Bautista.

-¡Bravo, amigo! -le dijo el boticario dándole un fuerte apretón de mano-, yo le traeré a usted otra yerba que suplirá a la manzanilla; y puede usted decirle a su mujer que la camomila tiene el mismo olor de la manzanilla pero que es otra cosa.

-Eso será si viene al caso; que si no, no le volveré a tocar el punto, porque ella es el diablo; me lo conocerá en la cara, y se reiría de mí a carcajadas.

-Amigo, hasta las doce.

-Sí, señor, lo tendrá usted todo pronto: en estos casos y para negocios así, soy yo como reloj -dijo don Anselmo levantando la mano y estirando los labios.

XXXIII La novena y
LA TIMBIRIMBA

Eran como las seis de la tarde: hora en que las ciudades meridionales de América cobran una vivísima animación con el movimiento de las gentes que transitan por sus calles. Mientras los unos iban cargados con sus instrumentos de trabajo o con los productos de su labor buscando el descanso con aquel contento que inspira el cese de las tareas del día, mil otros sacudiendo la laxitud del ocio salían a gozar de esa atmósfera fresca y apacible que a la caída del sol viene de los campos, y que no pocas veces se difunde con el crepúsculo impregnando cuadras enteras con el aroma de la mosqueta y del azahar.

El que haya recorrido en algunas tardes del otoño o de la primavera las calles de Lima o de Buenos Aires, de Santiago de Chile o de la bella Córdoba del Tucumán que son como quien dice, los bordes floridos del rico lecho en que los Andes asientan sus majestades, sabe bien que la más fecunda fantasía fuera escasa si quisiese describir los encantos de aquesta realidad.

El mercantilismo prosaico que hoy reedifica nuestras ciudades a su modo, nos priva poco a poco de las obras de la naturaleza por las fábricas de la industria, modulando nuestra vida social a otros modos de ser próspera y feliz. Día a día desaparecen nuestras huertas[*] Y con ellas, los naranjos y la madreselva, que

---

[*] La huerta en las ciudades hispanoamericanas era el último patio de la casa, vacío por lo general de habitaciones y sin embaldosado: lo ocupaban los naranjos y las higueras, con otras plantas de recreo.

desde el fondo de nuestras casas perfumaban nuestras calles, ceden su lugar a los largos almacenes en que se depositan las pipas de Oporto y los sacos de fariña.

Antes... ¡Oh! ¡Antes era otra cosa! En vez de esas cuevas de la fiebre mercantil que a vuestro paso por las veredas os abren sus bocas negras y profundas, teníais ventanas hermosas voladas como galerías, y portadas llenas de luz en donde desplegaban su donaire las muchachas sencillas y picantes del viejo tiempo; las muchachas aquellas candorosas como sus blancos vestidos de muselina, vivaces como sus rebozos encarnados de bayeta; y que con su tez de tórtolas, sus ojos de fuego, y sus trenzas de ébano se parecían en su farniente a las flores aquellas de la tarde que pasan marchitas el día, para abrir su seno apasionado a la primera gota del rocío que baja con el resplandor plateado de las estrellas.

Enemigo de la paradoja en todo, me guardaré muy bien de decir que la vida del vergel sea preferible a la vida de la ópera y de la bolsa; que una huerta ocupada por naranjos y por mosquetas lo sea a un palacio de vastos salones, brillantes de papel y de pinturas; que el perfume de esas plantas entre cuyos troncos jugueteábamos en nuestra niñez sea más delicioso que el que derraman hoy nuestras paquetas al mover los pliegues de sus lujosos trajes de damasco y de terciopelo. ¡Dios me libre de herejías!

Pero, ¿cómo negar que aquello era también muy bello, y que la infancia de los pueblos por su misma proximidad a la naturaleza está dotada de ciertas gracias que son, como el candor de los niños, imposible de ser reproducidas por el arte en lo que su ingenuidad peculiar les da de puro y de inocente?

Como quiera que ello sea, en el viejo tiempo que pasaban los hechos que narro, Lima era una ciudad salpicada de huertas, en donde el plátano y el floripondio entrelazaban sus lozanos gajos mecidos por la brisa refrigerante que baja el valle desde la región de las nieves. Esa ciudad en que hoy como en Roma, hay barrios enteros abandonados y en ruinas por las que vagan las sombras de su antigua grandeza y que no pocas veces han servido de asilo a partidas de ladrones y de negros fugitivos, estaba entonces fresca. Era esclava en verdad de sus inquisidores y de sus virreyes, pero era joven y los ardores de su edad iluminaban su semblante vivaz con el fuego y la coquetería de las primeras pasiones de la vida.

La religión misma con sus procesiones y con sus magníficos *Te Deums*, con sus novenas y las otras exhibiciones majestuosas de los prestigios del lujo y del aparato material, de que el catolicismo es tan profuso, servía en Lima de un perpetuo espectáculo en el que se hermanaba maravillosamente lo devoto con todos los demás incidentes de intriga y de pasión que se anudan y se desatan en los centros de aquel arte y de aquellas pompas que hablan a los sentidos. El culto estaba modelado a las exigencias de una sociedad nueva y petulante, que había nacido de las manos de aventureros y de bandidos del día antes, convertidos el día después, por un golpe de fortuna tan inesperado como sorprendente, en grandes hombres de estado y de guerra, en príncipes de la magistratura y de la Iglesia; de una sociedad en que las grandes fortunas eran nuevas y reposaban todavía sobre las bases de la violencia y de la rapiña, de la guerra y del despojo, del asesinato y del juego, sobre que la habían vaciado los Pizarros y los Almagros, los Carbajales y los Centenos; en la que la voz de los Las Casas era imperceptible porque la de los Valverdes rugía como el trueno y el huracán.

Incansable para el placer y dotado de tesoros inagotables de vivacidad y de alegría, el pueblo de Lima necesitaba vivir a la luz y al aire como los pueblos tropicales. Templados sus sentidos al calor del sol y por los reflejos del prisma que le enviaban las nieves cristalinas de la cordillera, jamás se habían endurecido con el espectáculo de las tinieblas que hacen ceñudo y torbo el clima de los países que se retiran hacia el polo. Así es que si bien era aquel un pueblo sordo a las profundas elucubraciones del misticismo, era, en recompensa, artista por excelencia, diáfano por naturaleza, y adoraba el prestigio sensual dejando correr su vida, ya fácil, ya apasionado, al impulso de sus impresiones del momento.

Las pasiones fueron pocas veces turbulentas en Lima; porque ella cifraba entonces su nombradía en el ojo renegrido de las mujeres, y en las magníficas pestañas que concentrando el fuego de sus miradas, les dieron aquella vivacidad especial que las hizo tipo en su género. La Limeña de raza, La María, era el ideal de la mujer americana, como la inglesa de raza, la Esther, con sus rulos de oro tendidos por su cuello de cisne, y con el lánguido mirar de sus ojos color cielo, es, cuando se pasea por las ruinas de Roma o por los espléndidos monumentos del arte florentino, el ideal de la mujer europea.*

Este pueblo, del que acabo de hacer un bosquejo bien pálido en verdad para lo que él era, hormigueaba por las calles de la ciudad a las seis y media en aquella tarde como lo dije al principiar. Llamaba la atención, el gran número de mujeres vestidas de negro que afluían por las calles adyacentes al templo de la Merced. No iban de tapadas porque a esa hora ya no se debía andar de saya.

Pero el traje que llevaban era tan propio para guardar el incógnito como el que habían dejado: se componía de una basquiña negra de seda, y de un manto ancho y largo de la misma tela y del mismo color puesto sobre la frente, cuyos dos extremos caían por delante hasta los pies, cubriendo el cuerpo por detrás hasta más abajo de la cintura; y como todas lo llevaban prendidos sobre la barba tapando el rostro, eran idénticas las unas a las otras, y era imposible reconocer a ésta o aquélla en medio de la multitud que afluía como hemos dicho.

En Lima no había entonces día del año en que no se hiciese alguna novena en algunas de las numerosas Iglesias que ya tenía la ciudad; y estas novenas atraían una multitud tal de gentes, que los templos quedaban materialmente atestados.

En la iglesia de la Merced que era la de la concurrencia en aquella noche, había un altar solitario y oscuro entrando hacia la izquierda, que estaba separado de la nave por una barandilla de hierro: era el altar del Buen Pastor.

Hacía tiempo que don Bautista se había introducido en la Iglesia y que pasando al otro lado de la barandilla se había medio acurrucado, entre las molduras del dicho altar con un

* La «Esther» es un episodio inédito de los *Viajes por Italia*, de nuestro compatriota y amigo el doctor Cané, trazado con lujo y a grandes rasgos sobre los artistas y poetas florentinos.

grueso rosario en las manos, el buen viejo fingía rezar con una devoción ejemplar: bien está quede cuando en cuando echaba a su alrededor miradas fugaces que parecían llenas de ansiedad.

Cercana a él había venido a hincarse una mujer cubierta con su manto como las demás, y que a medida que la entrada de nuevas gentes la hacía menos visible daba hacia la barandilla algunos pasos (si puede llamarse así el movimiento disimulado que hacía con las rodillas) y se acercaba poco a poco a don Bautista. Cuando el sacerdote que debía llevar la voz en la novena comenzó a recitarla desde el púlpito, y se alzó el conjunto de las voces de los fieles repitiendo, la mujer estaba ya pegada a la barandilla, y al favor del ruido dijo brevemente al boticario:

-Acérquese usted aquí.

Don Bautista se hizo el sordo, y poniendo mayor contrición en su semblante y en su voz, rezó con más fervor.

-¡Acérquese, don Bautista! -le repitió ella otra vez. El boticario miró con enfado y en tono de reconvención, le respondió:

-¡Señora, déjeme usted orar tranquilo y pensar en Dios!

-¿Y en Nápoles?

-¡Eso siempre! -dijo el boticario con una mirada feroz que apagó luego, y vino con disimulo a ponerse junto a la barandilla.

-¿Mercedes? -dijo.

-¡Sí!

-Pues habéis hecho muy mal, porque no solo estáis vigilada, sino que yo quería hablar con Mateo; no es lo mismo que tú le digas lo que me oigas, que el que él mismo me lo hubiese oído.

-¿Y qué quería usted que yo hiciese, si a él lo era imposible venir?

-¿Y por qué?

-Porque el padre Sinforoso tiene encargo probablemente de no perderlo de vista, y Mateo ha creído que él estaba más expuesto que yo; yo puedo confundirme entre la multitud, y él no.

-Si él está también vigilado, quiere decir que el riesgo apura, Mercedes, y que no tenemos tiempo que perder: el padre Andrés parece que nos tiene el rastro...

-¡Siempre me lo temí! -dijo Mercedes con cierta melancolía.

-¡No hay que desmayar! «La Esther» es un episodio inédito de los *Viajes por Italia*, de nuestro compatriota y amigo el doctor Cané, trazado con lujo y a grandes rasgos sobre los artistas y poetas florentinos. Veremos de quién es el éxito; tenemos también como escaparle.

-¡Ojalá!... ¿Salvando a Mariquita?

-Toda nuestra esperanza, hija, es el joven inglés que la ama; si él no la salva perecerá, y si él perece nosotros...

-¡También! Bien sabido lo tengo.

-¡Pues ánimo entonces! ¿Qué te ha dicho Mateo?

-Que no podrá moverse de Lima, sin llevar consigo al padre Sinforoso.

-¡Imposible! ¿No ves que tiene que traerme seis u ocho de los amigos disfrazados de negros?

-Me ha dicho que está comprometido a ir con el padre: que no puede desprenderse de él: que engañarlo sería despertar la alarma del Padre Cirilo y atraerse un riesgo peor. Pero me ha encarecido mucho que os diga que no tengáis cuidado: que aunque salga con el padre, ya él tiene arreglado un medio de alejarlo, sin dejarle motivo alguno de sospecha.

-¿Y cuál?

-No ha tenido tiempo de decírmelo.

-Pues por eso mismo yo hubiera querido verle; no es mi costumbre obrar sobre lo que no sé.

-Mateo me ha dicho que os ruegue que tengáis confianza en él, y que alejará al padre de un modo eficaz.

El boticario se quedó reflexionando, y después de un rato, dijo:

-¡No hay remedio! Es preciso resignarse: mira Mercedes -toma estos papeles- son los permisos en toda regla para introducir ocho negros esclavos y bozales; dile que no aventure más; toma este barrilito de betún, que les haga teñir bien las caras, y que traiga inmediatamente a los más alentados y vigorosos: es preciso que procure volver mañana a media noche; que excuse las rondas con cuidado, y que toque en mi puerta el cordón secreto de la campanilla que tú sabes.

-¿Nada más?

-Nada más.

-¿Y yo?

-Tú debes ponerte en camino inmediatamente para Chorrillos, para embarcarte en primera ocasión, porque hay un buque amigo en la costa.

-No: yo estaré con usted hasta el último, y seguiré la suerte de los demás: me falta ánimo para ir sola hasta allá.

-Haz lo que gustes, pues ya ves que es imposible ir acompañada.

-Bien: ya rezan las letanías; me voy al centro de la nave.

-Y yo al altar.

Se separaron en efeto; y confundidos algunos minutos después entro el gentío que salía de la novena, el boticario se fue a su botica y la chola a su cuartejo.

No fue chica la sorpresa que esta pobre tuvo, cuando empujando su puerta y entrando se encontró adentro con el padre Sinforoso, sentado mano a mano con Mateo, delante un buen jarro de pulque o chicha de tunas, muy usada entonces en todo el Perú.

-¡Cáspita, cholo! -le dijo a Mateo el padre, cuando vio entrar a Mercedes-, ¿tienes también pareja?...

-¡Eh!... Es como mi hermana.

-Pues échala al momento; porque yo no gusto ni de la idea del pecado.

-¡Mercedes, vete! -dijo el cholo con autoridad.

-¿Y por qué? -dijo ella.

-¡Porque yo lo mando! -dijo el fraile.

-¡Vete, Mercedes! -agregó Mateo-. Su Paternidad me honra con su compaña, y no quiero que le contraríes.

-Y...

-¡Vete, Mercedes! No quiero saber nada: ¡vete!

Mercedes comprendió que el cholo estaba representando alguna comedia, enredando alguna intriga, y se salió.

-¡Caramba! -dijo el cholo rascándose la cabeza-, ¿dónde irá a dormir la infeliz?... ¡Mercedes! ¡Mercedes! -gritó.

La chola volvió a asomar su cabeza por la puerta y dijo:

-¿Qué quieres?

-¡Espérate un momento en la vereda!

Y la chola desapareció otra vez cerrando la puerta.

-Me viene una famosa idea -dijo Mateo cuando se quedaron solos-, yo no puedo hacer que la pobre Mercedes duerma en la calle: el cuarto es de ella, porque ella es la que trabaja. Pero estoy convidado hoy a una timbirimba de monte donde se ha de apuntar fuerte, y si V. P. tiene algunos pesos...

-¿Es de gente honrada?

-¡Por supuesto!

-¡No! -dijo el padre después de haber reflexionado-, no me gusta el juego.

-Bueno padre -le respondió Mateo-, yo me voy allá entonces, porque a mí me gusta y mis amigos me esperan... yo quería que pasásemos juntos la noche..., pero...

-¡Mira, hombre! Pasémosla aquí: ¡es mejor!

-No, padre: ¡yo me voy! -dijo Mateo resuelto-. Pero si V. P. quiere puede quedarse.

-Que se quede el diablo, cholo de mi... -dijo el padre levantándose de mal humor.

-Eso no es justo: cada uno tiene sus gustos, y entre compañeros...

-Yo iré; pero te advierto que no juego.

-Si es por falta de plata, yo le puedo prestar a S. P. porque como hemos de viajar juntos, me podría abonar de la limosna que recoja, o de lo mismo que gane si le sopla la suerte.

-Bien, ¡vamos!

-Vamos.

Y ambos salieron a la calle. Mercedes estaba sentada en la vereda, y cuando vio salir a Mateo con intención de alejarse, movida del deseo de participarle lo que le había encargado don Bautista con tanta urgencia, le dijo:

-Mateo, oye una palabra.

-¡No estoy para reconvenciones! -le respondió él en voz alta; y dirigiéndose despacio al fraile le dijo-. Ésta quiere impedirme que vaya a jugar.

-¡Ya! -le contestó él; ¡si juegas lo suyo no es extraño!

-¡Mateo! -volvió a decir Mercedes.

-¡No sé nada! -le repitió él continuando su camino con el padre.

Y como Mercedes comprendiera entonces que Mateo tenía, para obrar así, sus motivos bien fundados; se metió en su cuarto y cerró su puerta.

Ahora, pues, para hacer conocer esos motivos, es preciso que hagamos retrogradar de unas cuantas horas a nuestros lectores.

Cuando Mateo se convenció de que el Padre Sinforoso tenía encargo de no perderlo de vista, reflexionó que si se excusaba de él, avivaría las alarmas de sus espiones y se ponía en mayor riesgo. Para salvar, pues, su situación, mandó a uno de los pobres diablos que estaban con él en la esquina de la plaza, prometiéndole algún cuartillo, a que le llamase a un cierto aparcero suyo, borrachón habitual, peleador fanfarrón y bullicioso, jugador insolente, y en fin, hombre de taberna consumado.

La diligencia debió ser bien hecha en efecto, porque una media hora después, venía el dicho nene atravesando la plaza en busca de Mateo, que tenía fama de hombre aviado entre la plebe y los pillos de Lima.

El recién venido era un hombre de estatura mediana, ancho de espaldas, de carrillos carnudos, pero flojos y caídos, lleno el cutis de la cara de manchas rojas y de granos; y los ojos saltones, lagrimosos, ribeteados de punzó, revelaban bien las damajuanas de aguardiente que andaban circulando por todo su cuerpo. Venía sucio y desastrado, pero siempre con el aire fanfarrón y de perdonavidas que le era ya habitual.

Mateo se dejó estar sentado al borde de la esquina, sin levantar siquiera la vista, ni mostrar el menor interés.

-¿Me has llamado?

-Sí.

-¿Para ganar algo?

-Sí.

-¿Y bien?

-Espérame en la timbirimba* del Gato.

-¿Y bien?

-Haz de asustar a un fraile que irá conmigo.

-¿Y bien?

-Sin dejarlo salir de allí, hasta que yo me enoje y lo proteja contra ti.

-¿Y bien?

-Allá te diré lo demás.

-¿Y bien?

-¿Y bien qué? -dijo Mateo enfadado.

-¡C... jo!, ¿y la paga, que es lo principal? ¿Pues qué, así no más, me voy yo a meter con un fraile, para que me trajinen en la inquisición?... ¡La p... erra!

-¿La paga?...

-¡Sí!... La paga.

-Te daré dos onzas -dijo Mateo bajando mucho la voz.

-¡C... jo! Si no vas con tu fraile o no me cumples, te parto por medio desde la cabeza hasta el... Porque estoy más pobre que un murciélago.

-¡Va, va, va! ¡Maula!... ¡Lárguese por su camino, bien pronto! -le dijo Mateo alzando la voz e incorporándose con aire de amenaza.

-¡Mira! -le dijo él-, ¡si no lo hicieses de broma... te...!

-¡Qué broma, ni qué infierno! ¡Salga de aquí! -y el cholo le pegó un empujón.

-¡Da las gracias de que es broma, que si no!... -le repitió el matón retirándose, mientras Mateo lo chuleaba por detrás.

-¡Váyase usted a pasear! -le dijo el cholo dándole la espalda, y volviéndose a sentar.

Cuando Mateo se empeñaba tanto, pues, en sacar al padre Sinforoso del cuarto de Mercedes para llevárselo a la timbirimba del Gato, contaba con que esta intriga, en que el matón debía jugar el primer papel, le daría tiempo para escabullirse por

---

* Casa de juego.

un rato del espionaje del padre, y volver a recibir de Mercedes las órdenes del boticario.

Mateo, llevó en efecto, al padre Sinforoso por entre algunas callejuelas excusadas, oscuras y sucias, hasta una puertecita muy pequeña, en la que golpeó repetidas veces con cautela. Un indio viejo sacó al momento su cabeza por la endija; y habiéndose dado a conocer el cholo, les franqueó la entrada. Atravesaron un patio lleno de barro, que más bien parecía un corral, dirigiéndose a una pieza situada en el fondo, cuya puerta estaba cerrada: Mateo la abrió; y de cierto que merece ser descrito con alguna menudencia, el aspecto interior que ella ofrecía.

Era una sala cuadrilonga, de paredes sucias, húmedas y oscuras: ocupaba todo el centro, de uno o otro extremo, una gran mesa de madera ordinaria, cubierta con una carpeta de bayeta encarnada; y a su alderredor estaban agrupados cuarenta o más individuos, cuyos trajes y fisonomías, eran fieles testimonios de la vida relajada que llevaban. Dos o tres luces, que, puestas sobre la mesa, parecían al entrar faroles lejanos en una noche de gruesa neblina (tanto era el humo de cigarro que oscurecía la pieza) eran las únicas luces que allí había.

Al sentir que abrían la puerta, todos los asistentes dirigieron hacia ella sus miradas, entreabriendo sus bocas, y poniéndose las manos en los ojos para poder distinguir quien entraba.

-¡Ah!... ¡Es Mateo! -dijeron tranquilizándose todos.

-¡Viva Mateo! ¡Venga acá Mateo! -repetían algunos.

-¡Que tome la banca Mateo! -decían otros-. Es el mejor tallador, porque es siempre el más rico y no anda nunca con porquerías.

El mitón que oyó abrir la puerta, distinguió antes que los demás a Mateo, pues estaba advertido, como ya sabemos: fingiéndose alarmado con el temor de que aquella fuese alguna invasión de la hermandad* saltó desde el borde de la mesa como un león, y sacando del seno una enorme daga, vino ciego a levantarla sobre los que entraban, y echó garra a la capucha del fraile por debajo de la barba.

* Así se llamaban las partidas de policía.

El padre reverendo se quedó aterrado; y ya iba a arrodillarse delante de su agresor, extendiendo sus manos suplicantes, cuando Mateo desació con fuerza al matón, y tomando posición entre él y el fraile, le dijo:

-¿No ve usted que viene conmigo?

-¡Y aunque venga con el diablo! ¿Y si es un espía?

-¿No ve usted que es un padre?

-¿Y qué me importa a mí que tú lo digas, chino del c...?

-¿Cómo es eso? -dijo Mateo envolviéndose las mangas, como si fuese a pelear, y sacando su cuchillo, agregó-. ¡Te guardarás bien, borrachón indecente, de tocar a un pelo de este padre!

Entretanto, esta reyerta inesperada, había causado un alboroto extraordinario: todos gritaban «¡paz! ¡orden!» y los unos se esforzaban en contener al matón, mientras los otros trabajaban por calmar a Mateo.

-¡Bueno, señores! -gritaba el primero-. Yo cedo; pero que ese hombre vestido de fraile salga de aquí al instante; ¡c...!

-¡Eso sí que no! -gritaba Mateo-. ¡El padre no se moverá de mi lado!... ¡Por malas, nadie consigue nada de mí!

-¡Señor don Mateo! -decía el fraile aterrado y suplicante-, ¡yo me voy a retirar! ¡Es mejor que me retire!

-¡No, padre!... ¡Sería una vergüenza para mí! -gritaba el cholo con toda la exageración de la rabia-. ¡Señores! -exclamó, dirigiéndose a los demás-. ¡Esto es un oprobio! ¿De cuándo acá se ha viciado así esta casa? Yo había invitado a este buen padre a pasar un rato de tertulia tranquila y divertida, ¡y me pasa semejante cosa!...

-¡Silencio, por Dios! ¡Orden! -gritaban los demás; porque el matón seguía torciéndose entre los que lo agarraban por avanzar a Mateo.

El fraile entretanto quería escabullirse; pero no podía, porque al favor de la confusión del primer momento, el fanfarrón se había ganado el lado de la puerta, echando hacia adentro a Mateo.

Éste a fuerza de gritos logró obtener un poco de silencio, y dijo dirigiéndose al matón:

-González, quiero proponerte una cosa en obsequio de la paz y del crédito de la casa.

-¡Convenido! -dijo González escondiéndose la daga en el pecho.

Serenado un tanto aquello, los jugadores rodearon de nuevo la mesa para restablecer su juego, y Mateo tomó de la mano a González y lo llevó a un rincón.

-¡Has estado muy bruto! -le dijo.

-¿Cómo es eso? ¿No me dijiste que lo asustara?

-¡Pero no con puñal, ni tanto!

-Pues si se trataba de asustarlo, el bruto eres tú; ¡porque lo más es lo mejor! Lo que hay es, ¡que ya me querrás negarla paga con ese pretexto...!

-Tan no es eso, que aquí tienes las dos onzas; pero no era eso lo tratado, yo te las prometí para que no lo dejases salir de aquí; y no para que no lo dejases entrar.

-¡Es verdad!..., pero en fin, eso se compone dándome tú dos reales más.

-Por dados.

-Bien, lo que tú quieres ahora es, que no lo deje salir ¿no es eso?

-Eso mismo.

-Pues te prometo constituírmele en centinela de vista, y voy a cambiar de tono; seré con él más amable que un palomo.

-Sí, pero es preciso que te conserve miedo; porque mañana me tienes que hacer otro servicio, que te pagaré mejor todavía.

-¿Cuál?

-Este padre se ha empeñado en que...

-¡Mira que se nos escapa! -dijo González interrumpiendo a Mateo.

El Padre en efecto, cuando creyó que nadie lo apercibía, por ver a todos contraídos a la carpeta, y al matón en animada conferencia con Mateo, rozando las paredes y con la mayor cautela, se había acercado a la puerta: y ya levantaba el picaporte para escabullirse, cuando González lo apercibió, y diciéndoselo a Mateo, vino lleno de solicitud hacia el Padre, que se quedó tiritando al verlo.

-¡Padre! -le dijo-, yo estaba en un error. Creí que V. R. era algún espía disfrazado, y como en ese caso ya no había más remedio que morir o matar... yo.

-¿Me iba usted a matar, hombre?...

-En el primer impulso... así... atolondrado.

-Y borracho..., ¡que es lo peor! -dijo Mateo.

-¡Mira, cholo!, ya hemos hecho las paces; ¡y no me insultes!, porque si no...

-¡Por supuesto!, ¡por supuesto!, se apuró a decir el Padre: ¡Mateo hace muy mal!

-¿No es verdad que sí, Padre?

-¡Sí, señor!, ¡sí, señor!, ¡hace muy mal!

-¡No es verdad que yo no estoy borracho, Padre!

-¡Qué disparate, señor!... está usted... fresco...

-¡No! Eso no. ¡Tengo un calor...!

-¡Bien!... Eso es por la disputa.

-Mire, Padre, es preciso que seamos amigos, y que me perdone mi aturdimiento.

-¡Por perdonado, señor!... Y si usted me lo permite, voy a retirarme lleno de gusto de haber conocido a usted.

-¡No, Padre! No lo permito: ahora verá como soy el mejor camarada del mundo: acérquese a la mesa y diviértase.

-Señor, si yo no me divierto...

-¡Qué no se ha de divertir S. R.!... ¡A ver caballeros! ¡La Banca para el Padre: en una mesa en que hay un Padre nadie sino él debe tallar, de preferencia a todos!... ¡Yo lo digo!

-Señor, yo no.

-¡No, señor! Sería una falta de respeto; ¡y yo no la permito!... ¡No hable ni una palabra más, Padre, porque me enojo!

-¡Vaya, señor!... Si usted lo quiere... -agregó el Padre en el estado de ánimo más triste que es posible concebir.

-Señores, ¡banca nueva! -dijo González: el Padre va a tallar.

-Bueno -dijo uno de los asistentes-, pero devuélveme antes la parada de tres pesos que te alzaste cuando la bulla... yo la gané.

González se hizo el desentendido, y llevando al Padre por el brazo a la silla del tallador* -repetía-. El Padre nos va a tallar.

-¡Che, González! -le repetía el otro siguiéndolo por detrás-. Devuélveme la parada de tres pesos que me alzaste cuando la bulla.

-¿Quieres irte al infierno, y dejarme de jo... robar?

-¡Bueno!... Yo haré lo mismo si ganas -le dijo el otro.

-Veremos.

-¡Pues lo verás!... ¿O me tomas también por fraile? -le respondió el otro volviéndose a su lugar.

El Padre Sinforoso se instalaba entre tanto en la alta silla del tallador, que estaba en una de las cabeceras de la mesa, delante de cuatro o seis naipes puestos allí.

-Es preciso que sea generoso, Padre; y que se gane V. R. la popularidad de toda esta runfla de canallas -le dijo despacio González.

-¿Y cómo, señor? -le preguntó el Padre sin poder disimular el cruel abatimiento en que tenía su alma.

-¡Va! -le respondió el matón-. ¡Poniendo una buena banca!

-Pondré seis onzas, ¿no?

-¡Ponga usted el doble, hombre!

-¡Pero si no traigo más, señor González!

-¡No sea usted inocente, hombre! ¿No es Mateo quien lo ha traído a V. R. aquí?

-¡Sí, señor!

-Pues que él contribuya con la otra mitad; porque no han de ser todas flores. Ahora lo verá V. R. ¡Mateo! Ven acá: suminístrale seis onzas aquí al Padre para que la banca sea de doce.

El cholo sacó al instante la suma mencionada y se la puso al Padre por delante.

-¡La p... erra, digo! -exclamó González-, ¡éste sí que sabe la Biblia! Jamás deja de tener plata como un minero!... ¡Qué no diera por saber cuál es la huaca que has encontrado! En fin, Padre, baraje y talle -agregó dirigiéndose al fraile.

El Padre empezó en efecto a barajar, y extendió después por delante nueve cartas, en columnas cerradas de a tres de fondo.

---

* El tallador es el que al juego del monte baraja y maneja el naipe.

-¡Ah, lindo! -dijo González con zonga-, se estaba haciendo el chiquito; y el diablo me lleve, siempre que ésta sea la primera zorra que pela.

Los jugadores en cuanto vieron las cartas, comenzaron a poner sus paradas al lado de las que elegían para jugar, gritando el uno «¡A la zota!... ¡Al rey!», el otro «¡Al caballo!», aquel... «¡Al tres!», este...

Mateo entretanto se había escabullido, y tomando la calle por suya, iba materialmente corriendo al cuarto de Mercedes.

Ésta lo abrió la puerta, e impuesta brevemente del buen éxito de las astucias del cholo, le dio los papeles y las instrucciones de don Bautista.

-¿Es decir, que tengo que salir de madrugada?

-Me ha dicho que es indispensable: ¡que es urgentísimo!

-¡Pues lo haré! ¿Y estos papeles?

-Son una licencia en regla para que puedas conducir ocho negros bozales: mostrándolos a la ronda en caso que la encuentres, te dejarán pasar sin más averiguación.

-¡Bravo!... Entonces, es necesario que vengas tú a la timbirimba del Gato; después que yo entre, harás llamar a González, y le dirás que mañana a eso de las diez me espere sin falta en el tambo de Untcha, donde le daré tres onzas, y que se ponga ahora mismo en camino: que cuando yo llegue allí, si va conmigo el Padre Sinforoso, se nos junte él y diga que quiere ir con nosotros, y que me siga, sin hacer fanfarronadas ni asustar más al padre. Yo me vuelvo corriendo, para que éste no me eche de menos ni sospeche.

Y Mateo se volvió deprisa en efecto. Cuando entró, el Padre seguía tallando resignado a la triste suerte que le habían impuesto las órdenes de sus superiores. En ese mismo momento, González ganaba una parada de diez o doce pesos; pero al recogerla, aquel otro que pretendía que González le había sustraído tres pesos; se lo adelantó y puso la mano sobre la plata para arrebatar la parte suya. Mas pronto que el rayo sacó el matón su puñal y lo dirigió de punta sobre la mano del otro jugador: éste pudo retirarla con la misma presteza también, y dando el puñal su violentísimo golpe sobre las duras monedas de plata, se partió.

Hubo de nuevo gran bulla y confusión: gritos y trompadas por salvar cada uno su parada. El Padre recogió su banca con un tino admirable, y saltando de su silla, se puso en salvo en un rincón. Mateo se apoderó de González; y diciéndole brevemente al oído: «Obedéceme y habla afuera con Mercedes» empezó a darle voces.

-¡Vaya usted afuera, so pícaro! ¡Afuera! ¡Es una infamia admitir entre gentes pacíficas, a hombres así! ¡Yo he venido aquí, señores, sin saber que semejante hombre pudiera entrar! ¡Afuera!

-¡Está bien! -decía González, trémulo de rabia-. Me voy; ¡pero denme mi parada!

-Aquí está -gritó uno, estirando la mano con el dinero.

-¡Saquen mis tres pesos! -gritaba el adversario del matón.

-¡Sí, señor!... ¡Porque él se los robó! -decían otros.

-¡Bien! -dijo Mateo-, ¡venga el dinero! -separó de la suma que le entregaron tres pesos, y le dio el resto a González, empujándolo de la puerta, y dejándolo del lado de afuera.

Cuando el orden se hubo restablecido de nuevo, Mateo dirigiéndose a los demás les dijo en voz alta:

-Es inicuo, señores, admitir a semejante hombre en una reunión pacífica, como ésta: y ustedes no saben lo peor.

-¿El qué?

-Padece de una enfermedad horrible.

-¿De cuál? -exclamaron todos.

-¡El otro día le mordió el cachete a Torricos!

-¿Y por qué?

-Porque lo tenía muy gordo.

El padre se tocó involuntariamente sus carrillos.

-Y estoy cierto -continuó diciendo Mateo- que a la hora de ésta, Mosqueta aúlla, y corre de la agua por los campos...

-¿Quién es Mosqueta?

-La perrita de Candelaria que González mordió ayer.

-¿Entonces tiene rabia? -exclamó fray Sinforoso espantado.

413

-¿Rabia? -dijeron todos aterrados.

-Sí, señores: ¡rabia! -contestó Mateo; y es preciso llamar al portero y mandarle que no lo deje entrar más.

-¡Al instante!, ¡al instante!

-¡No por Dios! ¡No abran ustedes la puerta, que puede entrarse! -dijo el fraile ganando el otro lado de la mesa.

-¡Dice bien su paternidad! -dijo Mateo-, es preciso ver con precaución primero si se ha ido: yo voy a ver.

-¡Pégale una puñalada si se te acerca, Mateo! -dijo el fraile.

-¡La fortuna es que a mí me respeta algo! Yo no tengo miedo de su genio ni de su puñal; ¡pero de un mordizcón...!

Y el cholo conforme iba diciendo esto abría cautelosamente la puerta y salía al patio.

Cuando regresó, dijo:

-¡Ya se ha ido por fin! Y ya le he ordenado al portero que jamás lo vuelva a recibir.

-¡Gracias a Dios! -dijeron los demás; ¡volvamos al monte!

-Yo me retiro -dijo Mateo-, tengo que hacer mañana.

-¡Y yo también! -dijo el fraile.

La banca de doce onzas hizo que la retirada de ambos fuese sensible para los demás jugadores, y máxime cuando el Padre llevaba como cuatro de ganancia; pero nadie se opuso, y es probable que otro tallador ocupase la presidencia de aquel digno consistorio.

Cuando Mateo y el Padre salieron a la calle éste le devolvió al otro las seis onzas que le había prestado, y le dijo:

-Hazme el favor de acompañarme al convento.

-¡Pero ya estará cerrado!...

-Yo tengo llave.

-¡Ah!... Tengo que decirle a su Paternidad que yo salgo mañana de madrugada para la hacienda de las chirimoyas.

-¿Cómo?... ¿Pues qué quieres matarme?

-¿Y por qué?

-Haciéndome viajar después de semejante noche.

-¿Y qué, tengo yo que hacer con eso, Padre? ¿Acaso yo le fuerzo a V. P? ¿Ni yo tengo la obligación de esperarlo, ni de andar con V. R.? ¡Si quiere venga! Yo cumplo con avisarle; y si no quiere ¡no venga! Yo iré solo.

El Padre caminó un rato reflexionando; y al fin dijo:

-Tendré que ir no más.

-Bueno: yo lo iré a buscar a la portería, bien de madrugada.

-¿Y no será mejor que duermas en el convento, para que salgamos más temprano? -le dijo el fraile con una mirada astuta.

-Hombre -dijo el cholo-, me vendría muy bien, porque a estas horas...

-¡Pues está dicho!... Vente a mi celda, y me cebarás un mate... y tu tomarás también.

-¡Convenido!

Al poco rato llegaron, en efecto, al convento. El padre sacó del bolsillo una llave, abrió despacio una puertecita; y a tientas y en puntas de pie comenzaron a andar por un claustro que estaba oscuro como el caos. Caminaron así hasta que desembocaron en otro claustro, en cuyo fondo se veía un farolcito con una luz amortiguada: el fraile se dirigió a él, lo descolgó, y alumbrándose así, vino a la puerta de su celda, la abrió, entró, y encendió vela.

-¡Eh! -dijo-, ¡ya estamos en salvo! Ahí tienes yerba y azúcar; aquí está el mate: el aguardiente y el agua están allí; calienta tú mientras yo voy a poner el farol en su clavo; y saliendo otra vez al claustro, torció por fuera la llave de su puerta dejando encerrado a Mateo.

Es imposible hacerse una idea de la profunda alarma que se apoderó del cholo, al ver esta acción del fraile tan inesperada. Empezó a dudar si estaba o no perdido. En vez de ir a colgar el farol el fraile, se dirigió a otro claustro y golpeó despacito la puerta de una celda. El Padre Cirilo abrió al momento, y cuando vio a su agente:

-¡Cáspita! -dijo-, ¡lo he esperado, hermano, lleno de ansiedad todo el día y toda la noche!

-¡He estado sobre él sin pestañear!

-¿Y qué ha visto, hermano?

-Nada todavía: hasta estas horas ha estado en una casa de

juego. ¡Y yo también, hermano! -dijo el padre Sinforoso, alzando con dolor sus manos al cielo-. ¡Y he tenido que jugar! -agregó compungido-. ¡Qué abominación!

-¡Y allí no ha visto nada, hermano!

-Nada que me haya llamado la atención.

-¡Es raro!

-Y lo tengo aquí en el convento.

-¿En su celda, hermano? -preguntó el padre Cirilo asombrado.

-¡En mi celda!

-¿Y cómo?

-¡Oh! -dijo el padre Sinforoso con orgullo-. ¿No me encargó V. P. que no lo perdiese de vista?... ¡Pues iba fresco el cholo si creía escapárseme! ¡Cien veces, padre Cirilo, he tenido mi vida en peligro durante esta noche, por cumplir con sus encargos; y ¡cosa horrible!, ¡hasta he escapado de ser mordido por un rabioso!

El Padre ponderó aquí su firmeza y su astucia, para hacerse valer con su superior: dio cuenta del viaje proyectado; pero como para tentar un recurso, dijo:

-¿Y no sería mejor, hermano, que ya que tenemos este perillán en la jaula, lo encerremos en un calabozo y en vez de espiarlo, le saquemos las revelaciones con el tormento.

-¡No!, ¡no! No conviene; ¡él nada nos importa! Lo que se necesita es saber lo que hace él para los otros, a dónde va, y con quiénes habla: en este sentido es indispensable que su Reverencia vaya mañana con él: en el camino, en los tambos, hágase, hermano, el dormido, y no quite el ojo de él.

-¡Así lo haré, hermano! -dijo el padre fray Sinforoso con un tristísimo desaliento; y se volvió a su celda.

Mateo, que estaba aterrado, pensó que le convenía aparecer con una tranquilidad suma de ánimo; y luego que puso a calentar el agua, se tiró en el suelo; y fingía dormir tan profundamente, que el padre tuvo trabajo para hacerlo incorporar. El cholo se hizo el sor prendido, y dijo:

-¿Ya es hora de salir?

-No, hombre: es para que tomemos mate.

-¡Caramba!, ¡yo me había dormido! -dijo riéndose-. Mire, padre, que yo tengo precisamente que ir a la hacienda.

-Bueno, hombre: ya te he dicho que hemos de ir juntos.

Tomaron mate; se acostaron; pero Mateo no pudo dormir, porque estaba asaltado de dudas y de ansiedades horribles al verse allí encerrado.

XXXIV El viaje y el rabioso

Mateo, que no había podido pegar sus ojos en toda la noche, tal era el miedo que tenía de haber caído en una trampa, presintió por decirlo así la venida de las primeras vislumbres del día y alzando su cabeza, llamó repetidas veces al padre Sinforoso. Este roncaba con el mismo ruido que hace el eje de una carreta cordobesa, y solo a duras penas y elevando su voz hasta hacerla formidable, fue que el cholo logró hacerse oír y despertarlo.

-¡Me ha mordido!, ¡me ha mordido! -exclamó a gritos el padre, incorporándose sobre su cama.

-¿Quién, Padre?, ¿quién, Padre? -le dijo el cholo fingiendo interés y sofocando con trabajo la gana de reír que le acometía.

-¡Ah!... -dijo el padre serenándose-, ¡estaba soñando con aquel maldito bandido... con aquel... rabioso!

-Mal hecho, padre, de pensar en eso: lo pasado, pisado, dice el refrán... Padre: ya va a ser de día: ya es hora de marcharnos.

-¿Cómo ha de ser hora, hombre, si todavía no han llamado la primer misa?

-¡Ahí la llaman, señor! -dijo Mateo apercibiendo las primeras campanadas.

-¡Sí!, pero es muy temprano.

-Padre: es preciso salir temprano. Si V. P. no quiere..., yo... me... voy solo -dijo el cholo haciendo ademán de salirse.

-No: ¡espérate!... Voy a prepararme.

El Padre, en efecto, se echó sus ropas, y tomando un grueso báculo, se puso al hombro sus alforjas y salió.

Cuando Mateo se vio en la calle, se encontró como el que respira después de una larga sofocación; y marchaba tan aprisa por alejarse del convento que el padre tuvo que reconvenirlo con seriedad, haciéndole presente que aquello era burlarse de su gordura o exponerlo a romper los resortes de su vida.

-¡Diablo! -le dijo-, ¡poca afición muestras a la casa de Dios, que es *porta coeli*! Tú le das la espalda, y huyes de ella como si para ti fuese *porta...* No me acuerdo bien lo que hay por infierno -*porta inferni* diremos... Es verdad: que con el saco de zapos y culebras que debes tener dentro, es más que probable que la Iglesia y los santos, sean para ti como para el diablo.

-¿Y por qué he de tener pecados de esos, Padre?

-¡Pues es buena!... ¡Lindas escuelas de santidad te he visto anoche...: un cuarto con una chola... y una casa de juego que hasta recibe rabiosos!

-¡Ésa es una casualidad, que puede suceder hasta en una iglesia!

-¡Calla, blasfemo!... ¿conque comparas a esa casa de prostitución y de crimen con la que es *domus Deï*?

-¡Dios me libre de tal maldad, Padre!... Pero si ese inmundo rabioso hubiera querido entrar a la Iglesia o al convento, y morder a diestro y siniestro allí... lo habría hecho.

-¡Mira, pícaro! ¡Que si no te callas, y no te desdices de esas herejías te puede costar caro!

-Yo no veo en qué...

-¡Calla!..., ¡yo tengo razón siempre!

-Yo hablaba, Padre, no por contradecirlo, sino porque V. R. empezó por decirme una cosa que realmente me ha tocado el alma.

-¿Cuál?

-¡Esa de los pecados!... Yo conozco que los tengo enormes: muchas veces he pensado en eso: y de veras que muchas veces he tenido gran deseo de enmendarme, me han dado ímpetus de echarme a los pies de un sacerdote, de abrirle toda mi alma, y...

El padre Sinforoso al oír esto, detuvo su paso, y mirando a Mateo con una repentina satisfacción -continúa, le dijo al ver que el cholo se detenía.

-Sí, señor -dijo el cholo-, de abrirle toda mi alma, de contarle minuto por minuto mis acciones: de revelarle las maquinaciones de mis malos amigos para perderme.

-¡Eso, eso es lo principal!

-Pero no lo he hecho.

-¿Porqué no lo has hecho, criatura infeliz? Hoy estarías rehabilitado: hoy estarías resucitado en espíritu: de entre la vil e infame podredumbre de la materia, habrías alzado tu espíritu a las regiones del cielo. ¡Dime por qué no lo has hecho!

-¡La verdad, Padre!..., porque nunca he encontrado un sacerdote de confianza con quien hacer un trato.

-¿Un trato?

-Sí, un trato; porque tengo miedo de la penitencia.

-¡Así serán los crímenes que callas!

-¡Tengo uno, padre, muy grande! ¡Ah! ¡Y es ese pícaro de boticario don Bautista quien me lo hizo cometer!

-¿Don Bautista? -dijo el buen padre lleno de agradable sorpresa-. A ver, hijo, cuéntamelo.

-No, Padre, no. ¡Es imposible! Sólo bajo el sigilo de la confesión lo diría yo;... porque el pícaro boticario me indujo a ese crimen, hablándome de un personaje muy respetable.

-¡Bien! ¡Entonces confiésate conmigo!

-¿Y la penitencia?

-¡Qué!... la penitencia... será una cosa suave.

-¿Pero cuál? Por ejemplo...

-Un rosario.

-¿Y nada más?

-Y nada más.

-¿Y con eso quedo ya absuelto?

-Quedas limpio como una patena.

-¡Caramba, Padre!... ¡S. R. me está tentando!..., ¡quedar puro, con todas mis cuentas chanceladas!, ¡es cosa linda!

-No soy yo, hijo, quien te tienta...

-¡Bueno, Padre!... ¡Un rosario!, y diga lo que diga, ¿nada más?

-¡Te lo prometo!

-¡Pues vamos al caso! Me voy a confesar con V. R... ¡Estoy resuelto!

-¡Ah, hijo mío!, el cielo te ha inspirado... ¿Cuál es ese crimen que has cometido con don Bautista?

-Tengo muchos, padre, que referirle antes; ése será el último.

-No, ¡que sea el primero!

-¡No puede ser!

-Yo lo quiero.

-¡Pues entonces no me confieso!... Yo pensaba que el pecador era el que ordenaba su confesión.

-De cierto que sí; pero como me has dicho que ése es tan principal pecado, absuelto tú de ése, los demás corren inclusive; y casi no se necesita oírlos... porque supongo que serán así, como veniales.

-Son..., pues, ya S. R. ha visto el cuarto..., la casa de juego...

-¡Sí, sí, ya comprendo!... Pues, así... basta..., no es decir que sean veniales; eso no son gordos: ¡son mortalísimos también! Pero... como ya me los indicas y señalas, podemos darlos por confesados y perdonados... vamos al grande... al...

-¡Ése, padre..., es enorme!..., ¡es una traición infame a todos mis deberes!

-¡Cáspita!

-¿Me absolverá V. R. si se lo digo?

-¡Pues no, hijo! Lo que yo quiero es que lo digas cuanto antes, para purgarte de la abominación en que él te envuelve.

-Voy a decírselo, padre.

-¡Pronto, hijo!, ¡pronto, hijo!

-¡Mire, padre! Estoy pensando en que V. P. tiene facultad para absolverme del pecado, pero no para perdonarme el crimen... porque yo creo que hay crimen también en lo que hice.

-¡Me estás impacientando, pícaro cholo!... Yo te perdono, por Dios, pecado y crimen, ¿lo oyes, Satanás?

-¿Y los jueces?

-Pero animal, ¿cómo van a saber los jueces lo que me digas bajo la fe de la confesión?

-Yo no había pensado en eso, padre: y veo ahora que es mejor que me calle...

-¿Que te calles?... No, pícaro, no es mejor, porque yo haré que te agarren, y que el tormento te haga desembuchar.

-¿Y la fe de la confesión bajo que yo he hablado?

-No has concluido: es así que tu confesión está incompleta: ergo, ¡esa fe está también incompleta! -dijo el fraile lleno de orgullo-, ¿te parece que yo no sé lógica y ética?

-¿Ética?... ¿que si creo que V. R. tiene ética?... No, señor; muy lejos de eso; un hombre tan corpulento no puede tener ética.

-¡Pues la tengo, como para revolcarte, insolente! Y ya ves como te he probado que puedo, *bona fide*, delatarte.

-Es decir, Padre, que no puedo salvarme sino confesándolo todo.

-¡No hay otro efugio, o el tormento!

-Pues, Padre, prefiero lo primero; y ya voy a empezar.

-¡Empieza!

-Dígame, padre: y vale la confesión, ¿así caminando?

-¿Es mejor que yo me siente, y que tú te hinques?

-¿Aquí en el camino?

-Eso no importa.

-¡No, padre, prefiero el tormento! -dijo el cholo con resolución.

-Pues bien -dijo el padre-, voy a pensar: si yo tengo la fortuna (reflexionó dentro de sí) de atrapar al boticario y detraer todo averiguado al convento, me haré un grande hombre para con mis superiores; pero si lo delato para que se lo saquen a tormento, habré sido solo un medio indirecto... ¡y esto no me conviene!... Por otra parte, ¿qué hace que la confesión se haga hincado o parado?... ¡Nada!... Mira -dijo volviéndose a Mateo-, es lo mismo que te confieses caminando; pero despáchate pronto porque si me sales con otro subterfugio, te declaro perdido, y me vuelvo al convento a delatarte en regla.

-Bueno: le diré, padre; pero sepa S. R. que el tormento me sacaría cosas espantosas para...

-¿Para qué?

-Para... un personaje..., un padre...

-¿Quién? ¡Hijo de p...!

-¡No se enfade, Padre, por Dios!

-Pero ¿cómo no me he de enfadar, si me pones en el disparador, pícaro?..., ¿para quién?

-¡Para el Reverendo Padre Andrés! -dijo el cholo despacio y estirando los labios.

-¡Chito!... ¿Cómo es eso?

-Sí, señor... ¡Fue con ese nombre venerable que don Bautista me indujo al crimen de que lo voy a hablar a Su Reverencia!... Él me dijo que Mercedes le tenía unos grandes papeles al Reverendo Padre Guardián (que Dios salve) y que se los descubriese.

El Padre Sinforoso entretanto bailaba de contento.

-¡Continúa! -dijo-, continúa, buen muchacho.

-Ha de saber su P., que Mercedes ha sido siempre mi protectora; ¡me ha mantenido; me ha curado en mis enfermedades; trabaja para mí; sufre todo por mí; y estoy cierto que daría la vida por mí!... Pues bien: ¡yo consentí en traicionarla!

-¿Traicionarla? ¡No, hijo!... El primero de todos tus deberes es matar tus pasiones mundanales, sofocar tus afecciones terrenales por obedecer a los mandatos superiores, y...

-¿Será posible, Padre?

-¡Sí! Continúa.

-Pues, señor, yo consentí en traicionar a Mercedes. Al principio tenía remordimientos horribles; pero esa arpía del boticario fue endureciendo mi alma de día en día, y...

-¿Y le robaste los papeles?... ¡Dámelos! ¿Dónde están?

-No se los pude robar por más que hice... pero descubrí el cajoncito en que Mercedes los tenía; y desesperando de poder robárselos, el boticario me encargó que...

-¿Qué te encargó?

-¡Es horrible!...

-¡Dilo! ¡No importa!

-¡Que la envenenase para apoderarnos de ese cajoncito!

-¿A Mercedes?

-¡A Mercedes! ¡Sí señor!

-¡No puede ser!

-¿Cómo que no puede ser? ¡Juro que sí, Padre mío!

-¡Pues, señor! -dijo el padre entre dientes; esto es un batiburrillo-, ¿pues cómo es, entonces, que me echan a espiar las intrigas del boticario contra el guardián?... ¡No entiendo jota!

-¡Éste es mi crimen, Padre!

-¿Y la has envenenado?

-¡Dos tentativas he hecho sin lograrlo!

El padre movió la cabeza y dijo despacio: «¡Hubiera sido mejor para ti lograrlo!»

Mateo mirando astutamente al padre, se decía interiormente también: «¡Ahora te conozco!»

-¡Ya ve V. R. que mi crimen es horrendo! -dijo contristado.

-Hijo: sobre eso hay mucho que hablar; habiendo circunstancias tan atenuantes como las que alegas; y andando mezclado en ello el nombre de un sujeto tan eminente como el Reverendo Inquisidor, no puedo opinar de pronto; tendré que consultar primero al lector de ética del convento.

-¡Pues estoy lindo!... ¿Es decir, que V. P. no me puede absolver?...

-¡Eso no!... Yo te absuelvo de todo corazón; y ya quedáis absuelto en el cielo. Pero... ¿y si tu acción no fuese pecado? ¿Si fuese por el contrario me...? ¡Ay Dios mío!!! ¡Ay Dios mío!!! -exclamó el Padre todo espantado-. ¿Qué es lo que veo, Santo Dios? ¡Mateo! ¡Mateo! ¡Sostenme, que me caigo muerto! -agregó el padre apoyándose en el hombro del cholo.

-¡Voto a bríos! -dijo el cholo fingiéndose profundamente contrariado-, ¡no hay duda!... ¡Es ese pícaro borracho!

-¡Calla, hijo, por Dios! ¡No lo hagas rabiar!...

-Tiene razón, Padre; es preciso no contradecirle, no exasperarlo..., ¡para que no le dé algún acseso!... y así que podamos lo haremos amarrar.

-¡Qué va a ser de mí, Virgen Santa!

El fanfarrón venía, en efecto, hacia ellos, los había distinguido desde la casa del tambo y había salido a encontrarlos: traía su sombrero tan ladeado, que parecía puesto sobre una oreja, no contribuyendo poco este accidente a realzar el aire siniestro y repugnante que era inherente a su persona toda.

-¡Oh! ¡Mi querido Padre! -gritó cuando estuvo cerca-, ¡venga un abrazo!... ¿Cómo es eso?... ¿Salta V. R. para atrás al verme como si yo fuese una culebra? ¡Voto a Baco!... ¡Que el que quiera despreciarme!...

-¡No tal, señor González! No lo crea usted: ¡lo abrazaré con la mejor gana del mundo! -dijo el fraile abriendo sus brazos con el ademán de la angustia y del terror; pero al ver al matón que ya se echaba en ellos volvió a dar otro salto enorme para atrás, y se puso en actitud de correr despavorido.

-¡Oiga usted, señor hermano! -dijo el matón-, ¡esto quiere decir mucho! Ya comprendo: este bribonazo de cholo me habrá calumniado para con V. R... ¡y voto al diablo que me las va a pagar todas!

-¡El Padre tiene razón, González! -le dijo Mateo con entereza-, porque tú eres un hombre de pecado, y sería para él una ignominia dejarse abrazar de ti. Yo apelo a tu razón y buen juicio.

-¿Y tú no eres hombre de pecado?

-Lo soy; pero yo no lo abrazo, ni trato de mancillarlo tampoco.

-Pues bueno, yo tampoco lo abrazaré; pero que me dé al menos la mano, si hemos de ser amigos.

-¡Sí, señor!, ¡Con mucho gusto! -dijo el Padre estirando la mano y recogiéndola, a medida que González se acercaba.

-¡Tráigala acá! -dijo el matón manotéandola.

-¡Ay! -gritó el fraile aterrado.

Pero el matón se la forzó y le imprimió en ella un fuerte beso, con el que le arrancó al padre otro ¡ay! de terror. Éste desasió al momento su mano y se la empezó a limpiar con una rapidez extraordinaria; y sin poderse contener, exclamó: «¡agua!, ¡un poco de agua!»

-¡Cómo es eso! -dijo González-, ¿para qué quiere usted agua? ¿Soy yo acaso algún leproso?

-Perdone usted, señor González: me equivoqué, ¡no quiero agua!, ¡ni verla quiero!

-¡Ni yo tampoco! Hable S. R. de vino: de buen vino; y almorzaremos juntos ¡sí señor! ¡Pero que vaya al infierno la agua, y todos los ríos que la fabrican!

-¡Es cierto, señor!... ¡Nada de agua por Dios!... ¡Mateo, que ni nos muestren agua, por Dios!

-Eso es, padre, el solo ver la agua, ya me da rabia.

-¡Ay, Dios mío!... -dijo el padre suspirando.

-En fin, ¿vamos a almorzar juntos, no es cierto, Padre?

-¡Con mucho gusto, señor González!

Y enganchando el matón al fraile por uno de sus brazos, se dirigió con él, arrastrándolo casi hacia la casita del tambo.

El pobre Padre iba más muerto que vivo. El matón entretanto se fue derecho a una piecita que servía como de comedor, amueblada con una pobreza extrema, y en la que no había más que una mesa coja, calzada con algunas piedras, y tres o cuatro sillas descuadrilladas.

-Parece -dijo González, con la voz ronca y neblinosa de los ebrios, examinando las sillas- que los borrachos que se juntan en este tambo no son muy amables con vosotras, y que os aporrean. ¡Eh!, ¡no tenéis de qué quejaros, porque ésa es siempre la suerte de la consorte del borracho! Veamos: ¡ven tú acá! -dijo eligiendo la mejor parada-. Quizás es la primera vez de tu vida que vas a besar tan de cerca la parte noble de un hombre honrado -y poniéndosela con fuerza al Padre le dijo; «¡Aquí, Padre! Siéntese V. R. que yo quiero tener el gusto de almorzar a su lado».

-¡Gracias, señor! Gracias... ¡yo no almorzaré!

-¿Qué está usted diciendo, padre? ¿Usted no almorzará?

-Me siento enfermo, señor González: sí..., no almorzaré.

-¿Y enfermo de qué, hombre?... ¡Va!... ¡Disparates! ¡Siéntese Padre, que Mateo nos va a pagar un opíparo almuerzo!... ¡He visto en la ramada un costillar de cerdo como para un Virrey! -dijo González dándose un beso fuerte en la punta de los dedos.

-¡Pues te has engañado, González!... Ni yo pido almuerzo, ni era nuestra intención almorzar aquí, sino más adelante para aprovechar el camino.

-¿Más adelante?... Pues vamos adelante, ¡qué diablos! A alguna hora hemos de almorzar; y yo no tengo muy buenas narices para perder un almuerzo con un Padre que anda de viaje. Ahora no más empiezan a llover los huevitos, las gallinitas, los pichoncitos... ¡Cáspita! Ya se me hace agua la boca. ¡Eh!, ¡vamos más adelante!

-¡Entendamos, González! -dijo Mateo.

-¿Sobre qué?..., ¿qué se te ocurre?

-Lo primero es saber a dónde vas tú, porque no es mi costumbre dejarme así seguir y mortificar por el primero que quiere juntárseme.

-¿Y qué te has pensado, cholo de porra, que yo me quiero juntar a vos? ¡Honrada compañía, por cierto, la tuya, para un hombre como yo, que hago temblar con solo mi mirada!... ¿Sabes lo que yo voy a hacer contigo?... ¡Sumirte debajo de tierra a trompadas, si me jeringas mucho! Yo me junto con el padre y no contigo -dijo el matón poniéndose cerca del padre-. Y no me hagas enfurecer; ¡no me hagas rabiar!, porque ya sabes que yo soy como un perro de presa... donde muerdo... ¡ni Cristo me hace largar!

-¡Ay, señor! -dijo el padre entre dientes-. Mateo, no contraríes, no hagas ra... No enfades al señor González; yo... ya... tú sabes que yo venía hasta aquí no más... por dar un paseo... y que será mejor que nos volvamos.

Mateo se hizo el desentendido, y dirigiéndose al matón, le dijo señalándole disimuladamente la dirección del camino:

-¿Para dónde vas, González?... Haznos el favor de decírnoslo.

-¡Yo... voy a Cuzco! Y el matón dio una vuelta garbosamente por el cuarto.

Aprovechándose el padre, se arrimó a Mateo y le preguntó despacio: «-¿Es otro camino?» «-¡No, es el mismo!» -le respondió Mateo como consternado.

-Bueno, González -dijo el cholo; es preciso que seas racional, y que no me provoques a una reyerta: vete por tu camino, porque vas lejos; nosotros hemos pasado mala noche, no hemos dormido y vamos a dormir aquí un poco.

-¿Dormir?... Hombre, me viene muy bien; justamente tenía ganas de dormir.

-¡González!...

-¡Mateo!

-¡Mira lo que haces!

-Por último: ¡so cholo!... ¡Porque ya también me va faltando la paciencia! (El matón pegó un terrible golpe sobre la mesa) ¿Crees tú, pariente del diablo, que yo te he salido de balde al camino?... ¿Te has olvidado de lo que hiciste anoche conmigo? ¿No me arrojaste a empujones de la timbirimba del Gato?..., ¿o te habías figurado que eso se había de quedar así no más?... ¡Ajo! Ahora te tengo y te he de seguir cielo y tierra, hasta que te troce en veinte pedazos, y te masque y te trituro entre mis dientes como un perro...

-¡Ah! ¡Acabáramos!..., ¡eso es otra cosa! -dijo Mateo fingiendo una gran calma-; ¿me quieres amedrentar?... Pues lo veremos.

El padre entretanto tiritaba de miedo.

-Pues para que veas el miedo que yo te tengo, ¡voy a ponerme a dormir! -y Mateo acomodó su poncho y sus alforjas en un rincón y se tiró en el suelo.

-¡No, hombre! -dijo González-; ¡no te apures! Si no es aquí tan cerca donde yo te he de pedir las cuentas.

-¡Será donde tú quieras, hombre! -le respondió el cholo con el más profundo desprecio.

-¡Bueno... Padre! -dijo el matón- duerma, aquí tiene mis ponchos... Traiga sus alforjas, traiga su manto, ¡verá que cama linda le hago yo! -y el matón, diciendo y haciendo, despojó al

Padre de lo dicho, y le hizo una excelente almohada; cerró la puerta para quedarse a oscuras, y se acostó junto a ella, como para evitar que Mateo se le escapase.

El padre estaba en ansias mortales. Entre tanto, después de una media hora horrible, González y Mateo roncaban o fingían roncar como unos cerdos. El padre se incorporó con grandísimas precauciones, tomó sus ropas muy despacio, y dijo: «¡Mateo! ¡Mateo!», con una voz sepulcral.

El cholo estaba como un tronco, y como el matón hizo una especie de movimiento como si quisiera despertarse, el padre se tiró prontísimo otra vez al suelo. Mas, viendo que seguía roncando y tranquilo, volvió a incorporarse, se dirigió con exquisita cautela a una ventanita que tenía la pieza, la abrió y trató de salir por ella. Como era gordo, se atascó; y creyendo que iba a ser descubierto empezó a manotear y patalear con las ansias del terror, de modo que cuando zafó fue a rodar a un corralito lleno de barro que allí estaba. Él entonces recogió sus ropas, se asomó para ver si había sido descubierto, y como vio que ambos adversarios seguían dormidos, cerró muy quedito la ventanilla, quedándose del lado de afuera, y se echó a correr por esos caminos de Dios como un gamo despavorido.

Apenas se quedaron a oscuras otra vez, se incorporó Mateo, y el matón al momento mismo también; se apretaban ambos el estómago y temblaban de risa. Levantándose Mateo con la ligereza de un gato, fue corriendo a la ventanilla y mirando por la rendija vio al padre disparando como a media cuadra del tambo. Entonces prorrumpió en risotadas extraordinarias.

-¡Vamos a ver! -dijo González-, ¿mis tres onzas?

-Ahí están -le respondió Mateo entregándoselas y continuando sus carcajadas.

-Vengan -el matón las examinó bien; y después que las guardó -agregó-; ¡me debes tres pesos más!

-¿De qué?

-Los tres pesos que me quitaste anoche para dárselos a Martínez.

-Tú se los habías robado.

-¡Ésas no son cuentas tuyas! ¿Quién te había hecho juez?

-Es que me interesaba en que no se armaran disputas, y en que te fueses.

-¡Pues paga ese interés! Vengan mis tres pesos.

-¡Es una picardía!

-No sé nada: ¡mis tres pesos!

-Te los doy con una condición.

-¡Mis tres pesos, te digo!

-Vamos a hablar primero con el curaca del tambo.

-¡Mis tres pesos!

-Ven, hombre, te los daré.

-Eso es otra cosa... ¡Vamos!

Y saliendo de la pieza en que estaban, se dirigieron al indio viejo que manejaba aquel tambo. Mateo le instruyó bien de lo que debía decir, si alguien venía a buscarlo, porque Mateo temía que el fraile se dirigiese a alguna autoridad, o tomase algún otro medio de detenerlo. El indio del tambo quedó convenido en decir que había habido allí una pelea terrible entre Mateo y González: que el primero se había escapado por un cerco, y había huido; y que el segundo, loco de furia, echando espuma por la boca, se había echado al camino a buscar al cholo.

Arreglado así, el cholo despachó a González, recomendándole que se fuese por dos o tres días a Abancay, donde éste solía pasar semanas enteras; mientras él, tomando deprisa un camino muy excusado, se dirigió a las ruinas de Pachacamac.

XXXV Grandes medidas

Desde el día en que empezaron sus sinsabores, don Felipe había vivido en una abstracción completa de toda clase de amistades y de visitas, pues había alejado de su casa a todos los parientes de su mujer, que eran los únicos que tenía en Lima.

Es verdad que con una destreza y una astucia admirablemente disimuladas bajo los rasgos austeros de su semblante, y que con aquella taciturnidad inalterable que hacía pensar que tuviese una alma de mármol, él había trabajado ardientemente en trasponer sus riquezas para burlar en esto al menos la saña de sus enemigos.

Don Felipe estaba muy lejos de ser un mal padre: amaba a su hija, anhelaba verla feliz sobre la tierra. Se contristaba con la idea de que quedaba despojada de los frutos de su habilidad para hacer fortuna. Pero su amor carecía de ternura exterior: las formas eran malas y no el fondo; y esto provenía de las tendencias dominantes en su época, de la educación, del espíritu social que hacían despótico al padre, eliminando de las relaciones con sus hijos la ternura y la intimidad, sin las cuales se pueden conservar el amor interno y el interés positivo por su suerte, pero no los encantos y las dulzuras del trato diario con ellos, que de cierto desaparecen para dejar sólo una vida doméstica, ceremoniosa y oficial, diremos así, en la que cada uno esconde su secreto y vive de reservas.

Don Felipe comprendió muy pronto que los tiros del Padre Andrés se dirigían a su fortuna, y allá en la reserva de su alma profunda y vigorosa resolvió burlar a su enemigo.

Don Bautista que tenía conocimiento perfecto del carácter del viejo español, quien a su vez le conocía también perfectamente, se le había ofrecido oportunamente para arribar a una combinación, cuyos primeros hilos se anudaron por medio de Mercedes. Don Bautista hizo completa revelación a don Felipe de su enemistad, con el padre Andrés, de las miras de éste, y de su deseo de servirle para contrarrestarlas. Ambos ancianos habían sido amigos antes de que su relación pudiera tener riesgos. Mas desde que don Felipe había vuelto, ambos habían hecho estudio en mantenerse a distancia, principalmente don Felipe, que fingía alejarse con resolución de la persona del boticario. Éste no había llevado tampoco sus revelaciones tan adelante, que hubiera impuesto al otro de sus maquinaciones con los ingleses, ni de los verdaderos objetos con que residía en Lima. Mas don Felipe había sabido en los últimos tiempos las estrechísimas y singulares relaciones del boticario con la casa de Jordán y Onetto de Cádiz.- por lo cual, sus sospechas habían llegado a suponerlo agente de contrabandos, que era el gran comercio que los genoveses hacían entonces en España.

Ésta era una mera deducción que él había sacado de la revelación que el mismo boticario le había hecho de sus relaciones con la casa mencionada, ofreciéndole bajo la ley del secreto, que por este medio le haría pasar a España con toda reserva sus fondos, mediante un interés de comisión algo considerable.

La coincidencia de esta oferta con el pacto que él mismo había celebrado con Drake, había despertado profundas sospechas en el ánimo del viejo español, tanto más, cuanto que don Bautista hacía años que vivía en Lima, sin que nadie le hubiese conocido más negocios que su botica; luego esa relación era vieja y cobijaba grandes misterios. D. Felipe era demasiado sagaz y apegado a su dinero para no aprovechar el medio que se le ofrecía de poner a salvo su fortuna con la seguridad impune que le brindaban aquellas circunstancias ignoradas por todos. Reflexionó también que si la operación que había hecho con Drake lo perdía, nada ganaba con rehusar la que le brindaba don Bautista, y no aventurar la salvación del resto de su fortuna.

Además de todo esto, el sistema de aquellos tiempos, se prestaba perfectamente a todas estas ocultaciones; porque el dinero giraba poco, y se iba amontonando en las manos del rico, que generalmente hacía entierros y depósitos secretos de grandes porciones de su fortuna: circunstancia de que daríamos infinitas pruebas históricas si no fuese de una notoriedad viva aún, en todos los rincones de Sudamérica.

Antes de prestarse a las insinuaciones de don Bautista, trató don Felipe de penetrar un poco más en el secreto de las relaciones de aquel con la casa de Jordán y Onetto. Pero el boticario rehusó darle todo otro esclarecimiento a este respecto, y don Felipe aceptó a ciegas la trasposición de sus caudales, confiando solo en el fondo de honradez, de energía y de altura moral que el alma de don Bautista revelaba a quien le sabía observar en las intimidades de su vida y en sus raras momentos de franqueza.

Desde el día en que se había convenido don Felipe, había cerrado su casa a todo trato exterior fingiéndose en un estado completo de misantropía y dolor; a términos, que parecía que no habitasen vivos en ella. No era esto tampoco cosa muy notable en los antiguos tiempos coloniales: desprovistos de movimiento mercantil los pueblos, y de aquella población flotante, diremos así, que hoy vive el día en las calles, éstas estaban siempre solas entonces; y casi todas las puertas de las casas permanecían cerradas a cerrojo como las tenemos hoy a la media noche: sólo después de la siesta y a las oraciones había en las calles principales alguna movilidad y bullicio.

Ayudado de un negro viejo, criado de la familia y especie de secretario íntimo del amo don Felipe, en el secreto de la siesta y de la noche, había removido algunas partes del suelo de su casa, y sacado grandes sumas de dinero, que había enviado a don Bautista parcialmente, por medio del referido negro y de su mujer dándoles salida por un hueco que tenía a los fondos de su casa.

Por consejo de don Bautista había dejado don Felipe enterradas en su casa unas mil y pico de onzas, y había escrito una memoria testamentaria declarando donde estaban, desheredando a su hija, e instituyendo a su sobrino don Manuel, joven de dieciocho años a lo más, y el más cercano de los parientes de su mujer, y diciendo por fin, que en el apresamiento del San Juan había perdido todo lo demás. Escrita y firmada esta memoria había ido él mismo a confesarse con el Arzobispo Morgrovejo, y le había dejado en depósito el papel, para que lo abriese y publicase en el caso que muriese, certificando que le había sido entregado por él mismo en persona.

Tales eran las medidas que este hombre había tomado para burlar la persecución de sus enemigos. En el entretanto había siempre manifestado a don Bautista en público la más profunda aversión; y hacía esfuerzo de todo género en España gastando grandes sumas de dinero para que aquellos tribunales abocasen la causa de su hija y lo llamasen a él también.

Don Bautista, como ya sabemos, no andaba por el mismo camino, pues fomentaba el proyecto de rapto concebido por Oxenhan y Henderson; cosa que don Felipe ni sospechaba siquiera, ni era posible que nadie imaginase allí.

Don Bautista estaba ya cerca del momento decisivo su principal interés era evadirse de Lima, donde ya se creía vigilado y bajo mal agüero, por las complicaciones que había traído el apresamiento del San Juan y los amores de María. El boticario quería pues escapar, pensando que ya había hecho cuanto podía esperarse de un hombre en contra de sus enemigos: quería sacudirse de las horribles inquietudes de ánimo en que pasaba su vida desde tantos años atrás y regresar a Europa donde su participación en las correrías de Drake lo aseguraba ya una fortuna considerable.

La fuerza de su alma se revelaba en los momentos críticos en que se hallaba en aquel día: nada bastó a quitarle la calma de sus ocupaciones de costumbre no obstante que su vida y su destino pendían de un hilo: era todo un hombre.

Entretanto, mientras que Mateo, burlando a su compañero de viaje, se dirigía con toda prisa a las ruinas de Pachacamac, el Padre Andrés había resuelto y vencido ya muchos de los obstáculos que le habían impedido anonadar a Mercedes, y se paseaba soberbio por su celda esperando ardientemente al fiscal Estaca, que en aquellos mismos instantes había ido a consumar un arreglo con el Virrey.

Fáciles de concebir el acceso de furia que don Francisco de Toledo tuvo cuando recibió la noticia que habían prendido y encerrado en la inquisición a la altiva doña Milagros, su queridísima comadre, y esposa además de su íntimo amigo el coronel de la artillería que era entonces un empleo de fuste en las colonias. Su pasión por la mencionada señora era grande y tierna como lo son todas las que se conciben después de los sesenta años. En el primer momento todo se lo quería llevar por delante porque creyó que la causa de la prisión había sido la cuestión sobre la alfombra con la señora Fiscala.

Mandó traer inmediatamente al Fiscal Estaca y hubo de destrozarlo entre sus manos. Mas cuando se convenció por la confesión misma del doctor que nada sabía todavía de semejante grezca mujeril, de que había causas más graves, y de que podía probársele a la señora el haber recibido dinero de un maricón por estorbar las justicias de la Iglesia, el pobre Virrey se quedó aterrado; y como sucede, generalmente a los hombres irascibles y ardientes pasó del exceso del enojo y de la soberbia al exceso del abatimiento.

El Legista, que vio el momento favorable para los intereses del Padre Andrés se ofreció de intermedio para una reconciliación entre las dos potestades: cosa que el Virrey aceptó a ciegas desde que la base fuese la excarcelación y absolución de su querida comadre.

En aquel día estaba para cerrarse el arreglo de paz entre ellos: y el padre Andrés esperaba ansioso por esta razón la vuelta de su compañero el Fiscal, porque deseaba echarse sobre Mercedes y vengarse de las grandes ansiedades que lo había ocasionado el encono tenaz de esta mujer. Brilló un rayo de luz y de esperanza en los ojos feroces del Guardián cuando oyó la tez doctoral del señor Estaca resonando por el claustro de la entrada y el compás grave de su marcha.

-¿Y bien, amigo? -le dijo adelantándose a abrirle la puerta.

-¡*Consumatum est*! -dijo el doctor-. *¡Pax vobiscum!*

-¿Consintió?

-¡En todo!

-¡Veamos!

-Se ha comprometido, como lo verá S. P. en ese documento, a entregarnos los papeles en el momento en que la chola se los haga dar.

-¿Sin leerlos?

-¡Sin leerlos!... Me ha dicho que se los entregará mismo padre Cirilo, pero todo con la condición de que sea suelta al instante doña Milagros.

-¡Lo será!... ¡Y Anacleto?

-Ya ha dado la orden de ponerlo en libertad y de que se sobresea en toda esa causa, cuyos expedientes ha quedado en remitírmelos al momento para que los destruyamos nosotros mismos.

-¡Bravo!... Con eso nada más necesito para quedar satisfecho y obrar.

Apenas había dicho el padre Guardián estas palabras, cuando oyeron en la parte exterior del claustro un ruido extraño de pasos apresurados y la voz de un hombre que golpeaba la puerta del Guardián pidiendo pronto audiencia. Era el padre Sinforoso, que respirando apenas, tal era el estado de agitación en que venía, se inclinó humildemente delante del padre Guardián, y le besó los cordones del sayal.

-¿Que hay, padre, que viene V. P. en tan miserable estado?

-¡Ah... señor! ¡Una noticia!... He buscado en vano al R. P. Cirilo, y no lo he encontrado; por eso vengo a interrumpir los altos quehaceres de Su Reverencia.

-¿Traía usted alguna comisión del Padre Cirilo?

-¡Señor!... Yo... no traigo precisamente comisión pero el padre Cirilo me encargó... hace días... de vigilar a un cholo, llamado Mateo, que vive con una tal Mercedes...

-¡Bien!, ¡bien!..., ¿y?...

-¡Y bien, señor! Yo lo he cumplido hasta donde me ha sido posible... pero... un maldito rabioso...

-¿Un rabioso?

-Señor... ¡un hombre infernal!... Un rabioso...

-¿Está usted loco, padre? -le dijo enfadado el Guardián.

-¡No, señor! Un rabioso digo, un hombre que muerde y trasmite su horrible enfermedad...

-¡Al grano, padre! Y dejémonos de boberías.

-¿Y por qué se enfada V. R., señor Guardián? -dijo el Fiscal entrometiéndose en la conversación.

-¿No está V. S. viendo, doctor, que algún pillo ha mistificado a este pobre hombre?

-No veo por qué, señor Guardián: hay hidrófobo entre hombres también, como entre los perros.

-¡Toma si la hay! -dijo el padre Sinforoso-, ¡si yo mismo, señor doctor, lo he presenciado!

-¡Y bien, padre!, ¿qué tiene que ver todo eso con el encargo que le hizo a usted el padre Cirilo?

-Es, que el cholo, tocado de la mano invisible de Dios, estaba haciéndome una confesión general de su mala vida, cuando ese maldito rabioso nos interrumpió ¡y se empeñó en morderme, señor!

-¿Y su Paternidad huyó?

-Huí, Reverendo Padre Guardián; porque no tuve tiempo de fortificar mi alma, templándola para el martirio...

-¡Es usted un inocente, padre! Vaya a descansar a su celda que yo le diré al Padre Cirilo, que otra vez busque mejor sus hombres.

-Es, Reverendo señor -dijo el padre humilde y consternado-, que yo traía una noticia que creo interesante... El cholo me ha hecho revelaciones de cosas graves, mezclando el nombre de V. P., y diciéndome también, que los papeles que se buscan se hayan en un baulito.

Al oír esto, toda la curiosidad y el interés del padre Andrés, renacieron como una llamarada. El padre Sinforoso le refirió lo que el cholo le había dicho bajo la fe de confesión; y cuando el Guardián le oyó todo, le mandó otra vez retirarse a su celda y no hablar con nadie.

-Y bien, señor Fiscal, ¿ha oído V. P.? -le dijo el Guardián al doctor Estaca cuando se quedaron solos.

-He oído.

-¿Y qué piensa V. S?

-Yo, a la verdad, no entiendo bien este enredo. De lo que el cholo dijo a ese padre, se deduce que don Bautista ha trabajado por apoderarse de los papeles de Mercedes, quiero decir de V. R. que robó Mercedes, ergo no son fundadas las sugestiones del padre Cirilo.

-En eso mismo pensaba yo; y por esa razón creo, querido amigo, que debernos echarnos sobre la chola; sorprenderla, agarrarla de improviso y esperar a ver qué camino toma don Bautista, y qué explicaciones resultan para él.

-Que el boticario ha tratado de proteger a la Pérez, es para mí cosa indudable; pero eso puede haber nacido de afección personal: muy bien ha podido dejarse arrastrar en ese particular de esa afección, sin que por eso haya querido traicionaros en cuanto a los papeles; y así parece que ha sido, según lo que revela el cholo.

-Mire usted, doctor -dijo el padre Andrés reflexionando-, ¡quién sabe si toda esa confesión no es una mera pillería de ese cholo!

-Me parece que eso es llevar demasiado la sagacidad, no veo qué interés podría tener él en vindicar al boticario y dejar colgada a Mercedes... Pero todo esto es posible,... y será bueno estar alerta.

-Yo creo que veo claro lo que debo hacer; veamos si lo aprueba usted, doctor: según el cholo, Mercedes tiene esos papeles en su cuarto y esto es falso, pues lo que antes hemos creído es que los tenía en otras manos; según el cholo, don Bautista hasta ha intentado envenenar a Mercedes para obtener esos papeles, luego no son fundadas las sospechas que habíamos empezado a temer de que él fuese el depositario; pues, señor, salgamos de dudas. Hago prender ahora mismo a Mercedes; registrémosle todo en su cuarto, y si mañana no hemos encontrado nada todavía, prenderemos al boticario, y ¡a Roma por todo!

-¿No cree V. R. que eso será romper demasiado de pronto? -dijo el fiscal caviloso.

-Es que entiendo que estamos en la necesidad de hacerlo; porque desde que contamos con que el Virrey nos entregará esos papeles al momento que a él se le den, debemos poner a la india en el caso extremo. Usted sabe, señor doctor, que de un momento a otro llega el Excelentísimo señor conde del Villar a reemplazar al de Toledo; y que si aquel llega de nada nos serviría estar arreglados con éste, porque los papeles serían entregados al primero, al Virrey.

-Sí, pero V. R. sabe que el Conde del Villar viene de amigo, y por nuestros amigos; y que con su gobierno es probable que quede sólidamente deslindado el terreno de la potestad eclesiástica, y libre de las trabas que los libertinos le han puesto hasta aquí.

-Convengo, caro amigo: pero eso es también sujeto a emergencias y complicaciones... y los papeles... En fin, puesto que contamos con el que hoy es Virrey, que lo hemos rendido, y que no tiene más remedio que acceder a nuestro intento para salvar a su amiga, yo entiendo, doctor, que debemos obrar.

-Pues, señor Guardián, ¡al instante!

El padre Adres dio inmediatamente sus órdenes para que Mercedes fuese rigorosamente encarcelada en uno de los sótanos de la Inquisición que tenían su entrada secreta por el piso de la sala del consejo. El padre esperaba con ardor el resultado de la diligencia. Pero un momento después, volvió uno de los esbirros que habían ido a ejecutarla diciendo que el cuarto que ella habitaba se había encontrado solo y abandonado; y que los vecinos declaraban que hacía dos o tres días que no se le había visto por allí.

El padre Andrés se llevó las manos a la frente con un ademán de profunda desesperación, y exclamó: «¡Se habrá escapado!»

-¡Eso es imposible! -dijo al instante el Fiscal-. Necesariamente está oculta -agregó después de haber pensado un instante-;

¡y lo está en la casa de algún maricón! Dé órdenes V. R. en nombre del Santo Oficio, para que sean destapadas en las calles in mediata mente, todas las mujeres de saya y manto que se encuentren.

-¿Puedo hacerlo?

-Sí, señor

-¡Pues que se haga! -dijo el Guardián; y sus esbirros salieron a cumplirlo.

-Haga, su Reverencia que me busquen al momento a un maricón llamado Miguelito, que vive en el barrio de Santa Rosa; que me lo traigan aquí al instante; porque es por él que lo vamos a averiguar todo.

El maricón de ese nombre, que ya otra vez hemos visto en conferencia con el Fiscal, fue traído en efecto. Aterrado con las amenazas de tortura que ambos inquisidores le hicieron, vil por naturaleza, desleal e infame, por hábito y carácter, seducido también por ofertas ventajosas, se comprometió a descubrir y denunciar el paradero de la malhadada Mercedes, y salió con ese objeto.

-Esto quiere decir, señor Fiscal, que el caballero Virrey se ha burlado de V. S., que ha querido engañarme a mí, al mismo tiempo que nos ofrecía todo, se rebajaba al papel de delator; pues él es necesariamente quien ha advertido a la chola de todo para que se esconda.

-¡Voy ahora mismo a verlo! -dijo el Fiscal irritado-, porque semejante conducta es intolerable: y le diré bien claro que doña Milagros sucumbirá si no se encuentra a esa Mercedes.

El Virrey se puso furioso de que se hubiese concebido contra el reproche tan infamante; y el Fiscal volvió a decir al padre Andrés que estaba convencido de que aquél era inocente.

El hecho es que el día se pasó sin que los esbirros de la Inquisición hubiesen podido encontrar a Mercedes. Por lo que el Fiscal Estaca, fatigado de la tarea tan larga que se había dado, se retiró a descansar, dejando al padre Andrés acompañado solo del padre Romea el antiguo novio de doña María, que había venido a ser hombre de las más íntimas confianzas del superior.

Eran ya como las once o más de la noche y crecían de más en más las ansiedades y el despecho del Guardián, cuando Miguelito todo apurado entró al convento por una puertecita falsa que quedaba abierta en las noches de grandes quehaceres.

No bien vio el Guardián al maricón, cuando corrió ansioso hacia él, y le preguntó:

-¿Y bien, hijo?..., y bien, ¿qué has logrado?

-¡Ah, santo padre!.... ¡Toda Lima he recorrido!... ¡He trabajado, señor!

-¿Y qué has logrado?

-¡Lo he logrado todo, santo señor!

-¿Sabes ya dónde está?

-Ya lo sé.

-¿Oculta?

-Oculta.

-¿Has estado con ella?

-No, señor; pero eso no importa, ¡es como si la hubiera visto!

-¡Gracias, hijo! -dijo el padre con un gusto infinito-. ¡Toma mi bendición! Veamos: ¿dos esbirros? -gritó el padre-, que vayan ahora mismo contigo, y que la lleven inmediatamente al Santo Oficio, al sótano designado: que cuando la pongan allí vengan a advertírmelo al instante para ir yo.

Eran ya las tres o cuatro de la mañana, cuando el padre Andrés, acompañado del padre Romea, salía de su celda y se dirigía a la casa del Santo Oficio, donde ya gemía aprisionada la infeliz descendiente de uno de los nobles más elevados del tiempo de los Huincas.

Antes de salir, el padre Guardián se tocó el pecho para ver si llevaba bien acomodado un agudo puñal de que se había armado.

-Es precaución necesaria -dijo el padre a su compañero- habiendo de haberlas con un demonio encarnado como esa bruja.

Don Antonio le respondió: «-Hace muy bien S. P.» Muy disimuladamente se llevó la mano al pecho, y empuñó también con fuerza otro puñal que llevaba escondido allí.

XXXVI La crisis

Al mismo tiempo en que la pobre Mercedes era arrastrada a los horribles calabozos de la Inquisición, símbolos de la muerte inevitable y de la tortura, que era peor mil veces que la muerte, Mateo completamente ajeno de lo que le sucedía a su amiga, entraba por uno de los más solitarios arrabales de Lima: seguido de ocho negros robustos, cuyas anchas espaldas y color de ébano lustroso se percibían aún en medio de la oscuridad de la noche; pues venían desnudos hasta las cinturas, y con las mangas de sus camisas arrolladas hasta los codos.

Entraron en la ciudad con la mayor cautela, y sin pronunciar una sola palabra en todo el camino.

Verdad es que sería muy difícil para un lector nuestros días, el formarse una idea cabal de la inmóvil soledad en que estaba sumida una de nuestras antiguas ciudades durante la noche: ni alumbrado, ni cafés, ni tiendas, ni gentes de ninguna clase se veían en ellas; y después de las nueve de la noche callaba el baile, cada pájaro ganaba su nido, y el silencio del sueño reinaba en las calles, cobijando cuando más, una que otra aventura reservadísima y solitaria.

Al favor de esta soledad, pudo Mateo llegar con sus compañeros, sin que alma viviente lo hubiese encontrado, hasta una puertecita pequeña que estaba a espaldas de las habitaciones de don Bautista. Daba esta puertecita a un cuarto enteramente vacío, de los que llamamos redondos por no tener comunicación alguna con otras dependencias. Nada se notaba allí, sino una alacena vieja incrustada en la pared.

Mateo entró con los demás, cerró la puerta por dentro, y dirigiéndose a la alacena, golpeó sobre una de sus tablas dos o tres veces. Un momento después giró movido por un resorte uno de los tablones laterales de ella, y quedó al descubierto un vacío angosto hecho dentro de la pared, en el que se percibía una estrechísima escalerita que descendía a las profundidades del piso. Mateo entró haciéndose seguir de los otros: bajaron como quince escalones, y se encontraron entonces en una especie de galería subterránea, en cuyo otro extremo se oyó una voz baja y prudente que decía: «Mateo, vuélvete a cerrar la entrada. Caballeros, sigan ustedes adelante hasta aquí.»

Aquella galería subterránea estaba en una perfecta oscuridad: los ingleses siguieron caminando como a tientas, hasta que desembocaron en una especie de cuarto, alumbrado apenas por una lamparita de espíritu de vino.

Allí estaba don Bautista, que apenas vio a los ingleses, preguntó:

-¿Milord Henderson?

-¡Yo soy, señor!

-¡Dios le haya traído a usted, Milord!

-Así lo espero, señor Lentini.[*]

-Conviene, Milord, que dejéis vuestros soldados en este sótano y que subáis conmigo.

-Estoy a vuestras órdenes.

Henderson repartió entre su gente algunos buenos víveres y frutas, de que le proveyó el boticario, y recomendando mucho a Oxenhan que los conservara en buen estado, y les hiciera guardar silencio, subió con don Bautista una estrecha escalerita que les llevó al laboratorio de éste, por una alacena que servía de puerta oculta, como la del otro extremo.

En uno de los extremos de la mesa del medio don Bautista había preparado un pequeño espacio, separando a un lado los ata-

---

[*] El boticario era conocido de Drake y de sus cómplices con el nombre de Juan Bautista Lentini.

dos de yerbas y los frascos y otros mil utensilios que le atestaban, y había dos vasos al lado de una botella de un riquísimo licor restaurante que él había elaborado para obsequiar a su huésped.

-Supongo, Milord -dijo el boticario haciendo sentar a Henderson en una silla, y tomando él otra a su vez-, que comprenderéis bien que estamos ya en una situación que no puede durar sino horas, porque así...

-Si queréis, señor Lentini, que sea ahora mismo: vos sois el general: ¡mandad y yo ejecuto al momento!

-Me encanta vuestra calma -le dijo don Bautista echándole licor en el vaso-, ponedle un poco de agua y os quedará mejor... Permitidme que os diga que tengo mucha experiencia de los hombres de guerra y de revolución; y que veo ya que se puede contar con vos.

-¡Gracias!

-¿Y vuestros hombres?

-¡Irán adonde yo vaya! Me sería sumamente satisfactorio que nos pongáis pronto a prueba.

-Son las doce de la noche... Y será mejor -agregó reflexionando el boticario- esperar una o dos horas más.

-¡Sea!... Pero si conocéis los motivos que me han traído, podréis calcular el estado de mi alma.

-De cierto que los conozco. y porque sé la pasión que abrigáis y la horrible situación en que sabéis que está vuestra...

-No continuéis, señor Lentini. Me hacéis mal con esas palabras; porque me quitáis la calma con que estoy resuelto a obrar.

-Os iba a decir solamente, que por eso mismo es que me habéis hecho tan buena impresión.

-Espero merecerla aun más... ¿Dos horas, decís?

-Una o dos, ya lo resolveremos.

-¿Cuál es vuestro plan?

-Escalar el edificio: hacer volar la puerta principal: aprovecharnos de la sorpresa y libertarla.

-¿Y cuál es vuestro interés en todo eso?

-Os lo diré más detalladamente dentro de un momento: bástaos saber por ahora que estoy asechado tal vez para ser descubierto: tengo, pues, que huir y salvarme, lo que me sería imposible sin vuestra ayuda y sin vuestro buque. Si me queréis salvar a mí solo dejando a doña María, ¡partamos! Ya estoy pronto -dijo el boticario levantándose.

-Sentaos.

-¡Eh bien!, ¿sabéis mi interés ahora?

-¡Ya!

-Ya veis, pues, que nos necesitamos ambos.

-Pagáis caro la codicia, ¿eh?

-¡Alto ahí, joven! -dijo el boticario tomando un tono lleno de dignidad-. Yo debía haber pensado que el que os ha recomendado a mí, os hubiera impuesto mejor de quién soy yo, y por qué hago lo que hago; y ya que no lo ha hecho y que me provocáis, os diré con orgullo que mis motivos son más nobles, no sólo que la codicia, sino que los vuestros.

-¿Queréis ofenderme? -le preguntó Henderson con calma y seriedad.

-No sería éste el mejor momento; quiero solo apelar a vuestro juicio y a vuestra propia conciencia... ¿Cuál es primero para vos, ¿la vida de la patria o la vida de vuestra amada?

-La de la patria.

-Pues bien, yo he venido a esta tierra a vengarme, a hacer guerra al que pisa con sus plantas el cadáver de la que fue mi patria: el pirata, el bandido, el ladrón, el aventurero, el indio, todo aquél en fin, que quiera levantar una arma contra el rey de España, me contará entre sus aliados; por eso he servido a vuestro jefe; que a fe mía, ¡bien lo merece por sus méritos!

-¡Ah, señor Lentini! Perdonad.

-¿Conocéis la historia de Sicilia?

-Creo que sí; y os iba a preguntar si descendéis del Lentini que acompañó a Juan de Prócida, en su terrible venganza contra los franceses.

-Sí, desciendo de él; fue mi bisabuelo: y mi vida se ha gastado entra las crueles amarguras que él nos legó con el despotismo de Aragón.

-¡No era menos el de Carlos de Anjú que él acudió!

-¡Él hizo bien, y yo también he hecho bien!... Él vendió la patria al Aragón para arrancarlo al francés; y yo la vendería cien veces al francés para arrancarla al Aragón.

-¿Y qué ganáis?

-Que se destruyan unos con otros sus enemigos.

-Política falsa, señor: política sin porvenir. Porque consiste toda en crear redes que acaban siempre por enredaros, o por enredar y diezmar a vuestros nietos cuando menos, como vos mismo lo experimentáis con la política de Prócida.

-Es la única posible.

-No veo porqué.

-Porque necesitamos que el sacudimiento venga de afuera: el pueblo italiano está postrado.

-Dedicaos entonces a darle vida.

-¡No!... ¡La obra primera es dar muerte a sus asesinos!

-No quiero contrariaros, señor Lentini: os veo rebosando de una pasión que respeto... ¿Habéis llevado una vida agitada, eh?

-He estado donde quiera que se ha luchado contra la España: en Florencia con el Carducio y el Ferrucio: en Génova con Pablo Fregosio: en Milán; por todas partes, en fin, donde se lucha contra el rey de España... Por eso me he arreglado con Mr. Drake: es el único que tiene hoy alzada la bandera de la guerra después que todos han caído.

-¿Y la Holanda?

-¡Allá me voy, si salvo de aquí!

-Comienzo a admiraros.

-No tengo nada digno para ello, Milord, sino mi odio.

-Sí, pero el odio es una arma que necesita de un brazo fuerte; y yo admiro en vos ese brazo.

-¡Oh! Lo tendré alzado mientras viva; porque esos bárbaros ahorcaron a mi padre en Nápoles, tomado cuando cayó Génova.

-¡Ah!, ¿de ahí vuestra divisa?

-De ahí.

-Extraño es, que siendo quien sois, hayáis podido entrar y estableceros en estas colonias.

-Lo conseguí al favor de mi persistencia: de Génova huí a Francia, y de Francia pasé a Inglaterra.

-¡Ah!, ¿habéis estado en Inglaterra? -le preguntó Henderson con interés.

-Y he visto colgar allí, por el partido español al Duque de Suffolk.

-¡Mi abuelo!

-¿Era vuestro abuelo?

-Sí, señor; era mi abuelo.

-He ahí la historia de todos los hombres de nuestra época: el puñal, el verdugo o la horca la han escrito con las cabezas de nuestros padres, ¡y la seguirán escribiendo con las nuestras!

-Me interesáis de más en más, señor Lentini. Continuad vuestra historia.

-¡Pues bien! Como vos lo sabéis, Felipe II, como Tiberio el tirano de Roma, ha puesto un empeño particular en degradar al pueblo español: profundamente disimulado, cobarde y bajo, severo para con los otros, indulgente, para consigo mismo y disoluto, no ha sabido ser hombre, sino fiera sobre el trono; y se ha complacido, como os he dicho, en degradar a su pueblo.

-¡Un noble pueblo por cierto! -dijo Henderson con espontaneidad.

-¡Será! Yo no conozco de él sino los soldados que oprimen a mi patria y que degollaron a mi padre.

-¿Habéis conocido a Felipe?

-Sí.

-Dicen que es hombre de gran cabeza.

-Os diré lo que pienso de él: Felipe es reflexivo y frío: tiene la vista penetrante y es perseverante en sus miras: su constancia para los reveses no es común a pesar de que todavía no ha pasado por grandes. Su exterior es reservado y severo, y no obstante cuando quiere usa de maneras afables y graciosas. Es indeciso, tímido, devoto, supersticioso; es cruel y ambicioso desde el fondo de su gabinete; y cuando una vez ha tomado a la sombra alguna resolución, ya no hay cosa ninguna que pueda hacerlo cambiar sino el miedo personal, y por lo que hace al crimen, lo comete con entera facilidad, yendo un momento después a fortalecer su alma contra el escrúpulo, con ciertas prácticas devotas que reserva para el caso. Sombrío y violento en sus pasiones, todo lo sacrifica a su interés. Déspota por instinto y por placer, no saborea el gobierno, sino aterrando y envileciendo; y a pesar de su enorme poder, su gusto es emplear los medios bajos y rastreros. Pues bien, desde que este príncipe entró a gobernar sus reinos, el poder de los inquisidores no conoció limites en ellos: los espiones y los esbirros se han introducido en el interior de las casas, desterrando las dulzuras de la amistad y esa confianza mutua, sin lo que no hay garantía para las relaciones sociales. Los españoles han perdido su industria, y todas las otras ventajas de la fertilidad de su suelo; y millares de extranjeros se han lanzado como sabéis a hacer el contrabando en España y en América. Entre ellos, un antiguo amigo mío, un compañero de infancia, ha llegado a una gran riqueza en Cádiz bajo el nombre de don Benito Onetto. Informado de mis relaciones con él, algunos amigos de Inglaterra como Mr. Drake, Mr. Hawkins y otros, me encargaron de arreglar con Onetto un gran negocio, que consistía en procurarles él las noticias oficiales sobre flotas y galeones, y repartir las ganancias de las correrías y contrabando que ellos hiciesen al favor de sus revelaciones. Logré hacer ese arreglo; y como fuera preciso un agente principal, me ofrecí yo; porque lo que yo quería era guerra, y guerra a muerte, contra la España y su poder. Desde el momento, se vio que el gran golpe era atacar las costas del Perú, y me resolví a venirme a Lima, para prepararlo con anticipación. Vos podéis decir si lo he logrado. ¿Me conocéis ahora?

-Y el golpe de que ahora tratamos -dijo Henderson sin contestarle-, ¿cómo lo habéis preparado?

-De ningún modo: es preciso darlo como desesperados: somos diez hombres resueltos: llevaremos un barril de pólvora: asaltaremos el edificio con una escalera aterraremos a los esbirros; haremos abrir o volar las puertas de las prisiones; sacaremos a vuestra querida...

-¡Y a Juana! -dijo Henderson con viveza.

-¿Y a Juana también?

-¡Sí!

-Nos demandará más tiempo

-¡No importa!, ¡estoy comprometido!

-¿Estáis comprometido? -preguntó asombrado el boticario. ¿Con quién?

-¡Básteos saberlo!

-¡No! ¡Necesito saber cómo y con quién habéis hablado o tomado ese compromiso! -repuso alarmado don Bautista.

-Con uno de mis marineros; el autor de esta empresa, que la conoció a bordo y se enamoró de ella.

-¡Me quitáis una funesta impresión! Creí que era con alguien de aquí; y empezaba a temer una celada... ¡Oh! ¡Dios Santo! -dijo don Bautista pegando un salto y contrayendo todas sus potencias de un modo extraño y repentino.

-¿Qué hay?, ¿qué hay? -dijo Henderson parándose también y desenvainando su puñal.

Mas don Bautista nada le respondió: parecía la estatua de la contemplación, fijo y estático el mirar. Entreabiertos los labios, mientras que poco a poco iba extendiendo el brazo derecho y apuntando sin designio, decía con lentitud y como en duda: «¡TEMBLOR!!!»

Para comprender bien la situación de don Bautista, es preciso saber lo que es un temblor. No: el anuncio del temblor no es como se ha dicho un leve y lejano ruido: es mucho más y mucho menos que un ruido: es una conturbación repentina, que el hombre siente dentro y fuera de él a la vez: es un presentimiento fugaz, indefinible, aterrante, que despierta en el alma el pavoroso sentimiento de un trastorno subterráneo, precursor de ruinas y de muerte, inminente, traidor, inevitable. Si el anuncio del temblor fuese un mero ruido, no haría saltar sobre su lecho, con el espanto pintado sobre su semblante, al niño que duerme en todo el abandono de su cándida inocencia: no forzaría a incorporarse y correr despavorido, aun antes de estar despierto, al viejo guerrero acostumbrado a desafiar la muerte en los campos de batalla, a no pestañear siquiera al estampido del cañón.

-¡Temblor!, ¡temblor! -repitió el boticario de más en más animado-. ¡Éste es el momento supremo, milord Henderson! ¡Vuestros hombres! ¡En pie! ¡Salgamos!

XXXVII El terremoto de 1579[*]

El padre Andrés acompañado, como hemos dicho antes, del Padre Romea, había salido de su celda a la noticia de haber sido aprisionada ya Mercedes; y se había dirigido a la casa del Santo Oficio, grande y vasto edificio; cárcel, tribunal, y templo a la vez: monstruosa acumulación de objetos, bajo la gran cruz que dominaba su frontispicio: tal el horrible extravío con que la mano del despotismo había sacado un culto atroz de esa religión de ángeles, traída por el Cristo a la tierra.

El padre se dirigió a la sala del consejo; y mientras un esbirro traía a Mercedes, se paseaba agitado de uno a otro extremo. A poco rato, se levantó una tapa del piso y el esbirro levantó a Mercedes, con la misma grosería con que habría levantado y arrojado al piso un saco de inmundicias. El padre inquisidor, sin detenerse a mirar a su víctima, se dirigió a Romea y le dijo: «Llevad a ese hombre hasta la portería; y cerrad bien todas las puertas al volveros para acá.» Don Antonio condujo al esbirro y volvió a presenciar la escena espantosa de aquellos dos amantes de otro tiempo.

-¿Sabes tú -dijo el inquisidor- lo que es tortura?

-La peor tortura es para mí vuestra presencia -le respondió ella con firmeza.

***

[*] Este terremoto es histórico: es uno de los más tremendos que han sufrido las ciudades del Pacífico, y Lima vio en esa noche desplomarse una multitud considerable de sus edificios. El padre Barco de Centenera, testigo ocular, da una viva y candorosa descripción de esta catástrofe que puede verso en el apéndice del fin.

-¡Temeraria! -exclamó el padre haciendo rechinar los dien-
tes-, ¿no ves que ya estás desarmada, y que al fin voy a hacer
palpitar tus carnes infernales bajo las uñas de la araña y los
morteros del potro? ¿No ves que ha llegado ya el momento de
la venganza, y que de hoy en más son ya efímeras tus intrigas y
tus arterias? Medio siglo me has tenido bajo el maldito imperio
de tus persecusiones: en medio siglo no he tenido una noche
sola en que haya podido dormir tranquilo, un día en que haya
llevado mi frente libre del horrible presentimiento que me inspiraba tu imagen. Mis más risueñas esperanzas han sido ajadas
al momento mismo que las concebía con el recuerdo de tu doblez y de tu hostilidad. Bien: ¡ahora te tengo bajo el talón de
mi sandalia! -exclamó el fraile sacudiendo su brazo-, ¡y te voy a
convertir en masa vil de carne, sangre y polvo!... Pero, aún hay
un resto de esperanza para ti, si te humillas...

-¡Jamás! -exclamó Mercedes interrumpiéndolo, con la fiereza
de una tigra.

-¿Jamás?

-¡Jamás! -repitió ella con más fuerza.

-Hay todavía, te repito, un resto de esperanza para ti...

-¡La renuncio!

-Si quieres descubrirme...

-¡La renuncio, os he dicho!

-Es decir, inicua, que prefieres descubrirme el paradero de
los papeles y de la niña entre los ayes del tormento?

-¡Os he dicho que el peor tormento para mí es tu presencia,
fraile! ¡Y si nada consigues con ella, piensa lo que sacarás de tu
tortura!

-¡Insolente!

-¡Malvado! ¡Si has pensado triunfar de mí, porque me has
aprisionado, te has engañado!... Soy yo la que me he de gozar
en el tormento que te está reservado por la mano del justo de
los justos, del que conoce tus crímenes ¡renegado! del que te
tiene que pedir cuenta de las falsías, de las traiciones, de las
impiedades, de los sacrilegios que has cometido hasta blasfe-
mando de su nombre, y arrastrando tus hábitos sacerdotales

por la orgía, para después gozarte en el martirio de los que son mejores que tú. Llegará pronto el día ¡bárbaro! en que sentirás las atrocidades del infierno a la vista sola de una niña que el juez supremo te presentará de la mano con su blanco vestido salpicado de sangre, vertida por ti, y su pelo tendido sobre sus hombros: sin hablar ella una palabra, te acusará de ladrón, de asesino, de infame...

-¡Tiembla, hija del demonio! -exclamó loco de furia el Inquisidor, llevando la mano a su puñal.

-¡Tú eres quien tienes que temblar; porque en ese día no hallarás compasión delante de Dios!

-¡Tiembla! -volvió a decir el fraile, trémulo, y sacudiendo a Mercedes por la garganta de su vestido.

-¡Yo no tiemblo! ¡Yo te desprecio! -le dijo ella; y tratando de desasirse con fuerza, le arrojó un esputo a la cara.

-¡Ah! -exclamó el Inquisidor apretando los dientes; y sin otro consejo ya que su cólera, sacó maquinalmente su puñal y lo clavó de un solo golpe todo entero, en el seno de la mujer. Ella cayó para atrás, arrojando un río de sangre por la herida, y sacudiéndose por el piso de la sala con las palpitaciones de la muerte.

El matador se sobrecogió: el P. Romea lo miraba con una impasibilidad fría, con una especie de placer íntimo que se revelaba en el brillo de sus ojos.

-¡Temblor!... -exclamaron los dos al mismo tiempo, quedándose en la expectativa concentrada, que cruza siempre un temblor. Aterrado quizá por su propio crimen, el matador se lanzó hacia la puerta; pero don Antonio, vino como si obedeciese maquinalmente a un designio interior, y se le puso por delante.

-¡Dejadme salir! -dijo el padre Andrés.

-Esperad un momento -le respondió el otro conteniéndolo con fuerza por el brazo.

Al mismo tiempo se oyó cercano el ruido espantable de cien edificios que se derrumbaban; y la tierra temblaba como si se hubiese roto en átomos innumerables y movedizos. Pasando por debajo de sus pies el meteoro de destrucción, derrumbó con su rechinamiento horrible las paredes de aquel vasto edificio que los rodeaban* y los dejó en la más espantosa oscuridad, como en el medio del caos, porque la conmoción había hecho rodar la lámpara.

-¡Dejadme huir! -exclamó el padre Andrés, tratando de desacirse de su compañero.

-¿Queréis huir? -le preguntó éste con el tono del sarcasmo. ¡No! ¡Porque me debéis también una venganza! -exclamó hundiéndolo al mismo tiempo su daga en las espaldas.

-¿Por qué me matáis? -exclamó el Inquisidor con voz desfallecida ya.

-¡Porque me quitasteis mi porvenir, y me traicionasteis! -le respondió Romea dándole otro golpe final, y huyó al mismo tiempo que el techo se desplomaba sobre los cadáveres.

Saltando por sobre el hacinamiento de escombros que cubría el suelo, y al ruido de las casas y de las Iglesias que se seguían derrumbando, salió el padre Romea al gran patio de la Inquisición; y al tomar corriendo una de las galerías que llevaban a la calle, atropelló una partida de hombres que se lanzaban por sobre las ruinas a lo interior del edificio. Ellos lo rodearon al momento, y poniéndole al rostro una linterna sorda lo reconocieron.

-¡Oh! -exclamó don Bautista-, ¡aquí tenemos un guía!... ¡Seguidnos! -agregó tomándolo con fuerza por el pecho y abocándole una pistola.

Romea se quedó aterrado, y se entregó sin defensa.

-¡Conducidnos a los subterráneos en que están María y Juana, o vais a morir! -le dijo el boticario.

-¡Señor!, ¡por Dios! ¡Se derrumba todo el edificio sobre nosotros! ¡Salvémonos!

-¡Conducidnos pronto! -exclamó Henderson desesperado, poniéndole la espada desnuda al pecho.

-¡Piedad! -exclamó don Antonio en una situación cruel dejándose arrastrar hacia adentro.

---

* Histórico.

Vagaban en los patios del edificio, como sombras despavoridas, algunas de las víctimas allí aprisionadas que habían podido salvar de la catástrofe, mientras que otras estaban ya enterradas bajo de sus escombros.

-¡María! ¡María! -gritaba Henderson.

-¡María! ¡María! -gritaba el boticario arrastrando a don Antonio.

-¡Juana! ¡Juana! -gritaban Oxenhan, con una voz de estentor.

-¡Socorro! ¡Socorro! -oyose decir al fin, con una voz ahogada que parecía salir de un sepulcro; y acudiendo hacia allí los piratas, dieron con una puerta que permanecía cerrada.

-¡Es María!, ¡es mi María! -gritaba Henderson con la exaltación de la alarma y de la ansiedad-. ¡Ea, muchachos, derribad la puerta!

Un momento después caía la puerta al empuje de diez hombros vigorosos; y Henderson anegado en lágrimas y frenético de amor, estrechaba entre sus brazos al ídolo de su alma.

-¡María! ¡María!, ¡soy yo! -exclamaba-, ¿qué, no me reconoces, ángel de mi vida?, ¡soy tu Roberto!, ¡tu esposo! -y el ardoroso joven la estrechaba contra su pecho, la besaba, la bañaba con sus lágrimas, mas rebosando de placer y de entusiasmo. ¡Al fin te veo! ¡mírame, bien supremo de mi vida! ¡Aquí estoy! ¡Estoy a tu lado para salvarte o para morir contigo, como te lo había prometido!

La pobre niña, entumida y absorta por el dolor y la sorpresa, no podía darse cuenta de lo que veía, ni de lo que lo pasaba.

-¡Roberto! -decía desatentada-. ¡Por Dios! ¿qué es esto?, ¡tengo miedo!, ¡sálvame, por Dios!

-¡María mía! ¡Vuelve en ti! ¡Reconocedme! ¡Yo soy Roberto! ¡Mírame! ¿Me ves? -le dijo el joven poniéndole la mano febril sobre la frente, y alumbrándose él mismo el rostro con la linterna-. ¿Me ves?

-¡Santo Dios!, ¿qué veo? -exclamó ella-. ¡Roberto! ¡Roberto! -agregó y se dejó caer desfallecida entre los brazos de su querido.

-¡Amor mío! -le decía éste-, ¡levanta!, ¡cobra fuerzas!, ¡que es preciso escapar, para amarnos eternamente y libres de enemigos!

-¿Escapar para amarnos? -dijo ella-. ¡Sí! -agregó cobrando una energía trémula y nerviosa-, escapémonos para amarnos siempre, Roberto; ¡porque yo te amo sobre todas las cosas! ¡Porque yo no puedo vivir sin ti! ¡Yo llamaba y pedía la muerte antes de verte; pero ahora quiero vivir!, ¡quiero vivir, Roberto!, pero quiero vivir a tu lado, ¡viéndote!, ¡viéndote siempre!

-Milord -dijo don Bautista-, ¡aprovechemos del tiempo y de los favores del Cielo! ¡Poneos de rodillas al momento! ¡María, poneos de rodillas a su lado!

Y ambas, maquinalmente casi, obedecieron levantando sus manos al Cielo.

-¡Ea, sacerdote! -dijo el boticario arrastrando a don Antonio y poniéndole la pistola al pecho-, ¡echad vuestra bendición sobre esa pareja!, y si no servís para eso os despacho aquí mismo -agregó con un tono que no dejaba duda alguna de su resolución.

Don Antonio echó su bendición sobre los esposos sin levantar su vista del suelo.

-¡Te has salvado! -le dijo don Bautista guardando su pistola-. Hijos míos -agregó dirigiéndose a los marinos de Henderson-, amarrad bien en ese poste a ese hombre (designando a don Antonio) para que no pueda delatarnos a tiempo.

Los marinos tomaron a don Antonio y lo amarraron.

-¡Cargad ahora en vuestros hombros a esa niña, y seguidme! ¡Pronto, Milord! ¡Pronto, hijos!

-¿Y Oxenhan? -exclamó entonces Henderson lleno de inquietud.

-¡Aquí está! -respondió Oxenhan viniendo de la obscuridad y depositando en el suelo una mujer desmayada.

Era Juana.

-¡Cargadla también! -exclamó Henderson-, ¡y seguidnos!

-¡No! -respondió Oxenhan-, a ésta nadie la carga sino yo.

Y rápidos y resueltos cruzaron el edificio y salieron a la calle.

En aquel mismo momento, otro remesón, es decir, otro terremoto* estallaba con nueva furia; y la población entera de Lima corría despavorida hacia las plazas y hacia los arrabales para huir del desmoronamiento de las paredes. Los niños y las mujeres lloraban a gritos y andaban desnudos y perdidos por las calles: los padres de familia llamaban, ordenaban, se lamentaban, y huían también; y bandadas de negros y de negras esclavas, con aquella exaltación y locuacidad propia de las razas africanas, levantaban una horrorosa algazara de lamentos y de maldiciones, a la que parecían hacerse coro innumerables cientos de perros que echaban al aire sus tétricos y aterrantes aullidos.**

Silenciosos y resueltos, al favor de la horrorosa confusión que reinaba, don Bautista y sus amigos atravesaron la ciudad inapercibidos, y se dirigieron a la rada de Chorrillos.

Contaban con encontrar allí al resto de la partida que había quedado en las ruinas de Pachacamac; que Mateo había ido para conducirlos, montado en una buena mula.

En efecto: ambas fracciones llegaron a la bahía, con poca diferencia, a las ocho de la mañana del día siguiente.

Suttonhall, siempre diligente y precavido, cruzaba a la vista de la costa solitaria. Se le hizo una señal convenida; y afirmó hacia la tierra la proa de la Fidelidad, vino en pocos minutos a situarse cerca de la costa; mandó a tierra los botes; y unos instantes después, Henderson con su María, Oxenhan, Juana, el señor Juan Bautista Lentini y todos los marinos, tomaban pie dentro del buquecillo y atronaban las vastas soledades del mar con los gritos del regocijo y de la alegría.

Lleno de orgullo el señor Lentini respiraba con toda su alma el aire del océano y repetía paseándose sobre la cubierta: «¡Al fin soy libre! ¡Al fin puedo ser yo mismo!»

---

* Histórico.

** El horrible y especial aullido del perro mientras tiembla la tierra, es uno de los accidentes más lúgubres de este fenómeno.

XXXVIII En el mar

Estaba ya muy entrado el día, cuando el padre Romea fue visto de los curiosos que investigaban por la ciudad las ruinas del terremoto. El padre narró a todos su aventura con el calor y el despecho que era de esperar, incitando a las autoridades a que tomasen medidas y persiguiesen a los piratas. Pero el espanto, la confusión la falta de voz y de gobierno en que la catástrofe había dejado a Lima, hacían que nadie le creyese. Creían los más que había sido víctima de alguna partida de negros que salteaba y robaba al favor del trastrono; y atribuían el carácter de piratas que él les daba, a su conocida pesadilla contra estos y contra él celebre Henderson, sobre todo. Era en vano que jurase y afirmase que él había visto a este jefe; que lo había visto, ayudado del boticario y de otros ingleses disfrazados de negros, levantar y llevarse a doña María y a Juana: nadie le creía, y nadie tomaba el menor interés por un suceso que parecía extravagante y absurdo, cuando tantos descalabros, tantas pérdidas, tantos dolores, tanto terror, había allí a la presencia de todos.

El padre Romea se enfurecía, corría por las calles, predicaba, llamaba a la multitud, andaba de los alcaldes al Virrey, del Virrey a los alcaldes; y tal era la exaltación de sus acciones y de su proceder, que ya habían empezado a tenerlo por loco.

El padre Cirilo era el único que entreveía algo de verdad en estos asuntos.

Para colmo del despecho de don Antonio, la casa que habitaba el boticario había quedado en ruinas, y era imposible en el primer momento, sabor, si éste había escapado, o si se hallaba sepultado bajo de ellas.

Había también en las relaciones del padre Romea un punto flaco que ya había sido notado por muchos; y era el paradero del padre Andrés. Romea se guardaba muy bien de decir lo que había sido de él, ni que estaba sepultado entre las ruinas del edificio; porque temía que yendo allí a sacarlo, lo viesen las heridas, y por algún indicio casual descubriesen la verdad.

Pasaron así seis días, sin que se tomase medida alguna; y caía ya la tarde del sétimo día, cuando fondeando un barquichuelo español en el puerto del Callao, bajó a tierra todo azorado su capitán asegurando que había escapado milagrosamente a un pirata inglés de velas negras. Agregaba que su escape lo había debido tan solo a que navegaba en las mismas aguas de dos galeones ricamente cargados, cuyos nombres daba el capitán, y de cuya persecución se había ocupado el pirata exclusivamente. Decía además, que había visto apresar a uno de los galeones, y que quedaba el pirata dando caza tan de cerca al otro, que probablemente no se le escaparía.[*]

Esta noticia cayó en esa noche como un rayo, como una nueva catástrofe, sobre la afligida Lima. Se produjo entonces la reacción con respecto al padre Romea y su extravagante historia cobró todos los accidentes de una verdad palpitante e insoportable. Entró el furor de la actividad en todos los empleados: se despacharon chasques por toda la costa, se armaron dos buques veleros en el Callao, y entre las historias del terremoto, la inaudita audacia de los herejes comenzó a ocuparla primera línea.

El padre Romea se lanzó por tierra con una partida de voluntarios, hacia las costas y poblaciones del norte: iba predicando e incitando, con un crucifijo en las manos a todas las gentes de las campañas y de las villas a que se alzasen y mostrasen su celo por la defensa de la fe y de la dignidad del Reino; y en efecto, lograba a su paso dejarlo todo en fervor y actividad.

---

[*] Histórico: véase a Purchas, p. IV, pág. 1180; y a Hakluyt, vol. III, pág. 572.

Entre tanto, Henderson y Oxenhan, que calculaban bien lo que debía haber sucedido desde que hubiese llegado el buquesillo que se les había escapado, habían afirmado su rumbo hacia el Istmo, y contaban con llegar antes que los partes de alarma. Habían resuelto no abordarla tierra, sino de noche, en precaución de una sorpresa, y contaban con el eficaz auxilio de los indios sus amigos.

Esto es por lo que hace a los proyectos políticos, diremos así, de la empresa. En cuanto a la situación de los corazones, el lenguaje es impotente para verter las delicias que Henderson gozaba con el amor y la vista de su idolatrada María. Oxenhan estaba sumido en las amarguras del dolor y de la resignación: era demasiado tosco, demasiado rudo, para que Juana, naturaleza delicada y chispeante, pudiese amarlo ¡y él lo había comprendido! Juana lo llenaba de demostraciones de gratitud; lo llamaba su padre, su protector; pero le había dicho con una gentil franqueza que no podría amarlo como marido; le había pedido perdón por ello: había llorado con él de verlo sombrío y macilento; ¡Oxenhan había comprendido que no sería amado jamás!

Al fin divisaron las costas del Istmo a la caída de una bellísima tarde; y enderezaron firmemente hacia ellas. Al poco rato las sombras de la noche habían ya cubierto el mar; y como no había luna, las estrellas reverberaban con aquella luz fugaz y palpitante con que brillan al través de la atmósfera de las noches obscuras bajo el cielo diáfano de los trópicos.

Doña María, reclinada encima de cubierta sobre el pecho de Henderson, y sostenida por el brazo con que éste le rodeaba la cintura, tenía sus ojos preciosos levantados hacia el rostro de su amado, llena su mirada de aquel fuego indefinible de la pasión y de la felicidad suprema a que puede aspirar un mortal sobre la tierra. Su blanco vestido se extendía cubriendo los pies de su marido; y los largos rulos de sus cabellos caían como seda brillante sobre las faldas de Henderson que los batía con sus dedos con una delicia suave y exquisita.

-¿Te acuerdas de aquella estrella, mi María? -le dijo Henderson con una voz insinuante y trémula de pasión, mostrándolo el planeta Venus.

-¿Y cómo no me he de acordar, mi Roberto? -le respondió ella, y completó el sentido de sus palabras apretando con dulzura la mano de su marido contra su pecho-. La he recordado tanto, querido mío, que jamás podía imaginarme tu semblante bajo otra forma que la de esa estrella. No puedes tú figurarte las angustias que esto me ha causado: quería traer a mi memoria tu rostro tal cual es, para gravarlo en mi alma, para poseerlo, para contemplarlo, para mirarte; y no sé qué mano fugaz e invisible te borraba al mismo tiempo que ya te iba a concebir, que ya te iba a tener; huía de mí tu imagen, y me quedaba solo el disco diamantino de esa estrella deslumbrando mis ojos bañados en lágrimas de melancolía. ¡Cuántas veces, Roberto, hubiera querido pasar mi mano sobre esa luz perenne en mis pupilas, para borrar ese su brillo hermoso que me impedía ver el de tus ojos, y percibir esos tus labios con que me habíais jurado tanto amor! Pero mis esfuerzos eran vanos: la estrella se ponía siempre delante de ti. Algunas veces lo tomaba yo por un horrible presagio, y me desesperaba y desfallecía. Otras veces me decía: esto no es otra cosa que la ardentía de mi pasión: ¡es ella quien quita a mi mente la tranquilidad que sería necesaria para que el recuerdo de aquel amado rostro se estampase en su superficie! Mis emociones, mis palpitaciones, son demasiado vivas, demasiado tumultuosas para dar lugar a que se forme la idea. ¡Pues bien! (me repetía yo) si es por exceso de amor que sufro este tormento, ¡bienvenido sea! ¡Es porque lo amo demasiado!, y eso bastaba para extasiar mi alma ¡amado mío!... Pero ahora que te veo, y que puedo pasar mi mano, así, sobre tu rostro ¡qué bello!, ¡qué suave!, ¡qué amigo me parece el resplandor de esa estrella!

-¡María! ¡María! -le decía Lord Henderson, oprimiéndole suavemente los labios con la palma de la mano-. ¡No hables así, por Dios! Que temo que me envidien hasta los Ángeles; y que Dios juzgue que esta dicha mía es demasiado grande para un pobre mortal.

-¿Y por qué ha de creer eso Dios, que es todo amor y todo benignidad, cuando ésta no es sino la compensación justa de las grandes amarguras con que nos ha probado? ¡Yo no temo, Roberto! mi pureza misma me da confianza: yo dejo a mi corazón que estalle: dejo a mis labios que copien con palabras el mundo de amor que rebosa en mi alma; y todo, todo, me parece escaso para decirte que te amo, y ¡cómo te amo!

-¡María! ¡María! ¡El exceso sublime de la pasión y de la ternura me ahogan! -dijo Henderson bañando en lágrimas el rostro de su esposa-. ¡Estoy oprimido, sofocado! ¡Déjame salir por un momento del círculo mágico de tus encantos para sentir que estoy en la tierra y que soy un mortal! ¡Para sentir siquiera que esto no es un sueño que eres tú, en fin, a la que oigo y sostengo entre mis brazos!

-¡Capitán! -dijo una voz sombría por detrás-, se acerca el momento de examinar la costa y de desembarcar.

-¡Ah!, ¿eres tú Oxenhan?

-Perdonad, señor, os interrumpo por deber -agregó el marino con una voz ronca y llena de melancolía.

-No, mi querido Juan, no tengo nada que perdonarte, sois intachable y os amaré...

-¡Gracias!

-¡María mía! -dijo el joven dirigiéndose a su esposa-, es preciso que te bajes, porque el momento exige un trabajo asiduo aquí. Ven, te conduciré; y ambos jóvenes bajaron a la camarilla del buque enlazados por el brazo.

Cuando Henderson volvió a subir, Oxenhan tenía el timón con una calma y una energía perfecta.

-Yo soy quien tengo que pedirte perdón, mi querido Juan, de haberte hecho presenciar una escena que debe haber destrozado tu alma... Pero, Juan, sufre por algún tiempo: yo te prometo que María y yo haremos inclinar el corazón de Juana hacia el prestigio de tus sublimes prendas.

-¡Aún no me conocéis, Milord! Si creéis que pueda haber sentido otra cosa que íntimo placer al veros tan feliz -dijo el marino con una franquísima honradez. Por lo que hace a Juana, Milord, no intentéis nada: tiene un corazón demasiado noble para resistiros; si la forzáis por medio de la gratitud y del deber, sería capaz de condenarse al sacrificio: ya me lo ha dicho, Mi-

lord: su alma es española, soberbia y noble por esencia; si habla-
rais con ella, como yo he hablado, veríais que me parece la hija
de un duque, tanta es la dignidad genial que la distingue. ¡No,
Milord! No quiero ya nada, sino que me hagáis un servicio en
caso que muera, como me lo dice un horrible presentimiento
que tengo dentro del alma.

-La melancolía os vuelve niño, ¡bravo Oxenhan!, ¿por qué
habéis de morir, cuando apenas nos quedan ya sombras lejanas
de peligro?

-¡Tengo un presentimiento!, y os confieso que me tendría por
feliz, si muriese luchando en una batalla contra bravos enemigos: ¡me gustaría arremeterlos, acuchillarlos, aterrarlos, y recibir
en el momento del triunfo un balazo de lleno en el corazón!
-exclamó Oxenhan con la ardentía de un veraz entusiasmo.

-¿O un abrazo de Juana? -le dijo Henderson.

-¡No seáis cruel, Milord! -le respondió el bravo marino con
una amargura tan sentida, que el joven se arrepintió de haberle
querido inspirar aquella esperanza.

-¡Vive Dios, Juan, que hacéis una cosa incomprensible! ¡Pensar en presentimientos cuando hemos triunfado! ¿No estamos
en el mar? ¿No es la mar el reino sin límites que Dios ha entregado a la bravura del inglés? ¡Vamos, Juan! ¡Fortaleza!

-¡Eh, Milord!, ¿pues qué pensáis que me falta fortaleza? ¡Sois
aún muy joven para saber lo que pasa dentro de un hombre
como yo!

Henderson se sonrió con indulgencia, y le dijo:

-También tenéis razón, mi querido Juan.

-Vamos al caso: ¿queréis hacerme el servicio que os he indicado?, ¿sí o no?

-¡Sí, Juan, sí!

-Pues bien: tomad este papel, y si llegáis algún día a ver al
Almirante, entregádselo de mi parte.

-¡Juan! -le dijo Henderson poniéndose serio-, ¿qué preme-
ditáis?

-¡Nada!

-¡Os creo incapaz de un crimen!...

-¿Y por qué me lo decís? -preguntó el marino asombrado.

-Porque el atentar a vuestra vida sería.

-¡Vamos mi Roberto! -dijo el marino, como si recién hubiera concebido la indicación de Henderson-, ¿queréis dejaros de absurdos? Yo tengo religión, señor mío; y no soy capaz ni de pensar en eso ¡eh! -agregó con desprecio.

-Así lo he creído siempre.

-¿Y porqué me lo decís entonces?

-Porque estáis tan extraño, que no atino...

-Bueno, ¿me haréis el servicio que os he pedido? Aquí está el papel.

Henderson tomó y guardó el papel, prometiéndole hacer lo que se le pedía.

Habían llegado en esto a una distancia de la costa, en que ya necesitaban toda su vigilancia y esmero para encontrar el fondeadero. Llenos de cautela y de silencio, echaron un bote, en el que fue Oxenhan a la orilla; y unos minutos después, volvió trayendo a un indio, puesto allí de vigía para esperarlos por el cacique Cimarrón. El indio les participó que se había sentido en aquel día bastante alarma y movimiento en las poblaciones de Panamá, Nombre de Dios y Venta de Cruz; pero que aún no habían explorado aquellas costas, ni descubierto el lugar en que se escondía El Drake.

Con esta nueva, Henderson y Oxenhan pusieron en movimiento toda la tripulación. Ya habían ajustado de antemano en varios sacos las riquezas movibles que habían sacado de los galeones apresados; y haciéndolas cargar por unos cuantos marineros, armaron y municionaron bien el resto de ellos, y bajaron a tierra barrenando el buquecillo. Puestos en orden y decididos, acomodaron a María y a Juana en una silla de manos que habían preparado a bordo al efecto, y emprendieron la travesía del Istmo, contando con llegar a la otra orilla a la madrugada del día siguiente.

En efecto, caminaron con la mayor felicidad, y serían como las cinco de la mañana, cuando avistaron como a una cuadra de distancia los palos del Drake meciéndose en una abra bañada por el mar, y rodeada de bosque.

Por más grande que hubiese sido la disciplina con que los piratas estaban habituados a portarse, no pudieron reprimir un grito de júbilo al ver colmadas sus esperanzas.

No se habían aun apagado los últimos ecos de ese grito, cuando un bote manejado por los cuatro marineros que habían quedado al cuidado del Drake, se desprendió veloz hacia tierra, haciendo flotar el pabellón inglés. Pero al mismo tiempo, una detonación violenta atronó e iluminó repentinamente el bosque: cientos de balas silbaron por encima de las cabezas de los aventureros; y el grito de ¡viva España! resonando como el bramido de cien fieras, vino a dejar helado y sorprendido el corazón de los más valientes de los ingleses.

-¡El enemigo!, ¡el enemigo! -exclamaron sobrecogidos, y haciéndose un pelotón informe.

-¡Sí, bravos ingleses!, ¡es el enemigo! -gritó Henderson exaltado-, ¡y vamos a darle otro escarmiento! -agregó saltando hacia adelante, y dando voces de orden y de obediencia.

Por fortuna de los aventureros se pudieron reponer del primer estupor, y cuando los españoles se presentaron diciendo, ¡A ellos!, ¡a ellos! -fueron contenidos por una vigorosa descarga, que los obligó a su vez a reconcentrarse, a reconocerse, y sistemar mejor su ataque.

Henderson entonces, lleno de animación y de valentía, había logrado inspirar su coraje a su gente: la alegría y la confianza habían renacido en los semblantes; y formado ya en un vigoroso cuadro, que él y Oxenhan dirigían, se pusieron en retirada hacia la orilla, llevando en el centro, la silla de manos y las cargas de riquezas.

Las descargas por una y otra parte, y los gritos de guerra se repetían con un vigor extraordinario; seis marinos corrieron hacia la orilla, mandados por sus jefes, y echándose al mar fueron nadando hasta el buquecillo: con la presteza del rayo dirigiendo hacia el bosque la culebrina giratoria con que estaba armado, y lanzaron una horrible granizada de metrallas, que causó mucho espanto, y mucho daño también entre los asaltantes.

Bien lo necesitaban los ingleses, porque ya su retirada era penosa; los más audaces de entre sus enemigos tocaban ya con sus filas.

Al favor de este auxilio pudo Henderson llegar hasta la orilla: defendiendo su posesión como un tigre: hizo saltar seis marineros con Suttonhall al bote, y con trabajos infinitos logró poner dentro de él la silla que llevaba la prenda de su alma. Se desprendía ya el bote para partir, y él se quedaba premeditando lanzarse a nado con algunos compañeros después que hubiese embarcado el mayor número posible, cuando en medio del alboroto y de los horribles silbidos de las balas, se sintió desfallecer y calló como un escombro en tierra.

Miró Oxenhan aterrado hacia un árbol cercano de donde creyó haber visto partir la detonación que había derribado a su joven jefe, y percibió entre sus ramas a un fraile que bajaba con satisfacción la boca de su arcabuz. La rabia del marino fue atroz, levantó su arma bien cargada para bajar al matador de su amigo; pero éste, que apercibió con rapidez su intención en medio de la confusión general, se dejó caer a plomo desde la altura y evitó así una muerte segura.

Oxenhan, rápido y animado más que nunca con el dolor de la pérdida que había hecho su partido, se arrojó sobre el cuerpo de Henderson, lo alzó en sus robustas espaldas, gritó a Suttonhall que se detuviese un breve momento, se metió al mar, arrojó su querida carga dentro del bote, o instó y azuzó a Suttonhall para que partiese al instante: parte éste en efecto; y Oxenhan se vuelve como un perro lleno de ira y de orgullo a defender el resto de sus marinos. Cuando entró de nuevo entre ellos, los encontró audaces todavía. El señor Lentini les servía de jefe con una calma y un valor a toda prueba: haciendo un fuego incesante con su arcabuz, cuando algún enemigo se acercaba demasiado se lanzaban con Oxenhan, espada en mano, y lo acuchillaban.

-Tenemos tiempo aun de salvarnos, Oxenhan: le dijo el boticario con una frialdad ejemplar- si nos mantenemos así hasta que vuelva el bote, somos... veinte.

-¡Y ellos trescientos por lo menos!

El momento era crítico: los españoles se habían reorganizado en una fuerte columna, y habían resuelto dar el último golpe. Arremetieron con un empuje irresistible, destrozaron y dividieron el grupo que formaban los ingleses; y éstos, reducidos ya al extremo, se defendían parcialmente los unos, mientras los otros se arrojaban al mar para ganar a nado el buque si escapaban a las balas del enemigo, apoderado ya de la orilla.

Oxenhan y el señor Lentini se defendieron con una constancia admirable; pero rodeados y golpeados de todos lados, heridos, exánimes casi, cayeron al fin en tierra, y quedaron con muchos otros en manos de los Españoles.

Suttonhall que ya venía trayendo en su bote un refuerzo, pudo ver el triste fin que había tenido la lucha; hizo algunos tiros con su culebrina; pero vio bien claro que si no se apuraba a zarpar, tardaría muy poco en caer bajo el tremendo poder de los que habían despertado de su letargo.

Cuando los españoles cubrieron, por decirlo así, el campo de batalla, el padre Romea desesperado, se revolcaba por el suelo y maldecía la falta de energía y de rapidez del jefe de la fuerza.

-¡Se escapan! -exclamaba-, ¡se escapan!, ¡pronto un parte para Porto Bello, que dé la noticia, para que salgan buques a perseguirlos! ¡Ah! -gritaba-, ¡si no hubiese sido por mí, hasta con vida se hubiera salvado el bandido! ¡Pero se la llevan!, ¡se la llevan! -repetía con la exaltación del despecho; y frenético como un demente gritaba y maldecía al ver caer sobre sus vergas las velas del Drake, y empezar el buquecillo a correr como un delfín sobre las aguas del mar.

Conclusión

Muchos años después de estos terribles sucesos surgió una grande alarma en Europa al ver aquel formidable armamento que Felipe II hacia contra la Inglaterra, que ha quedado consignado en la historia, con el nombre de la Invencible Armada. Movidos de un noble espíritu de patriotismo, los mercaderes de Londres levantaron a su propia costa una escuadra de veintiséis naves, que pusieron a las órdenes de Drake, el más popular y célebre de los almirantes, que la Inglaterra tenía a la sazón.[*] Con esta escuadra, Drake asaltó el puerto de Cádiz y destruyó parte de las provisiones y preparativos que allí se hacían para la Armada: apresó la célebre carraca San Felipe con el cargamento de fabulosas riquezas que traía de las Indias Orientales; y cuando las tormentas, o la mano de Dios, dispersó la Invencible, Drake enviaba a los puertos de Inglaterra día a día sorprendentes noticias de hazañas y de victorias parciales, que habían convertido su nombre en boca del pueblo inglés en el mito de la fortuna y del patriotismo.

Era en esta época de excitación y de entusiasmo, cuando tenía lugar una escena doméstica que vamos a describir. En una de esas bellas casas de campo, que los Ingleses llaman countrimansión, y a las que solo ellos saben dar ese aire de grandeza, ese brillo del orden, ese aspecto risueño, rico y tranquilo a la vez, que une de un modo peculiar lo más exquisito del arte con

---

[*] Drake's Expeditions, pág. 109.

lo más vivo de la naturaleza, se levantaba un hermoso caserío, rodeado de rejas, de alamedas, más allá de las rejas, y de prados más allá de las alamedas; todo respiraba allí el orden, la riqueza y la cultura.

En un hermoso salón de este caserío, adornado de bellos muebles de jacarandá, de cuadros italianos y de otras preciosidades del lujo, se sentaban alrededor de una mesa alumbrada por una espléndida lámpara de plata dos señoras de la primera aristocracia al parecer, elegantemente vestidas, y se ocupaban como en círculo de familia de algunas ligeras labores de manos. Bordaba junto a ellas mezclándose jovialmente en la franca y fácil conversación que tenían, una bellísima niña de dieciocho años a lo más, que por ser un retrato perfecto de una de las dos señoras revelaba bien ser su hija. Esta señora parecía tener de treinta y cinco a cuarenta años se conservaba hermosa; y si bien una cierta languidez que había en su semblante lo quitaba brillo y lozanía, le daba en recompensa un aire más grave, más melancólico, más distinguido que a su compañera, que aparecía más vivaz, pero más ligera, más pronta, pero menos profunda y reflexiva. En la joven era en quien estaban realzados todos los méritos de la madre, porque en ella estaban reunidas las bellas prendas de ésta al vigor y a la lozanía de la edad.

Alrededor de la mesa y repartidos por el salón andaban algunos otros niños de diferentes edades jugueteando bulliciosamente unos con otros; y se distinguía entre ellos un precioso muchacho de siete años, atolondrado e inquieto, robusto y anarquista, que a cada momento se atraía las represiones de su mamá, (la más distinguida de ambas) ya porque hacía llorar a un hermanito menor, ya porque volteaba una silla, ya, en fin, por algún otro exceso de este género. Cansado de no inventar cosa que no le obligasen a dejar, dio una carrera hasta el otro extremo del salón y se enorquetó, como si saltase a un caballo en las rodillas de un caballero que sentado cómodamente en un sillón leía atentamente separado de las damas, algunos papeles. Era este caballero un bello hombre de cuarenta y dos a cuarenta y cinco años de edad.

-¡Hijo, por Dios! -dijo sujetando al muchacho para que no se cayese.

-¡Papá!, ¿cómo te quitaron este brazo? -le dijo el niño con gentileza sacudiéndole una de las mangas del vestido que el caballero tenía vacía y prendida al pecho.

-¡Ya te lo he dicho mil veces, Roberto!, ¡no seas majadero!

-No importa: ¡yo quiero que me lo digas otra vez!

-¡Vete a jugar, hijo!

-Si no me dejan jugar. ¿No ves que mamá se enoja conmigo por todo?

-¡Pero si eres tan travieso, hijito! -le dijo el caballero dándole un beso en la frente.

-¡Vaya, pues, papá!, ¡cuéntame cómo te quitaron este brazo!

-Pero, hijito, ya no te he dicho cien veces que fue por salvar a tu mamá, y a Mistres Drake.

-¿Y de qué las querías salvar? ¿De unos hombres que las querían quemar?

-Y si sabes, ¿para qué me lo preguntas?

-Para conversar con vos; ¿no ves que no me dejan jugar? ¿Y vos, papá, peleaste mucho con el otro brazo?

-¡No, hijo! -le respondió distraído con la lectura que el niño le interrumpía.

-No pudiste pelear porque te pegaron este otro balazo aquí en la frente, ¿no es verdad?, y te quedaste como muerto ¿no es verdad?

-Sí, hijo -respondía siempre distraído el padre.

-Que si no es eso, vos los hubierais corrido a todos, ¿no es verdad?

-Quién sabe, hijo.

-Vos sois guapo ¿no papá?

-Quién sabe.

-Sir Francis Drake me ha dicho que sois muy guapo.

El padre continuó su lectura sin responderle.

-Oidme, papá, ¿y cómo te escapaste?

-¿Ya no te he dicho que me salvó Suttonhall?

-¡Es verdad!, y por eso no te enojas con él cuando se emborra...

-¡Cállate, atrevido! -le dijo el padre con prontitud.

Y el muchacho guardó silencio; pero lo hizo sin dar signo ninguno de miedo, y como cambiando su movediza atención a algún otro objeto.

-Papá, y los que hicieron todo eso, (preguntó bajando la voz) fueron los compatriotas de mamá, ¿no es verdad?

-¡Vete de aquí niño! -le dijo el padre contrariado; y el muchacho sin hacer mucho caudal del disgusto del padre, vino a revolcarse por el suelo y a intrigar de nuevo a sus hermanitos.

Abriose en este momento la puerta, y entró un sirviente perfectamente vestido trayendo en una bandeja de plata algunas cartas recién llegadas, que presentó al caballero. Apenas las tomó éste, dijo con satisfacción ¡cartas de Sir Francis! lo que no bien oyeron las señoras y la niña; cuando incorporándose, al momento vinieron a rodearlo llenas de interés y de curiosidad.

Milord Henderson, pues ya el lector habrá comprendido que él es quien está en acción aquí, abrió rápidamente la carta: y ya iba a empezar a leer, cuando reparando en el criado que permanecía de pie, le mandó retirarse. Éste le dijo entonces que aquellas cartas habían sido traídas por un gentilhombre extranjero que permanecía esperando en el salón de la entrada.

-¡Bien! -dijo Henderson-, decidle que tenga la bondad de esperar a que me informe del contenido de las cartas antes de recibirlo; y que después estaré a sus órdenes, con lo que el criado se retiró.

Henderson entonces comenzó a leer: «No podéis figuraros, mi querido amigo, el pesar que he tenido de haberos dado la delicada comisión que os ha separado de mi escuadra; precisamente cuando la fortuna nos iba a proporcionar uno de los más bellos hechos de nuestra vida. Os conozco demasiado para no decirme yo mismo todos los reproches que vos me vais a hacer, por haber sido causa de que no hayáis participado de este hecho. Pero ¿qué queréis, Milord? Yo no podía encargar sino a vos cosa tan delicada como la que llevasteis; y solo vos podíais tratarla con tan buen éxito como el que habéis obtenido; porque la Reina es difícil, a veces, con sus mejores servidores, y hace más caudal de un favorito, que de un guerrero probado... Pero ¿a dónde voy yo por este camino?... Consolaos, pues, mi querido Henderson, con haber hecho a la marina el vital servicio que os encomendé, y con la seguridad de que vuestros otros hechos sobran para vuestra gloria. La fortuna de que os hablo, es el apresamiento del famoso navío de don Pedro de Valdez, en el que venían cincuenta oficiales de los más distinguidos de España, por la nobleza de sus casas y por sus méritos personales.* Entre ellos venía uno que he querido presentaros, para que lo obsequiéis como si fuese un hermano mío, y le transmitáis igual recomendación a Mistres Drake. Os vais a sorprender: es un hijo de Lima.

»–¡De Lima! –exclamaron las dos señoras llenas de emoción.

»Es un hijo de Lima –continuó leyendo Henderson conmovido también– y goza de un crédito cabal entre todos sus compañeros por su bravura, por sus bellas prendas, y por sus extensos conocimientos: es un criollo pur-sang, por su vivacidad, por su franqueza, por su desparpajo, y un cierto pulido de formas y de alma, que no encuentro yo en el español puro, bien está que soy parte interesada, pues tengo una costilla criolla.

»En cuanto a los detalles del hecho glorioso, que os participo, no tengo tiempo de ponéroslos y sería esto inútil también, pues los veréis necesariamente en los despachos que envío al gobierno.

»Disculpadme con Mistres Drake: me falta tiempo material para escribirle en estos primeros momentos.

»Supongo que cuando hayáis llegado a este renglón de mi carta, sabréis ya que el caballero que os recomiendo tanto es digno bajo todos respectos de ser, como es, el cercano pariente de vuestra señora, el señor don Manuel Argensola y Manrique.»

–¡Manuel! –exclamó llena de júbilo Mistres Henderson.

–¡Don Manuelito! –exclamó Mistres Drake.

Y ambas seguidas de Henderson, se lanzaron hacia el lugar de la casa, en que el querido huésped estaba esperando que le

---

* *Lives and Voyager of Drake tuyendish*, etc., etc., pág. 114, Edimb. año de 1837.

recibieran. Pero Mistres Drake, entrando en reflexión, se detuvo en la pieza siguiente, y volviéndose al salón, dejó correr a los demás hacia el recién venido.

Don Manuel fue recibido como un hermano por aquella familia. Después de haber abrazado una y cien veces a su prima y a todas las interesantes criaturas que lo rodeaban aturdidas, volvió entre ellos al salón. Pero antes de llegar mirando en derredor suyo, dijo:

-No veo aquí a Mistres Drake; y el Almirante me había dicho que aquí la encontraría.

-En efecto -dijo doña María-, se ha quedado en el salón: ahora la verás.

-Me dijo el Almirante que era Limeña también: ¿de qué familia es?

-¡Cómo!... Me preguntó asombrada doña María, ¿pues qué ignoras que es... yo creí que lo sabías...? -agregó medio cortada.

-¡Es Juana!

-¿Juana? -preguntó asombrado don Manue-. ¿Juana tú?

-¡Calla, por Dios! No podemos decirte más por ahora sino que es digna de todo punto de la alta suerte que le ha cabido.

-¡Ya lo sabrá usted todo! -le dijo Henderson con un tono caballeroso y de intimidad-. Me parece que usted debe presentársele, como si su posición le fuese bien conocida desde antes, y la tuviese por sancionada.

-Por cierto, que así lo haré, Milord -le contestó don Manuel-, con una gracia fácil y urbana.

Y entrando entonces al salón se dirigió hacia Juana abriéndole los brazos y diciéndole: «-Juanita; ¡cuánto gusto tengo en ver a usted tan feliz y tan altamente colocada! Créame usted que me felicito de ello con el más íntimo placer.» Ella le dio las gracias; y un momento después, gracias a la urbanidad de don Manuel, Mistres Drake había vuelto a su tono natural y salido de la difícil posición en que se había creído al principio.

Sentados todos alegremente alrededor de la mesa y agrupados los niños alrededor de su madre y de su padre, con la candorosa curiosidad pintada en sus semblantes, comenzó el ir y venir de las preguntas.

-¿Tardaste mucho, María, en saber la muerte de mi tío?

-Hace diez años que la supe -dijo con una suave tristeza la señora.

-Os voy a preguntar, señor Argensola -dijo Henderson-, una cosa que conjeturo, pero que no puedo dejar de preguntaros.

-¡Lo que gustéis, Milord!

-¿Y Juan Oxenhan?

-Juan Oxenhan, como sabéis, construyó un buquecillo al sur del Istmo; si no me engaño, le acompañasteis en esa empresa -dijo don Manuel sonriéndose- al volverse fue hecho prisionero; y llevado a Lima, fue ejecutado.*

-¿Qué suplicio le dieron? -preguntó Henderson sofocando apenas su dolor.

-¡Uno atroz, Milord!

-¿Cuál?, ¡tened la bondad de instruirme!

-Fue despedazado entre cuatro caballos.

-¡Qué bárbaros! -dijo Henderson con rencor.

-¡Qué horror! -exclamaron consternadas las señoras.

-Ya sabéis, Milord -dijo don Manuel con moderación-, que la ley es cruel para con los piratas.

-Tenían el derecho de matarlo, no digo que no; pero no tenían el de ser atroces.

-¡Era un pirata! -repuso con una firmeza moderada el oficial español.

-¡Perdonad, señor! -le dijo Henderson-. Todos los que aquí veis, debemos tanto a la memoria de Oxenhan, que sería una impiedad el que no tomásemos siempre su defensa.

-Entonces, ¿es a mí a quien me toca callar? -dijo don Manuel con una perfecta urbanidad.

-¿Y el padre Andrés, señor? -preguntó Mrs. Drake.

-Nada se ha sabido de él después del terremoto: se supone que quedó sepultado bajo las ruinas de la inquisición.

---

* While recrossing the Isthmus he was taken captive, and was afterwards executed at Lima. Purchas, part. IV, pág. 1180: Hakluyt, vol. III, pág. 572.

En esto al menos, no hubo quien no viese la justicia del cielo.

-¿Y Mercedes? -preguntó doña María.

-Mercedes había sido encarcelada en la Inquisición, la noche misma del terremoto, y allí pereció.

-¡Cuántas catástrofes! -exclamó conmovida la señora.

-El señor Lentini fue ejecutado, por supuesto -dijo Henderson.

-Sí, señor; y con el mismo suplicio de Oxenhan.

-Papá -dijo el niño muy despacio-, ¿este señor fue también de los que te cortaron el brazo?

-¡Calla, niño!

-¡No, mi hijito! -dijo don Manuel atrayendo al niño a sus faldas-, yo no he hecho daño alguno a tu papá jamás. Pues como os iba a decir la prisión de don Juan Bautista, tuvo un grande eco por una circunstancia rara.

-¿Cuál? -dijeron todos.

-La de habérsele encontrado atados a su cuerpo unos papeles de grande importancia, que descubrieron cosas extraordinarias del padre Andrés, que no pueden referirse delante de señoras.

Siguieron conversando de otras cosas, hasta que haciéndose tarde, las señoras se retiraron, quedando solos los dos caballeros.

-Tened la bondad de decirme, Milord, ¿cómo es que Juana ha venido a ser la señora del Almirante Drake? -preguntó don Manuel a Lord Henderson.

-Como sabéis, éste es un país esencialmente aristócrata. Mr. Drake es de una familia oscura: debe su gloria y su grandeza a sus hechos: es el ídolo del pueblo, pero la aristocracia no lo acoge, y no habría podido hallar en su seno una mujer de rango con quien casarse, yo lo lamento, porque es una injusticia. ¿Pero qué queréis? ¡Así es el país!

-¡Ya!

-Yo entiendo que Mr. Drake ha tenido grandes disgustos a este respecto, pero ni la Reina misma, que lo protege con todo su favor, ha podido darle nobleza. En esta situación conoció a

Juana: era bellísima, como sabéis, y como lo es todavía; Juan Oxenhan le había escrito una carta, (que me confió a mí como un testamento para que se la entregase) en la que le pedía que fuese el padre de Juana, si no podía ser otra cosa, que la recibiese como una hija que él le legaba. Con estos antecedentes se fue formando cariño, amor, y al fin, celebrándolo todos, se casaron. Hoy Mr. Drake y Mrs. Drake figuran como una digna pareja, y empiezan a ser aceptados, hasta por la más alta nobleza del reino.

-Pues, Milord: os vais a asombrar, cuando os diga, que por parte de su madre, al menos, Juana es tan noble como el primer noble de Europa.

-¿Qué decís?

-Sí, señor; eso quedó completamente revelado, en los papeles que se le encontraron a don Bautista, según os he dicho: Juana es hija de la primer familia en nobleza del imperio de los Huincas.

-¿Y esos papeles dónde están?

-En el archivo general de Lima.

-¡Oh! Pues se lo escribiré al Almirante: tiene débil por la nobleza,* y va a tener un grande júbilo. ¿Y podéis decirme, quién fue su padre?

-¡Oh!, ¡eso es ya otra cosa! Su padre fue un malvado: ¡era el padre Andrés!

Y don Manuel refirió aquí a Henderson, aquella antigua historia de Mamapanki y de Sinchiloya, que conocen nuestros lectores.

-Decidme, señor Argensola, qué paradero ha tenido un señor Romea que...

-Sí, el padre Romea: se jactaba de haberos muerto; y por lo menos, él fue quien os hirió.

-Puede ser.

-Pues bien: este padre Romea venía en la Invencible, como grande Inquisidor de Inglaterra, es decir, a establecer su institución en este reino: venía a bordo del mismo buque en que yo.

---

* Histórico.

-¿Del buque del señor Valdez?

-Sí, señor.

-¿Y qué se ha hecho?

-Milord, cuando el padre Romea oyó que habíamos sido apresados por sir Francis Drake, se apoderó tal terror de él, que se arrojó al mar. Fue imposible socorrerlo en el primer momento, y cuando se acudió para ello, se lo había tragado ya el abismo.

Henderson se quedó reflexivo por un momento: «-Veo -dijo- que el Almirante os ha dejado libre, señor Argensola.»

-Completamente libre, Milord; no me ha impuesto más condición, sino la que he cumplido, la de haceros esta breve visita.

-¿Breve, decís?, ¿y por qué?

-Porque soy casado en España, Milord, con una mujer que adoro, y tengo seis preciosos niños, que a la fecha estarán derramando todos amargas lágrimas por mí: quiero volar para consolarlos, y mañana mismo parto para allá.

-¡Ah!, ¡pues tenéis razón, señor! No os ruego más, sino que no partáis antes de que María y toda la familia pueda abrazaros.

-¡Contad con eso, Milord! -le dijo don Manuel, y ambos se retiraron a dormir, porque ya era muy tarde de la noche.

Al otro día, después de las despedidas y tiernos abrazos de regla, don Manuel de Argensola marchaba montado en un buen caballo, y siguiendo al guía de que lord Henderson le había provisto, cuando se halló detenido en una de las alamedas por donde salía de la propiedad, por un indio o mulato, que no sólo presentaba todos los rasgos de un peruano, sino que trajo a la memoria del caballero a algún individuo muy conocido suyo, cuyo nombre no podía en aquel momento recordar. Éste venía deprisa, parecía ya entrado en la vejez, y corriendo hacia el caballo del caballero, lo detuvo gritándole con júbilo: «¡Don Manuelito!, ¡don Manuelito!, ¿que usted no me conoce? ¡Soy Mateo!, ¡soy Mateo!»

-¡Mateo! -dijo el caballero al instante-. ¡Es verdad! -agregó, y saltando del caballo, estrechó entre sus brazos al antiguo amigo por un largo rato-. ¿Y cómo es que todavía no te había visto, Mateo? -le preguntó con las mayores muestras de ternura.

-¡Es que vivo lejos, señor! Allá en unas tierras que me tiene cedidas Milord, con su generosidad de costumbre.

-¿Te hallas, Mateo, aquí?

-¡No, señor! -dijo Mateo con una profunda melancolía-, ¡qué no daría yo, por poder vivir con Milord, con la señora, y con los niños, en una tierra donde se hablase español, como el que estoy hablando con su señoría! -dijo Mateo levantando sus ojos al cielo.

-Pues mira, Mateo, yo también tengo una señora y unos niños que son unos ángeles y vivo en España, ¿quieres venirte conmigo?

-¡Señor!, ¡ojalá!

-¡Pues vente, Mateo! -le dijo don Manuel estrechándole las manos.

-Sería preciso que me esperarais un día... a lo menos -dijo el cholo cavilando.

-Te esperaré cuantos quieras, amigo mío, por llevarte.

Mateo parecía en una grande indecisión, pronto de un momento a otro a resolverse.

-¿Hay Inquisición en España? -le preguntó a don Manuel.

-¡Más fuerte que en ninguna otra parte! -le respondió éste con abatimiento y con vergüenza.

-¡Ah!, ¡pues entonces no, amito! Prefiero quedarme entre estos bozales!... -Y dando el abrazo de despedida a su antiguo patrón, se dio vuelta para sus tierras con sus ojos bañados de lágrimas; mientras el otro montaba a caballo enternecido, hasta lo íntimo también, y seguía su camino hacia el puerto en que debía embarcarse para España.

Apéndice

A prima de la noche muy oscura,
la ruina sucedió con temblor crudo;
no está ni puede estar casa segura,
ni el hombre defenderse con escudo,
si Dios, que es propio guarda, no procura
guardarnos; pues aquesto solo pudo
dejar de aquesta suerte castigada
a Lima con su gente amedrentada.

Cayéronse las casas más lustrosas,
los templos y las más ricas capillas,
que allí muestra las manos poderosas,
y hace, muy mayores maravillas.
El alto donde hay fuerzas belicosas,
en freno quebrantando las mejillas
de aquellos que procuran alejarse
de su divino bien, y no acercarse.

A Lucifer soberbio y jactancioso
que a la mañana fresca relucía,
al infierno en tinieblas temeroso,
condenado en perpetuo Dios le envía.
Aquel rico avariento codicioso,
allá desea gustar del agua fría

el poderoso rey fue convertido
en bestia, y heno y yerbas ha pacido.

A la bendita Virgen soberana,
espejo de humildad y de pureza
la vemos por la fe, como mañana,
y aura, coronada de belleza.
A Lázaro se dio de buena gana
el premio de su pobre y vil pobreza,
al manso Rey David dio Dios el cielo,
que manso fue, aunque Rey en este suelo.

Al fin, pues, el temblor que voy contando
las casas desbarata más fornidas,
echando por el suelo y derrocando
las torres muy hermosas y lucidas;
a las calles se salen suspirando
las damas, de temor amortecidas
quedaban, que era lástima mirarlas,
y más que no hay quien pueda consolarlas.

Quedó de este temblor tan arruinada,
y tan perdida Lima, que ponía
espanto nuevo en verla mal parada,
que piedra sobre piedra no tenía.
hallábase en la calle sin posada
quien bella casa antes poseía,
y todos, como dicen, a la luna
quedaron en la prueba de fortuna.

Cual hizo habitación con una estera,
el otro con un toldo pone tienda,
y con una tristeza lastimera,
recoge lo que puede de su hacienda;
a todos parecía la hora postrera.
Madeja muy revuelta era sin cuerda,

y el cabo no se halla aunque se busca,
que todos andan hechos chacorrusca.

 El Visorey se va con los Oidores
a San Francisco, y hacen el Audiencia
en toldos, que aposentos los mejores
tuvieron muy menor la resistencia.
Dejémoslos aquí, frailes menores,
metidos en clausura y obediencia,
que Candish andaba agora muy envuelto
en el Estrecho y sur, y el diablo suelto.

(Barco de Centenera -La Argentina-
Canto XXV al fin.)